KENNEDY RYAN

Entrelaçados

Traduzido por Carol Dias

1ª Edição

2024

Direção Editorial:
Anastacia Cabo
Preparação de texto:
Marta Fagundes
Tradução e diagramação: Carol Dias
Revisão Final:
Equipe The Gift Box
Arte de capa:
Bianca Santana

Copyright © 2021 Reel by Kennedy Ryan
Copyright © The Gift Box, 2024
"Body and Soul" — Letra por Edward Heyman, Robert Sour & Frank Eyton (Domínio Público)
"Look for the Silver Lining" — Letra por B.G. DeSylva (Domínio Público)

Todos os direitos reservados.
Nenhuma parte do conteúdo desse livro poderá ser reproduzida em qualquer meio ou forma – impresso, digital, áudio ou visual – sem a expressa autorização da editora sob penas criminais e ações civis.
Esta é uma obra de ficção. Nomes, personagens, lugares e acontecimentos descritos são produtos da imaginação da autora. Qualquer semelhança com nomes, datas ou acontecimentos reais é mera coincidência.

Este livro segue as regras da Nova Ortografia da Língua Portuguesa.

CIP-BRASIL. CATALOGAÇÃO NA PUBLICAÇÃO
SINDICATO NACIONAL DOS EDITORES DE LIVROS, RJ
Meri Gleice Rodrigues de Souza - Bibliotecária - CRB-7/6439

R955e

Ryan, Kennedy
    Entrelaçados / Kennedy Ryan ; tradução Carol Dias. - 1. ed. - Rio de Janeiro : The Gift Box, 2024.
    444 p.   (Renascença de Hollywood ; 1)

Tradução de: Reel
ISBN 978-65-5636-322-6

1. Romance americano. I. Dias, Carol. II. Título. III. Série.

24-88643   CDD: 813
                  CDU: 82-31(73)

Dedicado às estrelas que mais brilharam quando estava tudo escuro

Frankie Manning, Billie Holiday, Sarah Vaughan, Lena Horne, Dorothy Dandridge, Big Bill Broonzy, Ma Rainey, Duke Ellington, Josephine Baker, Eartha Kitt, Fredi Washington, Louis Armstrong, Adelaide Hall, Pearl Primus, Clarence Muse, Charles Gilpin, Ella Fitzgerald, Count Bassie, Cab Calloway, Langston Hughes, Johnny Hodges, Charlie Parker, Art Tatum, Thelonious Monk, Dinah Washington, August Wilson, Dizzy Gillepsie, Bessie Smith, Nella Larsen, Ethel Waters, Blind Lemon Jefferson, James P. Johnson, Willie Smith, Miles Davis, Gladys Bentley, Chick Webb, Erroll Garner, Nina Simone, John Coltrane, Edith Wilson, Claudia McNeil, Jules Bledsoe, Sidney Bechet, Ossie Davis, Harold Nicholas, Fayard Nicholas, Pearl Bailey, Diahann Carroll, Harry Belafonte, Hattie McDaniel, Leslie Uggams, Nat King Cole, Sammy Davis, Jr., Nichelle Nichols, Ruby Dee, Zora Neale Hurston, Claude McKay, James Baldwin, Lorraine Hansberry, Gwendolyn Brooks, Lead Belly, Mississippi John Hurt, Albert Ammons, Hazel Scott, Pete Johnson, Paul Robeson, Fats Waller, Coleman Hawkins, Joseph "King" Oliver, Carmen McRae, Oscar Micheaux, Louise Beavers, Cicely Tyson, Bill "Bojangles" Robinson, Sister Rosetta Tharpe, Jeni LeGon, Edna Mae Harris, Lillian Randolph…

E mais, mais e mais…

*"Se você se alegra ao ver a luz ao amanhecer,
Não vai se alegrar de morrer ao anoitecer.
São tantas pessoas que nem sequer viram a luz."*

*Zora Neale Hurston,
Seus olhos viam Deus.*

PRÓLOGO DE CANON

Aos vinte anos de idade...
É a hora mágica.

Um pó dourado cobre o horizonte, cintilando por entre a linha tênue que divide a terra e o céu, banhando a costa em luz e brilho.

— Nunca vou me cansar disso — sussurra minha mãe, o olhar maravilhado por uma novidade tão grande quanto o pôr do sol que se desenrola.

Depois de ver o pôr do sol mil vezes em mil cais frágeis, ela, uma fotógrafa veterana, ainda se maravilha com esta vista.

Uma brisa forte sopra sob meu blusão aberto.

— *É* lindo, mas provavelmente deveríamos entrar. Está esfriando aqui.

— Não está frio aqui fora. — Os olhos de mamãe, vívidos em seu rosto cansado, encontram os meus. — Não me trate como uma inválida, Canon.

— Eu não estou... Eu... Eu não estou fazendo isso. — Observo a cadeira de rodas em que ela passa a maior parte dos dias agora, a câmera no colo, embalada amorosamente entre as mãos instáveis. — Desculpe. Eu não queria.

A irritação diminui um pouco em sua expressão, mas seus lábios permanecem contraídos.

— Já refletiu de verdade sobre essa palavra? Inválido? *Não* válido. Por que alguém que não consegue andar ou se locomover facilmente acaba sendo *invalidado* por nós? Não os vemos, não respeitamos os seus desejos?

— Mãe, eu não queria fazer isso. Já estamos aqui há algum tempo. Foi um longo dia e só quero que termine bem.

A câmera, quando ela a leva até os olhos e aponta para o sol, treme em seu aperto tênue até que seu aperto firme a estabilize.

— Cada dia que termina comigo ainda respirando termina bem.

Suas palavras tocam meu coração e respiro fundo pelo nariz, nunca preparado para a ideia de que minha mãe não estará sempre por perto. Que ela pode não existir por muito mais tempo.

— Não fale assim, mãe. — Movo os pés, sentindo-me tão instável quanto as ondas se chocando contra as colunas do cais.

Ela desvia os olhos da câmera, do horizonte polido, para me lançar um olhar astuto e zombeteiro.

— Menino, todos nós vamos morrer. A questão é: como você viveu? Você viveu ou apenas esperou a morte chegar? Eu não. Não vou ficar esperando por nada. — Ela se volta para o pôr do sol. — Exceto isto. Esperarei sempre pela hora mágica. Esperarei sempre por um milagre, mas sabendo que acontecerá. Como um relógio, isso acontecerá. Um milagre com o qual você pode contar.

Não tenho coragem de dizer a ela que desisti dos milagres. Ela apenas diria que sou jovem demais para abandonar a fé, a esperança e o luxo da ingenuidade, mas a doença que assola o corpo da minha mãe acelerou o seu envelhecimento e o meu.

— Onde está sua câmera? — pergunta, sua dúvida repentina me encontrando acima do som das ondas.

Deslizo a mochila dos ombros e retiro minha câmera de vídeo portátil. Eu sei o que ela quer. Cada vez mais ela documenta sua jornada. A nossa. Embora doa ouvir algumas das coisas que ela diz para a câmera, coisas que não são só para mim, eu nunca a impedi. Estou sempre pronto para captar cada palavra, cada olhar da mulher notável que me criou.

— Você é meu garoto, com certeza. Não ficava sem minha câmera também. — Ela olha por cima da sua, para mim. — É o amor da minha vida, porém, por mais que você ame sua arte, Canon, quero que encontre alguém a quem possa amar mais.

Eu rio e sinto o gosto do ar salgado.

— Você não fez isso, mas quer que eu faça?

Um sorriso triste desenha parênteses em torno de sua boca.

— Sempre queremos mais para nossos filhos do que tivemos.

Não vou dizer a ela que amar alguém mais do que minha arte *exigiria* um milagre. A vida já roubou muitas ilusões da minha mãe. Não consigo me fazer roubar mais uma.

Ligo a câmera. Viro para *ela*.

— Ah, que bom. Está ligada? — Ela abaixa a sua e olha para a minha, com uma determinação tão brilhante em seus olhos quanto o sol poente incendiando o oceano. — Porque tenho algo a dizer.

PRÓLOGO DE NEEVAH

Aos 18 anos de idade...
Eu deveria saber que esse dia seria uma droga.

No café da manhã, derrubei o sal. Atrasada para a escola, parei o suficiente para pegar um punhado e jogar por cima do ombro para afastar o azar, mas o estrago já estava feito.

No primeiro período, o senhor Kaminsky me chamou justamente quando percebi que havia deixado minha tarefa de inglês avançado em casa. No almoço, deixei cair a bandeja, derramando leite com chocolate, purê de batata e meu copo de frutas por todo o chão do refeitório. E a pior parte deste dia? Esqueci uma fala no ensaio para a última peça da escola, *Nossa Cidade*. Eu tinha aquele monólogo decorado. Como pude esquecer?

— Algum ser humano já percebeu a vida enquanto a vive? — Recito as palavras da minha personagem Emily, baixinho, e estaciono o velho Camry da mamãe na nossa garagem. — Em cada mísero minuto?

Vasculhei meu cérebro em busca dessas palavras, mas não consegui encontrá-las em lugar nenhum quando precisei delas. Eu até sabia a frase que viria a seguir, a resposta do diretor de palco, a resposta dele à pergunta que não consegui fazer.

— Santos e poetas talvez.

O departamento de teatro é a melhor coisa da nossa pequena escola. Eu não teria uma oferta de bolsa integral para o programa de teatro da Rutgers sem tudo o que o clube de teatro e as aulas me ensinaram.

Estaciono o carro e bato a cabeça no volante, ainda brava por ter esquecido aquelas falas hoje.

— Maldito sal.

Quando olho para cima, o F150 de Brandon está estacionado à frente, embaixo da nossa cobertura para carros. Meu namorado — correção, meu noivo já que ficamos noivos no Natal — sempre parece acertar quando preciso dele. Brandon não está entusiasmado com a oferta da Rutgers, embora eu ainda não tenha decidido se irei ou não. Ele espera que eu frequente uma faculdade mais perto de casa, embora nenhuma delas tenha se oferecido para pagar minhas despesas. Apesar da nossa recente tensão sobre meus planos futuros, este dia ruim fica ainda melhor sabendo que ele está lá dentro me esperando, mesmo que eu não o esperasse.

Adoro quando ele vem depois do turno na Olson's, a oficina do pai, onde é mecânico. Brand tem talento para carros — sempre teve. Quando nenhuma bolsa para jogar futebol apareceu, ele aceitou com calma e começou a trabalhar na Olson's sem reclamar. Ele sempre cheira a Irish Spring, o sabonete que usa para tomar banho depois do trabalho. Não importa o quanto esfregue, vestígios teimosos de graxa geralmente ficam sob as unhas e nas dobras das mãos. Eu não me importo, desde que suas mãos estejam *em mim*.

Brand foi meu primeiro. Meu único. Secretamente, estou inclinada a ficar, talvez estudar teatro em nossa faculdade comunitária, em vez de ir para o norte, porque não suporto a ideia de ficar longe dele por quatro anos.

Saio e vou para nossa casa de tijolos aparentes.

— Estou em casa! — Guardo as chaves no bolso e fecho a porta da frente atrás de mim.

Brandon sempre espera na sala. Mamãe nos esfolaria vivos se nos encontrasse no meu quarto, embora já tenhamos escapado uma ou duas vezes.

Sigo pelo corredor, parando quando vejo minha irmã Terry sentada ao lado dele no sofá. Ambos estavam no terceiro ano quando comecei o ensino médio. Terry é tão linda que todo mundo tenta pelo menos uma vez ficar com ela, mas, até onde sei, Brandon nunca tentou. Não pude acreditar quando ele me convidou, uma caloura, para sair.

— Ei, pessoal. — Entro e me jogo no sofá maior, já que eles estão espremidos no de dois lugares. Brandon se mantém rígido ao lado dela, sentado ereto como um poste, com os punhos cerrados no colo. Terry, com seu sorriso espontâneo e aquela bunda gorda, anima todas as festas, mas agora suas sobrancelhas franzem, seu rosto se contorce com o que parece ser tristeza.

— Quem morreu aqui? — Solto uma risada, que desaparece quando o olhar de Terry baixa para o colo dela e Brandon desvia o dele. Meu pai morreu de ataque cardíaco quando eu tinha 12 anos. Estou paranoica em perder outra pessoa desde então. — *Alguém* morreu aqui? — Sento-me direito, o medo enfraquecendo minha voz. — Mamãe? Tia Alberta?

— Não — Terry interrompe. — Não é nada disso. Nós, hm… — Ela nega com a cabeça, contrai os lábios e fecha os olhos.

— Nós temos algo para lhe contar. — A voz de Brandon é rouca, grave. — Nós… bem, Terry…

— Estou grávida.

Suas palavras caem como uma pedra na pequena sala de estar e eu pisco para ela estupidamente. Por um segundo, mesmo sabendo que esta deve ser a última coisa que Terry deseja desde que acabou de terminar a faculdade de cosmetologia, sinto alegria. Eu vou ser tia! Terry e eu ficamos deitadas na minha cama sonhando durante as tardes de sábado com meu casamento com Brandon e como eu provavelmente teria filhos antes dela, porque ela demoraria uma eternidade para sossegar com alguém. Nós ríamos, eu no chão entre os seus joelhos enquanto ela trançava meu cabelo.

A alegria, de curta duração, se dissipa como o vapor exposto ao ar.

NÓS temos algo para lhe contar, disse Brandon.

Nós.

Eles não são *nós*. Brandon e eu somos um *nós*. Terry e eu somos um *nós*, mas eles nunca estavam juntos a não ser que eu estivesse junto.

— O-o que está acontecendo? — gaguejo. — Por que vocês… o que vocês querem dizer…

Isso é tudo que consigo fazer antes que minha voz suma por completo. Minhas entranhas se transformam em rocha, me preparando para algo que meu cérebro ainda não percebeu.

— É meu — Brandon engasga. Flexionando a mandíbula, ele estende a mão para massagear a nuca e fica de pé, andando em frente à lareira. Vejo as molduras douradas que revestem a lareira, algumas tão antigas que estão manchadas, todas exibindo fotos da minha família. Várias de mim e Terry. De dentes tortos e tranças a comemorações e expressões taciturnas. Um desfile de estágios, anos e emoções que vivemos juntos. Irmãs.

Minha irmã está grávida do meu noivo.

Nós.

Um deslizamento de terra de fúria, confusão e dor esmaga minhas entranhas em escombros.

— Não. — Nego com a cabeça, levanto e recuo alguns metros, colocando espaço entre mim e esses traidores. Esses traidores egoístas que deveriam ser meus, não uns dos outros. — Quando?

— Na primeira vez — diz Terry. — Nós…

Entrelaçados

11

— Na primeira vez? — disparo as palavras para ela, indignação e aflição lutando pelo domínio em meu coração. — Quantas... quanto tempo... O que você fez, Terry? — Viro os olhos úmidos, embaçados pelas lágrimas e ardendo de raiva, para Brandon. — O que é que *você* fez? — pergunto a ele também, sem saber a quem eu mais odeio agora. Quem mais *me* machucou.

— Você não estava pronta — a voz de Brandon é defensiva e cheia de culpa. — Eu disse que é difícil para um cara esperar, mas você... você não estava pronta.

Ele era mais velho e todos os seus amigos estavam fazendo sexo com suas garotas, mas eu não teria pressa. Ele implorou, me contando como era difícil para os caras ficarem sem transar. Eu me sentia culpada e ele frustrado, mas superamos. Ele esperou até que eu *estivesse* pronta e valeu a pena. Foi bom — pelo menos foi o que pensei. Nunca suspeitei que ele tinha me traído. E com minha irmã?

— Isso foi há quase dois anos, Brand — grito. — Você está transando com Terry desde o meu primeiro ano?

Os olhos de Terry, arregalados de pânico, disparam para a entrada da sala.

— Shhh! Meu Deus, Neev. Você quer que toda a vizinhança ouça?

— Sério, T? Essa é a sua principal preocupação? Tenho certeza de que todos saberão em breve. A menos que você planeje...

— Foi uma vez — Brandon interrompe, com olhos suplicantes. — O verão antes de nós... antes de você e eu começarmos a fazer isso. Foi um acidente. Eu disse a ela que isso nunca poderia acontecer novamente, e não aconteceu.

— Não sou muito boa em ciências — começo, com o sarcasmo abrindo caminho através da dor. — Mas deve ter acontecido de novo se ela acabou de engravidar, dois anos depois.

O silêncio culpado deles seguindo minhas palavras sufoca até mesmo a mais tênue esperança de um milagre. Pela impossibilidade de ter sido apenas uma vez, o que já é bastante ruim, mas por pensar que fariam de novo. Que ele faria isso quando eu pensava que estávamos felizes. Que ela faria isso sendo minha irmã e ela sabendo. Ela *sabia* o quanto eu amava Brandon. Como ela poderia não saber e como pôde fazer isso comigo?

— Faz apenas algumas semanas — admite Terry, com lágrimas escorrendo do canto dos olhos. — Você tem que acreditar que eu nunca...

— Não preciso acreditar em nada — rebato.

— Você tem ensaiado muito para a peça — argumenta Brandon.

— Então, de novo, a culpa é minha? — Uma risada irônica irrompe.

— Eu tenho que ensaiar depois da escola para uma peça, alguns dias por semana, e você não consegue manter seu pau longe da minha irmã?

— Neev, droga! — Terry fica de pé, uma carranca estragando a beleza suave de seu rosto. — Fale baixo.

Estamos todos de pé agora, a tensão circulando entre nós três. Eu me envolvi em raiva, mas as camadas protetoras estão se desgastando, e a dor, mais aguda e pesada do que acho que posso suportar, lateja em minhas têmporas e troveja em minhas costelas. Meus joelhos tremem e a cabeça gira.

Eu poderia desmaiar.

Tento me lembrar de uma peça em que um personagem desmaia, e tudo que consigo pensar é *Os dois cavalheiros de Verona*, de Shakespeare, e esse é um péssimo exemplo. Esta é a última coisa em que deveria pensar enquanto minha vida é destruída na sala de estar, mas de alguma forma me reorienta.

Eu ainda tenho o palco.

Aqui estava eu pensando em ficar, desistir da minha bolsa de estudos, possivelmente do meu sonho de um dia me apresentar na Broadway, por ele. Por *isto*. Há uma carta de aceitação na gaveta da minha mesa para um ótimo programa de teatro. Minha passagem para sair daqui. Meu passaporte para fora do que se tornou um inferno. Rutgers pode pagar por um novo começo, longe daqui; deles. Deste perverso *nós* me encarando com olhos mentirosos e encharcados de lágrimas.

Parece que eles me roubaram tudo, mas não. Eu tenho muito.

Eu tenho uma oportunidade.

Uma estranha calma toma conta de mim. Isso não alivia a dor latejante e pulsante em meu peito, nem a náusea agitada em meu estômago — vou vomitar quando chegar ao meu quarto —, mas me dá forças para fazer o que precisa ser feito.

Partir.

Entrelaçados

13

"O jazz leva embora a sujeira da vida cotidiana."

– Art Blakey, baterista renomado.

CAPÍTULO 1

Canon

Dias atuais...

Pisco quando as luzes do Teatro Walter Reade se acendem, o brilho agredindo meus olhos depois de passar quase duas horas sentado no escuro. A sala lotada parece prender a respiração coletivamente e depois soltar o ar junto com aplausos estrondosos. E então eles ficam de pé. Tenho certeza de que algumas pessoas ficam sentadas, mas só vejo uma sala cheia de gente de pé, aplaudindo o documentário em que dediquei os últimos três anos da minha vida. O calor sobe pelo meu pescoço e rosto. Eu mesmo não me contorço na cadeira do diretor colocada no centro do palco. Não é a primeira vez que exibi um documentário no Festival de Cinema de Nova Iorque, mas nunca vou me acostumar com a atenção. Sinto-me muito mais à vontade atrás das câmeras do que diante de um público. Eu sou como a minha mãe nesse aspecto.

Espero ser como ela de mil maneiras.

Charles, o moderador, pigarreia e me lança um sorriso, dizendo *eu avisei*.

Reviro os olhos e aceito sua opinião com um aceno de cabeça e um sorriso irônico. Ele previu que o público aplaudiria de pé *Cracked*, meu documentário que examina a guerra contra as drogas no país, as sentenças mínimas obrigatórias e o encarceramento em massa, e contrasta a atual crise de opioides, em grande parte suburbana.

Minha leve tarefa habitual.

Faço um gesto para que todos se sentem e, por alguns segundos, eles me ignoram, até que, em pequenas ondas, tomam seus lugares.

— Acho que gostaram — diz Charles, em seu microfone de mão, arrancando risadas no teatro.

— Talvez. — Encaro a multidão. — Mas tenho certeza de que eles têm dúvidas.

Entrelaçados 15

E como têm...

Durante a hora seguinte, as perguntas vêm em uma rápida sucessão de curiosidade implacável e principalmente de admiração. Alguns desafiam a minha posição amplamente crítica em relação à chamada guerra contra as drogas do governo. Não tenho certeza se eles estão apenas bancando o advogado do diabo ou se realmente acreditam nos argumentos que levantam. Não importa. Gosto de um bom debate e não ligo de realizá-lo com 300 pessoas assistindo. É uma ótima oportunidade para esclarecer ainda mais meus fundamentos, minhas crenças. E talvez aprenda algo no processo. Geralmente não estamos cem por cento certos ou informados sobre nada. Mesmo que não concorde com alguém, nunca descarto a oportunidade de aprender algo que não havia considerado.

Quando tenho certeza de que esgotamos a discussão e posso começar a pensar no delicioso bife que prometi a mim mesmo, outra pessoa se aproxima do microfone instalado no corredor.

— Uma última pergunta — diz Charles, apontando para o cara sardento e ruivo que está vestindo uma camiseta do Biggie.

— Sou um grande fã do seu trabalho, senhor Holt — começa, com os olhos azuis fixos e intensos.

— Obrigado. — Ignoro o protesto do meu estômago. — Agradeço mesmo.

— Por mais que eu ame seus documentários — continua —, sinto falta de seus longas-metragens. A experiência com *Primitivo* te impediu de dirigir filmes?

Merda.

Eu não falo sobre esse desastre. Já foi discutido o suficiente sem que eu nunca o tenha abordado publicamente. *Todo mundo* sabe que não deve me perguntar sobre esse filme. E esse engraçadinho tem coragem de me perguntar *agora*? Depois de ser aplaudido de pé no Festival de Cinema de Nova Iorque pelo documentário mais difícil que já fiz?

— Algumas histórias deveriam ser contadas por outras pessoas — respondo, mantendo meu tom neutro e encolhendo os ombros filosoficamente. — Você encontra as histórias que deveria contar e segue em frente se ficar claro que alguma delas não é para você. Não é pessoal.

— Então eu acho que terminamos — prossegue Charles. — Obrigado a todos por...

— Mas *foi* pessoal — o ruivo interrompe a tentativa de Charles de silenciá-lo, pressionando, apesar da cor em suas bochechas. — Quero dizer, você estava namorando Camille Hensley e, quando terminaram, ela fez com que você fosse demitido do filme. Dá para ser mais pessoal? Você tem algum conselho para nós, jovens cineastas, que podemos nos encontrar em situações embaraçosas semelhantes?

Sim, não foda uma de suas atrizes.

Não digo isso em voz alta, é claro, embora *seja* a lição que aprendi da maneira mais difícil e humilhante.

— Acho que a lição é que a arte tem precedência sobre tudo. — Forço um tom uniforme. — Essa história acabou exatamente como deveria...

No lixo.

— E performou da maneira que deveria...

Um fracasso.

— Sem mim. Acho que todos sabemos que envolvimentos pessoais podem complicar o que já é a coisa mais difícil que já fiz: entregar ótimos filmes, mesmo que sejam histórias verdadeiras de vidas arruinadas pelas políticas mal concebidas de um governo. — Aponto para a tela grande com o logotipo de *Cracked* atrás de mim. — Ou histórias nascidas puramente da imaginação. Contar histórias é sagrado. A história deve ser protegida a todo custo. Às vezes, com custos pessoais, logo, quando fica claro que meu envolvimento naquele projeto poderia comprometer a história, eu desisto.

"Feito um descarrilamento" é uma descrição mais precisa de como Camille aproveitou seu status de megaestrela para me tirar do projeto. O filme sendo massacrado pelo novo diretor e os tomates podres atirados contra a obra pouco fizeram para aliviar a ferida. Eu não precisava do fracasso do filme para me justificar. Eu sabia que não deveria ter me envolvido com Camille. Nem mesmo uma boa boceta vale uma oportunidade desperdiçada.

Mas é difícil chamar algo de "desperdício" quando você aprende a lição tão bem.

— Parecia que você estava a dois segundos de socar o ruivo.

O comentário de Monk me faz sorrir, mas estou concentrado demais no meu bolinho de siri para falar. Depois de toda aquela vontade de comer bife, o bolinho de siri de PJ Clarke me conquistou.

— Quero dizer, foi preciso muita coragem para perguntar. — Monk pisca e dá uma mordida em seu bife.

— O idiota tem sorte de ainda estar inteiro. — Limpo a boca e jogo o guardanapo sobre a mesa. — Ele tem que saber que eu não falo sobre essa merda.

— Você mal falou comigo sobre *Primitivo*, muito menos com uma sala cheia de estranhos, então, acho que o fato de você não ter estrangulado o cara bem ali já foi quase louvável.

— Hmmm. — Solto um grunhido caso Monk coloque na cabeça que quero discutir isso mais a fundo. Eu não quero. *Primitivo* é um ponto sensível. Construí minha carreira e reputação com base em documentários inovadores e reflexivos. Quando dirijo longas-metragens é porque o material prende a minha imaginação e incita as minhas convicções. *Primitivo* é um lembrete de que uma vez me afastei disso e paguei com orgulho. Eu não estava mentindo lá atrás. Contar histórias é sagrado para mim. Colocar em risco minha integridade como contador de histórias por uma mulher?

Não acontecerá novamente.

— Captei a mensagem — garante Monk, tomando um gole de cerveja. — Você não quer falar sobre *Primitivo*, então vamos falar sobre seu próximo filme. Eu sei que você gosta disso.

Ergo o olhar do prato e aceno. Acredito na economia de palavras. Falar demais geralmente significa dizer coisas que eu não queria ou não deveria.

— Tenho um milhão de ideias sobre a partitura — continua, sem esperar que eu fale.

Wright Bellamy, o Monk, é um dos melhores músicos que já conheci. Ele toca vários instrumentos, porém é mais conhecido pelo piano. Sua obsessão por Thelonious Monk lhe rendeu o apelido, e sua enorme habilidade como pianista confirma isso. Ele é aquela rara fera com formação clássica que pode cruzar perfeitamente o pop, o contemporâneo e o jazz. É só dizer qual gênero. Ele provavelmente consegue levar.

— Então você *está* livre para trabalhar no filme? — Tomo um gole do meu Macallan. Não tinha percebido quão ansioso estava com a recepção do documentário até aquela sessão de aplausos. A maior parte da tensão desapareceu de mim depois disso. Esta bebida está resolvendo o que resta.

— Posso embaralhar algumas coisas. — Os olhos escuros de Monk brilham de humor. — Pelo preço certo.

Ele é tão intenso quanto eu, mas disfarça isso com uma personalidade descontraída e um sorriso bem-humorado. Não me importo o suficiente para disfarçar nada. É o que tem para hoje.

— Temos orçamento — murmuro. — Desta vez. Espero não me arrepender de ter deixado Evan me convencer a fazer isso com o Estúdio Galaxy.

— É uma peça de época. E uma das grandes. Considerando o figurino, a produção e o escopo dessa coisa, não vai ser barato. Evan estava certo em ir atrás de um estúdio.

— Tenho certeza de que ele ficará satisfeito em ouvir isso. Contudo, se há uma coisa que você nunca precisa contar a Evan é que ele está certo.

Meu parceiro de produção, Evan Bancroft, merece muito crédito pelo nosso sucesso. Ele me "satisfaz" com meus documentários e mantém as filmagens dentro dos gastos, garantindo que os filmes que fazemos nos rendam muito dinheiro. O cara é esperto demais para ser pobre. Não que ele já tenha sido. Evan cresceu no ramo, tendo a mãe como roteirista e o pai como diretor de fotografia. Os filmes correm no seu sangue.

— Ainda longe de encontrar sua estrela? — Monk pergunta.

Ponho a bebida na mesa e recosto-me na cadeira, observando o Lincoln Center brilhar pela janela enquanto a primeira camada de escuridão cobre a cidade. Encontrar uma ótima história é apenas o primeiro obstáculo. Conseguir dinheiro para fazer isso? É outro. Escolher os atores certos — um dos passos mais importantes entre as dezenas que você dá, para fazer ou arruinar um filme.

— Vou saber quando encontrá-la — digo a ele.

— Quantas você viu até agora? Cem?

— O estúdio lançou uma grande seletiva de elenco que foi uma piada. Gosto de ser muito mais preciso do que isso. É uma perda de tempo e dinheiro, se me perguntar, mas não perguntaram. Eles começaram a olhar para todas essas atrizes que estão totalmente erradas para o papel.

— Bem, em defesa deles, você está procurando há seis meses sem nenhum retorno, então provavelmente estão apenas tentando ajudar esse bebê.

— Mas é *meu* bebê. — Olho para os transeuntes na rua como se eles fossem os engravatados abrigados com segurança em suas casas em Beverly Hills. — Encontrei essa história no meio do nada. Eles não têm ideia do que será necessário para torná-lo o que deveria ser. Tudo que quero é o dinheiro deles, não suas ideias.

Entrelaçados

— Bobos são eles, pensando que deveriam poder dizer algo sobre como seu dinheiro é gasto.

— Eu faço isso há muito tempo. Sei como funciona, mas há algumas coisas que só sei por instinto. E escalar esse filme é uma dessas coisas, então preciso que os executivos do estúdio fiquem fora do meu caminho enquanto encontro a atriz certa.

— Ainda é meio que um milagre como você tenha conseguido *Dessi Blue*. Tipo, só acontece uma vez na vida.

Eu estava viajando de uma entrevista de *Cracked* para outra. Dirigindo por uma cidade rural do Alabama, quase perdi a pequena placa de sinalização à beira da estrada.

LOCAL DE NASCIMENTO DE DESSI BLUE (1915–2005)

Dirigindo, não tive tempo de ler todas as letras miúdas abaixo do título que contavam mais sobre sua vida, mas o posto de gasolina na pequena cidade onde parei ficava na Rua Dessi Blue. Lá dentro, perguntei ao caixa sobre Dessi Blue, e o resto é história. Isso me colocou na estrada sinuosa que me levou ao filme mais ambicioso que já tentei — um filme biográfico sobre a história de vida de uma cantora de jazz extremamente talentosa, da qual a maioria nunca ouviu falar e nunca conheceu.

— Darren está escrevendo o roteiro? — A pergunta de Monk me tira dessa lembrança crucial.

— Hmm, na verdade, não. Eu realmente acho que essa história deveria ser escrita por uma mulher. — Faço uma pausa, deixando bastante espaço para a bomba que estou prestes a lançar. — Eu quero Verity Hill.

A faca de Monk para no meio do corte da fatia de seu bife mal-passado. Ele olha para cima, piscando para mim algumas vezes. Sua faca e seu garfo fazem barulho quando ele os larga no prato. Um músculo se contrai em sua mandíbula.

— Olha, eu sei que vocês dois têm um passado — eu digo.

Ele responde com uma risada desdenhosa e se recosta na cadeira, sem fazer nenhum movimento para voltar ao bife.

— Você não sabe nada sobre o nosso passado — rebate, com a voz uniforme, mas com o bom humor habitual ausente.

— Sei que vocês namoraram na faculdade e...

— Não especule, Canon.

— Quero dizer, ela não disse que seria um problema, então presumi que você...

— Você já perguntou a ela? Antes de me perguntar?

— Desculpe, cara, mas o estúdio estava mais interessado em quem escreveria o roteiro do que em quem faria a música. Ela está em alta demanda desde que ganhou o Globo de Ouro.

— Sim, entendi.

— Eu precisava prendê-la, atraí-la o mais cedo possível.

— Eu *disse* que entendi. — As palavras de Monk estão fragmentadas, mas parece que ele está engasgado com elas. — Ela está de boa. Estou de boa.

— Sim, ela não parece ter problemas com você.

— Nem deveria — murmura baixinho, mas alto o suficiente para eu ouvir.

— Foi um término ruim?

— Foi na faculdade. — Monk pega o garfo e a faca, cortando a tenra carne rosada. — Crescemos e somos profissionais.

— Esteja certo disso, porque não gosto que merdas pessoais atrapalhem meus filmes.

— Ah, você quer dizer como Camille e *Primitivo* — sugere, com um súbito sorriso maligno.

— Cara, se você não...

— Está bem, está bem. — Ele levanta as duas mãos em sinal de rendição. — Você deixa de falar de Verity e não mencionarei Camille.

— Fechado. — Levanto o queixo e ergo o copo vazio para que o garçom veja que preciso reabastecer. — Conseguimos nosso estúdio. Nossa escritora. Nossa música. Agora, se eu conseguisse simplesmente encontrar Dessi... Não quero escalar o protagonista masculino até saber quem será Dessi. Preciso ver com quem ela terá química.

— Faz sentido — comenta Monk, distraído, olhando para o telefone ao lado do seu prato. — Ai, caramba. Que bom para ela.

— Bom para quem? O que está rolando?

— Algumas semanas atrás, um velho amigo me implorou para participar deste show para ele no Village. — Ele pega o telefone, sorrindo. — A esposa dele entrou em trabalho de parto e ele não queria deixar a banda na mão.

— Então ele pediu o favor pra *você*? — Solto um suspiro, impressionado. — Deve ser coisa antiga.

Monk é um dos grandes. Pedir a ele para ser substituto em um show local é como trazer LeBron para um jogo no playground.

Entrelaçados

— Foi divertido. Tanto faz. — Monk dá de ombros e sorri. — Então tinha uma garota cantando com a banda naquela noite e ela foi fenomenal. Boa demais. Tinha "estrela" escrito nela. É apenas uma questão de tempo.

— Qual é o nome dela?

— Ah, você nunca ouviu falar dela. Neevah Saint. Comecei a segui-la no Instagram depois daquele show. De qualquer forma, ela acabou de postar que está naquela peça da Broadway, *Esplendor*. Ela é substituta e, aparentemente, a atriz principal está de férias, então ela vai se apresentar esta noite pela primeira vez.

Ele olha para o relógio e depois para mim.

— O que você vai fazer? Quer assistir a um show?

— Acha que podemos conseguir ingressos no dia? Em tão pouco tempo?

Ele me lança um olhar de "você sabe quem eu sou?".

— Mano, eu sempre tenho um contato.

— Eu ia dar uma olhada nas primeiras versões do roteiro que Verity enviou.

— Dane-se isso. Estamos em Nova Iorque. Vamos. Você trabalha demais.

— Olha só quem está falando.

— Sim, mas eu me divirto demais também. Relaxe um pouco e tire essa vareta do traseiro pelo menos por esta noite.

— Uau. Você realmente sabe como conquistar um cara.

— Cara, já passamos da fase da conquista. Estou arrastando você para esse show.

Olho melancolicamente para meu copo vazio.

— Ai, inferno.

— "Ai, inferno", meu cu. — Ele sinaliza para o garçom, que nunca chegou a reabastecer o copo. — A conta, por favor.

CAPÍTULO 2

Neevah

— Liguei para lhe desejar boa sorte esta noite, Neevah. Desculpe por não poder estar lá.

Ao ouvir a mensagem de voz da minha mãe, percebo o arrependimento em sua voz, mas isso não diminui minha decepção por ela não estar aqui.

— *Fiz uma cirurgia e você sabe que meu joelho não está bem desde então* — continua. — *Viajar tanto tempo em um ônibus seria difícil. De qualquer forma, estou muito orgulhosa de você. Todos nós estamos. Eu te amo.*

Ela não pega avião.

Estou no papel por apenas uma semana.

Ela tem obrigações em casa.

Ensaio a ladainha de motivos pelos quais minha mãe não pode estar aqui quando preciso dela, como fiz muitas vezes na última década. Como fiz no primeiro semestre da faculdade. E quando eu estava passando dificuldades após a formatura. Uma vez fiz uma turnê com uma peça e fizemos um show em Charlotte. Foi um papel pequeno, mas minha mãe apareceu. Ela sorriu com orgulho pelas poucas falas que tive no palco por apenas alguns minutos. Como ela se sentiria esta noite me vendo na Broadway como a estrela do show?

— Você consegue — diz minha cabeleireira e melhor amiga Takira, tirando-me dos meus pensamentos e trazendo-me de volta ao camarim enquanto me preparo para continuar.

Suas palavras ecoam o mantra que venho entoando internamente desde que descobri que estaria substituindo a atriz principal esta noite. Na verdade, eu já sabia há algumas semanas, porque as férias dela estavam planejadas, mas esta é a primeira noite em que realmente *farei* isso. Na Broadway. Com o estômago em nós. Possivelmente vomitando.

— Vou destruir esse figurino com essas pizzas de suor enormes. — Rio e levanto os braços. — Meu nervosismo. Ai, meu Deus. Só quero acabar com isso.

Takira enfia outro grampo para prender a longa peruca que estou usando para o papel.

— Repito. — Ela encontra meus olhos no espelho, apoiando o queixo na curva do meu pescoço e apertando meus ombros. — Você consegue. Verdade seja dita, pensei que Elise nunca sairia de férias, porque ela sabe que sua substituta pode superá-la e escondê-la debaixo da mesa. Ela não queria que as pessoas vissem como sua atriz reserva realmente é boa. — Ela pisca para mim. — Mas esta noite eles verão.

Verão mesmo? Não me importo se alguém pensa que sou melhor que a atriz principal. Gosto de Elise. Ela é realmente talentosa. Só quero passar por isso e não envergonhar o diretor ou decepcionar o elenco. Ou decepcionar as pessoas que pagaram para vê-la.

— Já volto — garante Takira. — Vou pegar um pouco daquele chá que eles têm na sala verde.

As paredes do camarim de Elise parecem me envolver apertado. Enquanto ela está de férias, posso pegar sua sala emprestada, mas o que divido com três outras substitutas é um armário de vassouras pomposo, quatro andares acima. Este aqui é muito maior e está decorado com bom gosto, com lindos tapetes, móveis luxuosos e pinturas abstratas enfeitando as paredes. Muito espaço para minhas dúvidas e medos ficarem confortáveis.

Alguns minutos depois, uma batida soa à porta. Os substitutos se aglomeram no corredor, com os olhos brilhando de animação.

— Boa sorte lá — Janie diz, efusiva. — Não há nada igual a isso.

Ela já fez isso antes. Como *swing*, ela é substituta de vários atores, então suas chances de subir no palco são maiores que as minhas.

— Gente — começo —, estou tão nervosa.

— Você vai ser incrível — Beth tranquiliza.

Elas se aglomeram ao meu redor com seus topetes e vários tons de collant e calças de moletom, me apertando. Eu me aconchego em seus braços, encontrando solidariedade e alguns segundos de confiança emprestada em seu aperto firme.

— Meia hora, senhoras e senhores — lembra-nos a voz indistinta do gerente de palco através do sistema de intercomunicação.

Meu batimento cardíaco parece triplicar.

— Okay. Quase na hora. Vamos sair daqui, meninas — Janie fala, para as outras duas substitutas.

— É a sua noite — insiste Beth. — Mostre a eles o que você é capaz de fazer.

— Obrigada. — Ofereço às três um sorriso e aceno quando saem do camarim. Fico com meu reflexo no espelho e a espera silenciosa. Faço alguns exercícios de respiração profunda, alguns aquecimentos vocais. Nenhuma das minhas rotinas parece suprimir a ansiedade que floresce em meu peito.

Takira abre a porta, me assustando ao entrar com uma caneca fumegante.

— Aqui. — Ela enfia a mão na bolsa e tira uma garrafa de água. — Temperatura ambiente. Não tinha certeza de qual você preferiria, então trouxe os dois.

— Obrigada. — Estou ensaiando mentalmente o monólogo do ato final, mal prestando atenção.

— Deixe-me verificar seu cabelo mais uma vez e depois deixo você em paz. — Takira se aproxima e ajusta alguns grampos. — A propósito, sua raiz parecia boa.

Isso chama minha atenção. Eu me viro para examinar seu rosto. Meu cabelo tem estado… um problema. Depois de aparecer em alguns shows e não encontrar ninguém no set que soubesse o que fazer com o cabelo de uma pessoa preta, comecei a me certificar de que estava preparada para fazer isso sozinha. Encontrei Takira, que cuidava dele recentemente e ajudava a mantê-lo saudável. Eu poderia ter lidado com isso esta noite, mas tê-la significava uma coisa a menos para me preocupar.

E Takira é minha garota. Com tanta distância entre mim e minha família — não apenas os quilômetros que separam a Carolina do Norte de Nova Iorque, mas o abismo que se abre entre nossos corações —, colecionei alguns bons amigos ao longo dos anos. Eu vinha precisando deles.

Houve um tempo em que eu não conseguia imaginar uma noite como esta sem mamãe e Terry, e agora é difícil vê-las em qualquer parte da minha vida. É difícil me imaginar encaixada na delas. Especialmente a de Terry. Tenho uma sobrinha, Quianna, que mal conheço e mal consigo olhar, porque, cada vez que faço isso, eu *os* vejo.

— Pare com isso — digo à garota no espelho com a pesada maquiagem de palco e a peruca de seda caindo pelas costas. — O passado é uma merda. O futuro é incerto. Tudo que você tem é o agora.

— Isso é o que você sempre diz. — Takira ri, seu amplo sorriso branco contrastando com sua pele negra clara e impecável.

Entrelaçados

— Eu literalmente esqueci que você estava aqui. — Rio, permitindo que a diversão perfure meu nervosismo por pelo menos um momento.

— Bem, vou te deixar em paz, por assim dizer. — Ela pega sua bolsa cheia de suprimentos do chão e dá um tapinha na touca de cachos naturais. — Estarei assistindo da galeria.

— Você vem jantar depois, certo? Acho que alguns de nós vamos para a Glass House Tavern.

— Parece bom. Encontro você aqui. — Ela sorri. — Quero te ver dando vários autógrafos na saída do palco.

— Afff. — Engulo a ansiedade subindo pela garganta. — Eu duvido.

— Este papel nunca foi feito por uma mulher negra. — O sorriso de Takira desaparece e seu olhar intensifica. — Substituta ou não, esta noite é importante pra caramba, não apenas para você, mas para as meninas que precisam nos ver no palco. Esta noite não é apenas a sua noite. É de todas nós.

Solto uma risada e esfrego a nuca.

— Sem pressão, hein?

— Garota, você nasceu para pressão. — Ela se inclina para dar um beijo na minha bochecha.

Seguro sua mão e sustento seu olhar.

— Obrigada, T, por tudo.

— Você sabe que estou com você.

— Quinze minutos…— Soa pelo interfone.

O suor brota na raiz do meu cabelo e minha respiração falha.

— Tchau — diz Takira, e sai do camarim.

E então sou só eu, sentada com uma xícara de chá, água em temperatura ambiente e todas as maneiras em que posso estragar tudo. O leve zumbido de preparação do outro lado da minha porta se dissipa no silêncio. As abelhas trabalham na colmeia nos bastidores enquanto a plateia espera, com a barriga cheia de um jantar pré-espetáculo ou relaxados após um ou dois drinques. Assisto ao teatro com o estômago vazio e completamente sóbria. Não quero que nada entorpeça meus sentidos ou me deixe lenta. Pode ser que eu perca algo assim. Desfruto de um show como um animal faminto, como uma viciada trêmula em busca de uma droga. Difícil de acreditar que pensei que queria uma vida diferente quando agora isso, atuar, é tudo para mim.

Desde que me formei na Rutgers, fiz turnês regionais, alguns comerciais, fiquei de reserva para algumas apresentações menores, mas esta é a primeira vez que subo em um palco da Broadway. Nos anos que se seguiram àquele dia terrível com Terry e Brandon, aprendi muito sobre mim mesma. Minha visão de mundo, do que era possível, era muito limitada naquela época. É como se eu estivesse olhando a vida com só um olho aberto. Eu poderia ter ficado na minha cidadezinha, feito teatro comunitário, casado com Brandon e me contentado com dois ou três filhos. Talvez tivesse ensinado teatro em nossa escola local. Esse é um caminho que minha vida poderia ter seguido e poderia ter funcionado bem.

Eles me fizeram fugir daquela vida, Terry e Brandon. Expulsaram-me do ninho e fizeram-me voar alto. Até certo ponto, sou grata pelas coisas terem acontecido do jeito que aconteceram, mas, na maioria das vezes, quando penso neles, é difícil ter boa vontade e, por mais que eu odeie admitir, tal graça tem sido escassa. Uma ferida sem tratamento infecciona, e foi isso que aconteceu com minha família.

— Cinco minutos — entoa o diretor de palco pelo interfone.

Fecho os olhos, bloqueando velhas mágoas e lembranças mofadas. Até mesmo corto os caminhos que minha mente seguiria para o futuro e o que um bom desempenho esta noite, esta semana, enquanto Elise está de férias, poderia significar para minha carreira. Reduzo meus pensamentos a uma coisa.

Esplendor.

Esta peça. Esta personagem. Este desempenho. Este momento.

Estive nos bastidores todas as noites durante meses. Sempre preparada, mas nunca agindo. Cada frase e letra vive em meus poros agora, corre em minhas veias. Quero me entregar a esse palco esta noite. Quero expressar todas as emoções que esta história exige.

O teatro tem o poder de transformar, de transportar. Para cada pessoa que espera que as cortinas se levantem, esta história é o veículo para escapar do mundano, da rotina, das pressões que a vida nos impõe. Eu sei, porque sinto essas mesmas pressões. Sinto o peso da vida e quero ser elevada tanto quanto eles. Para alguém esta noite, eu sou a fuga.

E assim, minha perspectiva muda e não se trata do aperto no peito, da falta de ar ou do suor escorrendo pelas costas. Não se trata do meu medo do que poderia dar errado para *mim*. É sobre o que posso fazer por *eles*. O que podemos criar juntos esta noite.

Encaro a mesma garota no espelho, mas agora em seus olhos há uma mistura de paz e fogo.

— Aos seus lugares, pessoal! — o diretor de palco insiste. — Aos seus lugares!

Entrelaçados

CAPÍTULO 3

Canon

Eu prefiro filmes.

Gosto de meses para moldar uma história na minha forma preferida, para manipular com luz ou reconstruir com edição.

Gosto de tomadas.

Mais de uma chance para meus atores encontrarem o seu melhor.

Gosto do tempo.

O teatro é imediato. Com um filme, estou dando vida a algo. Com o teatro, está respirando em *mim*. Já está vivo. Sei que leva meses, às vezes anos, para levar uma obra aos palcos da Broadway, por isso respeito o processo e aprecio o seu rigor, mas a experiência é muito diferente da do cinema.

E eu prefiro filmes.

Mas a partir do momento em que *ela* sobe no palco, esta substituta, algo se acende dentro de mim. No início, é apenas um lampejo de reconhecimento. Não que eu a conheça ou já a tenha visto antes. Reconheço essa *sensação* de encontrar algo inesperado e excepcional.

Descoberta.

Depois de um tempo, a beleza fica confusa. No meu negócio, você vê rostos bonitos... então, para mim, um rosto bem construído não prende necessariamente minha atenção como acontecia quando eu era mais jovem. Os cirurgiões podem construir uma linda carinha. A beleza pode ser comprada.

Isto. O que ela tem, o que ela *faz*, não tem a ver com beleza.

Ela é atraente, acho. Mesmo sob a espessa camada de maquiagem de palco, a peruca e o figurino, há uma qualidade cativante nela.

Mentalmente desnudo cada artista quando os conheço. Removo a maquiagem, o traje, qualquer identidade que assumiram para examinar o que está por baixo. Os ossos sob a pele. A alma sob a carne. É uma resposta instintiva depois de anos de elenco para filmes. Eu os desmonto na hora em suas menores partes. Mesmo quando não estou trabalhando com um ator, eu os avalio para ver o que há para eu usar.

Há muito aqui.

Se ela fosse um cômodo, todas as janelas e portas estariam abertas. Há algo ilimitado nela, mesmo quando ela exibe a contenção do ofício. A mulher é obviamente bem treinada e disciplinada, mas seu espírito galopa como um cavalo empinando a cabeça para trás, alongando as rédeas até ficar selvagem. Seu rosto conta a história antes que ela diga uma frase. Ela é radiante, como aquele brilho de uma pedra preciosa que vem de baixo da superfície — como se todas as partes mais brilhantes dela não estivessem disponíveis a olho nu, e no palco ela mostra isso para o público ver.

Durante grande parte da peça, ela interage com outros personagens, porém, perto do meio, o palco se esvazia até que ela fique sozinha no centro das atenções. O palco é vasto e ela parece tão pequena que poderia facilmente engoli-la, mas isso não acontece. Ela comanda o espaço e quando chega ao monólogo principal, qualquer outra pessoa que estivesse no palco ficaria apenas atrapalhando seu caminho.

Splendor
Esplendor
There's splendor in our kisses
Há esplendor em nossos beijos
And awe in every breath
E admiração em cada respirar
When you touch me, just like that,
Quando você me toca, simples assim,
Just like that right there, the world stops
Bem daquele jeito, o mundo para
Beneath your fingers, I shiver. I crumble
Sob seus dedos, eu estremeço, eu desmorono
Your caress leaves me boneless, weightless
Seu carinho me deixa molenga, sem peso
One glance from you, the sun stands still in my chest
Um olhar seu, e o sol para em meu peito
High noon, high rise, high on you
Alto ao meio-dia, alto ao amanhecer, alto em você

My field of poppies, my field of dreams
Meu campo de papoulas, meu campo de sonhos
My splendor in the grass
Meu esplendor na grama
Splendor, splendor, splendor
Esplendor, esplendor, esplendor
Chase me. Catch me. Wrap me in your fantasies
Persiga-me. Segure-me. Envolva-me em suas fantasias
Feed me from the storehouse of your love
Alimente-me do armazém do seu amor
Let's sustain each other. Let's enjoy each other. Let's find forever
Vamos sustentar um ao outro. Vamos nos divertir. Vamos encontrar o para sempre
Each and every eternity
Em toda e qualquer eternidade
I'll trade my heart for yours
Trocarei meu coração pelo seu
And we will be splendor, you and me
E nós seremos esplendor, você e eu

Ela e eu não estamos sozinhos no teatro. Sei que centenas de pessoas ao meu redor também ouvem suas palavras, mas, de alguma forma, parece que as transmite para mim. Somente para mim. Pergunto se todos que estão ouvindo também se sentem assim.

Essa é a alquimia desta atriz. Ela *chega* até você. Com um público tão grande, ela torna isso pessoal. Em uma história que é fingida, ela faz com que pareça verdade.

E num momento em que não estava procurando, encontrei exatamente o que buscava.

CAPÍTULO 4

Neevah

Quando o espetáculo atinge seu clímax, bem no final, a música arranca a última nota do meu diafragma, puxa da minha garganta e a suspende — deixando-a latejando no ar. O teatro fica em silêncio enquanto 800 pessoas prendem a respiração e depois tudo irrompe.

Aplausos.

O alívio é de enfraquecer os joelhos. Literalmente tenho que agarrar o braço de John, o ator principal, para me apoiar. Ele não hesita um segundo sequer, me puxando para seu lado e apertando.

— Bravo — sussurra, um sorriso amplo e genuíno espalhado por seu rosto. A última música me fez chorar, e meu rosto, ainda molhado pelas lágrimas, se abre em um sorriso largo e incrédulo.

Eu consegui. Sobrevivi à minha primeira apresentação na Broadway.

As luzes se apagam e corremos para os bastidores, uma cacofonia de risadas e conversas enchendo as passagens escondidas. Quando a chamada ao palco começa, o elenco retorna em pequenas ondas, os aplausos se avolumando enquanto os diretores fazem suas reverências.

E então é a minha vez. Com as pernas ainda trêmulas, deixo a segurança dos bastidores, a saia longa do meu figurino ondulando ao meu redor. Ocupo o centro do palco. Os aplausos aumentam, a aprovação vibra em meus ossos e sacode minha alma. Alguém coloca flores em meus braços e o cheiro doce se espalha ao meu redor. Cada sentido, cada molécula do meu ser se esforça, se abre, se estica para absorver esta pequena fatia de triunfo. Não consigo respirar fundo o suficiente. O ar entra em goles superficiais e fico tonta. O mundo gira como um pião, um caleidoscópio de cores, luzes e sons que ameaça me dominar. O turbilhão me deixa tonta e eu rio. Com os olhos cheios de lágrimas, eu rio.

Esses são os momentos para os quais nos preparamos uma vida inteira. Trabalhamos nas sombras dos nossos sonhos. Nos becos da preparação e do trabalho árduo, onde está escuro e não há promessas. Durante anos, agarramo-nos a um fio de esperança e imaginação, dedicando as nossas vidas a uma busca sem garantias.

Mas, esta noite, mesmo que apenas por uma noite apenas, tudo vale a pena.

Ainda estou flutuando quando Takira irrompe no camarim.

— Neevah! — grita, me abraçando com força e me balançando para frente e para trás. — Você conseguiu. Você mastigou aquela apresentação e cuspiu *fora*. Está me ouvindo?

Eu rio e retribuo seu abraço, novas lágrimas escorrendo pelo meu rosto. É alívio e recompensa e, em algum cantinho do meu coração, arrependimento. Arrependimento por minha mãe não estar aqui para me abraçar. Arrependimento porque, se minha irmã estivesse aqui, eu nem saberia por onde começar a vascular nossa confusão para que pudéssemos comemorar juntas. Quer saber? Esta noite é sobre *esta noite*, não sobre um drama do passado com minha mãe e Terry, e estou determinada a aproveitar.

— Obrigada. — Afasto-me para olhar o rosto da minha amiga. — Não consigo acreditar.

— Bem, acredite. Você entregou. — Ela estala os dedos e sorri. — Neevah Saint está *aqui*.

— Agora, faça isso mais sete vezes. — Eu rio e começo a tirar os alfinetes da peruca, que está tão quente quanto um rebanho de ovelhas na minha cabeça.

— Ah, você consegue, a menos que Elise ouça quão incrível você foi e encurte as férias.

— Não vai rolar. Ela estava pronta para uma pausa, mas nunca tinha perdido um show.

Tiro o figurino e fico só de calcinha, inconsciente. A modéstia é uma das primeiras coisas que somem neste ramo de trabalho. Já me despi às pressas em uma sala cheia de atores e dançarinos em shows menores onde havia um único camarim, então nos tornamos uma comunidade bem rápido.

Visto um jeans skinny com um suéter laranja justo e coloco uma jaqueta de couro marrom, cachecol e botas. Limpo a maquiagem pesada do palco. Parece que minha pele consegue respirar pela primeira vez em horas. Presumo que haverá alguns fãs na porta do palco, mesmo que sejam poucos. Eles terão que lidar com a Neevah verdadeira, porque não quero nada além de um pouco de brilho labial e um pouco de rímel. Um boné xadrez marrom, laranja e verde cobrindo as trancinhas bem cuidadas que usei sob a peruca é tudo o que estou fazendo com meu cabelo. Argolas douradas finas e grandes em minhas orelhas completam o visual.

— Pronta? — pergunto a Takira, colocando uma bolsa desleixada no ombro.

— Vamos fazer isso. Espero que seus adorados fãs não demorem a noite toda, porque sua garota está morrendo de fome.

Ainda estamos rindo e estou tão preocupada com meu estômago vazio que estou completamente despreparada para a multidão na porta do palco. Eles estão aqui por causa de John? Por algum ator principal, porque certamente não estão todos aqui pela substituta.

— Neevah! — uma jovem, talvez com 10 ou 11 anos, chama. — Você pode assinar isso?

Ela me entrega uma caneta e um cartaz de *Esplendor*. Ela irradia, suas bochechas macias e marrons arredondadas com um largo sorriso. Seus olhos brilham com... orgulho?

— Ah, claro — murmuro atordoada, pegando a caneta e assinando meu nome.

Ela é a primeira de uma longa fila de garotas, de todas as formas, cores e idades, dizendo o que significou me ver no palco. Mães sussurrando como foi impactante para suas filhas negras e pardas que estavam na plateia esta noite. O impacto está sobre *mim*; o que pode parecer um peso, um fardo ou uma responsabilidade parece um abraço caloroso. Parece que braços fortes me envolvem. Apoiando-me. A primeira vez que vi alguém que se parecia comigo no palco, isso plantou uma semente dentro de mim. Sussurrou um sonho.

Pode ser você.

Fico emocionada ao pensar que posso ter feito isso por qualquer uma dessas garotas esta noite, e passo os próximos vinte minutos assinando meu nome em cartazes em meio a uma película de lágrimas.

— Neevah! — uma voz masculina profunda chama do fundo da multidão agora cada vez menor.

Olho para o homem alto, franzindo a testa até identificá-lo.

— Wright! — Dou alguns passos e ele me encontra no meio do caminho, me dando um abraço apertado. — Ai, meu Deus. Você esteve aqui esta noite?

— Se eu estava aqui? — Quando ele se afasta, um sorriso caloroso aparece em seu belo rosto. — Você arrebentou a boca do balão. Sabia que você era boa, mas, caramba.

O riso escapa de mim e não acho que esta noite poderia ser mais perfeita. Conheci Wright Bellamy aleatoriamente há algumas semanas em um show, quando ele substituiu o pianista, dando ao público mais do que esperava de um músico tão famoso tocando o instrumento naquela noite.

— Obrigada. — Afasto-me e enfio as mãos nos bolsos da calça jeans, aconchegando-me à jaqueta de couro para me proteger do frio de uma noite de outubro. — Eu estava nervosa pra caramba.

— Não parecia. Sua voz é espetacular. Eu sabia disso pelo show que fizemos, mas não tinha ideia de que você era *tão* boa. Uau. Que bom que vi sua postagem no Instagram ou teria perdido.

Estou imóvel, chocada por ele ter vindo esta noite especificamente para me ver atuar.

— Estou tão feliz que você conseguiu vir. Ainda está ficando em Los Angeles, certo?

— Sim, mas estou aqui para algumas coisas. Voltarei para casa em alguns dias.

Takira se aproxima, entrelaçando seu braço ao meu.

— Garota, se não conseguirmos comida — sussurra.

— Ai, sim. Desculpe. — Volto-me para Wright. — Takira, este é Wright Bellamy. Wright, minha amiga Takira.

— Prazer em conhecê-lo — ela cumprimenta. — Você tem alguma comida aí? Estou prestes a comer seu chapéu.

Como sempre, Takira conhece um estranho e nos faz rir na hora.

— Na verdade, estamos indo para a Glass House Tavern — digo a Wright. — Venha se quiser. É um grupo de pessoas do show. Apenas parte do elenco comemorando, mas você é bem-vindo. Podemos nos atualizar.

Uma pequena carranca aparece entre suas sobrancelhas grossas e ele olha por cima do ombro.

— Quero dizer, sem pressão, obviamente — apresso-me em assegurá-lo. Este é um dos maiores nomes da música, e aqui estou eu, convidando-o para jantar com um grupo de estranhos.

— Não, parece uma boa — garante, olhando para nós. — Deixe-me verificar com meu amigo. Ele pode vir?

Olho por cima do ombro e vejo um homem alto virado para longe de nós, com ombros largos e costas esticando um blazer de lã, um moletom com capuz puxado para cima para cobrir a cabeça e o rosto do frio. Suas mãos se enfiam nos bolsos do blazer e ele balança a cabeça como se estivesse falando sozinho.

— Ele está ao telefone — explica Wright. — Mas deixe-me ver se ele está dentro.

Ele se afasta em direção ao homem e Takira imediatamente aperta minha mão e dá um gritinho.

— Caracas, Neev. — Seus olhos estão arregalados e brilhantes. A boca escancarada. — Esse é Wright Bellamy.

— Eu sei. Ele é legal à beça.

— Você o conhece? Como…

— Estamos dentro — afirma Wright, voltando para o nosso lado. — Ele está terminando uma ligação, mas estamos prontos. Mostre o caminho.

São apenas alguns quarteirões e nós três conversamos sobre o show e o que Wright tem feito em Nova Iorque. Enquanto isso, a voz profunda de seu amigo ressoa alguns passos atrás. Não quero ser rude ou intrometida e olhar para trás, mas o timbre rico, sua altura imponente, seu rosto obscurecido pelo moletom — estou intrigada. Ele fica parado na calçada, ainda falando ao celular, quando entramos no restaurante.

Nossos amigos já têm mesa e soltam um grito ao se levantar, me parabenizando por ter perdido meu lacre. Meus três colegas substitutos vieram. John também está aqui, junto com outro diretor. Alguns da equipe de palco. Nossa pequena trupe se tornou uma família e, como se oito shows por semana não fossem tempo suficiente juntos, nos reunimos e comemos sempre que podemos.

— Você não vai pagar esta noite — avisa John, segurando o assento ao lado dele. — E as bebidas são por minha conta.

— Aaaaah. — Me jogo na cadeira e largo a bolsa no chão. — Você é tão fofo. Não precisa fazer isso.

— Você foi fantástica — elogia John, olhos azuis-claros sinceros e sorridentes. — Vamos fazer isso de novo amanhã.

Takira já está sentada ao meu lado, então Wright se acomoda ao lado dela.

— Ei — ele diz para Janie do outro lado da mesa. — Pode guardar aquele assento ao seu lado para meu amigo? Ele está encerrando uma ligação, mas chegará em breve.

— Claro. — Janie fica com o rosto corado. — A propósito, adoro o seu trabalho. A partitura de *Silent Midnight*… ah.

Entrelaçados

— Obrigado. Esse foi um projeto especial. Me diverti muito — Wright responde com um sorriso. — Agora me conte sobre o show.

Wright é um gênio, mas é tão despretensioso e modesto. Um homem tão famoso quanto ele poderia facilmente fazer essa conversa ser sobre ele, deixar que todos nesta mesa batessem uma bela punheta para o seu ego, mas ele não o fez. Ele fala sobre nosso show, elogia a atuação, pergunta ao John sobre seu processo. Gostei dele quando fizemos aquele show de última hora e, desde então, interagimos um pouco nas redes sociais. Minha impressão dele se mantém. Ele é um cara legal.

Para não afirmar o óbvio, mas também bom. Tipo, *bom de verdade*.

Ele tem essa vibe de Boris Kodjoe. Muito suave. Meio marrom-dourado. Corte limpo, rente. Posso reconhecer objetivamente seus atrativos, mesmo que ele não seja meu tipo.

Não que eu tenha um tipo ultimamente. Estou tão mergulhada nesta falta de pica que já passei do ponto de estar sedenta.

A princípio pensei que fosse apenas trabalho árduo. Fazendo testes constantemente, tendo aulas de artesanato, fazendo comerciais e trabalhos de locução não apenas para manter as contas pagas, mas para guardar dinheiro. Neste negócio, ou você dá festa ou passa fome. Estou comendo agora, mas já tive fome antes. De novo não. Tenho 30 anos. Velha demais para ainda viver de show em show e aceitar aquela história de artista faminta. Preciso de seguro saúde e refeições regulares, muito obrigada. Então, sim, a rotina pode ser responsável pela minha libido semidesinteressada, mas suspeito que seja mais.

Talvez *eu esteja* desinteressada.

Sempre fui cautelosa com os homens. Basta que seu noivo durma com sua irmã uma vez para você ficar cautelosa. Mas vai além do meu cinismo. Preciso de um homem que não pense que só porque tem um pau e eu, não, o cara ache que devo ceder a ele — nem reduzir meus sonhos a um tamanho mais administrável. Quase fiz isso com Brandon. Sonhei com outra coisa; algo que me trouxe a Nova Iorque, àquele palco esta noite, a este momento. E quase reneguei meus sonhos por um homem que me traiu e engravidou minha irmã.

Então, sim. Sou cautelosa não apenas com quem compartilho meu coração e corpo, mas também protejo meus sonhos; minha ambição. Não colocarei meu futuro em risco por um homem que sabe foder. No entanto… um homem que sabe foder? Eu não recusaria, mas será preciso mais do que isso para despertar meu interesse.

— O que você vai pedir? — Takira pergunta, inclinando-se para ler meu cardápio em vez do dela. — Alguma coisa aqui atende aos seus altos padrões?

Reviro os olhos. Meus padrões não são tão altos. Acabei de cortar a carne vermelha e parei de beber tanto álcool. Minha saúde exige isso.

— Foi você quem disse que meu couro cabeludo me agradeceria se eu mudasse minha dieta — lembro a ela.

— Sim, mas você levou isso para o próximo nível. — Ela me dá uma cotovelada e abre um sorriso. — Sempre sendo exagerada.

— Estou pensando no salmão, mas eu…

Uma cadeira raspando no chão chama minha atenção. O amigo de Wright finalmente entrou para se juntar a nós. A mesa encolheu imediatamente quando ele acomodou seu corpo imponente no assento ao lado de Janie. Ele tira o capuz da cabeça e solto um suspiro.

É *Canon Holt*.

Tipo, *o* Canon Holt.

O diretor que eu, e provavelmente todas as atrizes nesta mesa e nesta sala de jantar, sacrificaríamos um dedinho do pé para trabalhar. Canon Holt está na minha mesa, sentado à minha frente.

A expressão de Takira não registra esse enorme terremoto de revelação, mas ela me chuta por baixo da mesa e sibila com o canto da boca.

— Você sabia?

Finjo que preciso pegar algo no chão para poder sussurrar de volta:

— Você acha que eu teria me mantido sob controle por tanto tempo se soubesse?

— Verdade. Verdade. — Takira olha casualmente para cima do menu e sorri na direção de Canon, mas ele não está olhando para ela. Está estudando a tela de seu celular. Aparentemente, ele mantém um relacionamento exclusivo com o aparelho e ninguém nesta mesa o provoca a se desviar.

O que significa que posso olhar para ele.

Bom. Deus.

Ele não é tão bonito, mas isso é irrelevante. Alguns podem até chamar suas características, examinadas individualmente, de normais.

Eles estariam errados.

É um toque do Criador. Agora, Deus sabia que este homem não precisava de cílios tão longos e grossos, um paradoxo em comparação com a inclinação forte e alta de suas maçãs do rosto. Canon não olhou duas vezes para ninguém aqui, até onde eu sei, mas roubei olhares suficientes para

Entrelaçados

saber que há uma insondabilidade em seus olhos escuros que é impressionante. Sua boca séria é larga, os lábios carnudos na elegância contundente de seu rosto. Uma barba leve lambe o topo de seu queixo. Há nele uma geometria — ângulos, linhas, arestas — que desconsidera as partes individuais e ilumina a soma convincente.

Nossa comida vem em travessas fumegantes no instante em que ele coloca o telefone na mesa.

— Desculpe o incômodo — diz a garçonete, distribuindo pratos e bebidas para o resto da mesa. — Há alguma coisa que eu possa trazer para você, senhor Holt?

Ele nem pisca quando ela o chama pelo nome.

— Macallan? — ele pergunta. — Não vi no menu, mas...

— Vamos dar um jeito — garante, com um sorriso.

Tenho certeza de que as pessoas ficam dando um jeito nas coisas para ele o tempo todo neste momento de sua carreira.

— Então, senhor Holt — Janie começa, toda corada e nervosa. — Adorei seu último documentário. Ouvi dizer que você está trabalhando em um próximo filme. É sobre o quê?

— Não foi anunciado. — Ele trunca as palavras, sua expressão se fecha. Olha por cima do ombro como se o banheiro pudesse oferecer uma fuga dessa banalidade.

— Ah, mas pode nos contar — Janie persuadiu.

Uma sobrancelha escura e imperiosa se eleva.

— Mas eu não quero.

Okaaay.

Um silêncio constrangedor cai sobre a mesa. Aparentemente alheio ou indiferente, ele pega o telefone e começa a digitar novamente.

Gostoso pra caramba, mas um idiota.

Minhas partes femininas voltam a se encolher. Não tenho tempo nem paciência para narcisistas que pensam que o sol e as estrelas foram feitos para eles. Posso achar difícil parar de olhar para ele, mas é cada vez mais fácil não gostar do cara.

— Então, quando você soube que queria estar na Broadway, Neevah?

Meu garfo está a meio caminho da boca quando Wright pergunta. Estou com muita fome para abrir mão dessa mordida, então mastigo pensativamente e considero sua pergunta.

— Sabe — digo e tomo um gole de água —, não era tanto a Broadway especificamente, era mais saber que eu queria atuar. Que queria ser atriz.

— Então, quando foi isso? — Wright pressiona.

Vasculho minhas memórias para localizar todos os aromas, sons e imagens que tornaram a experiência singular.

— Eu tinha 11 anos. — Começo relembrando tudo de bom daquele verão. — Tínhamos reuniões de família todo mês de junho.

— Nós também — Takira fala. — Uau. Os Fletcher organizam uma reunião e tanto, e eu tenho uma linha completa de camisetas da árvore genealógica para mostrar.

— Eu também. — Eu ri. — Meus primos moravam em Nova Iorque na época e sempre vinham à Carolina do Norte para as reuniões de família. Quando eu tinha 11 anos, sugeriram que viéssemos para o norte, para variar. Pegamos um ônibus e fomos. Eles nos levaram por toda a cidade e, no nosso último dia aqui, conseguimos ingressos para *Aida*, com o elenco original.

— Ah, Dame Headley — Janie respirava com reverência.

— Exatamente. Quando Heather Headley cantou *Easy As Life*, acho que não respirei até ela terminar. — Dou de ombros, impotente. — Ela tinha um talento monstruoso que devorava a sala inteira. Quando ela terminou, eu apenas fiquei lá sentada e todos ao meu redor pareciam tão atordoados quanto eu. Foi quando eu soube o que deveria fazer da minha vida. Eu deveria atuar e fazer as pessoas se sentirem como eu me senti naquele momento. E não perdi isso. Nem quando o show acabou. Nem quando voltei para casa, na Carolina do Norte. Nem quando meus pais me disseram que atuar era um tiro no escuro e que eu precisava de um plano alternativo. A partir daí foi só isso.

Quando levanto os olhos do prato, meu olhar colide com as íris escuras de Canon fixas em mim. Desde que se sentou, seu olhar deslizou sobre todos, sem nunca se fixar, como uma abelha que não consegue encontrar uma flor digna de polinização. Mas ele está olhando para mim agora, e não consigo olhar para outro lugar. Minha respiração é interrompida sob seu escrutínio. É atento e perspicaz o seu olhar. Sinto que ele pode adicionar algo escondido à sua coleção.

— Mais? — pergunta a garçonete, cortando o fio que se estende entre mim e Canon.

— Ah, sim. — Ofereço a ela um sorriso e meu copo vazio.

Quando olho para trás, Canon está ao telefone novamente. Talvez eu tenha imaginado aquele momento. Não que trocamos um olhar, mas que de alguma forma tenha sido tão intenso para ele quanto foi para mim.

Entrelaçados

Livro-me dos efeitos dessa troca e devoro minha refeição, comendo com prazer. É um bom grupo e nossa camaradagem é contagiante. Wright se adapta facilmente, contando piadas e histórias que nos fazem rir. Você nunca saberia que este homem tem prêmios Grammy, indicações ao Oscar e discos de platina em seu crédito. Ele tem os pés no chão e é mais "normal" do que a maioria dos artistas que conheço. Muito menos intenso e desanimador do que *Le Directeur* do outro lado da mesa passando um tempo com seu telefone.

Porém, de vez em quando, Canon realmente conversa com John e até descongela um pouco com Janie, que está, sem dúvida, se esforçando demais.

Assim que os pratos são retirados, pego a bolsa para poder pagar minha parte, apesar da oferta de John.

— Não se preocupe — avisa Wright, colocando a mão sobre a minha. — Canon já cuidou da conta.

— Ah.

Olhei para Canon, cuja boca larga se curvava nos cantos, a cabeça inclinada na direção de Janie enquanto ela lhe conta algo que não consigo ouvir. Ele não sorri, mas pelo menos não está carrancudo.

Saímos em fila e nos aglomeramos na calçada. Por natureza, sou uma observadora de pessoas e me pego vendo as conversas que acontecem ao meu redor. Takira está envolvida em uma discussão apaixonada sobre *Dreamgirls*, por algum motivo. John está rindo com alguns membros da equipe por causa de uma deixa perdida no show desta noite. Wright conversa com um dos membros do elenco que está trabalhando em um novo álbum. Eu pego trechos da conversa deles. *Coltrane. Miles Davis. Genial.* O membro do elenco é um entusiasta do jazz, então posso ver como eles se encaixariam. Janie ainda está investindo em Canon, e sua expressão diz que sua paciência pode estar no limite. Como Janie consegue continuar conversando com ele, que olha para ela daquele jeito? Na verdade, é muito cômico e, antes que eu me segure, estou rindo baixinho.

— Qual é a graça?

Olho para cima alguns centímetros, certa de que ele não pode estar falando comigo, porque não falou a noite toda, mas está olhando diretamente para mim. A cabeça virou-se de onde estava Janie, que se aproximou para se juntar ao pequeno círculo de Takira.

— O quê? — consigo dizer, protelando.

— Você riu. O que é engraçado?

— Não, eu…

— Então você não acabou de rir, parada aqui sozinha? — insiste, sem nenhum sorriso à vista.

— Não rindo exatamente. — Mordo o lábio e enfio as mãos mais fundo nos bolsos da jaqueta.

Suas sobrancelhas se erguem conscientemente.

— Okay, então eu ri. Talvez tenha bufado. Foi um risinho.

Ele inclina a cabeça, e veja só, eis que aqueles lábios carnudos se contraem levemente nos cantos.

— Então, o que fez você dar um risinho?

Balanço a cabeça e espero que ele deixe passar.

Ele não deixa.

— Diga-me — pede, cruzando os braços sobre o peito largo.

Aliás, aquele blazer e moletom realmente ficam muito bem nele.

— Ai, meu Deus — bufo. — Foi a expressão em seu rosto.

— Quando eu estava conversando com… — Ele inclinou a cabeça na direção de Janie e eu assenti. — Qual era a expressão?

— Não foi exatamente impaciência.

— Tem certeza?

— E nem irritação.

— Poderia ter sido.

— Era mais esse tipo de… tolerância forçada.

Seu quase sorriso se aprofunda um pouco.

— Isso parece correto.

Nós nos encaramos por alguns segundos, nossa respiração leve como plumas se misturando ao ar frio da noite. E então sorrimos juntos. É o primeiro sorriso completo que vejo dele. É um deslumbrante desenhar de sulcos em suas bochechas magras, e sinto uma enorme sensação de realização, por ter conquistado aquele sorriso. Retiro tudo o que pensei sobre ele não ser realmente bonito.

Porque quando ele sorri, ele é. Ele é mesmo.

— Cara, você está pronto? — Wright pergunta, caminhando ao nosso lado.

— Sim. — Canon interrompe nosso olhar, seu sorriso desaparecendo tão rapidamente quanto surgiu. — Estou acabado. Vamos.

— Neevah, que bom ver você de novo. — Wright me puxa para um abraço lateral apertado. — Parabéns.

Olho para ele, oferecendo um sorriso.

Entrelaçados

— Obrigada novamente por ter vindo.

— Não teria perdido por nada. Você foi ótima. Se estiver em Los Angeles, não hesite em me contatar.

— Pode deixar. — Cuidadosamente foco meus olhos no rosto de Wright e faço o meu melhor para ignorar seu amigo taciturno.

Os dois homens se viram e dão os poucos passos que os levam para longe de mim e desta noite extraordinária. Estou prestes a me juntar aos meus amigos e seguir em direção ao metrô quando sinto um leve toque em meu braço. Olho para cima e o choque toma conta de mim. Choque e emoção. É Canon.

— Esqueceu alguma coisa? — pergunto, minha respiração se recusando a entrar e sair conforme os padrões respiratórios normais.

— Você foi excepcional naquele palco — começa, suavemente. — A melhor do show.

Trepadeiras brotam da calçada e envolvem meus tornozelos, prendendo-me onde estou. Imóvel. Eu deveria dizer alguma coisa, não apenas ficar aqui como se estivesse fascinada, embora haja uma parte de mim que está.

— O que você disse esta noite sobre fazer as pessoas sentirem quando você se apresenta — ele diz, seus olhos nunca se desviando do meu rosto. — Continue assim.

E então ele se vira e vai embora.

CAPÍTULO 5

Canon

— Você foi especialmente agradável esta noite — diz Monk, quando entramos no Uber que nos encontrou na esquina.

— Fui, não fui? — Recosto-me ao assento e fecho os olhos. — Obrigado por notar.

— Você ficou no telefone o tempo todo. — Sua voz contém um pouco de crítica, porque ele sabe que não respondo a essa merda de culpa, especialmente quando se trata de ser social.

— Eu estava convencendo Mallory a voar para Nova Iorque o mais rápido possível. Muitas reclamações e mensagens de texto.

— Sua diretora de elenco? Por que ela precisa vir para Nova Iorque?

— Quero que ela veja alguns testes aqui. — Abro os olhos e sorrio torto. — Encontrei minha Dessi.

— O quê? — As sobrancelhas de Monk se erguem. — Quando? Quem?

— Esta noite. — Hesito, observando seu rosto em busca de uma reação. — Sua amiga Neevah.

Estupefato.

— Que porra é essa? — solta, depois de um momento boquiaberto. — Neevah Saint?

— Sim. Aquela que vimos atuar. Aquela com quem nós jantamos.

— Em primeiro lugar, *nós* não jantamos. Eu jantei com o pessoal. Você foi o mesmo bastardo antissocial que costuma ser, e eles *ainda* estavam loucos por você.

— Eles são atores. Eu sou um diretor. Querem trabalhar, então a previsão é que vão sempre ser parcialmente bajuladores, com uma grande chance de serem puxa-sacos.

— Em segundo lugar, você mal olhou para Neevah e muito menos falou com ela. Quando decidiu que ela é Dessi Blue?

— Praticamente assim que ela pisou no palco.

— É a aparência dela? É por isso que você quer escalá-la? — A censura, embora não dita, está oculta em sua voz.

— Vá se ferrar. Você me conhece melhor que isso. Acha que encontro a história de uma vida, coloco toda a minha carreira em risco para contá-la, levo quase um ano para financiá-la, depois procuro a atriz certa por seis meses apenas para escalar uma garota porque ela tem uma bunda linda?

— Ah, então você notou a bunda dela.

E todas as outras partes dela, mas isso não é pertinente.

Sua bunda. Seus peitos.

Sua pele acobreada impecável. Um rosto tão expressivo que é como uma tela em branco, onde ela pinta cada emoção com cores vivas, em traços largos. Grandes olhos castanhos que em um momento oferecem tudo e no outro parecem guardar mil segredos. Um homem resgataria sua alma por aqueles olhos, por esses segredos.

Cada uma de suas características físicas é notável.

E completamente irrelevante.

Se bastasse uma garota bonita, eu poderia ter escalado esse papel há seis meses. *Dessi Blue* exige mais do que um rosto bonito.

Quero aquela *luz* que Neevah emite quando canta. Quero aquela *convicção* por trás de cada palavra que ela disse no palco. Quero que aquele pequeno vulcão em forma de mulher entre em erupção no meu set. Quero tudo o que ela tem para dar, porque soube imediatamente que ela era daquelas que dá tudo. E eu sou o homem que vai arrancar isso dela. O diretor certo (eu). A história certa (a minha). E ela será considerada um talento raro. Não demorei a noite toda para saber disso. Eu soube de imediato.

E isso nunca aconteceu comigo antes. Não assim.

— A bunda dela não vai contar minha história — respondo, depois de alguns segundos. — O estúdio desperdiçou todo aquele dinheiro e tempo procurando por Dessi nos últimos seis meses e eu a encontrei fazendo sua estreia na Broadway. Aleatoriamente.

— Não tenho certeza se eles concordarão. O que Mallory achou?

— Digamos apenas que ela está cética. Nunca ouviu falar de Neevah, então é claro que tem reservas.

— Você quer dizer que o Galaxy não confiará um orçamento tão grande em uma atriz que ninguém conhece com base em… o quê? Seu instinto?

— Não subestime esse instinto. — Pisco para Monk. — Ele sabe. E, sim. O estúdio terá alguma resistência.

— Esqueça o estúdio. Você não vai conseguir passar por Evan.

Ele tem razão. Evan não vai sentir o mesmo, confiando o projeto de sua vida a uma desconhecida com pouca ou nenhuma experiência cinematográfica.

— Deixe que eu me preocupo com Evan. Assim que ele a vir, concordará comigo. É por isso que quero que Mallory venha aqui imediatamente. Ver Neevah no palco esta semana, antes que a outra garota retorne das férias ou algo assim. Em seguida, fazer um teste de tela com ela assim que voltar a ser a substituta. Não quero jogar muita coisa em cima dela quando está com essa coisa da Broadway acontecendo.

— Essa *coisa* da Broadway é o sonho dela. Você não estava ouvindo?

— Você estava? Atuar é o sonho dela. Foi isso que ouvi. Então está me dizendo que ofereço a ela o papel principal em uma cinebiografia negra com um orçamento monstruoso e *minha* direção, e ela recusa para fazer backup na Broadway? Meeerda nenhuma.

— Você *sabe* que é um narcisista?

— Claro. O narcisismo vem com a profissão. Você não é o cara que acredita que *deveria* receber milhões de dólares para contar uma maldita história se não for apenas um pouco narcisista.

— A única coisa que te salva de ser um idiota completo é que sua mãe te criou da maneira certa.

Criou mesmo.

Sempre que estou me achando demais, como minha mãe costumava dizer, a voz dela em meu ouvido é a dose de humildade que me refreia. Ela me preparou para o meu futuro. Tudo, *qualquer coisa* de bom em mim, Remy Holt colocou lá. Graças ao meu primeiro documentário, todo mundo sabe disso.

Peguei todas as filmagens que mamãe capturou, todos os seus pores do sol e monólogos, e juntei-os em *A hora mágica*, meu primeiro documentário profissional. Levou os prêmios do Grande Júri e de Direção no Sundance. Naveguei por aquela temporada de premiações com ela como o vento nas minhas costas cada vez que aceitava uma homenagem nova e inesperada. Foi o seu espírito indomável que inspirou o público em todo o mundo. Seu compromisso feroz com a arte, mesmo quando seu corpo a traía. Foi seu sábio conselho iluminado pela hora dourada que incendiou o mundo naquele ano.

Eu só queria que ela tivesse vivido para ver isso.

Entrelaçados

— Então Mallory virá — afirmo, precisando mudar esta conversa de algo que me deixa emocionado. Com o passar dos anos, tornei-me um especialista em colocar tudo em compartimentos. Esta vida requer um foco singular e quase insustentável. Meu terapeuta merece o que ganha.

— Quando ela chega? — Monk pergunta, entrelaçando as mãos atrás da cabeça.

— A filha dela tem um recital amanhã, mas vai ficar com o ex de Mallory neste fim de semana. Então ela virá e ainda poderá pegar Neevah antes que ela volte a ser substituta.

É um crime *aquela* mulher ser a substituta de alguém, mas tudo bem. Eu resolvo isso.

— Quer que eu avise Neevah que vocês estarão presentes?

— De jeito nenhum. Vou encontrar o canto mais escuro do teatro para me esconder. Não quero que ela saiba que estamos lá. Por que acha que a ignorei a noite toda?

— Já falamos disso. Você é um idiota.

— Isso também, mas principalmente porque eu não queria que ela soubesse que a notei. Ela teria começado a fazer audições. Ela teria começado a *atuar* novamente. Eu queria vê-la *existir*.

— Neevah é fantástica. Não acho que você esteja errado sobre o que ela poderia fazer com o papel. Estou apenas surpreso que, como este filme já representa um enorme risco financeiro e comercial, você, com base em uma única atuação, nem mesmo em filme, a escalaria para a maior produção que já dirigiu.

— É por isso que quero o *feedback* de Mallory. E eu ainda não a escalei.

Pela janela do carro, o cobertor de veludo do horizonte da cidade é costurado com luzes e estrelas, e sua vastidão parece refletir todas as possibilidades que senti depois de ver Neevah no palco esta noite.

— Mas eu a quero.

CAPÍTULO 6

Neevah

— Merda. — Com as pernas penduradas no braço do sofá, franzo a testa. — Acabei de receber um alerta de que meu telefone contém um vírus de sites adultos que visitei.

— Então o Pornhub transmitiu uma IST para o seu telefone? — Takira faz uma pausa de picar cebolas para a sopa que está fazendo. — Você navegou desprotegida e agora seu telefone está com herpes?

— Cale a boca. O modo de navegação anônima não significa nada?

— Já que faz um tempo que você não toma aquele chá de P, não me admira que você esteja transando com o telefone todos os dias. Você estava fadada a ser infectada.

— Você poderia parar de ser nojenta com minha vida sexual?

— Que vida sexual? — Takira começa a cortar novamente. — O serviço social está vindo aí em breve para fazer uma visita para saber como está a sua vagina.

Jogo uma almofada nela, errando de propósito.

— Estou aqui para verificar a *boceta* de Neevah — começa Takira, com sua voz profissional. — Os vizinhos estão preocupados. Não há sinal de atividade há meses. Estamos garantindo que o gato ainda ronrone.

— Eu te odeio — devolvo, mas o esforço para não rir é real.

— Você não vai me odiar quando provar este almoço, garota — promete, adotando facilmente seu sotaque de Trinidad. — Esta é a famosa sopa de milho da minha avó.

— Cheira bem. — Ando até ficar ao lado dela no balcão. Uma curta caminhada, já que nosso apartamento tem a metragem quadrada de um Porta Potty.

— E é vegana. — Ela oferece sua faca. — Coloque essas mãozinhas em uso. Você fica com a pimenta.

— Sim, senhora. — Deslizo meu telefone no bolso da calça. — Deixa comigo.

É meu dia de folga. Minha última apresentação como protagonista foi ontem à noite e, quando eu voltar ao teatro amanhã, Elise será a estrela novamente. Não tenho inveja disso. Ela é uma ótima cantora. Excelente atriz. Foi bom ficar sob os holofotes por uma semana. Tudo bem. Minha hora chegará. Só tenho que continuar trabalhando e pagar minhas dívidas.

Estou cortando pimentões vermelhos quando o telefone no meu bolso toca. É um número que não reconheço, mas pode ser um retorno de chamada para alguma coisa. Nunca se sabe.

— Alô? — Prendo o telefone entre a orelha e o ombro e continuo cortando.

— Neevah? — uma voz vagamente familiar e provocadora de arrepios soa do outro lado da linha. — É o Canon Holt.

Eu largo a faca.

Droga.

Este homem não deveria me ligar quando estou segurando uma faca. Eu poderia perder um dedo.

— Hm, oi? — Minha curiosidade e estado geral de choque animaram as palavras.

— Espero que esteja tudo bem por eu ter ligado. Monk me deu seu número.

— Uhum. — Envio um olhar ligeiramente em pânico para Takira e murmuro *Canon Holt* sem fazer som. Seus olhos se arregalam e ela abafa um gritinho com uma das mãos. — Quero dizer, claro. Sem problemas de ter ligado. De ele ter te dado esse número. Wright. Monk, quero dizer. Sim.

Dei uma de Kanye no Twitter agora? Mal consigo ser coerente. Meu bom Deus.

Eu deveria me sentar. Volto para o sofá e me sento nas almofadas com cuidado, esperando para entender do que se trata. Quero dizer, *tivemos* um momento na calçada, certo? Ele ainda está na cidade? Está me convidando para sair? O que vou vestir? Tenho que lavar o cabelo e depilar as pernas. Preciso de uma depilação brasileira!

Ai. Meu. Deus.

Não posso sair com Canon Holt com uma boceta peluda. E se nós… meu cérebro explode com a ideia de fazer sexo com aquele homem enorme. Ele iria me quebrar.

Seria fantástico.

— Há um pequeno papel no meu próximo filme para o qual gostaria que você fizesse um teste.

Acredito que o tálamo é a parte do cérebro responsável pelos estímulos eróticos. Isso desaparece quando percebo que Canon não está realmente procurando uma transa, mas então todas as outras partes racionais do meu cérebro entram em combustão porque ele quer que eu faça um *teste*.

Sossega a periquita. Seja normal. Aja como se isso acontecesse o tempo todo com atores como você.

— Ah, sério? — falo lentamente, parecendo a porra da Bette Davis. — Desculpe. Uau. Isso é ótimo. Qual é o filme?

— Não foi anunciado.

Foi isso que ele disse a Janie durante o jantar. Segredo total. Estou intrigada.

A quem estou enganando? Estou ofegante.

— Minha agente de elenco, Mallory Perkins, está na cidade. Posso colocá-la em contato com seu agente? Eles podem discutir todos os detalhes.

— Claro. Sim. Isso parece ótimo.

O telefone fica silencioso por alguns segundos elétricos.

— Então... você pode me dar as informações do seu agente para repassar a Mallory?

— Sim! Claro. Este é o seu celular?

Isso parece tão intrusivo. Eu não deveria ter o número desse diretor famoso, especialmente quando estava pensando que ele iria me quebrar ao meio se alguma vez transássemos. Ele deveria entrar com uma ordem de restrição. Imediatamente. Mas o cara não precisa saber disso.

— Sim. Este é o meu celular — confirma. — Você pode compartilhar o contato aqui e eu envio para Mallory. Pode ser?

— Pode ser, claro.

— Ótimo. Tchau.

Ele não espera que eu responda. Ele se foi quase tão rápido quanto ligou. Jogo-me no sofá e olho para o teto, esperando que minhas partículas voltem ao normal.

Takira sai correndo da cozinha para pairar sobre mim.

— O que ele disse?

— Ele quer que eu faça um teste para um papel.

— Aêêêê! — Takira pula para o outro lado do sofá e balança as pernas.

— Isso é incrível.

Entrelaçados

É incrível e não é algo que eu jamais poderia ter previsto. Pelo menos uma vez por dia, todos os dias, desde que conheci Canon, pensei nele. Seu olhar intenso e pouco frequente. Essa atração magnética. Seu tipo indiferente de carisma. As surpreendentes palavras de encorajamento que ele compartilhou antes de partir. Eu deliberadamente não falei sobre o cara, mas meus pensamentos? Tenho menos disciplina no que diz respeito a eles. Pensei mais na atração inegável que sentia, não em uma oportunidade. Não ousei imaginar isso.

Mando uma mensagem para minha agente dizendo para ela esperar uma ligação de Mallory Perkins, agente de elenco de Canon Holt. Claro, ela liga imediatamente com uma dúzia de perguntas para as quais não tenho respostas. Quase esqueço que preciso enviar uma mensagem de texto com as informações dela para ele.

> **Eu: Ei! Foi ótimo conversar com você. Aqui está o contato da minha agente.**

> **Canon: Obrigado.**

É isso? *Obrigado*? Acho que ainda não chegamos aos emojis. Entendo.

— Eca! — grito e me sento direito. — Acabei de enviar uma mensagem para Canon Holt do meu telefone pornô.

Takira gargalha e me chuta de leve.

— Você provavelmente passou sapinho para o telefone dele.

— Sua vaquinha. — Rio e me deito, com um largo sorriso. É surreal. Registrei aquela noite como aquela em *que conheci o Canon Holt e ele me chamou de excepcional.* Embora tenha pensado nisso muitas vezes durante a última semana, aceitei que provavelmente nunca mais o veria. Foi algo legal que aconteceu com alguém que admiro e respeito, mas foi o fim.

E se fosse apenas o começo?

CAPÍTULO 7

Neevah

Claro, o elevador não está funcionando.

Aperto o botão escuro mais sete vezes só para ter certeza de que o universo está realmente conspirando contra mim. Como se este dia não tivesse encontrado todos os meios possíveis para deixar isso claro.

Acordei com um dia petulante com nuvens fazendo beicinho em um céu sombrio, então trouxe meu guarda-chuva por garantia.

Minha menstruação desceu mais cedo.

Tipo, três dias antes. Provavelmente desencadeada pelo estresse desta audição que se aproxima com tudo. Sim, com tudo, porque parece um trem vindo em minha direção para uma colisão.

Então... Estou com cólicas.

Quebrei um dente comendo um bagel.

Quem quebra um dente comendo um bagel? Agora, em minha defesa, aquele bagel estava duro. Felizmente foi um dente de trás. Ele e meu dentista terão que esperar até que esta audição termine.

Então o metrô parou. Só por alguns minutos, mas entre o dente lascado, o metrô parado e agora o elevador que quebrou, estou atrasada.

— Este lugar *tinha que* ser no quinto andar — murmuro, abanando um pouco os braços para não suar muito. Pelo menos estou vestida confortavelmente. A agente de elenco disse para vir com pouca ou nenhuma maquiagem e roupas normais. Minhas sapatilhas se exercitaram hoje, arrastando-me por Manhattan para chegar a um prédio antigo com elevador quebrado.

Solto um suspiro longo e aliviado quando chego ao patamar do quinto andar. Uma porta se abre para um estúdio com uma mesa comprida e três cadeiras. A luz do sol do outono entra pelas janelas do chão ao teto. Uma câmera está apoiada em um tripé no meio da sala. Uma morena de mechas grisalhas, talvez com quase 40 anos, deixa de contemplar a rua abaixo e sorri para mim.

— Neevah? — pergunta, vindo na minha direção e estendendo a mão para um cumprimento.

— Sim, oi. Senhorita Perkins?

— Me chame de Mallory, por favor. — Ela aponta para a mesa. — Você gostaria de guardar suas coisas? Se você teve que subir cinco lances de escada como eu, deve estar sem fôlego. — Ela me olha de cima a baixo e sorri ironicamente. — Embora pareça estar em melhor forma do que eu.

Deixo a bolsa e guarda-chuva sobre a mesa e espero instruções. Ela não enviou nada com antecedência e não me pediu para preparar qualquer coisa, então presumo que esta seja uma leitura fria. Também presumo que Canon não virá.

— Somos, hum, só nós? — pergunto.

— Sim, só eu hoje. — Ela liga a câmera. — Canon geralmente não faz isso.

— Claro — apresso-me em dizer, não querendo que ela pense que espero atenção especial dele.

— Ele prefere ver as audições gravadas.

Ela se senta atrás da mesa e desliza um roteiro para mim. Talvez este seja o filme que Canon disse que não foi anunciado.

A apostila está bem gasta e maleável em minhas mãos. Quantas garotas ficaram na frente de Mallory Perkins com o coração na garganta, como estou agora? Sem ter muita noção e esperançosas, incertas. Quantas garotas receberam uma mensagem surpresa de Canon Holt e se sentiram lisonjeadas pelo grande diretor tê-las escolhido a dedo, apenas para aparecer e descobrir que ele as assistiria em vídeo gravado mais tarde? Então elas nunca mais ouviriam falar dele, porque tudo o que ele *pensou* ter visto na verdade não estava lá.

— Encontre a página dezessete do roteiro — orienta Mallory, anotando algumas palavras em um bloco de notas. — Você pode ler a parte de Dessi e eu lerei Tilda. Vamos começar com…

— Desculpem o atraso.

Minha cabeça gira em direção à porta e quase engulo a língua quando Canon entra na sala. Ele parece *delicioso* em uma jaqueta militar usada sobre outro moletom com capuz, este com USC — da Universidade do Sul da Califórnia — estampado na frente. Recuso-me a me distrair com

KENNEDY RYAN

isso e imediatamente o imagino vestindo uma fantasia de cachorro-quente. Dizem para imaginar seu público nu, mas a última coisa que devo fazer é imaginar Canon nu.

A salsicha também não ajuda.

Ele ainda é muito atraente.

E sigo tendo um trabalho a fazer, então dou um sorriso casual forçado, como se não estivesse completamente chocada com sua aparição repentina.

— Eu não pensei que você fosse… — Mallory inclina a cabeça e semicerra os olhos para ele. — Quero dizer, você normalmente não…

— Eu estava por perto. — Ele caminha até a câmera, fechando um olho e espiando pelas lentes. Ajusta um botão na lateral e se senta à mesa ao lado de Mallory. — Tenho um compromisso daqui a trinta minutos, a três quarteirões de distância.

Em outras palavras, vamos acabar com isso.

Mallory deve ouvir o comando tácito da mesma forma que eu.

— Certo — prossegue. — Então, na página dezessete…

— Sabe por que busco algo tão fresco, Neevah? — Canon interrompe.

Levanto os olhos do roteiro em minhas mãos e encontro os seus sombrios e desconcertantes fixos em meu rosto.

Esta é uma pergunta capciosa? Se sim, está funcionando.

— Hum, eu acho…

— Deixe-me dizer o porquê, novamente, estou com pouco tempo. Quando faço um documentário, é sobre assuntos da vida real… pessoas com histórias verdadeiras para contar. Você não sabe nada sobre este filme, mas é uma história verdadeira. É uma história de vida e, embora eu queira ter alguma licença criativa, estou procurando alguém verdadeiro. Em um documentário, o sujeito geralmente não ensaia para estar diante das câmeras porque se trata de honestidade, de instinto e imediatismo. Geralmente não há tomadas. Você nunca vai ler o que está na página dezessete, então não estou julgando se você tropeçar nas palavras ou algo assim. Estou procurando a verdade… quem você realmente é como artista e como pessoa. Isso é mais importante para mim do que você conseguir memorizar falas para um teste e polir muito bem para nos impressionar por dez minutos.

Esse foi o maior número de palavras que ele já falou comigo e estou tentando absorvê-las. Tentando usar o que ele acabou de me dar para fazer o meu melhor. Para mostrar a ele quem realmente sou e dizer a verdade.

— Tudo bem — continua. — Agora no roteiro, vá para a página dezessete.

Entrelaçados

CAPÍTULO 8

DESSI BLUE
Roteiro por: Verity Hill & Canon Holt
História por: Verity Hill & Canon Holt

ROTEIRO DE TRABALHO

P. 17

EXTERIOR — TEATRO LAFAYETTE — NOITE
132ª Street e 2ª Avenida: Odessa Johnson está do lado de fora do Lafayette cercada por centenas de pessoas esperando para entrar. A placa iluminada da marquise do teatro acima diz *Macbeth*. Os cambistas oferecem ingressos para os frequentadores do teatro, em sua maioria negros, homens com casacos e chapéus de abas definidas, mulheres vestidas com suas melhores roupas e cabelos recém-escovados. Odessa estica o pescoço, tentando enxergar acima da multidão, obviamente procurando por alguém. Ela é empurrada por várias pessoas.

                    DESSI
                Ei! Cuidado!

Ela segura o chapéu quando ele quase lhe arranca da cabeça e é empurrada contra uma garota no meio da multidão.

                    DESSI
          Desculpe. Todo mundo está tentando en-
          trar.

                    TILDA
          Está tudo bem. E, se não tiverem in-
          gresso, podem esquecer. Ao menos que pla-
          nejem pagar cinco dólares.

                    DESSI
          Eu meio que esperava conseguir um. Uma
          amiga minha ia me trazer algum dinheiro
          que me devia para que eu pudesse comprar
          uma passagem.

Dessi ergue o pescoço novamente.

                    DESSI
          Mas eu não a vi. Não que eu pudesse en-
          contrá-la naquela multidão, de qualquer
          maneira.

                    TILDA
          Aff. Tenho um ingresso que vou te ven-
          der. Meu velho comprou, mas se atrasou.
          Aposto que o encontraria com aquele ou-
          tro.

                    DESSI
          Ele está te traindo?

Tilda oferece um sorriso travesso.

                    TILDA
          Sim. Com sua esposa.

Ambas riem.

                    DESSI
          Sou Odessa Johnson, mas pode me chamar
          de Dessi.

Entrelaçados

TILDA
Matilda Hargrove. Todo mundo me chama
de Tilda.

Dessi olha para todas as pessoas se acotovelando e
tentando entrar no teatro.

DESSI
O Harlem está em chamas esta noite.

TILDA
Onde você esteve? O Harlem pega fogo
todas as noites.

DESSI
Isso é diferente. Nunca vi algo assim.

TILDA
De que caminhão de melancia você caiu,
garota? Você parece tão do interior quanto o Mississippi.

DESSI
Alabama, só para você saber.

TILDA
Quer esse ingresso, Bama?

DESSI
Quanto?

TILDA
Quanto você tem?

DESSI
Um dólar e algumas moedas.

TILDA
Garota. Onde você trabalha?

                    DESSI
          No Cotton Club.

                    TILDA
          Pare de mentir. Você não é amarela o
          suficiente para trabalhar no Cotton Club.

                    DESSI
          Não no palco. Eu lavo pratos.

                    TILDA
          Ah. Você gosta?

                    DESSI
          O que você acha? São pratos de gente
          branca.

As duas riem de novo e Tilda olha para Dessi, avaliando, da cabeça aos pés.

                    TILDA
          Você dança, Bama?

                    DESSI
          Danço.

                    TILDA
          Lindy?

                    DESSI
          Eu posso fazer tudo.

                    TILDA
          Posso ter algo melhor do que a louça
          suja dos brancos. Já esteve no Savoy?

                    DESSI
          Algumas vezes.

                    TILDA

Eu sou uma anfitriã lá. Estamos procurando novas garotas.

                    DESSI
     Anfitriã? As recepcionistas mantêm as pernas fechadas?

Tilda toca o próprio peito e finge choque.

                    TILDA
     Meu Deus, Bama! Bem, eu nunca abri.

                    DESSI
     Vou perguntar ao seu velho se você já abriu.

Ambas riem e são empurradas por trás, esbarrando uma contra a outra novamente. Dessi agarra o braço de Tilda e elas se olham nos olhos por um longo segundo. Tilda pigarreia e tira um ingresso de sua bolsa estilosa.

                    TILDA
     Posso ser uma trapaceira, mas não sou uma prostituta. Vou te dizer uma coisa, Bama. Parece que o papai ficou cercado pela senhora dele. Pegue o ingresso e conversaremos sobre o trabalho depois da peça. O que acha?

Os olhos de Odessa se arregalam e um sorriso surge em seu rosto. Ela pega o ingresso.

                    DESSI
     Perfeito!

CAPÍTULO 9

Canon

Meu Deus, senti falta de LA.

Prefiro vinte e três graus e sol em outubro em vez da fria e cinzenta Nova Iorque. E você tem que andar *por toda parte*. Ou pegar o metrô. Quero dizer, entendo o apelo, mas cresci no condado de San Diego, em Lemon Grove, com praias, montanhas e cânions de fácil acesso. Onde a chuva é rara. Sou um menino da Califórnia, nascido e criado. Nem sonhei em ir para outro lugar para fazer faculdade. Além disso, frequentar a escola de cinema da USC me manteve perto de mamãe quando ela mais precisava de mim.

Ela teria gostado de Neevah.

Afasto esse pensamento inútil quando entro no escritório da Produções Scripps. A maioria das pessoas presume que o nome da minha empresa é um jogo de palavras, que estou criando *roteiros* para um gueto, mas o Píer Scripps era, na verdade, um dos lugares favoritos da minha mãe para assistir ao pôr do sol.

— Chefe! — diz Graham, nossa assistente, quando passo pela porta.
— Bem-vindo de volta. Nós sentimos sua falta.

— Senti sua falta também. — Pesco uma estatueta da Estátua da Liberdade na minha bolsa e a coloco na mesa dela. — Comprei algo para sua coleção histórica.

— É rosa! — Ela pega, os olhos brilhando de alegria com a coisa cafona.
— Sim. Achei que isso era incomum, então comprei.

Ela dá a volta na mesa para me abraçar.

— Nunca vi uma rosa. Obrigada!

Aperto suas costas brevemente e depois me afasto para ir em direção ao meu escritório.

— Não foi nada — digo, por cima do ombro. — Ele já chegou?

Evan e eu não vamos ao escritório o tempo todo, mas combinamos de nos encontrar aqui hoje. Já sei que ele tentará me convencer a não escalar Neevah. Esse é o trabalho dele: garantir que meus impulsos criativos não nos levem à falência. Mas de vez em quando tenho que lembrá-lo de que foram meus impulsos criativos que nos trouxeram até aqui. Hoje é um desses momentos.

— Disse que está pegando um smoothie naquele lugar na esquina e que fica a apenas alguns minutos de distância! — Graham grita da área de recepção.

— Beleza. Me avise quando ele estiver pronto.

Fecho a porta e me sento à minha mesa. Não venho aqui há semanas, o que não é incomum. Provavelmente estarei muito mais em Nova Iorque quando começarmos a filmar *Dessi Blue*. Grande parte da história acontece lá. Fiz o script de especificações para vender o conceito e colocar Galaxy a bordo, mas Verity já está reformulando-o agora que está no projeto. Evan irá coordenar com o diretor de fotografia e o designer de produção para explorar as locações assim que o roteiro estiver mais finalizado, porém não consigo imaginar que *não* filmaremos em Nova Iorque. Isso tornaria as coisas ainda mais fáceis para Neevah.

Nem sequer lhe ofereci o papel, mas como ela poderia recusar?

Tiro da minha bolsa a foto que ela levou para o teste.

Rapidamente evito o fato de que ela é linda. Quem não é neste negócio? Ela tem aquela qualidade indefinível que você não pode ensinar, que o Botox ou algo mais artificial não podem fazer existir. Ela nasceu com isso e cultivou, e agora isso chamou minha atenção.

E vou usar.

Alguém bate à porta.

— Entra — resmungo, pegando a garrafa de água que Graham sempre estoca em meu escritório.

— Você voltou.

Se alguma vez existiu uma imagem do privilégio de Hollywood, seria meu parceiro de produção, Evan. Cabelo com mechas bronze e douradas caindo em ondas perfeitas. Bronzeado o ano todo. Estrutura óssea cinzelada e corpo alto e esbelto. Mesmo tendo um pedigree de Hollywood, que remonta ao apogeu da MGM, da RKO e do sistema de estúdio, ele decidiu fazer um nome e uma fortuna para si mesmo. Provavelmente não imaginou que seria com o garoto de Lemon Grove, mas nunca se sabe como a vida vai se desenrolar.

— Meu cara — saúda, entrando no escritório e me dando um tapinha. — Bem-vindo de volta. Achei que você iria ao festival de cinema e voltaria logo.

Segurando seu smoothie em uma das mãos, ele tira a foto de Neevah da minha mesa, erguendo as sobrancelhas e me lançando um olhar astuto, mesmo que não saiba de nada.

— Posso ver como você pode ter ficado um pouco… distraído.

— Não é isso. — Pego a foto e jogo-a na mesa. — Quero dizer, fiquei mais tempo para fazer o teste com Neevah, mas… não é isso.

— É melhor que não seja. Não podemos nos permitir outro *Primitivo*.

— Se eu ouvir mais uma palavra sobre aquele maldito filme… — Sento-me e tomo um longo gole de água.

— Acredite em mim. Você ser demitido de um grande filme por causa de uma boceta é a última coisa que quero discutir.

— Evan. — Seu nome soa como uma advertência em tom gutural.

— E é melhor você torcer para que não nos incomode o fato de você pelo menos não ter permitido que Camille fizesse o teste.

— Fazer o teste com Camille teria sido uma concentração enorme de tempo perdido. Todos nós sabemos que eu nunca a escalaria; certamente não depois do que ela fez, mas provavelmente nem antes. Ela não é adequada para Dessi.

— Você feriu o orgulho dela.

— E o *meu* orgulho? Ser demitido de um filme que eu poderia ter dirigido de olhos fechados porque tivemos um rompimento tumultuado? Está brincando comigo, porra? De que adiantaria seguir em frente como se ela ainda tivesse uma chance no papel?

— Vimos que Camille tem uma veia vingativa. Só estou dizendo que… espero que isso não nos atrapalhe. Recusar um dos nomes mais bombados de Hollywood no momento, é melhor lançarmos isso da maneira certa.

— Neevah *é* a maneira certa.

— Não vi você falando sobre uma atriz em particular dessa maneira… bem, nunca — aponta, sentando-se à minha frente. — Não cometa o mesmo erro novamente. Você não está…

— Namorando com ela? — concluo por ele, com lábios contraídos.

— Eu ia dizer fodendo com ela, porque sei que você não é do tipo que namora, e foi por isso que namorar Camille foi tão…

— Em algum momento desta conversa, deveríamos discutir o fato de que encontrei a atriz que procuramos há seis meses? Ou você vai continuar falando sobre merdas inúteis que não vão nos render nenhum dinheiro?

Entrelaçados

61

— Não tenho certeza se você *encontrou* a atriz que precisamos para *Dessi Blue*.

Dou um longo gole da garrafa de água, acalmando minha irritação porque não dá para vencer uma briga com Evan sendo governado pela emoção.

— Viu a gravação do teste dela?

— Vi.

— Assistiu ao vídeo que a agente dela enviou?

— Sim. Cara, aquela garota sabe cantar. Linda também.

— E?

— E ninguém sabe quem é ela. Você não pode esperar que Galaxy aprove uma substituta sem nome que acabou de fazer sua primeira aparição na Broadway para um filme desse porte. É muito dinheiro. É um grande investimento e eles querem recuperar seu dinheiro. Precisamos de um grande nome.

— O que *precisamos* é da atriz certa, e eu a encontrei. Descubra como convencer o estúdio.

— Não crave suas garras em mim, Canon. — Ele se inclina para colocar seu smoothie na minha mesa e me olha diretamente. — Você pode intimidar todo mundo com seus grunhidos e olhares, mas não a mim. Este é o meu negócio também.

— Esta é a minha história.

— Você também é um produtor nisso. Não apenas o diretor. Não apenas um artista, então aja como um e me ouça.

Ninguém fala assim comigo e sai impune.

Exceto Evan.

Nós nos conhecemos na USC casualmente, mas não mantivemos contato após a formatura. Depois que *A hora mágica* ganhou tantos elogios da crítica, eu esperava que todas as portas se abrissem, mas não foi isso que aconteceu. Lutei para encontrar os projetos certos por alguns anos, atuei como assistente de direção em alguns projetos e paguei minhas dívidas. Finalmente, consegui fazer um filme independente com um orçamento apertado, que atraiu mais atenção. Do nada, Evan estendeu a mão para me parabenizar e propôs que trabalhássemos juntos. Eu tinha as histórias, mas Evan tinha muito a oferecer. Ele cresceu no ramo, tinha dinheiro para investir e instintos perfeitos.

A maior parte do tempo. Desta vez, ele está errado.

— *Estou* pensando como um produtor — afirmo. — Se escolhermos algum grande nome que não seja adequado para o papel, *Dessi Blue* irá fracassar. Como o fracasso de *The Cotton Club*, de Francis Ford Coppola. Poderia facilmente se tornar um monstro exagerado e com orçamento acima do esperado que dá check em todas as caixas: diretor certo, muito dinheiro, grandes estrelas, para que ninguém pudesse descobrir por que falhou.

— Não vamos deixar isso falhar.

— Você está certo, não vai falhar. Encontrei essa história literalmente na beira de uma estrada secundária. — Bato no peito para dar ênfase. — *Eu* entrevistei a família de Dessi. *Eu* fiz com que me contassem todas as coisas que o mundo não sabe sobre essa mulher.

— Eu entendo isso, Canon, mas…

— Não sei se você *consegue* entender. Tem ideia de quantas Dessi Blue existem? Artistas negros que moldaram a nossa cultura, fizeram a nossa música, mas cujas contribuições não foram reconhecidas? Suas histórias simplesmente escaparam pelas rachaduras. Pessoas que, por direito, deveriam ser nomes conhecidos, mas *ninguém* sabe seus nomes? Tudo o que eles têm para mostrar o que fizeram é uma placa em sua cidade natal ou uma frase na Wikipédia, *se* muito.

— Você está tornando isso pessoal.

— Artistas negros receberem o que merecem é algo pessoal para mim. Durante toda a minha vida vi seus talentos serem explorados e apropriados, mesmo quando me diziam que não eram tão bons. Eles abriram o caminho para que eu estivesse sentado neste escritório discutindo com meu teimoso e privilegiado parceiro de negócios.

Com os lábios se contraindo, Evan inclina a cabeça para trás, solta um suspiro profundo e olha para o teto.

— Odeio quando você faz isso.

Eu rio, fazendo um esforço consciente para relaxar os músculos tensos dos meus ombros.

— Odeia quando eu faço o quê? Estou certo? Ou demonstro que sou negro? Eu estou certo na maior parte do tempo e sou negro o tempo todo.

Ele levanta a cabeça para me encarar, mas cede com um sorriso.

— Vou marcar uma reunião com Galaxy. Eles designaram um executivo para nós como nosso contato. Um cara novo chamado Lawson Stone. Começaremos por aí.

Entrelaçados

CAPÍTULO 10

Neevah

— Então, como estamos, doutora?

A doutora Ansford filtra meu cabelo entre os dedos e toca alguns pontos sensíveis do meu couro cabeludo.

— Melhor — murmura.

— Prometo não dizer que avisei — caçoo, olhando para ela por cima do ombro.

— Admito que você está bem sem as medicações, mas ainda não estamos fora de perigo. Ainda vejo alguns pontos aqui ao longo do coro cabeludo. Diga-me o que você tem feito.

— Cortei toda carne vermelha, glúten e laticínios, como discutimos. Venho comendo muito peixe fresco, folhas verdes, abacate. Tomando meus suplementos. Óleo de peixe, vitamina E. Tudo. Sempre tive que me manter em forma para o meu trabalho, então já estava me exercitando e isso parece ajudar.

— Bom. Bom. — Ela passa um dedo frio por uma pequena área careca na base do meu crânio. — Isso parece estar curando bem. O que você está usando no cabelo?

— Apenas produtos naturais. Muito óleo de jojoba e manteiga de karité. Minha colega de quarto é cabeleireira. Ela mesma os mistura para mim. Eu uso penteados de proteção, como tranças, tanto quanto possível.

— E nenhum sinal de erupção malar de novo?

A erupção malar, em forma de borboleta no nariz e nas bochechas, muitas vezes um indicador de lúpus, foi um dos sintomas mais reveladores que levou meu clínico-geral a me encaminhar à doutora Ansford, uma reumatologista, que posteriormente confirmou meu diagnóstico.

Ela dá um tapinha no meu ombro com aprovação.

— Seu sangue e urina parecem bons. Anticorpos sob controle. O lúpus não é fácil de controlar. Você está indo bem.

— Lúpus discoide — corrijo. — Certo?

Eu sempre prendo a respiração quando espero por sua resposta. Recebi o diagnóstico de lúpus há cerca de dezoito meses. Foi um alívio compreender o cansaço, as erupções cutâneas e a queda de cabelo, mas a palavra *lúpus* imediatamente me assustou. Minha tia morreu da doença, então sei quão perigosa pode ser. A doutora Ansford me garantiu que era discoide, o que não representa risco de vida, e não sistêmico, que foi o tipo que minha tia enfrentou. Conhecer meu histórico familiar realmente ajudou a identificar um diagnóstico preciso mais rápido do que seria possível. Sabíamos onde procurar.

— Certo. Discoide. — Seus olhos castanhos são gentis e tranquilizadores quando ela se senta atrás da mesa. — Não vejo nenhum sinal de lúpus sistêmico no momento e, pelo que posso dizer, tudo está sob controle.

Eu estava preocupada que o estresse de atuar no show algumas semanas atrás pudesse ter desencadeado um surto.

— Eu sei, mas meditei todas as noites antes de me apresentar e tentei acupuntura.

— Ah, que bom. Estou feliz. Como foi isso? Acha que ajudou?

— Se eu acho? Para ser honesta, aquela semana foi um borrão. Eu estava mais estressada por *ficar* estressada do que pelo show em si, se isso faz sentido.

— Sim. — Ela ri e me olha por cima dos óculos sem aro. — A propósito, você foi brilhante.

— Você foi? — Cubro a boca com uma das mãos.

— Duas vezes. Nos melhores lugares da casa. — Ela sorri e joga os dreadlocks por cima do ombro como se fosse elegante. — Meu marido e eu vimos na primeira noite e levei minha sobrinha no final daquela semana.

— Vocês deveriam ter ido até a porta do palco. Eu adoraria conhecê-la.

— Ela tinha um trem para pegar. Teve que voltar para as aulas em Connecticut.

— Na próxima vez.

— Da próxima vez será na *sua* noite de estreia. — Seu sorriso gentil desaparece, sua expressão fica séria. — Você é incrivelmente talentosa, Neevah. Eu realmente não tinha ideia. Tenho certeza de que terá pessoas batendo na sua porta depois disso.

Entrelaçados

65

— Bem, eu não sei sobre bater. — Faço uma careta e dou de ombros. — Minha agente recebeu algumas ligações. Comerciais. Audições.

Não menciono que *o próprio* Canon Holt me pediu para fazer um teste para seu próximo filme. Apenas minha agente e Takira sabem. Ele disse que era para um papel pequeno, mas quem sabe se eu realmente tenho chance?

— Isso vai acontecer. Principalmente depois de ver você se apresentar, não tenho dúvidas. Eu sei que foi exigente. — Ela me lança um olhar de sondagem. — Como está a dor nas articulações?

— Gerenciável. Estou fazendo ioga e tomando açafrão. Parece estar ajudando.

— E se seus níveis de ANA começarem a aumentar e eu recomendar um esteroide ou algo mais forte como prednisona, você vai me ouvir?

Cerro a mandíbula teimosamente. Eu fiz a pesquisa. Alguns dos medicamentos que a maioria das pessoas toma com esse diagnóstico são tão prejudiciais ao corpo quanto a própria doença, com efeitos colaterais como osteoporose, ganho de peso e problemas de visão. Farei tudo ao meu alcance para administrar naturalmente enquanto puder.

— Não chegaremos a esse ponto — respondo, depois de alguns segundos.

As sobrancelhas erguidas da doutora Ansford levantam a questão novamente.

Reviro os olhos e solto um suspiro resignado.

— Se chegar a esse ponto, então, sim. Vamos tentar do seu jeito.

CAPÍTULO 11

Canon

— Precisamos mesmo jantar? — pergunto, enquanto Evan e eu subimos a entrada íngreme da casa de Lawson Stone em Hollywood Hills. — Eu só quero que ele aprove Neevah para que possamos oferecer o papel a ela.

— Essas merdas são resolvidas no jantar — Evan me lembra. — Além disso, ouvi dizer que ele tem uma adega incrível.

— Tenho certeza de que ele mal pode esperar para exibi-la. — Toco a campainha. — Na verdade, estou com fome. É melhor que a comida seja boa.

— Mesmo que não seja, você precisa...

A porta se abre e uma mulher incrivelmente linda aparece na entrada. Seu rosto é delicado e distinto, frágil, como se tivesse sido gravado em porcelana, mas com um nariz marcado e uma pele cor de âmbar esticada sobre as maçãs do rosto salientes. Ela não pode ser mais alta do que um metro e setenta e dois, e seu cabelo preto é brilhante, repartido ao meio e cai em ondas texturizadas até os cotovelos.

— Boa noite, senhor Holt — saúda, sorrindo para mim um tanto rigidamente antes de desviar seu olhar para Evan. — E você deve ser o senhor Bancroft.

— Ah, sim... Esse sou eu. Sou eu — responde Evan. Ele geralmente é um pouco mais sutil do que isso, então lanço-lhe um olhar disfarçadamente curioso. Ele parece todo atordoado e confuso.

— Bem-vindos. — Ela dá um passo para trás para nos permitir entrar. — Sou a esposa de Law, Linh. Ele está encerrando uma ligação. Por favor, entrem.

Entramos em um grande vestíbulo com um intrincado lustre de pedra suspenso no teto.

— Essa peça é incrível. — Evan inclina a cabeça para trás para estudar a luminária.

— Obrigada — ela diz. — Meu pai fez.

— Seu pai? — pergunto, olhando dela para o lustre. — Uau.

— Ele é um escultor. Chap Brody. Foi um presente de casa nova.

— Chap Brody é seu pai? — A boca de Evan está aberta com uma admiração incomum. É preciso muito para impressionar meu cansado parceiro de produção, mas aparentemente isso basta. Chap Brody é o *único* escultor negro que conheço de nome. Falando sério, ele é o único escultor que conheço de nome, ponto final. Não é tanto meu estilo quanto de Evan.

— Já ouviu falar dele? — Linh pergunta, com um sorriso satisfeito.

— Claro. — Evan parece quase infantil em seu entusiasmo. — Sou um nerd de arquitetura e já encontrei o trabalho dele em muitos espaços legais. Ele é um gênio.

— É o que ele continua me dizendo. — Ela ri, nos conduzindo por um corredor branco cheio de vasos, bustos e várias outras peças expostas em alcovas mal iluminadas.

Lawson coleciona coisas lindas — a mais linda delas é sua esposa. Ele é um homem de sorte. A propósito, Evan não consegue tirar os olhos de Linh, então deve concordar. Estamos seguindo-a até a sala de estar e dou uma cotovelada nele, fazendo-lhe minha cara de "que droga é essa". Sério? Ele vai agir assim na casa do homem? Ele me lança um olhar confuso, como se não tivesse ideia do que estou falando, mas ele não é inocente.

— Vinho ou algo mais forte? — Linh pergunta. — Tenho aperitivos aqui também, enquanto esperamos por Law.

Os aperitivos são várias combinações de vegetais, frutas e frutos do mar. Também uma espécie de bolinho de massa com molho marrom, que Evan e eu devoramos. Montamos pratinhos e afundamos no luxuoso sofá branco no centro da sala de estar. Através de uma parede de vidro, uma piscina infinita de água azul cristalina brilha sob holofotes estrategicamente posicionados, mas Evan parece mais interessado na vista de *dentro* da casa do que de fora. As origens pretas e o que suponho ser uma ascendência asiática de Linh combinam perfeitamente. Posso contar as vezes que ele desviou o olhar dela.

— Mãe, estou travada.

A afirmação vem de uma jovem, talvez com uns 10 anos, parada ao pé de uma escada. Ela é uma réplica de Linh, mas com pele mais clara e cabelos mais sedosos.

— Ah. — Linh se levanta e completa nosso vinho. — Eu volto já. A álgebra chama.

Assim que ela sai da sala, viro-me para Evan.

— Você sabe que ela é esposa de Lawson, certo?

— Ah, sim. — Ele olha para mim como se eu fosse louco e ele não estivesse entendendo nada. — E?

— E você está todo gamado na dela. Pare com isso.

— Um homem pode olhar. Ela é maravilhosa.

— Você está procurando problemas. Pare com essa merda. — Cerro os dentes e pego outro bolinho.

— Senhores — Lawson entra na sala —, desculpem-me por mantê-los esperando.

Ele é um típico executivo de Hollywood. Já que está em casa, trocou o terno impecável pela casualidade estudada de uma camisa de botão e calças. Linh tem melanina a seu favor, então é difícil discernir sua idade, mas eu colocaria Lawson Stone entre quarenta e tantos e cinquenta e poucos anos. Uma cirurgia plástica que ele provavelmente fez pode ter firmado a pele em seus traços ósseos, mas ele mostra a idade em seus olhos e seu cabelo preto uniforme demais.

— Vejo que Linh começou com vocês — aponta, segurando a garrafa. — Como está esse *pinot noir*? É o favorito de minha esposa.

— Ela está ótima. — Evan toma um gole de vinho e faz brindes simulados. — Quero dizer, o vinho é ótimo. Delicioso.

— Que bom. — Ele examina a sala. — Ela foi verificar o jantar?

— Sua filha precisava de ajuda com o dever de casa — explico.

— Ah. Álgebra. — Ele pega um dos aperitivos. — Nós dois somos péssimos nisso, mas Linh é um pouco melhor. Obrigado por virem esta noite.

— Obrigado por nos receber — responde Evan. — Estamos ansiosos para discutir os próximos passos na pré-produção do projeto.

— Sim, agora que encontramos nossa Dessi — digo, casualmente, estudando minha bebida —, podemos preencher o resto do elenco. Verity está reformulando o roteiro e...

— Precisamos conversar sobre essa garota antes de nos precipitarmos. — Law enfia um bolinho na boca, mastigando ao dizer as palavras: — Não temos certeza se ela é a pessoa certa.

Coloco minha taça de vinho na mesinha ao lado do sofá e me endireito.

— Quais são suas dúvidas? — pergunto, mantendo a voz baixa, uniforme e razoável.

— Não é óbvio? — Law dá uma risada. — Ninguém sabe quem diabos ela é, por exemplo.

Entrelaçados

— Você assistiu a fita do teste dela? — pergunto. — E o vídeo de melhores momentos dela?

— Não tem nada a ver com o talento da moça. Obviamente ela é talentosa. O mesmo acontece com metade dos concorrentes do *American Idol*, mas também não estou oferecendo a eles o papel principal em um filme desse porte. Elaboramos uma lista de atrizes adequadas com o tipo de poder de atração que este orçamento merece. — Ele tira um pedaço de papel dobrado do bolso e me oferece.

Não aceito nem olho para ele, mas mantenho meu foco no homem. Sinto Evan tenso no sofá ao meu lado.

— Eu não vou precisar disso.

— Como é que é? — As sobrancelhas de Law se franzem e a mão que segura seu pequeno pedaço de papel se abaixa. — Essas atrizes...

— Não estarão no meu filme — afirmo, com uma calma que disfarça a raiva que se agita sob a superfície.

— *Seu* filme? — pergunta, levantando as sobrancelhas. — Nosso dinheiro...

— Seu dinheiro está financiando meu filme, mas você não o controla e não me controla. Se você tem alguma ilusão sobre isso, posso ir para outro lugar.

— Não vamos nos apressar — interfere Evan. — Tenho certeza de que existe um meio-termo.

— Não há. — Levanto-me e enfrento Law. — Neevah Saint é inegociável. Dei-lhe seis meses para encontrar a protagonista e você não o fez.

— Existem várias opções aceitáveis nesta lista — garante, estendendo o papel para mim.

Eu ignoro novamente.

— Neevah Saint — atesto. — Ou vamos embora.

Evan rosna um protesto, que também ignoro.

— Pense muito bem antes de dizer mais alguma coisa, Holt. — A polidez de Law está diminuindo e sua irritação, sua condescendência, começa a aparecer.

— Acha que preciso tanto assim de você para te deixar estragar meu filme? — zombo e nego com a cabeça. — Você sabe o que Spike Lee fez quando o estúdio tentou tirar o dinheiro para *Malcolm X*, porque queria que fosse mais curto?

— Não, o quê? — Law responde, com cautela.

— Ele procurou líderes negros, empresários, mentes criativas, atletas, e pediu ajuda. Ele próprio garantiu o financiamento da comunidade que mais queria que aquela história fosse contada. Garanto que não terei problemas em arrecadar dinheiro para contá-la. — Aceno para o pedaço de papel pendendo de seus dedos. — Tente me dar essa lista mais uma vez e eu não fico para jantar. Saio por aquela porta e levo meu filme comigo. — Abaixo-me para pegar outro bolinho. — Então, o que vai ser?

CAPÍTULO 12

Neevah

Quando Canon ligou há algumas semanas, salvei o celular dele em meu telefone como CH... apenas no caso de ele ligar novamente. Eu saberia que era ele e seria menos provável que saísse da estrada, me desmembrasse de alguma forma ou perdesse a cabeça quando atendesse e ouvisse sua voz estrondosa do outro lado da linha.

Então, quando CH aparece na minha tela numa tarde de quinta-feira, enquanto me preparo para ir ao teatro, eu sei quem é.

— Alô? — respondo, como uma pergunta, porque não quero que *ele* saiba que eu sei.

— Neevah — ele diz. — É Canon.

Eu sei!

— Canon, oi. — Faço com que minhas moléculas parem de vibrar e me sento no sofá, jogando a bolsa no chão.

— Quero oferecer a você um papel no meu próximo filme — anuncia, sem mais saudações. As palavras batem em meu peito e na cratera atrás do meu esterno, não deixando espaço para o ar.

Tremendo, ofereço uma oração silenciosa de agradecimento à minha padroeira Audra McDonald. É um filme de Canon Holt. Para tudo. Mesmo que não seja um grande papel, farei o meu melhor e tirarei algo com isso.

— Neevah? Você está aí?

— Ah. Desculpe. Sim. Eu só estava... uau. Acho que estou um pouco atordoada. Muito obrigada por esta oportunidade.

— Não quer saber qual é o papel? — pergunta, um pouquinho de humor aparecendo em sua voz geralmente séria.

A terceira vaca da esquerda? A garota que anda no campo? Uma marionete que salta?

Tenho certeza de que qualquer papel que ele escolher para mim será um que aceitarei.

— Claro — respondo como uma pessoa mais razoável.

— É Dessi Blue.

Calma. Espere um minuto. Insira um pouco de loucura aqui.

— Hum… mas quando fiz o teste… pareceu… a personagem principal não se chamava Dessi? — Meus lábios ficam dormentes e meu cérebro está disparando melaço em vez de sinapses, mas disso eu me lembro.

— Isso mesmo. Estou lhe oferecendo a protagonista.

Minha bunda desliza para fora do sofá e caio no chão.

— Puta merda — murmuro.

Uma risada sedosa e sombria se desenrola do outro lado.

— Isso é um sim? O papel é seu, se quiser.

Se este momento fosse uma das minhas mãos, eu nunca mais a lavaria.

Em um instante, passo de um estado de choque a completa e emocionalmente transtornada. Olho ao redor do apartamento do tamanho de uma caixa de sapatos, lembrando-me de todo o atum que comi direto da lata quando o dinheiro estava curto. Todos os avisos de atraso de pagamento que guardei no fundo da minha mente e no fundo de uma gaveta ao longo dos anos, lutando para ganhar a vida com a arte. Saber que isso é o que eu deveria fazer, mas às vezes não ter certeza de como. Incerta de como essa história, *minha história*, terminaria. Apenas para encontrar um começo. Depois do último ano como reserva de Elise, com apenas uma semana sob os holofotes, na mesma semana em que Canon esteve na cidade, é um novo começo milagroso.

— E-eu, bem… — *Não chora. Segura. Firme. Seja profissional.* — Sim. Eu aceito.

— Que bom. — A voz de Canon não parece surpresa, porque quem recusaria, mas ele parece satisfeito. — Entraremos em contato com sua agente para discutir os detalhes. Eu fiz um roteiro apenas para apresentá-lo e vendê-lo para um estúdio, mas Verity Hill está escrevendo. O que você leu foi nosso trabalho às pressas. Prometo que estará melhor quando ela terminar.

— Ela é incrível. Amei aquela última série que ela escreveu.

— Concordo. E Monk está fazendo a música.

— Ah, uau. Isso é tão emocionante. Tenho que agradecer a ele por arrastar você para a minha apresentação, acho.

— Ele está realmente ansioso para trabalhar com você.

Entrelaçados

73

— Quando começamos ou... Só quero ter certeza de avisar com bastante antecedência à equipe de *Esplendor*.

— Vai demorar um pouco. Eu queria escalar Dessi primeiro, porque ela é o centro de tudo. Preciso construir em torno dela. Em torno de você.

Não consigo nem respirar direito. Esta conversa é uma perseguição de carro em alta velocidade e mal consigo acompanhar. Forço-me a me concentrar em suas palavras, apesar dos pneus cantando na minha cabeça.

— Mallory está trabalhando na escalação de todos os outros. Assim que Verity entregar o roteiro, começaremos a explorar os locais a sério. Fizemos alguns trabalhos preliminares, mas quero o roteiro antes de definir tudo. Espero filmar em Nova Iorque, já que grande parte da história se passa lá.

— Acabei de perceber que não conheço a história. Não sei nada sobre Dessi além do que li na página dezessete.

— É fascinante. Dessi foi uma cantora e dançarina incrivelmente talentosa dos anos trinta e quarenta que levou uma vida notável, porém, como tantos artistas negros daquela época, ela ficou no esquecimento.

— Você ama história, não é? — Não sei o que me leva a perguntar isso no meio dessa discussão sobre o projeto, mas não me arrependo.

— Estou interessado nas histórias perdidas nas fendas da história, sim.

— Muitos de seus documentários focam em figuras históricas, então isso faz sentido.

— Winston Churchill disse que a história é escrita pelos vencedores, mas eu alteraria isso para dizer que muitas vezes é escrita por mentirosos. A história é um fato. Você não pode mudar o que aconteceu, mas pode editá-lo. As pessoas mentem e deixam de lado a verdade, distorcendo-a para atender às suas necessidades. Gosto de contar histórias que escavem os fatos e exponham a verdade.

— Eu amei.

Há uma pausa carregada antes de eu pigarrear e ele faz o mesmo.

— Sim, bem, então — retoma. — Sobre o filme.

— Ah, com certeza. Desculpe. Você estava me contando sobre *Dessi Blue*.

— Prefiro que você aprenda sobre Dessi por si mesma. Está pronta para uma visita de campo?

— Uma visita de campo? Quando? Onde?

— Assim que você puder tirar uma folga. Apenas alguns dias, mas Dessi ainda tem família na pequena cidade onde cresceu. Seus pais se mudaram do

Alabama para Nova Iorque durante a Grande Migração, quando ela tinha 16 anos, mas alguns membros da família ficaram para trás. Sua filha mora no Alabama e essencialmente supervisiona a propriedade... tudo o que existe dela. Estou optando pela história de vida de Dessi através disso. Acho que seria ótimo se você conhecesse Dessi através de alguém ligado a ela.

— Isso seria muito útil.

— Verity também irá. Ótima oportunidade para ela chegar o mais perto possível da fonte de material.

Uma viagem com Canon Holt, mesmo acompanhada, provoca em mim uma emoção secreta, que reprimo imediatamente.

Foco.

— Tudo isso parece incrível — garanto. — É um verdadeiro filme biográfico.

— Sim, e não temos muitos sobre os negros que fizeram grandes coisas. Será um papel exigente com canto, dança. Você vai atuar pra caramba para mim. Farei o que for preciso para tirar o melhor de você. Não sou fácil de trabalhar. Você pode me odiar quando tudo acabar.

— Por que eu? — pergunto, suavemente. — Quero dizer, este é obviamente um orçamento enorme e um papel único na vida. Eu sou... uma substituta.

— Não, você é uma estrela que estava esperando que eu a encontrasse.

Deixo seu encorajamento em voz baixa ser absorvido antes de responder:

— Isso soa muito Svengali. Está planejando me moldar exatamente no que você quer? — Solto uma risada sem fôlego. — Boa sorte com isso.

— Eu não quero mudar você. Acho que você é fantástica exatamente como é.

Todo o humor vira pó com a certeza em sua voz áspera e suave. Um homem como Canon, um diretor como ele dizendo que sou fantástica como sou — preciso saborear isso. Deixar rolar na minha boca como se fosse um doce. Chupar por um segundo e engolir toda a afirmação escondida no centro.

— Mas esse papel vai mudar você — continua. — De forma inevitável e irreversível. A curva de aprendizado será íngreme e não vou pegar leve com você. Você não tem experiência em cinema.

— Eu sei — afirmo, a enormidade deste processo diminuindo minha emoção.

— Mas o que você tem é o espírito de Dessi. Não sobrou muito, mas vi fotos antigas e algumas imagens raras das apresentações dela. Ela tinha uma luz inextinguível. Tentando escalar esse papel nos últimos seis meses, vi muitas atrizes. Muitas delas eram ótimas, muitas delas já famosas, mas não vi essa luz até te ver se apresentar há algumas semanas. Quero isso. Eu quero essa luz. Quero esse coração e essa vulnerabilidade e força. Há tanta coisa dentro de você, Neevah, e estou avisando agora que quero tudo.

E neste momento, sentada no chão do meu apartamento sujo, à beira da maior oportunidade da minha vida, quero dar isso a ele.

CAPÍTULO 13

Canon

— Sinto que estamos dirigindo pelo set de *Amargo pesadelo* há duas horas.

Verity tem dito coisas assim nas últimas dez saídas ou mais. Não que tenhamos visto muitas saídas. Já ouvi falar de estradas secundárias, mas esta rota através do Alabama parece estar atrás das estradas secundárias, um trecho de nada além de paisagem rural pontuada por ressaca ocasional de casas de outra época.

Neevah assobia a famosa melodia de banjo de duelo de *Amargo pesadelo* no banco de trás, e Verity sorri para ela por cima do ombro. Já posso dizer que as duas me darão problemas.

— Quando podemos parar? — Neevah pergunta, olhando para mim pelo espelho retrovisor. — Preciso fazer xixi.

— Você tem a bexiga de um besouro. — Tento aguçar as palavras, mas elas saem meio divertidas. Neevah parece ter esse efeito em mim. — *Acabamos* de parar para você ir ao banheiro.

— Desculpe-me por me manter hidratada.

— Hidratada? Está mais para encharcada.

— Acho que duas horas é um tempo perfeitamente razoável entre xixis — interrompe Verity.

— Obrigada. — Neevah mostra a língua para mim e ri.

Estou feliz que Verity tenha vindo conosco nesta viagem, pois ela escreverá o roteiro. Sem mencionar que não é uma boa ideia ficar sozinho com Neevah por tanto tempo. Não pareceria certo, e depois do desastre de *Primitivo* que ninguém parece preparado para me deixar esquecer, a última coisa que preciso é de alguém pensando que estou romanticamente envolvido com minha atriz.

Camille era uma aberração. Astuta o suficiente para descobrir exatamente o tipo de mulher que poderia me fazer quebrar minhas regras. Camaleoa o suficiente para me fazer pensar que ela era a resposta. Uma grande atriz, ela poderia fingir ser esse tipo de mulher, mas não conseguia sustentar a farsa. Percebi tarde demais que ela não era quem eu pensava que fosse.

Nunca poderia ser.

Para ser sincero, não sei se a mulher que pensei que ela fosse existe realmente.

— Aaaah! — Neevah aponta freneticamente para um prédio que não é muito melhor do que uma cabana com duas bombas de gasolina. — Podemos parar aqui.

— Você *quer* se sentar em um banheiro neste lugar? — pergunto.

— *Preciso* fazer xixi e não vou me sentar. Dã. Eu só me agacho.

— Eu não preciso desse visual. — Paro no estacionamento de cascalho do posto de gasolina. — Seja rápida.

A porta da parte traseira do carro se abre e Neevah sai correndo, desaparecendo na estrutura semelhante a um casebre.

— Eu gosto dela — comenta Verity, sorrindo. — Será divertido trabalhar com ela.

— E quanto a Monk? Você ainda está bem em trabalhar com ele?

A diversão em seu rosto se transforma em cinzas, uma carranca se acendendo entre suas sobrancelhas grossas. Verity é impressionante com os tons ricos de sua pele macia e o cabelo cor de azeviche adornando seus ombros em duas tranças grossas e sedosas. Ela é muito inteligente e tem alma de sonhadora. Monk provavelmente se perdeu assim que colocou os olhos nela.

— Eu te disse, na primeira vez que você perguntou, que ficarei bem — murmura, com os lábios tensos, cruzando os braços sobre o peito e olhando pela janela. — Não posso falar por Monk. Eu mal o conheço mais.

— Quando foi a última vez que o viu?

— Globo de Ouro há alguns anos. — Seu encolher de ombros descarta o incidente ou ele ou ambos.

— Na verdade, não me importo se vocês dois se odeiam apaixonadamente ou se transarem na primeira chance que tiverem.

Sua cabeça se vira, seus olhos se estreitam de indignação.

— Mantenha suas merdas fora do meu filme — digo a ela, meu rosto impassível. — Não preciso que a história pessoal atrapalhe meu projeto.

— E você teve essa conversinha com ele, ou apenas com a mulher neste cenário?

— Claro que sim. Posso ser um idiota, mas não sou misógino. As pessoas mais talentosas e capazes com quem trabalhei foram mulheres. Uma mulher precisa escrever a história de Dessi, e acho que essa mulher é você, mas também acho que a trilha sonora desse filme está presa na cabeça de Monk. Deixando de lado qualquer problema que tenham, você sabe que o homem é um gênio.

— Ele é — afirma, com a voz relutante, o olhar se desviando para o colo.

— Temos a chance de fazer algo extraordinário. Não quero estragar tudo com complicações pessoais.

Neevah vem correndo. Ela deixou seu cabelo natural solto hoje, e a brisa faz formar uma nuvem nimbus texturizada em volta de seu rosto. Seu corpo é tonificado e firme, nada magro. Há nela uma maturidade e ela se move com a graça fácil de uma dançarina; há uma sensualidade natural no balanço de seus quadris e braços. Uma confiança em seus passos. Normalmente não me permito olhar muito para ela, caso eu a encare por muito tempo e meu pau fique duro. Não há como voltar atrás.

Mas eu olho agora.

— Hmmm — Verity bufa, inclinando a cabeça em direção à janela e me lançando um olhar astuto. — Falando em tornar as coisas pessoais.

Devolvo com um dos meus melhores olhares mortais para Verity.

— Isso não funciona comigo, chefe — diz ela. — Você tem essa reputação de ser malvado, taciturno e artístico. Eu conheço o seu segredo.

— Ah, conhece? — Levanto uma sobrancelha para ela, genuinamente curioso. — E o que é isso?

— Eu vi *A hora mágica*. Você é um filhinho da mamãe, e filhinhos da mamãe latem, mas não mordem.

— Ah, eu mordo. Deixe essa merda com Monk afetar meu filme, você vai sentir.

— Justo. — Verity olha para Neevah, que está quase chegando ao carro. — Certifique-se de seguir seu próprio conselho.

Entrelaçados

CAPÍTULO 14

Neevah

É uma experiência estranha vasculhar o que restou da vida de Dessi Blue. Livros e diários com orelhas, vestidos desbotados de épocas passadas, cartas muito antigas, pergaminhos que pareciam prestes a desmoronar em minhas mãos. A filha dela, Katherine, nos deu acesso total a tudo que restou na casa depois da morte de Dessi. Ela disse que não conseguiu examinar metade dessas coisas porque seus pais eram acumuladores compulsivos e se apegavam a cada pequena coisa que documentava suas vidas coloridas. Ela não teve tempo para vasculhar o passado ou se livrar dele.

É como tropeçar no túmulo de um faraó, com as paredes repletas de riquezas e tesouros. É mundano e magnífico. Inútil. Impagável. Tantas coisas que preciso saber sobre a mulher que vou retratar. Estou ansiosa, mas também me sinto como uma espiã, vislumbrando a nudez de outra mulher pela janela de seu passado.

— Encontrando o que precisa?

Canon está parado na porta, os ombros largos preenchendo a moldura. Seus olhos curiosos no rosto bem talhado. Arrasto meu olhar para longe dele e para a pilha de cartas amarradas com barbante que estou segurando.

— Sim — garanto. — Mais do que eu preciso. É meio opressor e não sei por onde começar.

Ele entra, com seu habitual passo confiante mais lento. Ele está sempre cauteloso, mas sua expressão carrega tal aparência quando ele se senta ao meu lado na cama, no que Katherine chama carinhosamente de "quarto dos fundos". Uma caixa de fotos antigas está no chão e ele se abaixa para pegar algumas. Uma moldura prateada manchada mostra um casal feliz e sorridente no dia do casamento. O estilo do vestido de Dessi e seu penteado enrolado indicam o início do século XX, talvez final dos anos 30, início dos 40. É uma foto em preto e branco, mas está nítido que ela é mais clara que o noivo. Fazem um belo estudo de contrastes, ele mais escuro e ela menor, esguia e elegante junto à sua altura imponente. Evitando a câmera, eles se encaram, os narizes quase se tocando, o amor irradiando de suas expressões.

— Cal Hampton — revela Canon, apontando para a foto. — Eles se casaram em Londres enquanto viajavam pela Europa. Ele era um grande trompetista.

— Eles parecem tão felizes. De acordo com a bíblia da família, eles estiveram casados por quarenta e cinco anos, até ele morrer de câncer de pulmão em 1985.

— Fumar tanto atingiu muitos deles mais tarde na vida. — Ele me entrega a foto. — Eles parecem felizes, mas houve muita tristeza naqueles anos. Principalmente por morarem em um país que queria que eles cantassem no jantar, mas usassem a entrada de serviço para ir e vir. Por isso que tantos deles partiram para a Europa. Quem pode culpá-los?

— Lembro-me de assistir a *Dorothy Dandridge: O Brilho de uma Estrela*, aquele filme de Halle Berry. Aquela cena em que Dorothy mergulha o dedo do pé na piscina do hotel onde está se apresentando em Las Vegas.

— E eles drenam a piscina. — A boca carnuda de Canon se curva de forma cínica. — Sabe quantas pessoas não tinham ideia de quem era Dorothy antes daquele filme?

Ele bate no meu ombro, e a rara facilidade de um gesto como esse dele me faz sorrir.

— Vamos fazer isso por Dessi Blue — promete.

— Obrigada novamente por me escolher, por me escalar.

— Procuramos por seis meses antes de escalar você, Neevah. Eu soube assim que te vi no palco que você era a pessoa certa para esse papel.

— E o estúdio concordou com uma desconhecida carregando um filme como este? — Isso me ocorreu mais de uma vez, mas não perguntei a ele nem a Mallory. Eu estava com muito medo de que eles pensassem no enorme risco que estavam correndo e mudassem de ideia.

— O estúdio está empolgadíssimo. — Ele se abaixa para pegar outra caixa do chão, e não consigo ver sua expressão, mas sua voz parece segura. Então, novamente, quando Canon não parece certo?

— Olhe para isso — pede.

Poeira sai da caixa de joias quando ele a abre e uma bailarina aparece. Uma música antiga sai da caixa, tão fraca que quase não é música, e a

Entrelaçados

estatueta dá uma volta, sua pirueta trêmula e irregular. Canon escolhe algumas joias — uma gargantilha de fita de veludo preto, um anel de coquetel em forma de estrela e cravejado de rubis e grampos de cabelo salpicados de diamantes. Há um pequeno rasgo no fundo da caixa. Puxo a base para cima, revelando um compartimento escondido.

— Veja só você, descobrindo segredos — diz Canon, levantando completamente a base e extraindo uma pilha de papéis desgastados e caindo aos pedaços. Ele os espalha na cama entre nós. Não há muito, mas não se esconde coisas que não significam nada.

Inclino a cabeça para estudar o recorte de jornal de um anúncio de casamento.

O DONO DA BOATE HARLEM, HEZEKIAH MOORE, SE CASOU COM MATILDA HARGROVE. A CERIMÔNIA ACONTECEU NA IGREJA BATISTA ABISSÍNIA, SEGUIDA DE RECEPÇÃO NO HOTEL THERESA.

Abaixo da foto de um homem duro e robusto e uma linda mulher de pele negra-clara com um sorriso forçado em seu vestido de noiva está escrito com uma caligrafia elegante:

Eu precisei. Perdoe-me.

Canon e eu trocamos um rápido olhar de especulação.

— Matilda foi colega de quarto de Dessi em Nova Iorque por alguns anos — explica. — A cena que você fez com Mallory mostrou como elas se conheceram. Katherine disse que quando Dessi saiu em turnê pela Europa, elas perderam completamente o contato.

Folheio uma pilha de cartas, todas escritas com a mesma caligrafia elegante do recorte de jornal.

Parece que ela estava errada sobre elas perderem contato.

A borda de um papel marrom desbotado aparece por baixo do recorte de jornal, então o puxo para vê-lo completamente. É uma peça teatral para *Macbeth*, mas obviamente uma adaptação que, baseada no gráfico, parece ter influência africana ou insular.

— Diz que a peça foi apresentada pela unidade Negra do Federal Theatre Project. — Viro o panfleto, examinando os detalhes. — Nunca ouvi falar disso.

— Sim. Na cena que você leu, esse é o show que elas estavam esperando para assistir. O Federal Theatre Project foi um programa de estímulo do New Deal que financiou peças e apresentações ao vivo.

— New Deal do presidente Roosevelt?

— Sim. Depois da Grande Depressão. Colocou atores, dramaturgos e diretores para trabalhar. Orson Welles adaptou *Macbeth* com um elenco totalmente negro no Teatro Lafayette nos anos 30. Talvez em 36? Eles o chamaram de *Macbeth* Vudu.

— *Aquele* Orson Welles?

— Sim, e ele tinha apenas 20 anos na época. Ainda nem estava fazendo filmes. — Canon balança a cabeça. — Homem genial.

Abro o folder e há um recorte de jornal mostrando uma enorme multidão do lado de fora do Lafayette.

— Diz aqui que as pessoas fizeram fila por dez quarteirões na Sétima Avenida. Mais de dez mil pessoas tentando entrar no teatro e apenas mil e duzentos lugares.

Canon se aproxima para ler por si mesmo, e seu cheiro limpo invade meus sentidos. Tento manter o foco no trabalho, no que essa oportunidade significa para minha carreira, e não pensar no quanto me sinto atraída por ele, mas às vezes… como *agora*, quando ele cheira tão bem e seu corpo irradia calor, eu só quero…

Pare com isso, Neevah.

Ele inclina a cabeça para ler as letras miúdas abaixo da foto, e sua cabeça bate na minha.

— Desculpe — pede, olhando por cima da pilha de recordações desbotadas. Nossos olhos se fixam e espero que os meus não revelem tudo a ele; não lhe digam que estou lutando contra essa atração ridícula, inadequada e malfadada toda vez que estou perto dele. E estou lutando contra isso. Sei que é errado e só tornará este trabalho mais difícil.

Seus olhos procuram os meus e caem em minha boca, e sinto seu olhar como um toque quente e terno. Meus lábios se abrem com a respiração presa e tenho que lambê-los. Tenho que parar antes de tornar isso estranho e desconfortável para Canon. Ele é meu *chefe*.

Largo o programa no chão, aproveitando a desculpa para me curvar, para romper a conexão escaldante entre nossos olhos. É quente para mim. Estou queimando, mas quando me ergo, os olhos de Canon estão frios, sua expressão inescrutável. Quero me desculpar por atrapalhar o relacionamento fácil entre nós, mas não fiz nada. Simplesmente aconteceu. Meu corpo me lembrou inconvenientemente de que Canon Holt é exatamente meu tipo, e eu nem sabia que tinha um. Grande, taciturno e brilhante.

— Santos e poetas? — pergunta.

Por um segundo, não tenho ideia do que ele está falando. Está olhando para minha mão segurando o programa, para a tatuagem escrita na parte externa do meu polegar.

— Ah, minha tatuagem. Sim. É de...

— *Nossa cidade*. O gerente de palco diz isso.

Olho para cima para sorrir, mas não consigo segurar quando encontro seus olhos. Há uma intensidade em Canon que acho que ele nem cultiva. É simplesmente quem ele é: faminto por saber, por compreender, e seu intelecto e curiosidade consomem tudo em seu caminho. Cada história, cada projeto, cada conversa. *Esta* conversa. E quando você é o objeto das lentes dele, sente que ele está faminto por você. Como se ele quisesse entender exatamente o que está olhando. E não posso deixar de me perguntar como seria aquela fome em um beijo. Ele me esmagaria contra si como se não pudéssemos chegar perto o suficiente? Como se meu gosto o estivesse deixando louco? Meus dedos queimam com a necessidade de roçar sua mandíbula sombreada, de traçar suas sobrancelhas e lábios.

— Foi, hum... — Pigarreio, desesperada para controlar meus pensamentos rebeldes. — Foi a última peça que fiz no ensino médio. Essa frase ficou comigo.

— De onde você é? — pergunta, casual, aparentemente alheio ao fato de que estou lutando para manter alguma aparência de normalidade sem beijos.

— Uma pequena cidade na Carolina do Norte da qual você nunca ouviu falar. Clearview.

— Você tem razão. Nunca ouvi falar. — Ele quase sorri, cedendo a menor curva dos lábios, e percebo como raramente sorri. — Então você tinha um desejo ardente de abrir suas asas e partiu para a cidade de Nova Iorque com o diploma na mão?

— Não exatamente. — O fragmento da traição de Terry e Brandon machuca meu coração. Não tanto quanto antes, mas sempre pode tirar uma gota de sangue. — Eu poderia ter ficado contente em permanecer lá e fazer teatro comunitário. Me casar. Ter alguns bebês.

— Mas?

— Mas as coisas acontecem. — Encolho os ombros e me forço a

enfrentar a sondagem de seu olhar. — E fui para Jersey, não para Nova Iorque. Ganhei uma bolsa de estudos na Rutgers, o programa de teatro.

— Teria sido uma perda para nós. Você poderia ter se contentado em ficar escondida em Clearview, mas não seria o certo. Você foi feita para os holofotes. O que quer que tenha acontecido para te fazer ir embora foi, na verdade, uma bênção.

Minha respiração para. Há tão pouco espaço que nos separa, e o ar parece pulsar no ritmo do meu coração, que galopa. E desta vez, agora, não me pergunto se ele também sente. Sei que ele sente. Está na maneira como ele franze a testa, seus olhos escurecem e sua mandíbula se contrai. É como um comprimento de onda entre nós no silêncio tenso.

Ele limpa a garganta e se afasta, colocando mais alguns centímetros entre nós.

— Então esta peça, *Macbeth Vudu*.

— Ah, sim. A peça. A peça.

— Certo, antes de Orson Welles fazer esta peça, a maioria só tinha visto atores negros em Vaudeville ou com *black face*. Houve até uma turnê nacional depois da temporada em Nova Iorque, então foi enorme.

— Posso imaginar. — Preciso de algo para fazer com as mãos, alguma maneira de redirecionar esta conversa para um terreno neutro. Olho para o programa e tiro uma fotografia de dentro. É de duas jovens posando em frente ao Lafayette, ambas bem-vestidas, sorrindo, radiantes. Dessi e Tilda.

Canon folheia a pequena pilha de papéis e retira novamente o anúncio de casamento, colocando-o ao lado da foto.

Passo um dedo pelas palavras escritas à mão no recorte do jornal.

Eu precisei. Perdoe-me.

— Para alguém que supostamente desapareceu da vida de Dessi — começa Canon, erguendo as sobrancelhas —, há muitas cartas dela escondidas aqui. Há uma história aqui. Agora temos que descobri-la.

Entrelaçados

CAPÍTULO 15

Dessi Blue

8 de maio de 1936.

Mamãe,

Lamento ter demorado tanto para escrever, mas muita coisa aconteceu e não tive tempo. Posso ouvir você dizendo que simplesmente não arrumei tempo! Você está certa, mas tenho muito para lhe contar.

Não estou mais trabalhando no Cotton Club. Sei que você esperava que um dia eles me encontrassem na cozinha lavando pratos e decidissem que eu deveria estar no palco, mas isso nunca aconteceu. Eu não era "alta, bronzeada e fantástica" o suficiente para eles! Eles querem aquela pele em tom mais claro. Eu ainda estaria lá lavando pratos se não fosse pela minha nova amiga Matilda Hargrove. Nós nos conhecemos no Teatro Lafayette. Sei que você e papai costumavam ver as bandas lá. Bem, eles fizeram uma peça de Shakespeare apenas com negros. Macbeth! Você pode acreditar nisso? Nunca vi tantas pessoas tentando entrar em um só lugar. Fui lá na noite de estreia para conseguir um ingresso. Eles estavam sendo vendidos lá fora por quase US$ 4! Alguns deles até cinco. Caro demais para euzinha, então desisti, mas conheci Tilda, que me deu um de seus ingressos. Seu namorado não apareceu. Mas começamos a conversar e ela me arranjou um trabalho.

Agora já vejo seu rosto, mamãe. Não tenho cafetão e não estou traficando. É um trabalho honesto no Savoy Ballroom. Tilda trabalha lá como recepcionista. Ensinamos os homens que chegam lá e que não sabem dançar. Nós apenas mostramos os passos e eles nos pagam! Melhor do que lavar louça, para dizer a verdade. O pagamento também é melhor.

Sei que você está preocupada comigo aqui sozinha desde que voltou para casa, mas eu não poderia voltar para o Alabama, não depois de Nova Iorque. Aqui não é perfeito para os negros, mas eles não nos penduram nas árvores. Tivemos aquele motim no ano passado no Harlem, mas não foi tão grave como no Sul. Nunca vou morar lá.

Sei que você sente falta do papai. Eu também. Entendo por que você queria voltar e ficar com a família, mas não posso. E viu só? Encontrei uma nova amiga!

Saí da pensão também. Eu e Tilda juntamos nosso dinheiro e estamos em um apartamento na 139th Street, não muito longe do Savoy. Estamos no meio de tudo. Todo mundo passa por lá. Sinto-me viva, mamãe. Fiquei tão triste com a morte do papai e a sua partida, mas trabalhando no Savoy, neste novo lugar com Tilda, parece que as coisas estão melhorando.

O primo de Tilda tira fotos para The Crisis. Ele levou essa de nós na House Beautiful naquela noite. Não somos lindas? Também estou incluindo $20. Enviarei mais quando puder. Espero que ajude. Beije a vovó, a tia Ruth e a prima Belle. Todo mundo. Diga oi e que amo todos vocês.

Sua Odessa

CAPÍTULO 16

Canon

A viagem ao Alabama foi esclarecedora e ampliou nossa compreensão da jornada de Dessi, mas estou feliz por estar de volta a Los Angeles. Saí do avião e fui direto para os escritórios de produção. As coisas que encontramos no Alabama mudaram tudo. A família de Dessi sempre presumiu que ela tinha dois grandes amores: Cal Hampton e a música.

Acontece que eram três.

Tilda Hargrove foi o *primeiro* amor de Dessi. Antes de ela conhecer Cal Hampton como anfitriã do Savoy. Antes de ele descobrir que Dessi cantava como um anjo. Antes de ela se apresentar no Café Society, juntando-se a grandes nomes como Billie Holiday, Sarah Vaughan, Lena Horne e Hazel Scott. Antes de Cal e Dessi partirem para a Europa para fazer uma turnê com uma banda e eventualmente se casarem... antes de tudo isso, Dessi amava Tilda Hargrove. E Tilda Hargrove a amava. Além dos recortes de jornais, Dessi guardou cartas de amor que trocaram enquanto ela estava em turnê pela Europa e Tilda permaneceu no Harlem.

Não é chocante. Muitas das mulheres daquela época falavam abertamente sobre a sua bissexualidade. Ma Rainey, Bessie Smith. Inferno, até Billie teve pelo menos um caso documentado com outra mulher, Tallulah Bankhead. Descobrir isso como parte da história de Dessi faz sentido e simplesmente acrescenta profundidade ao que sei sobre ela como personagem à medida que contamos sua história. Para um membro da família, porém, especialmente alguém do Cinturão Bíblico, que pode ou não querer que isso seja conhecido sobre Dessi, não é tão simples.

Surpreendentemente, foi Neevah quem abordou o assunto com Katherine.

Um dos maiores trunfos de Neevah, e ela tem muitos, é como ela te faz sentir que a conhece desde sempre. Existe essa acessibilidade que surge não apenas quando se apresenta, mas sempre que você está perto dela. Eu vi isso diante da rapidez com que ela e Verity se deram bem. Observei o quanto Katherine confiava nela depois de algumas horas de conversa na varanda da frente, só as duas e uma jarra de limonada. Discutir as coisas que descobrimos sobre Dessi com Katherine poderia ter sido estranho, mas Neevah já havia preparado o caminho, abaixando a guarda da mulher com seu sorriso espontâneo e modo extrovertido. Quando abordei Katherine pela primeira vez sobre a opção pela história de vida de Dessi, acho que ela viu uma oportunidade. Financeira, sim, mas também de celebrar as contribuições da mãe; para trazer a ela o reconhecimento que merece. Quando ela olhou para Neevah, viu uma amiga. Alguém em quem, depois de apenas algumas horas, ela confiava. Vendo sua relação natural, encarreguei Neevah de discutir as nossas descobertas e perguntar a Katherine se poderíamos incluí-las no filme.

Podemos.

E sei que devo agradecer a Neevah por isso, pelo menos em parte.

Aquele momento no quarto foi por pouco. Não que eu tenha chegado perto de fazer alguma coisa a respeito da atração, que está crescendo e — suspeito — é mútua. Mas quase mostrei minhas cartas.

Merda.

Eu *consegui* esconder?

É sua sensibilidade aguçada que alimenta seu brilho como atriz. Ela é emocionalmente astuta, o que a coloca em contato não apenas com o que sente, mas também com o que os outros estão sentindo.

Não sou um cara vaidoso. Muitas das mulheres que me abordam veem um papel, uma oportunidade, uma chance de progredir. Faz parte do jogo, mas Neevah... Não a conheço há muito tempo, mas já posso dizer que com ela não há brincadeiras. Há uma sinceridade nela — uma humildade e uma realidade que quanto mais vejo, mais admiro, especialmente em um negócio como o nosso, movido pelo ego e por artifícios.

Certamente Neevah sabe que algo mais do que um relacionamento profissional entre nós significaria problemas, então está lutando contra essa atração. Eu também, mas, se Verity percebeu, Evan também perceberá. E a última coisa que quero é um sermão diário daquele cara sobre manter meu pau dentro das calças.

— Bem-vindo ao lar — saudou Evan, entrando em meu escritório e tomando seu smoothie. — Como foi?

Entrelaçados

Desvio o olhar dos cartões coloridos do *storyboard* na parede e olho para Evan.

— Ótima viagem. — Inclino-me para trás na cadeira e apoio os pés na mesa. — Temos outra história que não sabíamos que existia.

Nos próximos vinte minutos, compartilho todas as coisas que aprendemos sobre Dessi e Tilda. Evan está sentado à minha frente, com os olhos brilhando ao perceber que essa história é ainda melhor do que pensávamos inicialmente.

— E a filha concorda com a gente colocando tudo isso? — pergunta.

— Concorda. Neevah conversou com ela para ter certeza. — Embaralho um bolo de fichas multicoloridas. — Elas realmente se deram bem.

— Parece que Neevah será um trunfo em mais de um aspecto. — Evan lança um olhar cauteloso para mim com uma leve carranca. — O que me leva a algo que precisamos discutir.

— Manda. — Mantenho meu tom casual, mas conheço aquele olhar. Eu já vi essa carranca antes. Isso é alguma merda que não quero ouvir.

— Lawson Stone ligou — diz Evan.

— E?

— E Galaxy não está feliz por você ter escalado Neevah.

Encolho os ombros, desmentindo a tensão em meus ombros.

— Não é surpreendente. Sabíamos que seria necessário trabalhar um pouco para convencê-los.

— Trabalhar muito. — Evan me olha bem nos olhos. — E algum compromisso.

Abaixo os pés e giro na cadeira do escritório.

— Minha palavra menos favorita. Bem, uma delas. Que tipo de compromisso?

— Se você vai ficar com Neevah como Dessi...

— E vou — afirmo, minha voz inflexível.

— Então eles escolhem o cara. Eles têm alguém em mente para Cal Hampton.

— Quem?

— Trey Scott.

— Ele é um cantor pop — aponto, sem me preocupar em disfarçar o desgosto. — Está fazendo aquele programa da noite na Nickelodeon.

— São reprises e isso foi há anos. Ele está crescido agora. Muitas estrelas de renome começam como atores infantis. Hillary Duff, Miley Cyrus,

Zac Efron, Selena Gomez. A lista continua. O cachê deste filme atrairá o público com mais de 30 anos. Trey atrairá um público mais jovem, embora ele próprio já tenha mais de trinta. Ele ainda tem esse fandom.

Essas não são as coisas que eu queria considerar ao escolher os atores do meu filme, mas reconheço que o Galaxy está assumindo um risco enorme com Neevah.

— Você tem uma gravação dele? — pergunto brevemente. — Ele ainda vai precisar fazer um teste como todo mundo, e se ele for um lixo...

— Eu tenho, e ele é realmente muito bom. Não se deixe enganar pela Disney.

— Mande para mim. — Volto para o meu *storyboard*. — Terminamos?

— Bem, eu sei que você queria filmar em Nova Iorque.

Eu me viro para encará-lo novamente.

— Claro que quero. A maior parte da história se passa lá.

— Sim, mas Trey estará cumprindo jornada dupla no outono, quando precisarmos filmar.

— Jornada dupla?

— Ele filmará conosco durante o dia, e podemos ser estratégicos em suas cenas para filmagens noturnas — explica Evan, baixando os olhos e brincando com as chaves, um sinal claro de que não quer me contar o resto. — Ele apresentará um game show ao vivo aqui em Los Angeles, três noites por semana.

— Você está brincando comigo? Eles acham que vou filmar meu filme em Los Angeles, em vez de Nova Iorque, porque ele está apresentando *Family Feud*?

— Não é esse. É...

— Eu não dou a mínima para qual é. — Levanto e ando da minha mesa até as janelas com vista para a cidade. — Você está louco, Evan. O game show dele não ditará nossas locações.

— Nem todas e nem sempre. Ainda estamos formando a lista de locais, mas acho que pode funcionar.

— Como? Como isso poderia funcionar?

— Poderíamos usar a área dos fundos do Galaxy. A maioria das cenas será interior e podemos fazer filmagens em Nova Iorque. Lembre-se também de que muitos dos edifícios do Harlem dos anos 30 foram demolidos ou parecem realmente diferentes. Teríamos que criar os nossos próprios com modelos e outros truques de qualquer maneira. Temos que recriar o Savoy Ballroom, um empreendimento gigantesco. A área dos fundos é ideal para isso. Não quer dizer que não haverá filmagens em Nova Iorque. Só de outubro a janeiro, precisamos...

— Isso representa noventa por cento do cronograma de filmagem. Merda, Evan. Não precisamos tanto do dinheiro deles. Não a ponto de estragar meu filme.

— Em primeiro lugar, precisamos do dinheiro. Este é um grande projeto com um custo enorme. Em segundo lugar, acho que muitas coisas poderiam nos dar aquela vibração antiga de Hollywood. Pode ser perfeito para este drama de época.

Isso me faz parar. Apoio-me na beirada da mesa e cruzo os braços sobre o peito, desafiando Evan a me convencer.

— Prossiga.

— Você disse que queria filmar, certo?

— Alguma coisa, sim; dezesseis milímetros para certas sequências. Sei que é caro, mas não vou desistir disso, Evan. Já é ruim o suficiente que eles queiram o Mickey no elenco.

— Não, eles acham que essa parte da filmagem é genial, mas dá ainda mais credibilidade ao uso de antigos terrenos de Hollywood. Colocando essa nostalgia em todos os níveis.

Odeio que isso esteja começando a fazer sentido.

O sorriso lento de Evan me diz que ele sabe disso.

— Posso dizer a eles que Trey está dentro?

— Não até eu ver a gravação. Ele não vai entrar sem fazer um teste.

— Bem, Neevah Saint praticamente fez isso.

— Neevah fez um maldito show na Broadway *e* arrasou no teste com Mallory.

— Vou lhe enviar a fita dele. Mal está trabalhando com seu agente. A equipe está se reunindo. Colocamos Verity no roteiro. Monk está pronto para começar. Neevah está no papel de Dessi. Os trajes serão uma grande parte disso. Precisamos começar a procurar figurinistas.

— Sim? — Volto para o *storyboard*, ouvindo apenas parcialmente agora. — Tudo bem, tanto faz.

— Lawson Stone tem uma sugestão.

Algo na voz de Evan me faz observá-lo por cima do ombro, com desconfiança.

— Não me diga. Sua prima em segundo grau é costureira.

— Melhor ainda. — Evan luta contra um sorriso malicioso, sem sucesso. — A esposa dele.

Algo que eu não estava esperando.

— Linh? A esposa dele que conhecemos? Que o pai é escultor?

— Sim, tenho certeza de que ele só tem uma esposa.

— E se ele estiver disposto a se livrar dela, você estaria na fila.

— Eu? A última coisa que quero é a esposa de alguém.

— Mas você acha que ela é bonita — provoco.

— Eu acho que ela é linda e sexy pra caramba, mas é casada com o executivo do nosso estúdio. Há muita boceta no mar.

— Boa mexida com a metáfora. Já viu o trabalho dela?

— Sim, cara. Ela é ótima, na verdade. Trabalhou em várias peças de época, mas sob a bandeira de outra pessoa. Agora está começando a diversificar por conta própria.

— Mande para mim. Vou dar uma olhada.

— Você mencionou a necessidade de ver a química entre os dois atores — relembra Evan. — O que acha de levar Neevah para fazer um teste de tela com Trey?

Esta é uma boa sugestão, mas a ideia de ver Neevah novamente me faz parar e também, infelizmente, me traz uma perigosa emoção pela ansiedade.

Seja esperto.

Tenha cuidado.

— Canon? — Evan chama, uma sobrancelha levantada. — Acha que deveríamos trazer Neevah para o teste de tela de Trey?

— Desculpe, cara. Minha mente está em todo lugar hoje. Podemos perguntar a ela, claro.

— Okay, bem, já que você está lidando com ela e nós dois ainda não nos conhecemos, quer fazer as honras?

— Sim. Eu faço.

— Legal. — Evan se dirige para a porta. — Vou coordenar com o agente de Trey.

Depois que ele sai, considero o telefone na minha mesa. Sei que preciso fazer essa ligação, mas estou me preparando para aquela voz rouca e doce dela, e como o som me atinge como uma dose de uísque. E preciso estar com a cabeça limpa.

— Você não tem tempo para essa merda — murmuro, pegando o telefone e discando. — É apenas uma ligação.

Entrelaçados

93

Ela atende no segundo toque.

— Canon? — indaga, parecendo um pouco sem fôlego.

— Ei, sim. Como vai você?

— Bem. Ótima, na verdade. — Há uma ligeira hesitação do outro lado. — Tem alguma coisa errada? Ou você precisava de algo para o filme?

— Nada errado. Nós, meu parceiro de produção, Evan, e eu, nos perguntamos se você está disponível para viajar por alguns dias.

— Ah, uau. Para Los Angeles? Claro. Eu posso arranjar tempo. O que está acontecendo?

— Estamos escalando Cal e ajudaria ver sua química com um dos atores que estamos considerando.

— Você sabe quando? Só preciso tirar uma folga do espetáculo.

— Certo. Estamos coordenando com ele e seu agente agora, mas resolveremos de acordo com você, tenho certeza, já que todos moramos aqui na cidade. Meu assistente, Graham, entrará em contato e tomará as providências.

— Ah, Graham, ele também vai...

— Ela — corrijo, com um sorriso, porque todo mundo se confunde. — Vou me certificar de que ela tenha seu número para que possamos continuar a partir daí.

— Legal.

Eu deveria desligar agora, mas faço isso?

— Então como você tem estado? — pergunto... estupidamente.

— Hum, ótima. E você? Não trabalhando muito, espero.

— Sempre trabalho duro, mas estou tentando ir com mais calma antes de entrarmos em produção.

— Katherine me deixou levar alguns diários e cartas de Dessi. Ela nem sabia que metade daquelas coisas estava lá atrás. Achei que poderia ser útil enquanto me preparo. Verity também pegou um pouco.

— Ah, eu nem percebi.

— Desculpe. Se não era para...

— Está tudo bem. Peguei algumas coisas também. Katherine tem sido muito generosa. — Embaralho a pilha de cartões multicoloridos que guardo para o *storyboard*. — Obrigado novamente por conversar com ela sobre a inclusão de algumas das coisas novas que descobrimos.

— Não foi nada. Ela é adorável.

— Você é boa com as pessoas.

— Nem todas as pessoas — solta, com algo parecido com ironia refletido em sua voz. — Às vezes é mais fácil ser boa com pessoas que você não conhece do que com aquelas que conhece. Do que aquelas que conhecem você.

Minhas mãos estão imóveis e não tenho certeza de como responder a isso. Todo mundo sente o gosto da minha impaciência em algum momento, principalmente quando estou trabalhando. Neevah provavelmente descobrirá isso sozinha.

— Bem, você foi boa com Katherine — reafirmo. — E isso nos ajudará no longo prazo.

— Obrigada.

— Então você ainda está fazendo *Esplendor*. Como está sendo?

Por que estou estendendo esta conversa?

— Sim — ela responde. — Igual. Ainda sou substituta, mas já subi no palco algumas outras vezes. A protagonista teve um problema estomacal… não que eu quisesse que ela ficasse doente ou algo assim. Só quis dizer…

— Claro que não. Então você está ocupada.

— Também tenho feitos alguns bicos, quando posso. Tipo… cantar aqui na cidade.

— Você tem uma bela voz. — *Elogio desnecessário.*

— Você também — devolve.

— Eu? — Solto uma risada surpresa. — Não consigo cantar nada sem desafinar.

— Ah. — Sua risada diminui e me faz segurar o telefone com mais força. — Eu quis dizer… falando, acho. Gosto da sua voz quando você… fala.

A linha fica silenciosa por alguns segundos enquanto eu reproduzo isso, irritado comigo mesmo por querer perguntar o que mais ela gosta em mim, porque isso não importa. Não pode importar. Mesmo separados por milhares de quilômetros, a tensão se estica entre nós — um elástico que, se puxado com muita força, irá arrebentar. Sou honesto o suficiente comigo mesmo para reconhecer isso, mas fazer alguma coisa a respeito? De jeito nenhum. Inferno, eu deveria ter deixado Evan ou Graham cuidar disso, embora fosse despertar a curiosidade deles.

— Hm, obrigado — eu digo, abruptamente. — Bom, espere os detalhes e planos de viagem de Graham amanhã ou depois. Verity reformulou o roteiro. Enviaremos o que vocês lerão para o teste de tela, embora não seja muito.

— Mal posso esperar para ler as mudanças de Verity.

— Vai continuar evoluindo, tenho certeza, mas está chegando lá. Queremos passar um pouco com você e Trey para ver como estão. Graham enviará a cena. — Esta deve ser a conversa mais agradável e afetada que já tive, mas preciso encerrá-la. — Eu tenho que ir.

— Ah, com certeza. Claro. Aguardarei o roteiro. Acho que verei você em breve.

— Sim. Vejo você em breve. Cuide-se, Neevah.

E então faço o que deveria ter feito cinco minutos atrás.

Eu a deixo desligar.

CAPÍTULO 17

Dessi Blue

INTERIOR — SALÃO SAVOY — NOITE
DUAS CÂMERAS — Dessi e Tilda. Elas estão no vestiário dos funcionários, preparando-se para o turno como recepcionistas no Savoy. Ambas usam vestidos soltos dos anos 30. Penduram os casacos. Tilda começa a sair, mas Dessi segura seu braço e arranca o chapéu desleixado de sua cabeça.

                DESSI
     Você vai dançar com esse chapéu?

Ela pendura o chapéu em um gancho próximo, olha em volta, procurando por alguma testemunha, e puxa Tilda nos braços.

                DESSI
       E você esqueceu meu beijo.

Ela segura o rosto de Tilda e a beija, esfregando suas costas intimamente.

              TILDA (SUSSURRANDO E SE AFAS-
              TANDO)
     Você é louca! Vai nos fazer ser demitidas, Bama.

                DESSI
     Buchanan não se importa com duas garotas se beijando.

TILDA (SUSSURRANDO)
Vou beijar você quando chegarmos em casa. Preciso encontrar um homem para beijar esta noite para que possamos pagar o aluguel.

DESSI
Não diga isso, Till. Não faça isso. Eu disse que vamos dar um jeito. Você não precisa…

TILDA
Olha, estou sozinha desde os 14 anos e sei o que é o quê desde então. Não me faça não me importar se eu tiver que desistir de algo para receber algo em troca.

DESSI
Que tal uma festa de arrecadação do aluguel? O pessoal do terceiro andar conseguiu todo o aluguel em uma noite no mês passado.

TILDA
Você não vai encontrar minha mão pedindo algo que eu mesma possa conseguir. Eles deveriam ter vergonha de cobrar o dobro dos negros quando não temos metade do que eles recebem.

DESSI
Bem, sabemos que a vergonha não vem de branco.

TILDA
Não mesmo.

Ela gesticula para o vestido vermelho abraçando suas curvas.

                    TILDA
          Mas o aluguel vem em vermelho.

Dessi puxa Tilda para um abraço e beija seu pescoço.

                    DESSI
          Que tal você me deixar encontrar um
          jeito? Dê-me esta noite para conseguir o
          aluguel. Você sabe que ele não pode fazer
          isso como eu.

Elas trocam um olhar acalorado antes de Tilda balançar a cabeça.

                    TILDA
          Isso não paga o aluguel, Bama.

                    DESSI
          Me dá até amanhã. Vou conseguir o alu-
          guel. Venha para casa comigo esta noite.
          Guarde todos os seus beijos para mim.

Um homem negro e alto, vestido impecavelmente, entra e elas se separam.

                    CHARLES BUCHANAN
          Prontas, meninas? Temos uma multidão lá
          fora esta noite.

                    DESSI E TILDA EM UNÍSSONO:
          Sim, senhor Buchanan.

VISTA DO PISO DO SAVOY BALLROOM
Dessi e Tilda correm para o salão de baile lindamente decorado e repleto de dançarinos. A atmosfera
é elétrica. Ambos os coretos estão repletos de músicos.

                    CHARLES BUCHANAN (TOCANDO NO
                    OMBRO DE DESSI E APONTANDO PARA
                    UM HOMEM ALTO DO OUTRO DA SALA)
          Arrumei um para você.

A cabeça de Dessi vira na direção que Buchanan aponta e ela avista o homem. Pega o braço de Tilda e
sussurra em seu ouvido.

                    DESSI
          Não se esqueça. Me dê até amanhã para
          conseguir o dinheiro. Encontre-me no ves-
          tiário quando o turno terminar.

Tilda hesita, acena com a cabeça e depois vai até
o homem que ela deveria ensinar a dançar. Dessi se
aproxima daquele que Buchanan apontou, um homem alto
e bem-vestido.

                    DESSI
          Quer dançar?

Ele olha para ela, seu sorriso se alargando.

                    CAL HAMPTON
          Agora quero. Seguirei você em qualquer
          noite.

                    DESSI
          Sabe que isso é só por uma dança, cer-
          to?

                    CAL
          Pode começar assim. Nunca se sabe.

                    DESSI
          Ah, eu sei. Vamos dançar?

Dessi começa a ensinar a Cal o básico de algumas
danças. Eles riem quando ele pisa na ponta dos pés
dela e não consegue acertar os passos.

                    DESSI
          Você não é bom nisso.

                    CAL
          Sou bom em outras coisas.

                    DESSI
          Nem em flertar.

                    CAL
          Digo com o meu som. Sou trompetista.

                    DESSI
          Ah. Um músico, né? Não acredito em
          você.

                    CAL
          Posso provar, mas tive que deixar meu
          trompete no guarda-roupa. Venha comigo
          ao Radium Club quando sair. Veja por si
          mesma.

                    DESSI
          Quando eu sair? Não fechamos antes das
          três da manhã.

                    CAL
          A noite está apenas começando. Jam Ses-
          sions e café da manhã até o sol nascer.
          Perto da 142nd Street. O que você diz,
          boneca?

                    DESSI
          Eu digo para não me chamar de boneca, e
          acho que não. Eu e minha colega de quarto
          precisamos voltar para casa.

                    CAL
          Se você mudar de ideia…

Entrelaçados

                    DESSI
          Não vou, mas obrigada por pisar nos
          meus dois pés com seus dois pés esquer-
          dos.

Eles riem e Dessi vai até o próximo cliente. Cal fica
de lado e a observa partir com um sorriso.

VISTA DA PISTA DE DANÇA
Sequência/montagem de dança apresentando o *lindy
hop*, o *flying charleston*, os *snakehips* e o
rhumboogie. Cal fica parado a noite toda, sem dançar
de novo, mas observando Dessi de longe. No final da
noite, Dessi agradece ao último cliente e procura
Tilda. Quando ela não a vê, se dirige ao vestiário,
pega o chapéu e sai do prédio.

EXTERIOR — AVENIDA LENOX — FORA DO SAVOY — NOITE
Dessi fica na rua, examinando as pessoas bem-vestidas
que saem do Savoy. Cal se aproxima dela, segurando
seu estojo de trompete para ela ver.

                    CAL
          Eu disse que era músico.

                    DESSI
          Hummm. Se você diz.

                    CAL (RINDO)
          Eu lhe mostrarei se você vier comigo
          ao Radium. Você esteve na pista a noite
          toda. Venha tomar café da manhã.

                    DESSI
          Não, eu não…

Ela vê Tilda com um homem bem-vestido indo na direção oposta. Tilda lança um olhar culpado por cima do
ombro para Dessi e depois dá de ombros. Dessi olha
para a calçada e enxuga as lágrimas.

                    CAL
     Vai ser divertido. Melhor música da ci-
     dade. Caras brancos também aparecem. Ben-
     ny Goodman e Harry James vieram na semana
     passada. E o melhor creme de milho que
     você já provou.

Dessi olha na direção em que Tilda foi, observando
seu vestido vermelho engolido pela multidão da ma-
drugada. Ela dá um sorriso forçado e olha para Cal.

                    DESSI
          Você disse creme de milho?

                  CAL (RINDO)
          O melhor do Harlem. Vamos.

FILMAGEM DE MOVIMENTO EXTERIOR em Cal e Dessi conversando inaudivelmente com uma trilha de jazz sob
as cenas enquanto caminham alguns quarteirões até o
Radium Club.

INSERIR imagens da vida noturna do Harlem, prédios
iluminados, Tillie's Chicken House, The Log Cabin,
Theatrical Grill, clientes brancos bem vestidos entrando no Cotton Club e finalmente terminando na entrada do Radium Club.

INTERIOR — RADIUM CLUB — NOITE
Quando Cal e Dessi entram, o clube está cheio de
fumaça, gente e música. Um palco mal iluminado fica
no centro da sala e uma pequena banda toca.

                    CAL
     Eu tenho que subir lá. Estava esperando
     certa recepcionista terminar seu turno e
     agora estou atrasado.

                    DESSI
          Ah, você está na banda?

Entrelaçados

                    CAL
          Estou esta noite.

                    DESSI
          O que vocês vão tocar?

                    CAL (PUXANDO SEU TROMPETE DA
                    CAPA)
          Body and Soul é a única que tenho cer-
          teza. Nós meio que vamos escolhendo à me-
          dida que avançamos algumas noites.

Dessi começa a cantarolar *Body and Soul*.

                    DESSI
          Ah, eu amo essa música.

                    CAL
          Você canta?

                    DESSI (RINDO)
          Para um público de ninguém.

                    CAL
          Parece que você pode fazer alguma coi-
          sa.

                    DESSI (DÁ DE OMBROS)
          Estou bem, mas fico com medo.

                    CAL
          Bem, peça um café da manhã para você e
          estarei de volta no nosso primeiro inter-
          valo.

Cal sobe ao palco. Timelapse de Dessi comendo e saboreando suas panquecas e creme de milho enquanto
a banda de Cal toca. A montagem termina com o sol
nascendo lá fora, iluminando o ambiente.

                    CAL (NO MICROFONE NO PALCO)
          Parece que somos os últimos por aqui.
          Bem, acho que deixamos o melhor para o
          final. Tenho um presente especial para vo-
          cês.

Volta e sussurra para os membros da banda, que acenam com a cabeça.

                    CAL
          Fazendo sua estreia aqui mesmo no Ra-
          dium Club cantando *Body and Soul*, minha
          grande amiga que acabei de conhecer esta
          noite, Odessa Johnson.

DESSI olha para ele com a boca cheia de creme de
milho.

                    CAL
          Não seja tímida e não me faça parecer
          um idiota aqui. Vamos, Odessa.

Os poucos ainda presentes ali dão a Dessi aplausos
encorajadores e assobios. Dessi se levanta como se
estivesse indo para o palco, mas corre para a porta. Cal corre, pega-a pela cintura e arrasta-a para
o palco.

                    DESSI
          Você é louco? Eu não canto.

                    CAL
          Eu te ouvi. Acho que você canta, e não
          saberá até tentar.

Cal entrega o microfone e pega seu trompete, ficando
ao lado dela.

                    CAL
          Estarei bem aqui e não há quase ninguém
          por perto. O que você tem a perder?

Entrelaçados

Começam as primeiras frases de *Body and Soul*. Dessi segura o microfone sem jeito, lançando olhares nervosos ao redor do clube. Ela começa hesitante e continua com confiança crescente.

DESSI

My days have grown so lonely,
For you I cry, for you dear only,
Why haven't you seen it,
I'm all for you body and soul
Meus dias se tornaram tão solitários
Por você chorei, só por você, querido,
Por que você não viu
Que estou inteira por você de corpo e
alma?

I spend my days in longin',
You know it's you that I am longin',
Oh, I tell you I mean it,
I'm all for you body and soul
Passei meus dias desejando
Você sabe que é você que estou desejando
Ah, te digo pra valer
Estou inteira por você de corpo e alma

I can't believe it,
It's hard to conceive it,
That you'd throw away romance
Are you pretending,
It looks like the ending,
Unless I can have one more chance to
prove, dear
Não consigo acreditar
É difícil de conceber
Que você jogaria fora um romance
Você está fingindo?
Parece o fim
A menos que eu tenha mais uma chance de
provar, querido

My life a wreck you're making,
You know I'm yours for just the taking,
Oh, I tell you I mean it,
I'm all for you body and soul
Da minha vida você está fazendo uma
confusão
Você sabe que sou sua, é só me pegar
Ah, te digo pra valer
Estou inteira por você de corpo e alma

My days have grown so lonely,
For you I cry, for you dear only,
Oh, why haven't you seen it,
I'm all for you body and soul
Meus dias se tornaram tão solitários
Por você chorei, só por você, queri-
do,
Ah, por que você não viu
Que estou inteira por você de corpo
e alma?

No final, as pessoas estão aplaudindo e Cal lhe dá um abraço no palco. Cobrindo o rosto com as duas mãos, Dessi ri.

Entrelaçados

CAPÍTULO 18

Neevah

— Então, o que você achou de Trey durante o teste de tela? — o parceiro de produção de Canon, Evan, pergunta.

— Ele foi ótimo. — Bebo meu mojito sem álcool. — Quero dizer, eu creio que sim. O que *você* achou?

— Concordo plenamente. — Evan olha ao redor do incrível restaurante na cobertura, Open Air, onde estamos tomando bebidas e jantando cedo. A piscina olímpica é posicionada como a peça central azul-marinho da cobertura, complementada por espreguiçadeiras e cabines VIP com cortinas, oferecendo privacidade adicional. — Galaxy também o ama. Não sou eu quem precisa ser convencido.

— Deixe-me adivinhar. Canon.

— Você entendeu. Demorou uma eternidade para ele escolher alguém para o seu papel. Não espero que ele seja tão exigente para o papel de Cal, mas é Canon, então...

Ele deixa o comentário inacabado como se fosse autoexplicativo, e acho que é. A reputação de Canon de ser exigente o precede e faz com que o fato de ele me escolher, uma desconhecida, seja um milagre ainda maior.

— A propósito, ele está a caminho. — Evan olha para seu telefone. — Ele teve que dar umas palavras do outro lado da cidade neste evento onde estava sendo homenageado.

Meu batimento cardíaco dá um salto.

Pare de fazer isso.

Essa paixão, atração — *seja lá o que for* — tem que ser reprimida antes que cause qualquer constrangimento e me custe esta oportunidade.

— Eu, hm, não quero que ele sinta que precisa se apressar para chegar aqui — digo, girando o guarda-chuva em miniatura da minha bebida. —

Também não quero que você sinta que precisa me entreter, saindo comigo hoje à noite.

— Está brincando comigo? Preciso de uma folga e você volta amanhã. É uma oportunidade para nos conhecermos. Além disso, adoro este lugar. Eu não venho aqui o suficiente.

Graham me reservou um quarto no The V, um hotel boutique no coração do centro de Los Angeles. Tudo aqui grita classe e dinheiro em alto e bom som. O restaurante na cobertura é literalmente a cereja no topo do edifício espetacular.

— Este lugar é especial. — Observo o lotado espaço de jantar ao ar livre, que lembra uma sessão de fotos de alta costura. — Todos nesta cidade parecem supermodelos?

— Estamos em Los Angeles e este é um local popular para ser visto, então todos estão sempre no seu melhor. Você nunca sabe quando poderá ser "descoberto".

Com o cabelo penteado para trás, usando apenas maquiagem leve e um vestido de verão simples, sinto-me um pouco malvestida em comparação com todos os outros na cobertura. Espero que Tyra Banks apareça de trás de um vaso de palmeira a qualquer minuto e me mande sorrir. Eu trabalho com teatro, em Nova Iorque, então sempre tem gente bonita por perto, claro. *Essas* pessoas, porém, contra o glamour ameno do horizonte de Los Angeles, brilham como uma bandeja cheia de diamantes, todos com um segredo de beleza que os faz brilhar.

— Monk também está a caminho — revela Evan, olhando por cima do telefone. — Ele me mandou mensagem. Estava em uma gravação, mas quer ver você.

— Eu não estaria sentada aqui se Monk não tivesse arrastado Canon para me ver em *Esplendor*.

— As coisas acontecem como deveriam, acho.

Não tenho certeza se acredito nisso há muito tempo. As coisas que mais machucam você... Às vezes é difícil aceitar que são resultado do destino ou da vontade deliberada de uma divindade. É muito mais fácil acreditar que o universo quer o nosso bem e que o bem prevalecerá. De qualquer forma, sempre serei grata pelo papel de Monk em me trazer até aqui.

— Este lugar é, na verdade, da minha irmã — Evan continua. — Bem, irmã postiça.

— Este lugar pertence à sua irmã? Hm, irmã postiça?

Entrelaçados

— A família dela é dona do hotel e a cobertura é uma espécie de projeto de estimação dela.

— Baita projeto. Este lugar é lindo.

— É ainda melhor quando está vazio. Só abre às cinco, então ocasionalmente ela nos deixa vir aqui antes que a loucura comece. Ninguém consegue superar a vista deslumbrante e as melhores mimosas da cidade.

— Legal. Você disse que ela é sua irmã postiça. Há quanto tempo seus pais estão casados?

— Ah, eles não estão mais. Esse casamento em particular durou apenas cerca de nove meses. Meu pai é, digamos, indeciso. Ele acabou de se casar novamente. — Evan bate os nós dos dedos na mesa. — Bata na madeira, mas a sexta vez é a da sorte.

— Seis vezes? Uau. Ela é sua única irmã postiça?

— Eu tenho… — Ele conta nos dedos e semicerra os olhos. — Doze. Eu rio e o encaro, boquiaberta.

— Como você acompanha?

— Comecei a chamá-los pelos nomes das renas do Papai Noel — brinca Evan, abrindo um sorriso descarado. — Quando criança, houve apenas alguns com quem realmente morei ou conheci. Arietta e eu mantivemos contato mesmo depois que nossos pais se separaram. Eu sou mais próximo dela.

— Sem irmãos de sangue?

— Um meio-irmão. Meu pai não foi casado com minha mãe por muito mais tempo do que com a de Ari. — Ele sorri por cima do meu ombro. — Veja quem está aqui.

Olho em direção à porta, meu estômago revirando ao ver Canon. Eu estava preparada para o Canon de sempre, mas, vestindo um terno cinza-escuro com uma camisa azul-ardósia aberta no colarinho, ele não está jogando limpo esta noite. O sol ainda não desapareceu por completo, então ele ainda está de óculos escuros enquanto vasculha a cobertura à nossa procura.

Que caralhos está acontecendo agora?

Não tenho certeza do que *fazer* com esse zumbido transportado pelo meu sangue como oxigênio e enviado para minhas extremidades formigantes. Esse zumbido baixo de atração que deixa o ar mais pesado quando estou perto dele, na melhor das circunstâncias. Ele aparecer vestido assim? Não é o ideal.

E então eu *a* noto.

KENNEDY RYAN

Acompanhando-o está uma mulher ao lado da qual cada um desses diamantes brilhantes parece um pouco sem graça. Olhos grandes e escuros tocantes e um longo cabelo negro que se cobrem os braços e ombros nus. O tipo de curvas alucinantes que você encontra em uma pista de corrida e um amplo sorriso branco revelado quando ela ri de Canon, com o braço entrelaçado ao dele.

Vaca.

Não tenho direito a essa reação mesquinha, e ver aquela mulher incrivelmente linda com Canon... isso não deveria me afetar. Não temos nada mais do que uma relação comercial. Ele não me deu motivos para pensar diferente. Há uma centena de razões óbvias pelas quais *eu mais ele* seria algo ruim, mas não gosto de vê-lo com ela. Terei que resolver isso no meu próprio tempo, na privacidade do meu quarto de hotel. Por enquanto, deixe-me pintar um sorriso falso e fingir que não quero arrancar o cabelo dessa mulher.

Mais uma vez: eu. Não. Tenho. Direito.

— Olha quem eu encontrei — a mulher praticamente ronrona quando chegam à nossa mesa.

Eu odeio a voz dela. É toda profunda, sexy e agradável. *Eca.*

— Já era hora — diz Evan, levantando-se e abraçando-a. — Estávamos começando a nos preocupar.

— O evento se estendeu um pouco — justificou Canon. — Desculpem pelo atraso. — Seus olhos encontram os meus brevemente e depois se desviam. — Está se divertindo, Neevah?

— Estou — respondo, minha voz soando anormalmente alta e ofegante, *a la* Marilyn Monroe.

— O lugar está bombando esta noite. — Evan beija a bochecha dela e se senta novamente.

— Eu sei — ela afirma, com um leve sotaque. — Preciso falar com a equipe, mas tive que conhecer a mulher que finalmente conseguiu satisfazer Canon.

Ela vira aqueles lindos olhos escuros para mim e estende a mão.

— Eu sou Arietta, irmã de Evan. Estou tão feliz que eles finalmente encontraram você. Tão bom te conhecer.

Irmã de Evan. Claro.

— Oi. — Aperto a mão dela, talvez com um pouco mais de vigor. — Também é um prazer te conhecer.

Canon e Arietta sentam-se e lembro a mim mesma que não posso ficar olhando para esse homem a noite toda. Na verdade, em parte nenhuma da noite. Fixo meu olhar na minha bebida e tento ficar invisível.

— Então, Neevah, qual foi sua impressão sobre Trey? — Canon pergunta.

Bem, não funcionou.

— Acho que ele é ótimo — respondo.

— Vocês tiveram uma química incrível — Evan interrompe.

— Sim, acho que sim — diz Canon. — Mas eu quero ver a gravação.

— Foi tão estranho interagir com ele como um adulto — admito, rindo um pouco. — Lembro-me de assisti-lo na TV quando ele tinha uns 12 anos.

— Eu também! — Arietta ri, arregalando os olhos. — Eles costumavam derramar gosma nele em cada episódio daquele programa.

— E ele tinha aquela coisa em que sempre tocava a campainha que fazia o som de uma buzina de ganso — acrescento.

— Eu não vi esse programa — começa Canon. — Mas parece patético.

— Em primeiro lugar — brinca Arietta, alegremente. — Você é mais velho do que nós.

— Quanto mais velho? — pergunto, antes que possa me conter, e então me arrependo quando seu olhar sombrio e avaliador pousa em mim.

— Você tem o quê? — rebate. — 30?

— Sim — eu digo.

— Eu também! — grita Arietta, dando-me um *high five* do outro lado da mesa.

— Tenho 37 anos — Canon retruca.

— Eu também! — Evan imita o grito de Arietta e ergue a mão para um *high five*, que Canon ignora revirando os olhos. Todos nós rimos e Canon permite uma pequena contração no canto da boca.

— Você provavelmente estava na faculdade ou algo assim na época em que o programa se tornou popular — continua Arietta. — Então esse é o primeiro motivo. E, segundo, sua mãe não teria deixado você assistir de qualquer maneira.

— Isso é verdade — interfere Evan. — Ouvi você dizer que Mama Holt era rígida com essas coisas.

— Você não assistiu televisão enquanto crescia? — pergunto-lhe.

— Um pouco nos fins de semana. — Canon sinaliza para um garçom antes de olhar para mim. — Ela não era uma grande fã de TV.

— E eu pensava que nossa televisão era um membro da família até os 5 anos de idade. — Eu ri. — Não me lembro de uma babá, mas me lembro da nossa TV.

— Com filmes era diferente — explica Canon. — Ela me tirava da escola para que pudéssemos ver um novo filme juntos. Ela me levou para ver *Forest Gump* no dia do lançamento. Esse filme ainda mexe comigo.

A hora mágica, o documentário altamente pessoal de Canon sobre a jornada de sua mãe com esclerose múltipla, foi o primeiro trabalho dele que vi. É surreal que eu esteja sentada aqui com ele agora.

— Foi quando você soube que queria ser diretor? — Arietta pergunta.

— Foram cem filmes que provavelmente me mostraram isso. — Canon inclina o queixo em agradecimento quando o garçom coloca uma bebida na frente dele. — *O Poderoso Chefão, Tempo de Glória, Taxi Driver, Faça a coisa certa.* A lista é interminável, mas eu definitivamente entendi desde o início.

— Sua mãe alguma vez quis que você fosse fotógrafo como ela? — pergunto.

Ele não parece surpreso por eu já saber tanto sobre seu passado, sua família, e estou impressionada novamente com a fama e como ela abre o livro da sua vida para as pessoas lerem antes mesmo de te conhecer ou saber qualquer coisa sobre a pessoa por trás das histórias que ouviram.

— Nunca. — Canon balança a cabeça, o carinho suavizando a linha de sua boca. —Ela queria que eu fosse o que quer que eu decidisse… e que fosse fiel a isso.

— O que estamos fazendo?

Viro-me para a voz profunda, encantada ao ver Monk parado ao lado da nossa mesa. Sem pensar, levanto-me e dou-lhe um abraço apertado. Ele me balança um pouco e beija minha bochecha.

— Ei, superestrela — saúda, ocupando o lugar vazio ao lado de Canon. — Você está gostando de Los Angeles?

— Adorando — respondo, sentando-me novamente. — Estou feliz por ver você antes de partir amanhã.

— Você sabe que eu não perderia de me encontrar com a próxima grande estrela antes que ela exploda. — Monk sorri. — Não tive a chance de parabenizá-la pessoalmente por conseguir Dessi. É um grande feito.

— Tenho que agradecer a você — devolvo. — Se você não tivesse me colocado no radar de Canon, nada disso teria acontecido comigo.

— Eu sabia naquele show, quando te ouvi cantar, que havia algo especial

Entrelaçados

113

em você — garante Monk, com sua habitual expressão descontraída, séria. — Reconheço um talento quando o vejo e adoro quando conheço alguém antes de ele realmente decolar. — Ele lança um olhar para Canon, o sorriso arrogante retornando aos seus lábios. — Veja Canon, por exemplo.

— Eu sabia que isso estava por vir — Canon geme, passando a mão grande no rosto. — Ele conta essa história sempre que pode.

— Que história? — Arietta se inclina para frente, com o semblante animado. — Eu não ouvi ainda.

— Eu ouvi. — Evan se levanta. — Vou ao banheiro. Volto logo.

— Então eu estava no set deste videoclipe… — diz Monk.

— Metade de suas histórias começa assim — interrompe Canon. — Caso você esteja se perguntando.

Eu rio, aproveitando a dinâmica da amizade deles.

— Era o vídeo de uma música que co-escrevi. — Monk faz uma careta. — Não é meu momento de maior orgulho.

— Conte tudo — incentivou Canon. — Já que você vai contar.

— Era *Grind Up On Me, Girl* — admite Monk, com um sorriso constrangido.

— Eca — Arietta murmura. — Você escreveu isso?

— Co-escrevi, muito obrigado. — Monk inclina a cabeça em direção a Canon. — E adivinha quem dirigiu o vídeo?

— Sem chance! — exclamo, antes de me lembrar de não ser rude. — Você fez aquilo?

— Em minha defesa — começa Canon, com os lábios carnudos abertos em um sorriso autodepreciativo —, eu tinha 22 anos e contas para pagar. Um prêmio do Grande Júri não paga seu aluguel.

— Sério? — Arietta pergunta. — Não consigo imaginar você passando dificuldades depois de todos os elogios que recebeu por *A hora mágica*.

— *Hype* não é dinheiro — afirma Canon, sério. — E o burburinho não paga a conta de luz. Verdade seja dita, ganhei todos aqueles prêmios por um documentário, e foi ótimo, mas ninguém estava batendo na minha porta. É uma conquista para qualquer um em Hollywood, mas um jovem como eu era há quinze anos? Cara, fiquei grato quando me pediram para dirigir o vídeo daquela música cafona que Monk escreveu.

— Espere aí, cara — protesta Monk. — Eu posso falar mal das minhas músicas. Você não.

— Caramba, era ruim. — Canon ri. — Acho que "não são suas tetas, é sua esperteza" era minha frase favorita e, por favorita, quero dizer que me fez ter mais calafrios.

Monk quase cospe a bebida.

— Eu disse que *co-escrevi*. Não assumo responsabilidade por essa frase e implorei que não a mantivessem. Não coloque essa culpa em mim, filho da puta.

— Você ganhou um prêmio Soul Train por isso — diz Canon.

— Você também, embora eu, pelo menos, tenha aparecido para aceitar o meu.

— Naquela época eu estava fazendo outro documentário. — Canon dá um longo gole em seu Macallan. — Eu estava na América do Sul durante aquela premiação. Não quis ser desrespeitoso. Cacete, posso ter ganhado mais reconhecimento com o prêmio Soul Train do que o Sundance em alguns aspectos. Eu só precisava ser mais exigente sobre o que aceitava.

— Que parte da América do Sul? — Arietta pergunta. — Lá pela minha terra?

— Na Venezuela, não. Na verdade, nunca estive lá. Foi no Brasil.

Então esse é o sotaque que ouço, e é responsável por sua bela coloração.

— Você é da Venezuela? — pergunto.

— Sim. — Ela acena com a mão para abranger o terraço. — Por isso The V. Quando meu pai chegou à América, seus parceiros de negócios o chamaram de "The Venezuelan". Ele se irritou no início, mas depois aceitou e transformou em uma marca, The V.

— O hotel é incrível — digo a ela. — Estou feliz que Graham tenha feito minha reserva aqui. Mal posso esperar para conhecê-la.

— Ela estaria aqui esta noite, mas tinha um compromisso familiar. Você a conhecerá em breve. É ela quem mantém o barco rodando — diz Evan, sentando-se e juntando-se a nós na mesa novamente. — Falando em rodar, estou oco por dentro. Podemos pedir comida de verdade?

— Concordo — responde Canon. — Aquele evento não tinha nada para comer e eu preciso de mais do que esta bebida.

Ele tira o paletó e o pendura no encosto da cadeira. Os ombros deste homem e a largura do seu peito… droga. O colarinho azul-prateado aberto contra o rico tom de sua pele é criminoso. Algum diabinho dentro da minha cabeça, conspirando com minha vagina, obviamente, telegrafa uma imagem minha mordendo o músculo tenso de sua garganta. Quando meus olhos vagam mais para cima, encontro seu olhar, minha respiração ficando

Entrelaçados

115

entalada na hora. Ele me flagrou o observando. E manteve o olhar fixo. Envergonhada, pego um dos menus, usando-o como escudo, e luto para manter a compostura.

Eu sou profissional.

Posso sentar-me à mesa com o homem mais sexy e brilhante que já encontrei, sem desejá-lo.

Acho que posso.

Acho que posso.

Acho que posso.

Quando abaixo lentamente o menu, fico feliz que ninguém parece ter notado meu lapso de luxúria. Assim como acho que disfarcei com segurança meu fascínio por Canon, sinto o peso de seu olhar sobre mim e, quando ergo o rosto, há uma percepção inegável naqueles olhos escuros. Um reconhecimento. Uma consciência. A mesma atração que senti, sentada com ele na cama no Alabama, remexendo nas memórias de Dessi, ressurge entre nós, duplicando meus batimentos cardíacos. Não consigo desviar, e podemos muito bem estar sozinhos neste terraço, o céu escuro como um toldo cobrindo apenas nós dois.

— Neevah, o que parece bom? — Monk pergunta, voltando meu foco para a mesa e as outras pessoas sentadas aqui.

— Hum, deixe-me ver — falo, realmente lendo o cardápio desta vez. — Talvez algo com camarão.

Sua pergunta dissipa a névoa que embaça meu cérebro e me forço a me concentrar. Todo mundo discute seus pedidos, e a camaradagem tranquila fornece cobertura enquanto literalmente me recomponho e suprimo os impulsos carnais que a visão deste homem de terno trouxe.

Eu sou profissional.

Entoo isso em minha cabeça centenas de vezes durante a deliciosa refeição. É uma noite que vou valorizar. São pessoas notáveis, pessoas poderosas na indústria do entretenimento, mas tão confortáveis umas com as outras de uma forma que vem com o tempo. É difícil acreditar que contarei a incrível história de Dessi com eles.

— Foi um prazer conhecer você, Neevah — diz Ari, assim que os pratos estão sendo retirados. — Esses dois foram tão exigentes na escalação de Dessi, que eu sabia que você tinha que ser especial quando soube que tinham te encontrado.

— Canon — Evan tosse em sua mão e depois sorri para seu parceiro do outro lado da mesa.

— Foi ótimo conhecer você também — digo a Arietta. — Sua cobertura é incrível. Espero poder voltar quando estiver aqui.

— Claro que sim! — Os olhos de Arietta brilham. — Vamos sair assim que você se acomodar. Quando começa a filmar?

— Outono — Canon responde, franzindo a testa. — Setembro ou outubro. Se der certo com Trey; precisamos confirmar sua agenda.

Ainda faltam alguns meses para isso, e estou no limbo, suspensa entre a rotina simples que estou vivendo agora em Nova Iorque como substituta, cantando em pequenos clubes, e as grandes demandas de estrelar um dos filmes biográficos mais épicos a sair nos últimos anos.

— Vou andando com você, Ari — diz Evan, levantando-se. — Preciso te perguntar uma coisa.

Ele se abaixa para me abraçar e eu retribuo.

— Foi um prazer te conhecer, Neevah — declara. — E mal posso esperar para começar. Você será uma Dessi fantástica.

Ele é bonito como uma estrela de cinema e, pelo que posso dizer, a definição de rico e privilegiado, mas também parece firme em seus relacionamentos, nas amizades representadas nesta mesa. Ele e Canon definitivamente têm muito em comum, mas também parecem fornecer perspectivas contrárias. Posso ver como suas personalidades combinariam bem em uma parceria.

— Falaremos amanhã sobre Trey — diz Canon, bebendo o resto de sua bebida.

Evan acena com a cabeça, dá seu último adeus e sai com Arietta.

— E na verdade tenho uma gravação que começa em uma hora — avisa Monk. — Então eu vou embora também.

Confiro a hora no meu telefone. Quase dez horas. A noite está apenas começando para o povo dos estúdios. A gravação de músicas é uma atividade muito noturna.

— Que bom ver você de novo, Neevah — diz Monk. Levanto-me para abraçá-lo e dar-lhe um aperto extra.

— Obrigada mais uma vez por tudo — falo, sentindo-me excessivamente emocionada ao perceber que nada disso teria sido possível se não nos conhecêssemos, se ele não tivesse visto meu potencial.

— Você tem o talento. — Ele beija minha bochecha. — Mal posso esperar para você vir aqui para Cali.

Meu estômago dá um nó quando fica claro que Canon e eu seremos os únicos que sobrarão quando Monk for embora. Quando olho para ele,

Entrelaçados

117

ainda sentado, parece que estamos pegando emprestado os pensamentos um do outro, percebendo simultaneamente que ficaremos sozinhos se permanecermos. Um músculo contrai ao longo de sua mandíbula e ele pega o terno bem-feito no encosto da cadeira.

— Vou com você — ele diz a Monk, de pé, elevando-se sobre mim. Inclino a cabeça para trás para ver seus olhos enquanto eles não se concentram do meu rosto. — Neevah, você vai ficar aqui, certo? No The V?

— Ah, sim. — Pego minha bolsa-carteira na mesa. — Estou indo para o meu quarto agora. Tenho um voo cedo de volta para Nova Iorque.

Enquanto nós três atravessamos o terraço e caminhamos até os elevadores, percebo as cabeças se virando e a atenção que atraímos. Estou ladeada por dois homens famosos, altos, de constituição poderosa e belos corpos, cobertos de melanina, mas apenas um deles inspira acrobacias internas e faz minha barriga girar com nada mais do que um olhar.

O telefone de Monk toca e ele atende, mas continua andando conosco.

— Acho que você deveria se acostumar com a atenção — Canon murmura, enquanto saímos do restaurante e entramos no saguão da cobertura.

— O quê? — Ergo o rosto, meu peito apertando quando nossos olhares colidem. — Que atenção?

— Quando passamos pelo restaurante, todos os olhos estavam voltados para você.

Solto uma risada assustada.

— Achei que todos estivessem olhando para você, não para mim.

— Eu me pergunto por quanto tempo você conseguirá manter isso — inicia, a voz soando como um estrondo baixo. — Essa humildade. Quando todo mundo começar a dizer quão linda você é, quão incrível você é, é difícil se segurar.

— É difícil para você? — pergunto, suavemente.

Isso poderia ser entendido de maneiras realmente pervertidas, mas fico feliz que, quando ele olha para mim, com os olhos sóbrios, parece considerar a questão exatamente como eu a quis dizer.

— Às vezes você começa a acreditar no que dizem de você, sim. — Ele desliza as mãos nos bolsos da calça impecavelmente ajustada. — E esquece o que é mais importante.

— O que é mais importante? — pergunto.

Querido elevador, se você pudesse não *vir até que ele responda a esta pergunta, seria ótimo.*

— A história é mais importante. Sempre a história. — Ele olha de volta para o terraço, ainda lotado de clientes, agora banhado pelo brilho das estrelas. — E, se você tiver sorte, encontrará pessoas ao longo do caminho que mantêm os pés no chão... que lembram que a vida real também é importante.

Sei que ele está se referindo ao seu círculo íntimo, pessoas como aquelas com quem acabamos de passar a noite, e alguma voz audaciosa dentro de mim se pergunta se um dia eu poderia ser uma delas... para ele. Alguém que lembra a uma força da natureza como essa que ele também é apenas um homem.

Nosso elevador chega cedo demais e saboreio os últimos momentos perto dele. Quando eu voltar para Nova Iorque, provavelmente não o verei novamente antes de iniciarmos a produção. Meus sentidos acumulam o que resta dele. Seu perfume fresco e masculino. O rico timbre de sua voz e a envolvente paisagem de suas feições. O intelecto e a curiosidade misturaram-se em seus olhos escuros. O brilho raro e brilhante de seu sorriso.

Não tenho o direito de pensar que sentirei falta dele, mas sei que sentirei.

Monk ainda está ao telefone quando entramos, e nem Canon nem eu falamos quando estamos em movimento. Dou uma olhada de soslaio para ele por baixo dos cílios, observando a tensão de seus ombros sob o terno. Penso em como me senti quando o vi com Arietta: o ciúme irracional. Pergunto-me se ele tem uma garota, alguma mulher com quem vai para casa ou em quem encontra consolo ou que apenas satisfaz suas necessidades físicas. E pensar nisso crava um espinho ardente em meu coração. Como pode alguém que você conhece há tão pouco tempo inspirar essa resposta visceral?

Não tenho muito tempo para pensar, porque chegamos ao meu andar e é hora de dizer adeus. Ainda ao telefone, Monk sussurra *até breve*. Canon segura a porta do elevador com uma das mãos, esperando que eu saia.

— Uh, bem, acho que verei você em alguns meses — digo, saindo do elevador. Não espero por uma resposta, mas dou os primeiros passos em direção ao meu quarto.

— Neevah — Canon chama.

Olho por cima do ombro, guardando na memória seu rosto e a maneira como me sinto quando estou perto dele.

Ele olha de volta, sua expressão enigmática, mas alerta.

— Sim? — incentivo, minha voz baixa. Esperando. Prendendo a respiração.

— Nada. — Ele franze a testa e pigarreia. — Bom te ver de novo. Obrigado por vir.

Antes que eu possa responder, ele libera a porta, deixando-a fechar entre nós.

Entrelaçados

CAPÍTULO 19

Neevah

— Então eles encontram uma nova substituta?

Takira está sentada de pernas cruzadas na cama de solteiro do meu minúsculo quarto enquanto limpo as coisas e me preparo para a mudança. Estamos amontoadas aqui como Tic Tacs. Devo chegar a Los Angeles em duas semanas e estou pronta para deixar este lugar.

Mas não estou pronta para deixar Takira.

— Sim. — Jogo uma jaqueta jeans que nem me lembro de ter comprado em um saco de lixo da Goodwill. — Ela começa na próxima semana, a nova garota. Tenho alguns dias de folga antes de voar e me apresentar no set.

— Isso é ótimo. — Ela morde o lábio inferior e dobra um moletom.

Não conversamos muito sobre minha saída. Acho que nós duas temos evitado o assunto. Ainda poderei pagar minha parte do aluguel, já que eles me providenciaram uma lugar para ficar em Los Angeles. Ela terá mais espaço, privacidade, mas sei que prefere que eu fique aqui. E eu a quero comigo. Quando você perde sua família natural de sangue, a família que você escolhe se torna muito mais querida, e sou mais próxima de Takira do que de qualquer outra pessoa.

Meu telefone vibra na mesa de cabeceira e o pego para verificar a mensagem de texto. Um sorriso lento se espalha pelo meu rosto. É o que eu estava esperando.

— Bem, isso é uma boa notícia — afirmo, acenando com meu telefone para Takira.

— Ah, é? — O brilho forçado de seu tom pouco faz para disfarçar a tristeza.

— Minha agente e eu tínhamos algumas coisas no contrato que precisávamos negociar.

— Legal. — Ela junta as meias e as enrola em uma bola.

— Eu disse a eles que muitas vezes as mulheres negras conseguem um papel e não há ninguém que saiba cuidar dos seus cabelos.

— Garota, fatos. — Ela revira os olhos e suspira. — Eles não se preocupam com a gente.

— E você já sabe que meu cabelo tem... vamos chamar de considerações especiais.

Seus olhos suavizam.

— A doutora Ansford disse que tudo parece bem, certo?

— Sim, e quero continuar assim, então... — Deixo o sorriso que venho reprimindo se revelar completamente. — Eu disse a eles que precisava escolher minha própria cabeleireira, o que não é inédito.

— E? — Os olhos de Takira demonstram curiosidade e esperança cautelosa.

— Eles disseram que sim! — Pulo na cama e aperto seu pescoço. — Garota, vamos para Hollywood!

— Uhuuul! — Seu grito provavelmente acorda as baratas. — Vamos? Você e eu?

— A menos que você não queira morar em Los Angeles sem pagar aluguel pelos próximos cinco meses e ter crédito de um filme em seu currículo. — Pego meu telefone e finjo começar a discar. — Porque posso dizer a eles agora mesmo que você não está...

— Me dá! — Ela pega meu telefone e rola da cama para se levantar. — Sério, Neev?

— Sério. Eu preciso de você lá. Para me dar apoio emocional, claro, mas também para esse cabelo, que está em uma escala móvel de 3B a 4A com uma parte 4C atrás. — Toco a careca sensível na base da minha cabeça. — E este couro cabeludo é uma zona de guerra. Você sabe disso melhor do que ninguém. Esta é a maior oportunidade da minha vida. A última coisa em que quero pensar é no meu cabelo.

— Você contou ao estúdio ou a alguém sobre sua condição?

— Minha agente e eu conversamos sobre isso. Desde que eu passe no exame físico para a seguradora, e eu passei, fiz o que eles exigem e não preciso divulgar mais nada.

— Ah, isso é bom.

— Quando solicitamos você como parte do meu contrato, dissemos a eles que tenho uma doença que afeta minha pele e meu cabelo. O lúpus discoide não é contagioso nem ameaça a vida, então é tudo o que precisam saber, mas a palavra lúpus assusta muitas pessoas. Eles não entendem. Fazem suposições sobre o que isso deve significar. Não quero tratamento especial nem ninguém presumindo que não posso fazer meu trabalho. Não quero que duvidem de mim. Já tenho dúvidas suficientes — bato na minha têmpora — bem aqui. Não preciso de mais.

— E você tem atuado e ganhado a vida neste negócio sem problemas desde que recebeu o diagnóstico.

— Exatamente. Quero dizer, tenho algumas dores nas articulações e cansaço, mas quem não tem? Provavelmente cuido melhor de mim mesma agora que tenho o diagnóstico do que quando não tinha.

— O que a médica disse?

— Ela vai marcar para mim um reumatologista em Los Angeles com quem posso me consultar, alguém que posso ver pessoalmente, se necessário, mas meu exame de sangue parece bom. Meus níveis de anticorpos estão dentro dos limites. Essa — digo, puxando o cabelo que cai sobre meus ombros — é minha maior preocupação, e é aí que você entra.

Takira se aproxima e passa os braços em volta de mim.

— Estou com você, garota. Não se preocupe.

Passo as mãos pelo meu cabelo grosso, mergulhando nos espaços vazios escondidos pelo seu volume. Não me preocupar?

Mais fácil falar do que fazer.

CAPÍTULO 20

Canon

— Nunca se atrasem no meu set.

Estudo cada membro do elenco e da equipe, olhando ao redor da grande mesa em forma de U e dando a cada um deles tempo para me encarar e ver que não estou brincando.

— Venham preparados e, se não estiverem, não deem desculpas. Isto vai ser divertido. Vocês podem até fazer alguns amigos. — Aponto o polegar para Graham, que, junto com Evan, está sentada atrás de mim. — Nossa assistente garantirá que sejamos uma família grande e feliz. Ela sempre planeja eventos sociais e outras coisas para unir a equipe.

— Ei, pessoal! — Graham diz, e posso imaginá-la acenando e rindo.

— Então Graham vai garantir a diversão. — Deslizo as mãos nos bolsos da minha calça jeans. — Mas este também será um dos trabalhos mais difíceis das suas vidas. Não vou pegar leve com ninguém, porque estamos aqui para servir esta história. É a vida de alguém que estamos apresentando ao mundo. Eu não encaro isso levianamente, e vocês também não vão.

Tento sorrir, relaxar, mas fica mais difícil quando o filme sai da pré-produção. Deixo o carinho e os mimos para Evan e Graham. Não tenho tempo para jogos nem tolerância para besteiras. Sei como tirar o melhor proveito dos meus atores, e não é repreendendo ou intimidando. Ao mesmo tempo, não estou aqui para fazer amigos.

Porém, apesar do meu jeito mal-humorado, isso inevitavelmente acontece no set.

— Só para saberem — Evan começa, andando ao meu lado —, vocês vão odiar esse cara pelo menos uma vez antes de o filme acabar. Todos nós fazemos isso, mas depois vemos o que ele faz, o filme que entrega, e o perdoamos. Vou me desculpar antecipadamente pela barba.

Sorrio antes de me lembrar de que isso não é engraçado.

— Ele deixa a barba crescer a cada filme e, quanto mais longa fica, mais insuportável ele se torna — Evan explica, entre as risadas de todos. — Vamos tentar mantê-lo na linha e com a barba cuidada. A propósito, sou Evan Bancroft, um dos produtores. Esta é Verity Hill, nossa roteirista.

Verity desvia os olhos do telefone e acena.

— Wright Bellamy é o nosso cara da música — Evan continua. — Ele está escrevendo a partitura, mas, para aqueles com música e canto, ele trabalhará diretamente com vocês também.

Monk acena e abre um sorriso que morre quando pousa em Verity. Ela revira os olhos e os desvia. E então começou...

— Vamos fazer uma leitura de mesa — oriento, continuando de onde Evan parou. — Não me dê o seu melhor. Não estou procurando lágrimas. Guarde isso para quando as câmeras estiverem filmando. Acreditem em mim. Nós chegaremos lá. Hoje estamos apenas nos familiarizando com o roteiro brilhante de Verity.

Com um movimento do braço, aponto para o fundo do estúdio que transformamos no Harlem dos anos 1930, espalhado logo além do canto do set onde estamos nos reunindo.

— Olhem ao redor — digo a eles, olhando por cima do ombro para as fachadas dos edifícios, as varandas dos apartamentos e os quarteirões fabricados, a elegância reencarnada de hotéis e clubes há muito desaparecidos. — Esta é a nossa nova casa.

Apresento os chefes de departamento: o diretor de fotografia, o designer de produção, o assistente de direção e Linh, que contratamos para o figurino. Lawson Stone também está presente, mas tenho esperança de que esta seja a última vez que o veremos por um tempo. Não é incomum que um executivo de estúdio participe da primeira leitura. Fica tudo em aberto — a primeira vez que todos os envolvidos conseguem ver completamente o escopo do que estamos fazendo. Até agora eles viram seus papéis, mas já estou convivendo com toda essa história há quase dois anos. Do que poderia ser, e agora é hora de torná-lo real.

— Estamos gravando — interrompe Evan, apontando para a câmera instalada na frente da sala. Está longe o suficiente para capturar todos sentados ao redor da mesa em forma de U. — Então não se deixem abalar por isso. Temos comida chegando. Tem água aqui. Se precisarem de alguma coisa, avisem a mim ou a Graham e nós cuidaremos disso. Antes de começarmos, gostaríamos que todos se apresentassem.

Mallory se superou no elenco deste filme. Fiquei preocupado com o papel de Dessi, mas Mallory e eu trabalhamos juntos há anos. Confio nos instintos dela, que não falharam. Até Trey acabou sendo a escolha certa para Cal. Eu particularmente não gosto de pensar nele, todo Disney e Nickelodeon, mas ele na vida real não é tão ruim.

Eu conheço todo mundo, então me desligo pela maior parte do tempo e folheio o roteiro marcando os lugares aos quais quero prestar atenção especial.

Jill Brigston, sentada ao meu lado, bate em meu ombro. Ela é a melhor diretora de fotografia que já conheci e já teria um Oscar se fosse homem.

— Posso sentir você vibrando — ela se inclina para sussurrar enquanto o elenco se apresenta.

— O que você quer dizer?

— Essa energia maluca sai de você quando iniciamos um novo projeto — explica, com os olhos verdes brilhando de humor sob o cabelo loiro.

Ela sabe. Trabalhou comigo em quase todos os filmes nos últimos dez anos.

— Eu sou Neevah Saint.

Fico rígido, mas não tiro os olhos do meu roteiro. Não preciso. Sei exatamente onde ela está na sala. À minha direita. Três cadeiras para lá, sentada ao lado de Trey. Está usando um vestido de verão branco que deixa seus ombros nus e macios, junto com um lenço colorido de onde brotam e transbordam suas tranças selvagens. Há traços persistentes de sotaque sulista em sua voz, como mel espalhado em algo saboroso. Neste ponto, já se passou quase um ano desde que a vi no palco pela primeira vez e alguns meses desde que ela voou para o teste de tela de Trey. Já conversamos algumas vezes sobre o roteiro, a pesquisa, sobre como garantir que ela se sinta preparada, mas qualquer comunicação não essencial passou por Evan e Graham, como normalmente aconteceria.

Não preciso de distrações ou complicações. Ela poderia ser considerada ambos. Claro, terei que interagir com ela como diretor, mas decidi limitar qualquer contato além disso apenas ao absolutamente necessário.

— Estou muito grata por esta oportunidade — diz Neevah. — E, honestamente, ainda me belisco por estar aqui. Quanto mais aprendo sobre Dessi, mais percebo como é um privilégio apresentar às pessoas sua história, sua vida.

Olho para cima e a vejo espalhar um sorriso caloroso pela sala.

— E espero fazer muitos amigos.

Isso evoca um pequeno murmúrio de risadas antes que os próximos membros do elenco se apresentem.

Entrelaçados

— Eu gosto dela — afirma Jill, baixando a voz.

— Por quê?

— Ela é uma daquelas pessoas que te atrai de imediato. Ela é sincera. E tenho um instinto sobre as pessoas. — Ela bate no nariz. — Posso sentir o cheiro de uma falsa a um quilômetro de distância, e ela é verdadeira. Bom trabalho em encontrá-la.

— Monk a encontrou.

— Hum, você lutou muito por ela.

Olho para cima para estudar seu rosto.

— Como você sabe disso?

— Evan me contou.

— Que novidade. — Reviro os olhos. — Ela é a escolha certa.

— Eu acredito e vi o teste de tela dela. Entendo por que você está tão na dela.

— Eu não estou *na...* — interrompo as palavras quando percebo quão atentamente Jill está observando meu rosto. Droga. Entreguei muito a ela. Jill é tão observadora quanto uma coruja. — Eu não estou — termino, de maneira mais uniforme — *na dela*.

Graham nos lança o tipo de olhar reservado para crianças conversando na igreja. Ela coloca um dedo silenciador nos lábios.

— Eu simplesmente reconheço o talento quando o vejo — declaro, em um sussurro quase inaudível.

— Às vezes você simplesmente sabe — concorda Jill, sorrindo como um gato astuto. Não quero nem especular o que isso significa ou que ideia ficou alojada em sua cabeça.

Assim que as apresentações são concluídas, eu me levanto. Jill está certa. Estou basicamente vibrando com a necessidade de começar. Faço minha expressão se tornar para implacável, mas, por dentro, meu desejo de contar essa história ecoa como uma voz que não é usada há muito tempo e está pronta para cantar.

— Tudo bem — prossigo. — Se já foram todos, peguem seus roteiros. Vamos ler até o fim.

CAPÍTULO 21

Neevah

— Você passa as falas comigo bem rápido? — pergunto a Takira.

Ela está dando os retoques finais na minha sombra. Acontece que a garota que eles contrataram para fazer maquiagem não era tão boa assim, então Takira se ofereceu para cuidar disso também. Ela começou a trabalhar em Nova Iorque e fez cabelo e maquiagem para programas de TV, teatro, filmes e comerciais. Todos os meios possíveis circulam pela cidade e ela tem experiência em todos eles.

— Claro. — Ela encontra meus olhos no espelho. — Faça assim.

Ela estala os lábios. Eu imito, uniformizando o batom vermelho fosco.

— Esse visual *old school* foi feito para você, Neev — diz Takira, alisando uma mecha de cabelo no meu penteado.

Ainda fico surpresa quando me vejo no espelho antes de sair para o set. Parada em meu trailer reformado, cercada por vários equipamentos modernos, incluindo uma gigantesca televisão de tela plana embutida na parede, sou um anacronismo. Meu penteado *victory roll*, com os rolinhos no cabelo. Os trajes vintage de Linh desenhados com tanta desenvoltura e atenção aos detalhes. Quando coloco os vestidos que balançam nas minhas pernas, as meias transparentes ou um chapéu de veludo, sou transportada para o mundo de Dessi: uma cidade que luta para sair da Grande Depressão. Pessoas negras, esforçando-se para viver, amar, rir e cantar em um mundo que, às vezes, tornava todas essas coisas mais difíceis de fazer. Mas eles criaram uma comunidade vibrante e espetacular no Harlem. Uma época de excelência, estilo e arte. De casacos enfeitados com pele, cabelos penteados com pomada e luvas de cetim. Um lugar povoado por dançarinos, sonhadores, pensadores, agitadores, escritores e pessoas que simplesmente *vivem*. Que fazem história na trincheira da vida cotidiana.

Cada vez que saio deste trailer, estou na esquina entre o passado e o presente. A equipe de produção transformou esse terreno em um mundo há muito perdido. Teatro Lafayette. O Savoy BallRoom. 139th Street. Avenida Lenox. O Radium Club. Com Monk como maestro, os fantasmas de Duke Ellington, Jelly Roll Morton e Louis Armstrong tocam suas canções, inundando o ar com notas de dolorosa nostalgia.

— Você disse que precisa passar algumas falas? — Takira pergunta, fechando um estojo de sombras e guardando amorosamente sua premiada coleção de pincéis.

— Ah, sim. Estou preocupada com esta cena.

— Você não é uma novata completa. Fez alguns comerciais e outras coisas.

Eu dou a ela a minha cara de *você está me zoando*.

— *Comerciais e outras coisas* não são um longa-metragem. A curva de aprendizado é íngreme — aponto, pegando um dos dois roteiros enrolados de uma mesa próxima e entregando o outro a ela. Eu mantenho duas cópias comigo o tempo todo, porque constantemente recruto alguém para bater as falas comigo. — E trabalhar com um dos melhores diretores do setor não me acalma.

— Na verdade, nunca o vemos no set. — Takira ri. — Como alguém que não está lá pode te deixar nervosa?

Canon assiste a partir da ilha de vídeo, uma tenda repleta de telas para que ele possa ver todos os ângulos de câmera e imagens que estamos capturando em tempo real. O assistente de direção, Kenneth, no set, está em constante comunicação com ele. Canon ainda é extremamente prático e mais de uma vez eu o vi em uma grua, uma câmera de guindaste, verificando as imagens antes de começarmos a filmar.

Ele é o tipo de homem que você conhece uma vez na vida. Sim, ele é esperto e não aceita qualquer coisa, mas eu quero isso. Para fazer o meu melhor, preciso disso. Todos nós sabemos que ele é o núcleo magnético que mantém tudo unido. Ele carrega essa história e a pulsação dela bate dentro dele. Canon protege a jornada de Dessi, seu principal guardião, mas também está preocupado com seus atores. Em sua arte, ele é obsessivo, distraído, concentrado, impaciente e generoso. Ele é um milhão de coisas e é obstinado.

Está ficando mais difícil não desejá-lo. Todos os dias eu piso nesse desejo infeliz, nesse desejo imprudente, nesse desejo sem saída. E não posso fazer com que isso pare.

A batida na porta do meu trailer dissipa meus pensamentos.

— Eles estão prontos para você, senhorita Saint — diz uma voz do outro lado.

Não consegui passar minhas falas mais uma vez. A questão é: *estou* pronta?

CAPÍTULO 22

Dessi Blue

INTERIOR - BOATE EM CHICAGO - NOITE
Dessi se senta nos bastidores de um pequeno camarim com um espelho pendurado na parede, esperando para continuar. Segura uma carta de Tilda.

          VOICEOVER DA LEITURA DA CARTA DE TILDA:
    Olá, Dessi! Como a estrada está te tratando? Espero que Cal e a banda estejam cuidando da minha garota. Obrigada pelo dinheiro que você enviou. É bom não se preocupar em pagar o aluguel, mas sinto sua falta, Baby Bama. Mal posso esperar que você volte para casa para que eu possa ouvir sobre todas as suas aventuras. Todos no Savoy mandam lembranças. Buchanan pediu para avisar que ele vai manter sua vaga se essa coisa de cantar não der certo! Mas eu sei que acontecerá. Vejo você quando chegar em casa. Estou guardando todos os meus beijos para você.
    Com amor, Tilda

Alguém bate na porta do camarim.

          DESSI
    Entre.

A porta se abre. Cal entra com uma expressão preocupada no rosto.

> CAL
> Precisamos conversar antes de você continuar.

> DESSI
> Parece que alguém matou seu cachorro, e eu sei que você não tem cachorro, então o que há de errado?

> CAL
> Está uma bagunça lá fora. A cidade acabou de passar pelas revoltas, e todos aqueles brancos estão tensos demais. Preocupou a gerência.

> DESSI
> E o que isso tem a ver conosco?

> CAL
> Eles têm medo de que a luz te atinja por certo ângulo e o público pense que você é uma garota branca no palco com um bando de negros.

> DESSI (risos)
> Uau. Eles inventam algumas coisas, não é? E o que eles querem fazer sobre isso?

Cal puxa uma latinha do bolso.

> CAL
> Eles... uh, tenho essa graxa para você usar.

> DESSI
> Que inferno, Cal. Não vou cantar com a cara preta.

Entrelaçados

                    CAL
     Temos um contrato, Dess. Eles não vão
nos pagar, e não só isso, mas vão espalhar a notícia. Talvez atrapalhar as
reservas para o resto da viagem. Isso vai
arruinar as coisas para todos nós.

                    DESSI
     Mas sou a única que precisa usar! Você
não. Eles não.

                    CAL
     Não é o certo, mas que escolha temos?
Que escolha já tivemos?

                    DESSI
     Cal, não. Se tocamos no Sul, tenho que
fazer xixi em copos e cagar na floresta.
Comer em ônibus. E aqui em cima, isso?

                    CAL
     É tudo América, Dess.

                    DESSI
     Bem, estou bem cansada disso.

                    CAL
     Todos nós estamos. Olha, vou te levar
a algum lugar legal para jantar. Apenas…
faça isso? Por mim? Pela banda? Para que
possamos receber o pagamento e sair daqui?

Dessi enxuga uma lágrima e acena com a cabeça. Cal
se agacha na frente dela e passa suavemente a graxa.

CLOSE DE DESSI
Ela olha para seu rosto escurecido no espelho antes
de se levantar e seguir Cal para fora.
INTERIOR – PALCO DE TEATRO
Destaque na banda e em Dessi, que canta uma música
animada com a maquiagem escura, forçando-se a sorrir.

CAPÍTULO 23

Neevah

Assim que Kenneth diz "corta!", fujo do set, passando e tropeçando pela mesa de comidas e pelo grupo de cinegrafistas fazendo a pausa para o café. Meu coração é um treinador de corrida que lidera uma parelha de cavalos selvagens. Riachos de suor escorrem pela tinta grossa que Trey espalhou em meu rosto para a cena. Subo os pequenos degraus até meu trailer e desabo no sofá. Mesmo sentada, minhas pernas ainda tremem, as mãos tremem. Toco meu rosto e meus dedos saem manchados de tinta, manchados de dor e degradação. Em sã consciência, sei que isso realmente não aconteceu comigo. Era um fardo de Dessi, não meu. Mas não estou no meu perfeito juízo. Não estou na minha própria cabeça.

Estou na *dela*.

E sua indignação abre caminho do túmulo para se enterrar em meus pensamentos. Sua humilhação permanece em meus ossos e aprisiona meu espírito. Olho para o espelho, chocada ao ver meu rosto assombrado em vez do dela.

Uma batida na porta me traz ao presente.

Não quero ver ninguém, mas saí do set sem nem perguntar se precisávamos fazer outro take. Provavelmente sim. Eu perdi o controle no final daquela cena. Engolindo as lágrimas e tentando acalmar a respiração, respondo:

— Entra.

Canon pisa no interior do trailer e qualquer compostura que recuperei se dissipa. Achei que tinha estragado a cena, mas seu cenho fechado e lábios contraídos confirmam isso. Ele raramente sai de sua área, a não ser no início e no final de cada dia, ou ocasionalmente para ajustar uma tomada de câmera. Na verdade, não conversamos muito desde o terraço, então vê-lo agora, tão próximo, com seu corpo alto dominando meu trailer, só me deixa mais desconcertada.

— Sinto muito — digo, apressadamente, abaixando a cabeça entre as mãos, buscando refúgio de seu escrutínio. — Eu sei. Perdi o controle das minhas emoções. Eu acabei de... Desculpe. Isso não vai acontecer de novo.

Ele não responde, e o silêncio corrói meus ouvidos, corta minha vulnerabilidade. Para uma cena como essa, eu cavo em meu coração para encontrar a alma de outra pessoa, e isso me abre, me deixa nua. Preciso de tempo para me recuperar, para me *reencontrar* depois de despejar tudo em Dessi, mas não há alívio. Não há tempo para me reagrupar quando o homem que mais me deixa nervosa está aqui, me observando. Me julgando? Quer saber se vou desabar? Lágrimas brotam nos cantos dos meus olhos enquanto espero que ele diga alguma coisa.

Ele se move, mas não em minha direção. Olho para o tapete sob meus pés, mas perifericamente o vejo caminhar em direção à minha penteadeira. Quando ele se agacha na minha frente, eu me sento rapidamente, meus olhos indo para seu rosto. Ele olha de volta, e a corrente elétrica agora familiar passa entre nós. A mesma coisa que senti fermentando no quarto dos fundos de Katherine, e no terraço, agita o ar novamente.

— Farei melhor — sussurro, esticando os olhos para que as lágrimas parem e não caiam.

— Você não pode.

— Eu posso. Sei que posso, se você me der a chance de...

— Você não pode fazer melhor porque foi perfeito.

O choque me abala com suas palavras, e olho para encontrá-lo me estudando com seriedade.

— Você não perdeu o controle. Você se perdeu. É o que você tem que fazer com esse tipo de trabalho. É o que se exige de você. Você está assumindo o lugar de alguém que percorreu um caminho difícil. Preconceito, desrespeito, desgosto... tudo isso fazia parte da vida de Dessi. Mas também houve alegria e muita coisa boa. Ao longo deste filme, você absorverá todo o arco de sua existência. Grandes atores habitam o personagem, às vezes tanto que a linha entre fato e ficção, eles e você, fica confusa e você sente *tudo*. Isso é o que você está experimentando.

Usando o lenço que tirou da minha penteadeira, ele limpa suavemente os cantos dos meus olhos e depois a tinta gordurosa espalhada para escurecer minha pele. A cada remoção da maquiagem ofensiva, minha respiração se torna mais fácil, meu coração entra em um ritmo mais regular.

— Na verdade, pedi a Evan para trazer um terapeuta para vocês no set.

— Pediu?

— Devíamos ter feito isso desde o início. — Ele balança a cabeça, deixando a mão repousar na curva do meu pescoço. — Eu estava tentando pensar em tudo e esqueci talvez do mais importante. Cuidar dos meus atores.

— Você cuidou de nós. Trazer um terapeuta será ótimo. — Coloco a mão sobre a dele em meu pescoço. — Obrigada.

Ele olha para baixo, para onde nossas mãos descansam juntas. Eu me afasto.

— Então — começa, limpando a garganta. — Lawson estava no set hoje.

— Do Galaxy? Do estúdio?

Fico feliz com a mudança de assunto, mas tensa novamente porque os executivos do estúdio raramente nos visitam. Lawson Stone *tinha que* escolher hoje, uma das cenas mais desafiadoras do filme.

— Sim. Você sabe o que ele me disse depois de te ver naquela cena? — Canon joga o lenço manchado de tinta em uma lixeira próxima.

— O quê? — O pavor e a antecipação deixam minha voz tensa.

— Ele disse: "Bem, você estava certo. Encontrou a Dessi perfeita".

Isso me assusta e acabo liberando um som de alívio que é meio riso, meio soluço.

— Cenas como essa custam caro. — Canon pega minha mão e aperta, olhando nos meus olhos e me deixando ver a verdade, o que é raro para ele. — Você pagou o preço, mas vale a pena. Vai valer a pena. Está fazendo um trabalho fantástico.

Meu coração dispara, só que não por dúvida ou medo, mas porque acho que ele não percebe que pegou minha mão novamente. Ele está acariciando a tinta rabiscada em meu polegar. Minha respiração acelera, passando pelos meus lábios ofegantes. O cheiro dele inunda o ar ao meu redor. Natural, limpo, rico e masculino. Suas pupilas dilatam e a plenitude de seus lábios se afina em uma linha. Ele solta minha mão abruptamente e se levanta.

— Canon, eu…

— É melhor eu voltar. — Ele se vira e sai porta afora antes que eu possa dizer mais alguma coisa. Antes que eu possa perguntar se estou imaginando isso; se estou sozinha nesta consciência crescente, ou se ele também sente. Continuo fechando a porta na cara dos meus sentimentos, mas há um persistente *toc, toc, toc* constantemente me tentando a abri-la.

Desafiando-me a descobrir o que há do outro lado.

Entrelaçados

CAPÍTULO 24

Canon

— Isso é perda de tempo — digo a Monk.

Da varanda de Evan, observamos uma sala cheia de festeiros fantasiados.

— Ei, você pode ser o diretor famoso — começou Monk.

— *Posso* ser? Irmão, eu sou.

— Mas Graham sabe como manter a moral elevada. O elenco e a equipe técnica têm trabalhado muito. Fazer esta festa foi uma ótima ideia.

Graham perguntou a Evan e a mim se podia planejar uma festa temática dos anos 80 para o Halloween, que Evan concordou em organizar aqui em sua enorme casa enfiada na encosta de uma montanha com vista para Los Angeles. A vista por si só já impressiona, ainda mais com a decoração minimalista e a piscina cor de safira. Acho que todos do elenco e da equipe técnica estão aqui, a maioria fantasiada com alguma referência à época.

— Se é uma ideia tão boa — insisto —, então por que você não se vestiu também?

— Por que você não se vestiu?

— Porque não preciso de festas para aumentar minha moral. Esses espíritos *sempre* permancecem elevados.

— Você ficou sozinho pensando nesta varanda a noite toda. Se isso for empolgação, eu odiaria ver você desanimado.

Tomo um gole do meu Macallan e bebo o ar da noite, me refrescando depois de estar lá dentro com aquela multidão. Monk está certo. Estou de mau humor. Não quero reconhecer para mim mesmo o que está causando isso, porque isso significaria reconhecer outras coisas que é melhor deixar de lado. Coisas que me distrairiam e simplesmente não dariam boa impressão. Ainda assim, apesar das minhas melhores intenções, meu olhar retorna para dentro da sala de Evan e encontra Neevah. Toda vez que a avistei esta noite ela estava dançando, mas agora está rindo com Trey, suas mãos agitadas, conforme conta alguma história. Uma das opções é tentar empurrá-lo para sua cabeleireira, Takira. Pelo olhar que ela está dando a ele, parece que ele pode partir para essa mais cedo ou mais tarde.

— Todo mundo pensa que eles já estão transando — diz Monk.

— Não sei. — Coloco minha bebida no parapeito da varanda e enrolo um charuto entre os dedos. — Takira parece estar se contendo mais um pouco.

— Takira não. Neevah e Trey.

Meu aperto aumenta em torno do charuto. Estou imóvel e fervendo, como um pavio preso na cera de uma vela acesa.

— O que você disse? — Diminuo a velocidade das palavras para que Monk não tenha dificuldade em entendê-las.

Ele olha para longe de mim, para a multidão, sua expressão atenta. Sigo a direção de seu olhar.

Verity. Claro.

Estalo meus dedos em seu rosto para recuperar sua atenção.

— Cara, não estale os dedos para mim. — Monk se vira para mim com uma carranca. — Eu não sou um maldito cachorro.

— De que outra forma posso chamar sua atenção — pergunto, inclinando a cabeça na direção de Verity — quando *ela* está por perto?

— Não estou pensando naquela garota. Ela pode fazer o que bem entender.

Monk protesta demais.

— E tenho certeza de que ela vai, mas você mencionou algo sobre Neevah e Trey.

— Ah, sim. — Ele olha para o local onde Verity estava há pouco, mas ela não está mais lá. — Eles provavelmente estão dormindo juntos.

Não pretendia ferir o charuto, mas ele quebra na minha mão.

— Você está bem aí, Holt? — O olhar alerta de Monk muda do meu rosto para o charuto esmagado.

— Eu estou bem. — Jogo-o pela varanda no desfiladeiro abaixo.

— Ah, que bom. Porque, por um minuto, pensei que você pudesse sentir alguma coisa pelo fato de Trey foder nossa doce menina ingênua.

— Pare de dizer isso. — Cerro os dentes e tento normalizar a respiração irregular. — Não me meto nas coisas do meu elenco.

— Certo. Certo. — Ele me provoca por cima da borda de seu copo. — Bem, aí vêm algumas coisas do elenco.

Entrelaçados

Takira e Neevah dirigem-se para a varanda, abanando os rostos.

— Uau! — Takira diz, sem fôlego. — Senhor. Preciso de um pouco de ar. Todos aqueles corpos. Está quente lá dentro.

— Quem vocês deveriam ser? — Monk pergunta, apontando para suas roupas com cores combinando.

— Sidney e Sharane de *Uma festa de arromba*. — Takira revira os olhos. — Percebemos tarde demais que o filme foi feito em 1990.

— Foi *lançado* em 1990 — corrige Neevah. — Então, provavelmente, foi filmado em 1989. Portanto, estaríamos dentro do esquema por um detalhe técnico.

Takira aponta para seu macacão e cabelo amarelo brilhante.

— Você não gasta uma hora fazendo esses cachos por um detalhe técnico.

Monk ri junto com elas, mas não vejo graça. Nada é engraçado. Especificamente, não a ideia de Neevah dormir com Trey. Fiz questão de não ficar sozinho com ela novamente desde o dia em seu trailer. Faço comentários diretamente para a maior parte do elenco, mas geralmente envio as de Neevah por meio de Kenneth. Nada de bom pode resultar dessa conexão entre nós, então fico longe dela.

Aparentemente, isso foi desnecessário, graças ao Nickelodeon. Tomo outro gole da minha bebida e me afasto do trio que está conversando. Apoio os cotovelos no parapeito da varanda e contemplo o brilho das luzes espalhadas pelas colinas.

— Você não quis se fantasiar?

Viro a cabeça e encontro Neevah ao meu lado, de costas para a cidade, com os cotovelos apoiados no parapeito. Agora que sei que ela deveria ser a personagem de Tisha Campbell em *Uma festa de arromba*, seu colete e calças amarelas brilhantes fazem mais sentido. Ela deixou o cabelo solto e selvagem, flutuando sobre os ombros com a leve brisa soprada pela noite.

Em vez de responder, tiro outro charuto do bolso. *Candy*, de Cameo explode lá dentro, seguido por um grito coletivo da multidão. Olho para Monk e Takira, que imediatamente iniciam os passos coreografados. Estou de costas para a multidão que Neevah enfrenta, e o humor ilumina sua expressão.

— Ai, meu Deus! Você deveria ver isso. Eles até colocaram o velho senhor Anderson para dançar.

Talvez a ideia do cinegrafista de 70 anos fazendo passinho normalmente me fizesse sorrir, mas estou muito preocupado com as visões de Trey curvando Neevah sobre um sofá em seu trailer.

Monk e Takira saem da varanda para se juntar aos dançarinos. Neevah fica.

— Você gosta de dançar? — ela pergunta.

— Precisa de algo? — Cravo as palavras com força e mostro a ela minha irritação com uma carranca.

Surpresa e consternação se misturam em seu lindo rosto.

— E-eu só estava tentando puxar conversa.

— Vá tentar com outra pessoa. Não estou com disposição para isso.

— Uau. — Mágoa enche seus olhos e ela contrai os lábios, balançando a cabeça. — Desculpe por te incomodar.

Quando ela se vira para ir embora, que é exatamente o que eu disse a ela para fazer, como o filho da puta em conflito que sou, estendo a mão e envolvo seu pulso para impedi-la.

Ela arrasta um olhar do aperto frouxo da minha mão até o meu rosto.

— Eu entendi mal? Poderia jurar que você queria ficar sozinho.

— Eu sou um idiota.

— Isso é um fato bem estabelecido, mas não há desculpa para ser rude quando eu estava apenas tentando… bem, você me disse para *tentar* com outra pessoa. Então me deixe ir.

— Desculpe.

— Isso é melhor do que "eu sou um idiota". — As linhas tensas de seu rosto suavizam quase indetectavelmente. — Olha, sei como você fica meio perdido no que está pensando e quer ser deixado sozinho. Se você…

— Não. Quero dizer, você está certa. Eu fico muito assim, especialmente quando estou fazendo um filme. Geralmente fico revirando a cabeça no dia seguinte, pensando nas cenas e em tudo o que acontece nelas, mas não me importo de ter companhia. — Olho por cima do ombro para a sala lotada, os dançarinos, os jogos de bebida que alguns membros da equipe ressuscitaram de seus dias de festa de fraternidade. — Deles não.

Compartilhamos uma breve risada, nossa diversão aumentando e diminuindo, deixando-nos olhando um para o outro com a mesma intensidade que senti na calçada, no Alabama, no terraço, no trailer dela. Inferno, toda vez que fico sozinho com essa mulher por mais de dois minutos, isso acontece. Não desvio o olhar como costumo fazer — não suprimo a onda crescente. Deixo que isso, só desta vez, tome conta de nós.

— O que eu quis dizer — continuo — é que não me importo de ter a *sua* companhia.

Ela engole em seco, os músculos de seu pescoço gracioso mudando

Entrelaçados   139

com o movimento. E isso acontece. Aquilo que jurei a mim mesmo que não deixaria acontecer.

Eu fico duro.

Evitei olhar para a bunda dela a noite toda. Os seios estão fora dos limites desde o primeiro dia. Até as mãos desta mulher, finas, elegantes e decoradas com tatuagens, têm o potencial de me excitar, por isso nunca olho muito. E, dane-se, é ela *engolindo em seco* que derrama cimento por todo o meu pau? Talvez seja a ideia do meu pau na boca dela. Ou ela me engolindo depois que...

— Não posso fumar — diz ela, apontando para o charuto apagado em minha mão. — Isso agrava meu... Eu simplesmente não posso fumar e quero deixar você aproveitar seu charuto, então vou embora.

Ela tenta soltar o pulso novamente, mas eu ainda não a deixo ir. Em vez disso, jogo o charuto na varanda como fiz com o último.

— Fique.

É uma palavra, mas diz a ela mil coisas que eu não disse antes.

E nós dois sabemos disso.

Seu aceno é um pouco espasmódico e a pulsação na base de sua garganta palpita, presa sob a pele delicada. Eu a deixo nervosa?

Bem, você ainda está segurando o pulso dela como um psicopata que poderia colocar algo na bebida dela.

Eu a solto e ela se aproxima novamente, apoiando os cotovelos na borda ao lado dos meus e me olhando de soslaio.

— O terapeuta que vocês trouxeram foi ótimo. Já conversamos algumas vezes. Eu não estava preparada para como isso me afetaria. Obrigada.

— É para isso que serve um diretor. Apenas fazendo o meu trabalho.

Nossos olhares se conectam e ficam travados. É verdade. Não trouxe o terapeuta apenas para Neevah, e vários utilizaram o serviço. Cuidar do elenco é meu trabalho, mas não tenho certeza por quanto tempo mais poderei fingir que a maneira como penso *nela*, como estou sintonizado com *ela*, quero estar perto *dela*, tem a ver com o trabalho. Preciso me agarrar a essa desculpa enquanto puder. Pelo menos até o filme terminar. Para o nosso próprio bem.

Diretores conhecidamente tiraram vantagem de sua posição de poder para transar. É um problema e um clichê horrível. Recusei muitas ofertas. *Cada* oferta. Eu não brinco com essa merda. Isso desrespeita os artistas e barateia meu ofício. É por isso que namorar Camille foi uma anomalia.

Esse fracasso épico só serviu para confirmar que eu sou óleo e minhas atrizes são água, e que não deveríamos nos misturar. Não cometerei esse erro novamente.

— Bem, obrigada. — Sua voz está abafada. — Mesmo que você estivesse apenas fazendo seu trabalho, era exatamente o que eu precisava.

Aceno, mas não respondo mais. Pedi a ela que ficasse, mas não consigo pensar em nada seguro para discutir. Nada é seguro, porque, cada vez que conversamos, descubro mais coisas nela. Antes que eu possa me envergonhar ao trazer à tona as inovações cinematográficas do início do século 20, a música de dentro da festa muda. Silêncio.

— Vamos aproveitar algumas músicas para prestar homenagem a um dos maiores cantores dos anos oitenta — diz o DJ. — O lendário Luther Vandross.

Os floreios de piano de abertura de *A House is Not A Home* chegam à varanda, com o distintivo barítono de Luther logo após as notas comoventes.

— Ah, esta é a minha música — afirma Neevah, fechando os olhos e erguendo o rosto para o céu. O luar acaricia as curvas altas de suas maçãs do rosto, beija a maturidade de seus lábios. Cílios longos repousam como penas em suas bochechas. Ela é uma druida. Uma inocente. Uma hedonista. Um aglomerado de contradições que de alguma forma fazem sentido nesta mulher.

— Você nem tinha nascido quando Luther fez essa música — lembro a ela.

— E daí? — Ela ri e se vira em direção ao desfiladeiro, um sorrisinho provocando o exuberante contorno de sua boca.

Meu sorriso desliza, mas não desaparece completamente.

— Era uma das favoritas da minha mãe. Ela colocava para tocar o tempo todo.

— A da minha mãe também. A minha favorita de Luther é *If This World Were Mine*. Tecnicamente é um dueto, mas...

— Eu amo aquela também. — Eu rio, me inclinando um pouco mais perto, sentindo o cheiro escondido atrás de seu pescoço e orelhas. — Minha mãe costumava dizer: "Luther grande, Luther magro. Com o corte Jheri curl. Cabelo liso e encaracolado. Eu não ligo. Aceito esse homem de qualquer maneira que puder".

— Eu sei bem disso. E então ele fazia aquela nota. Você sabe qual.

Olhamos um para o outro e, em uníssono, reproduzimos a famosa nota de Luther.

Entrelaçados

— Whoooooooooo — cantamos juntos, terminando com ela rindo e eu sorrindo mais do que há semanas.

Não sinto mais necessidade de encontrar o que conversar porque as coisas nos encontram. Ela é esse tipo de pessoa. Eu gostaria de pensar que ela é assim — genuína, doce e engraçada —, porque está comigo, mas a observei por semanas com o elenco e a equipe técnica. Ela é assim com todo mundo. A magia de Neevah é que ela é igual a todos, mas ainda consegue fazer com que você se sinta especial.

Ela é assim com Trey. Quero perguntar se ela o beijou. Se transou com ele. Se ele esteve na casa dela. Sei exatamente onde Neevah e Takira estão hospedadas. Como produtor, tenho acesso a todas essas informações, mas ela é a única cuja moradia verifiquei ou me importei.

— Falando na sua mãe — ela diz, mordendo o lábio inferior —, eu queria te dizer o quanto *A hora mágica* significou para mim. É o meu trabalho favorito seu.

— Um documentário que fiz com um orçamento inexistente quando tinha 21 anos sobre minha mãe? De tudo que fiz ao longo dos anos, este é o seu favorito?

— É, sim. Tenho uma parede de post-its inspiradores no meu quarto. Algo que ela diz naquele documentário está escrito lá.

— Ah, é? O quê?

— Somos artistas — ela cita suavemente, com os olhos fixos nos meus. — Quando não há alegria a ser encontrada, temos o poder em nossas mãos, a vontade de nossas almas, para fazer isso.

Ouço minha mãe dizendo isso, olhando para minha câmera e sorrindo em sua cadeira de rodas, com a Nikon em repouso no colo. Vejo cem noites em cais antigos, minha mãe brandindo a câmera como uma espada, desafiando a doença determinada a diminuí-la. O sorriso dela.

Meu Deus, o sorriso da minha mãe.

Brilhante, corajoso e iluminado pelo sol. Por mais que minha técnica tenha melhorado, por mais que meus orçamentos tenham crescido, capturar a história dela com uma câmera de vídeo barata e sem nenhum objetivo a não ser ouvi-la gritar — essa continua sendo a melhor coisa que já fiz. Provavelmente algum dia servirá, porque era para ela. Não o último desejo de mamãe, mas o seu desejo *de vida*.

— Sabe — digo, depois de alguns segundos —, acho que é o meu favorito também.

— Como deve ser isso? — sussurra, seus olhos castanhos com manchas douradas, escuros, profundos e curiosos. — Ser seu favorito?

Esta varanda não é grande o suficiente para todas as palavras não ditas que se acumulam entre nós. O desejo, não expresso, paira por toda parte. O ar fica viscoso e sua respiração fica mais curta, superficial e acelerada.

— Neevah!

Alguém chamando o nome dela rompe a tensão por tempo suficiente para que eu respire fundo e me lembre de que isso não é uma boa ideia.

— Neevah — Trey repete, vindo até nós na varanda. — Eu estava procurando por você. Oi, Canon. Eu não sabia que você estava aqui também. — Ele olha entre nós, especulação em seus olhos. — Eu estou... interrompendo?

Droga. Essa é a última coisa de que preciso: o cara da Disney começando rumores.

— De jeito nenhum. — Pego meu copo da bancada e aceno para os dois. — Eu estava prestes a sair. Chamada cedo pela manhã.

O olhar de Neevah abre um buraco nas minhas costas enquanto os deixo sozinhos na varanda, mas não dou atenção a ela ou ao momento em que Trey despedaçou.

Não olho para trás porque não posso.

Ainda não.

CAPÍTULO 25

Canon

O cara da Disney é bom.

Mas eu *dei* a ele alguém incrível com quem trabalhar.

Meu Deus, Neevah é ainda melhor do que pensei que seria. O desempenho dela até agora é um incrível "eu te avisei" para Law Stone e para todos os executivos do Estúdio Galaxy que duvidaram de mim quando a escalei. Ela e Trey têm uma ótima química, então tenho certeza de que eles receberão o crédito por escalá-lo. Realmente não dou a mínima para quem recebe o crédito. Só quero que este filme cumpra e exceda seu potencial. E, até agora, parece que sim.

Olhando para os takes diários no meu laptop, volto um pouco a cena em que Dessi e Cal se conhecem no Savoy e ela o ensina a dançar. Congelo a moldura do rosto de Neevah erguida para a luz, seu sorriso tímido e provocador. Ela sorriu assim para mim na varanda da festa de Halloween. Coloquei bloqueios na minha cabeça para não pensar muito naquela noite — para não pensar muito *nela*.

— O que você está fazendo?

Fecho meu laptop com força e viro a cadeira para encarar Jill.

— Está me vigiando?

— Só parece que você está vigiando alguém se estiver fazendo algo que não quer que eu saiba. — Ela se senta. — Assistindo as diárias? Deixe-me ver.

Hesito porque, quando abrir o laptop, ela saberá que eu estava olhando para Neevah, e a última coisa que quero é Jill me provocando por ter uma queda pela nossa atriz principal. Relutantemente, abro a tampa.

— Ela é realmente fantástica, não é? — Jill cruza o tornozelo sobre o joelho. — A pele dela. Os olhos dela. Meu Deus, a mulher diz mais com os olhos do que a maioria fala o dia todo. A câmera a ama.

Não me preocupo em responder, mas volto a filmagem.

— Você queria ver a cena do Lafayette de novo?

— Já vi. Eles me enviaram as diárias por e-mail também. Consegui o que precisava ver.

— Ótimo.

Um tornado de cachos loiros atravessa a porta da ilha de vídeo em nossa direção, pousando no colo de Jill.

— Mamãe, adivinhe? — Sienna, filha de quatro anos de Jill, pergunta.

— O quê? — Jill afasta os cachos selvagens.

— Eu comi um picolé. Olha! — Ela mostra a língua, exibindo um tom brilhante de azul.

— Legal! Onde você conseguiu isso?

— Tinha no almoço e Kimmy disse que eu podia comer um. — Ela segura um picolé meio derretido. — Eu trouxe um para você também.

— Ah, obrigada, querida — diz Jill, aceitando a oferta gotejante. — E onde está Kimmy agora?

— Aqui estou. Desculpe. — Kimmy, uma de nossas assistentes, entra, seu habitual rabo de cavalo alegre e frouxo mal se segurando. — Virei a cabeça por um segundo e ela se foi.

— Ela dá um trabalhão, não dá, Sin? — Jill pergunta à filha.

— Dou. — Ela balança a cabeça com entusiasmo e sobe do colo de Jill para o meu. — Você vem para o jantar de Ação de Graças, tio Canon?

Tecnicamente sou padrinho dela, mas quem poderia corrigi-la quando me olha assim?

— Não este ano, Sin — digo a ela. — Mas obrigado por pensar em mim.

— Mas você vai ficar sozinho? — insiste, franzindo as sobrancelhas loiras.

— Espero que sim. — Eu ri. — Talvez eu apareça na sexta-feira *depois* do Dia de Ação de Graças. Que tal?

— Vamos, Sin. Mamãe está trabalhando. — Kimmy lança a Jill um olhar de desculpas.

— Está tudo bem — Jill garante a ela. — Okay, bebê. Corre lá, te vejo daqui a pouco. Preciso ver uma coisa com o tio Canon.

— Ela tem alguma coisa de Seth? — pergunto, enquanto as garotas saem da tenda. — Ela se parece exatamente com você em todos os sentidos.

— Os outros dois são a cara dele, então tudo se equilibra. — Ela ri, passando a mão pelo cabelo desordenado que cai em seus olhos. — Obrigada mais uma vez, em nome de todas as mães que trabalham, pela creche no set. Eu gostaria que mais diretores fizessem isso. Quero dizer, Sin acabou de sair da escola hoje, mas para as mães do elenco e da equipe com bebês, é um salva-vidas.

Entrelaçados

145

— Não é grande coisa.

— Se não fosse, todo mundo faria isso. Não me fale sobre as coisas que impedem as mulheres neste negócio. A adoção do horário francês para este filme é enorme, e espero que mais diretores sigam o exemplo.

— Bem, o horário francês não é perfeito. Algumas pessoas continuam tendo que ficar aqui quatorze horas por dia, às vezes mais, porém espero que a jornada de trabalho de dez horas para a maioria tenha ajudado.

— Muito. Há muitas mulheres realmente talentosas que desistem deste negócio porque não podem desaparecer, literalmente, dezesseis ou dezoito horas por dia e não podem pagar para cuidar dos filhos por tanto tempo.

— Os ajustes não foram tão difíceis. Eu faria o que fosse preciso para te colocar no set. Você é minha arma secreta.

Não estou exagerando. Ela é, e é por isso que a uso sempre que posso. Os únicos projetos que ela perdeu foram quando estava grávida.

— Bem, as mulheres agradecem.

— Ei, minha mãe trabalhava como fotógrafa. Foi mãe solteira. Sei quão difícil pode ser.

— Você vai passar o Dia de Ação de Graças com a família dela? Sienna está certa — diz Jill, lambendo o picolé esquecido, fazendo uma careta e jogando-o na lata de lixo ao lado da mesa. — Não quero pensar em você sozinho.

— Não. Passarei o Natal com eles. *Quero* ficar sozinho. Quero uma refeição que não seja enfiada na minha garganta entre as tomadas ou na frente de um laptop, e gostaria de comê-la em paz.

— Você vai aparecer na sexta? — Seu semblante preocupado permanece indiferente à minha explicação.

— Claro.

— Mas o que você vai comer no Dia de Ação de Graças?

Dou de ombros.

— Vou pedir alguma coisa por telefone.

— Não. Então eu tenho um ótimo lugar sobre o qual meu agente me falou. Vou te passar o contato.

— Okay.

— Estou apenas me preocupando.

— Acho que você está soletrando "te sufocando" errado.

— E eu acho — rebate, voltando-se para meu laptop e lançando um sorriso sagaz entre mim e Neevah na tela — que ela é fantástica.

Tanto esforço para manter qualquer coisa em segredo por aqui.

CAPÍTULO 26

Neevah

Estou subindo.

Jogada no ar, o vento chicoteando a saia passando pelos meus joelhos e coxas. Um borrão de pernas e pés voadores. As mãos fortes do meu parceiro ancoram-se na minha cintura, girando-me para a direita e depois para a esquerda. Impulsionada por suas pernas, deslizo pelo chão de costas, saltando para uma corrida em direção aos seus braços novamente.

Capturada.
Segurada.
Levantada.
Girada.

Sou uma maravilha sem peso. Uma maravilha em um caleidoscópio de borboletas pintadas à mão levantando voo, nosso caminho direto para um coro de trombetas. A banda toca *Flat Foot Floogie* enquanto uns cem pés titubeiam através dos passos intrincados do *lindy hop*. A eletricidade estala no ar, carregando nossos corpos em um ritmo frenético. Nós nos movemos, dançamos, as roupas grudadas em nossos corpos com o doce suco do fervor. O suor escorre entre meus seios, cobre meu pescoço e braços como orvalho. No encanto desta dança, uma batida sincopada, derramo o vinho dos quadris sinuosos. Eu mergulho. Balanço em uma relação de jazz, blues e swing.

— Corta! — Kenneth grita.

Os cerca de cinquenta dançarinos rugem, batem palmas e riem, triunfantes. Temos praticado esse número há horas. Dias, na verdade, e, finalmente, está se encaixando. É uma das peças centrais da dança do filme, e Lucia, a coreógrafa, tem sido implacável.

— Isso foi ótimo, Neevah — diz meu parceiro Hinton, caminhando comigo até uma mesa cheia de água. — A melhor até agora.

— Espero que sim. — Aceito uma garrafa de água e tomo um gole longo e refrescante. — Levei tempo suficiente para conseguir.

— A maioria de nós somos dançarinos treinados. Sei que você dança, mas não é sua disciplina principal. É natural para você, no entanto.

Limpo o suor da testa.

— Esta é a coisa mais difícil que já fiz.

— Olha, você está indo muito bem.

— Você poderia estar melhor — diz Lucia, aparecendo aparentemente do nada.

A mulher é um fantasma. Ela assombra meus sonhos. Estou surpresa por não acordar todas as noites gritando: "levante mais a perna". Sei que sou a protagonista e sinto o peso dessa responsabilidade, mas ela cai em cima de mim com mais força do que qualquer outra pessoa. Com seu um metro e cinquenta, um ninho de cachos escuros de Medusa e uma infinidade de palavrões, ela é a presença mais intimidante no set, perdendo apenas para o próprio Canon.

— Está faltando alguma coisa — declara, com forte sotaque de Porto Rico e Nova Iorque. — Você entendeu os passos... agora preciso que os sinta. Pare de pensar e deixe que eles levem você.

Limpo o suor que escorre por baixo da peruca e desce pelo meu pescoço, com medo de admitir que não tenho certeza de como fazer isso.

— Eu farei. Desculpe.

— Você está muito perrrrto e muito melhor do que quando começamos. Você precisa ver. Vamos.

Ela sai sem outra palavra. Lanço um olhar surpreso para Hinton e corro para alcançá-la. Ela dança como um cisne, mas anda como um tanque. O mar de dançarinos vestidos com roupas brilhantes parte em seu rastro. Você poderia pensar que, como as pernas dela são uns quinze centímetros mais curtas que as minhas, eu poderia facilmente acompanhá-la, mas estou correndo atrás dela como um chihuahua ansioso.

— Aonde estamos indo? — pergunto, acenando para os membros do elenco enquanto atravessamos a multidão.

— Para a ilha de vídeo. Isso ajudará ao se ver na câmera.

Ela entra com confiança na grande tenda branca. Geralmente é cheia de atividades — central de comando, com telas montadas cobrindo as paredes, modelos de objetos 3D na mesa central e laptops aparentemente espalhados em todas as superfícies disponíveis.

KENNEDY RYAN

A primeira coisa que vejo quando entramos é um diagrama digital do Savoy Ballroom colado na parede. A equipe de produção recriou o famoso salão de baile com especificações tão exatas que você é transportado para a Avenida Lenox, o que Langston Hughes chamou de Batimentos Cardíacos do Harlem, assim que entra no set.

O Savoy ocupava um quarteirão inteiro na Avenida Lenox e tinha capacidade para até quatro mil pessoas. A equipe reelaborou cuidadosamente dois lances de degraus de mármore cercados por paredes espelhadas que conduziam a uma réplica menor da pista de dança original de mais de novecentos metros quadrados, de mogno e com molas. O piso recebia tanto tráfego que os proprietários tinham que substituí-lo a cada três anos. A equipe de produção não deixou nenhum detalhe para trás, acrescentando até mesmo os lustres de vidro lapidado do salão de baile, as paredes rosa e dois coretos elevados onde lendas como Benny Goodman e Chick Webb duelaram diante de um público recorde.

Estando na sala, trabalhando por horas e focando em acertar os passos, perco de vista o tamanho do cenário. O esboço que ocupa toda a parede me lembra.

Canon, carrancudo, está do outro lado da tenda com Jill e Kenneth. Ele enfia a ilustração digital na parede e segura os fones de ouvido pendurados no pescoço. Todo mundo brinca com ele sobre a barba que ele deixa crescer durante um filme, mas caramba, como fica bem nele. É rente ao rosto, emoldurando seus lábios carnudos e raspando o ângulo agudo de sua mandíbula.

Ele olha para cima, a carranca se aprofundando quando seus olhos colidem com os meus. Faltam dois dias para o Dia de Ação de Graças e não ficamos sozinhos desde a festa de Halloween. E por que deveríamos ficar? Porque ele disse que não se importava com a minha companhia? Porque compartilhamos alguns momentos inofensivos em uma varanda isolada com Luther como serenata que pareceram mais íntimos do que todos os beijos que já dei?

Garota, se controla.

— Ei — Lucia diz para um técnico que examina as imagens. Ela aponta para o quebra-cabeça de telas retangulares na parede. — Preciso mostrar a Neevah algo daquela última passagem.

— Claro — ele responde. — Vou recortar. Apenas me diga onde.

— Precisamos ver toda a sequência de *Flat Foot Floogie* — murmura Lucia, com os olhos já fixos na tela.

Entrelaçados

149

— Acho que a câmera está posicionada incorretamente. — Ouço Canon dizer.

Preciso prestar atenção em todas as deficiências que Lucia quer me mostrar, mas não consigo evitar. Olho para a parede. Ele está puxando o lábio inferior, algo que faz quando está resolvendo um problema. Ergue o rosto para cima, encontrando meu olhar, e me viro imediatamente como uma criança pega com a mão no pote de biscoitos.

— Vou verificar — diz, saindo sem avisar Lucia ou a mim.

Solto um longo suspiro, capaz de me concentrar agora que ele se foi, e sintonizo o que Lucia está dizendo. Ela pausa a fita e me encara por longos e desaprovadores segundos.

— O quê? Por que você parou? Achei que você queria me mostrar o que estou fazendo de errado.

— Não está errado. O que você pode fazer melhor.

— É modo de falar.

— Você *parecia* estar mais interessada nele — aponta ela, inclinando a cabeça para a parede onde Canon estava alguns segundos atrás — do que na dança. Já peguei você olhando antes.

— Como é? — Espero parecer confusa e indignada em vez de culpada. — Não sei o que você quer dizer.

Lanço um olhar furtivo ao redor da tenda para ver quem pode ouvir essa conversa vergonhosa. Jill e Kenneth ainda estão absortos na discussão sobre o diagrama e o técnico está em um laptop do outro lado da tenda, deixando-nos sozinhos.

— Olha, você obviamente é boa de verdade — declara Lucia, com as palavras em tom baixo para que só eu ouça. — Tanto talento quanto dois Jacksons e um Osmond, mas ninguém vai notar isso se você começar a trepar com seu diretor antes mesmo de seu primeiro filme ser lançado.

— Eu não estou trepando — rebato.

— Esse crush, ou o que quer que você tenha, acabe com isso. Só vai te distrair e, se ele descobrir, o que, conhecendo Canon, ele já descobriu, vai comprometer sua relação de trabalho. Ele não vai estragar o filme por causa de uma boceta. — Ela arrasta os olhos avaliadores por mim, da cabeça aos pés. — Não importa quão boa possa ser.

Cada palavra grosseira congela meu interior em vergonha. Minhas mãos se enroscam na saia larga do meu vestido rodado.

— Não é assim.

KENNEDY RYAN

— Que bom. Não deixe ser. — A linha rígida e pintada de vermelho de seus lábios suaviza. — Olha, eu entendo. Aquele, sim, é um *homem*. Tipo, não se fazem mais deles. Em cada sala em que ele entra, ele se torna o centro, mesmo quando não é sua intenção.

Ela está certa. Há um carisma relutante em Canon. Como se não pedisse que todos se sentissem atraídos por ele, mas ele não consegue *não* ser aquilo que os atrai.

— Ele é o mel e nós as abelhas — prossegue Lucia. — Mas não está procurando uma abelha-rainha. Você me entende? A maneira mais rápida de ter seu coração esmagado é dormir com ele e esperar algo que ele nunca deu a uma garota antes. Canon é leal e, quando encontra alguém de quem gosta, mantém essa pessoa. Evan, Kenneth, Jill, eu. Ao longo dos anos, ele construiu uma equipe de pessoas em quem confia. Ele é tão sério em manter afastados aqueles em quem não confia quanto em manter próximos aqueles em quem confia. Dê esses olhares para ele toda vez que entrar em uma sala e adivinha de que lado estará?

— Eu não pretendo… — Quero negar, mas ela me analisou tão minuciosamente que não consigo. Quero dizer a ela que não posso evitar, que estou tentando ao máximo não me sentir assim, mas ela não acreditaria ou não se importaria, então me contento com a única coisa que espero que a faça acreditar: — Obrigada. Eu agradeço.

Ela sorri, acena com a cabeça e reinicia a fita, os olhos mais uma vez fixos na tela.

— Agora vamos dar uma olhada no seu trabalho de pés. Quero mais Frankie Manning de você, menos Megan Thee Stallion.

— Megan Thee… — Eu rio do brilho zombeteiro em seus olhos, grata por sua tentativa de aliviar a tensão da nossa conversa sobre Canon. — É melhor você parar, e eu nem sei quem é Frankie Manning.

— A maioria não sabe. — Lucia acena para o monitor. — Aquele passo aéreo que você dá quando Hinton vira você de costas e você cai de pé? Manning fez isso. O *lindy hop* foi criado no Savoy por ele e sua equipe antes que outras pessoas o pegassem e o renomeassem como jitterbug. Ele deveria ser um nome conhecido, mas, enquanto Fred Astaire e Gene Kelly foram para Hollywood, ele foi trabalhar no correio por cerca de quarenta anos, até que alguém o "ressuscitou" quando ele tinha 70. Pelo menos ele ganhou um Tony antes de morrer. Um pouco do reconhecimento que deveria ter recebido. Garota, daquele jeito que sempre fazem conosco.

Entrelaçados

— Às vezes me sinto roubada. — Suspiro, expulsando a frustração. — Todas as coisas que não sabemos nunca são ensinadas. Temos que cavar para descobrir.

— A história é tão rebuscada que, quando você chega à árvore, quase não sobrou nenhuma fruta. — Seu sorriso é repentino e brilhante. — Quando você chegar em casa, procure *Hellzapoppin'*. Assista a esse clipe. Sei que você viu fitas de swing. A culpa é minha por não ter mencionado esse clipe antes. Você tem os passos tecnicamente, mas a dança é mais que execução. *É possessão.* Você tem que entregar seu corpo. Todo o seu espírito tem que se render. As pessoas que podem lhe ensinar o que estou falando estão todas mortas.

Seu telefone acende e ela faz uma careta ao ver a mensagem na tela.

— Assista a última passagem. Eles acham que um dos dançarinos pode ter torcido o tornozelo. Eu preciso verificar.

— Ai, não. Vai lá. Estarei pronta antes da próxima passagem.

Ela balança a cabeça distraidamente, as sobrancelhas franzidas em apreensão, e sai da tenda. Antes de assistir meu próximo ensaio, adoraria ver o clipe de *Hellzapoppin'*. Nossos telefones não são permitidos no set, então geralmente os deixamos em nossos trailers.

— Com licença — chamo o técnico, que levanta a cabeça. — Posso pegar seu telefone emprestado por um segundo?

Assisto ao clipe em seu telefone e entendo instantaneamente o que Lucia quis dizer. Os movimentos dos dançarinos são líquidos, seus membros soltos e fluindo como água. E há uma loucura na energia, mas também há controle. A facilidade é sustentada por muita disciplina e habilidade. Quando me observo, vejo a diferença.

— Lucia fez você assistir a fita? — Jill pergunta, sentando-se ao meu lado. Ela é loira, tem cerca de 40 anos e aproximandamente uma dúzia de tatuagens grafitadas nos braços. Anéis de prata grossos adornam a maior parte de seus dedos.

— Ah. — Pauso a fita da nossa última passagem. — Sim. Ela estava certa. Eu precisava me ver para saber como poderia executar melhor.

— Você está indo muito bem, mas Lucia sabe como tirar a última gota de grandeza de seus dançarinos. Mesmo quando parece perfeito para nós, ela vê espaço para melhorias. É por isso que Canon a escolheu.

À menção de Canon, fico rígida e quero mudar de assunto. E se Lucia não for a única que percebeu minha fixação pelo diretor?

— Então, grandes planos para o Dia de Ação de Graças? — pergunto.

— Só jantar com minha família. Meu marido e meus filhos, quero dizer. Iremos visitar a família em Chicago no Natal. É uma pausa muito rápida; vamos deixar a viagem para o próximo mês, quando pudermos ficar um pouco. E você?

— O mesmo aqui. Quero dizer, sobre a pausa rápida. Minha família está na Carolina do Norte. Não quero cruzar o país por apenas alguns dias, mas também estamos trabalhando sem parar. Preciso descansar e me preparar. Temos tantas cenas importantes chegando.

— E você está em cada uma delas. — Jill dá um tapinha na minha mão, seus olhos verdes gentis e solidários. — É muita pressão e você está fazendo um trabalho incrível.

— Obrigada. Há duas cenas na próxima semana, após o feriado, para as quais não me sinto preparada. Estive tão focada na dança que não memorizei essas falas. Então é assim que passarei o Dia de Ação de Graças.

— Você pode vir jantar em nossa casa. Não quero que você fique sozinha.

— Parece loucura eu querer ficar sozinha? — Balanço a cabeça e coço a peruca que pinica. — Minha colega de quarto vai para casa no Texas. Ela me convidou e algumas pessoas do elenco também, mas eu adoraria ter a casa só para mim por alguns dias e não ver ninguém. Sei que parece antissocial, mas...

— Não é nada estranho. Este é um longo projeto. Qualquer que seja o autocuidado para você, faça isso. — Ela olha para mim, especulativamente. — É o seguinte. Há um ótimo pequeno restaurante familiar em Topanga Canyon que oferece um jantar de Ação de Graças incrível. Vista fantástica. Você adoraria. Sempre tento convencer minha família de que deveríamos ir, mas todo ano acabo me escravizando por causa de uma ave mal-passada.

— Na verdade, eu não como peru.

— Este lugar serve peru falso, ou você come peixe? Eles fazem um crepe de salmão defumado que é de morrer.

— Isso parece incrível, mas você acha que eles teriam uma mesa tão em cima, faltando apenas dois dias para o Dia de Ação de Graças?

— Meu agente conhece um dos gerentes. Aposto que consigo fazer com que ele reserve um lugar para você.

Ela vasculha os Post-its e os scripts distorcidos que bagunçam a mesa até encontrar um bloco de notas e uma caneta.

Entrelaçados

— Sinceramente, a vista é tão boa quanto a comida — garante, anotando o nome do restaurante. — Se eu conseguir arrumar esta mesa, prometa que você tentará.

— Prometo. Na verdade, estou realmente ansiosa por isso. Obrigada.

— Que bom. Você não vai se arrepender.

Seu sorriso é quase malicioso e reservado, mas provavelmente sou paranoica e considero sua gentileza pelo valor que ela tem. A única coisa que pretendo cozinhar é a torta de maçã da mamãe, porque, embora não volte com frequência a Clearview nas férias, isso me faz sentir um pouco mais perto de casa. Deixar outra pessoa cuidar do resto parece bom para mim.

CAPÍTULO 27

Canon

Não tenho certeza se isso foi uma boa ideia.

Uma pequena placa na frente dizia que este lugar é o restaurante mais romântico de Los Angeles. Um homem jantando sozinho no Dia de Ação de Graças não significa exatamente romance, mas confio em Jill. É a única maneira de fazer com que ela pare de me assediar para jantar com sua família. Perguntei que parte de *sozinho* ela não entendia, mas finalmente cedi e concordei em experimentar este lugar. Por que não? É apenas uma refeição. Como estou no meio das filmagens, hoje é apenas mais um dia.

Os feriados passaram a ter menos significado depois que minha mãe morreu. Tenho parentes ainda em Lemon Grove, o povo da mamãe. Mantenho contato e normalmente passo as datas comemorativas lá. Vou vê-los no Natal, mas invisto mais tempo na família que encontrei ao longo dos anos. Reuni alguns dos meus melhores amigos trabalhando em sets, contadores de histórias e sonhadores com ideias semelhantes.

Mal passei algumas horas sozinho desde que *Dessi Blue* começou a produção e, para alguém como eu, preciso de um tempo comigo mesmo. É como eu me recarrego. Não entro no meu melhor momento criativo se não conseguir recarregar. Portanto, antes de entrarmos no que será o período mais difícil da produção, estou aproveitando essa pequena pausa, e não me enfiando em um ambiente lotado de gente e futebol americano.

Quer dizer, vou assistir a partida quando chegar em casa, mas em paz. Em silêncio, só comigo e meu Macallan 25.

— Senhor Holt — diz a anfitriã, com um sorriso caloroso. — Sua mesa está pronta.

— Obrigado.

Eu a sigo pelo restaurante ao ar livre, onde uma tenda branca decorada com luzes cintilantes e flores pairam sobre um amplo pátio. Então essa é a parte romântica. Apenas me mostre o peru. Não preciso de romance. Deixo de lado a imagem de Neevah, seu sorriso igualmente doce e sedutor. Tenho muita merda para fazer. A última coisa que preciso pensar é na atriz estrelando o maior filme da minha carreira. Eu não vou estragar tudo. A única coisa que atrapalha um filme mais rápido que o ego são os sentimentos e o sexo, e suspeito que, com Neevah, você não consegue um sem o outro.

Isso eu não posso tolerar.

A anfitriã passa cuidadosamente pelas mesas e desce um lance íngreme de degraus de pedra. Olho para trás e para cima, para os outros clientes. Para onde diabos ela está me levando? Eles reúnem os que vêm sozinhos? Afastam dos casais e das famílias reunidos em torno das suas refeições festivas de cinco pratos?

Tudo bem por mim. Ninguém quer ver aquilo de qualquer maneira.

Chegamos a uma clareira com dois gazebos. Um riacho borbulha perto e ao longe ouve-se o barulho de uma cachoeira.

— Hm, isso é meu? — pergunto, com ceticismo. — Eu não pedi...

— Sua amiga Jill achou que você gostaria de privacidade — responde a anfitriã, com sorriso e tom conciliatórios. — Você prefere...

— Ah. Não, está bem. Eu só queria ter certeza de que não era... está bem.

— Por aqui, então. — Apontando para o gazebo que abriga uma mesa elegantemente posta, ela me deixa sozinho com meu cardápio e o som de água corrente. Lentamente, a tensão que esteve agrupada em meus ombros e costas durante o último mês diminui. Acomodo-me no assento acolchoado e deixo a tensão desaparecer... deixo o riacho borbulhante abafar as vozes na minha cabeça, lembrando-me de todo o trabalho que me espera. Jill estava certa. Isso era exatamente o que eu precisava.

Vou beijá-la na segunda-feira, quando voltarmos ao trabalho.

— Por aqui, senhorita Saint — convida a anfitriã.

Minha cabeça gira em direção à voz dela. Neevah desce cuidadosamente os degraus até a clareira, em direção ao gazebo vizinho.

Vou matar Jill e não posso esperar até segunda-feira.

— Canon? — Neevah estaca, o choque genuíno em seu rosto me convence de que ela não tem nada a ver com isso. A culpa é apenas da minha diretora de fotografia casamenteira. — O que você está...

Além de parecer em estado de choque, ela está linda. O tipo de beleza que as pessoas fazem tudo ao alcance para conseguir, mas não conseguem. Vem de dentro. O rico tom acobreado de sua pele brilha à luz do sol minguante. Ela prendeu sua nuvem de cachos texturizados em um penteado, uma flor enorme atrás da orelha. Um vestido verde-esmeralda abraça a maturidade tonificada de seu corpo, prestando atenção especial aos seios fartos e empinados e à gloriosa bunda. Ela perdeu peso desde o início do filme. Lúcia exigiu para a coreografia. Linh prefere isso para o figurino, e o estúdio gosta porque eles sempre acham que quanto mais magro, melhor, mas eu secretamente esperava que ela não perdesse essa bunda.

E, obrigado, Deus. Ela não perdeu.

Neevah olha por cima do ombro, subindo os degraus, obviamente tão perplexa quanto eu, mas não tão hábil em esconder.

— Deve haver algum erro.

— Não. — A anfitriã franze a testa e acena para o gazebo ao lado do meu. — Aqui está a sua mesa. Se não for do seu agrado, posso organizar algumas coisas. Colocar você em uma das tendas?

Neevah e eu nos encaramos, um luxo que não permito com frequência. Ela engole em seco no silêncio prolongado, desviando os olhos dos meus e acenando com a cabeça.

— Acho que seria melhor — diz à anfitriã. — Não quero me impor. Esta é uma coincidência maluca, Canon. Desculpe. Tenho certeza de que você queria ficar sozinho e a última pessoa que você quer ver é...

Ela está divagando. É fofo.

— Bem, sinto muito — termina, apressada, virando-se para subir os degraus. — Feliz Dia de Ação de Graças.

— Fique.

Essa maldita palavra será a minha ruína. Eu disse isso na varanda da festa de Halloween e mal consegui me concentrar por uma semana depois da nossa conversa.

Ela faz uma pausa, um pé calçado com o salto alto no degrau de pedra, o outro no chão, e olha para mim. A mulher realmente é de tirar o fôlego. Meio que é algo que fica te cercando sorrateiramente. A princípio, você acha que ela é apenas bonita, mas, de perto, a meia-noite se esconde em seus olhos castanhos aveludados e alguém achou que não havia problema em salpicar algumas sardas no rico caramelo de sua pele.

Isso não é bom.

Essas sardas representam uma ameaça à minha sanidade e me dão vontade de lambê-las, descobrir se têm gosto de canela. Descobrir de uma vez por todas qual é o gosto *dela*.

— Tem certeza? — pergunta, sua expressão tão incerta quanto suas palavras.

— Sim. — Dou de ombros, como se esse não fosse exatamente o tipo de situação que evitei com ela. — Por que não?

A anfitriã a leva até o mirante vizinho.

— Olha, isso é ridículo — prossigo. — O quê? Vamos nos sentar a um metro e meio de distância e comer separadamente?

Estou entrando direto nos esquemas de Jill, mas até eu sei que isso seria uma loucura.

— Canon, eu não quero...

— É um jantar. Dura uma hora. Tenho o resto da noite, caramba, o resto da semana para ficar sozinho. — Aceno para o assento vazio à minha frente. — Junte-se a mim se quiser.

A anfitriã sorri como se esta fosse a melhor ideia que ela já ouviu, e aposto que ela escreveu aquela maldita placa lá fora. Restaurante mais romântico, meu cu. Depois de uma breve hesitação, Neevah dá alguns passos até meu gazebo e se acomoda no assento à minha frente, com uma expressão de desconforto no rosto, apesar das minhas garantias. A recepcionista diz que nos dará alguns minutos para examinar os cardápios.

E então ela nos deixa sozinhos.

CAPÍTULO 28

Neevah

— É a sua primeira vez? — pergunto, no silêncio que a anfitriã deixa para trás.

Isso é tão estranho quanto um reencontro de Real Housewives.

— Eu só quis dizer... — Minha risada tilinta nervosamente como a de uma garota de 15 anos em seu primeiro encontro. — Você já esteve neste restaurante antes?

Isto não é um encontro. Canon Holt não é o seu encontro de Ação de Graças. Você não irá cobiçá-lo... não mais.

— Não. — Ele estuda seu cardápio, com as sobrancelhas franzidas em séria concentração. — Jill sugeriu este lugar e reservou minha mesa.

— Ela reservou a minha também. Que gentileza da parte dela.

O olhar que ele lança para mim por cima do menu diz que ele não concorda.

— Ela precisa cuidar da maldita vida dela. Intrometida.

— Intrometida? Eu não entendi. Ela...

Ela reservou mesas para nós dois no restaurante autoproclamado o mais romântico da cidade.

— Ah. — *Merda.* — Você não acha que ela... que ela pensou que nós...

— Ah, sim. Acho que ela pensou que *nós*.

Meu rosto pega fogo, a vergonha preenche cada centímetro do meu estômago vazio.

— Canon, eu... Eu não tive nada a ver com isso. Prometo que não tinha noção.

— Sei disso. Para uma atriz, você não é muito boa em fingir.

— Devo me sentir insultada por isso? — pergunto e sorrio, apesar da situação embaraçosa.

Entrelaçados   159

— Não. Alguns atores não sabem quando parar de fingir. Você sabe. Você é tão clara quanto cristal e não dissimula bem.

— Quer dizer que todos podem ler minhas emoções facilmente?

— Eu não sei dos outros. — Ele sustenta meu olhar sobre o cardápio. — Eu posso.

Isso me deixa muito desconfortável, porque minhas emoções estão em constante turbulência em torno desse homem e, neste momento, em uma escala de profundo respeito aos hormônios em fúria, estou com 12 anos. Pensar que sou transparente para ele, que ele pode *ver*...

— Eu deveria ir. — Levanto-me e jogo o guardanapo de linho sobre a mesa.

— Sente-se. — O comando áspero em sua voz provoca um arrepio na minha coluna.

— Acho melhor não. Eu realmente deveria...

— E para onde você irá? O que vai comer no jantar de Ação de Graças?

— Hum, um hambúrguer?

Sua risada baixa, acompanhada pelo mais raro dos fenômenos, um sorriso completo de Canon Holt, me pega onde estou, presa entre ir e vir.

— Neevah, sente-se. É uma refeição. Nós sobreviveremos.

Verifico sua expressão para ver se ele está falando sério, mas, ao contrário de mim, Canon é um vidro opaco fosco por seu controle de ferro. Então, vou acreditar na palavra dele.

Eu me sento e pego meu cardápio.

— Então, o que parece bom? — pergunto.

Além de você, porque caraaaaambaaa!

Neevah, é por isso que não podemos ter coisas boas. Se você vai ficar, tem que parar com esse diálogo interno de babação.

— Você percebe que move os lábios quando fala sozinha? — pergunta.

Abaixo o menu, com os olhos arregalados.

— Você pode me ouvir?

— Posso ouvir o que você está pensando? Não, nem eu sou tão bom. Não sou o Dr. Dolittle.

— Eu sei... Você consegue entender o que estou dizendo quando meus lábios se movem?

— Não, você apenas diz isso literalmente para si mesma. Eu notei pela primeira vez no set. Você esquece uma fala ou dá um passo errado e depois sai com os lábios se movendo. Falando sozinha.

Eu gemo e levanto o menu alto o suficiente para cobrir meu rosto. Com um dedo, ele empurra lentamente para baixo até que sou forçada a encará-lo novamente.

— Não fique constrangida — pede, com um meio-sorriso brincando em seus lábios. — Funciona para você. O que quer que você tenha errado, sempre acerta depois de falar consigo mesma.

— Você é como os olhos no céu lá na ilha de vídeo com todas as suas telas e centro de controle. Sempre dirige de lá? Ou já saiu?

— Depende. Com um filme como este, especialmente os com grandes números de dança, preciso ver o que estamos capturando de todos os ângulos. Gosto das várias tomadas de câmera e de ver como fica, pois é assim que o público verá. Estarei lá quando filmarmos ao ar livre. Sou muito meticuloso em relação à luz para não estar.

— Filho de fotógrafa, hein?

— Definitivamente. Nunca tive aula de fotografia, mas toda a minha infância foi uma clínica. Todas as melhores coisas que sei sobre luz, detalhes e composição, minha mãe me ensinou. A mulher era obcecada com sua câmera. — Ele olha para cima com um sorriso irônico. — Quero dizer, ela deu ao filho o nome de uma.

Eu sorrio também, lembrando de Remy Holt de seu primeiro e mais pessoal documentário, criticando o sol, fazendo arte e desafiando seu corpo a detê-la.

— Ela era muito sábia e muito bonita — falo.

— Ela nunca perdeu nenhuma dessas coisas. — O sorriso de Canon morre em seus lábios. — Foi difícil para ela perder tanto controle do corpo. Fizeram muitos avanços com a esclerose múltipla agora. Eu gostaria que ela tivesse vivido o suficiente para tirar vantagem delas.

— E seu pai? Quero dizer, presumo que você não passa todos os feriados comendo no restaurante mais romântico de Los Angeles. Você tem alguma outra família?

— Minha mãe e meu pai se casaram porque ela estava grávida de mim, mas rapidamente perceberam que isso foi um erro. Em vez de passar metade da vida com um homem que não amava, ela pediu o divórcio. Na verdade, ela exigiu. Ele se mudou para a África do Sul em busca de algumas oportunidades de negócios. Casou-se novamente e começou uma nova família lá. Três crianças que mal conheço. — Ele dá de ombros. — Ele está bem. Não somos muito próximos, mas eu o vejo. Nós nos falamos. Mamãe costumava dizer que ela se livrou de uma, não porque ele fosse um homem mau, mas porque não era um grande homem.

— Ela era uma fera, não era?

— Ela era. Nunca conheci ninguém que vivesse tão livremente como ela. — Ele brinca com os talheres embrulhados no guardanapo. — Ela teve amantes e nunca tentou esconder isso de mim. Quando precisávamos de dinheiro, ela não fingia que estava tudo bem. Mesmo quando os tempos eram difíceis, não aceitava trabalhos fotográficos dos quais não gostava ou nos quais não acreditava, pelo menos um pouco. Dizia para não usar seu dom para merdas que odeia para sobreviver. Trabalhe em um supermercado, abasteça, recolha o lixo para sobreviver antes de corromper sua arte.

— Então ela não teria aprovado você dirigir *Grind Up On Me, Girl?* — provoco.

— Provavelmente não. — Sua risada vem rápida e some com a mesma rapidez. — A integridade artística era tudo para ela.

— Uau. Então isso foi o necessário para fazer um homem como você. — As palavras simplesmente escapam e eu imediatamente quero retraí-las. Eu pareço uma fã fanática. Não estou impressionada. Eu o admiro. Respeito-o.

Okay. Eu o desejo um pouco.

Ele não sorri nem tenta brincar com minhas palavras no silêncio que se prolonga entre nós, mas mantém meu olhar com uma intensidade que faz meus dedos dos pés formigarem. E, por mais que eu desejasse poder retirar as palavras, aquelas que dizem muito a ele, também não desvio o olhar. Se sou de cristal, deixe-o ver. Outro dia descobrirei como me esconder.

— Sabemos o que queremos? — a garçonete pergunta.

Fico tão assustada com a intrusão dela que esbarro na água, mas a pego antes que derrame.

Canon escolhe o jantar com peru e, lembrando-me da sugestão de Jill sobre o peixe, peço crepes de salmão.

Ele pede algo seco e branco para beber. Eu fico com a água.

— Nunca vi você beber — comenta, tomando o seu. — Álcool, quero dizer.

— Bebo champanhe ocasionalmente, mas sou bastante rígida com o que como e eliminei o álcool na maior parte do tempo. Tenho um problema de pele e cabelo que preciso tratar com muito cuidado.

— Ah, nada sério, espero — diz ele, com o cenho franzido.

Por que eu mencionei isso? É irrelevante, como eu sabia que seria.

Takira tem estado vigilante quanto ao uso de produtos naturais, monitorando meu couro cabeludo em busca de novas manchas. Fiz questão de me cobrir quando estou ao sol, evitar fumar, manter a dieta limpa e meditar para que meu estresse permaneça baixo. O mais baixo possível dadas as circunstâncias, pelo menos. Quanto aos exercícios, Lucia e sua coreografia são os melhores *personal trainers* que já tive.

— Isso não afetará o filme — garanto. — Está sob controle.

— Neevah, eu não estava pensando no filme. — Ele desvia seu olhar para o riacho logo além do nosso gazebo. — Estava pensando em você.

Um breve silêncio se acumula entre nós, aumentando como o ruído da água não muito longe, até que penso que está acima da minha cabeça e não consigo respirar.

— Então — diz ele, por fim, no silêncio tenso. — Você é a última pessoa que pensei que estaria sozinha no Dia de Ação de Graças.

— Por que diz isso?

— Qual é…. Está me dizendo que metade do elenco não te convidou para jantar?

— Acho que recebi alguns convites, mas… — Eu paro e rio de seu olhar astuto. — Okay. Sim. Muitos membros do elenco me convidaram quando souberam que eu estaria em Los Angeles.

— Você é uma daquelas pessoas sociais.

— E você não é?

Ele levanta uma sobrancelha que diz "o que você acha" antes de nós dois cairmos na risada leve.

— Eu precisava de um tempo sozinha — digo a ele. — É difícil de explicar, mas nunca fiz um filme antes, e começar com algo como *Dessi Blue*… ser a protagonista e ter pessoas constantemente precisando de algo, esperando algo. A pura demanda física… é muita. E estamos chegando em algumas das cenas mais difíceis. Ainda não sei todas as minhas falas para a próxima semana.

Lanço um olhar tímido, porque provavelmente não deveria confessar isso ao meu chefe.

— Não vou contar — brinca, rindo quando reviro os olhos. — Ei. Entendo. Eu também sou constantemente exigido. Alguém perguntou a Spielberg qual é a parte mais difícil de fazer um filme. Ele disse que é sair do carro. Assim que você chega no set, todo mundo precisa de alguma coisa.

— Bem, eu não tenho *esse* tipo de demanda, mas realmente precisava me concentrar e me preparar. Com Takira voltando para casa, foi uma oportunidade perfeita.

— E sua família? Como eles se sentiram por você ter perdido o Dia de Ação de Graças?

Uma risada amarga escapa antes que eu possa impedi-la.

— Não é a primeira vez, acredite.

— Você e sua família… não são próximas?

— Tivemos uma briga anos atrás, minha irmã e eu. Isso criou uma barreira entre mim e, bem, todo mundo. — Contorno a borda do meu prato com um dedo. — Desculpe. Você não quer ouvir isso e eu não quero te contar.

— Diga-me de qualquer maneira.

Canon não é um homem fácil de ler, mas nunca é falso, e a curiosidade e, sim, a preocupação em seus olhos, agora, são sinceras. Isso me induz a discutir algo que raramente contei a alguém.

— Fiquei noiva no último ano do ensino médio. — Balanço a cabeça, me perguntando o que aquela garota de 18 anos achava que sabia sobre o amor e eternidade. — Eu sei. Foi estúpido.

— Não, com a pessoa certa não seria. Jill e seu marido eram namorados no ensino médio.

— É mesmo?

— Sim. Eles foram para a faculdade, nunca se separaram e se casaram no primeiro ano. Vinte e cinco anos e três filhos depois, eles ainda estão juntos, então acho que depende da pessoa.

— Bem, ele não era a pessoa certa… pelo menos não para mim. Para a minha irmã? Aparentemente, eles eram a combinação perfeita.

— Espere. — Ele se inclina para frente, a surpresa cintilando em seus olhos escuros. — Ele te traiu com sua irmã?

— E minha irmã me traiu com ele. Eles poderiam ter escapado com a pulada de cerca se ela não tivesse engravidado.

— Droga, Neev. Parece até aquela novela de *As the World Turns* acontecendo com você.

— O que você sabe sobre *As the World Turns*? — pergunto, de leve, tanto para desviar o foco de mim por um segundo quanto para qualquer outra coisa.

— Assisti às minhas histórias no sindicato estudantil da faculdade. Melhor maneira de pegar garotas. Elas presumiam que eu era sensível.

KENNEDY RYAN

— Aposto que não durou muito.

— Não, não por muito tempo. — Ele ri com um encolher de ombros largos. — Fui muito claro sobre o que elas receberiam e o que não receberiam. Isso não mudou.

Os avisos de Lucia sussurram em meu ouvido.

A maneira mais rápida de ter seu coração esmagado é dormir com ele e esperar algo que ele nunca deu a uma garota antes.

Não dá para dizer que ele não te avisa.

— Mas estávamos discutindo a *sua* novela. Seu noivo engravidou sua irmã?

— Sim. E sabe a loucura? Entendo exatamente o que sua mãe quis dizer sobre se livrar de uma. Quase desisti da minha bolsa de estudos para o programa de teatro de Rutgers e fiquei em Clearview com ele, porque ele não queria ir embora e também não queria que eu fosse. Eu estava preparada para me contentar com qualquer vida que ele considerasse grande o suficiente para mim.

— Ele perdeu e nós ganhamos. Você foi feita para o palco, para o cinema, para atuar. Qualquer coisa que tirasse isso de você não poderia estar certo.

A anfitriã traz nossas comidas e bebidas e nós dois mergulhamos em nossas refeições, deixando meu drama familiar para trás, conversando sobre filme, política e música entre garfadas. Meu corpo se revira sempre que estou perto dele, com o coração acelerado e os joelhos fracos, mas, quando conversamos, é a melhor conversa. Há uma facilidade subjacente a um zumbido constante de desejo. Tentei me convencer de que era só eu, que ele também não sentia isso, que eu estava delirando, mas o calor em seus olhos, o relâmpago quando nossos dedos roçam acidentalmente a cesta de pão, me diz a verdade.

Acho que ele também me quer.

— Conversou com sua família hoje? — ele pergunta, quando estamos quase terminando nossas refeições.

— Com a minha mãe brevemente. É estranho em casa, porque eles têm um filho juntos. Eles se casaram. Têm toda essa vida, e eu não invejo nem um pouco. Eu teria ficado infeliz como esposa de Brandon, mas a dor não passa. Ele é igualmente responsável pelo que aconteceu, mas ela é minha *irmã*. Aquela traição só me atinge de um jeito diferente. A família da mãe dele mora na Virgínia e, às vezes, quando eles vão passar as férias lá, eu vou para casa.

Passo um garfo pelos restos do meu purê de batatas.

Entrelaçados

— Caso contrário, só causa tensão para todos, porque todos estão acostumados. Minha mãe, tias e primos... eles viram Brandon e Terry construir uma vida lá. Só quando volto é que todos se lembram de como tudo começou. Isso *me* faz sentir como o problema.

— Voce sente falta dela? Você e sua irmã eram próximas?

Penso em estar sentada no Teatro Palace ao lado de Terry, com lágrimas escorrendo pelo meu rosto enquanto a música de *Aida* percorre meu corpo. Contando para minha irmã durante todo o caminho para casa que eu havia descoberto o que era destinada a fazer. Lembro-me das manhãs de domingo na igreja, passando recadinhos e rindo por trás das mãos quando mamãe nos beliscava. Lembro-me de nós andando de patins pela nossa vizinhança, tranças e miçangas voando ao vento. Cantar *If You Love Me*, de Brownstone a plenos pulmões enquanto lavamos a louça depois do jantar, um batedor como nosso microfone.

Terry era minha melhor amiga.

— Sinto falta do que pensei que tínhamos — digo, finalmente, surpresa com as lágrimas que tenho que piscar para impedir. — Não poderíamos ter sido o que pensei que éramos para ela fazer isso comigo.

— Eles parecem felizes?

— Eu não os vejo muito, mas eles ainda estão juntos, então presumo que sim.

Quando a garçonete chega para retirar nossos pratos, ela nos entrega novos cardápios e pergunta se queremos sobremesa.

— Ah, não — digo a ela, sorrindo para Canon. — Devo ter sentido pelo menos um pouco de saudade de casa. Fiz a torta de maçã da minha mãe. Vou comer quando chegar em casa.

— Torta de maçã é minha favorita.

Essas palavras, por si só, são completamente inocentes, mas combinadas com as faíscas que disparam entre nós, é um desafio que não posso ignorar. E não vou.

— Você poderia... — vacilo, engolindo meu nervosismo e jogando a cautela pela janela. — Há bastante. Da torta, quero dizer. Você poderia... você poderia vir.

Enquanto o convite paira sobre nós, minha respiração fica presa na garganta. Meu pé bate silenciosamente embaixo da mesa e agarro meu vestido enquanto espero.

Posso imaginar as razões dele para manter as coisas platônicas entre nós.

Ele não precisa articulá-las. Não sou tão desligada, mas quero dizer a ele que não me importo. Não me importo com a dinâmica de poder. Não me importo se as pessoas descobrirem e pensarem que ele me deu o papel porque estamos dormindo juntos. Que diabos me importa se o elenco fala pelas nossas costas ou especula que ele está repetindo seu erro ao se envolver com outra atriz?

Se eu pudesse dizer tudo isso, eu diria, mas não acho que seja necessário. Derramo-o em meus olhos e deixo a antecipação fluir de cada parte de mim. Se ele puder me ler tão bem quanto afirma, saberá. Se eu for de cristal para ele, ele verá.

— Então, sobremesa? — a garçonete pergunta novamente.

— Não. — Ele devolve o cardápio para ela, mas não desvia o olhar de mim. — Vamos comer a sobremesa em casa.

Entrelaçados

CAPÍTULO 29

Canon

Pensei que tinha aprendido minha lição.

Prometi a mim mesmo e a Evan que não me envolveria com nenhuma das atrizes novamente. No entanto, aqui estou eu, na porta da casa alugada de Neevah, sob o pretexto de comer torta. A luz incide sobre ela na varanda enquanto ela pega as chaves da bolsa, iluminando todos os motivos pelos quais eu deveria segui-la para dentro. Quando abre a porta e entra, hesito, ficando na varanda. Esta é minha chance de parar com isso. Quais são as chances de *não* foder Neevah Saint se eu entrar?

Poucas ou nenhuma.

Não é apenas a soleira da casa dela que estou atravessando. É o limiar da loucura.

Ela se vira quando percebe que ainda estou do lado de fora, e vê-la faz comigo algo que costumava parecer estranho, mas me acostumei com o efeito. Ela me tira o fôlego. Não apenas a forma como suas feições são organizadas em beleza, ou as curvas finas e voluptuosas que endurecem meu pau. Quando ela olha para mim, sinto que me vê, e não tenho certeza se alguém realmente já viu antes.

Por que ela?

Minha curiosidade é tão forte quanto minha luxúria. Este é o limiar para o *porquê* — para as respostas. Para satisfazer a fome que a simples visão dela desperta em mim.

— Você mudou de ideia? — A decepção aparece em sua expressão. — Não vai demorar muito para esquentar e eu tenho sorvete.

Há algo no fato de a mulher mais fascinante que já conheci sentir que tem que colocar sorvete em cima de algo para me convencer, então algo destrói o que resta da minha resistência. É só torta, certo? Tenho força de vontade suficiente para comer a sobremesa e sair daqui sem que nada aconteça.

Não tenho?

Sou Canon Holt, conhecido por minha disciplina e autocontrole.

E, no entanto, quando ela se abaixa e coloca a torta no forno, pareço um adolescente excitado se esticando todo para dar uma conferida em sua bunda.

Ela se endireita e puxa o vestido abraçando seu corpo.

— Se importa se eu trocar de roupa? Só quero ficar confortável.

— Claro. — Acomodo-me no sofá e tento a única coisa que já funcionou na minha busca para resistir a Neevah: não olhar para ela.

— Quer café?

Olho para minhas mãos entrelaçadas nos joelhos.

— Não. Não vou conseguir dormir esta noite.

— Okay. Volto já.

Ela desaparece pelo corredor curto e arqueado, os saltos ressoando nas lajes. A casa de estilo espanhol onde o estúdio a está hospedando possui tetos altos e janelas panorâmicas enormes. Mesmo apagada, a lareira adormecida confere calor e aconchego ao ambiente. Presumo que os dois quartos, o dela e o de Takira, fiquem naquele corredor. Minha mente quer vagar por lá, até ela trocando de roupa, expondo sua pele centímetro por centímetro acetinado. Eu a vi quase nua. Filmamos uma cena de sexo entre Dessi e Tilda, mas foi tão calculada e coreografada quanto um dos números de dança de Lucia. Neevah usava uma meia e tudo estava planejado, todos os lugares que ela tocaria e seria tocada foram mapeados e ensaiados. Diante de dez pessoas, elas foram reposicionadas diversas vezes para conseguir as imagens que queríamos. Havia um treinador de intimidade no set. Foi uma coisa clínica.

Não seria assim conosco.

Correríamos com selvageria em meio ao fogo. Eu perderia a cabeça, com as mãos por toda parte e nossas roupas jogadas em cantos distantes. Eu a prenderia contra uma parede com meu corpo e imploraria que me mordesse, que ferisse a pele.

— Assim é melhor — diz Neevah, voltando para a sala vestindo uma camiseta que diz "Eca, David" e uma saia de algodão. Ela tem pernas de dançarina, os músculos graciosos e ondulantes sob a pele ricamente colorida. Seus pés estão descalços e as unhas pintadas de branco.

— *Schitt's Creek?* — pergunto, acenando para a camiseta dela, na esperança de me distrair de toda a merda desagradável que corre solta pelos meus pensamentos sobre as pernas dela enroladas na minha cintura ou eu lambendo o arco do seu pé.

Entrelaçados

169

— Sim, Takira e eu nos divertimos no meu trailer entre as cenas. — Ela entra na cozinha e abre o forno. — Há muito menos espera no teatro do que no cinema.

— Pura verdade. Como tem sido o ajuste?

— Diga-me você — pede, com um sorriso, por cima do ombro. — Você é o diretor.

Não me lembre.

— Acho que você vem fazendo um ótimo trabalho. — Eu sorrio e me recosto ainda mais nas almofadas macias. — Ou você já teria ouvido falar sobre isso.

— Ah, eu sei. Eu estava gesticulando demais no começo e encenando com gestos muito amplos, como se estivesse no palco, não para uma câmera.

— No primeiro dia — sorrio, demonstrando minha diversão —, você estava gritando com a câmera.

Ela me lança um olhar furioso e entra na sala com duas tigelas cheias de torta fumegante.

— Nunca esquecerei o bilhete de Kenneth. — Ela me entrega uma das tigelas e se senta na outra ponta do sofá. — Canon pediu para avisar que *estamos bem aqui.*

— Essa foi a última vez que você gritou comigo.

— Você acha? — Ela pega um pouco da sobremesa, espalhando o sorvete pela tigela com a colher. — Espero que esteja tão boa quanto a da minha mãe.

A primeira mordida quase entorta meus olhos.

— Isso é delicioso. Se a da sua mãe for melhor, talvez eu me case com ela.

— Pode ser que ela aceite.

Ouvi falar de sua irmã e de sua mãe, mas nada sobre seu pai.

— Então seu pai ainda está por aí?

— Não. — Seu sorriso murcha e ela baixa os olhos para a tigela em suas mãos. — Ele morreu. Ataque cardíaco.

— Sinto muito.

Ela levanta e abaixa um ombro, seus olhos sóbrios quando encontram os meus.

— Na verdade, isso nos aproximou… eu, minha mãe e Terry. É por isso que doeu tanto quando Terry… quando ela fez o que fez.

Ela se levanta abruptamente, com a tigela ainda quase cheia, e reprime a emoção que se avoluma em seus olhos.

KENNEDY RYAN

— Acho que não queria sobremesa tanto quanto pensei. Terminei.

— Ei. — Pego seu pulso suavemente e a puxo para ficar entre meus joelhos, olhando para cima, procurando em seu rosto alguma dor persistente. — Você está bem?

Ela assente, olhando para o braço onde aperto seu pulso frouxamente. Quando ela olha para trás, a mágoa e a tristeza já se foram. Deixaram para trás uma brasa fumegante, uma resposta à pergunta ardente que queima em mim. Eu deveria sair daqui agora. Consegui cumprir a promessa feita a mim mesmo. Estou à frente neste jogo e devo reduzir minhas perdas.

Mas eu faço isso?

Sou inteligente assim?

Sou tão forte a esse ponto?

De jeito nenhum.

Quando ela se aproxima, alinhando nossos rostos, não a puxo para mim nem a afasto. Nossos narizes se tocam e respirações ofegantes lutam entre nossos lábios. Estamos a centímetros do inevitável e ela é a única que pode nos impedir agora. O desejo obscurece os olhos castanho-claros e os cílios longos que perfuram os meus.

— Eu quero beijar você — sussurra em meus lábios. — Tudo bem?

Engulo em seco, lutando com meus próprios anseios. Se eu disser não, ela se afastará. Irá para a cozinha. Vou sair e voltar para minha casa vazia. Para minha cama vazia. Para uma vida que, além das histórias que conto, dos filmes que faço, também é bastante vazia.

— Não é a melhor ideia — respondo, minha voz baixa, rouca, quase irreconhecível.

Ela cuidadosamente sobe no sofá, passando por cima dos meus joelhos. A saia curta sobe ao abrir as coxas para abraçar as minhas.

— O que seria uma boa ideia? — pergunta, tão perto agora que seus lábios roçam as palavras na minha boca.

Respiro fundo, roçando meu peito nas curvas generosas de seus seios, o contato arrancando meus pensamentos do cérebro por um segundo.

— Eu sou seu chefe, Neevah.

— O que isso tem a ver? — Ela se afasta, preocupada, franzindo as sobrancelhas grossas e elegantes. — Acha que vou dizer que você me obrigou a fazer isso? Eu nunca faria isso, Canon. Se você acha que isso é algum tipo de armadilha…

Ela começa a se afastar, mas não posso deixá-la fazer isso. Não quero que ela faça isso. Cada centímetro que nos separa é insuportável. Eu a mantenho no lugar e a puxo para perto novamente, minhas mãos espalmando a linha estreita e fina de suas costas, rolando das omoplatas, passando pela delicada estrutura de suas costelas, até o recuo acentuado da cintura ao quadril.

— Sonhei com você me tocando — prossegue, seu hálito perfumado com maçãs, especiarias e desejo. — Não pare.

— Neevah…

— Não. Pare. — Ela coloca as tigelas no sofá à nossa esquerda e à direita, liberando as mãos para estendê-las e acariciar minha nuca, passando os dedos pelas ondas grossas de cabelo que deixei crescer enquanto filmávamos. — Eu quero tocar em você também.

Ela roça as crescentes unhas em minhas orelhas. Estremeço e ela faz uma pausa, sorrindo e repetindo a simples carícia. Seus dedos vagam até meu queixo, raspando o início da minha barba eriçada.

— Você é tão lindo — declara, inclinando-se para esfregar sua bochecha na minha.

— Eu não sou. — Mantenho as mãos em sua cintura porque, se eu tocar sua bunda, acabou. Meu pau já está incrivelmente rígido, pressionando o vale quente entre suas pernas, onde ela monta em mim.

— Sabe que a princípio eu também não pensei assim. — Ela se afasta, o calor em seus olhos é temperado com uma ternura perigosa. — Mas então eu vi você sorrir e nunca mais consegui pensar em você como algo além de bonito.

E apesar de eu querer mais, há uma parte de mim que aprecia exatamente isso. A ávida descoberta dos primeiros toques e quase beijos. Nunca mais teremos isso pela primeira vez, e já tive coisas suficientes que não eram especiais para saborear isso que é.

— E assim que vi você no palco…

— Você viu sua Dessi? — Ela abaixa os cílios e brinca com os botões da minha camisa.

— Eu vi uma estrela, sim, mas também a artista mais generosa que já encontrei. Você deu tudo ao público e eu me perguntei: isso é real? Ela não esconde nada?

— Você quer saber? — Ela se aproxima um centímetro, a saia subindo mais alto e revelando a borda da calcinha preta. — Se eu te daria tudo?

Ela desliza a ponta de um dedo sobre meu lábio e eu cerro os dentes, agarrando os últimos resquícios de controle com as palmas escorregadias.

Sua carícia curiosa se move para meu lábio inferior, roçando para frente e para trás até que, ofegante, minha boca se abre. Sem perder tempo, ela agarra meu queixo, inclinando-se, lambendo-me, procurando, encontrando minha língua e colocando-a em sua boca, sugando gentilmente, suavemente. Meu controle estala como cordas segurando uma fera e libera minhas mãos. Agarro sua bunda redonda, incitando-a ainda mais fundo em mim, até que o lugar onde estou mais duro toque o lugar onde ela é mais macia, vulnerável e molhada.

Gemo durante o beijo, empurrando para cima, incitando seus quadris em uma onda profunda sobre mim. Construímos um ritmo contínuo que colide com nossos corpos continuamente, acendendo o fogo. Minhas mãos deslizam sob a camiseta e encontro sua pele aveludada e elegante esticada sobre as costas. Hesito no fecho do sutiã, não tendo certeza se deveria. Nunca rompendo o contato do nosso beijo, ela estende a mão e desfaz o fecho sozinha. O peso liberado de seus seios se espalha contra meu peito, e eu empurro minha língua mais fundo em sua boca, tão profundamente que sua respiração fica presa como se fosse demais. Como se eu pudesse ser demais, e quero isso porque ela é demais para eu absorver tudo de uma vez. A vastidão do seu espírito e a urgência da sua paixão. Provo, esta noite, nos recantos doces de sua boca, a sobremesa e a ousadia.

Ela interrompe nosso beijo para puxar a camisa por sobre a cabeça e soltar os braços das alças do sutiã. Minha boca enche de água ao ver os mamilos escuros no topo de seus seios como joias da coroa.

— Toque-me. — Há uma súplica em sua voz que não consigo resistir. Passo meu polegar sobre ela, observando seu seio empinar e enrugar. Ela respira fundo. — Prove.

Eu vou.

Meus lábios se abrem, prontos para aceitar o convite íntimo.

Meu telefone toca, quebrando o silêncio.

Seus olhos se arregalam e encontram os meus. Eu ignoraria a ligação, mas é o toque de Evan.

Merda.

Pior *timing* de todos os tempos.

Ele não apenas arruinou minha vibe, mas também me lembrou de todos os motivos pelos quais isso não deveria acontecer... ainda.

— Eu preciso atender. É Evan.

— Ah. — Ela assente, agarrando a camiseta e cobrindo sua nudez. — Tudo bem.

Entrelaçados

Ela se afasta de mim, olhando para meu pau estufando a calça jeans. Neevah lambe os lábios e tudo que posso imaginar é aquela boca inchada de beijos enrolada em meu pau, e Evan pode ir para o inferno. Sem pensar, apalpo seu quadril e a puxo de volta para mim.

O toque vem novamente.

Droga, Evan.

Tiro o telefone do bolso e saio do sofá. Ela fica ali parada por um momento, como se esperasse que eu mudasse de ideia. Se eu não me afastar, vou mudar de ideia, então vou até a lareira e viro as costas para ela, apoiando os cotovelos na parte de cima.

— E aí? — pergunto a Evan.

— Hm, feliz Dia de Ação de Graças para você também. Ainda quer vir? Beber e sonhar um pouco? Meu pai me deu esses charutos cubanos hoje no jantar. Meu irmão… Tenho um com o seu nome. Você está a caminho?

Atrás de mim, colheres fazem barulho nas tigelas enquanto Neevah vai até a cozinha, lava os pratos e os coloca na máquina de lavar louça. Olho por cima do ombro e vejo que ela se virou, as mãos segurando a borda da pia, os ombros magros subindo e descendo com respirações profundas. Ela parece tão perturbada quanto eu, mas é mais jovem, não apenas em anos, em experiência. Este é o primeiro filme dela e ela se relaciona com o diretor? Não é inteligente. Poderia ser um erro repetido para mim, sim, mas um erro que eu poderia facilmente superar. Há coisas que as pessoas relevam de mim porque sou homem, porque tenho poder, ela não. Porque conto histórias que rendem dinheiro às pessoas. Ela ainda não tem esse histórico. Ela não tem ideia de que poderíamos nos destruir. Que além desta porta e deste sentimento, a sua carreira, toda a sua vida, poderia ser comprometida pelo que fizéssemos esta noite.

Mas eu sei e não vou deixá-la arriscar.

— Sim, estou indo — digo a Evan, tirando as chaves do carro do bolso.

— Beleza. Ao lado da piscina. Vou acender a fogueira e você pode me contar tudo sobre seu solitário jantar de peru.

— Combinado. — Solto uma breve risada e desligo.

Neevah se vira, encostada na pia, sem sutiã, os mamilos ainda duros, redondos e despontando através da camiseta fina de algodão.

— Você está indo?

Ando lentamente até a cozinha, dando-me tempo para superar as violentas objeções do meu pau. Quando chego à porta em arco, paro. Se eu tocá-la, isso vai explodir novamente, e eu a inclinarei sobre a pia, empurrando a saia para cima e a calcinha para o lado. Não quero que nossa primeira vez seja assim.

E eu tomo uma decisão. *Haverá* uma primeira vez para nós, mas não esta noite.

— Sim, eu vou — digo a ela, minha voz ainda arranhada e áspera.

— Fiz algo de errado? — Ela olha para baixo e retorce os dedos na cintura. — Estou envergonhada. Não queria fazer você se sentir...

— Você não me fez sentir nada que eu já não estivesse sentindo. — Sigo até ela, arriscando tudo para tranquilizá-la. Levanto seu queixo e a faço olhar nos meus olhos. — Não era nada que eu já não quisesse. Eu ainda quero.

— Então não vá. — Ela estende a mão, envolvendo meu antebraço. — Podemos...

— Isso é perigoso, Neevah, para mim, sim, mas ainda mais para você. Devíamos esperar.

— Mas eu não... — Ela arrisca um olhar para mim. — Esperar? Por quanto tempo?

— Até o filme terminar.

Seguro a curva suave de sua bochecha e queixo, procurando em seus olhos por cautela ou hesitação. Não há nada. Essa abertura que me atrai para ela está em plena exibição, seu desejo desmascarado.

— Este é o seu primeiro filme. Você quer que todos pensem que você conseguiu o papel porque estava dormindo com o diretor?

— Eu não me importo com o que as pessoas pensam.

— Você irá. Estou neste negócio há muito tempo. É cruel. Os rumores, o escândalo. Muitas pessoas verdadeiramente talentosas arruinaram suas carreiras com decisões pessoais erradas.

— Você não é uma decisão errada, Canon.

— Talvez não, mas sou uma decisão que você deveria esperar para tomar. — Eu me inclino para beijá-la, dando permissão às minhas mãos para deslizarem pelos seus braços, pelas costelas e até a cintura. Ela fica na ponta dos pés, engolindo nosso beijo, seus lábios macios, quentes e ansiosos. A doçura de Neevah esconde uma espécie de paixão devoradora. Quando isso acontecer, ela vai me queimar do avesso e mal posso esperar.

Mas eu vou.

Com meus lábios ainda agarrados aos dela, me forço a recuar. Não arriscando mais uma palavra ou permitindo mais um toque, vou embora.

Entrelaçados

CAPÍTULO 30

Neevah

— Quase três centímetros. — Linh Brody-Stone ergue os olhos de onde está agachada no chão e puxa a fita métrica da minha cintura. — Vou ter que levar o figurino.

Solto um suspiro longo e cansado.

— Desculpe. Prometo que estou comendo direito.

— Sim, mas você também está fazendo *lindy hop* e todas as outras danças que Lucia consegue pensar por horas todos os dias. Seu corpo está queimando calorias mais rápido do que você consegue consumi-las.

— Estamos fazendo todas as sequências de dança de uma vez. Com tantos dançarinos, a produção quer tirar suas partes do caminho para que possamos liberá-los. Meio que juntando as coisas. Tipo, todas as minhas músicas vão ficar por último porque, na maior parte, exigem apenas a mim e alguns músicos.

— Explica por que não tenho visto Monk tanto no set ultimamente — comenta.

Ou Canon.

Já se passaram três semanas desde o Dia de Ação de Graças e, se não fosse pelas minhas lembranças reais daquela noite, eu poderia questionar se isso aconteceu. Ele me ignora e não mencionou o beijo ou a nossa conversa — o quanto queríamos um ao outro naquela noite — e isso está me deixando louca.

Linh vai até uma arara de roupas e vasculha os figurinos que usamos para criar a personagem de Dessi, que vão do deliberadamente monótono ao deslumbrante. Uma produção dessa magnitude exige uma equipe de figurinistas, liderada por Linh. Algumas das peças que ela mesma desenha e outras que foram buscar. Tudo está guardado aqui, os sapatos arrumados nas prateleiras, as roupas penduradas em cabides, os acessórios guardados em caixas transparentes e cubículos. Tábuas de passar roupa, ferros, máquinas de costura e vaporizadores preenchem o espaço compacto, dominado por Linh.

Ela se vira para sorrir para mim, suas feições felinas iluminadas com rara excitação. Ela é um barco tão firme, sem nunca se abalar ou balançar, que ver seu sorriso me faz sorrir apesar do cansaço.

— Quer ver algo incrível? — pergunta.

— Claro! — Injeto entusiasmo em minha voz, apesar das dores nos músculos e nas articulações.

O serviço de carro me deixou no set às cinco da manhã para fazer cabelo e maquiagem. Estávamos filmando o dia todo. Eu poderia cair aqui mesmo.

Linh desaparece em um dos vestiários e emerge, desenrolando um manequim coberto.

— Contemple! — pede, levantando cuidadosamente a capa para revelar um dos vestidos mais lindos que já vi. É um vestido de noite vintage que vai até o chão, iridescente como uma pérola, coberto de lantejoulas e com alças finas.

— É inspirado em um que Josephine Baker usou em um de seus shows em Paris — explica Linh. — Achei que seria perfeito para as cenas da turnê de Dessi e Cal pela Europa.

— Isso é… Linh, é lindo. Onde você encontrou isso?

— Encontrei? — Ela ri, ajustando o corpete do vestido. — Eu o fiz.

— Você fez? Mas que… — Eu sabia que Linh era talentosa, mas isso é nível de alta costura. O estilista mais procurado orgulhosamente enviaria um vestido como este em sua passarela. Se alguém alguma vez pensou que Linh conseguiu este projeto porque é casada com Law Stone, este vestido e todo o trabalho extraordinário que ela fez deveriam desiludi-los dessa noção.

Além de ser linda de parar o trânsito, ela tem sido muito gentil. A preocupação dela com a minha perda de peso vai além do trabalho que isso lhe causa. É pessoal. Ela passou um tempo comigo e com Takira no trailer algumas vezes quando estava no set. Depois que suas barreiras se abaixam, ela se torna engraçada e autêntica.

Encontrei Law Stone algumas vezes quando "os engravatados" apareceram no set, e não tenho certeza se ele merece essa mulher. Há algo nele. Quando fala, suas palavras são escorregadias e suaves em sua boca, como dados viciados.

Entrelaçados

— Vou ter que levar este daqui a pouco também — diz ela, praticamente acariciando o vestido brilhante. — No ritmo em que você está perdendo peso, acho que vou esperar e alterar após o Natal. Só filmaremos essas cenas mais tarde.

— Certo. — Olho para o meu relógio. — Droga! Livvie queria bater as falas antes da próxima cena.

Linh me empurra em direção à porta, já abrindo gavetas e cubículos de acessórios.

— Vai! Mas volte antes de começar a filmar. Um dos estagiários precisa verificar a continuidade do seu figurino e ter certeza de que não mudamos nada desde que iniciamos esta seção.

— Pode deixar. — Corro da sala de figurino, atravesso o set e saio para a fileira de trailers. O de Olivia Ware, que interpreta Tilda, é apenas um pouco depois do meu. Bato na porta e espero ela me convidar para entrar.

— Desculpe o atraso — digo, subindo os pequenos degraus. — Eu estava...

As palavras secam na minha boca quando vejo Canon sentado no sofá ao lado de Livvie. Ambos olham para cima do roteiro entre eles.

— Eu estava no figurino — termino. — Desculpa por interromper. Achei que você queria bater as falas antes...

— Sim — responde Livvie. — Eu precisava que Canon ajudasse sua garota a entrar em contato com a próxima cena. É difícil, mas acho que agora consegui.

— Você entendeu. Não se preocupe. — Canon está de pé, com a cabeça a apenas alguns centímetros do teto no trailer compacto. — Avise-me se precisar de mais alguma coisa. Preciso me reunir com Jill antes da próxima sequência.

Ele não olha para mim, não fala diretamente comigo, mas passa e sai pela porta. Reprimo um suspiro frustrado. Nós temos que esperar. Eu entendo, mas tem que ser assim?

— Ei, Liv. — Eu pressiono as palmas das mãos em uma pose levemente suplicante. — Também quero perguntar algo a Canon sobre a próxima cena. Você se importa se eu for atrás dele?

— Não, pergunte enquanto pode. — Ela desamarra o roupão para revelar um dos vestidos diurnos de Tilda. — Todo mundo sempre quer um pedaço dele.

— Certo — eu digo, sorrindo rigidamente. — Volto logo.

Abro a porta e desço as escadas bem a tempo de ver Canon voltando para o set. Milagrosamente, não há uma dúzia de pessoas aglomeradas em torno dos trailers.

— Canon — chamo, correndo para alcançá-lo.

Ele se vira para mim, parecendo muito bem em seu moletom cinza da USC Film School e jeans escuro. Aquela barba está ficando mais espessa. Como seria se ele me beijasse agora?

Ele puxa os fones de ouvido que estão sempre pendurados em seu pescoço, com os olhos cautelosos quando me aproximo.

— Neevah, ei. Você precisa de algo?

— Sim. Eu, hum… — Brinco com o cinto do roupão atoalhado amarrado sobre meu figurino, fixando os olhos na calçada falsa da equipe de produção. — Eu só queria saber se imaginei o Dia de Ação de Graças.

Mantenho a voz baixa, mas ele ainda olha para a esquerda e para a direita, sem dúvida verificando se alguém está por perto para ouvir. Agarrando minha mão, ele me puxa para um dos becos de Nova Iorque que construíram para o set, um canal estreito entre as laterais de dois prédios falsos. Ele se encosta em uma e eu fico de frente para ele, encostada na outra.

— Não, você não imaginou — ele finalmente diz, com as mãos enfiadas nos bolsos. — Simplesmente não podemos repetir.

— Nunca?

— O que eu te disse? — Seu sorriso é um segredo que queima lentamente. — Ainda não.

— Você acha que está sendo discreto ao me evitar, mas acho que chama a atenção que você passe seu *feedback* diretamente a todos, exceto a mim. Todos os meus vêm de Kenneth.

— Não me importo se as pessoas especulam sobre isso. Essa não é a única razão pela qual não quero muito contato com você.

Essas palavras doem. Mesmo sabendo o que está por trás delas, ouvi-lo expressar o que eu suspeitei não é ótimo.

— Então, por quê? — pergunto, mantendo o queixo e os olhos nivelados. Estou determinada a não me emocionar, porque essa é a última coisa que ele quer e não sou assim. Nunca deixei que coisas pessoais atrapalhassem a performance, o trabalho, mas também nunca me senti desse jeito por alguém com quem trabalhei.

— É por mim — declara, sem desviar o olhar. — É para que eu possa me concentrar. Você me distrai.

Um enorme sorriso se espalha pelo meu rosto.

Entrelaçados

179

— Não. — Ele ri e estreita os olhos. — Nem vem.

— Eu sou uma distração, hein? — Dou os poucos passos que nos separam até que apenas um batimento cardíaco cabe entre nossos peitos. As paredes do beco se aproximam de nós e estou cercada pelo cheiro limpo e masculino dele.

O humor desaparece de sua expressão e ele entrelaça nossos dedos ao lado do corpo.

— Precisamos esperar.

A decepção perfura a luxúria e o desejo que inundam meus sentidos.

— Até terminarmos?

Ele se inclina para dar um beijo na minha testa, desliza os lábios para baixo para pegar os meus brevemente, a barba arranhando suavemente minha bochecha. Agarro seus cotovelos, não querendo que ele se afaste e volte a me ignorar. Logo além desse beco falso e das sombras profundas está o cenário, o elenco, a equipe e o mundo real. E isto... nós... ainda não estamos acontecendo lá. E só quero mais alguns segundos *neste* mundo onde estamos, mesmo que a única coisa real aqui sejamos nós.

— Você realmente precisava de ajuda para a próxima cena? — sussurra em meu ouvido, a palma larga descendo pelas minhas costas e descansando logo acima da curva da minha bunda.

— Sim. Nesta próxima cena, você pode me dizer... — Olho para cima, fingindo seriedade, através dos meus cílios. — Qual é a minha motivação?

Ele abre aquele sorriso muito raro, branco e lupino, confiante, beirando a arrogância.

— Você vai ficar bem. — Ele aperta meu quadril. — Essa é minha garota.

E, enquanto eu ainda estou saboreando isso, ele se vira e vai embora.

CAPÍTULO 31

Dessi Blue

INTERIOR - APARTAMENTO DE TILDA & DESSI - DIA
Dessi corre pelo quarto, jogando as roupas em uma mala aberta em cima da cama. Ela pega um par de meias secando no aquecedor, verifica se há furos ao esticá-las nos braços e nos dedos e as dobra cuidadosamente na mala também. Abre algumas gavetas, examinando as bolsas.

                    DESSI
          Onde está meu passaporte?

Continua procurando pelo apartamento, ficando cada vez mais em pânico quando não consegue encontrá-lo.

                    DESSI
          Tilda, você viu meu passaporte?

Dessi vai até a escada de incêndio, onde Tilda apoia os cotovelos no corrimão e sopra a fumaça de um cigarro.

                    DESSI
          Meu passaporte! Você viu? Cal estará
          aqui para me buscar em breve. Eu poderia
          jurar que tinha achado.

                    TILDA
          Ainda não entendo por que você precisa

ir para a Europa. A banda está ganhando muito dinheiro tocando em clubes como
o Café Society. Mas não! Isso não é bom
o suficiente para o poderoso Cal. Ele tem
que ir para o exterior e provar alguma
coisa.

DESSI
É uma grande oportunidade, Til. Estamos ganhando um bom dinheiro, sim, mas
em Paris, Londres, Roma... podemos ganhar
um ótimo dinheiro. Mais para mandar para
mamãe. Mais para você e para mim.

Dessi agarra o cigarro de Tilda e dá uma longa tra-
gada.

DESSI
Além disso, quero ver o mundo.

Tilda pega seu cigarro de volta, apagando-o no corrimão com movimentos bruscos.

TILDA
Pensei que eu era o seu mundo.

DESSI (ACARICIANDO O ROSTO DE
TILDA)
Ah, amor. Você é. Enviarei o dinheiro
de volta tão rápido que você não precisará mais trabalhar no Savoy. Estou fazendo
isso por nós.

TILDA
Diga a si mesma essa mentira. Você é
quem quer ser uma estrela. Isto é por
você, Dessi Johnson. Ou devo dizer Dessi
Blue, já que é assim que Cal está te chamando agora?

                    DESSI
        E se eu quiser ser uma estrela, o que
    há de errado nisso?

                    TILDA
        Você está atirando muito alto, só isso.
    Não quero te ver cair.

                    DESSI
        Você poderia torcer para eu voar. Pode-
    ria fazer isso só porque me ama?

Tilda concorda com relutância.

                    DESSI
        E você vai esperar por mim? Porque vou
    esperar por você.

                    TILDA
        Sim, só não demore muito. Você sabe que
    odeio esperar frango frito quente, muito
    menos pela sua bunda magra.

Elas riem e se abraçam. Cal chama da rua abaixo,
acenando na frente de um carro estacionado.

                    CAL
        Pronta para conquistar o mundo, Dessi
    Blue?

Tilda revira os olhos e Dessi ri.

                    DESSI
        Sim, só preciso encontrar meu passapor-
    te antes…

Ela se afasta quando Tilda tira o passaporte do bolso do vestido e o oferece a contragosto.

Entrelaçados   183

                    DESSI
        Eu sei que você não quer que eu vá.

              TILDA (LÁGRIMAS NOS OLHOS)
        Não será a mesma coisa se você for em-
        bora, Dessi. Eu sinto. Nunca mais.

                    DESSI
        Será melhor do que nunca. Eu sei que
        sim.

                    TILDA
        Você não tem bola de cristal, Bama.

Cal buzina lá de baixo.

                    CAL
        Eu vou subir e ajudar com suas malas.

Dessi volta para o apartamento pela escada de incêndio e fecha a mala, pega a bolsa e enfia o passaporte lá dentro.

                    DESSI
        Tenho que ir. Tilda, você vem se despe-
        dir de mim?

Tilda caminha até a janela, mas não passa.

              TILDA (COM UM SORRISO TRISTE)
        Isto é o mais longe que eu vou.

Dessi caminha até a janela e beija Tilda apaixonadamente, sem se importar com quem vê. Com um choramingo abafado, ela pega a mala, abre a porta do
apartamento e sai com Cal.

CAPÍTULO 32

Canon

— Você não é disso.

Olho para Monk, sentado ao lado da mesa do buffet, sem ter certeza se quero saber do que ele está falando.

Não quero.

Sem responder, coloco uma fatia de salmão defumado no prato.

— Você odeia peixe — prossegue Monk, agora parado na minha frente. — Especialmente peixe que nem está bem cozido.

— Monk, cara, do que diabos você está falando?

— Você está aqui fingindo comer salmão defumado quando nós dois sabemos por que você saiu da sua caverna de vídeo.

Eu enrijeço.

— Para que conste. — Aponto para a massa viscosa de peixe rosa no meu prato. — Eu adoro essas coisas.

— Ah, você adora? — Ele cruza os braços sobre o peito. — Vamos ver você comer.

Faço um ruído zombeteiro, principalmente como uma tática para enrolar, porque realmente odeio salmão defumado. Monk acena para o prato e ergue as sobrancelhas. Não é da conta dele. Eu sei disso, mas não posso deixá-lo ganhar o argumento. Gostaria de não ser tão orgulhoso. E teimoso. E cabeça-dura.

Eu como o salmão.

E literalmente engasgo no meu guardanapo.

— Te falei, babaca!

— Então, eu não gosto. Quem se importa? — Jogo o prato em uma lata de lixo e pego uma garrafa de água no canto da mesa.

— O que quero dizer é que você não está aqui para comer. — Monk olha por cima do ombro, onde Trey e Neevah estão sentados em uma réplica de varanda de Nova Iorque jogando cartas. Uma das câmeras apresentou defeito e está sendo consertada. Um breve atraso, mas os atores aproveitaram e, como sempre parecem fazer, abriram um baralho de cartas.

— Você está aqui para espionar — Monk termina com um sorriso exultante.

— Você está falando besteira, cara. — Deliberadamente viro as costas para não ver os dois jogando cartas, mas ouço Neevah gritar, e isso me faz cerrar os dentes.

— Sobre o que estamos conversando? — Jill pergunta, andando para pegar uma barra de proteína da mesa.

— Sobre Canon gostar de Neevah — responde Monk.

Eu me viro contra ele.

— Cara, não diga essa merda. Alguém pode te ouvir.

— Assim, isso é segredo? — Jill dá uma mordida em sua barra. — Ele está aqui refletindo sobre Trey e Neevah?

— Eu não fico refletindo — respondo. Eles trocam olhares de "se você diz". — Okay, eu fico refletindo, mas não sobre eles. Sobre isso. Merda, eu não dou a mínima se eles...

Neevah solta outra gargalhada que percorre todo o set.

O que há de tão engraçado em algumas malditas cartas?

Resisto à vontade de me virar e olhar, de ir até lá e perguntar pessoalmente a Nickelodeon.

— Devemos contar a ele? — Jill pergunta a Monk. — Sinto que deveríamos contar a ele.

— Contar o quê? — pergunto.

— Não, definitivamente não. — Monk ri. — Isso é muito divertido.

— Contar o quê? — repito.

— Mas poderíamos acabar com o sofrimento dele — sugere Jill.

— Por que faríamos isso? — Monk pergunta.

— Monk, filho da puta, é melhor você me dizer alguma coisa.

— Trey tem uma namorada por quem ele é louco — Jill deixa escapar.

— O quê? — Isso não pode ser verdade. Eu saberia. Se isso for verdade, venho me torturando há semanas pensando que ele estava tentando ver Neevah nua quando ele não tinha interesse na nudez dela.

— Eles estão namorando há cerca de um ano — revela Jill, revirando os olhos.

— Mas na festa — dirijo-me a Monk —, você me disse que todos pensavam que eles já estavam dormindo juntos.

— O que posso dizer? — Ele dá de ombros. — Eu simplesmente gosto de pegar no seu pé.

— Todo mundo sabe. Não é nenhum segredo — conta Jill. — Você simplesmente não presta atenção em nada, exceto nos seus filmes. — Ela ri e lança um olhar divertido por cima do meu ombro. — Ah, e agora nela.

— Todo mundo sabe? — pergunto, minha voz suave, os olhos fixos nos meus *Air Force Ones*.

— Sobre Trey? — Monk pergunta. — Claro. Você é o único...

— Não sobre Trey. Sobre mim. — Inclino a cabeça, gesticulando para trás. — Sobre ela.

— Não. — A voz e os olhos de Jill transmitem simpatia e carinho. — Monk e eu estamos com você há anos. Nós te conhecemos, porém ninguém mais suspeitaria.

— Vamos continuar assim. — Divido um olhar de advertência entre os dois. — Estou falando sério sobre isso. Nós não estamos... não há nada acontecendo entre nós.

— Ainda — aponta Jill, contraindo ainda mais o sorriso nos cantos dos lábios.

— Este é o seu primeiro filme. Ela não precisa da repercussão que viria se nós... Ela não precisa disso. Não merece isso.

— Alguma ideia se ela... — Monk balança a cabeça para frente e para trás. — Você sabe. Se ela também sente o mesmo por você?

Não respondo com nada além de um aceno de cabeça, mas é o suficiente para eles trocarem sorrisos bestas.

— Por que vocês estão sendo tão bobos com isso? — exijo, lutando contra um sorriso agora.

— Porque ela é incrível e você merece — responde Jill. — Nunca te vi desse jeito com ninguém. Conheço o nível de dedicação necessário para contar as histórias que você conta e fico feliz que você tenha seu trabalho, mas somos seus amigos. Queremos mais para você do que isso. Queremos te ver feliz.

— Sim, você precisa de alguém nessa sua vida solitária — Monk provoca.

— A propósito, como *está* Verity? — Jill pergunta a ele.

Monk franze a testa enquanto toma café, irrague e vai embora.

— Por que não pensei nisso? — Eu ri.

Entrelaçados

187

— O que posso dizer? Sou um especialista em pressionar. — A expressão de Jill fica sóbria. — Sério. Sempre atolado de trabalho. Sem diversão. Você sabe o resto. Se você a quer...

— Não é tão simples assim. É o momento. Enquanto estamos filmando...

— Você não vai filmar no Natal — aponta, com um sorriso travesso e repleto de problemas.

Eu sabia que havia uma razão para mantê-la por perto.

CAPÍTULO 33

Neevah

Preciso dessa pausa. Muito mesmo.

Nosso cronograma de filmagem é exigente para todos, mas estou em quase todas as cenas. Na maioria dos dias, estou maquiada às cinco da manhã, vou direto para o figurino e estou no set, pronta para sair com o sol mal nascendo. O elenco e a equipe se tornaram como uma família nos últimos meses, e sentirei falta deles nas duas semanas de folga de Natal, mas vou aproveitar cada dia.

— Tem certeza de que não quer voltar para casa comigo? — Takira pergunta de seu quarto do outro lado do corredor. — Sei que você teme ver sua família.

Fecho a mala e vou até o quarto dela, onde ainda está fazendo as malas.

— Não tenho medo de vê-los. — Reviro os olhos para seu olhar astuto. — Okay, não gosto de ver Terry e Brandon, mas sinto falta da minha mãe. Minhas tias e primas. E quero toda a comida da minha mãe.

— Ah, vamos chutar o balde nas férias?

— Ainda não vou comer carne vermelha nem de porco, mas macarrão com queijo, recheio, ovo cozido, inhame, torta de batata doce, couve, broa de milho? Meu amooor, está tudo liberado.

Eu me esparramo em sua cama, mergulhando na quietude que tive tão raramente nos últimos meses.

— Além disso — continuo —, Terry e Brandon vão visitar a família da mãe dele na Virgínia. Duvido que os veja muito, se é que os verei. Estou voltando para a véspera de Ano-Novo.

— Ah. — Ela se vira do armário e mostra o lábio. — É o quadragésimo aniversário dos meus pais, então vamos dar uma festa para eles na véspera de Ano-Novo. Você está convidada a se juntar a nós no Texas. Não quero que você fique sozinha no Ano-Novo.

— Garota, eu, Ryan Seacrest e aquela grande e velha maçã descendo ficaremos de boa.

— Tem certeza? Porque se você quiser...

— Eu prometo que ficarei bem.

Meu telefone apita e enfio a mão no bolso de trás para verificar a mensagem recebida.

> **Livvie: Obrigada novamente pelos biscoitos! Você é tão doce.**

> **Eu: Não tem problema! Não é muito, mas espero que goste.**

> **Livvie: Eles são tão bons! Já comi metade e estou escondendo o resto do meu namorado. HAHA!**

> **Eu: Fico feliz! Feliz Natal. Vejo você depois da folga.**

> **Livvie: Tchau! Feliz Natal!**

— Era Livvie — digo a Takira com um sorriso. — Agradecendo-me pelos biscoitos de Natal.

— Bem, estou feliz por trabalhar como escrava naquele fogão quente fazendo com que todos aqueles biscoitos valessem a pena. Parece que todo mundo amou.

— Foi divertido e fácil. — Dou de ombros. — Não é grande coisa, e especialmente a equipe trabalha muito. Eu queria que eles soubessem o quanto somos gratas.

A campainha nos interrompe e eu pulo da cama.

— Eu atendo.

Ando pelo corredor, praticamente pulando com a perspectiva de dias sem cabelo e maquiagem, sem provas, ensaios, coreografias de dança ou compromissos ao amanhecer. Quando abro a porta sem sequer olhar pelo olho-mágico, o homem do outro lado é a última pessoa que esperava ver.

— Canon?

Nem é preciso dizer que ele parece comestível. Seu cabelo está mais comprido do que estou acostumada a ver. O suéter de tricô em cor creme contrasta fortemente com o mogno de sua pele. As mangas estão levantadas, expondo os músculos tensos de seus antebraços.

— Ei. — Ele espia por cima do meu ombro para dentro da casa. — Posso entrar?

— Ah. Claro. Sim.

Dou um passo para trás para deixá-lo entrar, subitamente consciente dos meus pés descalços e do meu rosto brilhante; do fato de não estar usando sutiã por baixo do vestido maxi. Meu cabelo é seu próprio sistema solar, as grandes espirais girando em órbita ao redor da minha cabeça.

Por alguns segundos, simplesmente nos encaramos na privacidade do hall de entrada, mas isso não parece estranho. É um silêncio sedento. Estamos bebendo um do outro, tomando longos goles um do outro quando ficamos tão pouco sozinhos.

— Ah! — digo, buscando qualquer coisa que se assemelhe a uma conversa normal. — Tenho algo para você.

— Tem?

Ele me segue até a sala e me curvo para pegar uma lata festiva debaixo da nossa árvore de Natal.

— Não consegui te encontrar hoje quando terminamos — explico, oferecendo os biscoitos para ele.

Ele abre a tampa, olhando para o que está dentro e uma pequena curvatura surge em seus lábios.

— Biscoitos de gengibre.

— A receita da minha mãe. — Eu rio, constrangida. — Cobertura de creme de manteiga. Eu dei para todo mundo, mas não te vi hoje.

Eu nunca vejo você.

Não preciso dizer isso para que ambos saibamos quão pouco tempo, intencionalmente, passamos juntos. Ele fecha a tampa e franze a testa, traçando o padrão em relevo da guirlanda que decora a lata.

— Eu não comprei… merda. Acho que não comprei nada para ninguém. Que baita chefe, hein?

— Não estou reclamando e sei que o resto do elenco e da equipe técnica também não. Sabemos que você está ocupado.

— Assim como você. — Ele coloca os biscoitos debaixo do braço. — Mas você encontrou tempo. Sempre parece encontrar tempo para as pessoas. Obrigado.

Entrelaçados

Seus olhos atentos ao meu rosto, a admiração em suas palavras, aquecem minhas bochechas.

— Realmente não é nada. Não levou... nada de tempo para fazer. — Eu rio, precisando desviar a atenção. — Então, o que traz você aqui?

Ele olha ao redor da sala e do corredor.

— Estamos aqui sozinhos?

— Hum... Takira está no quarto dela. Poderíamos conversar lá fora?

— Isso seria ótimo, sim.

Eu o levo de volta para minha parte favorita desta casa. Entramos no pátio, a grama exuberante fazendo cócegas em meus pés descalços, lambendo entre meus dedos. Um limoeiro confere ao ar o aroma cítrico revigorante.

— Bem bacana aqui — declara Canon, sentando-se no banco de pedra onde reservo uns instantes para meditar algumas manhãs.

— Sim, nós gostamos. — Sento-me ao lado dele, deixando alguns centímetros e meio quilo de biscoitos entre nós. — Não tínhamos limoeiros em nosso quintal na Carolina do Norte e não temos quintais em Nova Iorque. LA está me mimando.

— Tenho certeza de que você terá mais ofertas depois deste filme. Talvez considere se mudar para cá.

Nós nos encaramos por alguns segundos antes que eu tenha que desviar o olhar, a intensidade reprimida forçando meu controle.

— Então, você precisa de alguma coisa? — pergunto, sabendo que ele deve precisar, já que não há visitas "só porque sim" conosco. Puxo um joelho até o peito e balanço a outra perna, precisando de algo para *fazer* enquanto espero pela resposta dele.

— Eu estava me perguntando o que... — Ele pigarreia, levanta-se e vai até o limoeiro, onde esfrega uma folha entre os dedos. — Eu queria saber se você tem planos para a véspera de Ano-Novo.

Não é o que parece. Há uma explicação. Uma festa de Ano-Novo no estúdio. Um evento. Os engravatados querem exibir o elenco. Algo relacionado ao trabalho.

— Hum, na verdade estou voltando para Los Angeles para o Ano-Novo.

Ele arranca uma folha da árvore e a gira entre o indicador e o polegar.

— Você gostaria de passar comigo?

Meu pé escorrega do banco e quase caio, me recuperando bem a tempo. Agarro-me ao banco e deixo os dedos dos pés descalços tocando de leve a grama.

— O que você quer dizer? Em uma festa ou...

— Mais privado. — Ele olha para cima, com um fogo lento em seus olhos. — Eu estava pensando apenas em nós dois por alguns dias.

Se ele tivesse dito que embarcaríamos na próxima nave espacial para Júpiter, eu não poderia ter ficado mais surpresa. Mesmo sabendo que Takira não pode nos ouvir aqui e que ninguém está escutando, eu me aproximo, ficando perto o suficiente para que ele me ouça sussurrar:

— Achei que você tivesse dito que tínhamos que esperar.

Sua habitual expressão inescrutável suaviza, abre-se para me mostrar o que ele está pensando, o que está sentindo.

— Eu pensei que podia. — Ele afasta o cabelo da minha bochecha, depois por cima do ombro. — E estava errado.

Poderia haver uma dúzia de câmeras aqui agora e eu não seria capaz de me conter. Fico na ponta dos pés e coloco as mãos em sua nuca.

— Sim.

— Você não quer saber...

Pressiono meu dedo em seus lábios.

— Eu disse "sim".

Ele desliza as mãos pelas minhas costas para descansar na curva dos meus quadris, me puxando para mais perto.

— O que fez você mudar de ideia? — pergunto. — Você mal reconheceu minha existência desde o Dia de Ação de Graças e parecia deixar claro que não deveríamos... não deveríamos fazer qualquer coisa até depois de o filme terminar.

— Ainda me sinto assim, mas espero que possamos ser discretos. Eu preciso de *algo*. — A maneira como ele olha para mim espalha calor pelas minhas bochechas. — Quero você.

Ele se abaixa, toma meus lábios e agarra minha bunda. Eu me ergo na ponta dos pés, abrindo a boca sob a angulação quente e desejosa dele. Já se passaram semanas e estou faminta por isso. Sua fome circunda a minha e estamos gemendo e estou me esfregando contra ele, completamente preparada para montá-lo sob este limoeiro. Ele interrompe o beijo, respirando tão pesadamente quanto eu.

— Vamos esperar — ofega, contra meus lábios.

— Onde?

Antártica?

Ótimo nesta época do ano.

Entrelaçados

A lua?

Quem precisa de gravidade?

Porque onde quer que ele diga que podemos estar juntos, mesmo que apenas por alguns dias escondidos de todos, é onde estarei.

— Gostaria que fosse fora da cidade — começa —, mas começaremos a filmar novamente em alguns dias, então preciso que seja perto. É mais fácil assim. Já esteve em Santa Bárbara? Tem um lugar que às vezes alugo quando preciso fugir.

— Isso parece ótimo. Estarei de volta alguns dias antes do Ano-Novo. — Uma risada amarga me escapa. — Vou para casa no Natal, mas não espero exatamente um momento relaxante e preciso entrar no estado de espírito certo antes de começarmos a filmar novamente.

Suas grandes mãos na minha cintura apertam e depois acariciam minhas costas.

— Você está nervosa em ver sua irmã?

— Não sei se a verei. Talvez. Eles vão passar o Natal na Virgínia e eu ficarei apenas alguns dias. Não tenho ideia do que esperar.

— Espero que tudo corra bem.

— Estou ansiosa para passar algum tempo com minha mãe. De alguma forma, nosso relacionamento foi prejudicado, embora a separação tenha sido entre mim e Terry. — Dou de ombros, não querendo discutir sobre minha família agora. — De qualquer forma, voltarei alguns dias antes do Ano-Novo.

— Vou passar o dia de Natal com a família da minha mãe em Lemon Grove, mas voltarei para Los Angeles na mesma noite. Quando você voltar, poderíamos ir até Santa Bárbara e voltar para Los Angeles no dia de Ano-Novo. A tempo para nos prepararmos para a retomada das filmagens. Que tal isso?

Como resposta, aceno com a cabeça e o beijo levemente, apertando seus músculos densos. Quero dar cambalhotas pelo quintal, mas tento manter a calma. Ele descobrirá em breve como não sou de boa quando o assunto é ele. Suas mãos apertam meus quadris e ele geme durante nosso beijo, e então se afasta depois de alguns segundos para encostar a testa à minha.

— Eu preciso ir — avisa, com uma respiração irregular. — Kenneth e eu vamos nos reunir com a equipe de cenografia uma última vez antes da pausa.

Segurando minha mão, ele pega seus biscoitos do banco e voltamos para casa. No hall de entrada, ele se encosta na porta e me puxa para perto para me beijar de novo, como se não pudesse evitar. Como se eu fosse contra o que ele julga ser melhor, mas não conseguisse resistir. Eu sinto isso. Nos seus braços, o risco pesa menos que esta paixão necessária. E parece tão necessário quanto respirar. Ele está duro através do tecido fino do meu vestido e tenho que me impedir de cair de joelhos aqui mesmo e tomá-lo com a minha garganta.

Já faz muito tempo e ele é o único homem que eu realmente quis em anos. Ele interrompe o beijo depois de alguns segundos entorpecentes e, quando se afasta, o desejo brilha nos olhos que normalmente estão muito focados.

— Eu realmente preciso ir. — Ele mergulha para beijar minha testa. — Obrigado novamente pelos biscoitos. Feliz Natal.

— Feliz Natal, Canon.

Depois que ele vai embora, danço em círculo.

Eu vou ficar com ele.

Eu vou ficar com ele.

Eu vou ficar com ele.

— Então, perguntinha… — As palavras incisivas de Takira quebram o feitiço e eu paro no meio do círculo, olhando para ela com surpresa. Eu tinha esquecido que ela estava em casa. — O que Canon Holt estava fazendo aqui e por que você o estava beijando?

— Hm, você viu isso? — indago, incapaz de conter um sorriso largo e encantado, apesar de ter sido pega.

Ela cruza os braços, os olhos brilhando de curiosidade e expectativa.

— Garota, você tem algumas explicações a dar.

Entrelaçados

CAPÍTULO 34

Neevah

Uma casa não é um lar.

A letra da canção de Luther se repete em minha cabeça conforme chego à casa onde cresci. Uma casa nem sempre pode ser um lar, mas esta costumava ser. Nos anos anteriores à morte de meu pai, esta casa de tijolos aparentes de um andar apenas era cheia de risadas e nós quatro éramos felizes.

Quando ele faleceu, a dor aproximou mamãe, Terry e eu. O amor nos manteve unidas.

É difícil acreditar que este pedaço de terra, esta rua, esta cidade costumava ser a amplitude da minha existência. Não mudou muita coisa aqui. Ah, o Piggly Wiggly acabou e há uma nova combinação Taco Bell/KFC na rua principal, mas minha mãe diz que a senhora Shay ainda faz peixe frito todos os sábados e vende chitterlings no jantar de Natal.

Agradeço ao motorista do Uber e arrasto minha pequena mala com rodinhas, sob a cobertura da garagem externa e até a porta. Meu voo atrasou e mamãe teve que levar uma das senhoras da igreja ao consultório médico, então eu disse a ela que poderia ir sozinha para casa.

"Você ainda tem a chave da sua casa?", ela tinha perguntado.

Pego meu chaveiro e seleciono aquela que não uso há anos. Pergunto-me se a chave, como eu, não cabe mais aqui, mas ela desliza para dentro. Só posso esperar que meu retorno para casa seja tranquilo.

— Estou em casa — digo para o saguão vazio, colocando a mala ao pé da escada. Ainda não estou pronta para encarar a cama de dossel rosa e minha galeria de pôsteres de Missy Elliott, Justin Timberlake e Soulja Boy.

— Soulja Boy? — Eu faço uma careta e rio. — Aquela fase foi rápida.

Não é a primeira vez que volto para casa nos doze anos desde que entrei na faculdade, mas é uma das poucas, e a primeira vez que tenho esta casa e todas as suas lembranças só para mim. Caminho pelo corredor até a sala de estar e, como um santuário ao que nossa família costumava ser, uma vida inteira de fotos se alinha na lareira. Cada um narra uma fase singularmente estranha da minha vida. Sobre a lareira estão penduradas meias decoradas com bastões de doces, as mesmas que mamãe costumava encher na véspera de Natal com nossos nomes gravados. Agora há uma nova.

Quianna.

A bela indiscrição viva que demoliu minhas ilusões e dilacerou minha família. Minha mãe ficou desapontada e zangada com eles, é claro. Ela ficou do meu lado, é claro.

Mas Terry estava grávida e precisava da minha mãe mais do que eu.

Terry era mãe de primeira viagem e precisava da minha mãe mais do que eu.

Terry estava aqui e eu tinha ido embora, então ela conseguiu ficar mais com a minha mãe do que eu.

Em uma cidade nova e estranha, lambi minhas feridas sozinha. Longe de casa pela primeira vez e sobrecarregada, aprendi a ficar só, por necessidade. Nunca deixei de precisar da minha mãe, mas deixei que ela pensasse que estava bem e, para sobreviver, disse a mim mesma essa mentira. Mas, ultimamente, com a minha vida avançando a uma velocidade vertiginosa, com uma década de trabalho colhendo recompensas aparentemente da noite para o dia, surgiu um pequeno buraco na minha felicidade. Uma lágrima irritante como uma meia que precisa ser costurada. Um segredo escondido dentro do meu sapato, mas que não afeta o meu jeito de andar, e sou a única que sabe que ele está lá.

A última vez que tive notícias da minha mãe, Terry e Brandon estavam com as malas prontas para irem para a Virgínia. Parece que vamos nos evitar novamente. Estou ansiosa para passar algum tempo com minha mãe, só nós duas. Foi bom que Terry e Brandon tenham ido para outro estado para ficar com a família dele. Depois da tensão de estrelar meu primeiro filme, e um tão importante quanto *Dessi Blue*, preciso de uma pausa, não de mais estresse.

Esta sala também não mudou muito. O sofá ainda está aqui — aquele em que Terry e Brandon se sentaram, lado a lado, construindo seu pequeno muro de solidariedade com a argamassa do engano. Como pedreiros da traição.

Uma árvore de Natal artificial fica no canto. Isso é diferente. Quando criança, sempre tivemos uma árvore de verdade. Papai insistia e mamãe continuou a tradição quando ele partiu.

Entrelaçados

197

Não venho aqui há muitos Natais. A temporada de festas é uma das mais movimentadas do teatro e é difícil sair, mesmo que por alguns dias. Muitas vezes usei isso como desculpa para ficar longe, especialmente quando sabia que Terry e Brandon estariam aqui. Em turnê ou como substituta, esperando nos bastidores, com saudades de casa, sempre imaginei uma árvore natural cujo cheiro de pinheiro eu podia sentir.

Não esse ano.

Essa coisa verde demais polvilhada com enfeites baratos é inodora e rígida, com lacunas e galhos marcados por número para encaixe no tronco.

O alarme toca, sinalizando uma porta aberta. Em Nova Iorque, mantemos um bastão para proteção quando as portas se abrem sem aviso-prévio, mas a vigilância da vizinhança é uma formalidade aqui. O crime não é relevante.

Vou até a cozinha, ansiosa para ver mamãe pela primeira vez em quase um ano.

— Como estava a senhora...

Minhas palavras murcham e morrem. Terry está na cozinha, na entrada da varanda dos carros, carregando sacolas de compras cheias de comida. Não consigo me lembrar da última vez que estivemos sozinhas, mas sei que foi tão estranho quanto é agora.

— Ah. — Umedeço os lábios e ranjo os dentes. — Achei que mamãe estava voltando para casa.

— Ela levou a senhora Dobbs para...

— Eu sei. Ela me disse. Não pensei que você estaria...

Estaria aqui.

Nós nos encaramos com olhos idênticos, castanho-escuros com centros salpicados de ouro. Ela sempre foi a irmã bonita, mas isso não foi suficiente para ela. Houve apenas um menino em toda a nossa escola que me preferia, e ela teve que ficar com ele também.

A traição de Brandon nem dói mais. Ele e eu teríamos sido troncos flutuantes e nosso casamento um naufrágio. Mas ela? Minha irmã, e como ela decidiu me machucar — aquilo não tenho certeza de quando vou superar. Hoje não.

— Sharon, tia de Brandon, está com pneumonia. — Terry coloca um maço de couve no balcão e tira batatas-doces da sacola de compras. — Então eles não estão realmente comemorando um Natal lá. Iremos visitá-la em breve, mas decidimos de última hora ficar aqui durante as festas.

— Ah.

Isso é o melhor que posso fazer. Já se passaram tantos anos e espero que possamos deixar isso para trás, mas não tinha planejado enfrentar esse demônio em particular no Natal.

— Brandon está trabalhando na garagem — acrescenta ela, tirando duas dúzias de ovos. — E passei pelo Food Lion para comprar algumas coisas para mamãe.

O mínimo que posso fazer é ajudar. Tiro pimenta e sal temperado da sacola de compras, abrindo instintivamente o armário à direita do fogão apenas para encontrar pilhas de pratos.

— Especiarias ficam lá agora. — Terry acena para o armário à esquerda.

É uma coisa pequena, mas não saber onde minha mãe guarda seus temperos parece outra coisa que Terry me roubou. Ela me traiu. Roubou de mim, mas eu é que me encontro no exílio.

— Mamãe disse que você está estrelando um grande filme — comenta, erguendo as sobrancelhas como se só fosse acreditar vendo.

— Estou em um filme, sim — digo, colocando um pacote de ossos de pescoço na geladeira.

— Ela vai cozinhar isso esta noite — avisa Terry. — Deixe os ossos de fora.

Não é minha intenção colocar a carne com brutalidade na bancada, mas acontece. Estou cansada de ela saber todas as coisas que também quero saber. Ela confiscou o homem e a vida que eu nem quero, mas era minha. E não me deixou escolha.

— Surpresa que você sequer tenha voltado para casa. — Terry retorce os lábios.

Nunca discutimos isso, mas é claro que ela saberia que evitei vir por causa dela e de Brandon.

— Com esse seu jeito esnobe, deve ter pensado que era boa demais para nós agora. — Terry revira os olhos e tira dois sacos de queijo ralado para o famoso macarrão da mamãe.

— Espera. — Encosto-me no balcão e rebobino o que ela acabou de dizer. — O quê?

— Sim, todos esses anos você ficou em Nova Iorque e agora está em Hollywood. Arrogante e importante demais para esta casa e…

— Você acha que eu não volto para casa porque sou arrogante? Esnobe?

— Quero dizer, você sempre foi esnobe, pensando que era melhor que o resto de nós. Que seria uma estrela. Que iria embora e esqueceria sua família. Espero que esteja feliz agora.

Entrelaçados

— Calma lá. Eu não voltei para casa por *sua* causa.

— Por minha causa? — O que parece ser surpresa genuína arregala seus olhos.

— Isso é chocante? Depois do que você fez?

— Você não pode estar falando sobre aquela coisa com Brandon.

— Aquela *coisa* com Brandon? Eu podia ser jovem na época e talvez o relacionamento não tivesse durado. Quem sabe, mas eu estava noiva e você me traiu.

— Lá vai você. Sendo dramática. — Terry faz um tsc com a boca. — Acho que esse é o seu trabalho.

— Você bateu a cabeça e esqueceu? Bem, eu não. Você transou com meu noivo e engravidou dele.

Um suspiro vindo da porta que leva à garagem faz com que nossas cabeças se virem. Segurando o telefone, aparentemente no meio de uma mensagem de texto, está a filha deles, Quianna. Olhos castanhos horrorizados com centros salpicados de ouro passam entre mim e sua mãe.

— Q — diz Terry, com os lábios contraídos ao redor do apelido. — Volte para o carro. Deixe-me terminar de guardar as compras da vovó.

— Você estava noiva do papai? — Quianna me pergunta, ignorando a mãe.

Não tenho palavras. Não posso confirmar ou negar. Apenas fico olhando para ela, impotente, essa menina de 11 anos que é jovem demais para ter suas ilusões destruídas. Posso estar furiosa com minha irmã por doze anos, mas esta ainda é minha sobrinha e, embora mal a conheça, eu a amo.

— Você traiu? — ela exige de Terry. — Ai, meu Deus, mãe.

— Quianna — começo, sem nem ter certeza do que direi a seguir.

— É por isso que você nunca está por perto, tia Neevah? — Ela está respondendo às perguntas entre mim e Terry, sem obter respostas de nenhuma das duas, deduzindo a pura verdade que nenhuma de nós pode esconder agora. — Não admira que você e papai sejam essa bagunça — cospe, girando nos calcanhares e voltando por onde veio.

A porta bate atrás dela, deixando um silêncio repleto de choque e raiva.

— Olha o que você fez — Terry retruca. — O que devo dizer à minha filha, Neevah?

— Vou conversar com ela. — Ando em direção à porta, mas Terry entra na minha frente.

— E dizer o quê? Ela não te conhece. Sou eu quem tenho que explicar.

— Você quer dizer... contar a ela a sua versão?

— Não vale a pena tentar esconder a verdade agora que você a espalhou por toda parte. Fiz uma bagunça, tenho que limpar.

Por um segundo, realmente me sinto culpada. Sim, eu gostaria que Quianna não tivesse ouvido isso dessa forma ou mesmo de mim, mas Terry transferir a verdadeira culpa de suas ações para mim por expô-las inadvertidamente?

É demais.

— Não é minha culpa que você tenha que explicar para sua filha a merda obscura que você fez comigo.

— Ah, você está adorando isso, não é? Terry engravidou. Terry está presa nesta cidade sem saída. O casamento de Terry é... — Ela para e me encara, apesar de seu lábio inferior tremer. — Você conseguiu tudo, Neevah. Você sempre teve tudo, não foi?

— Eu consegui tudo? Eu sempre tive tudo? Sério, você era quem todos queriam.

— Não, é que ninguém nunca pensou que poderia ficar com você. Você andava por aí como se fosse boa demais para todos, até Brandon.

— Como se eu fosse boa demais... — Por baixo da minha indignação e raiva, um pequeno broto de mágoa surge. Eu amava minha irmã mais do que tudo no mundo naquela época, teria feito qualquer coisa por ela, e era assim que ela me via? Como realmente se sentia? — Posso contar nos dedos das mãos quantas vezes estive em casa em doze anos — continuo, minha voz tremendo e lágrimas enchendo meus olhos. — Quianna não era apenas sua filha. Ela é neta da minha mãe. O que era mais importante? Que eu esteja por perto? Ou que ela esteja por perto? Mas durante anos não consegui olhar para você ou para Brandon sem me sentir mal. Você não apenas ficou com ele. Você ficou com a minha mãe. Ficou com a minha casa e partiu meu coração.

Não consigo ver meus próprios olhos agora, mas imagino que eles se pareçam com os da minha irmã — cheios de lágrimas, sombreados pela raiva e pelo arrependimento. Seus punhos estão cerrados ao lado do corpo. Ela olha para a porta da garagem e ouço o motor do carro na garagem.

— É melhor eu ir ver Quianna — diz ela, pegando a bolsa no balcão da cozinha e saindo sem dizer mais nada.

A porta bate atrás dela e agarro o balcão com força, meu único apoio após aquele confronto. Abaixo a cabeça, deixando lágrimas quentes

Entrelaçados

escorrerem pelo meu rosto. Eu sabia que esta viagem seria difícil em alguns aspectos, mas pensei que eles estariam fora. Não pensei que tudo isso explodiria, como uma bolha infectada perfurada e escorrendo por toda parte. Não tenho ideia de como vou enfrentá-los amanhã. Terry, Brandon e Quianna. Estou tentada a ir embora, mas foi isso que fiz durante doze anos: cedi o campo, minha casa, para eles. Já se passou muito tempo. Esta noite pode ter sido estranha e até dolorosa, mas é um passo para expor o passado e, esperançosamente, avançar para algum tipo de futuro. Talvez quando eu os vir no jantar de Natal amanhã, possamos descobrir.

Mas no dia seguinte chega o Natal e eles não.

A ausência deles é gritante. É muito óbvia a falta que fazem.

A casa está lotada para a ceia de Natal, como acontecia quando éramos crianças. Nossa família natural não é tão grande, mas mamãe tem um jeito de colecionar pessoas. Desgarrados. Amigos. Pessoas que estariam sozinhas se ela não os "adotasse". Senti falta de como ela faz de nossa casa uma comunidade em si. É alta, barulhenta e muito menos penosa do que eu pensava que seria. Exceto quando alguém esquece e pergunta sobre Terry e Brandon. Um silêncio constrangedor. Um olhar furtivo em minha direção. A última vez que muitos deles me viram, eu era noiva de Brandon. A garota que se mandou para o norte assim que se formou, raramente vista por aqui.

E agora estou de volta, então Terry e Brandon não estarão aqui no Natal.

Há momentos em que me sinto perfeitamente em casa, e é como uma das nossas famosas reuniões de família Mathis. E há momentos em que me sinto uma intrusa, uma peregrina numa terra estranha.

— Você que fez esse pudim de milho? — minha tia Alberta pergunta à mamãe. Ela parece praticamente inalterada com o tempo. Um pouco mais grisalha, a pele negra-clara ainda relativamente lisa. Ela ainda anda pela casa carregando a bolsa como se esperasse que alguém a roubasse.

— Eu fiz, sim. — Minha mãe coloca uma porção generosa de pudim de milho no prato de Alberta.

— Aposto que não é tão bom quanto o de Terry — comenta Alberta, em tom de brincadeira. — Aquela garota cozinha bem assim como você.

Quando os olhos de Alberta pousam em mim enquanto espero com meu próprio prato, seu sorriso congela. Sorrio o mais naturalmente que posso, corto uma fatia de bolo 'veludo vermelho' e vou para a cozinha. Está tão lotada quanto a sala de jantar, então abro um largo sorriso para todos e continuo andando até a varanda dos fundos. Graças a Deus não há ninguém aqui. Acomodo-me em uma das cadeiras de balanço que estão aqui desde que me lembro. Minha mãe e meu pai costumavam sentar aqui e observar Terry e eu brincando no quintal. Eles ficavam de mãos dadas e conversavam enquanto jogávamos bola ou subíamos em um dos grandes carvalhos que separavam nosso quintal do vizinho.

Lágrimas se acumulam em meus olhos e a emoção queima minha garganta. Olhando para a velha árvore, sentada na cadeira do meu pai, sinto falta dele. Isso inunda meu coração com aquela dor que nunca vai embora completamente, não importa há quanto tempo alguém se foi. E sinto falta daqueles dias em que éramos uma família e esta casa estava cheia de amor e risadas. Já resolvi as rachaduras do meu coração com amigos, mas hoje, sentada na varanda dos fundos, sinto falta da minha família.

A porta de tela se abre e seco os olhos; sem nem olhar para ver quem é, dou uma mordida no bolo.

— Eu queria saber aonde você foi — comenta minha mãe, acomodando-se na outra cadeira de balanço.

Eu sorrio e raspo a cobertura branca do meu prato.

— Só tirando um minuto para um pouco de silêncio.

— Te entendo. Tem muita gente lá. — Ela pega um pouco de pudim de milho. — Todo mundo está feliz que você voltou para casa.

Eu bufo, não tenho certeza se isso é verdade, mas sorrio e bato o garfo na boca.

— Estamos muito orgulhosos de você na Broadway e de ter conseguido este grande filme. — Ela faz uma pausa, lambe os lábios e continua: — Odeio não ter ido a Nova Iorque para ver você naquela semana em que você esteve no show. Eu tive...

— A cirurgia no joelho. Eu lembro, mãe. Está tudo bem. Sei que você teria ido se pudesse. — Eu digo isso, mas não tenho certeza se acredito. Foi difícil para mim voltar para cá depois que Terry e Brandon se casaram e tiveram Quianna. E minha mãe nunca parecia muito pressionada para ir me ver.

— Você sabe que eu não ando de avião — comenta, como se estivesse lendo minha mente. — Então é difícil...

— Eu sei. Tudo bem.

Um pedido de perdão seria muito melhor do que uma desculpa. Sempre pensei isso sobre Terry e Brandon, e penso isso agora, ao ouvir os

Entrelaçados

203

motivos da minha mãe para não me apoiar da maneira que poderia. Ela não é a única culpada pelo espaço entre nós. Usei o trabalho e outras coisas como desculpa para não voltar para casa. Dançamos em torno disso há mais de uma década e as coisas não vão melhorar até pararmos.

— Para onde foram Terry e Brandon? — pergunto.

Os olhos surpresos de mamãe encontram os meus sob o brilho da luz da varanda dos fundos.

— Hum, um de seus colegas de trabalho os convidou para jantar.

— Ah. — Empurro o bolo macio em volta do prato. — Estou surpresa que eles tenham ido e não quisessem estar com você e sua família no Natal.

— Eu acho que eles... — Ela solta um suspiro cansado. — Acho que eles não queriam te deixar desconfortável.

— Então é minha culpa que eles não estejam aqui.

— Eu não disse isso.

— Não é isso que todo mundo pensa?

— Isso nunca foi fácil para nenhum de nós, Neevah.

— Ah, sim. Foi tão difícil para Brandon dormir com Terry e engravidá-la quando ele estava noivo de mim. E pobre Terry, tendo que me trair com meu noivo.

— Foi difícil para você, Neevah, eu sei disso, mas eles eram jovens. Terry estava grávida. Eles não tinham dinheiro e...

— Eles tinham você, mamãe. O que eu tinha? Quem eu tinha?

— Neevah, você sempre foi autossuficiente. Eu sabia que você...

— Eu tinha 18 anos e raramente saía de Clearview, muito menos tinha me mudado para morar sozinha em outro estado. Morar sozinha pela primeira vez.

— Você poderia ter voltado para casa. Tentei estar ao lado de vocês duas, mas às vezes parecia que você não queria mais nada conosco.

— Você acha que eu queria vê-la grávida e eles casados e com um bebê? Ser lembrada de como eles me traíram e mentiram? Eu estava com raiva. Fiquei magoada, e sim. Não queria estar perto deles por anos, mas queria estar perto de *você*. Parecia que você tinha escolhido a ela em vez de mim.

— O corpo envia ajuda para quem mais precisa. Ela teve uma gravidez difícil. Não pôde trabalhar por um tempo. Eles não tinham dinheiro. Ela estava morando aqui. Acho que pensei que você estava feliz indo atrás dos seus sonhos e que Terry precisava mais de mim.

— Eu também precisei de você. — Fungo diante das lágrimas, agora expostas, deslizando livremente pelo meu rosto. — Ainda preciso de você, mamãe.

Minha mãe se inclina para pegar minha mão, preenchendo não apenas o espaço entre essas cadeiras velhas, mas também o que me separa dela há anos.

— Estou aqui agora, Neev. Deveria ter estado mais ao seu lado antes. — Ela engole em seco, franze os lábios e deixa as lágrimas escorrerem também. — Me perdoa.

Eu tinha razão. Um pedido de perdão parece melhor do que uma desculpa. A propriedade curativa dessas duas palavras simples salva meu coração, partido e amassado por aqueles que deveriam ter me amado o suficiente.

— Não é tudo culpa sua, mamãe — reconheço, apertando sua mão, apertando meu coração. — Eu poderia ter feito mais. Me perdoa também.

E o poder dessas palavras, ditas dela para mim, ditas de mim para ela, nos tira das cadeiras de balanço e nos coloca nos braços uma da outra. Não um abraço de passagem, mas um abraço apertado que se firma e cura. Não podemos consertar tudo em uma noite, em uma conversa, mas essas palavras e os braços de minha mãe ao meu redor ajudam muito — vão no caminho certo. Estamos voltando uma para a outra. Esse novo começo com minha mãe é o maior presente. É a restauração, ou pelo menos o início de uma. Não sei como ou quando isso vai acontecer com Terry.

Ou se algum dia acontecerá.

Minha mãe funga, recuando para sorrir enquanto limpo as bochechas molhadas também.

— Acho que temos muito que colocar em dia — comenta, recostando-se na cadeira, ajustando-a em um ritmo de balanço. — Que tal você começar me contando tudo?

Conto a ela sobre os anos de vacas magras durante e depois da faculdade, quando eu precisava de tanto, mas não sabia como pedir. Quando não consegui engolir meu orgulho de ligar para ela porque me ressentia de como ela estava lá para apoiar Terry, mas, aos meus olhos, não estava para me apoiar.

— Naquela noite na Broadway, pensei em você. Você era a única coisa que faltava — sussurro. — Esse foi apenas um momento em um milhão que eu queria compartilhar com você. Quando precisei de você.

— Neevah — diz mamãe, enxugando o canto dos olhos. — Achei que você não queria nada conosco. E eu entendia. Depois do que Terry e Brandon fizeram... bem, eu entendia, mas parecia que também perdi você. E agora sei que você sentiu que me perdeu.

Hesito nas próximas palavras, mas decido que devo dizê-las:

Entrelaçados

205

— Mãe, descobri que tenho lúpus discoide.

Os olhos de mamãe se arregalam e ela pega minha mão, segurando-a entre as suas.

— Lúpus? Como sua tia Marian?

— Não esse tipo de lúpus. O tipo que ela tinha era sistêmico e o que eu tenho é discoide. Tenho erupções cutâneas e alguma queda de cabelo, mas não é uma ameaça à vida. Mas quando ainda estávamos descobrindo tudo — explico, piscando diante das novas lágrimas —... Eu queria você. Queria perguntar sobre isso e, mesmo assim, decidi tentar descobrir sozinha.

— Bem, sua tia Marian e eu nunca fomos tão próximas — comenta mamãe, torcendo os lábios. — Ninguém era bom o suficiente para seu irmão caçula, mas demorou muito até que ela recebesse o diagnóstico. As coisas eram diferentes na época. Eles não sabiam tanto. — Ela examina meu rosto e me certifico de que ela não encontrará nada com que se preocupar em minha expressão. — Tem certeza de que está bem?

— Tenho certeza, mamãe. Eu só queria que você soubesse. — Sorrio e aperto sua mão, querendo passar para partes mais emocionantes da minha vida. — Agora, você não quer ouvir sobre o filme em que estou?

— Ai, sim. Diga tudo! E aquele diretor, aquele Canon Holt. Ele é tão bom de perto como dizem? — Ela se inclina conspiratoriamente, seu sorriso e sua piscadela perversos. — Você pode contar para sua mãe.

E, pela primeira vez em muito tempo, eu faço isso.

CAPÍTULO 35

Canon

> Eu: Feliz Natal. Bem, Feliz Pós-Natal.

> Neevah: Feliz Pós-Natal. Como foi o seu?

> Eu: Ótimo. E o seu?

> Neevah: Ok, eu acho.

> Eu: Quer conversar sobre isso?

> Neevah: Com você?

> Eu: Sim, comigo. A menos que haja outra pessoa com quem você prefira conversar.

Meu telefone toca imediatamente.

— Todo mundo estava ocupado, hein? — pergunto, me esticando na espreguiçadeira ao lado da minha piscina. Vinte e três graus em dezembro. Por que eu deixaria Cali?

— Algo parecido. — Ela ri. — Então, o que você fez no Natal? Lemon Grove com a família?

— Isso. Foi ótimo ver todos. Cheguei na manhã de Natal. Voltei para Los Angeles ontem à noite. E você? Como foi?

— Difícil — ela solta um suspiro pesado. — Pelo menos com minha irmã.

— Ah, então ela *estava* lá? Achei que eles estavam indo para a Virgínia.

— Boa memória.

Eu poderia dizer a ela que me lembro de tudo o que ela diz, mas comigo arrastando-a para Santa Bárbara para o Ano-Novo, ela provavelmente já suspeita o quanto gosto dela. "Gostar" é uma descrição morna para minha curiosidade ardente por essa mulher. Sobre como ela pensa, o que a faz rir. Como ela se sentirá quando eu estiver dentro dela? Como ela vai se parecer depois que eu transar com ela?

Questionamentos.

— Eles *estavam* indo para a Virgínia — continua Neevah, alheia ao caminho indecente em que minha mente está. Melhor assim. — Eles acabaram ficando. Terry e eu tivemos um desentendimento na véspera de Natal.

— Vocês discutiram? — pergunto, sentindo-me protetor em relação a Neevah, embora saiba que ela consegue se defender.

— Épicamente. — Sua risada sem humor carrega uma nota de tristeza. — Já estava demorando, mas ainda foi… uma confusão e não resolvemos nada.

— Sinto muito.

— Eu também. A filha dela, minha sobrinha Quianna, nos ouviu discutindo. Aparentemente, ela nunca soube que eu estava noiva do pai dela, ou que eles me traíram e ela foi o resultado. Quero dizer, ela é uma criança. *Por que* saberia? Sinto-me péssima por ela ter ouvido isso de mim. Foi coisa de novela. O Canon universitário teria adorado.

Nós dois rimos de sua tentativa de aliviar o clima. Dramas familiares como esse, porém, só podem ser aliviados até certo ponto.

— Você disse que era véspera de Natal. E quanto ao dia de Natal?

— Eles não vieram para a casa da minha mãe. Foram para outro lugar. Acho que teria tornado tudo mais estranho para todos, mas foi esse tipo de pensamento que me manteve tão afastada na última década. Às vezes a merda tem que ficar estranha antes de dar certo. Eu entendo isso agora.

— Você entrará em contato com ela novamente?

— Não estou preparada. Sei que deveria estar, mas ela me machucou mais do que qualquer outra pessoa, Canon. Não tenho mais sentimentos por Brandon. Meu Deus, eu o superei no meu primeiro ano de faculdade. Mas o que eles fizeram? O que ela fez? Ainda dói.

— Eu posso imaginar.

— E sabe o que dói tanto? Ela parece brava comigo! Parece estar ressentida comigo por… Não sei, por ter ido atrás dos meus sonhos? Encontrado algum sucesso? Por ter saído da nossa cidade natal?

— Eu entendo.

— Bem, eu não. Estou basicamente sem minha família desde os 18 anos. É como um divórcio, e ela ficou com a custódia de todos.

KENNEDY RYAN

Neevah não percebe quão fantástica é. Após o lançamento de *Dessi Blue*, haverá gente suficiente dizendo isso a ela. Por enquanto, eu apenas ouço, deixando-a desabafar o que ela obviamente está guardando.

— Pelo menos mamãe e eu conversamos — afirma.

— Como foi?

— Desconfortável. Estranho. Necessário. Esclarecemos as coisas. Ela não anda de avião, mas tentará ir até Nova Iorque para me ver quando o filme terminar.

Não gosto de pensar em Neevah voltando para a Costa Leste. Não tenho controle sobre ela e sei que Nova Iorque é seu lar. Porém, há uma parte de mim que espera que ela decida se mudar para Los Angeles. Eu poderia encontrar uma dúzia de projetos que a manteriam aqui, mas ela odiaria. Seria um desserviço para ela. Vou deixar claro que, se ela precisar de alguma coisa de mim, é dela. Ainda estamos a vários passos desse tipo de discussão.

— Estou muito animada com Santa Bárbara — garante, com a voz baixa, rouca. — Você está?

Eu respondo primeiro com uma risada rouca.

— O que você acha?

— Às vezes não sei o que pensar. Entendo suas razões para não prosseguirmos com a... atração entre nós até depois do filme, mas tem dias que você está no set e eu nem te vejo, e Kenneth traz meu *feedback* e não temos contato, e me pergunto se estou sonhando tudo isso.

— Se estiver — começo, minha voz ficando mais baixa com necessidade e ansiedade —, então estamos tendo o mesmo sonho.

Normalmente, quando estou gravando um filme, fico completamente consumido pela história. Nada me distrai. A única vez que me desviei dessa mentalidade unilateral, se voltou contra mim e arruinou a história. Neevah não tem ideia de quantas das minhas regras estou violando ao ficar com ela assim antes de *Dessi Blue* terminar, mesmo que estejamos de folga.

— Eu quero isso... estar em um sonho com você — responde, parecendo sem fôlego... como se talvez essa coisa entre nós que eu desisti de resistir, também seja algo que não consiga.

Entrelaçados

CAPÍTULO 36

Neevah

Há uma sensação que tenho antes de uma apresentação.

Ela oscila entre a ansiedade e a empolgação quase insuportável. Repasso as falas na minha cabeça e mal consigo ficar parada, estou tão pronta para subir no palco, ou ultimamente, no set.

O tempo que Canon e eu passaremos juntos nos próximos dias não é uma apresentação. Eu sei disso, mas sinto as mesmas coisas. Sem fôlego, como se uma mariposa se soltasse em minhas costelas, as asas batendo sobre meu coração. Entendo por que Canon tem sido cauteloso, mas estou feliz que ele também queira isso.

Agora.

Quando meu telefone toca, estou no banheiro arrumando produtos de higiene pessoal. Ele chegará em breve, e espero que não seja ele dizendo que chegará mais cedo.

Não é.

— Ei, querida — saúda Takira.

— Ei. Deixe-me colocar meus fones de ouvido para poder continuar fazendo as malas.

Coloco os fones e volto para o banheiro.

— E aí, T? Como está indo o recesso?

— Você sabe que não liguei para falar sobre minhas chatas férias de Natal, embora tenha conseguido dar umazinha ontem à noite.

— Ah, é? — Paro para apoiar um quadril no balcão do banheiro. — Com quem? Como foi?

— Garota, esse cara que trabalha com minha irmã. Todos nos encontramos para beber e uma coisa levou à outra.

Casos de uma noite geralmente não são o lance de Takira, mas todos nós fazemos coisas fora do comum com a dose certa de bebida alcoólica.

— E? — incentivo.

— Não vale a pena. Ele não sabe nem metade do que está fazendo. Procuro o desodorante embaixo da pia.

— Então não foi bom?

— Eu o descrevi para minha irmã como se "por favor, Deus, faça isso parar" fosse uma pessoa.

Balanço a cabeça e rio, mas continuo andando porque o sexo decepcionante de Takira não vai me atrasar para conseguir o meu.

— Não tipo "faça isso parar" por eu não ter dado consentimento — ela continua —, é o tédio. Tipo, se eu ainda usasse um relógio, estaria verificando. Quero dizer, é um clitóris. Não é um diagrama de Venn.

— Ai, meu Deus, T.

— E depois ele teve a coragem de ficar todo… "E aí, como foi?". Irmão, foi duas estrelas. Aqui está a sua avaliação on-line. Não recomendaria e estou feliz por ter colocado meu vibrador na mala. Merdaaa.

— Por que você… bem, você não costuma dar para caras que não conhece, então ele era tão gostoso assim? Ou você estava…

— Tão desesperada? — ela interrompe, um pouco do humor desaparecendo do outro lado da linha. — As festas, às vezes, são um inferno. Sou a única da nossa família que não é casada agora, e você simplesmente *sente*. Todo mundo celebrando e colocando fotos de seus filhos e família no Instagram, andando por aí exalando alegria. Eu me senti como uma figurante presa em um daqueles filmes de Natal da Hallmark.

Faço uma pausa, deixando de lado minhas malas e me sentando na cama para realmente ouvir. Takira é a melhor amiga que tenho no mundo. Estou acostumada com sua arrogância, sua confiança inabalável, mas estou feliz que ela também esteja confiando em mim.

— Eu só… — Takira para e começa novamente. — Eu só queria alguma conexão, eu acho. Além de um pau, eu queria me sentir querida e necessária e todas as coisas que sonhamos sentir, mas não conseguimos o suficiente.

— Lamento que tenha sido uma decepção.

— É de se esperar. Você não entra em um bar, flerta com um sapo e pensa que ele será um príncipe quando você o levar para casa. Embora, depois da quarta dose, ele *tenha* começado a parecer da realeza.

Ela parece mais consigo mesma e nós rimos, mas quero ter certeza de que ela está bem.

— T, se você precisar…

Entrelaçados

— Eu disse que não liguei para falar sobre mim e falei sério. Agora, nosso estimado diretor está a caminho?

— Sim. — Lembrando-me da hora, saio da cama e volto a fazer as malas. — Ele estará aqui em breve. E, não se esqueça, segredo absoluto, tá? Não estamos prontos para ir a público antes do filme terminar. Quero dizer, se houver um público para ir depois disso. Quem sabe? Poderíamos ter uma avaliação negativa on-line também.

— Provável que não. Canon tem uma energia de homem do pau grande e não tenho dúvidas de que vai ser isso mesmo.

Na verdade, eu também não. Com base na química que tivemos até agora, acho que nos daremos bem na cama.

Correção.

Acho que pegaremos *fogo* na cama.

Ele está preocupado com o filme. O que as pessoas vão pensar, como vão me ver se descobrirem que dormi com meu diretor. Estou mais preocupada com meu coração. Nunca conheci ninguém como Canon, nunca senti nada assim. Sei que o sexo só irá aprofundar essa conexão.

Ele acha que não posso lidar com a imprensa. O que *não posso* permitir é um desgosto. Casos como esse em Hollywood não têm exatamente o melhor histórico, e ele pode estar acostumado a negociar relacionamentos como contratos, a lidar com as consequências de um rompimento em um fórum público como fez com Camille, mas eu não.

Suspeito que Camille reagiu daquela forma porque o perdeu. Se ela não tivesse se machucado, se suas emoções não tivessem sido tão investidas, ela não teria sabotado seu filme daquela maneira. Ela fez com que Canon fosse demitido e um filme que poderia ter sido ótimo fracassou. Valeu a pena? Foi apenas seu orgulho ferido? Eu nunca me comportaria dessa maneira, mas sentirei essas coisas se Canon e eu dermos esse passo e não der certo? Ainda temos dois meses de filmagem. Esta é minha primeira grande chance.

Isso é *sábio*?

Essas perguntas circulam pela minha cabeça repetidamente, mas continuo voltando para um sonoro SIM.

— Você está aí? — Takira quase grita. — Eu mencionei a energia do pau grande de Canon e você ficou muito quieta. É melhor você não fantasiar com ele comigo ao telefone. Isso é estranho pra caramba.

— Cale a boca. — Eu rio. — Não, eu só… é um grande passo. Você vê como ele age no set comigo. Como se ele mal soubesse que estou viva.

— Sendo sincera? Vejo um homem que não sabe o que fazer com o que está sentindo. Naquela noite, na festa de Halloween, vi você na varanda com ele. Eu o vi rindo. Estamos falando de Canon, cujos sorrisos ocorrem com a mesma frequência que os eclipses solares. Eu vi o jeito que ele olhou para você. É tão óbvio para mim que ele tem sentimentos por você. Não sei como todo mundo *não* vê isso. Não sei como você não vê.

— Eu vejo. Às vezes, parece uma miragem. Num minuto ele está lá e está claro, mas depois de alguns dias de silêncio e sem contato, ele vacila. Ele desaparece.

— Canon não chegou aonde está brincando no set e comprometendo seu papel. Ele é famoso por sua ética de trabalho. Por seu foco obsessivo. O fato de ele estar quebrando isso, mesmo que por alguns dias com *você*, me diz tudo que preciso saber.

— Você acha?

— Ah, eu sei disso, garota — garante, entrando sem esforço em seu sotaque. — Agora, vamos falar de logística. Você tem preservativos? Nunca confie nos homens, que mal se lembram de lavar as mãos depois de fazer xixi, para cuidar da sua proteção.

Enfio os quadrados dourados brilhantes na minha bolsa.

— Peguei.

— Depilação.

— Resolvido ontem.

— Lubrificante?

— Sim.

— Aluna nota 10 — diz. — Okay. Acho que você está pronta.

— Eu preciso ir. Atenciosamente — falo, recorrendo ao nosso diálogo tirado de *Schitt's Creek*.

— Atenciosamente, querida. Divirta-se.

Depois de desligarmos, termino de fazer a mala e a coloco no hall de entrada com alguns minutos de sobra. Quando a campainha toca, meu coração salta direto para a boca do estômago.

— Ei — Canon cumprimenta quando abro a porta.

Ele parece *beeeeeeem*. Tipo *beeeeeeem mesmo*.

Quem diria que camisas pólo cor-de-rosa da Lacoste eram a minha paixão? Contrastando com o tom exuberante de sua pele escura, seus bíceps retesados nas mangas curtas, descobrimos isso hoje. Com seus aviadores levantados, sua "barba de filme" bem cuidada, ele me faz imaginar imediatamente como aquelas cerdas vão arranhar a parte interna das minhas coxas quando ele me comer. Estou tão pronta para isso.

— Ei — devolvo, minha voz rouca, como se eu tivesse acabado de fumar um cigarro depois da fantasia na minha cabeça.

Eu o devoro com os olhos e ele deve sentir a mordida dos meus dentes. Deve sentir a vibração *ele pode me pegar* saindo de mim em ondas. Ele entra, fecha a porta e me pressiona contra a parede mais próxima. Não há prefácio para esse beijo. Não é necessária permissão, porque meus braços já estão enrolados em seu pescoço e minha língua está agressiva, brigando com a dele. Quando seus dedos roçam a pele da minha cintura, exposta pelo meu top curto, há reverência e urgência em seu toque. Suas mãos deslizam até minha bunda e apertam. Ele geme contra minha boca e eu na dele. O desespero surge e toma conta de nós. Sua mão desliza por baixo do cós da minha calça de moletom, seus dedos procurando sem vacilo a minha calcinha, acariciando meu clitóris pela primeira vez.

— Merda — ofego, interrompendo o beijo e repousando a cabeça em seu ombro, a sensação me desestabilizando profundamente. — Canon.

— Eu disse a mim mesmo que não deixaria isso acontecer. — Ele chupa a curva do meu pescoço. — Não quero que nossa primeira vez seja no seu hall de entrada, mas, *pooorra*, Neevah. Senti a sua falta. Você parece...

Ele abaixa a cabeça, desaparecendo sob a borda cortada do meu moletom. Sua boca se abre sobre meu seio e ele me abocanha através da renda minúscula do meu sutiã. Sua língua está quente, molhada e faminta no meu mamilo. Ele suga com força, seus dentes fechando em torno do broto apertado, enviando um tremor através de mim que transforma toda a cartilagem dos meus joelhos em mingau. Estendo a mão entre nós e encontro seu pau, duro, pronto, enorme na palma da minha mão. Acaricio uma, duas e novamente até que ele rosna e se endireita abruptamente. Ele puxa minha blusa para baixo e a ajeita no lugar e, para desespero da minha boceta, tira a mão da minha calcinha.

— Não. — Ele enfia as mãos nos bolsos. — Eu tenho planos.

— Mas eu tenho uma cama. — Inclino a cabeça no corredor. — É uma longa viagem até Santa Bárbara. Poderíamos simplesmente aliviar a tensão.

— Neevah, não. Quero dizer... sim. Claro que sim. — Ele dá um beijo na minha testa e envolve minha nuca com a palma da mão. — Mas eu não esperei tanto tempo por você para termos que nos apressar. Eu quero que seja especial. — Ele inclina a cabeça para que nossos olhares se conectem.

— Você é especial. Sabe disso, certo? Eu não faço essas coisas. Todo mundo fala muito sobre Camille, mas, em toda a minha carreira, ela é a única atriz com quem namorei.

— Ela também era especial, né? — pergunto, prendendo a respiração. Não que se ele disser sim vá mudar alguma coisa entre nós. Não superei a possibilidade de sentir ciúme, no entanto.

— Claro — afirma, acenando lentamente. — Mas não éramos certos um para o outro. Quando percebi isso, já tínhamos começado. Eu tive que terminar. Só ficaria mais confuso e emaranhado.

— Ela te amava?

Seu olhar não vacila, a honestidade explícita.

— Ela pensava que sim.

— Você pensou que a amava?

— Achei que talvez pudesse, mas rapidamente percebi que estava errado. — Ele dá um passo para trás, me dando espaço para respirar. — Se você tiver algum receio sobre isso, eu entendo. Quero você. Estou cansado de discutir o quanto quero você, mas respeitarei seus desejos e isso não afetará em nada nossa relação de trabalho. Eu te prometo isso.

Como ele pensa que eu poderia ir embora agora? Ainda estou molhada com seu toque. Meu coração ainda está batendo forte, correndo pela sua pequena câmara como um coelho preso. E eu ainda o quero, não apenas pelo sexo. Sim, meu Deus, sim. Eu quero o sexo, mas também quero os segredos por trás de seus olhos cautelosos; os sentimentos trancados em seu coração. E, se eu não sabia antes, sei agora.

Estou disposta a arriscar muito para tê-lo.

CAPÍTULO 37

Canon

Não foi assim que eu vi isso acontecer.

Estamos dirigindo há vinte minutos e estive ao telefone o tempo todo. Neevah sabe que sou workaholic, mas queria fazer um esforço para me concentrar nisso, em nós, por alguns dias, e não pensar em *Dessi Blue*.

— Você está aí, Canon? — A voz de Evan soa do painel do meu carro.

— Sim. Estou dirigindo, saindo da cidade, então você não tem exatamente toda a minha atenção.

— Temos que estar de volta ao set em três dias. Para onde você vai?

— Só para Santa Bárbara no Ano-Novo. Eu voltarei, obviamente.

— Meu convite se perdeu no correio?

— Festa privada. Apenas eu.

Não é exatamente verdade, mas a última coisa que preciso é de um dos sermões de Evan para "manter as mãos longe das atrizes".

Olho para Neevah no banco do passageiro. Ela está debruçada sobre o roteiro e parece nem me ouvir. Tanto esforço para deixarmos o trabalho para trás.

— Podemos encerrar isso? — pergunto. — Tenho apenas alguns dias antes do fim das férias. Estou tentando desconectar.

— Você tem uma tomada? Eu teria desplugado você anos atrás se soubesse.

— Então a licença para aquele local não foi aprovada — digo, ignorando suas alfinetadas e voltando ao motivo da ligação. Nunca encerraremos essa ligação se eu não fizer isso.

— Certo. Henry enviou algumas outras possibilidades — retoma, falando sobre nosso gerente de locação.

— Como quais?

— Westward Beach.

— Inferno. Podemos também filmar no meu quintal. Isso seria menos familiar. Não quero vender Westward Beach como a Riviera Francesa.

— Não temos muito tempo. Queremos estar no local em um mês. Não rejeite todas as sugestões.

— Prometo rejeitar apenas as ridículas.

— Você está entrando naquele modo em que nada é bom o suficiente.

— Não, apenas me traga opções melhores. Droga, Evan.

Sinto os olhos de Neevah em mim agora e não quero ter essa conversa com ela no carro. Ela não é apenas minha... merda, como estamos nos chamando nesta fase? Mas ela também é atriz neste filme. Nós tentamos o nosso melhor para proteger nosso elenco e equipe da loucura nos bastidores com que os produtores lidam.

— Ei. Deixe-me chegar aonde nós estamos indo e te ligo amanhã.

— *Nós*? Achei que você estava sozinho.

— Ligo para você amanhã. Mande uma mensagem para Jill e peça que ela me envie três opções melhores do que a maldita Westward Beach. Tchau.

Desconecto-me antes que ele possa praticamente me afogar sobre quem está comigo. Evan colocaria o pulmão para fora se soubesse que eu estava com Neevah. Se ele soubesse que a beijei. Se suspeitasse que eu estava com a calcinha dela até os pulsos há menos de uma hora.

Se eu não quiser dirigir na próxima hora com esse pau duro debaixo do cinto de segurança, vou encontrar algo em que pensar além de Neevah escorregadia e molhada sob minha mão. Tempo de sobra para pensar nisso quando chegarmos em Santa Bárbara.

— Algo errado? — Neevah pergunta.

Não. Fico ereto assim sempre.

— Hm... o quê? — pergunto, esperando que ela não tenha notado.

— A ligação com Evan. Parece que a locação para o próximo mês deu problema.

— Ah. Isso. Sim. Nós vamos resolver. — Aceno para o roteiro em seu colo. — Como vai isso?

— Muito bem. Eu acho. Com tanto foco nos números musicais que tive que aprender, há alguns diálogos que ainda não memorizei. — Ela coloca o dedo nos lábios. — Shhh. Não conte ao meu chefe. Ele é um cara durão.

— Engraçado. — Lanço-lhe um olhar especulativo. — Os atores acham que sou durão?

— Você sabe que todos pensam que você anda sobre as águas, certo? Você é exigente, mas não é mau. Todos me contaram histórias horríveis de diretores criticando-os na frente de todos. De diretores sendo invasivos com eles.

Como convidá-los para passar alguns dias em uma escapadinha particular...

— Não é isso, Canon. — Neevah se aproxima para pegar minha mão, apoiando nossos dedos entrelaçados na minha perna. — Eu quero isso tanto quanto você. Você sabe disso. Fiquei atraída por você antes mesmo de me oferecer o papel.

— Ficou?

— Quando você ligou sobre a audição naquela primeira vez... — Ela ri, cobrindo o rosto com a mão livre. — Achei que você estivesse ligando para me convidar para sair. Eu meio que esperava que estivesse.

— Você ficou desapontada? — pergunto, sorrindo e mantendo os olhos na I-5.

— Não. Apenas me lembrei de que não seria uma boa ideia ter uma paixonite pelo meu diretor.

Meu sorriso desaparece.

— *Não é* uma boa ideia.

Ela puxa minha mão até que eu desvie o olhar da estrada por tempo suficiente para encará-la.

— Não é uma paixonite. Não preciso disso para avançar na minha carreira. E este não é algum complexo equivocado entre atriz que idolatra seu diretor. Gosto de você. Respeito você. Quero conhecer você. E quero te foder. Alguma pergunta?

Sua declaração ousada pousa no console entre nós, no banco da frente, esperando que eu aborde o assunto. Se eu esperar meu pau abaixar, ficaremos aqui o dia todo, então terei que aprender a conversar de forma inteligível enquanto estiver ereto. É como mascar chiclete e caminhar, só que muito mais excitante.

— Não vou mentir para você. Se... quando isso for divulgado, pode se tornar uma confusão — digo a ela.

— Eu já disse que não me importo com o que as pessoas dizem.

— Você diz isso porque nunca apareceu na capa de todos os grandes tabloides, nem teve câmeras acampadas do lado de fora de sua casa, nem foi perseguida toda vez que ia ao supermercado ou ao Starbucks. Foi o que aconteceu quando a merda explodiu com Camille. Não é divertido.

— Eu te entendo. Só quero que saiba que não terei a menor hesitação se algum repórter insinuar que consegui esse emprego por causa de algo entre nós. Eu vou provar meu valor. Nosso trabalho falará por si.

— É também por causa de uma atenção assim, desse tipo de escrutínio, que bons relacionamentos são arruinados. Já vi muitas relações mal saírem do papel antes do fracasso total, antes de desmoronarem por causa da pressão. — Aperto a mão dela e a encaro. — Eu não quero isso para nós.

— Eu também não — garante, acariciando meu polegar com o dela.

— Estou disposto a arriscar, porque tudo o que você acabou de dizer que quer comigo — puxo a mão dela até meus lábios —, aposto que quero mais que você.

Quando desvio o rosto para ela, seus olhos brilham com antecipação, desejo e algo tão doce que quero teletransportar a última hora desta viagem. Quero tudo o que vejo nos olhos dela agora.

— Você quer isso mais do que eu? — Ela nega com a cabeça, puxando nossas duas mãos para descansar em sua coxa. — Veremos isso, Sr. Holt.

CAPÍTULO 38

Neevah

Dou uma volta lenta na grande entrada da casa que Canon alugou para nós, observando o magnífico lustre e a escada em espiral que leva ao próximo andar. Pisos de mármore, pinturas discretamente iluminadas e esculturas únicas conferem à entrada uma elegância descolada.

— É lindo, Canon.

Ele anda ao meu lado, trazendo nossa bagagem, e coloca a mão nas minhas costas.

— Um cara que conheci em Cannes há alguns anos me contou sobre esse lugar, e desde então venho aqui todos os anos pelo menos uma vez. Geralmente sozinho, é claro. Não trouxe ninguém comigo antes.

— Nunca? — Viro-me para olhar para ele.

Ele sorri e beija o topo da minha cabeça.

— Vamos. Vou te mostrar o resto.

O resto é uma cozinha gourmet, totalmente equipada com todas as conveniências modernas imagináveis, uma sala de estar com lareira grande o suficiente para eu hibernar, banheiros luxuosos equipados com banheiras embutidas e chuveiros em cascata, e uma varanda que se projeta sobre uma piscina infinita e Spa. O tour termina nos quartos, dois em frente um do outro, ambos no auge do luxo.

— E ainda tem dois quartos — Canon me diz, no corredor que divide o piso.

Entro no que é obviamente a suíte principal e me sento na cama, recostando-me e deixando-o ver que poderíamos fazer isso agora.

— Bem, isso parece meio redundante.

Ele se aproxima e se posiciona entre minhas pernas, abrindo-as ainda mais, acariciando a parte externa com as palmas das mãos, deslizando para a interna, e seguindo um caminho até a curva dos joelhos. Mesmo através do tecido da minha calça, o contato queima. Ele poderia me tomar neste segundo. Eu gostaria muito disso, por favor e obrigada. Ele deve ter percebido, pela maneira como minha respiração acelera, empurrando meus seios em um ritmo intenso. Está com as pálpebras pesadas, seus lábios carnudos se entreabrindo enquanto olha para mim. Minha blusa curta sobe, expondo minha pele. Ele traça um dedo indicador pelo vale raso entre os músculos do meu abdômen, que tremem sob seu toque. Engulo em seco, tentando normalizar a respiração.

— Canon.

Ele dá um passo para trás abruptamente, levando consigo o calor e o toque provocador.

— Quer tomar banho? Você trouxe um vestido?

A rápida mudança de postura de sensual para pragmático me dá uma chicotada.

— Hm, eu tenho um vestido, sim.

— Use para mim. — Inclina-se para capturar meus lábios em um beijo muito breve. Estendo a mão para acariciar seu pescoço, mas ele se afasta, seu sorriso para mim é uma provocação e uma tentação. — Vou começar o jantar.

— Você vai cozinhar? — Sento-me, respirando um pouco mais facilmente sem esse grande homem parado entre minhas pernas.

— Sou muito surpreendente! — grita do corredor. — Desça quando estiver pronta.

Fico tentada a me masturbar no chuveiro porque o desejo é muito forte, mas quero guardar tudo para ele. Estou surpresa por não chiar assim que a água atinge minha pele. Tenho certeza de que este é o momento em que mais tive tesão na vida.

Ainda estou encharcada entre as pernas só de imaginar e meus mamilos estão tão tensos que ficam rígidos sob o vestido amarelo-claro quando ele se molda ao meu corpo. Não me preocupo com sutiã, amarro o vestido frente única atrás do pescoço e deixo meus seios se projetarem sob a seda. Também renuncio à calcinha, porque parece uma perda de tempo. O vestido é fino como musselina, e gruda na minha bunda e nos quadris. Sinceramente, espero que ele consiga ver a sombra da minha boceta sob a iluminação certa. *Recuso-me* a ficar com mais tesão do que ele, caramba.

Quando desço as escadas, ele está na cozinha, vestindo uma camisa de botão e calça comprida.

Entrelaçados

— Quando você trocou de roupa? — pergunto, chegando por trás dele e deslizando meus braços em volta de sua cintura.

Ele se vira, encostando-se ao balcão e colocando as mãos na minha cintura, roçando minha bunda. Canon enrijece quando obviamente nota que não há nada por baixo do vestido. Ao olhar para mim, o brilho de desejo presente ali compensa todo o trabalho que tive, não apenas com minha aparência esta noite, mas com a maratona de beleza de ontem. Fui depilada, esfregada e esfoliada por mais de uma temporada de Bachelorettes. Se ele gosta de lamber os dedos dos pés, os meus foram polidos e bem cuidados. Se ele quiser minha xana, estou lisinha como um escorregador cheio de sabão. E se ele se sentisse inclinado a me comer por trás, nenhum fio de cabelo sobreviveu àquela maratona de cera Brutal Brunhilda que suportei de quatro no Spa. Estou pronta para *qualquer coisa*. Praticamente estive treinando para isso.

— Quando você trocou de roupa? — repito, já que ele parece ter perdido a linha de pensamento assim que viu meus mamilos brilhando e percebeu que não estava usando calcinha.

— Ah. — Ele pigarreia, apertando ainda mais minha cintura. — Tem um chuveiro aqui embaixo, então me troquei enquanto fazia a comida.

— Eu não fazia ideia de que você sabia cozinhar. — Obrigo-me a sair de seus braços, embora pudesse ficar ali a noite toda, e olhar para a salada com seus vegetais de cores vibrantes na bancada.

— Minha mãe não me mandaria para o mundo sem saber cozinhar pelo menos um pouquinho. Sei muito bem o que fazer com um grill.

— Ah. — Ocorre-me que nunca conversamos muito sobre comida. — Eu não como carne vermelha.

— Eu sei. A equipe sempre se certifica de ter uma alternativa para você com nossos pedidos de comidas.

— Ah. Sim.

— Naquela noite, no terraço, você comeu camarão e, no Dia de Ação de Graças, pediu peixe. — Ele olha por cima do ombro para o pátio e a churrasqueira. — Espero que salmão seja uma boa. Você comeu os crepes de salmão, então...

Estou impressionada que um homem tão ocupado como ele, trabalhando no filme de sua vida, preste atenção a esses detalhes e às minhas preferências.

— Hm, salmão é ótimo. Obrigada.

— Você está com fome?

Concordo com a cabeça e ele pega minha mão, me levando para a varanda. O sol ainda não se pôs, ainda decidindo entre o dia e a noite. Estamos naquela hora dourada — o sonho de qualquer fotógrafo.

— Você tem estado ocupado aqui embaixo — comento, sorrindo para a mesa na varanda, decorada com lindas porcelanas e copos, iluminada por velas. Música suave sai de alto-falantes invisíveis.

— Não demorou muito. — Ele puxa minha cadeira.

— Que cavalheiro — digo, olhando para ele por cima do ombro quando me sento.

— Veremos se você ainda vai pensar assim até o final da noite — afirma, sussurrando no meu ouvido, beijando meu pescoço onde o vestido está preso.

Pego sua mão e o seguro no lugar.

— Eu não estou com *tanta* fome. Não precisamos esperar.

— Eu disse que tenho planos. — Ele ri, se afastando e se sentando à minha frente. — Chegaremos lá.

Quero me transformar na Veruca Salt de *A fantástica fábrica de chocolate* e dizer a ele que quero agora, mas essa atitude não acabou tão bem para ela. Posso ser um pouco paciente por mais algum tempo. Pego meu garfo e corto a comida que ele preparou. Canon Holt preparou o jantar para mim.

Mastigando, ele aponta o garfo para meu rosto.

— Que sorrisinho é esse?

— Estava pensando que nunca tive um diretor famoso cozinhando para mim. — Dou uma mordida no salmão e gemo. — E está realmente delicioso.

— Sou um homem de muitos talentos. A maioria deles atrás de uma câmera, mas posso assar umas coisas quando pressionado.

— E você foi pressionado? — Sorrio para ele à luz das velas. — Na verdade, sou muito fácil de agradar. Você não precisava ter todo esse trabalho.

— Eu queria que esta noite fosse…

— Especial. Eu sei.

O humor desaparece de sua expressão e seu rosto fica sério.

— Você precisa ter certeza antes de fazermos isso, Neevah. Mesmo agora, não é tarde demais para mudar de ideia.

— Podemos pular o jantar, no que me diz respeito. — Deixo meu garfo na mesa. — Não tenho medo de parecer muito ansiosa, Canon. Eu *estou* ansiosa. Você disse que pode me ler facilmente de qualquer maneira, então não posso esconder isso. Você sabe que te quero.

Entrelaçados

223

Seu olhar não vacila, mas escurece, os longos cílios caindo enquanto o desejo se agita por trás de seus olhos.

— Mas eu quero mais do que sexo — confesso. — Não estou dizendo que tem que ser sério, mas quero que saiba que isso significa algo para mim. Você me chamou de generosa, e eu sou, no palco. Quando me apresento, mas nunca dormi com ninguém para quem trabalhei. Eu realmente me contenho em relação a isso. Tenho cuidado com quem compartilho meu corpo, então, quando eu fizer isso com você, já será especial para mim.

Mesmo através da barba macia, vejo o músculo de sua mandíbula flexionando. Seus punhos cerram ao lado do prato. Ele parece um homem prestes a perder o controle, e quero empurrá-lo para o limite. Antes que eu possa, a música muda e a pulsação do baixo introduz os primeiros versos da letra de abertura de *If This World Were Mine*, de Luther, distraindo-me temporariamente. Canon sorri, levantando-se da mesa e estendendo a mão. Ele se lembrava da nossa conversa na varanda? Organizou isso?

— Isso é uma coincidência? — pergunto, ficando com as pernas bambas.

— Eu sou um diretor — responde, puxando-me em seus braços para se mover ao ritmo do refrão lânguido. — As coisas raramente são coincidências comigo.

Eu rio dele, meu coração como uma catraca no peito, e enlaço meus pulsos atrás de seu pescoço. A noite esfriou e não consigo discernir se os arrepios que despontam em meus braços são do ar ou se as mãos dele se movem sobre minha pele nua, massageando os músculos até ficarem moles. Ou da carícia suave em meu pescoço quando ele mergulha para respirar o perfume atrás da minha orelha. O céu escureceu, manchado pelo anoitecer, iluminado por estrelas como lanternas. Com a piscina abaixo brilhando como uma joia, esses minutos em seus braços, próximos, são os mais perfeitos de que me lembro.

Enquadro seu rosto, a estrutura óssea distinta dura sob minhas mãos.

— E você diz que não é romântico — sussurro.

— Eu não sou. Simplesmente gosto de *você*.

— Então sou uma garota de sorte. — Tento rir, mas o que está acontecendo esta noite, agora, significa demais. Não posso jogar fora ou menosprezar. Parece que o universo chegou a esses segundos sob um céu observador. Tudo se resume ao contato entre nossos corpos e nossa respiração, que fica mais irregular à medida que balançamos juntos. Aos nossos olhos, mesclados pela paixão e algo sutilmente mais forte.

Ele segura meu queixo entre o polegar e o indicador e puxa até que eu abra a boca para ele. O beijo, quando chega, começa terno com mordidinhas e roçar de lábios, mas logo se esgota, nossas línguas deslizando juntas, nossas mãos procurando, buscando, agarrando e apertando.

— Andar de cima — suspira contra a curva do meu ombro.

Concordo com um aceno de cabeça, entrelaçando os dedos aos dele quando ele segura minha mão e me leva escada acima. As lâmpadas brilham em ambos os lados da cama, e a música suave nos seguiu, tocando fraca aqui também.

Ele toca meu rosto, passando os nós dos dedos pela minha bochecha.

— Você é linda, Neevah. Não foi a primeira coisa que notei em você e não é a mais importante, mas quero que saiba.

Estendo a mão e passo as pontas dos dedos pela plenitude de seus lábios.

— E, cada vez que faço você sorrir, sinto que conquistei o mundo.

Seus olhos, aquecidos e famintos, deslizam sobre mim, do alto da minha cabeça até meus sapatos que deixam apenas as pontas dos dedos à mostra.

— Então me faça sorrir.

Esperei por esse momento, mas agora que chegou, não sei por onde começar.

Ela não esconde nada?

Canon disse que se fez essa pergunta quando me viu atuar em *Esplendor*, e eu sei. A primeira coisa que farei é dar tudo a ele.

Meus dedos encontram o laço em meu pescoço, puxando até que a parte superior do vestido se afrouxe e caia. O volume dos meus quadris e da minha bunda ancora o vestido no meu corpo, mas meu torso — ombros, barriga, seios — está nu na penumbra.

Com o lábio inferior preso entre os dentes, Canon passa um dedo pela minha clavícula, pela curva do meu ombro, descendo pelo meu braço para unir nossos dedos. Puxando-me para mais perto, olha para mim por longos segundos. Não para os meus seios, tensos e arfantes de ansiedade, mas para os meus olhos, e isso me faz sentir mais exposta do que o frescor do ar beijando minha pele. Eu sou como cristal para ele, foi o que me disse, e examina meus olhos como se estivesse espiando dentro da minha cabeça, revirando minha alma em suas mãos. Não quero nem pensar no que ele vê em meu coração.

Assim que não tenho mais certeza se posso suportar o escrutínio sem o seu toque, ele se inclina para beijar um mamilo. Minha cabeça pende para trás,

Entrelaçados

expondo a linha do meu pescoço. Ele ainda segura uma das mãos, e aperto ainda mais seus dedos, precisando de apoio para ficar de pé enquanto seus lábios se fecham em torno da ponta, seus dentes raspando suavemente. Estamos conectados em apenas dois pontos, nossos dedos unidos e sua boca em meu peito, mas parece que cada centímetro meu está pressionado contra ele. Meus olhos estão fechados, mas o ar muda na minha frente quando ele se ajoelha. Solta minha mão para segurar meus quadris. Olho para baixo e seus olhos pairam por mim, começando pelo meu umbigo, passando pela barriga e subindo pelos meus seios até chegar ao rosto. Seus movimentos não foram apressados e suas mãos não foram rápidas, então a fome selvagem em seus olhos me assusta, e percebo que ele a está controlando. Ele dominou e, mais do que tudo, quero quebrar esse controle como se fosse um graveto.

Empurro a seda acumulada em meus quadris, fazendo com que o vestido desça pelas minhas pernas e se amontoe em volta dos meus sapatos. Enrolo os dedos nas ondas ásperas de seu cabelo e sutilmente incito sua cabeça em direção à minha boceta depilada.

Ele respira profundamente e depois descansa a boca contra os lábios, sem me abrir, nem provar.

— Jesus, Neev — solta, seu sussurro como uma carícia sobre minha pele sensível.

Quero empurrá-lo tão além de seus limites que não haja como voltar atrás. Tiro os sapatos e deslizo os dedos trêmulos por entre as pernas, passando pelo clitóris e pela umidade que escorre pela parte interna das coxas.

Ele passa a respirar com dificuldade enquanto segue o movimento dos meus dedos com o olhar. Quando retiro a mão, o ar esfria as pontas dos meus dedos. Com ousadia deliberada, mantenho seu olhar e passo meus dedos em seus lábios, adornando sua boca com minha umidade. Ele rosna contra minha boceta, a vibração tocando meus nervos como um tímpano.

— Abra as pernas — ordena, com voz rouca.

Obedeço, ampliando minha postura e esperando seu próximo movimento.

A respiração falha em meu peito quando seus grandes dedos afastam os lábios como pétalas, expondo o interior latejante.

No início, ele apenas lambe uma vez.

Estremeço, meus joelhos quase cedendo.

Ele puxa todo o meu clitóris em sua boca, enviando uma flecha de prazer através do meu corpo. Sua cabeça balança, sua boca se move contra mim com grande força, com uma fome crescente. Ele segura minha bunda e me empurra para trás alguns metros até a cama. Com um empurrão suave, caio, deitada de costas, completamente nua enquanto ele está totalmente vestido, minhas pernas penduradas na lateral da cama, abertas para ele.

Canon não perde tempo.

Os sons que faz quando se delicia com minha boceta me visitarão em meus sonhos. Como um animal faminto, ele grunhe e ofega na faixa escorregadia de nervos e carne. Puxa minhas pernas para cima e coloca meus calcanhares na beira da cama até que meus joelhos estejam dobrados e abertos. Seus dedos empurram dentro de mim e me sento sobre os cotovelos, incapaz de me deitar por mais tempo e desesperada para ver.

Três grandes dedos entram e saem, brilhando com minha umidade. Ele olha para mim ao fazer isso, e é o ato mais íntimo que já experimentei. Sua barba brilha com meus líquidos e ele lambe os lábios, fechando os olhos como se meu gosto o hipnotizasse. Ele movimenta a mão, empurrando o polegar para dentro e usando todos os quatro dedos para apertar e acariciar meu clitóris, alternando os dois toques até que minha respiração saia pela boca. Manchas aparecem diante dos meus olhos e caio novamente no edredom fresco, impotente, enquanto o orgasmo aperta os músculos das minhas pernas e queima minhas coxas até que minha boceta se contraia em torno de seus dedos, agarrando e flexionando compulsivamente. Cubro os olhos e grito, meu clímax ecoando pelo quarto, chocando-se contra as paredes.

— Ai, meu Deus, Canon. — Sai como um soluço entrecortado, meu corpo chorando por ele de todas as maneiras. Derramando meu desejo como oferenda e arrancando lágrimas dos meus olhos. Sua boca se torna mais lenta, menos urgente, lambendo, provando, saboreando.

Quando ele se levanta, meus joelhos ainda estão dobrados, as pernas levantadas. Não há dignidade nisso, e eu não dou a mínima. Estou sofrendo por ele. À medida que meu orgasmo aumenta e diminui, o vazio onde ele deveria estar boceja e grita.

— Canon, por favor — sussurro, despreocupada com as lágrimas escorrendo dos cantos dos meus olhos. A agonia é tão forte, uma criatura exigindo ser alimentada. — Agora mesmo.

Ele paira acima de mim, ainda totalmente vestido, olhos brilhando, narinas dilatadas. Nunca o vi assim. Canon sempre foi cuidadoso sobre quando e como olha para mim, reduzindo nosso contato ao mínimo, então essa força não filtrada e não controlada de sua atenção voa como faíscas

Entrelaçados

227

pela minha pele. Há algo de primitivo e possessivo no olhar que percorre meu corpo. A maneira como ele paira sobre mim me faz sentir pequena e poderosa ao mesmo tempo.

Fico de joelhos e estendo a mão para ele. Com os cílios abaixados, ele me observa deslizar os botões e abrir a camisa sobre seu peito largo.

Sinto, de certa forma, que ele estava em vantagem. Já fiz cenas de sexo e fiquei quase nua no set. Ele já viu quase tudo antes mesmo desta noite, mas eu só fantasiei sobre o calor esculpido de seu corpo. Puxo seu cinto, libertando-o dos passadores do cós da calça, e com dedos enganosamente firmes, desabotoo e abro o zíper, empurrando o tecido para o chão.

Ele é um espécime tão lindo e, sob meus olhos famintos, completamente imóvel. Tranquilo e esperando meu próximo movimento. Isso me faz sentir ainda mais poderosa, esse homem, tão completamente no comando de tudo o tempo todo, à minha mercê. Aguardando o meu prazer e o dele. Deslizo os dedos por baixo do cós de sua cueca e a empurro para o chão também.

Potência do homem de pau grande, fato.

Com uma das mãos, agarro seu pescoço, abaixo sua cabeça e esmago nossos lábios. O beijo, temperado com minha essência, faz minha cabeça girar e envia alfinetadas de sensações pelo meu corpo. Enquanto nossas línguas e respirações se entrelaçam, coloco a mão entre nós e agarro seu pau, puxando primeiro hesitantemente e depois com confiança. Sua respiração se torna irregular em meus lábios até que nosso beijo se dissolve completamente e sua boca se abre em um gemido.

Minha mão parece tão pequena em volta dele. Esfrego o polegar sobre a cabeça brilhante, espalhando a umidade. Sento-me na cama, querendo levá-lo na boca, mas ele me impede, sua mão agarrando meu cabelo e segurando minha cabeça para trás.

— Da próxima vez — murmura.

Sem palavras, sobe na cama, puxando-me consigo até que suas costas se apoiem à cabeceira. Pegando-me pelos quadris, ele me guia para cima e sobre suas coxas até que eu esteja montada nele. Minha boceta lateja com a promessa de finalmente ser preenchida, e eu choramingo com a demora quando ele se estica até a mesa de cabeceira, pega uma camisinha e a desliza sobre si mesmo.

Ele passa as palmas das mãos pelas minhas costas, roçando minha coluna e separando minha bunda.

— Você está bem? — pergunta, examinando meu rosto sob a luz suave. Concordo.

— Eu quero isso, Canon.

— Eu também. — Ele se inclina para me beijar, e é apaixonado, áspero, penetrante e exigente, sua língua saqueando minha boca. O tempo todo, ele está me empurrando para frente até que eu esteja posicionada sobre ele. Abro mais as pernas e o guio para dentro.

Nós ofegamos, pressionando nossas testas enquanto nossos corpos rompem esse selo. À medida que me acostumo com seu tamanho, sinto um pouco de queimação, mas parece certo. Parece que meu corpo foi moldado para este momento, para este homem. Com meus joelhos em cada lado de suas pernas, eu balanço para frente, tomando-o mais fundo, e sua mandíbula se contrai. Seu aperto na minha bunda aumenta e ele me levanta um pouco para alcançar meu seio, puxando-o para o calor de sua boca. Ele alcança entre nós a fusão de nossos corpos, e seu dedo desliza sobre meu clitóris, a ponta áspera acariciando-o com cada movimento dos meus quadris. Eu gozei uma vez, mas, com sua língua e dentes em meu mamilo, seu dedo em meu clitóris e seu pau duro me enchendo, o orgasmo se avoluma novamente. Ele inverte nossas posições, me pressionando na cama e arremetendo de volta para dentro antes que eu consiga recuperar o fôlego.

— Canon — ofego, na curva escorregadia de seu pescoço, deslizando as mãos pelas costas para agarrar sua bunda. — Me fode.

Ele sufoca uma risada.

— Eu vou. Puta merda, Neevah.

Ele empurra tão profundamente que paro de respirar por um segundo e aprecio o choque. Enlaço seu pescoço e cruzo os tornozelos atrás de suas costas, o ritmo de nosso ato sexual mudando, passando de golpes longos, profundos e suaves para uma cadência desesperada, frenética demais para eu controlar. Tentar é como navegar no vento, como nadar em um tsunami. Sou jogada para o alto e com força, indefesa, sem peso. Quando ele goza com um rosnado profundo, uma das mãos agarrada em meu cabelo, a outra segurando minha coxa, eu o sigo com um soluço e um beijo possessivo que o marca como meu, tão certo quanto sou marcada como dele, seja como for que ele me queira.

Entrelaçados

CAPÍTULO 39

Canon

— Deveríamos sair de casa hoje — comento, enquanto flutuamos nus na piscina.

— Por quê? — Neevah pergunta, e com os seios balançando na superfície da água, a barriga tensa e a boceta nua visíveis enquanto ela está diante de mim, tenho que fazer a mesma pergunta.

— É Santa Bárbara — prossigo, sem entusiasmo. — Uma das cidades mais bonitas do país. Você deveria ver algo diferente deste lugar. E não estamos em Los Angeles. Menos exposição, não que eu tenha *paparazzi* me seguindo ou algo assim.

Ela nada alguns metros, seus membros longos e nus cortando a água. Quando fica na minha frente, sua cabeça só alcança meu queixo, e ela se inclina para cima, sustentando meu olhar.

— Mas há muito o que fazer aqui — brinca, com os olhos cada vez mais sensuais. Sua mão se move entre nós e ela agarra meu pau, puxando lenta e firmemente.

— Você é insaciável. — Levanto-a para que possa envolver as pernas ao meu redor e, mesmo que eu não a penetre, ela se esfrega em mim, a fricção doce, quente e gloriosa.

— Você ama isso em mim — sussurra em um beijo, suas mãos escorregadias agarrando meus ombros. — Me fode de novo, Canon.

— Não temos camisinha.

— Então pelo menos me faça gozar. — Ela morde minha orelha, passando a palma da mão sobre meu mamilo.

Deslizo a mão entre nossos corpos, enfiando dois dedos dentro dela.

— Ai, meu Deus. — Ela se balança no impulso dos meus dedos, inclinando a cabeça para trás até que o sol ilumina seu rosto e pescoço, destacando sua pele limpa, completamente livre de maquiagem.

KENNEDY RYAN

Eu a toco e acaricio seu clitóris, chupo seus mamilos, até que ela estremece em meus braços, ondulando como a água ao nosso redor.

Rindo em meu pescoço, ela se afasta para sorrir nos meus olhos. Retribuo o sorriso e beijo-a levemente nos lábios. Não consigo me lembrar de uma época da minha vida em que me senti assim. Tão feliz. Tão satisfeito. Tão faminto. Tão possessivo. Cada emoção parece exagerada com Neevah.

Sempre fui obcecado pelo meu trabalho, pela minha arte. Pela primeira vez, acho que encontrei outra coisa, outra *pessoa*, para inspirar esse tipo de intensidade. Ela está me arruinando e não tenho ideia de como impedir. Não tenho certeza se quero.

É assustador pra caramba.

Porque isso lhe dá muito poder, provavelmente um poder que ela nem percebe que tem. E eu sei que ela sente o mesmo. Não menti quando disse que poderia lê-la facilmente. Ela não esconde a emoção em seus olhos quando goza. Não finge que é apenas sexo, nem trata de maneira leviana. Não acho que ela saiba como fazer isso — se conter. Ela é tão generosa na cama quanto no palco ou diante das câmeras. Ela espalha beijos em meu rosto enquanto as coisas mais doces e safadas escorrem de seus lábios para meus ouvidos. Ao mesmo tempo, há nela um destemor, a mesma qualidade que a faz pensar que tudo vai dar certo quando as pessoas descobrirem sobre nós. Espero que ela esteja certa.

Deus ajude qualquer um que vier atrás dela por me querer, que tente sabotar sua carreira ou diminuir sua luz. Não posso protegê-la de todas as armadilhas de Hollywood, mas vou protegê-la do máximo de feiura que puder.

Suas pálpebras estão pesadas após o orgasmo, seu corpo lânguido em meus braços. Levo-nos para fora da piscina, indiferente ao fato de nenhum de nós usar uma peça de roupa. Esta propriedade é completamente privada e fechada.

Em vez de colocá-la em uma espreguiçadeira, me deito em uma e a posiciono sobre mim. Ela provavelmente pensa que sou absurdamente grudento, mas em alguns dias voltaremos a ter muito pouco contato. Quero o máximo que puder enquanto posso ter.

— É véspera de Ano-Novo — comento. — Devíamos sair. Santa Bárbara só faz queima de fogos no 4 de julho, no Ano-Novo não, mas haverá festas na orla. Vai ser divertido.

Ela se aconchega ao meu lado, abrindo espaço para si mesma na poltrona estreita.

Entrelaçados

— Eu não quero voltar amanhã. Sei que precisamos e que começaremos a filmar novamente, mas adoro isso com você. Não quero voltar a não ter isso.

Eu também não, mas sei que será melhor para meu foco, para a carreira dela e para o nosso filme. Levanto seu queixo e beijo seu nariz.

— Só até o filme terminar.

— Vai passar voando?

Fico quieto porque, dois meses sem isso, mesmo que seja uma hora, parece muito tempo. Concordo com a cabeça, rindo quando ela revira os olhos com a minha resposta moderada. Dou um tapa leve em sua bunda nua e fico de pé.

— Levante sua linda bunda. — Estendo a mão para colocá-la de pé. — Eles não chamam de Riviera Americana à toa.

— Vocês consideraram Santa Bárbara para o novo local? Já que se parece com a Riviera Francesa na América…

É uma solução tão óbvia que não posso acreditar que nem Evan nem eu sugerimos isso. Devo estar perdendo células cerebrais toda vez que gozo.

— Boa ideia. Vou mencionar isso para Evan. Vamos entrar para que possamos tomar banho; daí vou te levar para sair na véspera de Ano-Novo. — Seguro a mão dela e faço uma pausa, notando uma pequena irritação em seu braço. — O que é isso? Queimadura solar ou…

— Droga. — Ela toca a área e balança a cabeça. — É aquela doença de pele de que lhe falei. Tenho que ter muito cuidado ao sol. Não estava tão quente ou forte quando saímos e não percebi quanto sol estava tomando.

— Você precisa de um pouco de loção ou…

— Tenho algo da minha dermatologista. — Ela abre um sorriso e passa por mim correndo para dentro de casa. — Vou tomar banho e cuidar disso.

Ela sobe as escadas correndo e eu grito para que me escute:

— Partimos em uma hora?

— Sim — confirma, por cima do ombro, sem olhar para trás.

Eu precisava das últimas vinte e quatro horas. Não apenas para fazer amor, embora seja o melhor já registrado. A conversa. A troca de sonhos. Ser diretor exige que você seja pragmático e que nunca pare de sonhar. Ontem à noite, na enorme banheira principal, ficamos de molho juntos até que as bolhas que ela derramou evaporassem, junto com todas as nossas reservas. De costas para mim, pernas e braços entrelaçados, ela me contou suas ambições e eu compartilhei as histórias que ainda quero contar. Minha vida é uma plataforma giratória em constante movimento e não consigo me lembrar da última vez que diminuí a velocidade dessa maneira. Ela me faz querer desacelerar para não perder nada.

Dessi Blue consumiu a maior parte dos meus momentos de vigília nos últimos dois anos, porém mal pensei no filme desde que chegamos. Eu estava certo em aguentar tanto tempo, porque, se tivesse sentido isso, se tivesse usufruído disso com Neevah nos últimos meses, não teria sido capaz de me concentrar, porra nenhuma. Não no nível que preciso. Dirigir um filme, especialmente um desse escopo, requer uma concentração quase desumana, com exclusão de quase todo o resto.

Ainda temos dois meses de filmagem. Tenho que desligar isso, esse desejo quase selvagem de ter Neevah, de estar com ela, se quiser dar ao projeto a atenção que ele merece nesta reta final. Depois que o filme terminar, podemos discretamente continuar de onde paramos e foder qualquer um que tenha algo a dizer sobre o assunto. Não há um cenário aceitável em que não levemos isso adiante — não depois desse tempo juntos.

Subo as escadas de dois em dois degraus e entro no quarto. Está vazio, mas o chuveiro está ligado. Entro no banheiro, mas ela ainda não está lá. Ela está diante do espelho, com o cabelo levantado enquanto examina uma pequena área na base da nuca usando outro espelho.

— Tudo certo?

Ela se sobressalta e deixa cair o espelho, que se espatifa no chão.

— Ei, calma. — Ando com cuidado, contornando o vidro, e a levanto para que se sente no balcão do banheiro. — Não quero que você corte os pés. Fique aqui mesmo.

Volto para o quarto, calço o tênis e desço para pegar uma vassoura. Provavelmente pareço ridículo, correndo pelado e vestindo apenas um tênis Jordan.

O espelho quebrou em grandes pedaços, por isso é fácil de limpar. Varro a área completamente, mas ainda levo os chinelos de Neevah para ela, só para garantir. Ela não se moveu nem falou durante todo o processo, e belisquei seu dedo do pé. Nunca vi essa expressão em seus olhos antes. Preocupação ou medo. Não tenho certeza do que é, mas mesmo no dia em que ela ficou tão abalada ao filmar aquela cena difícil, ela não parecia assim.

— Linda, você está bem? — Estendo a mão para tocar o local que ela estava olhando no espelho, mas ela se afasta.

— Não — rebate, com a voz baixa.

Entrelaçados

Ela pula do balcão e vai até o chuveiro para testar a temperatura da água com a ponta dos dedos antes de se virar para mim.

— Desculpe. — Sua garganta se move com um engolir profundo. — Eu não queria ser curta e grossa. Estou frustrada comigo mesma, não com você, porque fiquei muito tempo exposta ao sol e isso pode fazer mal para minha pele.

— Tudo bem. Deus sabe que fui bruto uma ou duas vezes.

Ela me lança um olhar irônico.

— Tudo bem, muitas vezes fui bruto. — Eu rio, mas ainda sério, impressionado pela preocupação que ela cuidadosamente afasta de seu semblante.

Ela me contou sobre sua condição de pele. Estou me culpando por não pensar nisso.

— Tem certeza de que está tudo bem?

— Está, sim. — Ela se ilumina, mas não tenho certeza se acredito ainda. — Vamos nos vestir e receber o Ano-Novo.

CAPÍTULO 40

Neevah

O centro de Santa Bárbara não está para brincadeira neste réveillon.

A enorme multidão lota a orla, movendo-se ao som da música do DJ, deleitando-se na pista de dança à beira-mar e ingerindo bebida alcoólica suficiente para fazer o Titanic flutuar.

— Apenas um lembrete amigável! — grito no ouvido de Canon para ser ouvida por cima da música. — Poderíamos estar em casa transando agora, mas nãooo.

Ele inclina a cabeça para trás, rindo, com a expressão mais extrovertida que já vi. Canon tem toda uma série de carrancas que eu poderia passar horas categorizando. A carranca distraída, indicando que qualquer coisa que você disser a ele agora será esquecida cinco segundos depois. A carranca de *podemos fazer melhor*, quando ele está olhando para algo que não está de acordo com seus padrões e tentando melhorá-lo. A carranca de *vai se foder* quando ele não consegue compreender que você realmente o incomodou enquanto ele estava fazendo algo tão importante. A carranca de *não, você não fez isso*, reservada para atores que chegam despreparados ou estão (*suspiro!*) atrasados para o set. Felizmente, nunca recebi essa.

— Você não está se divertindo? — Sua respiração roça minha orelha. Estremeço e pressiono nossos corpos tão perto que nem mesmo o ar frio da noite se intromete entre nós.

— Estou, porque você está aqui, mas estaremos de volta a Los Angeles amanhã e então as coisas voltarão ao normal.

— Quer que as coisas voltem ao normal? — A indagação em seus olhos vai além da que ele está fazendo, mas ele é meu vidro fosco, então só consigo imaginar qual poderia ser o questionamento em si.

— Elas precisam voltar? Quero dizer, já que você não quer ir a público. — Levanto a mão para conter o fluxo de palavras que sei que está chegando. — E entendo todos os seus motivos, mas, se houver uma tempestade, quando e se isso acontecer, estou pronta para enfrentá-la.

— Acho que esse pode ser um novo jeito de dizer "bater ou correr". — Ele ri, nos guiando para fora da pista de dança em direção a uma fileira de mesas reservadas à beira da água. Canon realmente dança e é muito bom. Surpreendeu-me muito. Mesmo que eu tenha provocado ele por causa dessa multidão, é bom estar aqui fora, nos divertindo e aproveitando a véspera de Ano-Novo como um casal comum. Canon usa um boné de beisebol por precaução, mas diz que não é o tipo de famoso que geralmente é reconhecido na hora, a menos que estejam no ramo ou queiram estar. Como metade dos prestadores de serviço em Nova Iorque e Los Angeles são aspirantes a atores, as chances são maiores. O boné esta noite é uma precaução extra.

— Em breve você será reconhecida quando sairmos — afirma, sentando-se à mesa e puxando-me para seu colo.

O anúncio no *The Hollywood Reporter* de que consegui o papel não elevou muito meu perfil. Minha agente recebeu alguns sinais de interesse, mas, além de certa curiosidade, a indústria está esperando para ver como me saio. Canon tem sido relativamente discreto sobre o filme, então, embora haja alguma expectativa, as pessoas não sabem realmente o que é *Dessi Blue* ou o que esperar. Tivemos alguns programas de entretenimento no set para gravar cenas de bastidores e entrevistas com o elenco, mas geralmente com a condição de que os vídeos fossem ao ar mais perto do lançamento.

— Sabe — eu digo, me sentando em seu colo e me aconchegando em seu cheiro limpo —, é engraçado que estejamos conversando sobre sairmos juntos no futuro, já que eu poderia jurar que você nem gostava de mim no começo. Você mal falou comigo e parecia irritado quando era preciso fazer isso.

— Quando criança, já houve um garoto que te xingou, puxou seu cabelo e depois tentou te beijar atrás do escorregador do parquinho?

— Sim, porque nunca é cedo demais para a masculinidade tóxica.

Seu semblante se fecha, mas logo em seguida ele sorri.

— Eu ia dizer que é mais ou menos assim, mas deixa pra lá.

Nós rimos e comemos comida e bebida de bar, mas eu prefiro água. Especialmente devido à erupção cutânea que encontrei nos braços e nas pernas e às manchas no couro cabeludo, estou evitando álcool. Pego uma taça de champanhe para comemorar o Ano-Novo, mas é isso. Marcarei uma consulta por videochamada com a doutora Ansford quando voltarmos. Não posso permitir que meu corpo comece a agir agora.

Coloco essas preocupações na minha caixa de "agora não, você não vê que estou festejando", e me delicio com mais uma hora de dança, comida e a conversa mais estimulante que já tive. Senti-me indiferente por tanto tempo, sem nenhum cara realmente despertando meu interesse. Canon é como uma supernova quando você está olhando para um céu vazio e sem estrelas, e não me canso dele. Mesmo no meio da multidão, parece íntimo quando questionamos um ao outro com toda e qualquer pergunta que nos vem à mente.

Há um anonimato nessa multidão festiva de corpos, e aproveito isso, apoiando-me no peito de Canon, acariciando seu pescoço, beijando seu queixo. É muito mais doce, porque não tenho certeza de quando sairemos em público novamente. Derramo meu carinho, meu desejo em cada olhar e cada gesto durante as próximas horas, e Canon retribui, não escondendo o quanto me quer.

— Nesse ritmo — começa, contra meus lábios, enquanto balançamos na pista de dança —, você nem vai querer beijar à meia-noite.

Estamos perdidos nesta junção de dançarinos se contorcendo, e coloco a mão entre nós para agarrar seu pau através da calça jeans.

— É aqui que quero beijar você à meia-noite.

Eu o puxo para mim e deslizo a mão por baixo de sua camiseta, roçando suas costas com as unhas. Ele estremece, a resposta reverberando em meu peito, e fecha os olhos com força.

— Você venceu — afirma, apoiando sua têmpora na minha. — Vamos sair daqui e ir para casa. Existem maneiras melhores de celebrar o Ano-Novo.

Ele me leva para fora da pista de dança até a beira da água. A casa fica a cerca de um quilômetro e meio da costa e estou feliz por termos caminhado.

Tiramos os sapatos e nos aventuramos perto o suficiente para que as ondas frescas molhem em nossos pés. Vários outros casais evitaram a festa à beira-mar pela serenidade da praia, e sorrimos para eles enquanto caminhamos, desejando um Feliz Ano-Novo, embora ainda estejamos nos aproximando da meia-noite. É uma noite feita de champanhe, luar e novos começos.

— Sei que você precisa voltar amanhã e começar a se preparar para as filmagens — digo a ele, apertando sua mão. — Mas…

— Eu estava pensando em um café da manhã tranquilo na cama. —

Entrelaçados

Ele para na praia, me virando em seus braços e beijando o topo da minha cabeça. — E não tenha pressa para pegar a estrada.

— Isso parece perfeito. — Agarro seus ombros, quase bêbada com a brisa do oceano e com *ele*. Não me importo que ainda faltem minutos para meia-noite. Quero outro beijo agora porque a vida é curta e inconstante. Quero aproveitar a vida, aproveitá-lo como meu, pelo menos por enquanto. Encho as mãos com esse momento até que ele acabe, derramando-se em um beijo desesperado com o oceano lambendo nossos calcanhares e a noite ainda esperando.

— Canon?

O nome dele sendo chamado é como um arranhão em um disco clássico, e tão deslocado neste universo alternativo que, por um momento, nenhum de nós se move.

— Canon? — uma mulher pergunta pela segunda vez.

A cabeça dele gira. Viramos-nos para cumprimentar a mulher que está no nosso caminho, segurando a mão de um homem de um lado e uma coleira de cachorro do outro.

— Achei que fosse você antes. — Seu sorriso se alarga. — Eu não disse que parecia com o Canon, Ralph?

Por sua vez, Ralph parece constrangido, reconhecendo que interrompeu um momento íntimo. Sua companheira, entretanto, é muito desligada ou muito rude e segue em frente.

— Bem, está escuro — Ralph murmura. — Então eu não tinha certeza.

Está escuro, mas há algumas luzes na praia, e o brilho do luar revela uma mulher de meia-idade com cabelo prateado. Não consigo distinguir a cor dos olhos dela, mas sei que, ao intercalarem entre mim e Canon, eles ficam curiosos.

— Você não vai nos apresentar? — ela pergunta a Canon.

— Claro — diz Canon, com a voz concisa. — Sylvia e Ralph Miller, esta é Neevah Saint. Neevah, Ralph e Sylvia. — Ele não dá mais detalhes e, sob a barba, o ângulo de sua mandíbula enrijece.

— Hmm, oi.

Aceito as mãos que eles oferecem para um cumprimento, com um sorriso forçado. Não tenho ideia de quem são, e encontrar alguém que conhecemos seria ruim, mas a tensão que a presença deles introduziu me diz que eles são especialmente indesejáveis.

— Ah, sim. — Os olhos de Sylvia se arregalam e parece que ela acabou de traçar a rota para Marte. — É de lá que conheço você. Vi o anúncio. Canon, você terá que compartilhar sua nova estrela com o mundo, mais cedo ou mais tarde, embora eu possa entender por que gosta de mantê-la para si.

— No devido tempo — afirma Canon, sua expressão caindo em linhas familiares de inescrutabilidade. — Aproveitem o resto da sua noite. É melhor voltarmos.

— Está ficando aqui por perto, não é? — sonda. — Adoramos nosso lugar aqui. Uma ótima fuga de Los Angeles.

— Sim. — Canon pega minha mão e começa a se afastar. — Bom ver vocês.

Obviamente, foi qualquer coisa, *menos* "bom" vê-los. Canon suspira pesadamente e balança a cabeça.

— Idiota — murmura baixinho, olhando para o oceano.

— É melhor você não estar falando comigo — provoco, puxando sua mão. Ele não sorri, mas me puxa para dentro de seu abraço, aconchegada ao seu lado, enquanto caminhamos. — Quem eram?

— Uma das maiores línguas de Hollywood — revela, sério. — A assessora de imprensa de Camille.

CAPÍTULO 41

Neevah

— Menina, você está brilhando, e eu nem coloquei sua maquiagem ainda.

Encontro os olhos de Takira no espelho e reprimo um sorriso.

— Eu bebo muita água — garanto a ela, tomando um gole da minha garrafa sempre à mão. — Isso ajuda.

— Hmmmm. Estou com sua água bem aqui. Você ficou muito quieta sobre aquela viagem para Santa Bárbara.

Embora estejamos sozinhas no meu trailer, fico um pouco desconfortável em discutir nossa viagem enquanto estou no set. Ver a assessora de imprensa de Camille obviamente irritou Canon e ressaltou a necessidade de discrição.

— Em minha defesa — prossigo —, você voltou muito depois de eu ter dormido e nós duas estávamos cochilando no banco de trás quando o motorista nos pegou esta manhã, então não conversamos direito.

— Verdade. Foram alguns bons dias de folga, mas estou pronta para voltar. É difícil acreditar que só nos restam dois meses e depois poderemos ir para casa.

Mexo com uma pilha de grampos no meu colo. Dois meses antes de colocar milhares de quilômetros entre mim e Canon.

— Você acabou de dar um daqueles suspiros de "pobrezinha de mim" quando mencionei que iria para casa — diz Takira, escovando meu cabelo e o preparando para a peruca Dessi. — O que foi?

— Não. Eu só… Ainda não tenho meu próximo projeto agendado. Minha agente tem uma nova produção da Broadway para a qual gostaria que eu fizesse um teste, mas seria me comprometer com um show. E talvez eu queira ser mais flexível. — Arrisco olhar para ela no espelho. — Talvez até ficar aqui em Los Angeles por alguns meses para ver o que acontece.

Takira baixa as mãos que estão arrumando meu cabelo e as coloca nos quadris.

— Eu sabia.

— Sabia o quê?

— Aquele tal de Canon. Ele inseriu o pau diretamente no seu coração, não foi?

Franzo o cenho.

— Talvez um pouco?

Nós duas caímos na gargalhada e, apoiando o quadril contra a penteadeira, ela gira minha cadeira para encará-la.

— Temos alguns minutos de sobra. Diga-me quão bom foi.

— Foi tipo a versão do Drake de melhor sexo da sua vida. Foi loucura tipo transar com Idris. Foi como... se seu vibrador favorito fosse um ótimo ouvinte e sensacional na conversa e cozinhasse o seu jantar e te fizesse se sentir como a única garota do mundo.

— Cala a sua boca. — Os olhos de Takira se arregalam. — Nosso diretor mal-humorado.

— Fica muito bem-humorado, sim, mas shhhhh... Vamos manter isso em segredo até depois do filme terminar.

Takira vira minha cadeira e começa a escovar meu cabelo novamente.

— Apenas tome cuidado com esse seu coração. Lembra a última vez que você tomou uma decisão profissional pensando em um homem?

— Argh. Não me lembre.

— Está na descrição do meu trabalho de melhor amiga lembrá-la. — Seu semblante suaviza, simpatia cintila em seus olhos. — Lamento que não tenha corrido bem no Natal com sua irmã.

— Está tudo bem. — Forço um sorriso. — Não esperava que todos os meus problemas com Terry fossem resolvidos assim, mas também não esperava que fosse tão difícil. Acho que esperamos muito e deixamos as coisas ficarem muito ruins. Não tenho certeza do que será necessário para consertar isso.

— Bem, você sabe que estou aqui para ajudá-la. — Ela dá um tapinha no meu ombro e pisca. — No que precisar.

Takira e eu contamos tudo uma à outra e tenho certeza de que estarei pronta para falar mais livremente sobre Canon em breve. Não é apenas a nossa ordem autoimposta de manter a boca fechada que me deixa reticente. O tempo que passamos juntos, os passos que demos foram preciosos para mim. Quero manter tudo isso apenas como algo nosso por um tempo.

Entrelaçados

Achei que seria difícil não ter contato com Canon, voltar ao set e fingir que não estamos juntos enquanto trabalhamos. Subestimei o foco quase obsessivo de Canon.

E o meu.

Este é o papel de uma vida inteira e, quando entro naquele set, dou tudo de mim. Kenneth continua fornecendo a maioria das minhas devolutivas, mas, nas raras ocasiões em que o próprio Canon faz isso, é com a mesma consideração firme que mostra a todos os outros atores. Embora eu sinta falta dele, nós dois fazemos nosso trabalho com o mesmo profissionalismo que demonstramos antes de viajarmos juntos. Estou vivendo de nossas poucas mensagens de texto e telefonemas, mas não tenho muito contato até agora.

Não sei se fiquei mole, mimada ou o que quer que fosse durante as férias, mas, no fim de semana, na nossa primeira semana de volta, estou acabada. Mal consigo me mover ou manter os olhos abertos. Quando o carro me deixa no sábado à noite, tudo dói. Aderimos a um cronograma de produção combinado. Horário francês quando possível, tudo ao mesmo tempo quando necessário. Temos cinco dias de filmagem e um dia reservado para ensaios. Isso deixa o domingo como meu único dia de folga.

Portanto, mal posso esperar pelo domingo e tenho toda a intenção de dormir até o meio-dia.

Por esse motivo, ignoro meu telefone quando ele toca às oito da manhã e volto a dormir.

— Ei.

Bato a mão em algo que faz cócegas em meu nariz.

— Neevah, acorde.

Outra cócega.

Abro um olho e coloco o objeto da minha perturbação em foco.

— Canon? — gemo, porque você tem que gemer nesta hora ingrata.

— São nove horas — comenta. — Não tem nada de hora ingrata.

— Estou falando enquanto durmo?

— Você está falando. Não tenho certeza se você está dormindo. Seus olhos estão abertos.

— Estão?

— Você me vê? — pergunta, com certa diversão em sua voz.

Puxo meu travesseiro sobre o rosto.

— Agora não, eu não vejo. Como você entrou?

— Da maneira usual. Sendo um fora da lei.

Tiro o travesseiro de sobre o rosto e o coloco embaixo da cabeça, agora olhando para ele.

— Takira me deixou entrar. Você está naquele sono profundo. Eu deveria te deixar descansar. — Ele fica de pé. — Falo com você mais tarde.

— Espere. — Sento-me e a visão dele saindo me empurra para fora do meu estado quase catatônico. — Por que você está aqui? Eu pensei que... você sabe, não faríamos isso.

Ele volta para se sentar na cama novamente.

— Achei que poderíamos ser extremamente cuidadosos e furtivos em nosso dia de folga.

— Tipo, deitar na cama, comer e fazer amor por horas? Porque estou muito dentro de algo assim.

Sua risada rouca desperta todas as minhas partes inferiores e me faz tremer.

— Eu tinha outros planos, mas se é isso que você quer fazer.

Ele se deita, com os antebraços musculosos de cada lado da minha cabeça, e se inclina para tomar meus lábios possessivamente. Abro a boca, entrelaço nossas línguas e então...

— Bafo matinal — murmuro contra seus lábios, empurrando seus ombros.

— Não me importo. — Ele beija meu pescoço e empurra a alça da minha camisola para o lado para lamber minha clavícula.

— Eu me importo. — Eu rio e o empurro novamente. — Quero escovar os dentes. — Estendo a mão para tocar meu lenço de seda para dormir. — E arrumar meu cabelo e lavar meu rosto. Não podemos perder o mistério tão cedo em nosso relacionamento.

— Quem precisa de mistério quando posso ter bafo e um travesseiro babado?

— Eu não babo! — Bato meu travesseiro na cabeça dele.

Entrelaçados

— Okay. Okay. — Ele joga o travesseiro no chão, agarra meus pulsos e os prende acima da minha cabeça, me pressionando contra o colchão com o peso do seu peito, do seu corpo duro e quente. — Quer ouvir sobre meus planos furtivos ou não?

— Haverá comida?

— Definitivamente.

— Haverá caminhada ou alguma atividade física? Porque eu juro que se eu tiver que arrastar meu corpo para cima em alguma coisa hoje...

— É tranquilo e discreto. Prometo.

— Haverá beijos?

Seus lábios carnudos se contraem.

— Se você for uma boa garota.

— Boas garotas não vão chupar seu pau do jeito que eu chupo.

A luxúria estreita seus olhos e dilata as pupilas.

— Acho que você está no caminho certo com esse plano de ficar na cama.

Ele paira sobre mim novamente, sua boca descendo. Eu rio e o afasto. Rolando para fora da cama e ficando de pé, vou até o banheiro e olho para ele todo esticado, com as mãos atrás da cabeça, me observando com brasas nos olhos. Seu sorriso preguiçoso brilha forte, uniforme e espontâneo. Canon é tão reservado que eu não esperava que o humor chegasse ao seu rosto tão facilmente, mas acontece, enrugando os cantos dos olhos e abrindo sulcos em suas bochechas magras e barbudas. Meu coração aperta porque reconheço a dádiva de vê-lo tão expansivo quando ele só mostra algumas coisas ao mundo.

— Tenho tempo para um banho rápido? — pergunto, a voz saindo rouca, o que espero que ele interprete como a voz matinal de Barry White, em vez da emoção inesperada que é.

Ele olha para o relógio.

— Muito rápido. Vista-se confortavelmente.

Ele está usando jeans escuros, Jordans e uma camiseta de manga comprida do filme *I'm Gonna Git You Sucka*.

— Eu gosto dessa camiseta — afirmo, prestes a começar meu banho.

— Este filme é um clássico. Você precisa de ajuda aí?

— Não, seu danado! — grito, tirando a camisola curta. — Se você entrar neste banheiro quando eu estiver pelada, nunca sairemos daqui para o nosso encontro secreto.

— Você tem razão.

KENNEDY RYAN

Vinte minutos depois, estou pronta, com um jeans escuro e um moletom de minha autoria.

— Zora Neale Hurston, hein? — Ele acena para o esboço em meu peito de um dos meus autores favoritos. — Eu gostei.

— Estou relendo *Seus olhos viram Deus* em todo o tempo livre que meu chefe permite.

— Você tem tempo livre? — Ele franze a testa. — Eu não devo estar fazendo certo. Obviamente não estou exigindo o suficiente de vocês.

— Conte essa mentira a si mesmo. — Eu rio ironicamente. — Eu mantenho um livro na minha bolsa, já que temos muitas paradas e saídas no set.

— Terminou *Schitt's Creek*?

— Estamos protelando para assistir a última temporada. Não sei o que farei quando terminar, então estou lendo.

A porta de Takira está fechada e, quando coloco a cabeça para dentro, ela já voltou a dormir. Tranco a porta da frente assim que saio, olhando ao redor da vizinhança tranquila para ter certeza de que ninguém está nos observando. Seguimos pela entrada da garagem até o Land Rover preto estacionado na rua. Enterrada no meu roteiro, não pensei muito no carro que ele dirige quando fomos para Santa Bárbara. Agora, aprecio o luxo enquanto subimos e afivelamos o cinto.

— Belo carro — elogio, passando as mãos pelos assentos de couro macios.

— Obrigado.

— Você é um cara de carros?

Ele levanta uma sobrancelha e olha para mim enquanto nos afastamos do meio-fio.

— Quer saber se tenho uma garagem subterrânea com talvez dez carros esportivos? Não.

— Só este?

— Um outro, mas é um clássico. Não gasto muito dinheiro em carros.

— Roupas?

— Não. Quero dizer, gosto de roupas, mas não gasto muito dinheiro com elas.

— E então? Com o que você gasta?

— Honestamente? Viagem. Assim que termino um projeto, vou a algum lugar onde nunca estive ou a um que adoro ir e que não tem nada a ver com trabalho.

Entrelaçados

— Não viajei muito enquanto crescia. Minha mãe tinha medo de voar. — Eu sorrio, pensando em como mamãe foi inflexível sobre isso. — Até para aquela reunião de família de que lhe falei em Nova Iorque. Ela foi de ônibus.

— Uau. Então você não tem saído muito do país.

— Uma viagem de meninas ao México conta?

— Por muito pouco. Poderíamos ir de carro até o México agora mesmo.

— Depois do ensino médio, fui direto para a Rutgers. Depois fiz teatro regional, algumas turnês, mas foi tudo nos Estados Unidos.

— Isso é uma pena. Precisamos tirar você daqui.

— Para onde você me levaria? — Viro-me um pouco no assento, inclinando-me para ver seu rosto.

— Hmmm. — Ele bate no volante. — Paris primeiro. Isso é muito clichê?

— Não vai me ouvir reclamar. Onde depois?

— Joanesburgo. Meu pai está lá, mas não vamos usar isso contra o local. — Ele me dá um sorriso. — A Cidade do Ouro. É linda. Há vários países que precisamos visitar na África.

— E?

— Talvez Santorini. Uma das ilhas gregas. É impressionante. A arquitetura é como uma extensão da paisagem. Casas brancas, portas e janelas azuis. Como o céu e o Mar Egeu. Nunca vi nada parecido.

— Eu adoraria ver isso — afirmo, meu sorriso se dissolvendo ao perceber o quão limitada minha visão do mundo tem sido até agora.

— Eu adoraria te levar. — Ele estende a mão para segurar a minha e a leva aos lábios. — O que você diz? Depois que Dessi terminar?

— Onde? — pergunto, inclinando a cabeça no assento, observando seu perfil robusto.

— Aonde você quiser ir, mas primeiro tenho um lugar para irmos hoje e estamos atrasados.

— Atrasados? Você e seus planos.

— Você os ama — diz ele, mantendo os olhos na estrada.

Não respondo, mas adoro tudo no quebra-cabeça que é esse homem. Fico surpresa quando paramos no estacionamento do hotel The V.

— Poderíamos ter ficado na minha cama se você vai me levar para um hotel.

— Isto é um encontro. — Ele estaciona, sai e dá a volta para abrir minha porta. — Nós realmente não fizemos isso.

Olho para ele por um segundo, assimiliando tudo isso, antes de segurar sua mão e sair. Ele me puxa para perto e se inclina para me beijar breve e docemente.

— Na verdade, não me importo com o que estamos fazendo aqui — murmuro contra seus lábios. — Contanto que possamos fazer mais disso.

Ele nos leva até um elevador, pega uma chave e a vira na parede para chamar o elevador.

— Que chique — comento, entrando com ele. O elevador nos leva até o topo. — No terraço? — pergunto, meu sorriso se alargando.

— Teremos tudo para nós.

Evan disse que o Open Air era melhor quando estava vazio. Acho que estou prestes a descobrir.

Quando subimos no terraço, a cidade se espalha aos nossos pés, e um vibrante céu com afrescos se esparrama acima, manchado com nuvens roxas e rosadas como uma aquarela. Estamos em Los Angeles, mas ainda é janeiro, e cruzo os braços sobre o peito, aconchegando-me um pouco mais no moletom.

— Frio? — indaga.

— Não de verdade. Só venta demais aqui.

— Com fome? — Ele me leva até uma mesa posta para dois com tampas prateadas e taças de champanhe. Tulipas enfeitam o meio da exibição.

— Com fome, sim. — Sento-me na cadeira que ele puxa para mim e inclino-me para cheirar as flores. — Tudo isso é ótimo, Canon.

Ele levanta as cúpulas prateadas para revelar crepes, ovos e frutas. Bacon para ele, nada para mim. Nunca vou me acostumar com a forma com que ele cuida dos detalhes.

— Tem certeza de que ninguém vem aqui para nos atrapalhar? — pergunto, sacudindo o guardanapo de linho sobre meu colo e pegando o garfo. — Estragar nosso disfarce?

— Ari disse que temos o lugar só para nós por mais duas horas. — Canon morde seu crepe. — A chave que usei destranca o elevador. Ninguém pode vir aqui sem uma. O gerente desbloqueia por volta do meio-dia para se preparar para a abertura.

— Ari... — hesito, tomo um gole de minha mimosa com champanhe light e prossigo: — Ela sabe sobre nós? Quero dizer, que sou eu aqui com você esta manhã?

— Não, e isso está matando a curiosa. Ela vai me perseguir em busca de informações a semana toda. Ari sabe que eu não faço isso, então ela tem dúvidas.

— Você e Camille? — começo e vacilo. — Fizeram isto? Quero dizer, você a trouxe aqui?

Entrelaçados

247

Sua mastigação se torna mais lenta, como se ele estivesse se dando tempo para considerar minha pergunta e suas implicações. O que pode estar escondido por trás da pergunta inofensiva.

— Nunca.

Cubro meu suspiro de alívio com outro gole de mimosa.

— Estaria tudo bem se você tivesse feito — garanto, dando uma mordiscada nos meus ovos. — Eu só estava me perguntando.

— Neevah. — Ele espera até que eu pare de me ocupar com comida e olhe para ele. — Quer saber o que aconteceu com Camille?

— Não, eu...

— Neevah. — Ele estende a mão sobre a mesa para passar o polegar pelo meu queixo. — Na verdade, não falo sobre isso com ninguém, mas direi se você quiser saber.

Eu quero? Quero saber sobre a primeira mulher por quem ele quebrou suas regras? Ouvir como ela parecia especial o suficiente para arriscar sua carreira, sua reputação? Ela valeu a pena?

Resignada, mordo o canto da boca e aceno com a cabeça.

Sua mão se afasta e, apoiando os cotovelos na mesa, ele junta os dedos no queixo.

— Vou começar dizendo que não foi tudo culpa dela — diz, calmo. — Ela pensou que estávamos indo para algum lugar e percebi tarde demais que não poderia ir com ela. Eu poderia ter fingido, deixado as coisas andarem até o final do filme, mas isso não teria sido justo com nenhum de nós. Assim que descobri que ela não era quem eu pensava que fosse, soube que precisava terminar.

— Ela não era quem você pensava que fosse? O que aconteceu?

— Conheci Camille em uma festa da Vanity Fair. Eu tinha ouvido falar dela, é claro, e ela tinha ouvido falar de mim, claro. Hollywood não é uma cidade tão grande. Hollywood Negra? Ainda menor. Ela era linda, obviamente. Engraçada, calorosa e extrovertida. Passamos a noite inteira num canto conversando, trocando histórias de terror sobre como pessoas falsas poderiam chegar até aqui. Ela parecia comigo. Como se estivesse cansada de artifícios, cansada da beleza frágil em que as pessoas e esta cidade às vezes estão envolvidas.

— Uau — digo, minha voz fraca, meus dedos apertados no garfo. — Parece um começo de conto de fadas.

Ele encolhe os ombros largos, que se mexem em um movimento descuidado.

— Não fui atrás de mais nada com ela porque estava me aprofundando em entrevistas e pesquisas para um documentário, que me levou pelo mundo todo. A oferta para dirigir *Primitivo* foi uma surpresa, mas não desagradável. Não foi algo em que eu sentisse tanta convicção como normalmente fazia em meus projetos, mas foi intrigante. Admito que, quando soube que Camille já estava ligada ao projeto, isso o tornou ainda mais atraente.

Pego a jarra que contém a mimosa e encho meu copo até a borda.

— Não me ocorreu que algo realmente aconteceria entre nós enquanto estávamos filmando — diz Canon. — Eu nunca tinha feito isso, nunca fui tão longe com uma atriz a quem dirigia. Estávamos atraídos um pelo outro. Evan percebeu e me avisou para não fazer isso. Todos os meus instintos me avisavam, mas pela primeira vez pensei: *por que não?* — Um sorriso zombeteiro surge em seus lábios. — Talvez eu estivesse sozinho, cansado de ficar sozinho, com tesão. Todas as anteriores? Quem sabe, mas aconteceu.

— De fato — murmuro, engolindo minha bebida.

— Ela deu o primeiro passo. Talvez eu fosse fazer isso eventualmente, mas, quando estávamos revisando o roteiro no trailer dela, ela me beijou. Eu a beijei de volta e foi assim que tudo começou. Não posso dizer que a amava e nunca disse isso, mas gostava muito dela. E éramos ótimos dentro e fora da cama.

Engasgo com uma uva, batendo no peito e lacrimejando, ofegando para liberar a passagem do ar.

— Você está bem? — Canon pergunta, com preocupação em sua expressão.

— Bem. — Tomo um longo gole da bebida e aceno com a mão para ele continuar. — Simplesmente desceu pelo caminho errado. Prossiga.

— Uma noite, eu estava dormindo e ainda estava na cama quando a ouvi falando ao telefone com seu agente.

Eu realmente pedi isso? É uma tortura ouvi-lo falar sobre a intimidade deles, mesmo no passado, mas preciso ouvir. Preciso saber, então mantenho meu rosto neutro enquanto ele continua:

— Ela estava satirizando outra atriz, outra atriz negra — diz Canon, balançando a cabeça. — E exigindo que a outra mulher, uma que eu conhecia pessoalmente, não fosse convidada para um evento onde Camille estava se apresentando. Nos minutos seguintes, ouvi-a despedaçar aquela mulher e planejar maneiras de retardar sua ascensão. Basicamente, para que ela não ofuscasse Camille. Ela precisava ser a garota da moda e via o sucesso de outra pessoa como uma ameaça.

Entrelaçados

249

Sua carranca, a postura rígida de sua boca e mandíbula sugerem o que ele pensava disso.

— Eu não brinco com essa merda — confirma. — Quando a confrontei sobre isso, a princípio ela tentou negar, mas depois virou-se contra mim como se eu fosse louco por questionar seus motivos. Nas semanas seguintes, foi como se escamas tivessem caído dos meus olhos e eu visse outras rachaduras em sua fachada. Por mais linda que ela fosse, não havia luz lá dentro e nunca mais toquei nela.

Eu deveria estar feliz por ele ter dito que parou por aí, e eu estou, mas a ideia de Canon, *meu Canon*, transando com aquela mulher linda... Engulo meu ciúme e libero as palavras necessárias:

— Então o que aconteceu a seguir?

— Quando terminei, ela ficou furiosa. Alegou que me amava.

— Hmmmm. — Praticamente jogo uvas goela abaixo, mal parando para mastigar. — E então?

— Bem, não era amor. Era orgulho. Isso ficou claro quando ela apresentou um ultimato ao estúdio: ela ou eu. Eles a escolheram. O resto é história, embora ninguém queira me deixar viver isso. Nunca estive apaixonado, mas sei que não é isso.

Ele nunca esteve apaixonado?

Como isso é possível? Só que, quando penso nisso, nem eu. Posso considerar Brandon, meu namorado do ensino médio que me traiu com minha irmã, como amor? A dor da traição deles permaneceu, mas meus sentimentos por ele? Foram embora antes do fim do primeiro ano.

— E quando ela fez com que você fosse demitido? — pergunto, empurrando meu prato. — Você a confrontou sobre isso?

— Ela me ligou. Nós discutimos. — Ele curva os cantos dos lábios para baixo. — E não nos falamos desde então.

— Você não pode simplesmente desligar os sentimentos. — Olho para meus dedos, torcendo em meu colo. — Você demorou algum tempo para superá-la?

Ele se levanta, passa para o meu lado da mesa e me puxa para ficar de pé. O ar fresco da manhã carrega, aquece, circulando no pequeno espaço que separa nossos corpos. Ele elimina até isso, colocando as mãos em meus quadris, me puxando para si.

— Ei. — Com um dedo, ele levanta meu queixo, me incentivando a olhar nos seus olhos. Eu não quero. Por mais transparente que eu seja com ele, sei que verá todas as formas como estou com ciúmes. Todas as maneiras pelas quais sua existência me faz questionar o que temos. De todas as maneiras que estou insegura ao ouvir como ele a queria.

Todas as partes de mim que perguntam se ele, mesmo que só um pouquinho, ainda a quer…

— Posso te contar uma coisa? — pergunta. Nossos corpos estão tão próximos, que suas palavras ressoam em meu peito e, por um momento, parece que ele está batendo no meu coração. Ele pode entrar. Por mais que eu tenha lutado desde o momento em que nos conhecemos, ele provavelmente já está lá dentro.

— Sim? — pergunto, forçando meu olhar a permanecer preso ao dele.

— Gostei muito de Camille.

— Eu sei — digo, através do nó quente que se forma na garganta.

— Até que ela se revelou, e eu nunca consegui deixar de ver o que havia por baixo daquele belo exterior. — Ele pega minha mão e coloca a palma em seu esterno. — Mas você, eu tenho te visto desde a primeira noite em que nos conhecemos, e não consigo deixar de ver sua luz. Você não tem nada com que se preocupar, Neevah. Está me ouvindo?

Ele segura meu rosto, passa o polegar pelos meus lábios até que se abram para ele, convidando-o a entrar. Com um movimento profundo da língua, ele o faz. Gememos juntos, com as mãos em acordo, percorrendo braços, rostos e bundas. Ele nos leva de costas até uma das cabines VIP e atravessamos as cortinas para uma privacidade luxuosa. Um sofá enorme cor de ameixa domina o espaço ladeado por pequenas mesas de cada lado. As cortinas fechadas bloqueiam a brisa, mas permitem a entrada de raios de sol, revelando o desejo em seus olhos.

— Estamos realmente fazendo isso? — sussurro durante nosso beijo, uma emoção ilícita percorrendo meu corpo ao pensar nesta intimidade com toda a cidade assistindo, mas alheia.

Sem palavras, ele solta o cinto, desabotoa a calça jeans, descartando-a, assim como a camisa e a cueca. Ele está totalmente ereto. Estendido. Duro. Longo.

Prontooo.

Vou tomar isso como um sim.

Puxo o moletom pela cabeça, tiro a calça jeans e os sapatos, ficando apenas de sutiã e calcinha pretos transparentes. Ele habilmente abre o fecho frontal do meu sutiã e meus seios se espalham como se estivessem ansiosos por seu toque. Ele não decepciona, segurando-os, manuseando

Entrelaçados

os mamilos até que fiquem duros, como brotos. Ele desliza a mão na minha calcinha e seus dedos me encontram. O movimento de vai e vem no meu clitóris é chocantemente erótico. Faz apenas uma semana que fizemos amor em Santa Bárbara, mas meu corpo está faminto por isso, e quando ele desliza dois dedos para dentro, meus músculos se contraem ao redor dele quase convulsivamente.

— Sabe quantas vezes esta semana pensei nessa boceta? — Sua respiração embaça meu lóbulo da orelha, provocando um arrepio que desliza pela minha nuca e pelos meus braços. Com estocadas lentas, deliberadas e profundas, ele me invade. A cada braçada, fico mais fraca, prendendo e soltando a respiração. — Alguns dias, eu não conseguia me concentrar. — Ele empurra impacientemente a tira de renda que envolve meus quadris, empurrando a calcinha para baixo para circundar meus tornozelos. — Andei por aí com uma ereção metade do dia.

Eu rio contra a forte coluna de seu pescoço, estendendo a mão entre nós para agarrá-lo, tocá-lo, saboreando a aspereza de sua respiração em resposta ao meu toque.

— Eu estava tão excitada na quarta-feira — digo, capturando seu olhar. — Assistindo você puxar os lábios do jeito que faz quando está tentando resolver alguma coisa.

— Eu puxo? — pergunta, distraidamente, curvando-se para abocanhar meu mamilo.

— Você puxa. — Minha cabeça pende para trás e eu gemo com o calor, com o puxão suave de seus lábios envolvendo a ponta sensível. — E foi tão sexy que entrei no meu trailer no intervalo e me toquei.

Ele fica imóvel, sua mão apertando meu quadril.

— Eu gozei com tanta força — prossigo, em seu ouvido.

— Vire-se. — É um comando gutural.

Ele me curva sobre o braço do sofá e minhas mãos espalmam a almofada em busca de apoio, para me firmar. Ao som da camisinha rasgando, meus músculos internos se contraem, me preparando para ele. Canon abre minhas nádegas e, deslizando toda a mão entre minhas pernas, segura a carne trêmula. Não estou preparada para o golpe de sua língua. Para a abrasão sutil de sua barba raspando a pele interna das minhas coxas. Para o som dele me comendo. Empurro-me contra o seu rosto, impotente, sem vergonha. Cravando as unhas nas almofadas, alargo as pernas para me dar mais, para tirar mais para mim. Ele agarra minhas coxas, me segurando firme para sua boca devoradora até que, com um soluço que voa pelos ares, pela cidade, eu me contraio em torno de sua língua penetrante. O orgasmo golpeia com força, retesando os músculos das minhas coxas e panturrilhas. Com respirações em staccato, enterro o rosto no sofá, mordendo o lábio a ponto de sentir dor.

— Canon — imploro. — Pare de me provocar e...

Ele arremete, e as palavras voltam pela minha garganta, mergulhando no choque desse prazer.

— Jesus. — A necessidade despedaça minha voz.

Ele passa a mão pelas minhas costas e gentilmente algema meu pescoço. Com a bunda no ar, fico na ponta dos pés, implorando por fôlego, pedindo mais de seu pau. Ele dá para mim, empurrando incrivelmente mais fundo.

— Tão bom — grunhe atrás de mim.

Espero nunca superar o quão perfeito é tê-lo dentro de mim, como se eu tivesse sido moldada de acordo com suas especificações. Moldada para suas dimensões. Gemo e estendo a mão para trás para puxar uma das minhas nádegas, ampliando o caminho para seu pau. Parece que ele vai aonde nenhum pau jamais esteve, mais fundo, melhor. De alguma forma, sinto cada impulso em meu coração. Cada toque seu chega às minhas emoções e lágrimas ardem em meus olhos. Sua mão aperta meu quadril e ele desliza a outra mão pelo meu braço, encontra minha mão no sofá e entrelaça nossos dedos. Ele estabelece um ritmo frenético que faz o sangue cantarolar pelo meu corpo novamente. A almofada absorve meu grito quando gozo, e castigo o algodão macio com unhas afiadas. Com a voz estrangulada, os dedos cerrados no meu cabelo, ele goza.

Desabando nas minhas costas, um fardo pesado e feliz, com a respiração estável e quente no meu pescoço, ele passa um braço musculoso em volta da minha cintura, me agarrando. Após o sexo urgente e selvagem, é um abraço carinhoso. Cruzo meu braço sobre o dele na cintura e entrelaço nossos dedos. Este momento é frágil e doce, como flocos de açúcar se desintegrando na sua língua quando você mal teve tempo de prová-lo.

Deixando um beijo no meu ombro, ele se afasta e sinto sua falta de imediato. Quando ele se endireita, eu também me endireito, virando-me para encará-lo. Nossas respirações ainda instáveis roçam nossos peitos, as pontas dos meus seios beijando seu torso rígido. Ele esfrega o polegar ao longo da minha aréola, e me pergunto se conseguiria gozar novamente apenas com aquele toque e o brilho de seus olhos.

Entrelaçados

Ele franze a testa para a vermelhidão que cerca a carne macia.

— Arranhão de barba — digo a ele, sorrindo ao ver a forma como suas sobrancelhas se unem em desgosto.

— Isso te incomoda? A barba, quero dizer.

— E se incomodasse? — Ando ao redor dele, me curvando para pegar minha calcinha. — Você cortaria?

— Se eu não cortasse — ele ri, jogando a camisinha em uma lata de lixo e amarrando o saco —, você *me* cortaria?

— Acho que você já sabe a resposta para isso. — Deslizo os braços pelas alças do sutiã, travando o fecho entre meus seios. — Além disso, deixar a barba crescer é a sua tradição.

Ele está de volta com a calça jeans, mas não com a camiseta, deixando seu peito poderoso ainda nu quando se aproxima de mim e segura meu rosto.

— Você poderia ser minha nova tradição.

A risada morre em meus lábios, desaparece de seus olhos, e ficamos presos em uma rede que nós mesmos criamos. Fina como uma teia de aranha, se aperta ao nosso redor, e prendo a respiração, não querendo interromper esses poucos segundos nem mesmo com um batimento cardíaco. Finalmente, fico na ponta dos pés descalços para alcançar sua bochecha, deixando um beijo ali.

— Fique com a barba. — Passo as unhas por ele e dou um passo para trás para vestir meu moletom.

Assim que saímos da tenda, o momento se dissipa, mas o sentimento permanece — aquele contentamento ofegante aquecido pelo carinho. Recolhemos nossas coisas e eu analiso os restos do nosso café da manhã, recordando nossa conversa sobre Camille. Nunca vou gostar do fato de eles terem estado juntos. Isso é normal, e eu sou extremamente normal, mas quando Canon olha para mim, quando me abraça, não há fantasmas. Nenhum vestígio dela, exceto em seu arrependimento. Não sei quanto tempo terei com ele, mas enquanto o tiver, ele será só meu.

— Pronta? — Ele avalia o pátio, vazio, mas que logo se encherá de gente, música, comida e alegria. — Eles vão limpar quando a equipe chegar para se preparar para esta noite.

Concordo com a cabeça, relutante em deixar a intimidade ao ar livre do nosso terraço.

Ele pega minha mão e me leva até o elevador. Uma vez na estrada, ele navega no trânsito cada vez mais intenso com uma das mãos no volante e a outra segurando a minha no console entre nós. Não conversamos muito, mas ele distraidamente passa o dedo sobre a tatuagem no meu polegar. *In A Sentimental Mood* suspira pelos alto-falantes, o teclado de Duke Ellington e as notas colaborativas de John Coltrane preenchendo o ar. Já posso sentir a mente de Canon se escondendo em cantos sombrios, provavelmente para um encontro clandestino com sua amante, Dessi Blue.

— Então presumo que você tenha planos para o resto do dia? — pergunto.

— O quê? — Ele se volta para mim, aquela expressão vaga em seus olhos. Ele foi meu naquele terraço, mas um homem como Canon? Sua arte é um capataz exigente e não me importo de compartilhar.

— Você tem trabalho a fazer?

— Sim. — Ele concorda. — Preciso preparar as fotos para amanhã. Encontro Kenneth em uma hora.

— Obrigada por esta manhã — digo, quando paramos na frente da minha casa. — Gostei do nosso domingo secreto.

Abro a porta do carro, sabendo que ele provavelmente vai sair antes mesmo de a porta ser fechada, mas ele me surpreende. Toca meu braço e se inclina para me beijar. Começa como um beijinho de esquimó, apenas roçando nossos lábios, e se aprofunda, a paixão aumentando e ultrapassando. Deslizo a mão por seu pescoço e seguro sua mandíbula dura. Eu poderia beijá-lo o dia todo, mas ele se afasta depois de alguns segundos. Beija minhas bochechas e nariz.

— Então, no próximo domingo? — pergunta, colocando meu cabelo atrás da orelha. — É um encontro?

Meu sorriso grande e brega não escondem nada, porque não sei como fazer isso quando o assunto é Canon, e dou um beijo rápido em seus lábios.

— Próximo domingo. É um encontro.

CAPÍTULO 42

Neevah

— Demorou muito no figurino esta manhã — murmura Takira. — Agora temos que correr.

— Garota, a culpa é minha. Meu peso continua flutuando. Antes do Natal, eu estava perdendo peso, então eles levaram os vestidos. Agora ganhei um pouco de peso e eles tiveram que retirá-los. Acho que estou retendo líquido. — Estendo a perna, mostrando os tornozelos levemente inchados que notei esta manhã. — Talvez eu esteja "retendo" o macarrão com queijo da mamãe também — brinco, fazendo-nos rir.

— Seu corpo provavelmente está superconfuso. — Takira balança a cabeça, trançando meu cabelo. — Tudo isso acontecendo ao seu redor. Mal posso esperar até terminarmos para que você possa descansar. Deixe-me pegar essa peruca...

Ela se interrompe.

Ergo o rosto para ver seus olhos arregalados no espelho.

— O que foi, T?

Ela engole em seco e estende a palma da mão para me mostrar o que a pegou de surpresa.

Um punhado do meu cabelo.

Meu coração esvoaça em meu peito, girando de pavor e medo. Uma erupção nos braços depois de muito tempo ao sol.

Compreensível.

Uma ou duas novas brechas no meu couro cabeludo.

Não é inesperado.

Tufos inteiros do meu cabelo saindo das mãos de Takira?

Alarmante.

Viro-me para olhar para Takira, e seus olhos refletem a preocupação crescendo em mim.

— Você conversou com a doutora Ansford? — pergunta.

— Sim, de vez em quando, mas não desde a nossa folga. Tudo tem ido muito bem.

Hesito e abro as mangas do roupão, revelando as manchas escuras e secas em meus braços. Não prestei muita atenção, mas pioraram um pouco desde Santa Bárbara. Já as tive antes, mas desta vez há mais algumas.

— Acha que este é o começo de um surto sério? — Takira pergunta. Ela levanta meu queixo e examina meu rosto. Sei que ela está procurando pela erupção em forma de borboleta no meu nariz e bochechas que já tive algumas vezes antes. — Ainda não está no seu rosto, mas entre essas novas manchas e seu cabelo, acho que você precisa ser agressiva ao falar com a doutora Ansford.

Eu pretendia ligar para ela depois de Santa Bárbara, mas as coisas ficaram muito agitadas quando começamos a filmar depois das festas de Natal. Para ser honesta, não era uma prioridade... até agora.

— Vou ligar para ela hoje no meu intervalo. — Viro-me e pego a peruca de Dessi da cabeça do manequim próxima. Preciso me concentrar novamente para a próxima cena. — Vamos, T. Preciso estar no set em quinze minutos.

Takira olha para a peruca por mais alguns segundos.

— O que você *precisa* fazer é levar isso a sério.

— Eu estou levando. Tenho feito tudo o que a doutora Ansford instruiu. Estamos filmando há meses sem nenhum sinal real de problema e agora que temos alguns sintomas, vou atrás disso.

— O estresse alimenta isso, e o que é mais estressante do que a situação em que você está? Dançar oito, nove horas por dia? Estar em quase todas as cenas? É demais, Neev.

— E está quase acabando. Não preciso que eles comecem a duvidar de mim agora. Eu tenho que terminar forte. — Balanço a peruca. — Falando nisso, me transforme em Dessi?

— Okay, mas não vou deixar você escapar dessa. Se não falar com a doutora Ansford hoje, eu mesma irei até Canon.

— Vai o caramba. Se houver algum problema que atrapalhe meu desempenho, avisarei os produtores. Até lá, deixe-me decidir do que sou capaz, okay? Canon não é apenas meu...

Amante?

Namorado?

Entrelaçados

Meu homem?

— Não estou apenas envolvida com ele — opto. — Ele é meu chefe. Este é o filme de uma vida, não só para mim, mas para ele. Para Evan. Para todos nós. — Mordo meu lábio e aperto sua mão. — Por favor, T? Apenas me dê tempo para pelo menos conversar com a doutora Ansford.

Takira solta um suspiro longo e lento, balança a cabeça e pega a peruca. Ela cuidadosamente prende meu cabelo antes de colocar a touca sobre minhas tranças e encaixar a peruca no lugar.

Em poucos minutos, minha maquiagem está feita e estou vestindo um dos figurinos de Linh. A mulher que me olha no espelho é tanto Dessi quanto Neevah.

E nós duas temos um trabalho a fazer.

— Isso pode ficar sério, Neevah.

Não são as palavras que quero ouvir da doutora Ansford quando conversamos no meu intervalo. Ela me olha com seriedade pela tela do meu iPad. Eu esperava que, quando lhe mostrasse as novas erupções cutâneas nos meus braços e pernas e as manchas adicionais de calvície, ela dissesse que era apenas parte da doença. Nada com que se preocupar.

Só que ela parece preocupada.

— Algum outro sintoma? — exige, inclinando-se para frente e examinando com atenção.

— Não.

— Sem cansaço? Dores musculares? Dores nas articulações?

— Passei os últimos meses dançando, atuando dez, onze, doze horas por dia. Um pouco de fadiga, dores musculares e dores nas articulações acompanham o processo.

— Então você *poderia* ter sentido dores incomuns nas articulações e fadiga atribuída aos rigorosos números de dança, mas, na verdade, estar sinalizando o início de um surto.

— Quero dizer... — Uma faixa aperta meu peito com a implicação. — Acho que sim, mas estou na melhor forma da minha vida.

— Ganho ou perda de peso?

A fita métrica de Linh apertando minha cintura zomba de mim.

— Eu perdi peso. Novamente, dançando, mas pareço estar ganhando um pouco agora. Acabamos de sair das festas. Eu comi demais.

— Inchaço?

Hesito antes de responder honestamente:

— Meus tornozelos, um pouco, sim.

— Precisamos fazer exames de sangue, exame de urina, painel metabólico.

— Okay. Estamos entrando em um dos trechos mais difíceis de filmagem. Em alguns dias eu posso...

— Hoje, Neevah. A médica que eu indiquei para você... vou pedir a ela para te ver hoje e fazer um exame de sangue.

— Você não entende. Estou em todas as cenas hoje. Nosso horário já está definido. Se eu não aparecer, o dia inteiro será perdido. Cem pessoas não trabalham. Eu tenho que avisá-los com mais antecedência do que isso. Pelo menos me deixe ver se eles podem mudar algumas coisas amanhã para que eu possa entrar mais tarde e colher o sangue?

A doutora Ansford inclina a cabeça, enviando uma mensagem de texto. Depois de um momento, ela olha para cima, com expressão de triunfo.

— Ela pode te ver amanhã de manhã logo cedo. Oito horas.

— Chego ao set às cinco. Talvez haja outra hora, porque às oito eu estarei...

— Dê seu jeito. É a sua saúde, Neevah.

— Eu sei, e este é o meu trabalho. A oportunidade de uma vida. Preciso ser saudável, é claro. Tudo que eu quero é equilibrar os dois.

— Pense desta forma: se você negligenciar sua saúde, poderá sabotar esta oportunidade.

Suas palavras sérias ainda giram em minha cabeça quando amarro um roupão por cima do figurino e vou para a ilha de vídeo. Quando entro, Canon, Evan, Kenneth e Jill estão reunidos em torno de um laptop, todos com a testa franzida. Quatro pares de olhos se voltam para mim na entrada da tenda.

— Neevah, ei — diz Kenneth, desfazendo a expressão para sorrir para mim. — Você precisa de algo?

— Ah, sim. — Enfio as mãos nos bolsos fundos do roupão e me forço a focar em Kenneth e não olhar para Canon. — Posso falar com você por um segundo antes da próxima cena?

Entrelaçados

259

— Claro. — Ele vem em minha direção e me viro antes que alguém pergunte ou diga alguma coisa. Sinto o olhar de Canon nas minhas costas, e é o mais próximo que cheguei do toque dele desde domingo.

Nos últimos dois fins de semana, roubamos os domingos para ficarmos juntos. Há alguns dias, vestimos bonés e óculos escuros e passeamos pelos canais de Venice. As pontes arqueadas para pedestres e os canais cintilantes ladeados por casas de praia me encantaram completamente. Alugamos um barquinho, percorrendo os pontos turísticos por água, e encontramos um espaço isolado para um piquenique. Desta vez, quando ele me levou para casa, ele entrou. Fizemos amor, cochilamos, rimos, conversamos e comemos de novo, procurando comida na minha geladeira.

Aquele dia idílico parece distante enquanto as advertências da doutora Ansford ecoam em meus ouvidos. Uma vez fora da tenda, olho para Kenneth e tento acalmar minhas emoções. Canon diz que meu rosto mostra tudo. Até saber com o que estou lidando, quero manter isso para mim.

— O que foi? — pergunta, deslizando um lápis atrás da orelha.

— Sei que é de última hora, mas preciso chegar tarde amanhã. Tenho uma consulta médica.

— Está tudo bem? — Uma carranca franze as sobrancelhas grisalhas. Ele não é muito mais velho que Canon, e sua pele negra-clara e sem rugas é um paradoxo para seu cabelo, que é completa e prematuramente branco.

— Sim. Tenho uma erupção na pele que precisa ser examinada. É algo que consegui nos últimos anos. O estresse agrava isso e não quero que piore. Aí teríamos que disfarçar com muita maquiagem, o que poderia piorar ainda mais. É uma coisa complexa. Então quero me adiantar com isso.

— Ah. Faz sentido. — Ele tira um roteiro enrolado do bolso de trás. Raramente o vi sem seu exemplar e ele já está quase todo desmantelado, repleto de anotações para todos nós nas margens. — Obviamente, você está na maioria das cenas, mas vou ver o que podemos mover e filmar por algumas horas sem você. Talvez possamos usar sua sósia para algumas tomadas.

Ignoro a culpa que torce meu interior e aceno com a cabeça. Não quero causar problemas. Há uma parte de mim que quer dizer: "Deixa pra lá. Vou cumprir o cronograma e ir à médica mais tarde", mas não consigo esquecer a expressão séria da doutora Ansford.

— Minha consulta está marcada para as oito horas amanhã. É o mais cedo que eles conseguiram. Desculpe...

— Neevah, não podemos nos dar ao luxo de perder você de vez. — Ele ri, porque nem lhe ocorre que isso poderia acontecer. — Então cuide disso. Nós vamos dar um jeito.

— Certo. — Forço um sorriso. — Obrigada.

Estou deixando uma verificação de continuidade no figurino quando encontro Canon, literalmente batendo em seu peito quando viro um corredor.

— Desculpe por isso — murmuro.

Ele me estabiliza, e nós dois olhamos para suas mãos em volta dos meus braços. Só consigo pensar em como ele me tocou no domingo, como se não pudesse acreditar que eu era real. Acariciando-me com reverência como se não pudesse acreditar que eu era dele.

Mas eu sou.

Olho para ele e coloco minha expressão no rosto de uma pessoa normal.

— Ei.

Ele não responde, mas pega minha mão e me puxa para o beco falso novamente. Uma vez que estamos escondidos, na sombra, ele se inclina contra a parede e me puxa para ficar entre suas pernas. Brinco com os botões de sua camisa e espero que ele faça o próximo passo, caso o movimento que quero fazer seja errado.

— Kenneth disse que você tem consulta médica amanhã?

— Sim. — Faço uma careta. — Desculpe. Sei que é chato ter que mexer nas cenas, mas eu...

— Ei. — Ele levanta meu queixo, segura meu pescoço e se abaixa para sustentar meu olhar no espaço mal iluminado entre as fachadas do prédio. — Nós vamos dar um jeito. Quero ter certeza de que você está bem.

A corrente apertada em volta do meu coração se afrouxa com a preocupação evidente em seus olhos. E mesmo estando no set com cabos e fios serpenteando pelo chão, câmeras por todo lado e até algumas acima, o elenco e a equipe correndo para se preparar para as próximas cenas, a intimidade de seu toque me leva de volta para minha cama, o lençóis amarrotados pela nossa paixão. Coloco uma das mão sobre a sua, que acariciava meu pescoço.

— Estou bem. Só preciso verificar essa erupção cutânea.

Ele me viu nua, obviamente, e sabe da erupção. Ainda está em apenas algumas manchas, então espero mantê-la assim.

— Ah, sim. Isso é bom. — Ele se curva e roça nossos lábios. — Sinto sua falta.

Entrelaçados

Seguro seu lábio inferior entre os meus, assentindo com a cabeça e apoiando os cotovelos em seus ombros poderosos.

— Eu também.

— Um mês. — Suas mãos deslizam pelos meus lados, moldam-se à minha cintura e pousam nos meus quadris. — Depois de Santa Bárbara, só nos restará um mês.

— Como se você não fosse entrar imediatamente no modo de edição e em todo o material de pós-produção depois de terminarmos.

— Sim, mas é um nível diferente de concentração. Poderemos...

— Nos seus lugares!

Vem do mundo real, logo além do nosso esconderijo. Canon encosta a testa na minha e dá beijos na minha têmpora, na minha bochecha e, finalmente, deixa um na minha boca. É um beijo possessivo cheio de saudade, promessa e fome. Inclino-me, respondo, abro levemente, convidando-o a entrar, mas não há tempo. Nunca há mais tempo. Uma enxurrada de passos nos congela enquanto todos lutam para se posicionar para a próxima cena. Canon solta um suspiro resignado e depois vai embora.

CAPÍTULO 43

Canon

— Então vamos usar a trinta e cinco milímetros para as externas diurnas — reviso, batendo no lápis para dar ênfase e olhando de Jill para Kenneth. — E digital para filmagens externas noturnas, certo?

— Sim. — Jill assente. — E estou pensando no anamórfico para aquelas enormes imagens externas. Como a dos varredores.

Kenneth inclina a cabeça, olha o *storyboard* e nossa lista de cenas.

— Ainda vamos usar o drone para aquelas imagens aéreas no terceiro dia?

— Sim. — Jill sorri, seus olhos brilhando de excitação. — Santa Bárbara será a nossa Riviera Francesa, rapazes.

Jogo o lápis sobre a mesa e me inclino para trás para unir os dedos atrás da cabeça.

— A única vantagem do Galaxy é que eles estão pagando por toda essa merda.

Rimos, porque filmar é caro e, na era do digital, um luxo que a maioria dos cineastas não experimenta mais com frequência. Caras como Scorsese, Tarantino, Christopher Nolan — porta-estandartes do formato que resistem veementemente ao digital — têm orçamentos e influência para insistir. Perdemos muita flexibilidade com o filme e não podemos revisá-lo em tempo real como fazemos com o digital. Nossas diárias precisam ser enviadas para um laboratório e voltar mais tarde. É mais lento e menos preciso. Você está basicamente filmando em notas de dólar. Mais ensaios. Menos tomadas. Muito menos espaço para erros. Filmar partes deste filme vai dar a aparência que desejo e adicionar camadas de nostalgia, mas é caro, trabalhoso e geralmente um pé no saco.

E, no entanto, nós três parecemos crianças em uma loja de doces diante da perspectiva. Temos a experiência, especialmente com Jill como nossa diretora de fotografia, para variar nossos formatos e realmente criar algo especial, embora isso exija uma abordagem diferente de filmagem.

— Precisamos ter certeza de que o elenco está pronto para esta mudança — digo, direcionando o comentário para Kenneth. — Todos, é claro, mas especialmente Neevah e Trey. Muitas dessas cenas são apenas eles e um monte de atores de fundo. Estamos bem com os extras?

— Eu cuido dos extras. — Kenneth hesita e pigarreia. — Mas, com tantos deles para lidar, estarei menos disponível para Neevah, e Trey, é claro, então acho que você irá gerenciá-los no set.

Kenneth vira o telefone na mão, olhando para a tela em vez de olhar para mim. Jill rabisca em seu bloco, fixando os olhos nas palavras enquanto o silêncio se estende de maneira estranha entre nós três.

Eles sabem.

Podem não ter certeza de que Neevah e eu estamos juntos, mas, com base nesse comportamento evasivo, eles sabem que *algo* está acontecendo. Obviamente, com base em nossas conversas, Jill tem suas suspeitas e fez sua parte para ajudar as coisas, mas eu nem contei a ela como as coisas evoluíram. Cerro os dentes, irritado comigo mesmo por mostrar tanto das minhas cartas, mas determinado a deixar claro que isso não afetará meu trabalho ou esta história.

— Claro. — Levanto-me e vou até a maquete do Teatro Lafayette em busca de algo para fazer. — Não tem problema. De qualquer forma, terei que ficar mais tempo lá, já que não podemos assistir as cenas em tempo real da tenda.

— Certo. — Kenneth se agarra a esse raciocínio. — Funciona perfeitamente. E vou garantir que todos esses extras estejam no lugar e prontos.

— Parece bom. — Divido um olhar entre eles, minhas sobrancelhas levantadas. — Algo mais?

— Não. — Kenneth se levanta. — Estou me reunindo com o elenco para discutir a logística, já que amanhã é nosso primeiro dia de filmagem no local.

Agarro seu ombro.

— Obrigado, cara.

— Sem problema. — Kenneth se dirige para a porta, passando por Evan, que não sorri, enquanto meu parceiro de produção entra na tenda.

— O que foi? — pergunto, sentando-me na beirada da mesa. — Algo com as licenças? A moradia em Santa Bárbara?

— As licenças estão boas — diz Evan, sua carranca sombria não se iluminando. — E temos chalés para o elenco e a equipe naquele resort que o Galaxy praticamente comprou para nós.

— Que bom. Então por que você parece alguém chateado com seu sucrilho?

— Jill, você poderia nos dar licença? — Evan pergunta, sem dar bola para minha piada.

— Ah, claro. — Jill lança um olhar que diz *o que você fez agora*, mas não tenho ideia.

Uma vez que ficamos a sós, dou de ombros.

— Cara, o que houve?

— O que houve é que Camille Hensley disse ao mundo inteiro em um podcast, há vinte minutos, que você está transando com *outra de suas atrizes*.

Ele lança a acusação — porque claramente é uma — para mim com os olhos semicerrados e as mãos enfiadas em sua calça jeans.

Filha da puta daquela Sylvia Miller.

Era demais esperar que a assessora de Camille não contasse ter visto Neevah e eu juntos, mas por que Camille está se metendo na minha vida? E tão publicamente?

— Nada a dizer? — Evan pergunta, a voz tensa. — Lembro-me claramente de termos concordado que você não faria isso de novo.

— Nada está acontecendo que possa afetar este filme, Evan.

— O que quer que esteja acontecendo já aconteceu. Os comentários de Camille questionam o talento e a habilidade de Neevah antes que o mundo tenha visto um minuto deste filme.

Um suspiro longo e cansado escapa por entre meus lábios.

— O que ela disse exatamente?

— A podcaster perguntou se havia um papel que ela se arrependia de ter recusado, e ela disse que recentemente havia um papel que ela queria muito, mas para o qual nem sequer teve permissão para fazer um teste.

Eu gemo, afundando a cabeça entre as mãos.

— Claro, como Camille pode fazer o que quiser nesta cidade agora, perguntaram quem se atreveria a recusar a oportunidade de trabalhar com ela.

— E, claro, ela aproveitou a oportunidade para expor a minha vida.

— Por que há algo para expor, Canon? Em primeiro lugar, concordamos que você manteria seu pau longe das atrizes.

— Pare de me fazer parecer um devasso aproveitando minha posição para conseguir transar. Você sabe que eu não faço isso.

Entrelaçados

265

— No clima atual, ninguém dá isso como certo, principalmente quando a atriz em questão não tem um filme no IMBD. Você é quem tem todo o poder, e ela é quem deseja a grande oportunidade e está disposta a fazer o que for preciso para consegui-la.

— Não é desse jeito. — Cerro os dentes com as palavras. — O que mais Camille disse?

— Que se você fosse dar o papel apenas para alguém com quem está namorando, ela não entendia por que você não daria pelo menos uma chance a ela. E que ela ouviu que Galaxy tinha sérias preocupações sobre uma desconhecida carregando um filme biográfico de grande sucesso como este, mas que você ignorou as preocupações deles, ameaçando ir embora se eles não cedessem e escolhessem sua nova namorada.

Há verdade suficiente aí para tornar a realidade insignificante.

— Law Stone, do Galaxy, ligou, é claro — Evan prossegue, seu olhar perfurando meu rosto.

— E?

— E ele quer que você resolva isso.

— O quê? Ir a algum programa noturno e pedir desculpas por algo que não é da conta de ninguém, exceto dos dois adultos envolvidos? Não. Nem a pau eu serei um fantoche deles dizendo que sinto muito por algo que não deveria ter que me desculpar. Eu não devo nada a eles.

— E eu? Você não me deve nada? Deveríamos ser parceiros. Amigos. Estar juntos nessa.

— Você sabe que estamos.

— Mas você me deixou ser pego de surpresa por isso. Jogou ovo na porra da minha cara, fui pego de surpresa com aquele idiota do Stone me ligando, exigindo explicações.

— Se quer tanto explicações, por que ele mesmo não me ligou?

Evan revira os olhos. Nós dois sabemos que Lawson Stone não *teria coragem* de me atacar daquele jeito. Ele sabe o que conseguiria.

— Foi o que pensei — digo, desabando em uma cadeira e mordendo a boca, tentando pensar.

— Talvez você não vá a um programa noturno, mas…

— Nada de talvez para isso. Não vai acontecer.

— Mas tivemos um set fechado, com poucas exceções. Talvez permitamos alguns repórteres de entretenimento aqui. Fazer algumas entrevistas com o elenco. Vazar algumas imagens dos bastidores do elenco rindo juntos.

Algumas fotos nossas filmando e eles vendo Neevah trabalhar como qualquer outra pessoa.

— Ela não trabalha como qualquer outra pessoa. Ela trabalha mais do que todo mundo, e você sabe disso. Novata ou não, ela está carregando este filme. Ela foi a escolha certa.

— Concordo. Acho que ela vai surpreender todo mundo. É isso que quero proteger, então podemos pelo menos considerar algumas coisas iniciais? Os bastidores, mostrá-los vestidos a caráter, algumas cenas complementares de dança. Nada muito específico, mas dando uma ideia do quão grande isso vai ser e dando algumas dicas de quão boa Neevah é. O porquê de ela ter conquistado isso com seu talento. Não abordando o assunto diretamente, mas retomando o controle da narrativa.

Solto um suspiro e, depois de alguns segundos tensos, aceno com a cabeça.

— Quando isto aconteceu? — ele pergunta. — Você pode pelo menos me dizer isso?

— Quando foi que aconteceu?

Seu olhar é irônico e sagaz.

— Sinto-me atraído por ela desde o início — admito a contragosto. — Mas mantive distância o máximo que pude. No Dia de Ação de Graças, acabamos no mesmo restaurante para jantar e simplesmente nos conectamos.

— Então foi aí que o caso começou?

— Pare de fazer isso parecer decadente, e não. No Ano-Novo, fomos para Santa Bárbara.

— Então, quando falei com você no caminho até lá, ela estava com você?

Concordo com a cabeça e ele aponta um dedo acusador para mim.

— Então você mentiu.

— Podemos fazer isso mais tarde? O elenco e a equipe técnica já sabem de tudo? Ouviram o podcast?

— Está começando a se espalhar agora. Claro, os atores deixam seus telefones em seus trailers, mas agora que encerramos o dia, tenho certeza de que todos sabem ou saberão em breve.

Neevah, querida, sinto muito.

— Eu preciso vê-la. — Fico de pé abruptamente. — Todo mundo agirá de forma estranha e especulando. Merda.

— Aonde você vai?

— Tentar encontrá-la antes que ela saia do trailer. Kenneth vai se encontrar com eles sobre os novos protocolos para filmagens em locações.

— Vou trabalhar para me conectar com alguns programas de entretenimento.

— Preciso concordar com qualquer pessoa que venha ao meu set. Eu não estou brincando, Evan. Essa tolice não vai mexer com a química que temos ou com qualquer coisa que passamos tanto tempo construindo.

— Entendi — diz ele, sua expressão finalmente cedendo um pouco. — E... ei. Em termos gerais, isso é apenas um obstáculo às relações públicas. Nós ficaremos bem.

Mas Neevah ficará?

CAPÍTULO 44

Neevah

Realizamos nossas reuniões de produção no Café Society — pelo menos na réplica que o dono da propriedade e sua equipe construíram do estabelecimento histórico. O ponto alto de Greenwich Village foi a primeira boate totalmente integrada racialmente no país. Os espectros de grandes nomes como Ethel Waters, Lena Horne, Sarah Vaughan, Hazel Scott e Pete Johnson esperam nos bastidores, sentam-se ao redor das mesas e eventualmente sobem ao palco. Você praticamente pode sentir o cheiro da fumaça do cigarro flutuando no ar. Este pode não ser o clube real, mas, às vezes, quando entro, quase posso sentir as reverberações do choque percorrendo a multidão na noite em que Billie Holiday cantou *Strange Fruit* pela primeira vez em qualquer lugar; ela abalou o mundo com uma música.

Com toda essa história passando na minha cabeça, a reunião de produção de Kenneth pode parecer corriqueira, mas ele revisará a programação de amanhã, destacando como o trabalho no filme afetará a maneira como filmamos, então estou focada. E, do nada, as pessoas começam a olhar para seus telefones em vez de para Kenneth.

E depois começam a olhar para *mim*.

Pelo menos, acho que estão. Estou muito ocupada devorando cada palavra que sai da boca de Kenneth como um passarinho, porque filmar parece crucial. No fato de serem menos tomadas e menos espaço para erros quando estou em todas as cenas e tenho mais diálogos para memorizar do que todos os outros. O que quer que esteja em seus telefones chama atenção *deles*. Kenneth tem a minha.

— Todos entenderam? — Kenneth pergunta, encerrando a reunião. — Portanto, em Santa Bárbara, todos precisamos estar atentos e preparados.

— Ou Canon vai acabar com a gente — afirma Livvie, olhando para mim. — Bem, *alguns* de nós. Ele pode ser mais gentil com outros.

Um silêncio constrangedor segue seu comentário e não tenho muita certeza do que está acontecendo. Mesmo depois de uma pausa, o elenco permanece, aliviando e conversando após um dia difícil de filmagem. O trabalho me distraiu da espera pelos resultados dos meus testes. Sei que fizemos o exame de sangue ontem, mas quero ter certeza de que está tudo bem e adoraria saber antes de partirmos para Santa Bárbara. Não é provável que aconteça. Enquanto isso, vou até Kenneth, com o roteiro em mãos, para perguntar sobre uma cena que está por vir.

— Kenneth, tem um segundo?

Seu rosto se ilumina, seus olhos gentis.

— Para você, sempre. E aí?

Estamos conversando sobre a cena quando alertas telefônicos começam a soar pela sala, seguidos por sussurros e olhares dissimulados.

— E aí? — pergunto a Kenneth. — Estou imaginando ou algo está... estranho?

— Eu não faço ideia. — Kenneth olha ao redor com a testa franzida.

Takira se aproxima, com o rosto sério, e agarra meu braço.

— Nós precisamos conversar.

— Hum, Kenneth e eu estávamos...

— Tudo bem. — Kenneth lança um olhar entre mim e Takira. — Não hesite em perguntar se ainda tiver dúvidas.

— T, o que houve? — exijo assim que Kenneth se afasta. — Eu só estava...

— Você precisa ver isso. — Ela coloca o telefone na minha mão.

Não consigo nem acreditar no que estou lendo. É uma postagem on--line sobre um podcast e sobre Camille Hensley, sobre mim, Canon e o filme. São todas essas partes díspares que não deveriam ter nada a ver umas com as outras, mas de alguma forma pousaram no mesmo lugar. Todas as preocupações de Canon, as coisas sobre as quais ele me alertou, estão espalhadas em uma página digital para que todos possam ver.

Olho para cima e todos estão focados em mim antes de rapidamente desviarem o olhar.

— Ai, meu Deus — sussurro para Takira. — Eles pensam...

— Certo. Sim.

O constrangimento aperta minha garganta e mal consigo engolir. Um nó retorce meu estômago. Se essas pessoas, meu elenco, olharam para mim desse jeito — como se eu não tivesse conquistado isso depois de me ver dando a vida nos últimos três meses —, o que as pessoas que não me conhecem vão pensar? Mas logo após o constrangimento vem a indignação. Eles me viram trabalhando para fazer o meu melhor. Sério? Alguma vadia vingativa que não conseguiu o que queria faz alguns comentários e eles olham para mim como se não tivessem certeza?

E então eu simplesmente me sinto… sozinha. Mesmo com Takira ao meu lado, Canon não está. Eu não o culpo. Sem dúvida ele está em alguma reunião de produção, exatamente onde deveria, mas não aqui. E tenho que enfrentar sozinha a especulação e o julgamento que sinto por parte dos meus colegas. Ele, provavelmente, nem sabe que isso está acontecendo.

— Ai, merda — solta Takira, olhando por cima do meu ombro.

Viro a cabeça para ver o que a fez xingar e respiro fundo quando Canon entra. Ele está a poucos metros de distância, com várias pessoas entre nós.

— Ei — ele diz para a sala, emitindo uma saudação geral. — Ótimo trabalho hoje, pessoal.

Eles murmuram, acenam com a cabeça e gaguejam, quase como se ele os tivesse flagrado no ato de alguma coisa. Não sei para onde olhar. Não sei o que fazer ou como me comportar. Não quero piorar as coisas, mas todo mundo fica olhando dele para mim e de mim para ele, como se estivéssemos no palco e esperando pelas próximas falas.

Não tenho roteiro para isso.

— Neevah — chama, sua voz atravessando claramente a sala.

Forço-me a olhar para ele e não focar no alvo invisível que cobre todo o meu corpo.

— Quer uma carona para casa? — pergunta.

Na frente de todos.

O que ele está fazendo?

Todo mundo sabe que um motorista me leva e me pega no set todos os dias. Pisco para ele estupidamente, e toda a sala parece estar prendendo a respiração, esperando pela minha resposta.

— Hum… sim? Claro?

— Vamos.

Ele estende a mão. *A mão dele!* Como se ele quisesse que eu aceitasse. Estou grudadíssima no lugar, mas Takira me empurra para frente e tropeço um pouco antes de me endireitar e dar alguns passos para alcançá-lo. Ele imediatamente entrelaça nossos dedos e sai da sala, me puxando atrás de si. Contenho a língua o máximo possível, consciente de todos os olhares

Entrelaçados

voltados para a nossa partida. Assim que estamos fora do alcance dos olhos e chegamos ao estacionamento, me viro contra ele.

— Que raios foi aquilo? — pergunto. — Você decidiu que me levar para casa, segurar minha mão e confirmar as suspeitas de todos era a melhor ideia?

— Sim, porque rumores, fofocas e especulações atrapalham a química e, se não forem controlados, podem comprometer o desempenho. — Ele se inclina contra o carro e cruza os braços sobre o peito. — Não pretendo abordar isso diretamente, mas não há razão para me esconder quando já foi exposto.

— Poderíamos negar.

— Negar, esconder quando algo assim que foi divulgado é contraproducente. Não vou desperdiçar energia mantendo uma mentira quando eles a procuram agora. Cavando qualquer sinal de que isso possa ser verdade. Isso distrai e não posso me permitir um elenco e uma equipe distraídos e fofoqueiros.

Com um encolher de ombros, ele olha para mim por baixo de um arco de sobrancelhas escuras.

— Além disso, talvez Camille nos tenha feito um favor. — Ele pega minha mão, entrelaçando nossos dedos. — Eu particularmente não gostava de esconder isso. Acho que deveria ter verificado com você primeiro.

Um sorriso brinca com os cantos da minha boca e me aproximo.

— Acho que estou bem com todos sabendo que você gosta de mim. — Eu rio quando ele revira os olhos, mas sorri. — E agora?

— Agora confirmei que estamos juntos e, se eles sabem o que é melhor para eles, vão lidar com isso e continuar fazendo seu trabalho.

— Parece simples, e talvez seja para você, porque você não terá que aturar seus colegas pensando que você não conseguiu seu emprego por mérito.

— Ei. — Ele levanta meu queixo, seu olhar desce quase trinta centímetros até encontrar o meu. — O que aconteceu com "se eles descobrirem, vou provar meu valor? Vou mostrar a eles que posso fazer o trabalho"?

Um sorriso irônico curva um canto da minha boca.

— Pensei que eu fosse grande e má. Todo mundo estava olhando para mim esta noite.

— Eles estavam olhando porque estavam se perguntando. Nós não vamos fazê-los pensar. Não estou dizendo que vamos ficar nos exibindo, mas não nos escondemos mais. Em breve será notícia antiga e eles pensarão em nós como qualquer outro casal que...

— Nós somos? — Uma pena faz cócegas no interior da minha barriga. — Um casal, quero dizer?

Ele acaricia a tatuagem ao longo do meu polegar.

— O que você achou que era isso?

Não colocamos muitas palavras no que está acontecendo entre nós. Para mim, não me importa como chamamos isso. Estou feliz que esteja acontecendo.

— Bem, você praticamente me arrastou pelo cabelo para fora da reunião da equipe de produção — comento, permitindo uma nota zombeteira em minha voz.

— Eu não fiz isso.

— Quero dizer… foi um pouco como… uma reivindicação rosnada, tipo… *minha*.

— Você quer ser de outra pessoa? — pergunta, suavemente, puxando-me para si em centímetros até que as pontas dos dedos dos pés se toquem e eu esteja muito perto para ver, cheirar ou considerar alguém além do homem na minha frente.

— Não. — Não sorrio, não faço pouco caso disso, nem tento esconder a certeza em meus olhos. Eu quero isso. Eu o quero, e se tiver que suportar alguma especulação, bem, caramba, farei o que disse. Vou provar que mereço esse trabalho. Continuarei ganhando a confiança deles.

— Que bom — decreta, abrindo a porta do passageiro do carro. — Então vamos te levar para casa.

Entrelaçados

CAPÍTULO 45

Canon

Nunca acaba.

A lista de coisas que precisam ser feitas passa pela minha cabeça, uma fila infinita de tarefas e reuniões enquanto nos preparamos para filmar na locação. Aquele drama com Camille hoje? Era a última coisa que eu precisava nessa merda. Tudo o que pensei que aconteceria se me envolvesse com Neevah está acontecendo exatamente como previ.

E ainda assim...

Olhando para ela, enrolada e dormindo no banco do passageiro, a caminho da sua casa, não me arrependo. Não me arrependo de beijá-la no Dia de Ação de Graças. Não me arrependo do tempo que passamos em Santa Bárbara. Não me arrependo de ter começado um relacionamento com ela, porque é diferente de tudo que já tive antes. Odeio o caos que a entrevista de Camille tem potencial para criar, mas Neevah é a melhor coisa que já aconteceu comigo em muito tempo. Hoje, diante das consequências dos nossos atos, tive que admitir para mim mesmo. Apesar de todos os problemas que isso pode causar, não posso me arrepender *dela*.

Claro, meu telefone toca sem parar. Neevah cochilou quase imediatamente e ficou assim durante os quarenta minutos de carro até sua casa alugada em Studio City. Não é longe da locação, mas aqui é Los Angeles, então aonde quer que você vá, tudo se torna um obstáculo. Tenho mais uma ligação a fazer antes de poder descansar por mais ou menos uma hora. Talvez possamos fazer uma refeição rápida antes de eu ir para casa e me preparar para amanhã.

Uso um fone de ouvido para fazer a última ligação, para que o viva-voz não perturbe o sono de Neevah.

— Canon, ei — Verity responde no primeiro toque. — Eu não tinha certeza se nossa ligação ainda estava de pé.

— Por que não? Eu disse que ligaria para conversar sobre as revisões do roteiro. Elas são mínimas, mas quero dar ao elenco bastante tempo para assimilar as novas falas antes de chegarmos a essas cenas.

— Sim, mas você teve um dia bastante agitado, quebrando a internet e tudo mais — comenta, com a voz curiosa e cautelosa.

— Eu não quebrei a internet. Camille quebrou, e todos os dias dos últimos três meses foram agitados — respondo, com brusquidão. — Estamos filmando uma das maiores cinebiografias da última década, então as coisas ficam complicadas. Você tem alguma questão com isso?

— Não fique na defensiva comigo, Canon. Você sabe o quanto gosto e respeito Neevah. A entrevista estava em todos os lugares hoje e tenho certeza de que foi disruptiva. Não estou tentando me meter nas suas merdas. Só estou tentando ser sensível.

— Eu não preciso que você seja sensível. Preciso dessas revisões, tipo, ontem.

— Por que você tem que ser um idiota? — Uma breve risada alivia o impacto de suas palavras.

— Risco ocupacional — opino, permitindo-me relaxar um pouco.

— Posso apenas dizer que estou feliz por você?

Não discuto minha vida pessoal de forma aberta. Não conheço Verity há muito tempo e não a conheço tão bem quanto Jill, Kenneth ou Evan, que trabalham comigo há anos. Verity, porém, é uma pessoa boa. Não tenho certeza do que aconteceu com ela e Monk, mas, por algum motivo, acho que posso confiar nela.

— Obrigado.

— Ela é incrível.

— Estou ciente — afirmo, com um sorriso incontido tomando conta da minha boca.

— Boa demais para você.

— Aliás, estou muito ciente desse fato e concordo. Agora podemos conversar sobre essas edições de texto para que eu possa riscar você da minha lista e talvez ter meia hora para comer sem interrupções com minha namorada?

A palavra cai entre nós como uma pedra por um momento antes de começar a flutuar. É a primeira vez que chamo Neevah assim, até para mim mesmo, e muito menos em voz alta para alguém com quem trabalho. Espero que tenha a mesma sensação de vestir uma camisa um tamanho menor — justa, restritiva, sufocante na gola. Em vez disso, é o oposto. É do mesmo jeito que me sinto sobre *ela*: feita sob medida para mim.

Entrelaçados

— Namorada, hein? — Verity ri. — Tudo bem. Eu te entendo, Canon. Todo bobo.

— As edições — eu a lembro. — Precisamos ajustar o diálogo entre Cal e Dessi na França depois que ela receber a carta de Tilda.

Isso a reorienta, e conversamos sobre como ela pode abordar a reformulação de algumas dessas cenas. Depois de prometer enviar as revisões antes do amanhecer, ela desliga. Momento perfeito, porque paro na casa de Neevah. Ela não se mexeu durante todo o caminho para casa e, sem a maquiagem pesada, as sombras sob seus olhos se tornam muito mais evidentes. Ela está usando uma das bandagens que costuma usar quando tira a peruca de Dessi durante o dia. A tentadora plenitude de seus lábios não tem pintura nem adornos. Seus braços estão cruzados na cintura. Aquela erupção cutânea que ela teve em Santa Bárbara piorou?

— Por que você está franzindo a testa para mim? — pergunta, com a voz sonolenta.

Olho de seu braço para sua expressão apreensiva.

— Seu braço. A erupção parece estar piorando.

— Ah. — Ela esfrega as descolorações, olhando para baixo e pigarreando de leve. — Sim, devemos obter os resultados de todos os exames feitos a qualquer momento. Acho que vai ficar tudo bem. — Ela alcança a maçaneta da porta. — Estou exausta e morrendo de fome. Você vem ou precisa ir?

— Tenho algumas coisas para resolver antes de partirmos amanhã e ainda preciso fazer as malas.

— Okay. — Seu sorriso parece um pouco forçado e, como a maioria das emoções que atravessam seu rosto, posso facilmente enxergar a decepção. — Eu entendo. Vejo você em Santa Bárbara então.

Quando ela sai, eu também saio, acionando o alarme do carro e seguindo-a até a porta da frente.

— Ah. — Ela se vira para mim, seu olhar passando de mim para meu carro estacionado na rua. — Achei que você tinha coisas a fazer.

— Sim, mas um homem precisa comer.

Ela sorri e pega as chaves, abrindo a porta da frente.

— Bem, espero que você não queira que *eu* cozinhe. Vou pedir comida e encerrar a noite.

— Parece ótimo, mas deixe registrado que eu *cozinhei* para você.

— Não depois de um dia de trabalho de doze horas, isso não.

A casa está escura e silenciosa, e assim que a porta se fecha atrás ao entrarmos, o estresse desaparece dos meus ombros. Ela anda na frente, mas eu a pego por trás pela cintura, puxando-a para mim.

— Oi — saúdo, espalhando beijos ao longo da curva de seu pescoço.

Ela inclina a cabeça, me oferecendo mais de sua pele acetinada, como uma gata que quer ser acariciada.

— Oi.

— Hoje foi uma loucura. — Viro-a para mim, tentando ler sua expressão na penumbra. — Você está bem?

— Eu estou, se você estiver.

— O que isso significa?

— No começo, com todo mundo olhando para mim e todos os telefones tocando e... isso meio que me pegou desprevenida.

— E então?

— Bem, com algum tempo para pensar sobre isso — continua, sorrindo —, e tirar uma soneca, me sinto como antes. Deixe o povo falar. Deixe-os acreditar no que quiserem acreditar. Nós vamos mostrar a eles. *Dessi Blue* é brilhante, Canon. Desafio qualquer um a não se emocionar com essa história. É música, arte e história. É restauradora. Redentora. E tenho orgulho de fazer parte disso. — Ela passa o polegar pelo meu lábio inferior e depois pelo superior, traçando o arco e passando pela minha barba. — E estou orgulhosa de estar com você. Como eu poderia ter vergonha disso? De nós? Eu não tenho.

— Não tenho — repito. Ela colocou em palavras o que senti quando conversei com Verity. O caminho a seguir está aberto. — Eu disse a Verity que você era minha namorada.

Seus olhos se arregalam e sua boca se abre, choque nítido em seu rosto.

— Você o quê?

— Acho que é meio anticlímax depois da façanha de Camille.

— Mas você nem me pediu...

Bem, isso não é uma merda? Não chamo uma mulher de minha namorada há... anos, e quando eu faço isso, ela reage assim?

— Então... você não quer ser minha namorada?

— Ai, meu Deus! Você tinha que ver sua cara. — Ela aponta para mim e ri. — Claro que quero ser sua namorada. O que você pensa que eu sou? Louca?

Ela arranca o telefone da minha mão, balançando-o no ar.

— E pensando no melhor interesse para o meu *namorado*, vou ficar com isso. Sem trabalho por alguns minutos.

Entrelaçados

277

Tento pegar o telefone, tento agarrá-la, mas ela dança para fora de alcance, disparando pelo corredor. Estou tão cansado, mas será que literalmente corro atrás dela como um adolescente excitado?

Sim. Sim, eu corro.

Ela corre para um dos quartos e eu a sigo. Em seguida, ela tranca a porta assim que a fecha.

— Você caiu nessa? — Ela sorri, puxando os botões da frente de seu vestido de verão. — Agora você é meu.

Nosso ato sexual ficou restrito aos domingos durante o último mês. Ter ela durante a semana? Não precisar mais manter isso em segredo?

Afasto o vestido de seus ombros e suspiro com a deliciosa visão dela.

— Agora eu sou seu.

CAPÍTULO 46

Neevah

Uma tempestade em repouso.
Um gênio descansando.
Canon dormindo na minha cama.

Eu deveria acordá-lo, porque sei que tem coisas para fazer antes do primeiro dia de locação de amanhã, mas ele está exausto. E, por mais que eu queira pensar que foi a potência dessa boceta que o deixou fora do ar... é mais do que isso. O homem trabalha de dezesseis a dezoito horas por dia há meses. Não quero tocá-lo caso ele acorde, mas com meu olhar traço as linhas poderosas de seus ombros e os músculos definidos de seu tronco e abdômen. Ele é escuro e rico nos meus lençóis, como chocolate deixado no meu travesseiro. Eu poderia comê-lo.

Eu comi.

O prazer de Canon alimentou o meu. O gosto dele, a agonia feliz em seu rosto quando seu controle se quebra, o puxão áspero de seus dedos em meu cabelo.

Tive sorte de ele não ter arrancado um pedaço dele. Não é hora para piadas, mas é melhor do que medo e incerteza enquanto espero pelos resultados dos meus exames. E se as piadas ruins não me distraem, essas falas que preciso decorar o farão. Pego o roteiro na mesa de cabeceira e tento absorver as palavras nadando diante dos meus olhos cansados.

Um bocejo vindo do lado da cama de Canon tira minha atenção da página.

Ele apoia a cabeça em uma das mãos.

— Eu não me apegaria muito a isso.

Agora que ele está acordado, posso tocá-lo, então passo um dedo sobre sua maçã do rosto saliente e acaricio seus cílios incongruentemente longos.

— Não me apegar a quê?

— Essa versão do roteiro. — Ele beija meu dedo e se arrasta para se recostar à minha cabeceira, engolindo todo o espaço com a largura dos ombros. — Verity está reescrevendo.

— Não. Acabei de decorar essas falas. — Bato o roteiro na testa e o largo na cama. — Você está brincando comigo?

— Não será tão significativo. Precisava de mais atração emocional. As apostas não pareciam altas o suficiente da forma como foi escrito originalmente.

— E por originalmente você quer dizer a maneira como acabei de memorizar?

— Desculpe. Essa é a parte ruim. O roteiro, às vezes, evolui quando entramos nele. — Ele deve ver a consternação em meu rosto. — Sabemos que você receberá novas falas. Seremos pacientes.

Eu olho para ele com incredulidade. *Pacientes?*

— Okay. Vou tentar. — Ele ri, entrelaçando nossos dedos sobre os lençóis. — Mas tornamos as coisas muito mais lentas quando gravamos em filme em vez de digital. Haverá mais ensaios. Mais tempo para acertar, porque é muito mais caro. Não podemos nos dar ao luxo de muitas tomadas descartáveis.

Eu sei que ele quis dizer isso para me tranquilizar, mas um parafuso aperta meu peito com a ideia de que há menos espaço para erros.

— Quanto tempo você me deixou dormir? — Canon pega seu telefone, que toca assim que ele o tem em mãos. — Você ajustou meu alarme?

— Você disse que ainda tem coisas para fazer, mas também pensei que não faria mal tirar uma soneca de dez minutos.

— Você me esgotou. — Ele me puxa do meu lado da cama para seu colo, e eu não resisto de forma alguma, enlaçando seu pescoço. Ele passa a mão no meu quadril através do lençol.

— Você está reclamando? — Mordo o lóbulo da orelha dele.

— O que você acha? — Ele inclina a cabeça para capturar meus lábios, aprofundando o beijo, puxando minha língua para dentro de sua boca. Esquecido o roteiro, viro-me até que minhas pernas estejam abertas sobre ele e o pressiono contra a cabeceira da cama. O lençol enrolado em meus seios cai, revelando que estão nus, eretos e prontos para sua atenção novamente.

Ele beija minha garganta e leva o bico de um seio à boca. Uma onda de prazer rouba meu fôlego e meus joelhos apertam seus quadris. Deslizo os dedos em seu cabelo. Ele geme no meu ombro, percorre minha coluna e beija minha clavícula antes de se afastar.

— Eu preciso ir — ele diz, gentilmente me tirando de seu colo e sentando-se na lateral da cama.

Olho para a ampla extensão de suas costas, afinando até a cintura estreita e a bunda tonificada. Eu gostaria de ser uma pintora para poder imortalizá-lo com destreza na tela. Ou uma escultora como o pai de Linh, moldando os seus músculos em argila ou pedra cinzelada. Ou mesmo um músico como Monk para transformar esse sentimento em música.

Fique.

Isso sussurra na minha cabeça, e estou bem perto de pedir a ele, mas não quero ser a namorada pegajosa que o distrai do trabalho.

Namorada.

Terei que desvendar meus sentimentos vertiginosos sobre ele usar essa palavra mais tarde.

— Eu pedi comida tailandesa — comento, observando-o vestir a calça jeans. Ele olha por cima do ombro nu, com uma sobrancelha escura levantada.

— Quando você teve tempo? Entre o boquete e o clímax?

— Bobinho. — Puxo os lençóis em volta dos meus seios e ando de joelhos até a beira da cama, inclinando-me para beijar seu nariz. — Eu pedi assim que você adormeceu. Deve estar aqui em uns dez minutos.

— Dez minutos?

Concordo com a cabeça, embora possa ser mais perto de quinze. Seu telefone toca e ele o pega, lendo o que surge na tela.

— Verity acabou de enviar algum texto reescrito. Talvez eu possa lhe dar as novas falas antes de ir embora.

— Isso seria incrível. Acho que vale a pena namorar o diretor.

Sua expressão fica séria e ele se aproxima, apoiando as mãos em meus quadris. Ele pressiona sua testa na minha.

— Não sei se realmente já disse isso, mas sinto muito que tenha acontecido assim. Eu queria te proteger desse tipo de merda tão cedo em sua carreira.

— Eu não fico mais forte quando você me protege das coisas, mas posso tirar força de você se caminhar comigo através delas. A maneira como você entrou na reunião hoje e nos reivindicou; sem agir como se fosse algo para se envergonhar ou como se eu fosse algo para esconder; como mostrou a eles que estava tudo bem eles saberem que estamos juntos? Isso me fez sentir como se não estivesse sozinha nisso.

— Você não está sozinha. Eu quero isso, Neevah. — Ele suspira, apertando-me com mais força de forma possessiva e reconfortante. — Não quero que forças externas nos destruam antes mesmo de sairmos do chão.

Entrelaçados

281

— Ah, já saímos do chão, senhor Holt. Depois de como você lidou hoje à noite — eu digo, rindo e inclinando a cabeça para trás —, estou muito longe do chão, nas nuvens.

Ele balança a cabeça e sorri, revirando os olhos. A campainha toca e ele veste a camiseta.

— Eu atendo. Provavelmente é a comida. — Ele me joga seu telefone. — Enquanto isso, quer dar uma olhada nessas novas falas?

Eu mergulho para pegar o telefone como uma foca bebê fazendo truques. Quero o máximo de vantagem possível para assimilar qualquer material novo. Amanhã é dia de viajar — embora Santa Bárbara esteja a menos de duas horas de distância —, então a equipe terá que nos instalar. Ensaiaremos as próximas cenas, mas não filmaremos nada. Estou nervosa, porém, porque, com todos os números de dança atrás de mim, esta será minha primeira cena cantando. Estamos guardando a maior parte das performances vocais para a última parte da produção, já que elas afetam principalmente a mim, ao Trey e aos músicos. Essas cenas serão filmadas principalmente em nosso estúdio, mas esta precisa ser capturada em nosso set na Riviera Francesa.

Monk chega amanhã e começaremos a trabalhar na música enquanto a produção prepara tudo. É uma canção original que ele escreveu para o tempo que Dessi e a banda passaram em turnê pela Europa, fazendo residência em um hotel na Riviera Francesa. Monk me enviou a música há algumas semanas e eu pratiquei sozinha. Quero fazer o que a música merece.

O que significa que esta voz precisa descansar.

Minha treinadora vocal enviou um regime de preparação para essa música e para a parte mais vocal do final da produção. Ela compartilhou a receita de um elixir que inventou e que é "garantido" para deixar a voz pronta para qualquer coisa. Vou bebericar isso nos próximos dias e ter bastante descanso da voz.

— A comida chegou! — Canon grita da sala de estar.

Vou ter que expulsá-lo assim que ele comer. Como vou me concentrar com ele aqui?

Quando saio descalça do meu quarto e subo o corredor, ele está com nossa comida e dois talheres na pequena sala de jantar. Este homem parece distraído metade do tempo, como se sua mente estivesse em outro lugar. Como se você não tivesse tudo dele, e a parte que você tem gostaria de estar em outro lugar.

Não agora.

Com duas semanas agitadas pela frente na locação, com texto reescrito abrindo um buraco em seu e-mail, com uma dúzia de coisas em sua lista que aposto que ele precisa fazer antes de dormir, seus olhos, quando se erguem, estão totalmente voltados para mim. Ele está todo lá... para mim. Prendo toda a sua atenção, mesmo que apenas pela próxima hora, e é como se esticar sob o sol no auge. É quente, me ilumina.

Não há velas na mesa como na nossa primeira noite fazendo amor em Santa Bárbara, mas criamos nosso próprio resplendor. Hoje Camille tentou roubá-lo, estragá-lo com suas artimanhas. O mundo tentou desmembrar, zombar, descobrir o que é real e o que é verdade. Isso é real: comer e rir com ele agora. Conversando com a facilidade das brisas de verão até que tenhamos que nos afastar um do outro. Roubar os últimos beijos do dia e ter que empurrá-lo porta afora porque nós dois queremos que ele fique, mas sabemos que tem que ir. *Isto* é verdade. E, encostada na porta depois que ele sai, meu coração dói e incha com a doçura inesperada da situação.

Entrelaçados

CAPÍTULO 47

Canon

É difícil não passar a noite inteira com Neevah; ficar e fazer amor com ela novamente; tentar aplacar essa sede insaciável. Não só pelo sexo, mas pela sua proximidade e pela intimidade quando meu corpo se abandona no dela e nós conversamos, nossas cabeças no mesmo travesseiro. Nossos dedos se unem em meu peito. Rindo e nos tocando no escuro onde não escondemos nada um do outro. Mesmo neste período mais agitado da nossa agenda de filmagens, eu quero isso. Muito. Ignorando seu desejo de resposta e as mãos relutantes em me deixar ir, deixo-a na porta. Preciso fazer uma ligação.

Camille.

Não posso deixar que o que ela fez passe sem contestação. Nunca me preocupei em lidar diretamente com a animosidade dela antes e, se ela não tivesse envolvido Neevah, provavelmente não me incomodaria agora.

Mas ela envolveu.

Meus dedos flexionam e seguram o volante na luta para controlar minha raiva, que se agachou como um tigre desde que Evan soltou a notícia bombástica. Eu criei estratégias com ele. Certifiquei-me de que Neevah estava bem. Até conversei com Kenneth e Jill para confirmar se estamos prontos para amanhã. Com todas essas coisas resolvidas, agora posso lidar com Camille.

Aquilo foi baixo.

Até para ela, a mulher que fez com que eu fosse demitido, não por causa da minha incapacidade, mas por despeito e, sim, por mágoa. Eu sei disso. Eu poderia ter fingido, deixado as coisas andarem até o final do filme, mas isso não teria sido justo com nenhum de nós.

A caminho de casa, entro na rodovia interestadual e seleciono o contato dela. Depois de meio toque, ela atende como se estivesse esperando minha ligação.

— Canon. — Sua voz ressoa pelo carro, mas ela não diz mais nada. É quase tão boa quanto eu em esconder seus sentimentos. Isso me faz apreciar ainda mais a abertura e a generosidade de Neevah.

— Precisamos conversar — declaro.

— Você poderia vir aqui. — Sua voz rouca sugere coisas perversas. — Eu ainda tenho um Macallan… só por precaução.

Ela acha que porque sabe o que eu gosto de beber me conhece, como se isso fosse intimidade. Ela não tem ideia de como penetrar em meus pensamentos, em meu sistema tão profundamente que eu não conseguiria parar mesmo que quisesse. Neevah faz isso. O que Camille e eu tínhamos? É uma sombra da coisa real.

— O que você fez hoje foi desnecessário — prossigo, sem dar a mínima para sua oferta. — Mal-intencionada, até para você.

— Eu simplesmente expressei meu desejo de trabalhar com você novamente e minha decepção por não ter sequer tido uma chance em vez de alguma novata. *Não* queria que as pessoas soubessem que está transando com outra atriz de um de seus filmes?

— Não tenho tempo para jogos ou para relembrar o passado. Não vou enganá-la dizendo que há um futuro para nós.

— Não fique se achando.

— Você obviamente queria minha atenção. — Dou de ombros, mesmo que ela não consiga ver. — Você conseguiu. E agora?

— Na verdade, acho que poderíamos deixar tudo isso para trás e tentar novamente — sugere. — Foi bom. Eu sei que você se lembra. — Suas palavras são uma promessa sensual, mas meu pau nem sequer se mexe.

— Agora, quem está se achando? — zombo.

— Você está dizendo que não foi?

— Estou dizendo que não foi suficiente.

— Ah, e sua vagabundazinha é?

Minha mandíbula se contrai e obrigo minha respiração a fluir de maneira uniforme e lenta, recusando-me a revelar minhas emoções tumultuadas.

— Liguei para pedir uma trégua — retorno. — Para pedir com educação.

— E se eu não fizer isso?

— Será melhor se ambos concordarmos em deixar isso passar. Em deixar isso para trás. Ficarei fora do seu caminho. — Faço uma pausa, derramando gelo sobre o curto silêncio. — E você vai ficar bem longe de Neevah Saint.

Entrelaçados

285

— Ah, agora vamos ao que interessa — diz ela, suas palavras como o golpe de uma faca. — Você sabe o que eu mal posso esperar? Mal posso esperar para que este filme afunde e todos saibam, incluindo seu estúdio e Evan, que você poderia ter me escolhido e deixou passar. Que poderia ter uma estrela garantindo que este filme seria um sucesso, e você escolheu alguma vadia básica desconhecida com uma boceta apertada.

— Afundar? Você quer dizer da maneira como *Primitivo* afundou sem mim? Minha réplica diminui o poder de sua alfinetada e ela fica em silêncio.

— Deixe-a em paz, Camille.

— Que sorte ela tem de ter um campeão, alguém que lhe deu uma chance quando literalmente ninguém em sã consciência o faria.

— Neevah é mais talentosa em um dia ruim do que você no seu melhor — começo, sem levantar a voz. — É isso que você quer que eu lhe diga? Ela é a melhor coisa neste filme, e há um milhão de coisas boas em *Dessi Blue*. É o papel de uma vida inteira, e entendo por que você se ressente por não ter tido uma chance, mas não era adequado para você.

— Não. Se você tivesse me deixado...

— Eu digo a ela coisas que não conto a mais ninguém — continuo, suavemente, injetando verdade nas palavras para que ela possa ouvir que não estou mentindo. — Eu quero estar com ela o tempo todo. Tem sido uma tortura fingir que não a quero e esconder que estamos juntos. Estou orgulhoso dela e, por causa do que você fez hoje, agora todo mundo sabe.

— Filho da puta — ela sussurra, mas a dor transparece. Eu ouvi isso. O que ela fez foi baixo, mas o que acabei de dizer, embora seja honesto, também foi baixo à sua maneira, porque, no final das contas, sei por que Camille me fez ser demitido. Sei por que ela me atacou publicamente. Sei por que fez birra hoje.

Pessoas feridas gritam, minha mãe costumava dizer.

Quando algo dói, você grita.

— Olha — retomo, mudando de faixa na interestadual para sair com tanto cuidado quanto mudo o tom da conversa. — As coisas terminaram mal entre nós e nunca conversamos sobre isso.

— Ah, você conversou sobre isso. Você ouviu uma ligação e decidiu que sou uma vadia e que não poderia ficar comigo. — Ela faz uma pausa e respira fundo, trêmula. — Isso não foi justo, Canon.

Eu ouvi o que ouvi e sei o que sei. Qualquer um que faria o que ouvi Camille fazer, e dizer, não é para mim, mas esse não é o ponto a ser enfatizado agora.

KENNEDY RYAN

— Me desculpe se te machuquei.

Eu poderia ter dito isso — com sinceridade — quando terminamos, mas talvez não entendesse o poder de reconhecer a dor de outra pessoa. Não que eu fosse aceitá-la de volta, fazer diferente ou escolhê-la em vez de Neevah se tivesse a chance, por que não. Mas Camille estava emocionalmente envolvida e eu sabia que o término doeria. Mesmo assim, nunca tive *essa* conversa com ela. Se eu tivesse feito isso, talvez pudéssemos ter evitado toda a merda que veio depois e azedou tanto as coisas, tão publicamente, entre nós.

— Você me machucou — ela diz, sua voz menos segura, menos ríspida. — Eu pensei que nós...

Eu sei o que ela pensou.

— Sinto muito — repito.

Há uma parte de mim que não quer se desculpar de jeito nenhum. Claro que há. Ela me machucou também. Tentou me envergonhar publicamente. Tentou prejudicar minha reputação. Ela estava errada. Neste ponto, porém, estou mais preocupado em consertar as coisas do que em estar certo.

— Você está... — Ela inspira profundamente como alguém faz antes de mergulhar no gelo. — Você está falando sério? Sobre ela, quero dizer?

— Sim. — Mentir não vai ajudar. — Eu me importo muito com ela.

— Então aquela merda que você disse, sobre contar a ela coisas que você não conta para mais ninguém, você não estava dizendo isso só para me atingir? Você se abriu com ela?

— Eu me abri. Eu me abro.

— Sempre me perguntei como seria isso — diz ela, a voz suavizando um pouco, quase melancólica. — Canon Holt se abrindo...

— Você se lembra de como era quando você começou, Mille? Antes que as coisas ficassem tão monumentais e antes que você sentisse que estava vivendo em um covil de víboras. Aquela sensação de simplesmente amar o trabalho e ser grata por ter uma chance?

— Sim, eu me lembro. Já faz muito tempo, mas eu me lembro.

— Não quero brigar com você e não quero que ela fique no meio disso. Ela não deveria ficar. Seu problema, seu verdadeiro problema, era comigo, e estou pedindo desculpas.

— Por causa dela você está pedindo desculpas.

— Não, por sua causa estou pedindo desculpas. Sim, quero que isso acabe, mas também machuquei você e sinto muito.

Entrelaçados

— Então acho que agora devo me desculpar também? — Costumáva-mos fazer o outro rir, e um pouco desse humor transparece em suas palavras.

— Não vou esperar nem sentado. — Eu rio. — Mas saiba que, quando digo isso, estou falando sério.

— Sim, bem... — Ela suspira, sua voz suave, se não humilde. — Eu também sinto muito.

— Obrigado — digo, quando chego em casa e entro na garagem. Estaciono e espero o próximo movimento dela, porque não sei para onde ir.

— Então, uma trégua, hein? — ela pergunta.

— Eu gostaria, sim.

— Tudo bem, tanto faz — aceita, com a voz enérgica. — Trégua.

CAPÍTULO 48

Dessi Blue

**JUNHO DE 1939 — RIVIERA FRANCESA — HOTEL DU CAP
EXTERIOR — PRAIA — DIA**
A costa está lotada de pessoas tomando sol e nadando. Dessi e Cal relaxam na areia sob um grande guarda-chuva, ambos em trajes de banho típicos da década de 1930. As partituras estão espalhadas na manta entre eles, junto com uma cesta de frutas, queijo e vinho.

    DESSI
 Por que você tem que escrever todas essas músicas tristes, Cal?

    CAL (RINDO)
 Você sabe que está mentindo. Olhe para esta. É feliz.

Cal oferece a ela uma partitura e Dessi revira os olhos.

    DESSI
 Vou fazer com que os pobres coitados esta noite chorem em seu champanhe. Este hotel é muito bom. Estou feliz por estarmos aqui por um tempinho.

    CAL
 Temos sorte. O Hot Club, aqueles dos

estudantes de Paris, quer divulgar o jazz negro. A banda parece adorar isso aqui também, até agora.

DESSI (RINDO E SEGURANDO OUTRA PARTITURA)
A banda vai ficar tão cansada de tocar essas músicas antigas e tristes quanto eu de cantá-las. Como esta… *Walk Away*? O que fez você querer escrever uma música tão triste?

CAL (FICANDO SÉRIO)
Walk Away é sobre uma garota que encontra outra pessoa para amar. Ela diz ao garoto para simplesmente ir embora ou ela irá.

DESSI (OBSERVANDO A EXPRESSÃO DE CAL)
E aquele garoto era você?

CAL
Eu não quero falar sobre isso, Dess. Você tem razão. Precisamos cantar algumas canções alegres para as pessoas esta noite. Estamos na França, em uma praia, e não temos nada com que ficar tristes. Olhe para todos esses brancos. Em casa, eles não seriam vistos na praia conosco nem mortos. Eu gostaria que todo negro pudesse vir aqui. Para ver como é ser tratado como um ser humano.

DESSI
Você ainda escreve aquela coluna de viagens para o *The Chicago Defender*?

CAL
Sim, escrevo, e as pessoas de lá adoram

ouvir sobre o que fazemos aqui viajando
por toda a Europa.

DESSI
Vagabundeando é como mamãe chamaria.
Vagabundeando por toda a Europa. Foi ler
o *The Defender* que fez papai querer se
mudar para Nova Iorque. Isso e nossos
primos tendo que comprar a própria fazen-
da três vezes. Sem falar no linchamento.

CAL
Eles têm uma guerra se formando aqui na
Europa. Temos uma guerra em casa, bem ali
no Sul, e quem está lutando por nós? Na
minha última coluna escrevi que a única
discriminação que experimentei aqui foi
por parte dos estadunidenses.

DESSI
Como aqueles garotos do Texas que vimos
no trem de Florença. Tentaram nos fazer
levantar como se tivéssemos sentado nos
lugares deles. Affff.

CAL
A diferença é que aqui eles não conseguiram nos fazer levantar. Nunca voltarei
para o Sul. Nasci na Carolina do Norte, mas nos mudamos para Chicago quando
eu era novinho. Sou um garoto da cidade,
Bama. Não é assim que Tilda te chama?

DESSI
Sim. Ela é louca.

CAL
Ainda não teve notícias dela?

Entrelaçados

                    DESSI
  Não, e estou um pouco preocupada, porque já faz muito tempo desde a última
carta. Quando viajávamos de cidade em
cidade, era difícil conseguir correspon-
dência, mas ela sabe que ficaremos aqui no
hotel por um tempo. Eu escrevi para ela,
mas ela… Não sei.

                    CAL
  Vocês duas são tão próximas. Melhores
amigas.

                    DESSI (PARECENDO UM POUCO DES-
                    CONFORTÁVEL)
  Nós somos, sim.

                    CAL
  Dessi, está tudo bem, sabe?

                    DESSI
  O que está bem?

                    CAL
  Você amar Tilda.

                    DESSI (OLHA PARA ELE)
  É?

                    CAL
  É.

                    DESSI (OLHA PARA O RELÓGIO E
                    ESFREGA OS BRAÇOS)
  Bem, já estamos aqui há bastante tempo.
Meu tom de preto está queimando.

                    CAL (RINDO E EMPACOTANDO A CO-
                    MIDA E A MÚSICA)
  Eu te entendo. Vamos encontrar a banda
para ensaiar.

INTERIOR — HOTEL DU CAP — DIA

Dessi e Cal entram no hotel ainda carregando sua bolsa de praia e vestindo trajes de banho. O concierge da recepção sinaliza para eles.

>   PORTEIRO
>   Senhorita Blue, você tem correspondência.

>   DESSI (SORRI BRILHANTEMENTE E
>   RASGA A CARTA)
>   Cal, você acabou de falar dela. É da Tilda.

>   CAL
>   Ah, que bom. Ela está bem? O que ela disse?

O sorriso de Dessi desaparece e ela agarra-se ao balcão da recepção do hotel para se apoiar. Um recorte de jornal flutua da carta e cai no chão. A câmera se aproxima para mostrar Tilda e o dono de uma boate retratados em um anúncio de casamento. Rabiscadas na parte inferior da imagem estão as palavras: "Eu tive que fazer isso. Me perdoe".

>   CAL
>   Ah, Dessi.

Dessi limpa algumas lágrimas, enfiando a carta e o recorte de jornal na bolsa de praia.

>   DESSI
>   Está tudo bem. Eu estou bem. Dessi Blue sempre ficará bem.

>   CAL
>   Você quer descansar um pouco? Posso dizer aos meninos que faremos as mesmas músicas. Não há necessidade de ensaiar e dar-lhe algum tempo para...

Entrelaçados

293

                    DESSI
           Não. Não preciso de tempo.

Dessi procura a pilha de músicas na cesta até encontrar a que quer.

                    DESSI (EMPURRA A MÚSICA PARA
                ELE)
           Vamos tocar esta.

FECHAR NA PARTITURA: A música é *Walk Away*

INTERIOR — SALA DE JANTAR DO HOTEL DU CAP — NOITE
Dessi usa um vestido de noite e fica sob os holofotes no pequeno palco em uma sala cheia de clientes
comendo e ouvindo. A banda toca atrás dela: piano,
saxofone, bateria e Cal no trompete. Com lágrimas
nos olhos, ela canta *Walk Away*.

CAPÍTULO 49

Neevah

— Preciso que você vá naquele dó de cima, Neevah.

Juro. Se Monk me disser para "ir" em mais uma maldita nota... Estamos ensaiando há horas e ele faz jus à sua reputação de perfeccionista.

— Okay — eu digo, me movendo ao lado dele no banco do piano no salão de baile do hotel. O Estúdio Galaxy comprou um prédio de quartos para acomodação do elenco e da equipe, e também bloqueou partes do hotel para ensaios e filmagens.

Walk Away, a música que Monk escreveu para a cena da Riviera Francesa, vai se repetir na minha cabeça muito depois de terminarmos. Os acordes de abertura flutuam no piano enquanto recomeçamos a canção. É exuberante, comovente e assustadora. Uma canção sobre um amor traído, um amante abandonado. Fecho os olhos, bloqueando o salão de baile vazio, Monk ao piano e qualquer outra distração. Caio no desgosto da letra — abro meu coração para deixar a dor de Dessi pela perda de Tilda me invadir.

Quando comecei este filme, Dessi era uma figura distante presa nas páginas do passado. Ela era história, mas agora a sinto presente comigo todos os dias. Achei que ela estava aqui para me servir, um meio para o fim da minha grande chance. Agora percebo que estou aqui para *servi-la* — para garantir que uma voz tão magnífica e verdadeira, engolida pelos anos e pela injustiça, seja finalmente ouvida.

As notas finais ficam suspensas no ar antes de evaporarem no silêncio. Quase não consigo abrir os olhos, estou tão perdida no sentimento que essa música transmite perfeitamente. Enxugo as lágrimas do rosto e me forço a olhar em volta, surpresa ao ver vários membros do elenco e da equipe agora reunidos ao redor do piano, alguns deles com bochechas molhadas e olhos brilhantes também. Alguns agradecem, alguns batem palmas em aprovação e outros sorriem. Deixo meu olhar vagar amorosamente sobre seus rostos. Em apenas alguns meses, dá para ficar bem próximo, e nós ficamos.

Após o choque inicial da entrevista de Camille, ninguém me disse nada maldoso ou me fez sentir estranha em relação ao meu relacionamento com Canon. Só estamos na locação há dois dias e mal o vi, então não houve muita oportunidade para constrangimento, mas já posso dizer que a maioria deles está bem com isso. Alguns até me provocaram, perguntando como eu domestiquei a fera.

Claro, não domestiquei nada.

— Isso é uma música — celebra Trey, apoiando os cotovelos no piano. — Você escreveu isso especificamente para o filme, Monk?

— Escrevi. — Os dedos de Monk deslizam pelas teclas em um floreio que soa mais brilhante. — Usei o roteiro para escrever algumas das músicas originais. Não farei a trilha sonora do filme até ver a versão final.

— É um roteiro fantástico — diz Livvie.

— Obrigada. — Isso vem da entrada do salão de baile, onde Verity está parada, observando todos nós, mas seus olhos invariavelmente retornam para Monk. Os olhos dele sempre retornam da mesma maneira para ela.

— Sabe — começa Monk —, havia uma música perfeita para aquela cena em que Dessi percebe que Tilda foi infiel. Que ela traiu e não era confiável.

Ele olha diretamente para Verity, seus dedos extraindo algumas notas assustadoras do instrumento.

— Chama-se *Don't Explain* — continua, os olhos ainda fixos nos de Verity. — Billie Holiday escreveu quando descobriu a infidelidade do marido. Quando ela descobriu que ele não era quem ela pensava que fosse. Ou talvez ele fosse exatamente quem ela pensava que era e tivesse mentido para si mesma. De qualquer forma, ele era um traidor.

Olho para Verity. Vários de nós o fazemos, e o desconforto preenche a sala quanto mais eles se encaram. Seus lábios se contraem e seus olhos se estreitam de raiva por trás dos óculos de leitura de aros pretos.

— Isso teria sido musicalmente anacrônico, já que essa cena aconteceu em 1939 e ela não escreveu a música até 1946. — Monk pressiona os dedos em uma nota sombria e prolongada e depois bate a tampa do piano. — Tarde demais.

Suas palavras duras parecem quebrar o feitiço, e as pessoas ao meu redor começam a rir e a conversar, a maioria falando sobre quanto tempo durou o dia de ensaio e como estão famintas. Concordo, exceto que estou me sentindo um pouco enjoada. Mesmo se eu estivesse com fome, provavelmente não comeria muito. Essa sensação doentia persistiu. Provavelmente apenas nervosismo, mas deixei isso de lado para passar o dia de hoje. Filmaremos amanhã e não quero ser o motivo pelo qual as coisas desaceleram.

Eu não posso ser.

— Vim avisar a vocês que o jantar está pronto e será na praia hoje à noite — avisa Verity, desviando o olhar de Monk. — Eles farão uma fogueira para nós.

— Aaah, que divertido — diz Livvie, recolhendo sua bolsa e o roteiro, que todos parecemos carregar com todas as novas falas que recebemos.

— Você foi incrível, Neevah — elogia Monk, levantando-se do piano e caminhando comigo em direção à saída do salão de baile.

— Nossa, parece que demorou o dia todo para acertar.

— Você não estava tão longe de qualquer maneira. Sou apenas um cara exigente e difícil de satisfazer.

— Entre você e Canon, não sei como algum de nós sobrevive.

— Então, você e nosso estimado diretor, hein? — Monk pergunta, o sorriso que ele lança para mim é provocador e gentil.

Minhas bochechas queimam, mas não desvio o olhar.

— Acho que todo mundo sabe agora.

— Quero dizer, eu já sabia.

— Ele te contou?

— Sem chance. Não ficamos sentados conversando sobre esse tipo de merda. — Ele ri e segura meu cotovelo enquanto descemos uma escada íngreme que leva até a praia, onde o elenco e a equipe já começaram a formar uma fila em um bufê ao ar livre. — Eu sabia, porque ele nunca foi assim antes com mais ninguém.

— Obrigada, Monk. — Sorrio agradecida, mas encerro a conversa quando nos aproximamos dos olhos e ouvidos atentos do elenco e da equipe técnica. Eles podem estar bem com Canon e comigo, mas isso não significa que não estejam extremamente curiosos. E não tenho intenção de lhes dar o que pensar.

— Estou vendo Takira ali — aviso. — Obrigada novamente por hoje. A música parece cem vezes melhor.

— Você já era boa, mas está soando ainda melhor.

Ainda estou brilhando de prazer quando chego a Takira. Ela e eu

Entrelaçados

temos quartos separados, o que eu não esperava. Ela, como a maioria da equipe, tem um quarto no hotel. Eu — junto com outros do elenco e da equipe "acima da linha" — estou hospedada em uma das luxuosas casas ao longo da costa. Não é nem um pouco ruim acordar com a vista. A única coisa que melhoraria seria acordar com Canon. Ele, Jill e Kenneth trabalharam incansavelmente com a equipe de produção nesses primeiros dois dias para preparar os cenários e os equipamentos, planejar as tomadas, revisar as edições das falas, confirmar os figurinos — tudo para garantir que as coisas no local ocorressem da maneira mais eficiente possível. Eu mal o vi, muito menos dormi com ele. Ele enviou uma mensagem de uma reunião de produção ontem à noite que se estendeu até bem depois da meia-noite. Ele sabia que eu tinha acordado cedo e disse que nos veríamos hoje.

Mas, infelizmente...

— Como está sendo para vocês? — pergunto a Takira, enquanto colocamos nossos pratos. Tenho o prazer de ver muitos peixes, folhas verdes e frutas.

— Todos esses malditos extras! Eles podem ficar em segundo plano a maior parte do tempo, mas todos precisam de figurinos, cabelos e maquiagem. — Takira não apenas faz meu cabelo e maquiagem, mas ajuda onde for necessário. — Como foi o seu dia? — Ela olha para mim com curiosidade. — Você está se sentindo bem?

— Bem. — Não menciono a náusea, que ainda hoje se agita com o cheiro do *mahi mahi* no meu prato. Tenho certeza de que é apenas estresse e trabalho demais. — A música de Monk é ótima e passamos a maior parte do dia acertando-a para a filmagem de amanhã.

— Alguma notícia da médica sobre seus exames de sangue?

— Não. Eles os enviaram para o laboratório e devem receber talvez amanhã.

Sentamo-nos em uma das longas mesas espalhadas ao longo da praia e logo, com a brisa da noite, o sol poente e a ótima conversa, esqueço a sensação de desconforto no estômago e estou me divertindo muito.

— Ei — Canon chama, cerca de uma hora depois do jantar, parado ao lado da minha mesa. Ele está segurando um prato cheio de frango e salada. — Se importa se eu me espremer aqui?

A garota ao meu lado, uma das técnicas de suporte de câmera, se afasta apressadamente para dar espaço para Canon. Sinto todos os olhares voltados para nós, mas não dou a mínima. Não consigo reprimir o sorriso que se alarga quando ele se acomoda ao meu lado. Tudo fica em silêncio ao nosso redor por alguns segundos, como se todos não tivessem certeza se deveriam continuar com o chefe na mesa. Um por um, a equipe retoma a conversa e Canon me lança uma piscadela e um sorriso.

— Como foi o seu dia? — pergunto, quando há uma pausa para conversarmos, mantendo a voz baixa.

— Longo. Preparando-nos para começar a filmar, mas Verity também está aprimorando a cena londrina no metrô durante a Blitz.

— Estou lambendo meus beiços por essa cena. Já é fantástica. Mal posso esperar para ver como ela torna tudo ainda melhor.

— Se alguém pode, é Verity. E como foi *seu* dia?

— Longo. — Eu ri. — Monk é tão ruim quanto você.

— Tento avisar as pessoas, mas elas não acreditam em mim. Ele os engana com o sorriso.

— Considerando que você não se preocupa em sorrir?

Ele abre uma caricatura exagerada de sorriso, que parece tão estranho nele que eu bufo.

— Isso foi uma risada? — pergunta, dando uma mordida em seu frango.

Encosto meu ombro ao dele, rindo.

— Não posso acreditar que você se lembra disso. Eu estava tão nervosa perto de você naquela noite.

— E agora? — pergunta, sua voz rouca, seus olhos ardendo. — Ainda te deixo nervosa?

Não respondo, apenas balanço a cabeça. Alguém do outro lado da mesa faz uma pergunta a ele, e Takira me puxa para um debate sobre amor à primeira vista ou reality show de casamento arranjado. Canon e eu seguimos caminhos separados na conversa, ambos sendo atraídos em direções diferentes, mas ele nos ancora segurando minha mão debaixo da mesa, e é tão doce que faz meu coração doer.

Ele me chama de namorada.

Ele me procura na frente de todos.

Ele segura minha mão.

Não estou mais abobalhada com Canon. Não é daí que vem esse sentimento surreal. Você realmente não conhece uma pessoa quando está todo bobo. Você fica impressionado com a ideia deles e sua ideia é filtrada pelas lentes do público. O que me deixa louca é que Canon é muito mais, muito melhor em particular, quando estamos sozinhos. E ele é tão cauteloso que

Entrelaçados

299

a maioria das pessoas nesta mesa ainda está um pouco admirada com seu talento e sua reputação. Abobalhados.

Eu? Eu beijei a estrela. Senti me queimar e me agarrei a ela.

E quando Canon aperta a minha mão por baixo da mesa, roubando um olhar que é privado mesmo num jantar para cem pessoas, sinto que, por mais improvável que pareça, esta estrela me pertence.

Quando acendem a fogueira, todos se reúnem, cantando músicas e se embriagando um pouco.

— Quer dar um passeio? — Canon pergunta.

Concordo com a cabeça, segurando sua mão enquanto ele nos leva para longe do grande círculo de pessoas que cercam a fogueira.

— Isso traz lembranças — diz Canon, tirando os sapatos e segurando-os na mão que não segura a minha.

Tiro os sapatos e faço o mesmo.

— Você quer dizer do Ano-Novo?

— Sim. Foi um ótimo momento. — Ele me lança um olhar ardente e provocador. — Embora mal tenhamos saído de casa. Só andamos na praia uma vez.

— E fomos pegos! Canon, é você? — Imitei o tom de falsa surpresa de Sylvia Miller.

— Podemos rir disso agora, mas essa merda me irrita. — O sorriso desaparece de seu rosto e, à luz da lua, sua expressão endurece. — Camille não veio atrás de mim simplesmente. Ela queria sabotar você. Não é legal.

Eu me aproximo e ele passa o braço em volta da minha cintura. Por minutos, nenhum de nós fala. Não sei se Canon está perdido na infinidade de coisas que precisa fazer antes de começarmos a filmar amanhã, mas eu não estou. Minha mente está livre de tudo, menos dele e deste momento com as estrelas como nossas acompanhantes. Quando ele finalmente fala, suas palavras me surpreendem.

— Minha mãe também adorava fotografar à noite. — Ele olha para o céu. — Ela achava que a escuridão, as estrelas, eram quase tão bonitas quanto o pôr do sol. Você sabe o que é uma proporção de aspecto, presumo. A proporção entre a largura de uma imagem e sua altura. Bem, ela costumava olhar para o céu e dizer que a proporção era infinita: imensurável.

— Eu gostaria de tê-la conhecido — sussurro, apertando sua mão.

— Ela teria amado você.

E, de repente, a pergunta, aquela que prometi a mim mesma que não faria, entra na minha cabeça, embora eu a tenha banido dos meus pensamentos.

300   **KENNEDY RYAN**

E você poderia me amar?

Ainda é muito cedo, muito cedo para eu acreditar no que ele diria.

Mas, se for honesta comigo mesma sobre o que sinto por ele... Eu não posso estar. Ainda não. Meus sentimentos são como um tapete de valor inestimável, desenrolado aos poucos até preencher o ambiente. E estamos realmente apenas começando.

Achei que nossa caminhada era tão sem rumo quanto nossa conversa, que serpenteava desde nossa infância, passando por nossos heróis, até as cenas que filmaremos amanhã, mas havia alguma direção. Ele estava me guiando e eu nem percebi até chegarmos à porta da minha casa.

Ele olha para mim sob a lâmpada da pequena varanda.

— Entre — sussurro, olhando ao redor, procurando por olhares indiscretos.

— Eu vou, mas só para beijar você, porque essas pessoas não vão ganhar isso de graça.

Nós rimos e eu me atrapalho para abrir a porta. Assim que entramos, estou em seus braços. Nossas bocas se fundem com paixão imediata, luxúria que permaneceu escondida e esperou para atacar. Levando-me de volta ao meu quarto, ele não se preocupa em acender a luz e me dá um leve empurrão na cama. Dá beijos em minhas bochechas, no meu pescoço, demorando-se em meus seios para puxar meu vestido para que possa chupá-los com força, adorando cada mamilo com lábios e dentes por longos momentos. Minhas pernas se abrem embaixo dele e esfrego contra o seu pau duro como aço. Seus dedos me encontram, acariciando ao longo da fenda da minha boceta, preenchendo o vazio dolorido e ansioso com três dedos e depois quatro e ainda não é tanto quanto ele seria. Não consigo tirar o seu cinto e desabotoar a calça jeans rápido o suficiente.

— Neev — ele sussurra em meu pescoço. — Droga, senti sua falta.

Faz apenas três dias. Três dias multiplicados por intermináveis.

— Me fode, Canon — imploro, deslizando minha própria calcinha pelas pernas, tanto quanto posso, até os joelhos.

— Eu não tenho camisinha.

— Fiz meus exames para o filme. — Pisco para ele, ofegante e faminta. — Estou limpa e tomando pílula. Não estive com ninguém além de você desde então.

— O mesmo comigo. — Ele se afasta um pouco, com os olhos ardendo e atentos. — Você está dizendo que podemos...

Entrelaçados

— Sim. — Eu fico de quatro na cama, a calcinha ainda tocando meus joelhos, e levanto meu vestido de verão, oferecendo a ele minha bunda nua.

— Droga — murmura, posicionando-se atrás de mim, o barulho de sua fivela e o sussurro do oceano sendo os únicos sons no quarto. — Eu nunca fiz isso antes.

— O quê? — Eu rio e puxo uma bochecha, me espalhando para ele. — Agora eu sei, com certeza, que você já comeu alguém de quatro.

Sua risada em resposta é rouca, mas há uma nota de... algo. Olho por cima do ombro.

— O que está errado? Você não quer?

— É a primeira vez que faço isso assim, sem nada. Você é a única.

Ocorre-me que Canon tenha vencido em Sundance quando tinha 21 anos. Ele nadou nas águas do entretenimento infestadas de tubarões durante quase metade de sua vida. Um homem assim teria que, por necessidade, encarar cada encontro, sexual ou romântico, como uma armadilha em potencial. Como uma possível armadilha ou, pelo menos, como um ato com motivos ocultos. Ele teria que examinar uma mulher antes mesmo de considerar esse tipo de vulnerabilidade. A confiança que isso deve exigir dele.

Sento-me e fico de frente para ele, deixando meu vestido cair sobre meus quadris e pernas. Seguro um lado de seu rosto.

— Se você não se sentir confortável, podemos...

Ele me silencia com um beijo — uma coisa intensa e desejosa que provoca arrepios subcutâneos que se enterram sob minha pele e percorrem meus ossos. Uma coisa terna que desarma todas as minhas ansiedades, minhas preocupações. Ele interrompe nosso beijo por tempo suficiente para puxar o vestido pela minha cabeça e jogá-lo de lado. Puxamos suas roupas até que elas caiam ao lado da cama, e não há nada entre nós. Estamos pele na pele. Nossos batimentos cardíacos se esforçam um pelo outro em nossos peitos. Minhas mãos viajam sobre ele, reivindicando. Ele é camurça, seda e couro, macio, duro e áspero, uma decadência de texturas entre meus lençóis.

Olhando nos meus olhos e entrelaçando nossos dedos na cama ao lado da minha cabeça, ele me penetra com uma estocada profunda. A entrada escorregadia e quente, sem nada nos separando, é surpreendentemente boa. Ele agarra minha coxa, puxando-a para cima e afundando mais, seus olhos focados nos meus. Uma harmonia de suspiros e gemidos é acompanhada pelo ritmo acelerado da cabeceira da cama batendo contra a parede. Uma fome voraz cresce entre nós, e nós nos agarramos, com as mãos agarradas uma na outra, como se pudéssemos escapar, como se pudéssemos perder isso se não nos apegássemos. É como andar num foguete, cuja força propulsora está além do nosso controle e seu destino é um lugar que nossas mentes nem conseguem conceber. Quando me desfaço por dentro, viro meu rosto no travesseiro e enterro meu grito pelo orgasmo poderoso. Logo que meu corpo estremece embaixo dele, desencadeia uma resposta, um clímax correspondente. Este é o momento que mais valorizo, quando ele se desfaz em meus braços. Quando toda a disciplina rígida falha diante de nossa paixão, e ele abaixa a cabeça na curva do meu pescoço, respirando com dificuldade, segurando-me como se estivéssemos de fato no espaço sideral e eu fosse a única coisa sólida no seu universo.

Gravidade zero.

Celestial. Astral.

Infinito: imensurável.

CAPÍTULO 50

Canon

— O que estamos esperando? — pergunto a Kenneth.

Parece que finalmente tudo está no lugar. E digo finalmente, porque esta manhã foi foda. Trabalhar com filme apresenta desafios suficientes sem que a energia acabe e as luzes não funcionem. Pelo menos temos um gerador reserva até descobrirmos o que está acontecendo. Se eu ouvir mais uma pessoa gritar que estamos trabalhando nisso no caminhão de equipamentos, não me responsabilizo por meus atos.

— Ah, então... está faltando alguém — diz Kenneth.

— Faltando alguém? — Aponto para a praia e para o que parece ser um exército de figurantes. — Parece que a turma está toda aqui. Já tivemos atrasos suficientes. Vamos começar.

— Estamos esperando por um membro do elenco. — Kenneth ajusta os óculos e desvia os olhos.

— Sei que você não está dizendo que um ator está atrasado para o meu set. Não pode ser isso que você está dizendo.

— Bem, se atrasar pode não ser a palavra certa — Kenneth se esquiva. E eu sei que ele está protegendo alguém porque o conheço há muito tempo. — Ainda não chegou.

— Ainda não chegar é se atrasar se não consigo começar a filmar. Quem é?

— Neevah.

Certo. Então agora o silêncio desconfortável e os olhares evasivos fazem sentido. Ninguém se atrasa para o meu set. Sou conhecido por ir atrás de atores atrasados e lidar com eles sozinho. Todo mundo sabe que Neevah e eu estamos juntos e estão observando como vou lidar com isso quando minha namorada se atrasar.

Não passei a noite com ela. Obriguei-me a sair da cama, deixei-a dormindo e voltei para minha casa para me preparar para hoje. Algo que me fez muito bem já que o dia parece um inferno antes mesmo de começarmos.

— Ela se apresentou para cabelo e maquiagem? — exijo, sentando-me na cadeira de diretor.

— Sim, Takira...

— Onde está Takira?

— Estou aqui — responde a mulher, a alguns metros de distância.

Vou até lá e pergunto com a voz mais baixa que consigo quando estou tão irritado.

— Onde ela está?

— Ela fez cabelo e maquiagem há mais de uma hora — conta Takira. — E estava indo para o figurino. Talvez ela...

— Onde fica o figurino? — Por ser um novo cenário, não sei onde tudo está situado.

— Por aqui — responde Takira, começando a andar. — Mas ela provavelmente não...

— Parece que tenho tempo para "provavelmente"? Estamos desperdiçando dinheiro e tempo. Acredite em mim, a primeira ruptura sindical virá antes que você perceba.

Passo pelo bufê e por uma selva de equipamentos e membros da equipe até uma tenda branca de teto rígido marcada como *figurino*. Quando entro, o grande espaço está dividido em seções menores, separadas por divisórias de privacidade e preenchidas com barras de araras suspensas. Linh levanta os olhos de uma mesa onde está sentada em frente a uma máquina de costura. Seus olhos se movem, cheios de curiosidade, entre mim e Takira.

— Algum problema? — pergunta.

— Estamos procurando por Neevah — digo. — Ela veio para o figurino?

— Claro. — Linh franze a testa. — Mas isso foi há cerca de uma hora. Ela estava indo para o set.

— Bem, ela não chegou ao set e eu preciso começar. — Viro-me para Takira. — Você checou o quarto dela?

— Bati, mas não houve resposta e, na verdade, não esperava que ela estivesse lá porque ela vinha pra cá. — A consternação transparece no semblante de Takira. — Posso verificar novamente.

— Não, eu vou.

Entrelaçados

Certamente conheço o caminho depois de ontem à noite e tenho uma chave.

Eu sou um idiota.

Baixei minha guarda. Não posso me dar ao luxo de ser negligente nisto — o maior projeto da minha carreira. E, em vez de definir listas de filmagens e ter certeza de que estava pronto para o primeiro dia de captação de imagens, onde eu estava?

Com minha namorada.

Mesmo irritado, não posso descartar o que tivemos ontem à noite. Isso me abalou. Estar dentro dela sem camisinha foi...

Estou realmente ficando duro no meio de uma crise?

Não me arrependo nem um minuto, mas é isso que recebo. Quanto mais penso nisso a caminho do quarto de Neevah, mais irritado fico. Comigo e com ela. Teremos que ser mais espertos do que isso, melhores do que isso, se esperamos que nosso relacionamento funcione, dentro e fora do set. E se esperamos que outras pessoas respeitem.

Chego ao quarto dela e não me preocupo em bater, mas uso a chave que ela me deu ontem à noite.

— Neevah! — grito, assim que entro na cabana.

Sem resposta.

Ando pelo pequeno corredor até o quarto dela. Vestindo seu roupão atoalhado branco por cima do figurino, ela está dormindo na cama.

— Sério? — digo, asperamente, mas sacudo seu ombro de leve. — Neevah, acorde.

Seus cílios tremulam e me preparo contra os grandes olhos castanhos que entram em foco. Ela sorri, sonolenta, para mim e estende a mão para tocar minha barba.

— Ei, você.

Afasta a cabeça para trás.

— Neevah, que porra é essa? Toda a equipe está esperando por você.

Ela franze a testa, inclinando a cabeça como se não tivesse certeza do que eu estava falando, mas então olha para o roupão e estende a mão para tocar a peruca.

— Droga! — exclama, saindo da cama.

— Regra número um. Nunca se atrase para o meu set.

— Eu não estava atrasada. — Ela corre até o espelho para verificar a maquiagem e a peruca. — Cheguei na hora. Só voltei aqui porque sem energia não podíamos fazer nada. Eu estava me sentindo tão... Desculpe.

— Não posso colocar desculpas no filme. Não se desculpe. Seja pontual. Esteja onde você deveria estar. Esteja preparada, caramba.

— Você está brincando? — Ela se vira do espelho para me encarar, a indignação estampada em sua expressão. — Eu perdi uma chamada em quatro meses e você me ataca assim?

— O que devo fazer quando um dos meus atores se atrasa? Dar-lhe uma estrela dourada por cada vez que não esteve?

— Você está sendo um idiota.

— Eu sou o diretor, Neevah. Não consigo escolher favoritos.

— Favoritos? Quem está pedindo para você fazer isso?

— Você me colocou em uma posição em que minha equipe está se perguntando se vou pegar leve com você porque estamos...

— Fodendo? Era isso que você ia dizer?

A palavra dispara entre nós, soando grosseira neste quarto onde fizemos amor ontem à noite. Quando foi vigoroso, terno e perfeito. Todas as coisas que não tenho tempo para considerar quando estou queimando dinheiro tendo uma maldita briga com minha namorada.

— Não faça essa merda comigo, Neevah. Hoje não. De todos os dias, não hoje. Eu não tenho tempo para isso. Estamos atrasados e vamos ficar enrolando e perder minha luz.

— Já pensou que pode haver algo mais importante do que a sua maldita luz?

— Não, porque é meu trabalho pensar que não há nada mais importante do que minha maldita luz, e é seu trabalho estar pronta quando eu a tiver. — Saio da sala e grito por cima do ombro: — As câmeras rodam em dois minutos!

Entrelaçados

CAPÍTULO 51

Dessi Blue

EXTERIOR — LONDRES — NOITE
Dessi e Cal caminham rapidamente pelo centro de Londres, ambos olhando em volta como se não tivessem certeza de onde estão. Ambos carregam máscaras de gás. Cal também carrega seu estojo de trompete. As ruas têm tráfego constante com algumas pessoas circulando.

          DESSI
  É Surrey Street, você disse?

          CAL
  Sim. Não vejo... ah, espere. Eu acho que é... aqui é a The Strand.

          DESSI
  Nós, os cegos, guiamos os cegos. Por que temos que fazer isso esta noite?

          CAL
  Precisamos conhecer esse cara, ver se ele sabe tocar. Uma banda sem baterista... que banda é essa?

          DESSI
  Odeio que você tenha demitido Bird. Ele estava conosco desde o início.

CAL

Bird está naquela montanha-russa e nem mesmo tenta sair dessa. Não aparecer nos shows, perder entradas, adormecer no palco… ele precisa ficar limpo antes de poder entrar na minha banda.

DESSI

Eu sei. Pelo menos ele está indo para casa.

CAL

O que há de tão bom em casa? Por que você acha que Langston Hughes, James Baldwin e todos eles vieram para cá? Os Estados Unidos não nos amam.

DESSI

Às vezes, sua casa não é ótima, mas ainda é um lar. Sinto falta da minha mãe. Você sabe quando foi a última vez que a vi? Quando comi seu frango frito?

Um grupo de soldados britânicos uniformizados passa. Dessi vira a cabeça para acompanhar o progresso deles antes de se voltar para Cal.

DESSI

Já se passaram cinco anos desde que mamãe voltou para o Alabama.
Pelo menos não há guerra em casa. Estamos fugindo da França para escapar dos alemães. Agora estamos na clandestinidade em Londres, escondendo-nos dos alemães. Bombas caindo.

Dessi ergue sua máscara de gás.

DESSI

Tenho que usar isso apenas para permanecer viva.

Entrelaçados

309

                    CAL
     Você sabe o que somos? Trabalhadores.
Fazemos música e conhecemos o mundo. Se
você se cansar disso, me avise e poderá
pegar o próximo barco com Bird de volta
aos Estados Unidos. Não sinto falta de lá
e não me sinto em casa. Onde posso ganhar
dinheiro com essa fuça aqui e não ter que
temer pela minha vida só por olhar para
uma mulher branca? Isso parece um lar
para mim.

                    DESSI (PROVOCANDO, TENTANDO
                    ALIVIAR A TENSÃO)
     Você quer uma mulher branca, Cal? Pode
conseguir uma aqui e ninguém piscará duas
vezes.

                    CAL
Eu não quero nenhuma mulher branca.

                    DESSI
     Bem, quem você quer? Em todo esse tem-
po, em todas essas cidades, nunca vi você
com alguém.

                    CAL (OLHA PARA ELA INTENSAMEN-
                    TE)
     Ah, há alguém que eu quero, mas não tenho
certeza se ela algum dia vai me querer.

Antes que Dessi possa responder, uma sirene de ataque aéreo dispara, um som triste e misterioso que
sobe e desce, sinalizando que as bombas serão lan-
çadas em breve. As pessoas que circulam começam a
se movimentar em direção a um prédio com blocos de
terracota envidraçados de vermelho: a estação de
metrô Aldwych.

> CAL (AGARRA A MÃO DE DESSI)
> Vamos! Temos que encontrar abrigo.

Dessi e Cal seguem o fluxo de pessoas no subsolo.

IMAGEM FECHADA NAS PLACAS NAS PAREDES DA ESTAÇÃO DE METRÔ QUE DIZEM:

ROUPAS DE CAMA NO ABRIGO
É terminantemente proibida a prática de sacudir roupas de cama nas plataformas, trilhos e metrôs.

EM ATAQUES AÉREOS
Se você estiver em um trem durante um ataque aéreo ou quando um alerta soar: não saia do trem entre as estações, a menos que solicitado por um funcionário.

Caso se suspeite de ataque de gás: feche todas as janelas e ventiladores. Evite fumar. Não toque em nenhuma parte externa da composição.

Tenha sempre sua máscara de gás com você.

As escadas rolantes estão travadas. As pessoas lotam os trilhos com roupas de cama improvisadas. Alguns se aglomeram nos cantos das escadas rolantes. Alguns estão deitados em bancos. As crianças se amontoam com os pais, parecendo assustadas.

> CAL (APONTANDO PARA UM ESPAÇO
> VAZIO CONTRA A PAREDE)
> Isso servirá.

Os sons das primeiras bombas da noite caindo ecoam acima.

> DESSI
> Quanto tempo temos que ficar aqui?

Entrelaçados

                    CAL
          Melhor aqui embaixo do que lá fora.
          Muito mais seguro.

TIMELAPSE/MONTAGEM
Sons das bombas. Aqueles que se abrigam demonstram
uma série de emoções e maneiras de passar o tempo.
Alguns parecem nervosos e assustados. Outros continuam jogando cartas, lendo, escondendo-se debaixo
dos cobertores e deitando-se para dormir.

IMAGEM FECHADA DE UMA MENINA COMEÇANDO A CHORAR

                    MENINA BRITÂNICA
          Mamãe, estou com medo.

                    MÃE
          Vai ficar tudo bem.

Bombas caem acima e as paredes tremem. A menina se
aconchega no ombro da mãe e começa a chorar. Dessi
se aproxima para se sentar ao lado delas e começa a
cantar *Look for the Silver Lining*.

                    DESSI (CANTANDO)
          Look for the silver lining,
          Whenever a cloud appears in the blue,
          Remember, somewhere the sun is shining,
          And so the right thing to do is make it
          shine for you
          Olhe para o lado positivo
          Quando as nuvens surgirem no céu azul
          Lembre-se, em algum lugar o sol está
          brilhando
          E então a coisa certa é fazer com que
          ele brilhe para você

          A heart, full of joy and gladness,
          Will always banish sadness and strife,
          So always look for the silver lining,

And try to find the sunny side of life
Um coração, cheio de alegria e felici-
dade
Sempre banirá a tristeza e a discórdia
Então olhe pelo lado positivo
E tente encontrar o lado ensolarado da
vida

A heart, full of joy and gladness,
Will always banish sadness and strife,
So always look for the silver lining,
And try to find the sunny side of life
Um coração, cheio de alegria e felici-
dade
Sempre banirá a tristeza e a discórdia
Então olhe pelo lado positivo
E tente encontrar o lado ensolarado da
vida

A menina espia por baixo do vestido da mãe, observando Dessi com os olhos arregalados e o polegar na
boca. Quando a música termina, alguém sentado em um
cobertor na base da escada rolante silenciosa chama.

HOMEM NA ESCADA ESCALADA
Cante mais uma!

Cal pega seu trompete e acompanha Dessi em mais duas
músicas, *Them There Eyes* e *Easy Living*. Quando terminam, os que estão ao redor batem palmas. Dessi e
Cal recuam contra a parede. Dessi se encolhe em seu
casaco tentando se manter aquecida. O homem da escada rolante, que pediu que cantassem outra,
traz-lhes um cobertor.
Cal e Dessi aconchegam-se debaixo do cobertor enquanto as bombas continuam explodindo acima do solo.
Dessi passa o braço pelo cotovelo de Cal e abaixa a
cabeça até o ombro dele.

Entrelaçados

DESSI
Isso aqui, o que acabamos de fazer, com
música e as pessoas sorrindo — é como
se estivéssemos em casa. Talvez a música signifique que posso estar em casa em
qualquer lugar do mundo.

CAL
Você é incrível, Dess.

DESSI (BATE NO OMBRO)
Assim como você.

CAL
Você lembra que me perguntou quem eu
quero?

Dessi levanta e vira a cabeça para olhar para ele.

DESSI
Bem, sim.

CAL
A garota que eu quero é você, Dessi
Blue.

Ela o encara por alguns segundos, sua expressão suavizando, antes de se inclinar para segurar seu rosto e beijá-lo.

O sinal de liberação soa, um longo e único gemido,
dizendo-lhes que é seguro partir, mas a maioria não
se move. Cal e Dessi passam a noite onde estão.

CAPÍTULO 52

Neevah

Se eu achava que os números de dança eram cansativos, o dia de hoje se mostrou um competidor à altura. Ensaiamos as cenas várias vezes antes de filmá-las e fizemos algumas tomadas, porque os erros no filme geralmente são mais difíceis de corrigir na pós-produção do que no digital.

Sem mencionar quão desgastante mentalmente hoje provou ser. Numa altura em que preciso estar mais atenta do que nunca, sinto como se estivesse me movendo debaixo d'água, com o meu cérebro tão pesado como os meus braços e pernas. As revisões do roteiro não ajudaram. Tive mais conteúdo para memorizar em menos tempo do que antes. Nunca esqueci tantas falas como hoje e não pude deixar de me perguntar se alguém do elenco está pensando que minha inexperiência está dando as caras.

Inferno, estou me perguntando se minha inexperiência está dando as caras. Se talvez os últimos quatro meses tenham sido uma sorte de principiante prolongada, e agora, na reta final das filmagens, minha sorte está acabando.

Fugi daquele set assim que Kenneth disse que o dia estava encerrado. Não procurei Canon e tenho certeza de que ele não está procurando por mim. Nossa briga esta manhã não ajudou na minha concentração. Fiquei magoada com sua aspereza, mas também frustrada comigo mesma, com meu corpo. Só me deitei por um rápido segundo, porque estava tão exausta que deitar parecia um uso melhor do tempo que passamos esperando até que eles ligassem a energia do que ficar parada. Nunca durmo demais assim. Gritei com ele tanto por constrangimento equivocado quanto por qualquer outra coisa.

Eu disse a Takira para ir comer com o resto da equipe e que a veria amanhã. Ainda não tenho muito apetite e lutei contra as náuseas a maior parte do dia — mais uma coisa para me distrair. Eu estava uma bagunça no set. Trey, Kenneth, Linh — todos perguntaram se eu estava me sentindo bem. Mas não Canon. Ele e eu mal nos falávamos além das notas que ele mesmo entregava, em vez de por meio de Kenneth. Ninguém que nos observasse pensaria que nosso relacionamento o tenta a me favorecer. Ele era o mesmo comigo e com todos os outros. Talvez ainda mais indiferente. A intimidade da noite passada parece estar a anos-luz de distância agora.

Arrasto meu corpo cansado para o quarto. Eu nem faço questão de uma chuveirada. Estou mais cansada neste exato segundo do que jamais estive em toda a minha vida. E hoje foi uma programação relativamente fácil em comparação com os ensaios de dança de nove horas. Sei que isso não é normal, esse nível de cansaço. Nenhuma quantidade de descanso parece capaz de penetrá-lo.

— Estou tão perto — sussurro, olhando para o teto. — Faltam apenas três semanas. Por favor, deixe-me terminar.

Não sei se estou pedindo a Deus ou ao meu corpo, implorando para que ele aguente o tempo suficiente para terminar forte, mas sufoco um soluço. Parece que algum relógio interno está correndo e estou indo contra ele.

Depois de alguns segundos, levanto, tiro a roupa, tomo banho e visto a calça e regata. Tudo que quero é minha cama. As cinco horas chegarão antes que você perceba, e preciso que amanhã seja melhor do que hoje. Não é que não tenhamos conseguido o que precisávamos. Se não tivéssemos, ainda estaríamos lá. Canon não se contentaria com menos do que isso, mas demorou muito. E, na maioria das vezes, a culpa era minha. Mesmo com novos conteúdos, geralmente sou mais perspicaz do que isso.

— Argh. — Bato na cabeça como se isso pudesse clareá-la.

Nunca descansarei se repetir todos os meus erros continuamente neste ciclo. Puxo o edredom e me enfio debaixo dele, mas noto meu telefone conectado ao lado da cama. Um telefone tocando no set vai fazer você ser criticado tão rápido quanto chegar atrasado, então geralmente deixo o meu aqui.

Perdi chamadas e mensagens.

— *Neevah, oi. É a doutora Ansford. Sei que você está no set, mas me ligue amanhã bem cedo. Nós precisamos conversar. Seus exames chegaram. Seus anticorpos antinucleares estão elevados. Baixa contagem de glóbulos vermelhos e brancos. VHS indica inflamação. O mais preocupante são os seus altos níveis de creatinina.*

Mal absorvi tudo o que ela está dizendo na pausa que faz para respirar quando lança outro ataque à minha paz de espírito:

— *Estou coordenando com seu médico por aí. Estamos solicitando uma receita de prednisona. Você deve conseguir amanhã. Sinto muito, Neevah. Sei que você gosta de administrar as coisas naturalmente, mas todos os sinais indicam que você está passando por um surto, um surto muito sério. Temos que controlar isso. Com base nesses níveis elevados de creatinina, precisamos fazer uma biópsia do seu rim.*

Pressiono a mão trêmula na têmpora e respiro, instável, ouvindo o resto da mensagem com os ouvidos zumbindo e uma dúzia de perguntas passando pela minha cabeça.

Eu tenho lúpus discoide. Ela nem mencionou a erupção cutânea ou a queda do meu cabelo. Por que eles estão avaliando os meus rins? Quero jogar o telefone na parede porque não posso fazer perguntas a ela e é quase meia-noite em Nova Iorque.

— *Não quero alarmar você* — ela continua na mensagem.

Tarde demais.

— *Mas as coisas podem piorar com os rins muito rapidamente e com menos sintomas do que você imagina. Queremos ver com o que estamos lidando o mais rápido possível, mas você toma muitos suplementos. Pare de tomá-los agora mesmo. Precisamos deles fora do seu sistema antes do procedimento. Portanto, levará alguns dias até que possamos fazer a biópsia, mas podemos pelo menos prescrever prednisona para você. Ligue-me logo e tente não se preocupar. O estresse só vai agravar as coisas e vamos dar um jeito, okay? Boa noite.*

Sento-me na cama por alguns minutos depois da mensagem da doutora Ansford. Choque, preocupação e pavor percorrem meus pensamentos enquanto processo o que ela disse.

Biópsia.

Aquela palavra…

Isso não é algo que preciso guardar para mim mesma. Não vou conseguir. Estamos tão perto de encerrar, faltando menos de um mês. Eu esperava chegar ao fim sem arrastar os produtores para isso.

Os produtores significam Canon, mas também Evan. Pode me chamar de covarde, mas acho que a conversa com Evan será mais fácil. Ele é meu chefe também.

Meu telefone toca e é a pessoa com quem mais e menos quero falar no mundo.

— Canon, ei.

— Ei. Eu não queria que o dia terminasse com as coisas do jeito que estavam conosco. Sei que fui um idiota.

— E eu estava atrasada — respondo, minha voz suave e contida,

Entrelaçados

317

porque não quero derramar tudo em uma onda de emoção. Ele abre minhas comportas, me faz querer dar tudo de uma vez, até as partes ruins.

— E eu estava muito distraída hoje no set. Esqueci as falas e...

— Tudo bem. Todos nós temos dias ruins. Não me lembro de você ter tido um nos últimos quatro meses, então estava na hora. Apenas descanse um pouco. Você parecia cansada.

— Sim, eu realmente estou. — Mas o meu cansaço e todas as possíveis razões para isso são as últimas coisas que quero discutir. — Onde você está?

— HomeDepot. Não pergunte.

Eu bufo, feliz por poder encontrar um mínimo de graça neste dia de merda, e feliz por ter vindo dele.

— Olha, Jill, Kenneth e eu temos uma longa noite pela frente. Precisamos revisar a lista de imagens e mudar algumas coisas. Estamos aqui com os adereços. Eu só queria que você soubesse... — Ele inspira e expira com força. — Eu só queria que você soubesse que sinto muito por esta manhã e que não quero que o trabalho atrapalhe... as coisas.

— As coisas, hein? — Recosto-me no travesseiro e cruzo os tornozelos. — Você simplesmente não quer que eu corte seu fornecimento.

Sua risada baixa do outro lado é seda dupioni, suave de um lado, mais áspera do outro.

— Cortar o meu significa cortar o seu, então acho que vou ficar bem.

— Você tem razão. — Fecho os olhos e deixo sua voz profunda tomar conta de mim, acalmando meus nervos. — Você não tem nada com o que se preocupar.

Há uma pausa do outro lado da linha antes que ele diga as palavras como se o ar fosse liberado de um pneu.

— Estou com saudades de você, Neevah. Sei que acabei de te ver, mas sinto falta da noite passada. Abraçar você e... Eu errei esta manhã, né?

— Nós dois erramos, mas você é muito malvado para eu brigar. Não vamos fazer isso de novo.

— Desculpe. — Alguém chama seu nome. — Okay. Tenho que ir. Jill e Kenneth estão me olhando de soslaio com força.

— Ei! Evan está com vocês?

— Evan? Não. Descanse um pouco. Vejo você logo.

— Sim, logo.

Assim que ele desconecta, mando uma mensagem rápida antes de mudar de ideia.

Eu: Ei. Preciso falar com você sobre uma coisa.

Evan: Esta noite?

Eu: Sim. Agora?

Evan: Onde você está?

Eu: Na minha casa.

Evan: Estou a caminho.

CAPÍTULO 53

Canon

— Então, vamos guardar essas cenas para depois — sugere Jill na manhã seguinte —, porque o sol estará mais alto. Acho que essa será a nossa melhor luz.

Kenneth e eu concordamos. Quando se trata de cinematografia, luz e composição, prefiro Jill. Não há muitas pessoas com quem eu concorde com adiamentos... bem, em relação a qualquer coisa, mas Jill conhece seu ofício de uma forma que você seria louco se não confiasse nela.

Evan entra na cabana que designamos como nossa espécie de estação de comando. Linhas de tensão marcam sua boca, o que não é incomum quando estamos na reta final de um filme, mas ele me lança um olhar cauteloso que me faz pensar no que está acontecendo.

— Ei, pessoal — saúda, puxando uma cadeira e se juntando a nós na mesa. — Precisamos conversar antes do dia começar.

— Okay. — Inclino-me para trás e coloco as mãos sobre a barriga. — Manda.

— É sobre Neevah.

O ar fica mais denso na sala instantaneamente, por razões óbvias.

Um.

Ela é a estrela deste filme e está em quase todas as cenas. Quando algo dá errado com Neevah, isso afeta toda a produção.

Dois.

Ela é minha garota. E se há algo acontecendo com Neevah, eu já não deveria saber?

— O que tem Neevah? — Kenneth pergunta, como se o número dois não fosse levado em consideração.

— Ela me mandou uma mensagem querendo conversar ontem à noite — revela Evan, inclinando-se para frente.

— Que horas? — exijo, porque conversei com Neevah ontem à noite, mesmo que apenas por alguns minutos.

— Eu não me lembro. Talvez nove? Isso importa?

Inferno, sim, importa.

— Não — respondo. — E aí, o que foi?

— Vocês sabem que há alguns dias ela teve que fazer alguns exames de sangue para a dermatologista — continua. — Bem, quando ela voltou para casa ontem à noite, a médica deixou uma mensagem para ela com os resultados.

Meus dentes rangem a ponto de causar desconforto. Meu queixo deve estar prestes a quebrar. Isso não pode ser bom, e estou me preparando para não explodir com toda a minha equipe quando Evan disser o que diabos ele está demorando para nos contar.

— O problema de pele que Neevah tem é lúpus discoide — explica Evan, erguendo os olhos quando Jill arfa. — O lúpus discoide não é uma ameaça à vida. Você provavelmente está pensando em lúpus sistêmico, como pensei no início. Neevah teve que me explicar a diferença.

— Ah. — Jill toca o peito, fechando os olhos. — Graças a Deus.

— Mas — Evan prossegue, olhando para mim —, eles estão preocupados com a possibilidade de Neevah estar no meio ou se aproximando de um surto.

— O que diabos isso significa? — exijo, minha voz soando como se estivesse sendo coada por um ralador de queijo.

— Aparentemente, os níveis dela... não me pergunte todas as siglas que ela me deu. ANA, CGB[1], todos os tipos de letras e testes... estão todos alterados. Eles estão especialmente preocupados com os níveis elevados de creatinina.

— E isso indica o quê? — Kenneth pergunta.

— Hum, talvez não muito. Ela começa hoje uma nova prescrição, que eles esperam que estabilize as coisas, mas acho que a combinação do que viram em todo o espectro os deixou preocupados com os rins dela. Eles querem fazer uma biópsia do rim dela o mais rápido possível.

Fazer uma biópsia do rim dela.

Lúpus.

Risco de vida.

Embora ele tenha dito que o lúpus discoide não é uma ameaça à vida, é evidente que o médico não gosta da direção que isso está tomando.

---

1   ANA ou FAN – Anticorpo ou Fator Antinuclear; CGB – Contagem de Glóbulos Brancos

— Isso não deve afetar a produção hoje — continua Evan. — Mas, daqui a alguns dias, quando ela for fazer a biópsia...

Levanto-me abruptamente, a ação raspando a cadeira no chão de madeira e interrompendo Evan.

— Vá se foder — digo a ele, estreitando os olhos. — Você descobriu isso e não me contou? E então passa rapidamente por essa informação como se eu devesse...

— Eu sabia que você estava correndo com a equipe de adereços e...

— Daí você simplesmente se esqueceu de me dizer o mais cedo possível que minha namorada tem lúpus e precisa de uma biópsia nos rins?

— Se você verificar seu telefone, verá que tentei ligar para você — aponta, naquele tom calmo que odeio, como se estivesse argumentando comigo quando estou sendo irracional. — Você não respondeu, e fiquei preso cuidando de alguns assuntos esta manhã antes de termos chance de conversar. — Ele passa a mão agitada pelo cabelo. — Talvez o verdadeiro problema que você tenha — Evan resmunga — é que ela não lhe contou, e isso é algo que você terá que discutir com sua *namorada* mais tarde. Meu trabalho é garantir que isso atrapalhe o mínimo possível o filme em que gastamos dois anos e milhões de dólares, e é por isso que ela veio até mim e não você. *Ela* entende isso.

— Bem, eu não entendo — respondo, indo em direção à porta. — Pessoal, acho que já estávamos quase terminando. Como Evan relatou com tanta eficácia, a condição médica de Neevah não deve afetar as filmagens de hoje. Nós daremos um jeito amanhã.

— E aonde você está indo? — Evan pergunta, seu tom afiado como uma lâmina nova.

— Filho da puta, aonde você pensa que estou indo?

Saio da sala e dou alguns passos antes de perceber que estou *pisando forte* e provavelmente fazendo cara feia, com base nos olhares preocupados do elenco e da equipe. Meus passos diminuem e depois param, bem no meio da nossa Riviera Francesa dos anos 1930. Deixo toda a informação que acabei de ouvir ser absorvida. Meus punhos estão cerrados ao lado do corpo. Meu peito arfa com o esforço de andar e respirar. Odeio ficar no escuro e odeio estar fora de controle, e essa merda com Neevah é muito dos dois.

Eu preciso saber *tudo*.

Começo com cabelo e maquiagem, mas ela não está na tenda que montaram para a equipe. Takira está, porém, aparando uma peruca em um manequim. Ela olha para cima, sorrindo quando me vê me aproximando. Ela não deve saber, ou não quer que eu saiba. Não me importo em descobrir por que ela está sorrindo. Depois de ouvir Evan me contar sobre Neevah, preciso ouvir isso dela e de mais ninguém.

— Onde ela está? — pergunto, incapaz de ser educado.

O sorriso de Takira desaparece, mas um brilho provocador surge em seus olhos, como se tivéssemos um segredo. Não temos segredo. Todo mundo sabe que estou apaixonado por Neevah. Não consegui esconder esse fato.

— Figurino — responde Takira. — Há cerca de cinco minutos.

— Obrigado — murmuro laconicamente, indo para a tenda de teto rígido em que procurei ontem.

Desta vez, eu a encontro. Ela está com um vestido dourado até o chão enfeitado com orquídeas de lantejoulas. Molda-se à parte superior do corpo, segue fielmente as curvas dos seios, da cintura e dos quadris. Ele brilha no tom exuberante de sua pele como pó de ouro, e ela está rindo de Linh, que está de joelhos com alfinetes na boca, sorrindo enquanto ajusta algo no figurino. Alegria — não há outra maneira de descrever a emoção — ilumina o rosto de Neevah. Sua risada soa como um sino e sua cabeça pende para trás, como se ela estivesse se entregando completamente ao momento em que está agora. Como se, além de fazer o que mais ama, ela não tivesse nenhuma preocupação no mundo.

Mas eu tenho.

E por mais que eu tenha dado a esse filme, por mais que eu me importe com ele, agora, tudo que me importa é ela.

Entro na tenda e seu sorriso vacila. Nossos olhos se fixam e nós dois estamos procurando por algo. Para alguém que normalmente consegue lê-la tão facilmente quanto o alfabeto, não tenho ideia do que ela está pensando. E eu preciso saber.

— Linh — chamo. — Você poderia nos dar licença por um segundo?

Linh olha por cima do ombro, me vendo pela primeira vez, e se levanta graciosamente. Ela se comporta com muita dignidade e uma força silenciosa. O que ela está fazendo casada com um cara como Law Stone?

— Voltarei para verificar isso — avisa Linh — antes da primeira cena.

— É lindo — Neevah diz a ela. — Estou honrada em usá-lo.

A expressão de Linh, tipicamente impassível, revela entusiasmo e orgulho atípicos.

Entrelaçados

323

— Acho que é o meu vestido favorito entre os que já desenhei.

— Parece incrível — acrescento, sorrindo para ela. — Bom trabalho.

Ela inclina a cabeça indicando seu agradecimento e depois deixa Neevah e eu sozinhos.

Simplesmente vê-la alivia um pouco minha frustração e raiva. Ela tem olhos de lutadora. A força de sua personalidade, aquela luz inabalável, foi uma das primeiras coisas que notei nela.

— Onde está todo mundo? — pergunto, adentrando ainda mais no ambiente. — Não é geralmente meio louco aqui com tantos figurantes?

— Ah, sim. Eles já estão na praia. Há tantos atores de apoio para essas cenas que é mais fácil para a equipe de Linh fazer algumas coisas no set em vez de amontoar todo mundo aqui. — Ela olha para mim diretamente, quase desafiadora. — Suponho que Evan te contou.

Quando chego até ela, pego suas mãos e traço a linha da escrita ao longo de seu polegar.

— Tenho que admitir — começo, com uma risada desprovida de humor. — Eu estava pensando que deveria ter sabido antes de Evan.

— Entendo. — Ela desliza o dedo para espelhar minha carícia, passando a ponta do dedo ao longo do meu polegar também. — Mas quando o resto do elenco tem problemas que afetariam as filmagens, eles geralmente não vão até o diretor. Eles começam com Evan e…

— Não estou namorando o resto do elenco. — Minhas palavras pairam entre nós e seus dedos apertam os meus.

— Temos que manter alguma distância profissional — argumenta, olhando para baixo, com os cílios finos contra o rosto.

Agarro seus quadris e a puxo para mim, alinhando nossos corpos, moldando suas curvas à minha dureza. Encosto minha testa na dela.

— Esta é toda a distância que você vai conseguir.

— Canon — ela sussurra, aproximando meu rosto e passando o polegar pela minha boca. — Eu não quero estragar tudo.

— Estragar tudo? Você não vai. Eu só preciso que você seja honesta comigo. Ouvir isso de Evan? Não foi legal.

Ela ri, sua respiração embaçando meus lábios.

— Eu quis dizer estragar o seu filme.

— É claro que me importo com o filme, mas estou muito mais preocupado com você agora. Lúpus, linda?

— Eu não queria usar essa palavra no começo, porque as pessoas não sabem o suficiente sobre o assunto e fazem suposições, fazem julgamentos. Sim, tenho erupções cutâneas e queda de cabelo, mas tenho conseguido lidar com isso naturalmente. Isso nunca afetou meu trabalho.

— Mas Evan disse que você pode estar tendo um surto? E eles estão preocupados com seus rins? Isso parece mais sério.

Ela lambe os lábios e acena com a cabeça.

— Poderia ser. Minha médica receitou prednisona, que consegui evitar até agora. É um esteroide que suprime a resposta do sistema imunológico. Um dos assistentes foi pegar para mim no farmacêutico. Vou começar a tomar hoje.

— E isso vai resolver o que está acontecendo?

— Eu não... não sei. A biópsia... — Ela fecha os olhos e repousa a cabeça no meu peito. — Saberemos mais depois da biópsia. Eu farei em poucos dias. Evan disse que vocês podem contornar isso e filmar outras coisas, ou filmar por trás com minha dublê. — Um sorriso irônico aparece em um canto de sua boca. — Ainda não estou acostumada a ter um dublê depois de ter sido a atriz substituta de outra pessoa por tanto tempo.

— Não se preocupe conosco. Vamos dar um jeito na filmagem. Preocupe-se com você, com isso. — Hesito na próxima pergunta, levantando seu queixo para poder ler aqueles lindos olhos. — Você está assustada?

Ela passa os braços atrás do meu pescoço e se enterra no meu ombro. Depois de alguns segundos, ela assente. Eu nos conduzo até um dos sofás, então me sento e a puxo para meu colo, acariciando suas costas enquanto ela respira fundo em meus braços.

— Não temos tempo para isso — diz ela, instável. — Precisamos...

— Estou ganhando tempo. — Afasto-me para olhar seu rosto. Seus olhos estão secos, mas arregalados e incertos. — Eu sou o chefe, lembra?

Ela ri e se inclina contra mim novamente, espalhando a mão sobre meu peito.

— Então, esta biópsia, quer que eu vá com você?

— Não. Takira irá, além de você ser necessário aqui.

— Neevah, qual é....

— Não, está tudo bem. É apenas uma biópsia. Não é grande coisa. — Ela se levanta, se abaixando para me puxar do sofá. — Agora podemos começar a trabalhar? Temos um longo dia pela frente.

— Tem certeza de que está bem?

— Estou fazendo o trabalho que amo com o homem que... — Ela

Entrelaçados

morde o lábio e solta uma risada curta. — O homem incrível com quem estou namorando.

O homem que eu amo.

Eu queria que ela dissesse isso. Queria que ela colocasse em palavras essa coisa que foi plantada em mim na primeira noite em que a vi no palco e que cresceu pouco a pouco desde então, até agora, que está totalmente desenvolvida. Essas não são palavras que pensei que gostaria de ouvir de uma mulher, muito menos consideraria dizê-las eu mesmo. Mas acho que sim. Não quando duzentas pessoas estão esperando por nós. Não quando temos biópsias pairando sobre nossas cabeças. Não quando as coisas estão tão loucas.

Mas, assim que chegar a hora certa, quero ouvir isso dela.

E quero dizer isso.

CAPÍTULO 54

Neevah

Quase lá.
Quase lá.
Quase lá.

Recito isso para mim mesma durante toda a manhã, mas meu corpo não parece se importar ou querer cooperar. Vomitei três vezes entre as cenas, felizmente sempre no intervalo. Sinto um gosto horrível na boca, e não importa quanta água eu beba ou quantas balas engula, ele não vai embora.

Um miasma enche minha cabeça, confundindo meus pensamentos e atrapalhando minha concentração. Esforço-me para acompanhar cada palavra que sai da boca de Trey quando ele diz suas falas. Sei que sou a próxima. Vou dizer a fala... e nada. Não há nada aqui. Minha mente é um vazio galáctico de nada. Abro a boca, torcendo para que as palavras saiam sozinhas, sem que eu tenha que pensar nisso, mas só há silêncio enquanto todo elenco e equipe esperam que eu me encontre nesta cena.

Mas não posso.

O que quer que mantenha meu corpo, minha mente como refém, domina minha vontade. Isso agita meu estômago e faz minha cabeça latejar e girar.

— Corta! — Canon grita.

Trey toca meu ombro, a preocupação estampada em seu rosto bonito de estrela de cinema.

— Neevah, você está bem?

Concordo com a cabeça, embora já tenha certeza de que não estou. Não foram apenas as falas que esqueci. Parece que não posso dizer nada. Abro a boca para tentar novamente e outra onda de náusea sobe pela garganta.

— Ai, meu Deus — murmuro em minha mão. Tento correr, na

esperança de chegar ao banheiro, mas não consigo. Não tenho conseguido comer muito nos últimos dias, mas o que está no meu estômago é violentamente ejetado e espalhado por todo o traje perfeito de Linh.

Inclino-me contra um poste. Lágrimas rolam pelo meu rosto enquanto as pessoas correm até mim. Eu estou uma bagunça. Vômito manchando todo o vestido. Minha peruca escorrega. Todo o set é um sobe e desce. O chão desliza sob meus pés. Trey me pega e grita por socorro.

E então o mundo escurece.

— A pressão arterial dela está alarmantemente alta — alguém diz.

Tento abrir os olhos, mas está muito claro e tudo dói. Não consigo levantar a cabeça, não consigo fazer meus membros funcionarem, não consigo falar. Estou em algum meio estado de consciência.

— Devemos ligar para a emergência? — alguém pergunta.

— Sem hospital — consigo resmungar, me atrapalhando para tirar a faixa apertada do meu braço. — Preciso... terminar.

— Você não vai terminar — decreta Canon. Aquela voz áspera que eu reconheceria em qualquer lugar.

Outras informações sensoriais são filtradas lentamente. O frescor do ar do oceano passa pelo meu rosto. As ondas rugem em meus ouvidos e lembro que estávamos em uma das cenas da Riviera Francesa na praia. Superando o cheiro de maresia há um aroma horrível e pungente. O precioso figurino que Linh passou semanas costurando. Eu estraguei tudo.

— Trocar — murmuro, forçando meus olhos a abrirem. — Eu quero trocar de roupa.

O rosto de Canon é a primeira coisa que vejo. Estou em uma das espreguiçadeiras e ele está de joelhos ao meu lado, com o cenho franzido. Estendo a mão para tocar seu rosto.

— Lindo — sussurro, tentando sorrir. Ele engole em seco, seu pomo de Adão se movendo com o esforço.

— Neevah, querida, me escute — chama. — Sua pressão arterial está muito alta. Temos que te levar ao hospital. Você...

— Por favor, deixe-me trocar de roupa. Eu vo... Eu vom...

Dissolvo em lágrimas porque estou tão cansada e todas as minhas partes doem e não consigo me imaginar andando, mas há muitas pessoas paradas me observando com este vestido coberto de vômito. Eu só quero dormir.

— Não importa — diz Canon. — Você pode mudar de roupa quando chegar...

— Por favor. Acho que vou passar mal de novo se você me fizer continuar assim.

Sua carranca se aprofunda, mas ele se levanta e me pega da espreguiçadeira.

— Canon, não quero te sujar com isso.

Estou ainda mais envergonhada por ele me abraçar tão perto. Por me ver, sentir o cheiro disso, *estar aqui* quando isso está acontecendo comigo. Ele caminha pelo set e eu recosto meu rosto em seu ombro, tanto por exaustão quanto por não querer encontrar os olhares curiosos do elenco e da equipe. Eu preferiria ir para minha casa, mas a sala de figurino está mais perto, então ele entra na tenda, me coloca suavemente em uma das mesas e coloca uma divisória de privacidade entre nós e a porta. Em seguida começa a desabotoar o vestido, mas seus dedos tremem.

— Merda — ele pragueja, baixinho, diminuindo a velocidade para soltar os pequenos botões um por um.

O silêncio é sufocante e, por fim, pigarreio de leve para falar:

— Canon, eu...

— Não faça isso, Neevah. — Ele tira o vestido dos meus ombros e me levanta para que eu possa tirá-lo completamente. — Não, você não pode terminar de filmar. Sim, você vai para o hospital. E não, você não voltará a este set até que o médico autorize.

Ele encontra meus olhos, os músculos de sua mandíbula tensos. Você poderia facilmente confundir sua carranca feroz e lábios contraídos com raiva, mas eu vejo a verdade. Pela primeira vez, ele não está oco. Eu vejo através dele.

Eu vejo o medo dele.

Todos os meus protestos morrem em meus lábios e eu aceno, meu coração apertando com o conhecimento de que ele está tão assustado quanto eu. Ele pega a camiseta e o short que descartei esta manhã e me veste. Tira o moletom, que tenho certeza de que manchou, revelando uma camiseta por baixo. Então me pega novamente.

Entrelaçados

— Posso andar — murmuro, embora possa não ser verdade. Mal consigo manter os olhos abertos e muito menos fazer as pernas funcionarem.

— Isso é muito dramático.

Ele não dá a mínima para o comentário, mas me leva até o estacionamento. Meus pés nunca tocam o chão e vou dos braços dele para o banco de trás do carro. Takira corre, com o rosto marcado de preocupação.

— Ai, meu Deus, Neevah! — exclama. — Acabei de ouvir o que aconteceu. Você está bem?

— Não, ela não está bem — responde Canon, sentando-se no banco do motorista e fechando a porta com força. — Vou levá-la para a emergência.

— Eu posso ir? — pergunta.

— Se você puder entrar agora. Eu não vou esperar.

Ela se senta no banco do passageiro e Canon nem a espera fechar a porta ou afivelar o cinto de segurança, saindo do estacionamento com um guincho de pneus. Suas mãos apertam o volante, os nós dos dedos pressionando a pele esticada. Takira arqueja e agarra o painel à medida que ele ultrapassa um sinal vermelho atrás de outro. Não consigo reunir energia ou estimular as cordas vocais para alertar Canon de que ele deveria diminuir a velocidade. A julgar pelas linhas implacáveis do seu perfil, ele não ouviria de qualquer maneira. Olho pelo retrovisor até o cenário e visualizo nossa réplica da Riviera Francesa.

Quando voltarei?

Eu *voltarei*?

Quero guardar a visão dos grandes caminhões de equipamentos, das câmeras e da tenda de figurinos — cada detalhe — na memória vívida, só que estou tão cansada que mal sei meu nome e, apesar dos meus esforços, adormeço imediatamente.

CAPÍTULO 55

Canon

Estou tentando ser paciente.

Eles levaram Neevah há uma hora e meia e não falaram mais nada. Comecei a andar de um lado para o outro, porque, aparentemente, isso deveria ajudar.

— Esse vai-e-vem não vai ajudar — diz Takira, sem tirar os olhos da revista Essence que está lendo.

— Eu sei disso.

Continuo andando.

— Então pare.

Merda.

— É isso que eles fazem? — exijo dela... e da sala de espera vazia. — Eles simplesmente deixam as pessoas aqui se perguntando por horas se aqueles a quem você ama estão bem?

A revista abaixa e seus olhos se fixam em mim, penetrantes e alertas.

— Ama?

Merda de novo.

Eu nem disse isso para Neevah. Nem a pau Takira vai ouvir isso antes dela.

— Entes queridos. — Paro de andar. — Amigos. Parentes. Você sabe o que eu quero dizer.

— Ah, eu sei. — Ela me dá outro daqueles sorrisos estúpidos e secretos. — Eu já te saquei, Canon.

— Falando em parentes, deveríamos ligar para a mãe dela? Ou...

Sua irmã?

Sei que as coisas não estão bem entre Neevah e sua família, mas elas gostariam de saber disso, certo? Mas será que Neevah quer que elas se envolvam?

— Acho que devemos esperar por isso. — Takira deixa a Essence de lado. — Por mais tensas que as coisas tenham sido com a irmã dela, não acho que possamos presumir nada.

— Ela mencionou que ela e a mãe tiveram uma boa conversa no Natal.

— Sim, mas tem sido tudo estranho há tantos anos, acho que devemos deixar Neevah decidir quando falar com elas.

O telefone de Takira toca e ela franze a testa para a tela, revirando os olhos.

— Alguém do set. Tive que largar o que estava fazendo para vir. Deixe-me atender. Volto já.

Ela atende e caminha pelo corredor, desaparecendo em um canto.

Um longo suspiro sai do meu corpo e parece a primeira vez que exalei desde que vi Neevah desmaiar. Minhas mãos doem, pois estão cerradas com muita força por tanto tempo. Primeiro ao volante dirigindo até aqui. E desde que a levaram embora. Mas quando abro meus punhos...

Estendo as mãos, observando os dedos tremerem, um reflexo do tremor acontecendo dentro de mim. Eu tive que dirigir até aqui. Não poderia deixar a ambulância levá-la. Ninguém mais sabe, porque ninguém mais estava lá na noite em que levaram minha mãe pela última vez, em meio a um uivo de sirenes e às luzes piscando. Sua enfermeira de cuidados paliativos havia saído à noite. Eu estava em casa no fim de semana após as aulas.

Pneumonia bacteriana.

No final, foi isso que a levou: uma complicação da doença contra a qual ela lutou com tanta valentia e que entrou pela porta dos fundos.

Nunca esquecerei o som dela ofegando por ar, lutando até o fim por cada respiração.

A ideia de ver e ouvir Neevah ser levada numa ambulância do jeito que levaram mamãe... Naquele momento, não aguentei, então orei a Deus e expulsei o diabo para trazê-la até aqui em tempo recorde.

Lenta, deliberadamente, cerro meus dedos trêmulos em punhos. É um momento de controle. Não ceder às emoções ou ser atormentado por medos. Neevah precisa que eu seja forte. Estar aqui, o que significa que não posso sair, fugindo dos cheiros conflitantes de desinfetante e doença, do silêncio misterioso e cuidadoso de uma sala de espera.

Eu tenho que ficar.

E, apesar de tudo isso, não há outro lugar onde eu preferiria estar.

Não consigo acreditar no quão pouco pensei no que está acontecendo no set ou em como isso afetará a produção. É melhor acreditar que Evan e o resto do elenco e da equipe estão pensando nisso. Sem mencionar Law Stone, quando ele descobrir. Sem dúvida, tenho algumas conversas difíceis pela frente esta noite, mas, por enquanto, não estou nem aí para nada disso.

Somente ela.

Uma pequena mulher virou meu mundo de cabeça para baixo, mudou todas as minhas prioridades. E, sem saber como ela está, estou à deriva.

Uma jovem enfermeira de uniforme rosa entra na sala de espera segurando uma prancheta.

— Você está aqui por Neevah Mathis?

— Sim, estamos — Takira responde, acelerando pelo corredor assim que a enfermeira aparece.

Eu realmente nem sabia o nome de batismo da minha garota? Eu me apaixonei por Neevah Saint, e é um nome artístico?

— Vocês podem vê-la agora — informa, sorrindo e se virando para que a sigamos.

Quando chegamos ao quarto, Takira corre até a cama e abraça Neevah. Suas pálpebras se fecham e há olheiras profundas em seu rosto. Mesmo em apenas algumas horas, parece haver um tom mais escuro em sua pele. Ela dá um sorriso fraco para mim por cima do ombro de Takira e estende a mão, que eu pego, e vou para o lado oposto, de frente para sua amiga.

— Sinto muito por tudo isso. — Ela desaba travesseiro, linhas de exaustão desenhadas ao redor de sua boca. — Voltarei ao set o mais rápido possível.

— Nem pense nisso agora. — Franzo a testa e esfrego o polegar no dorso de sua mão. — Isso tudo será resolvido.

Antes que eu possa tranquilizar Neevah, um homem alto com cabelo grisalho entra.

— Senhorita Mathis? — pergunta, olhando do prontuário que está segurando para Neevah. — Eu sou o doutor Baines.

— Oi. — Neevah parece um pouco cautelosa, mas sorri. — Eles lhe disseram que tenho uma reumatologista em Nova Iorque e uma que me atende presencial desde que passei a morar aqui? Quando cheguei, eu disse que tinha lúpus discoide e dei o contato da minha médica.

— Sim, vi seus registros e falei com as duas reumatologistas. — Ele pendura o prontuário em um gancho ao pé da cama. — Você está no topo disso.

— Acho que podemos dizer com segurança — Neevah murmura, com um sorriso irônico, e balança a mão sobre sua cama de hospital — que essa doença está em cima de mim.

Entrelaçados

— Preciso discutir o que estamos vendo no seu caso até agora. — Ele olha para Takira e para mim. — Então, se precisarmos de um pouco de privacidade...

— Ah, não. — Neevah aperta minha mão novamente e sorri para Takira. — Eles são de boa. Sabem tanto quanto eu até agora, e está tudo bem se ouvirem.

— Tudo bem. — O doutor Baines assente e ajusta os óculos. — Eu vi as anotações de ambas as médicas. Vi os resultados dos exames de sangue, urina e anticorpos, o que os levou, muito sabiamente, a solicitar uma biópsia renal. Você ainda não fez, correto?

— Correto — diz Neevah, franzindo a testa. — Elas queriam primeiro tirar alguns dos suplementos que tomo do meu sistema.

— Eu entendo. Sua pressão arterial estava extremamente elevada. Você estava reclamando de dor de cabeça. Está com náuseas.

— Sim. — Neevah ri, nervosamente. — Por que sinto que você está construindo um caso, doutor?

Seu sorriso é fraco e gentil.

— Não estou construindo o caso. Seu corpo está.

— O que isso significa? — pergunto, incapaz de ficar quieto.

— Neevah — começa o doutor Baines —, não teremos certeza até obtermos os resultados da biópsia, mas obviamente você está no meio de um surto. Tem estado sob muito estresse ultimamente?

A culpa embarga minha garganta enquanto considero o que o filme exigiu dela. Meu Deus, ontem mesmo eu a repreendi por estar atrasada.

— Talvez um pouco. — Neevah olha para a ficha hospitalar.

— Ela está estrelando um filme — interrompo. — Os últimos quatro meses têm sido de danças rigorosas, madrugadas, uma agenda muito exigente.

— Você quer ser expulso? — Neevah pergunta, e o olhar que me lança é apenas meio de brincadeira.

— Ele precisa da imagem completa — argumenta Takira. — Para que possam saber exatamente com o que estamos lidando.

Neevah solta um suspiro exasperado.

— Então talvez tenha havido *algum* estresse, sim, mas nada com que eu não pudesse lidar.

— Tenho certeza de que você sabe que o estresse é um dos principais gatilhos para crises — explica o doutor. — Ao conversar com suas reumatologistas, suspeitamos que seu diagnóstico de lúpus evoluiu e talvez precisemos ampliar a avaliação original daquilo com que estamos lidando.

Os cantos dos olhos de Neevah se estreitam.

— O que isso significa?

— Não teremos certeza até vermos os resultados da biópsia — prossegue o doutor Baines, com hesitação óbvia em sua voz. — Neevah, todos os sinais indicam que você não está lidando apenas com lúpus discoide, mas possivelmente com nefrite. Provavelmente lúpus sistêmico, mas, novamente, não me sinto confortável em confirmar isso até obtermos os resultados da biópsia.

Neevah respira fundo e seus dedos apertam os meus, mas não dou nenhuma indicação de que detecto seu medo. Acaricio a tatuagem que decora seu polegar, esperando poder oferecer algum conforto, mesmo que silenciosamente. Estou tentando permanecer o mais calmo possível, mas por dentro o pânico dispara como um corredor, ultrapassando a razão. A voz de Evan ecoa na minha cabeça e ouço-o nos dizer esta manhã que o lúpus sistêmico é o que ameaça a vida, e que é um alívio não ser isso que Neevah tem. Eu nunca tinha ouvido alguém usar a frase lúpus sistêmico até hoje, e, de repente, elas se tornaram as palavras mais importantes do mundo.

— Não. — Neevah balança a cabeça, a peruca ficando um pouco mais torta. — Doutora Ansford disse... ela me disse que era discoide.

— E, com base nas informações que seu corpo apresentou a ela há alguns anos, ou até quatro meses atrás, esse diagnóstico era apropriado — justifica o médico. — Mas muita coisa aconteceu nos últimos quatro meses e as coisas podem piorar muito rapidamente. Não podemos ter certeza até depois da biópsia, então vamos em frente e fazer isso para que possamos ver o que teremos de resposta.

— Okay. — Neevah encara a a cama com olhos arregalados e desfocados, como se estivesse olhando para algo que nenhum de nós consegue ver, e acho que ela está. Takira e eu estamos aqui por ela, mas é o seu corpo.

Choco-me ao saber que eu, literalmente, me colocaria no lugar dela se isso significasse poupá-la do possível caminho a seguir, mas a verdade disso me atinge de pé ao lado de sua cama e observando o medo penetrar em seus olhos. Senti-me assim com minha mãe repetidas vezes. Ver a esclerose roubar tanto dela, me sentindo impotente, mas querendo ser forte. Não sei o que os resultados desses testes nos dirão, mas sei como é percorrer um caminho difícil com alguém que você ama.

Eu já fiz isso antes. Posso fazer de novo.

Entrelaçados

CAPÍTULO 56

Neevah

Há um peso no cômodo antes mesmo de os três médicos dizerem uma palavra. Conheço dois deles, a doutora Ansford, de Nova Iorque, por videoconferência, e o doutor Baines, o médico que conversou comigo há alguns dias. Não conheço a terceira médica, o que imediatamente me deixa um pouco na defensiva. Estou aqui há três dias e nunca a vi. Comecei a tomar prednisona, o medicamento que evitei nos últimos anos da minha vida, e tenho que admitir que parece estar ajudando. Minha pressão arterial está baixa. Tenho muito mais energia e me sinto um pouco melhor, mas o doutor Baines queria me manter em observação até que os resultados da biópsia renal chegassem.

Takira está no set ajudando com os extras e as filmagens da multidão. Eles estão filmando tudo o que podem enquanto estou fora, mas, em certo momento, ficarão sem cenas que podem fazer sem mim. É por isso que estou ansiosa para receber essas notícias, descobrir o que precisa ser feito e voltar ao set.

Canon insistiu em estar aqui, o que me faz sentir ainda mais culpada. Ele diz que Kenneth é o melhor assistente de direção do ramo e pode lidar sozinho com algumas imagens da multidão.

— Você está bem? — pergunta, sentando-se na beirada da cama do hospital ao meu lado, sua voz baixa e preocupada.

— Sim. — Sorrio e aceno com a cabeça para tranquilizá-lo, esperando que tudo *fique* bem.

Mas este nova médica não ajuda.

Se é possível ter um ar de competência, essa mulher carrega isso. Seus olhos estão firmes, emoldurados por uma tênue rede de marcas de expressão estampadas em sua pele negra-clara e lisa. Com seus longos dreadlocks presos em um penteado elegante, ela transmite uma confiança que provavelmente deixa a maioria dos pacientes à vontade imediatamente. Fico nervosa, porque ela está aqui e nunca esteve antes, indicando uma nova curva na minha jornada com esta doença.

— Neevah — diz o doutor Baines —, gostaria de apresentar você à doutora Okafor. Ela é uma nefrologista muito respeitada que pedimos para consultar no seu caso.

Nefrologista?

Aperto meus dedos nos de Canon e tento controlar a respiração.

— Eu pessoalmente solicitei a doutora Okafor, Neevah — explica a doutora Ansford na tela. — Ela é a melhor que existe em casos como o seu.

— Casos como o meu? — pergunto, observando a médica com cautela. — Que tipo de caso é esse exatamente?

— Posso explicar? — ela pergunta ao doutor Baines. Ao aceno dele, ela se aproxima da cama do hospital, aqueles olhos firmes nunca deixando os meus. — Neevah, quando fizemos a biópsia de seus rins, encontramos cicatrizes significativas.

— O que isso significa? — Canon pergunta.

Ela lança um olhar interrogativo dele para mim, perguntando silenciosamente se ele pode falar. Se eu não estivesse tão ansiosa, seria engraçado ver alguém questionar Canon, mesmo que sem palavras.

— Está tudo bem — garanto. — Ele é meu namorado.

Canon olha para mim, com uma expressão satisfeita mesmo no meio disso, e percebo que é a primeira vez que me refiro a ele dessa maneira. Esta situação parece ter arrancado as rodinhas do nosso relacionamento. De muitas maneiras, já estamos a todo vapor.

— Sim, bem — retoma —, as cicatrizes em seus rins, juntamente com o que vimos em seus exames de sangue, urina e ANA, indicam que seu diagnóstico original de lúpus discoide deve ser expandido para lúpus sistêmico.

Já estou deitada, mas acho que caio. Há um baque em meus ouvidos, como se eu tivesse caído no chão. A respiração sai do meu peito com o impacto. Canon passa um braço em volta do meu ombro e agarro sua mão com força. Agarro-me a ele pela vida e pela saúde, que sempre tive como algo certo e que agora parece estar em perigo.

— Eu... eu não entendo. — Balanço a cabeça e olho para a doutora Ansford na tela. — Dissemos que era apenas discoide e não... não. Você pode fazer mais testes?

Entrelaçados

— Inicialmente — diz a doutora Ansford, séria —, seus sintomas se apresentaram de forma muito restrita, mas, durante esse surto, é evidente que estamos lidando com um diagnóstico mais amplo.

— E poderíamos perder tempo realizando mais testes — complementa a doutora Okafor —, ou podemos começar a tratar isso agora para obter os melhores resultados. Sei que é muito para processar, mas posso te dizer com o que estamos lidando?

Endireito os ombros e aceno com a cabeça.

— As cicatrizes nos seus rins são irreversíveis. — O olhar da médica não vacila. — E o dano é significativo.

— Não. — Dou uma risada incrédula. — Meus rins? Poderia ter acontecido tão rápido?

— Pode. Isso acontece. Aconteceu — afirma a doutora Okafor. — A insuficiência renal pode ser bastante insidiosa e difícil de detectar até que o dano esteja feito. E pode ser acelerada se você tiver um evento autoimune agressivo como o que você tem, provavelmente, desencadeado por condições extremas.

— Você quer dizer estresse — diz Canon, com a mandíbula contraída.

— Sim. — A nefrologista olha para ele. — Seu sistema imunológico produz anticorpos para combater substâncias estranhas, bactérias, vírus etc. Quando seu corpo produz anticorpos antinucleares, eles atacam o núcleo de suas células saudáveis.

— Como sua doença se apresentou de forma tão restrita no passado — interrompe a doutora Ansford —, e você estava em condições que poderiam ter causado sintomas semelhantes, como dor muscular e nas articulações, esses sinais podem ter sido disfarçados até serem graves o suficiente para se apresentar como coisas que você não experimentou no passado.

— Como a náusea e a pressão alta que você sentiu — acrescenta o doutor Baines.

— Independentemente de como chegamos aqui — prossegue a doutora Okafor —, estamos aqui agora. Os autoanticorpos afetaram seus rins a ponto de falharem.

— Falharem? — pergunto, entorpecida.

— Sei que parece repentino para você, mas tem acontecido silenciosamente em seu corpo nos últimos meses. — A doutora Okafor enfia as mãos nos bolsos do jaleco branco. — E agora está ficando barulhento.

— Quão barulhento? — Canon pergunta. — O que você quer dizer?

— Colocamos a doença renal em cinco estágios diferentes — explica a nefrologista. — Determinamos que você está no estágio quatro. Os pacientes nesta fase provavelmente necessitarão de diálise para o resto da vida ou de um transplante de rim. Como eu disse, o dano, uma vez causado, é irreversível.

Nego com a cabeça e coloco as pernas ao lado da cama. Preciso andar, me mover. Não suporto ficar aqui deitada e ouvir isso. *Aceitar* isso, quando não pode estar certo. Posso dançar nove horas por dia. Eu faço ioga. Como direito. Quase não bebo álcool. Sou saudável.

— Sei que é muito para absorver, Neevah — afirma a doutora Okafor.

— Absorver?! — grito, minha voz alta, indignada e desesperada. — Não é muito para absorver. É impossível. Eu não posso estar… — Minhas palavras se fragmentam no silêncio deixado pelos médicos. Esse silêncio, esse espaço que eles abrem para os pacientes aceitarem a notícia. O mundo se inclina. Estou vacilando. Eu cambaleio e Canon está lá, agarrando meu cotovelo e me puxando para seu peito. Fico ali, protegida em seus braços; por fora, completamente imóvel, mas, por dentro, *cambaleando*.

Vertiginosamente.

Girando e caindo em uma nova realidade mortal que não tenho certeza se estou pronta para enfrentar. Sinto o beijo de Canon no topo da minha cabeça e me agarro a ele como se fosse a única coisa que me mantém viva nesta tempestade.

— Você mencionou diálise ou transplante — diz Canon, com a voz baixa e nivelada. — Qual é a sua recomendação?

Viro-me nos braços dele, apoiando as costas no peito largo e quente, com o olhar concentrado na médica.

— Bem, ela está tomando prednisona — responde. — Esse e outros medicamentos ajudarão a controlar alguns dos sintomas. *Podemos* colocá-la em diálise. Algumas pessoas fazem isso pelo resto da vida, mas acho que nossa melhor opção é um transplante preventivo de rim.

— O que é isso? — pergunto.

— Como tenho certeza de que você sabe, com a diálise — diz a doutora Okafor —, uma máquina filtra as toxinas e limpa seu sangue, porque seus rins não conseguem mais fazer isso com eficácia. Você poderia seguir esse caminho, mas seria para o resto da sua vida.

— Não. — Balanço a cabeça, inflexível. — Eu sou atriz. Uma artista. Preciso estar ativa. Eu não quero isso.

— Achei que você se sentiria assim — ela continua, me lançando um olhar avaliador. — O transplante preventivo dá a você um novo rim.

Entrelaçados

339

— Não existem longas listas de espera? — Canon pergunta, sua voz profunda é um estrondo reconfortante às minhas costas.

— Existem para órgãos de doadores falecidos — ela concorda. — Mas também devemos começar a procurar em todos os lugares um doador vivo. Amigos, família, pessoas próximas.

— Um doador vivo? — Canon pergunta, soando como se fosse um ataque. — Como você determina se alguém é compatível?

— Esse é um processo longo e complicado — conta. — Começamos com o tipo sanguíneo e a partir daí passamos por uma série de testes para determinar a compatibilidade.

— Temos um elenco e uma equipe enormes — fala Canon. — Posso colocar uma chamada para qualquer pessoa que queira fazer um teste para ver se é compatível. Você pode me testar hoje?

— Canon. — Olho por cima do ombro, focando-me nele. — Você não pode simplesmente… me dar um rim. E não pode oferecer o elenco e a equipe como voluntários.

— Posso fazer o que eu quiser se meu rim for compatível. E eu nunca pressionaria nenhum deles, mas, quando souberem que você precisa de um rim, muitos vão querer pelo menos checar se podem.

— Ele está certo — afirma a médica. — Verificamos em todos os lugares e em quem quiser. Nossa melhor chance, porém, seria um membro da família. Especialmente um irmão. Um irmão ou uma irmã.

Uma irmã.

Eu costumava ter uma.

Mas não mais.

E, de repente, podem ser os meus rins que estão falhando, mas é o meu coração que agoniza. Dói que, com minha vida em risco, não consigo pensar em pedir nada a Terry, muito menos um órgão. Por que ela me daria? Por que eu tiraria alguma coisa dela? Sei que terei que deixar nossas diferenças de lado para perguntar, mas, meu Deus, não quero.

— Isso é bom. — Canon começa a andar e mordiscar o lábio inferior como faz quando uma cena não está indo como ele acha que deveria. Ele está no modo diretor completo. — Doutora Okafor, você começa com a lista de transplantes. Vou divulgar ao elenco, à equipe técnica e à minha rede, que é bastante ampla. Neevah, querida, sei que você não quer, mas terá que perguntar à sua mãe e à sua irmã.

— Hm, obrigado pelas instruções de combate — diz a doutora Okafor, seca. — Mas eu assumo a partir daqui, general.

Inacreditavelmente, em meio às piores notícias que já recebi, bufo uma risada. Uma risadinha.

Canon olha para mim, seus olhos suavizando com um leve brilho de humor, e sei que ele está pensando a mesma coisa: na nossa primeira conversa, uma noite fria de outono em uma calçada de Nova Iorque. No relativamente breve tempo que estivemos juntos, fizemos nossa própria história. Não tenho visão aérea para ver onde e como termina, mas agora estamos no meio disso e é bom. De alguma forma, mesmo na lama da minha vida atual, tê-lo ainda é bom.

— Desculpe por ele ser autoritário — digo, caminhando para me sentar na cama, porque aquela exaustão profunda não é brincadeira. — Ele é um diretor.

— Ele tem razão. Teremos que agir rapidamente — diz a médica. — Já começamos a prednisona, o que deve ajudar um pouco, mas ainda temos um longo caminho pela frente. Temos outros medicamentos que podem ajudar a fazer o trabalho que seus rins não estão fazendo agora. Se isso não funcionar, talvez tenhamos que fazer diálise até encontrarmos um doador.

— Espere. Não consigo fazer diálise. — Lanço um olhar entre os três médicos. — Tenho mais um mês de filmagens.

— Tem o caramba — Canon retruca, ríspido. — Você não vai voltar para o meu set até que ela diga que pode.

— Canon. — Engulo as lágrimas. — Você sabe que toda a produção é interrompida se eu não estiver lá.

— Acha que eu me importo com isso? — Seu semblante se fecha ainda mais. — É da sua vida que estamos falando, Neev. Nada... não há nada mais importante do que isso.

— Não acho que o Estúdio Galaxy concordará.

— Deixe-me lidar com Galaxy e qualquer outra pessoa que tente falar alguma merda. Aqui está o que você está esquecendo — diz ele, agarrando minha mão. — Eu sou o chefe. O Galaxy pode ter financiado este filme, mas é meu, eu tenho todas as cartas e eles farão o que eu quiser.

Ele olha para a doutora Okafor.

— Você estava nos contando sobre a diálise.

— Pode não chegar a esse ponto — comenta. — Podemos conseguir lidar com isso com bons hábitos alimentares, exercícios e medicamentos até encontrarmos um rim.

Olho para a doutora Ansford na tela, que pisca, sabendo que me recuso a qualquer tipo de medicamento, mas, neste momento, não tenho muita escolha.

Entrelaçados

— Você disse exercício. — Recosto-me aos travesseiros. — Ainda posso trabalhar e ser ativa?

— Encorajamos os pacientes a permanecerem ativos. Isso só ajuda, mas vou ser franca. — A nefrologista está sentada na cama, olhando nos meus olhos. — Você terá lúpus para o resto da vida, Neevah. Mesmo ganhando um novo rim não mudará isso. E o estresse sempre será um possível gatilho para uma crise. Você pode precisar reavaliar como faz o que faz. Não que não possa ser uma artista, mas esta doença explorará todas as fraquezas e atacará seus órgãos na primeira chance que tiver. Às vezes, isso é inevitável, mas existem ajustes no estilo de vida que você pode fazer para dar ao seu corpo uma chance melhor.

Concordo com a cabeça, processando tudo e procurando qualquer fresta de esperança que possa encontrar.

— Trabalharemos para estabilizá-la para que possa retomar algumas de suas rotinas normais enquanto procuramos um rim viável — prossegue. — Mas deixe-me ser clara: quando eu disser que você pode voltar ao trabalho, é quando você vai voltar. Nem um minuto antes.

— Concordo — diz Canon. — Posso ser o diretor, mas a saúde de Neevah também é minha prioridade.

— Sabe, ele *é* mandão — ela comenta, oferecendo seu primeiro sorriso largo desde que chegou com essa notícia terrível —, mas eu gosto dele.

Observo as cavidades contrastantes sob suas maçãs do rosto. Os olhos ardentes que me pedem para desafiá-lo nisso. Os lábios carnudos formaram uma linha firme e nivelada. Ele é formidável e, neste momento, a médica pode gostar dele, mas eu não.

Mas acho que o amo.

E como dois momentos tão opostos — perceber que tenho uma doença que ameaça minha vida e que estou apaixonada — podem existir na mesma hora, no mesmo quarto, está além da minha compreensão, mas coisas mais estranhas aconteceram. Ou talvez sempre devesse ser assim. Talvez meu amor e essa ameaça estejam em rota de colisão desde o início. Desde o dia em que uma mulher numa cadeira de rodas num cais apodrecido, sob os últimos raios de um sol poente, olhou para a câmera, perguntando se viveríamos ou apenas esperaríamos morrer. Naquele dia só vi as palavras que ela me presenteou como inspiração para aproveitar ao máximo a vida. Algo para rabiscar em um post-it e fixar na parede. Agora, enquanto Canon observa atentamente a doutora Okafor, anotando tudo o que deve ser feito nos próximos meses, coisas que estou entorpecida demais para sequer absorver agora, percebo que havia um presente maior que ela estava me deixando.

O filho dela.

Mas é um presente que devo recusar?

Não era isso que Canon esperava. Inferno, não é o que eu esperava, mas não tenho escolha. Ele tem uma, ou pelo menos deveria ter. Depois do que passou e testemunhou com sua mãe, ele deveria ter a opção de não seguir esse caminho novamente. E se ele não sentir que pode se afastar de mim agora, mesmo que isso seja demais? Eu não aguentaria se ele ficasse comigo por algum senso equivocado de nobreza ou lealdade. Isso seria um insulto ao que temos sido um para o outro. Um insulto, no futuro que nem consigo ver agora, ao que poderíamos ser.

CAPÍTULO 57

Canon

— Não podemos nos dar ao luxo de ficar sentados e esperar assim — Lawson retruca, com as sobrancelhas franzidas. — Como isso aconteceu?

— Não estamos sentados esperando — garante Evan, tomando um gole da bebida que o garçom do restaurante do hotel colocou ao seu lado. — Quero dizer, sim, a produção foi encerrada hoje porque fizemos o máximo que podíamos até que Neevah voltasse.

— E estou pagando por este hotel, pelos quartos, pelo elenco e pela equipe — diz Lawson, com o tom vermelho subindo pelo pescoço e pelas bochechas — enquanto Neevah está deitada em algum lugar? Quando ela voltará?

— Se por *estar deitada* — interrompo, inclinando-me para frente e olhando para o idiota — você quer dizer em um hospital sendo monitorada por sua equipe médica por causa de insuficiência renal, então, sim. É onde ela está. E, para responder à sua pergunta, ela estará de volta ao set assim que a médica autorizar e nem um minuto antes.

— Você fez isso. — Ele aponta o dedo para mim. — Você escalou uma novata, uma desconhecida.

— Isso não é justo — diz Evan. — Neevah arrasou nesse papel. Você sabe. Você disse isso. Todos no Galaxy ficaram impressionados com o desempenho dela.

— Mas ela mentiu para nós? — exige. — Se soubéssemos que ela tinha lúpus, poderíamos ter...

— Cometido discriminação contra ela? — pergunto, a raiva mal contida sob meu tom baixo. — Com base em sua condição médica?

— Ah, não. — Ele pigarreira, ouvindo o que *não* disse em voz alta. — Claro que não.

— O fato é: — retoma Evan — Neevah passou no exame médico da seguradora sem nenhum sinal de alerta. Recebemos uma carta do médico dela que afirma que, no instante em que ela começou a gravar o filme, seu diagnóstico oficial era lúpus discoide, uma condição que não é considerada fatal e afeta principalmente a pele e o cabelo.

— Quando ela negociou o contrato com sua cabeleireira pessoal — acrescento —, ela revelou um problema de cabelo e pele, embora não tenha chamado de lúpus. Não havia razão ou exigência para ela fazer isso. Se você está procurando alguma brecha legal para economizar dinheiro e difamar Neevah, não encontrará nenhuma e terá que lidar comigo.

— Ah, eu vou ter que lidar com você? — zomba. — O elefante na sala é que você está transando com a atriz principal... de novo. Talvez se você soubesse como manter seu pau separado do trabalho, pudesse ver objetivamente que isso é ruim para os negócios.

— O que será ruim para os negócios — rebato, com a voz enrolada em arame farpado — é quando eu der um soco na sua cara e o Galaxy tiver que escolher entre mim, o diretor que vai ganhar muito dinheiro para eles e lhes dar o melhor filme para preencher todas os seus requisitos de diversidade, equidade e inclusão, ou o idiota privilegiado que tentou usar seu poder como arma contra uma jovem que luta por sua vida.

Sento-me na cadeira, controlando a raiva com um fio, mas determinado a não dar a esse filho da puta a satisfação de ver isso.

— Não vejo a opinião pública favorecendo você nesse cenário, Stone — acrescenta Evan.

— Público — murmura Lawson. — Nada disso precisa se tornar público. Quero dizer, no Galaxy somos uma família. Claro, queremos acomodar tudo o que precisa ser feito para que Neevah possa ficar bem. Se você interpretou mal alguma coisa que eu disse...

— Levante-se — ordeno, os dentes cerrados. — Saia do meu set agora mesmo, Stone. Volte para casa em Los Angeles. Se eu pegar você no meu terreno quando voltarmos, prometo que vou encontrar uma maneira de tirar esse emprego de você e fazer seu nome ser uma merda nesta cidade.

— Eu acho...

— Você o ouviu — Evan interrompe Lawson. — Levante essa bunda. Saia do set. E nem pare para ver sua esposa, que você não merece, aliás. Você poderá vê-la quando ela chegar em casa.

Lawson se levanta, com expressão e postura rígidas, e sai da sala de jantar do hotel sem dizer mais nada.

Entrelaçados

345

— A última parte sobre a esposa dele foi bem fria — comento. — Nem parar para ver sua esposa na saída? Caraaaamba, Evan.

— Essa foi minha parte favorita, na verdade.

Compartilhamos um sorriso do outro lado da mesa e suspiramos em uníssono. A realidade é que podemos ter chamado a atenção de Lawson e o despido de algumas bravatas, mas estamos perdendo dinheiro, e isto é difícil.

— Você sabe que ele ainda pode causar problemas para nós — digo, um pouco da minha arrogância se esvaindo com a adrenalina. — Talvez me expulsar.

A ironia de fazer *Dessi Blue* é que muita coisa mudou desde então, mas algumas coisas permanecem as mesmas. A realidade é que nesta cidade existem barreiras mais difíceis de serem ultrapassadas do que outras. Um homem poderoso como Lawson Stone pode causar muitos danos de maneiras que talvez eu nem fosse capaz de prever.

— Ele pode tentar — Evan zomba. — Podemos não ser mais aqueles garotos briguentos, mas eles sabiam como fazer as merdas entrarem nos eixos. Sabiam encontrar dinheiro quando era escasso e conseguiam fazer ótimos filmes sem apoio de estúdio. Faremos isso de novo se chegar a esse ponto, mas não acho que vá acontecer. Não se ele for inteligente.

— A propósito, obrigado por me apoiar. — Encontro os olhos de Evan com cautela. — Sei que você não aprovou meu envolvimento com Neevah.

— Ficou claro desde o primeiro dia que Neevah era perfeita para esse papel, e também está claro que não se trata apenas de você querer entrar sob a saia de alguma atriz. Você a ama.

Levanto uma sobrancelha interrogativa.

— Eu? Como você sabe isso?

— Eu o conheço há quase vinte anos, Holt. São muitos anos e muitas mulheres, e nunca te vi assim.

Nunca me senti assim.

— Então, chega de coisas piegas — Evan diz, abruptamente. — Eu preparei Kenneth, Jill e a equipe sobre a situação de Neevah e as implicações, mas pensei que você poderia querer falar com o elenco e a equipe.

Eu não quero estar aqui. Quero estar no hospital com Neevah, e estarei, mas primeiro tenho uma responsabilidade para com minha equipe. Sinto-me como um cabo de guerra sendo puxado dos dois lados, esticando, mas também fácil de arrebentar.

— Sim, vou falar com eles. — Hesito e depois avanço: — Vou dizer a eles que Neevah precisa de um rim, caso alguém queira fazer o teste. Você está bem com isso?

— Podemos dar a informação. Nenhuma pressão para fazer nada com isso. É o que dizem que você deveria fazer, certo? Ligar para todos que você conhece para que possamos conseguir um novo rim para Neevah o mais rápido possível.

— Sim. — Tamborilo os dedos na mesa, a inquietação devida apenas em parte ao fato de não ter filmado nos últimos dias. — Ela ainda precisa conversar com sua família sobre isso.

A surpresa levanta as sobrancelhas de Evan.

— Eles ainda não sabem?

— É... estranho. Elas não são próximas há anos e... enfim. Ela não pode adiar por muito mais tempo.

— Falando em estranho — diz Evan, levantando-se da mesa. — Vamos pedir um rim.

Atravessamos o corredor até o grande salão de baile onde o elenco e a equipe técnica estão reunidos, esperando. Suas expressões variam de curiosas a preocupadas. Quando você perde a estrela de um filme, dependendo da fase, isso pode significar, na pior das hipóteses, que o filme nunca verá a luz do dia e uma produção desmoronará. Ou pode significar refilmar. Ou se virar e remendar tudo o que puder sem o ator. Este projeto colocou muitas pessoas para trabalhar, e sei que estão felizes por serem pagos, mas acredito que todos partilham a minha paixão pelas histórias e contribuições que escaparam pelas fendas da história. Os negros que mereciam o melhor deste país. Eles não têm certeza do que será de *Dessi Blue*. Meu trabalho, agora, é tranquilizá-los.

— Ei, pessoal — começo, sentando-me na borda do pequeno palco na frente da sala. — Espero que tenham gostado do seu dia de folga. De nada, e não se acostumem com isso.

A risada fraca deles rompe um pouco da tensão.

— Então, todos vocês sabem que Neevah passou mal no set há alguns dias e está no hospital. Temos um pouco mais de informações agora, então gostaria de atualizá-los sobre a condição dela e como isso afetará a produção.

Jill, Kenneth e Monk estão sentados atrás de uma mesa na frente, a poucos metros de distância, e Jill encontra meus olhos com um sorriso triste.

— Neevah tem lúpus — revelo, indo direto ao ponto.

Algumas pessoas na sala suspiram. Sons de consternação e preocupação percorrem a multidão.

Entrelaçados

347

— Sei que todos têm ideias diferentes sobre o que é o lúpus, o que pode fazer e o que significa, mas Neevah é uma lutadora e está recebendo os melhores cuidados que poderíamos desejar. O médico dela está se esforçando ao máximo para trazê-la de volta ao set o mais rápido possível.

— Graças a Deus — alguém diz.

— Como vocês sabem — prossigo —, só temos cerca de três semanas restantes de produção. A maioria de vocês terminará as filmagens assim que sairmos de Santa Bárbara. Algumas cenas nos fundos e encerraremos. A maior parte do que resta afeta apenas Neevah, Trey e os músicos do elenco. Faremos os números musicais em Los Angeles. Neevah deve retornar nos próximos dias para finalizar nossas imagens da Riviera.

— Que boas notícias — diz Livvie, com alívio evidente em seu sorriso.

— Deixar Neevah bem o suficiente para voltar ao trabalho *não é* suficiente — continuo. — Ela precisa de um rim.

A sala fica completamente silenciosa. Descrença e horror marcam seus rostos enquanto examino o ambiente.

— Ela vai conversar com a família, porque essa é a sua melhor... — Aperto a ponta do nariz e cerro os dentes, mantendo a compostura. — É a sua melhor chance, mas a equipe médica a encorajou a fazer um chamado o mais longe possível. Família, amigos, pessoas próximas. Não há absolutamente nenhuma pressão para fazer isso, mas se alguém quiser verificar se é compatível, Graham tem as informações. Eu já fiz o teste. — Solto um suspiro e espalho um sorriso triste pela sala. — Infelizmente, não tenho o tipo sanguíneo certo, mas continuaremos procurando.

Evan se levanta e vem se sentar na beira do palco ao meu lado.

— Há alguma dúvida, preocupação, alguma coisa sobre como seguiremos em frente e terminaremos este filme com tudo?

— Tenho uma pergunta — diz Livvie. — Hm, teremos um aviso antes que Neevah volte?

— Um dia antes, provavelmente — respondo. — Tempo de sobra para se preparar para filmar.

— Eu não estava pensando em filmar — continua. — Quero dizer, é claro, mas achei que seria legal ter um bolo ou algo assim. Apenas para recebê-la de volta e dizer que a amamos.

A imagem do sorriso brilhante de Neevah, sua explicação gaguejante quando ela me deu biscoitos de gengibre no Natal, faz meu coração acelerar no peito. Ela fez biscoitos para todo o elenco e equipe.

Deus, ela é doce, e se alguma coisa acontecer com ela...

— É uma ótima ideia, Livvie — acrescenta Jill, com os olhos brilhantes de lágrimas e ansiedade.

— Ela adora bolo "veludo vermelho". — Takira, que ficou quieta o tempo todo, passa a mão no canto do olho. — E acho que realmente gostaria disso.

Ver como essa equipe se uniu em torno dessa história e agora como eles estão se unindo em torno de Neevah mexe com algo em mim. A emoção sobe pela garganta, e não sei se é o efeito cumulativo de tudo o que Neevah está enfrentando e da montanha-russa emocional dos últimos dias, ou o quê. A compaixão, a preocupação, o amor que eles têm por ela, isso toma conta de mim, e só quero sair daqui antes de perder o controle.

O grupo se dispersa, alguns se aglomerando em torno de Evan, a poucos metros de distância, provavelmente para fazer perguntas que não queriam me fazer. Jill ocupa o lugar onde Evan se sentou ao meu lado no palco.

— Tem certeza de que está bem? — pergunta.

Merda. Não me pergunte isso. Essa é um daqueles momentos em que você está bem até que alguém pergunte como você está.

Meus olhos ardem e cerro os punhos. De jeito nenhum vou desmoronar na frente da minha equipe. Eu sou o líder deles. Eles precisam ver confiança agora.

— Estou bem — respondo, meu tom conciso. Levanto-me e dou o primeiro passo para me afastar, mas ela agarra meu pulso.

— Você tem pessoas que se preocupam com você — afirma, com a voz tão baixa que só eu consigo ouvir. Seus olhos verdes, cheios de lágrimas, estão fixos nos meus. — Estamos aqui. — Ela aperta minha mão. — *Eu estou* aqui, okay?

Passo a mão nos olhos, impaciente com a umidade em meus cílios. As pessoas nesta sala sempre me veem forte, mas não me lembro de ter me sentido tão fraco. Este trabalho, este filme, nos últimos dois anos, foram tudo, e agora, em questão de dias, mal consigo me concentrar, porque não consigo parar de pensar na possibilidade de perdê-la.

— A tia dela morreu disso, sabia? — comento. — E se ela...

— Ela não vai. Ela vai ficar bem.

— Não dá para saber. Nunca dá para saber, e é por isso que eu não queria isso.

— Não queria o quê?

Entrelaçados

Encaro o chão, consciente de todos os olhos e ouvidos na sala.

— Amá-la — admito, suavemente. — Amar alguém assim de novo, porque sei como é quando você perde.

— Canon, olhe para mim — pede. Relutantemente, eu olho. — Você tem muito a oferecer, e colocou isso em seu trabalho desde que eu te conheço, o que foi bom, mas se há alguém com quem você pudesse compartilhar sua vida, eu esperava que você a encontrasse, porque você merece isso. — Ela me alcança, me abraça e sussurra em meu ouvido: — Não há ninguém melhor preparado para passar por isso com ela do que você.

Ela está certa. Se há uma coisa que minha mãe me ensinou é como amar em tempos difíceis. Achei que tinha esquecido ou esperava nunca mais precisar fazer isso.

Orgulho-me do controle, da moderação, mas desde que Neevah entrou na minha vida com a canção naquela primeira noite, a proteção que mantive sobre meu coração durante toda a minha vida vem se desfazendo em camadas. Eu *sinto* mais. É quase demais. *Tudo* é quase demais.

Quando minha mãe morreu, acho que aposentei certas partes de mim. Sua doença prolongada e quando ela faleceu, eles me espancaram. Despojou-me da fé e das ilusões e, em muitos aspectos, da esperança. A esperança atrai você para fora da segurança, faz você sonhar novamente com coisas que achava impossíveis. Isso o convence a sair de seus medos. Esqueça o mercúrio ou o arsênio. A esperança é o elemento mais perigoso do mundo.

Mas é exatamente disso que vou precisar se quiser estar ao lado de Neevah. Sinceramente, não sei o que restará quando todas essas camadas protetoras desaparecerem, mas, o que sobrar, *é* dela.

CAPÍTULO 58

Neevah

— Como faço o teste? — minha mãe pergunta.

Sua voz, a dúvida, parece vir de muito mais longe do que Clearview, na Carolina do Norte. Depois de todos esses anos vivendo sem ela, preciso dela agora mais do que nunca. Quero um daqueles abraços que só as mães podem dar e que te fazem sentir, mesmo que só por alguns momentos, como se tudo fosse ficar bem. Passei a última hora discutindo o lúpus, o transplante de rim e a necessidade de um doador, mas o que mais quero agora é ela.

— Vou lhe enviar todas as informações. — Tento sorrir, esperando que ela ouça na minha voz.

— Você deveria ter me contado assim que tudo isso aconteceu.

— Eu sei. Os remédios que me receitaram realmente me fizeram sentir um pouco melhor, embora tenham avisado que não é uma solução a longo prazo. Acho que voltei à minha rotina e...

A desculpa provavelmente soa tão esfarrapada aos ouvidos dela quanto aos meus.

— Você está certa — eu digo. — Eu estava adiando perguntar. Desculpe.

Seu suspiro é cansado e um pouco desaprovador.

— Você ainda está tentando fazer tudo sozinha, meu amor. Eu quero poder te apoiar. Você vai me deixar?

Limpo a garganta, sem saber como consertar algumas das coisas que permanecem quebradas entre mim e minha família. Velhos hábitos são difíceis de morrer, mas preciso tentar.

— Sim, senhora — sussurro, sentindo-me como a garotinha que ela costumava castigar. — Vou tentar.

— Que bom, porque isso é sério. Sua tia Marian...

— Tia Marian foi há muito tempo. Eles sabem muito mais e podem fazer muito mais agora. Não estou dizendo que é fácil. Não é. Não será, e mesmo o transplante não será uma solução definitiva, mas é a coisa mais próxima disso, e então vamos torcer para que o melhor aconteça.

— Um transplante parece caro. Tudo isso parece. Você tem seguro?

— Eu tenho, sim. Através do sindicato dos atores.

— Como você está se sentindo?

Exausta. Deprimida. Sobrecarregada.

— Estou bem.

Ela está certa. Mesmo agora, encontro-me protegendo minha mãe de tudo o que está acontecendo comigo. Por que eu faço isso? Por que não posso simplesmente desabafar com ela? Durante toda a minha vida eu a vi assumir os problemas de outras pessoas, ajudando-as quando precisavam, porém, quando preciso dela, sempre me contenho. Talvez em algum nível eu ainda sinta que ela escolheu Terry em vez de mim, e não tenho certeza se quando eu realmente precisar dela, ela estará lá.

— Você já conversou com Terry?

Eu sabia que ela iria perguntar, mas algo dentro de mim ainda se assusta com a menção da minha irmã. A maior parte do elenco e da equipe está sendo testada e eu os conheço há apenas quatro meses. No entanto, a pessoa mais difícil de pedir em uma questão de vida ou morte é minha própria irmã.

— Eu vou. Estou ocupada tentando finalizar este filme.

— Você ainda está trabalhando? — O volume da mamãe aumenta com sua descrença. — Você não deveria estar no hospital ou em diálise ou… alguma coisa? Você precisa de um rim, pelo amor de Deus.

— Estou tomando muitos remédios, mamãe. A prednisona me faz sentir que posso conquistar o mundo, até que o efeito passa. Na verdade, estou muito cansada, mal consigo manter os olhos abertos.

— Você precisa descansar um pouco.

— Eu vou. Estivemos em locações nas últimas semanas, mas agora estamos de volta a Los Angeles. Não tenho muitas cenas para filmar e, acredite, Canon garante que eu faça o mínimo possível.

— Como estão as coisas com o seu diretor? — A provocação de minha mãe faz com que pareça mais uma conversa normal, e não uma em que peço órgãos.

— Canon tem sido incrível e solidário.

Por mais que eu aprecie isso, fico me perguntando se ele realmente quer estar aqui. Ainda? Estávamos apenas começando, realmente no início do namoro, e então *isso*. Estas são apostas mais altas do que ele esperava. E se ele se sentir preso?

— Quero conhecê-lo — diz mamãe.

— Você vai amá-lo. Todo mundo o ama, mesmo que não queira.

— Ele parece alguém de verdade, mas teria que ser para lidar com você — diz mamãe, com um tom de orgulho na voz que acho que nunca reconheci antes. Ela fez tanta falta ao longo dos anos que, às vezes, parecia que não percebia que eu estava indo atrás dos meus sonhos.

— Ele é… — Faço uma pausa, sem saber como descrever Canon de uma forma que faça minha mãe entender por que ele é tão especial. — Ele é único. Espero que você o conheça em breve.

— Bem, estou feliz que ele tenha feito você descansar.

Coloco minha pequena mala na cama para terminar de arrumá-la. Estou esperando Canon me buscar. Tentei sutilmente dar espaço a ele, alegando cansaço toda vez que ele queria me ver esta semana, depois que terminamos de filmar. Ele insistiu que passássemos este fim de semana juntos.

— Mãe, preciso ir.

— Okay. Vou olhar as informações para fazer o teste. Prometa-me que falará com Terry em breve. É estranho eu saber de tudo isso e não dizer nada.

— Quero falar com ela eu mesma. — Querer é a palavra errada, mas não preciso que minha mãe peça por mim.

— Então fale com ela, Neevah. Essa coisa entre vocês duas já dura tempo demais. Quero que minhas meninas sejam irmãs novamente.

— Bem, não acho que um rim resolverá todos os nossos problemas, mãe.

— Não, mas talvez isso faça você enfrentá-los.

Quando sua mãe solta a bomba…

— Okay. Dê-me até amanhã.

— Amanhã. Eu te amo, Neev.

— Também te amo, mamãe.

Takira atravessa o corredor até meu quarto, colocando algo na mala aberta na ponta da minha cama.

— Como está sua mãe?

— Preocupada. O que você colocou na minha mala?

— Lubrificante — conta, com um sorriso. — Você teve sorte de eu não ter gritado: "estou embalando lubrificante para você" enquanto sua mãe estava ao telefone.

Entrelaçados

353

— Minha mãe não tem ideia sobre o que é lubrificante.

Takira se joga na minha cama e ri.

— Garota, aposto que sua mãe sabe tudo sobre lubrificante. Seu pai faleceu há muito tempo. Você sabe que sua mãe comprou para ela em algum momento nos últimos vinte anos.

— Ecaaa, David! — grito, usando nosso vocabulário de *Schitt's Creek*.

— Precisamos maratonar a última temporada, e você vai me agradecer por esse lubrificante mais tarde.

— Estou ficando com seu lubrificante, porque quero normalizar as mulheres que carregam o seu — digo, mas dou a ela um olhar malicioso. — Mas nunca precisamos disso.

— Ecaaa, David! — finge se engasgar. — Você vai se abster de me dizer quão molhada você fica. Senhora, limites.

Nós rimos e eu caio na cama ao lado dela, esquecendo por alguns momentos que estou doente e apenas apreciando estar viva. Parece um dia normal com minha melhor amiga. Só que minha mala não está cheia apenas de lubrificante, mas também de um batalhão de frascos e remédios para me estabilizar até conseguir um rim.

— Sabe, se não encontrarmos um rim logo — comento, olhando para o teto —, talvez eu tenha que fazer diálise.

— Eu sei. — Takira pega minha mão. — Se acontecer, vamos superar isso. E o que for. Estamos juntas, Neev.

— Eu sei que estamos.

Tenho me mantido firme. Seguindo os movimentos da minha vida. Distraindo-me com o trabalho que sempre sonhei fazer, mas, assim que tudo para, a realidade que muda minha vida volta sobre mim. Estou correndo contra o relógio de certas maneiras, mas vou administrar essa condição de alguma forma, para sempre.

Lágrimas inundam meus olhos e vazam pelos cantos. Seco rapidamente, porque, se eu começar agora, não vou parar. Estou no meu ponto de inflexão emocional. Em questão de quatro meses, estrelei meu primeiro filme, me apaixonei e fui diagnosticada com uma doença crônica que requer um transplante de órgão. Estou cambaleando. É muita coisa para processar. Só posso imaginar como Canon está realmente se saindo.

— Não foi com isso que Canon concordou — comento. — Uma coisa é se isso acontecer com sua namorada, noiva ou esposa de longa data, mas não estamos juntos há muito tempo. Esta deve ser a última coisa que ele quer enfrentar depois do que testemunhou com a mãe.

— É por isso que você o evitou esta semana?

— Eu não o tenho evitado — minto. — Nós dois estivemos ocupados.

— Neevah.

— Preciso terminar de fazer as malas. — Deslizo para fora da cama e, espero, para fora da conversa.

— Vou deixar você escapar impune por enquanto, mocinha, mas você precisa discutir isso com Canon. Eu já sei que ele não se sente preso ou...

— T, por favor. — Pego um vestido no armário e jogo na mala. — Podemos falar sobre outra coisa?

— Você conversou com sua irmã sobre fazer o teste?

Não era bem o que eu tinha em mente.

— Ainda não. Amanhã.

— Você tem que conversar. Ela pode ser sua irmã, mas eu também sou. Não posso perder você.

Olho para as fileiras de vestidos no meu armário, tentando recuperar a compostura. Não consigo pensar em nada para dizer que não acabe comigo em uma poça que Takira precisará limpar antes que Canon chegue.

A campainha toca e Takira diz:

— Seu amor chegou.

— Quem disse que eu o amo? — Vou até o espelho para ajustar meu lenço com estampa floral.

— Desde quando você tem que me dizer algo para eu saber? — devolve. — E deixe esse lenço em paz. Seu cabelo está bom.

A profusão de remédios aliviou minha náusea e ajudou com a fadiga, embora, às vezes, ambas retornem, mas não impediu a queda de cabelo. Ultimamente, se não estou usando uma das perucas de Dessi, uso uma faixa na cabeça para esconder as lacunas que, mesmo com cabelos tão grossos quanto os meus, são perceptíveis agora. Minha maquiagem de palco ainda camufla a erupção cutânea em forma de borboleta que abriu as asas sobre meu nariz e bochechas, mas não há como disfarçar como meu rosto começou a inchar. As cavidades sob minhas bochechas que costumavam afiar minha estrutura óssea se transformaram em um inchaço que nenhuma dieta pode reduzir. Esta é uma das maneiras pelas quais o poderoso esteroide que estou tomando está causando estragos na minha aparência física. Não quero pensar no preço invisível que as drogas podem causar ao meu corpo.

— Eu pareço bem? — pergunto, encontrando a compaixão de Takira no espelho.

Entrelaçados

— Você está linda — ela me garante quando a campainha toca novamente. — Ele também pensará assim. Agora vá ao encontro dele antes que ele arrombe aquela porta.

Beijo sua bochecha, pego minha mala e atendo à porta. Na varanda da frente, Canon está com o cenho franzido permanente que só consegue abandonar por certo tempo até o filme terminar. Mas tudo desaparece assim que me vê.

— Pronta? — pergunta.

Perco a chance de responder quando Takira grita lá de trás:

— Não se esqueça do lubrificante!

Canon e eu trocamos olhares por meio segundo antes de ambos rirmos. Parece uma eternidade desde que rimos juntos. Ele me puxa para si e me permito amolecer em seus braços.

Eu me solto.

Pelo espaço entre algumas batidas do meu coração, eu me solto. O som de seu riso vibra em seu peito e atinge todas as partes de mim famintas de esperança, de alegria.

E, sim, por amor.

Nem contei a ele e não tenho certeza se deveria. Se ele de alguma forma sentir que não pode se afastar da garota doente, eu não dizer a ele como me sinto, o quanto aprendi a amá-lo e a precisar dele em apenas alguns meses, só piorará a situação? Ele sempre disse que pode ler todas as minhas emoções. Sou de cristal, uma janela aberta.

Pela primeira vez desde que o conheço, quero fechar a cortina.

CAPÍTULO 59

Canon

— Neevah, chegamos.

Digo isso suavemente, e ela não acorda, com a cabeça caída contra a janela do passageiro. No curto trajeto da casa dela até a minha, ela adormeceu quase de imediato. Não estou com pressa, então fico sentado com o carro estacionado na garagem e a observo dormir. Ela ainda usa a maquiagem pesada, pois esteve no set hoje, e não pela primeira vez, espero que não esteja exagerando. A doutora Okafor não a teria liberado para voltar se ela não estivesse estabilizada e capaz de trabalhar. Felizmente, a maior parte do que nos resta são números musicais, apenas o canto dela, portanto não tão exigente como nos últimos meses.

Luto com a culpa constantemente. Eu a escalei para o filme que a estressou tanto que desencadeou essa crise. Esforço-me muito para conseguir o que quero dos meus atores. Eu a pressionei demais? Existe algo que eu poderia ter feito diferente? Ignorei os sinais de que ela estava ficando mais doente? Naquele dia, ela estava tão exausta que adormeceu em seu quarto. Nós discutimos. Eu a esculhambei por estar atrasada, quando ela estava...

Droga.

Ela se mexe, desalojando ligeiramente o lenço que cobre seu cabelo. Logo acima de sua orelha há uma parte sem fios e meu coração aperta. Não porque eu me importe com a perda de cabelo dela, mas porque ela tem um cabelo lindo e trabalhou muito para mantê-lo.

Já fiz isso antes: passei por uma doença difícil com alguém que amo. Quando minha mãe morreu de complicações causadas pela esclerose múltipla, isso afetou sua vida, e testemunhar isso me mudou em um nível essencial. Foi assim que aprendi a compartimentar — a arquivar minha dor e emoções mais profundas para que eu pudesse passar pela vida. Quando

A hora mágica saiu, eu ainda estava de luto pela sua morte. Aprendi a sorrir para as câmeras e a passar por coletivas de imprensa com o coração despedaçado. E, até certo ponto, congelei meu coração para poder fazer o que precisava, e funcionou.

Até Neevah.

Ela encontrou aquela caixa quando nem estava olhando, tropeçou nela e direto no meu coração. É difícil compartimentar — focar em uma coisa e não se preocupar com outra quando essa "outra coisa" é a mulher que amo enfrentando uma doença potencialmente fatal.

Okafor continua dizendo que avançaram muito na pesquisa do lúpus e, com o enorme número de pessoas dispostas a fazer testes, ela espera que Neevah encontre um doador em breve. Mas eu fico acordado à noite fazendo o que sempre faço: repassando todos os piores cenários e pensando como poderia resolvê-los.

E eu não posso.

Não há nada que eu possa fazer para controlar ou consertar isso. E esse sentimento de impotência, aquele que me perseguia até todos os cais que minha mãe queria visitar, que diminuía a cada pôr do sol, está de volta. A única mulher que alcança meu coração poderia quebrá-lo da mesma forma que minha mãe fez quando a perdi. Não me permito pensar assim com frequência, porque isso me deixaria louco e eu enrolaria Neevah em plástico-bolha e manteria a doutora Okafor como refém vinte e quatro horas por dia para ter certeza de que minha garota estava bem.

E isso seria extremo.

Não seria?

Quero dizer... eu as manteria confortáveis.

— Por que você não me acordou? — Neevah pergunta, bocejando e se espreguiçando.

— Você fez essa soneca parecer tão boa. — Estendo a mão para segurar seu rosto. — Eu não queria te incomodar.

Ela sorri e depois toca o lenço na cabeça, como se estivesse se certificando de que ele ainda está lá. Quando ela o vê torto, seus olhos arregalados se fecham para encontrar os meus. Mantenho meu rosto impassível, como se não soubesse o que a está incomodando, o que ela tem medo de que eu tenha visto.

— Hum, bem, estou acordada agora. — Ela abre a porta do carro e vai em direção à casa.

Pego a mala dela no porta-malas e a levo até a garagem. Minha casa não é tão grande quanto a de Evan. Parece mais espaço do que preciso só para mim, mas é uma daquelas que cresci vendo, pensando que nunca poderia ter. Muitos pisos de vidro e madeira escura, tetos altos e uma vista real da cidade.

— Sua casa é linda — elogia Neevah. — Não acredito que esta é a primeira vez que estou aqui.

Nosso namoro tem sido incomum, rolando nas locações e nos bastidores, em encontros secretos aos domingos e entre as tomadas. Também não há nada de normal nesta fase do nosso relacionamento — terminar um filme enquanto esperamos por um transplante de rim.

Minha mãe costumava dizer: "quem quer algo normal? Quem é extraordinário não quer ter partes normais".

E Neevah é assim. Eu deveria saber que estar com ela causaria estragos em meu coração. Eu não aceitaria de outra maneira. Não a aceitaria de outra maneira, mas, enquanto ela ajeita o lenço novamente, me pergunto se ela acredita nisso. Se pensa que eu escolheria algo ou alguém diferente se soubesse que esse era o acordo. Eu não escolheria. Eu a quero como ela vier. Vale apostar tudo por ela, mesmo sem garantias.

— Posso fazer o grande tour mais tarde? — pergunta, olhando ao redor do hall de entrada. — Mal tive tempo de fazer as malas quando cheguei em casa do set. Quero um banho, uma refeição e uma cama, nessa ordem.

— Claro. Podemos pedir alguma coisa. — Aponto para as escadas flutuantes que levam ao próximo andar. — Cama e banho por aqui.

Ela parece tão cansada que tenho vontade de pegá-la no colo e subir as escadas, mas já sei que ela diria que estou sendo dramático e superprotetor. Quando chegamos ao meu quarto, ela se joga na cama king size e fecha os olhos.

— Acorde-me na próxima semana. — Ela abre um olho e sorri para mim. — Eu prometo não ser uma chatice esta noite. Só preciso de um segundo fôlego.

— Querida, você pode dormir. Coma quando a comida chegar e deite-se. Não precisamos...

Ela deve saber que não preciso de sexo. Quero dizer, eu *quero* sexo? Com ela, o tempo todo, mas sou um homem adulto e a amo. Não sou tão egoísta.

— Hm, eu quero tirar essa maquiagem. — Ela olha em direção ao banheiro, a porta aberta. — E talvez tomar aquele banho?

— Claro.

Entrelaçados

Levo-a até o banheiro e ela fecha a porta, deixando uma pequena fresta, que exploro imediatamente. Estou faminto por vê-la depois de passarmos tão pouco tempo juntos esta semana. Estávamos próximos um do outro no set e dei a ela algum *feedback*, mas agora estamos firmemente no território de Monk com os números musicais. A maioria das minhas anotações centra-se em como estamos capturando a banda e ela no palco.

De onde estou sentado na cama, vejo-a rapidamente na minha pia, lavando o rosto. Ela se abaixa para enxaguar o limpador e, quando se levanta e seca o rosto, no espelho vejo a leve erupção em seu nariz e bochechas que a maquiagem escondeu. Ela abre o zíper do vestido de verão, deixando-o cair em uma poça floral ao redor de seus pés. Ao vê-la apenas de calcinha, meu pau grita por liberação. Tem sido eu e minha mão nas últimas semanas, e estou bem se isso não mudar esta noite, mas caramba. Ao vê-la novamente... a intimidade de sua pele nua e curvas tonificadas... Vou me contentar com esta lembrança do que tivemos antes e teremos novamente quando ela estiver pronta. Ficarei contente em abraçá-la e não a pressionarei por mais nada, mas tenho que reconhecer, pelo menos para mim mesmo, o quanto a quero.

— Hm, esta banheira deveria vir com um manual — grita, diversão tingindo sua voz. — Como faço para que a água quente funcione?

— Ah, certo. — Abro mais a porta, entro, mas tomando cuidado para não olhar, já que ela está lutando para se cobrir, segurando um roupão que vai até o chão como um escudo. Eu poderia lembrá-la de que provavelmente vi e lambi cada centímetro de seu corpo, mas resisto a essa tentação, junto com todas as outras que ela apresenta.

É uma banheira independente, grande o suficiente para nós dois, se ela quisesse. Eu quero.

— Eu raramente uso. — Giro os botões até que a água quente flua. — Eu sempre uso o chuveiro. Esta temperatura está boa?

Ela assente, testando a água com uma das mãos e segurando a gola do roupão com a outra.

— Posso ficar? — pergunto, observando seu rosto em busca de sinais de boas-vindas ou rejeição. — Para podermos conversar?

Algo próximo de angústia surge em sua expressão. Tudo em mim quer rosnar que ela é minha e eu sou dela, e não vou tolerar portas fechadas e roupões de banho entre nós, mas não quero dar um passo em falso. Sinto falta dela. Sinto falta de nós juntos.

— Desculpe. Eu irei embora. — Começo a caminhar em direção à porta. — Não quero deixar você desconfortável com...

— Você pode ficar. — Ela se senta na beirada da banheira, espalhando algo branco, tipo um pó, na água.

— Tem certeza? — pergunto, embora não tenha intenção de ir embora, se ela estiver bem por eu estar aqui. Encosto-me na parede, cruzo os braços sobre o peito e observo-a com olhos famintos.

— Espero que você planeje comer — diz ela, com um leve sorriso brincando em seus lábios. — Algo diferente de mim, quero dizer.

Eu rio de forma autodepreciativa, dissipando um pouco da tensão que nem entendo que surgiu entre nós.

— Estou ficando muito em cima, hein?

— Você está. Não precisa se preocupar se eu vou desmaiar na banheira e me afogar. — Ela diz isso como se eu fosse uma babá em vez de seu homem, que mal consegue se conter para não transar com ela naquela banheira.

— Senti sua falta — justifico. — E parece que você... você tem me evitado?

A risada desaparece e ela baixa os olhos para o chão de mármore.

— Não, claro que não. Estivemos ocupados.

— Não tão ocupados.

— Estou cansada. — Ela levanta os olhos desafiadores como se estivesse me incitando a questionar se ela estava cansada demais para passar um tempo comigo. Claro, não posso.

— Então, estou feliz por termos este fim de semana — afirmo, em vez de questioná-la pelo que suspeito ser uma desculpa. Eu simplesmente não consigo entender *por que* ela está me evitando.

— Eu também. — Ela olha para mim disfarçadamente antes de deixar cair o roupão e quase mergulhar na banheira antes que eu possa ver alguma coisa. Ela é um borrão de pernas acobreadas e seios com pontas arredondadas. Se eu tivesse piscado, teria perdido, mas foi o suficiente para deixar meu pau duro. Eu me mexo, cruzando as pernas na altura do tornozelo, na esperança de que ela ignore o quão excitante eu acho toda essa situação do banho. Ela está submersa em bolhas espumosas, seu lindo rosto e o lenço colorido são as únicas coisas visíveis.

Não consigo ficar longe, então vou até a banheira e me sento na beirada, passando a mão na água.

Ela enrijece, seus olhos colados na minha mão abrindo caminho através das bolhas. Percebo a navalha na mesinha ao lado da banheira.

Entrelaçados

361

Pego e viro, sorrindo.

— Vai raspar as pernas?

— Ah, sim. — Ela pigarreia de leve. — Eu planejo.

— Posso ajudar?

Nunca quis depilar nenhuma parte do corpo de uma mulher, mas, de repente, parece a coisa erótica mais segura que posso fazer. Nossos olhares se cruzam e, logo abaixo da reserva que encontrei mais de uma vez na semana passada, o calor aumenta.

Posso trabalhar com calor.

— Você não precisa — murmura, sua voz quase inaudível no banheiro silencioso.

— Eu quero. — Pego a lata rosa de creme de barbear. — Usa isto?

Ela concorda com a cabeça, seus olhos passando entre a navalha e meu rosto. Nunca fiz isso, mas quão difícil pode ser? Quão diferente é raspar o queixo, a mandíbula e as bochechas?

Levanto uma perna longa e magra da água e imediatamente reconheço que isso é muito diferente.

— Não vejo nenhum pelo — provoco. — O que eu deveria estar raspando?

— Gosto de me depilar antes que os pelos apareçam — justifica, sua expressão se transformando em um sorriso.

— Isso não faz sentido.

— Me dá. — Ela ri, pegando a navalha. — Você vai me cortar.

Gentilmente empurro seu ombro até que suas costas se apoiem na borda da banheira.

— Eu posso fazer isso. — Espremo um pouco do creme na palma da mão e espalho-o lentamente sobre a curva do joelho e desço pelo músculo da panturrilha.

Todo o humor foi extinto, porque estou tocando-a com mais intimidade do que desde a última vez que fizemos amor em Santa Bárbara. Ao mesmo tempo, nossa respiração fica presa, acelerada. Passo a navalha por toda a perna dela, abrindo caminho no creme de barbear espumoso. Ela fica imóvel, nosso olhar ininterrupto, o peito arfando com a respiração difícil, enquanto repito a ação até que sua perna fique lisa e sem sabão.

— Uma a menos — digo, incapaz de desviar o olhar das linhas elegantes de sua garganta e clavícula. — Falta uma.

Espero que ela estenda a outra perna e começo de novo. Estou passando o creme de barbear quando noto a mesma erupção no braço dela há algumas semanas, na panturrilha e no joelho.

— Dói ou coça? — pergunto, franzindo a testa, sem saber se devo colocar creme de barbear nas áreas afetadas.

A paixão latente em seus olhos se extingue e ela se afasta, baixando a perna de volta na água.

— Terminarei mais tarde. Você pode... Eu posso fazer isso. Obrigada de qualquer maneira.

Primeiro a modéstia atípica e agora isto. Neevah é incrivelmente confortável com seu corpo e nunca foi tímida comigo. Então, ela se esconder e se retrair dessa maneira... ela não é assim.

— O que está errado? — pergunto, tentando manter a voz baixa e razoável quando quero gritar. Quero perguntar por que ela está me evitando. Por que age como se eu nunca a tivesse visto nua antes. Não a tivesse tocado. Não tivesse transado com ela em todas as posições que já fantasiei. Já o fiz. Lembro-me do deslizar da nossa pele suada... lembro-me dos aromas misturados dos nossos corpos. Sei quão fortemente ela se contrai ao meu redor quando goza.

Então o que é isso?

— Linda, por favor, fale comigo. — Mergulho a mão na água, encontro seus dedos e os uno aos meus, observando seu rosto em busca de sentimentos que ela geralmente não consegue esconder. — Eu estive com você. Eu te vi.

— Você não me viu assim — sussurra, com o lábio inferior tremendo. — Você não quer me ver assim.

— Ou você não quer que eu te veja assim?

— Faz diferença?

— Sim, porque um implica que eu não quero você incondicionalmente, e o outro implica que você não confia em mim.

Minhas palavras permanecem no banheiro silencioso, ecoando nas paredes. Nenhum de nós desvia o olhar do outro, mas pela primeira vez não tenho certeza do que estou vendo. Ela congelou o vidro e não tenho ideia de como lê-la, de como alcançá-la dessa maneira.

— Sabe — começa, sentando-se para a frente para que seus seios empurrem a espuma —, se este for o cenário para uma transa por pura pena, eu passo. Esta é a parte em que você dá tapinhas nas costas por ter ficado comigo? Onde diz a si mesmo quão nobre você é por não ter ido embora? Porque você pode ir.

— Você gostaria disso, não é? — pergunto, inclinando a cabeça e

Entrelaçados

olhando além de sua raiva e bravata para o que suspeito estar por baixo. — Se eu fosse embora, você poderia fazer isso sozinha e eu não teria que vê-la de outra forma senão sendo perfeita?

— Eu nunca fui perfeita.

— Você é para mim e não tem nada a ver com quão macia é a sua pele. — Aponto para seu lenço. — Ou se você perdeu cabelo ou precisa de um rim, ou seja lá o que diabos esta doença trará.

— Deixe-me adivinhar. — Ela dá uma risada sarcástica. — Porque você está nisso por muito tempo, certo?

— Isso é alguma merda de "vou expulsá-lo antes que ele tenha a chance de ir embora"? Porque, se for, tente outra coisa. Eu não serei descartado. Está me escutando?

Ela se levanta tão abruptamente que a água espirra pela lateral e respinga em minhas roupas.

— Então dê uma olhada. — Ela abre os braços ao lado do corpo. A erupção, agora mais escamosa, antes limitada a apenas algumas manchas nos antebraços, espalhou-se pelos bíceps e pela barriga, pela parte superior das coxas e por algumas manchas nas panturrilhas. Ela se vira para que eu possa ver tudo em suas costas e nuca. — E já que estamos nisso — continua, com a voz embargada —, você também pode ver isso.

Ela arranca o lenço da cabeça e, embora seu cabelo esteja bem trançado, há grandes áreas onde faltam pedaços dele. Eu vejo isso. Vejo as manchas descoloridas em seus braços, pernas, barriga. Vejo os pontos onde não há cabelo. Noto a dermatite em seu rosto que a maquiagem escondeu. Sei o que ela pensa que eu vejo, mas tudo o que realmente vejo é luz. A mesma luz que brilhou ofuscantemente forte naquela primeira noite no palco da Broadway ainda está lá. Na verdade, essa batalha em que ela está, o que isso exige dela, é o combustível para fazê-la brilhar ainda mais.

— Por que você acha que estou aqui? — pergunto, asperamente, ficando de pé, chegando tão perto que minha camisa fica molhada ao entrar em contato com seus seios nus.

Ela abaixa a cabeça, balançando-a e fechando os olhos. Excluindo-me.

Levanto seu queixo, forçando-a a encontrar meu olhar.

— Você não sabe?

— Não quero que você fique por obrigação, ou porque é a coisa mais nobre a se fazer, ou porque não consegue descobrir como se afastar da menina doente sem parecer um idiota.

Eu recuo, chocado por ela estar tão equivocada. Aqui estou eu, literalmente prestes a gozar ao vê-la nua, e ela pensa que eu não a quero? Que estou aqui por culpa equivocada? Que estou fazendo papel de bobo para ver uma perna, um seio, qualquer coisa só para ser *nobre*?

Agarro a mão dela e pressiono-a no meu pau, rígido e inchado atrás do zíper.

— Isso é nobre? — rosno, pressionando meu nariz no dela. — Isso parece culpa para você?

Ela aperta e eu estremeço, pois é muito bom, abaixando a cabeça até que nossas têmporas se beijam. Estendo a mão cegamente entre nós, encontrando a junção de suas coxas e deslizando dois dedos sobre a fenda entre os lábios, acariciando seu clitóris escorregadio em um ritmo de fricção, prendendo a respiração para que fique quieto o suficiente para eu ouvir quão molhada ela parece — ouvir sua respiração falha.

— Ah — sussurro em seu cabelo, deslizando dois dedos dentro do canal quente e apertado que se contrai. — Vejo que você também está se sentindo culpada.

Seus seios se erguem, as pálpebras baixando sobre a paixão esfumaçada em seus olhos. Afasto-me o suficiente para captar e manter seu olhar.

— Você me quer? — pergunto, procurando a verdade em seu rosto.

Ela aperta a virilha contra a minha mão e assente, com os olhos fechados.

— E você perguntou à doutora Okafor se podemos? — pressiono.

Ela lambe os lábios e não responde.

— Você perguntou, não foi? Porque posso sentir o quanto você quer esse pau, então sei o que você fez. E o que ela disse?

— Ela disse… — Ela geme quando coloco meus dedos dentro, encontrando aquele ponto que sempre a desperta. — Ela disse que contanto que eu me sinta bem.

— E você se sente bem? — questiono, sério, porque eu poderia estar tão excitado quanto um Mustang no cio e não faria nada para machucá-la.

Em vez de responder com palavras, ela fica na ponta dos pés, agarra meu queixo, abre minha boca e mergulha, comandando o beijo. Parece que estou prendendo a respiração desde a última vez que a beijei. Vou mais fundo, explorando o interior quente e doce de sua boca. Nossas cabeças balançam enquanto tentamos obter mais um do outro. Dentes colidindo, línguas escorregando e sorvendo. É uma bagunça molhada, quente e de acelerar o coração, e eu senti falta disso. Senti muita falta dela. Deslizando

Entrelaçados

365

minhas mãos pelo cetim molhado de suas costas, mergulho para deslizar meus braços sob sua bunda, e minhas mãos estão cheias de mulher nua. Eu a levanto da banheira e ela envolve as pernas em volta da minha cintura, umedecendo minha camisa e jeans. Corro para a cama e a deito suavemente, olhando para ela por alguns segundos. A autoconsciência se espalha por ela na mão que estende para o cabelo e na maneira como cruza uma perna sobre a outra, tentando esconder as lesões.

— Não — peço, a única palavra irregular em meus lábios. — Não se atreva a pensar que te vejo menos bonita do que nunca ou que te quero menos.

— Canon. — Ela fecha os olhos. — Se eu pensasse que você ficou comigo por culpa ou...

— *Não posso* ir embora porque não tenho para onde ir. Então não vai adiantar nada me afastar, embora eu possa ver que você tentou esta noite.

— Não foi muito eficaz — aponta, olhando para mim com um sorriso comovido.

— Eu não vou a lugar nenhum.

Percorro sua coxa, joelho e panturrilha com as costas da mão, traçando os lugares secos de sua pele com a mesma reverência que faço com a suavidade. Pego o pé dela, beijando o arco. Quando minha respiração afaga a sola sensível, os dedos dos pés dela se contraem.

— Faz cócegas — comenta, com uma risada rouca. Nossos olhares se encontram e se prendem, a diversão evaporando como vapor quanto mais olhamos um para o outro. Encarando os olhos dela, o vidro fica claro novamente, o gelo se desfez completamente até eu ver todas as suas emoções. O desejo, o medo, o constrangimento.

O amor.

E o vidro, de repente, se torna um espelho, refletindo para mim algo que eu deveria ter contado a ela há semanas.

— Eu te amo, Neevah Saint. — Eu rio, a emoção apertando minha garganta. — Ou Mathis, qualquer que seja o seu maldito nome. Eu te amo.

Ela está molhada, nua, com erupções cutâneas e todas as coisas pelas quais ela tem medo de que eu a rejeite, mas sou eu quem prende a respiração. Exposto. Esperando, meu futuro nas mãos dela. E enquanto espero, e observo, uma única lágrima escorre pela erupção cutânea que cobre sua bochecha.

— Eu também te amo.

Suas palavras, ditas suavemente com uma voz trêmula, com um olhar firme, caem como uma pedra. Elas esmagam meu controle e roubam meu fôlego. O fato de eu a amar é um segredo que venho escondendo dela há semanas.

Quero que você encontre alguém que ame mais do que sua arte.

Minha mãe disse que a hora mágica estava esperando por um milagre que você sabia que aconteceria. Esperei toda a minha vida para querer alguém, para amar alguém do jeito que amo Neevah, mas na verdade não acreditei que isso aconteceria.

Ela se senta, abrindo as pernas para que eu fique entre elas, e inclina a cabeça para trás para encontrar meus olhos através de uma série de cílios longos. Quando ela pega meu cinto, sua garganta — lisa, polida e marrom — se move enquanto engole e lambe os lábios. Cada parte do meu corpo se contrai quando ela desabotoa minha calça jeans. Seus dedos frios roçam os músculos da minha barriga enquanto ela levanta a camisa. Puxo-a pela gola sobre minha cabeça, meu peito arfando ao esperar pelo que ela quer em seguida. Ela empurra minha calça para baixo e depois a cueca. Previsivelmente, meu pau está em pé, implorando por sua atenção. Ela obedece, inclinando-se para frente, deixando a respiração embaçar a ponta molhada antes de mostrar a língua para um golpe torturante.

Porra.

Meus dentes rangem em torno de uma coleção de palavrões. Seu sorriso é todo travesso e lascivo. Ela abre a boca, deslizando sobre mim enquanto seus olhos penetram os meus. Minha respiração falha ao sentir o roçar de sua língua, o doce aperto de sua boca ao meu redor. Ela segura minhas bolas e os músculos das minhas pernas retesam. Instintivamente, seguro sua cabeça e a empurro mais para baixo no meu pau.

A cabeça dela. O cabelo dela.

Abro os olhos, preocupado por ter arruinado tudo para nós antes de começar, mas ela não se incomoda, os olhos fechados, os lábios carnudos em volta de mim, a cabeça balançando enquanto me chupa.

— Merda — sibilo, agarrando seu pescoço, alimentando ainda mais sua garganta.

Ela agarra minha coxa com uma das mãos, acaricia minhas bolas com a outra, e todo o meu corpo é um nervo que ela incendeia com os lábios e a língua e com o menor arranhão dos dentes — com a maravilha de suas mãos. E eu estou gozando como um filho da puta, escorrendo pela garganta dela e rugindo como se tivesse libertado algo. Ela geme ao meu redor, o zumbido estendendo meu prazer ao ponto do impossível — ao nível do quase insuportável. Agarro seus ombros, minha cabeça inclinada para trás, enquanto ela toma tudo de mim, suas unhas cravando em minha bunda possessivamente, sua boca se movendo sobre meu pau como se ela fosse dona dele.

Droga, ela é.

Mesmo quando estou exausto, ela persiste, lambendo cada gota como uma gata sedenta. Eu sou o pires dela, o leite dela, a guloseima dela. E não dou a mínima. A sala fica nebulosa ao meu redor e só ela está em foco. Seu lindo rosto, mamilos vermelhos e a abertura de suas longas pernas, mostrando-me descaradamente como ela está molhada, como está pronta.

— Deite-se — murmuro, ainda vendo estrelas, minha cabeça girando.

Ela obedece, lambendo meus fluidos em seus lábios. Depois de levantar a perna dela, dobrar o joelho e apoiar o calcanhar na beirada da cama, arrasto a palma da mão para cima e para baixo na parte interna de sua coxa, com cada movimento me aproximando de onde ela mais deseja ser tocada. Onde eu quero tocá-la.

— Canon, só… — Ela me observa com olhos vidrados de paixão.

— Só o quê? — Mantenho os movimentos simples e constantes, massageando o músculo firme de sua coxa, trabalhando meus dedos até o espaço privado, próximo de sua boceta. Ela geme, abrindo as pernas como se quisesse me tentar, para forçar minha ação.

— Você sabe — ela sussurra.

Eu sei.

Deslizando a mão sobre os músculos tensos de seu estômago e o vale entre seus seios, puxo seu mamilo no ritmo do toque provocador ao longo de sua coxa. Em centímetros lentos, deslizo dois dedos para dentro, procurando aquele ponto indescritível que a leva à felicidade. Quando o encontro, ela arfa, o pescoço arqueado, as unhas arranhando os lençóis. Uma pulsação frenética lateja sob a pele fina, lisa e acetinada na base de sua garganta. Levantando seu pé, beijo o arco delicado, passo meu nariz sobre o osso frágil de seu tornozelo e conduzo uma procissão de beijos pela curva de sua panturrilha, atrás da delicada curva de seu joelho. Agarro a parte de trás de suas coxas e arrasto-a para a beirada da cama, afundando no chão, minha boca salivando com o cheiro crescente dela. Abrindo-a, fecho a boca em torno de seu clítoris, chupando, comendo-a como uma fruta amadurecida pelo sol. Um pêssego, a polpa lisa, doce e úmida, sucos escorrendo pelo meu queixo. Sou um mendigo em um banquete, tão perdido no prazer que quase esqueço que é dela também, até que seus soluços e gemidos flutuam sobre minha cabeça.

Respiro fundo, lutando para subjugar meus instintos mais primitivos. Eu sei que a doutora Okafor deu luz verde para fazermos isso, mas ela provavelmente não espera que eu a foda como um javali depois de apenas duas semanas de celibato. Se eu machucasse Neevah... Não consigo nem contemplar essa transgressão. Eu nunca me perdoaria.

Levanto-me e rastejo para a cama, virando-a suavemente para o lado. Deixando sua perna esquerda sobre o colchão, monto nela e trago a outra perna até meu peito, apoiando-a em meu ombro. Ela me observa, seus olhos curiosos, animados.

— Nunca fizemos assim — comenta.

— Está tudo bem? Você tem certeza de que está tudo bem se fizermos isso?

— Eu não vou quebrar, Canon. — Ela franze a testa. — Parece que estou perdendo tudo. Não tire isso de mim também.

Farei com que seja bom para ela, para nós dois, mas esta posição a deixa completamente receptiva e sem fazer nenhum esforço, exceto para gozar. Entro com um golpe rápido, e nós dois ofegamos com o ataque — um punho grande em uma luva apertada. Assumo um ritmo, construindo lentamente, afundando cada vez mais. Ela está aberta para mim, uma perna na cama, a outra no meu ombro. Com a ponta de um dedo, acaricio seu clitóris, nunca diminuindo o ritmo das investidas.

— Jesus — ela suspira, com os olhos arregalados e fixos no teto como uma observadora de estrelas.

Nossos corpos se movem em uníssono sensual — um ritmo hipnótico que não podemos quebrar, mas que apenas aumenta. Com sua mão pequena, segura o seio e acaricia o mamilo até atingir o pico. Luto com a fera dentro de mim que ri da minha restrição, uma coisa lamentável que enfraquece a cada segundo que estou dentro dela. Aperto sua perna contra mim, virando a cabeça para beijar sua panturrilha, mordendo seu músculo elegante. Ela inclina a cabeça para trás, os olhos fechados com força, o orgasmo estremecendo através de si. O êxtase toma conta dos meus músculos, rolando pelas minhas pernas e pelos músculos tensos dos meus ombros. Deixo a cabeça tombar para trás, minha voz explodindo no quarto como um trovão ensurdecedor. Ela desliza a mão sobre o lençol até encontrar a minha, unindo nossos dedos e encontrando meu olhar na tempestade agonizante.

— Diga-me de novo — sussurra.

Não preciso perguntar o que ela quer ouvir. Ela quer as mesmas palavras que eu.

— Eu te amo.

Um sorriso satisfeito ilumina seus olhos e batiza seus lábios.

— E eu também te amo.

Entrelaçados

369

CAPÍTULO 60

Neevah

Canon me ama.

É meu primeiro pensamento, e a alegria absoluta e um corpo saciado induzem meus lábios a um sorriso irreprimível. A noite anterior se desenrola em cores panorâmicas projetadas nas paredes da minha memória. Não foi medido em horas ou minutos, mas em beijos e sussurros. No início, tivemos trepadas apressadas, impacientes e frenéticas. Depois, um amor lânguido e preguiçoso, que durou a noite toda. Pedimos comida. Entramos na enorme banheira de Canon, com as costas apoiadas em seu peito, e conversamos até que meus dedos das mãos e dos pés enrugaram e a água esfriou. Ele compartilhou seus sonhos comigo, brilhantes e inacabados como diamantes brutos guardados em uma bolsa que ninguém mais viu. Compartilhei com ele minhas aspirações, que foram revisadas desde o diagnóstico. Eles deixaram de ser "ganhar um Tony" e passaram a ser "viver para ver meu próximo aniversário".

É engraçado como falamos do futuro como se fosse algo que nos prometeram. Agora, sinto cada vez menos que posso presumir qualquer coisa, mesmo o amanhã. Isso confere à vida certa preciosidade que é fácil de considerar. É uma perspectiva diferente que obriga você a mudar suas lentes. Eu acredito que vou vencer. Se Canon tiver que vasculhar o país inteiro, encontraremos um rim para mim, mas enfrentar algo assim muda você.

Rolo nos lençóis amarrotados, respirando os aromas combinados de nossos corpos. Estou sozinha e me contorço para o lado de Canon, encaixando minha cabeça em seu travesseiro.

— Você caiu com tudo, garota. — Eu rio de mim mesma, pesarosa. É verdade, mas pelo menos ele também.

Ele me disse isso ontem à noite.

O melhor e o pior da vida dividem a cama como estranhos. Trabalhei muito durante anos para ter uma oportunidade tão grande quanto *Dessi Blue*, e passei anos sem sentir por ninguém nem um pingo do que sinto por Canon. Eu deveria estar entusiasmada com as possibilidades, mas o futuro é tão incerto em muitos aspectos quanto é brilhante.

Sento-me, colocando os lençóis debaixo dos braços.

Que horas são?

Pego meu telefone na mesa de cabeceira, chocada ao ver que já passa do meio-dia.

— Meu Deus — murmuro, colocando as pernas para o lado da cama grande. — Dormi metade do dia inteiro.

O cronograma de produção diminuiu significativamente — em parte porque só temos música para terminar, e em parte porque preciso que seja mais lento, e ainda é muito. Eu poderia, literalmente, deitar na cama e voltar a dormir.

Quando me levanto, cambaleio e afundo no colchão macio por um segundo antes de tentar novamente. Um pequeno martelo bate atrás dos meus olhos e nas têmporas. Meus tornozelos e pés estão inchados. Minhas mãos também. Isso faz parte da doença, eu sei disso, mas é um lembrete cruel de que, apesar dos medicamentos que controlam esses sintomas para que eu possa passar cada dia, meus rins ainda estão falhando. As toxinas que deveriam ser filtradas do meu corpo não estão saindo com eficiência. E a cada dia sem um novo rim, só vai piorar.

Tenho que ligar para Terry. Minha mãe prometeu me dar o dia de hoje e eu vou encarar. Já estou enfrentando muita porcaria sem pensar na conversa mais estranha da história das conversas estranhas.

Sei que estamos brigando há doze anos, mas posso ficar com seu rim?

Não é mais estranho do que *eu fodi seu noivo e terei um filho dele, mana*.

E quem pode dizer que ela será compatível? Não saberemos até testarmos, e sei que precisamos tentar. Suspirando, pego a calcinha da mala, mas ignoro minhas roupas e opto por um dos moletons da USC de Canon pendurados em uma cadeira. Para um solteiro, Canon mantém sua casa muito organizada. Tenho certeza de que alguém ajuda com isso, mas, ainda assim, o closet dele é tão grande quanto o meu minúsculo apartamento em Nova Iorque. Uma parede inteira só de prateleiras de sapatos. Um segmento de seu armário é dedicado a ternos, e lembro como ele estava incrível naquela noite no terraço. Sua coleção de moletons, jeans, abotoaduras — todos com cores coordenadas e bem arrumados.

Entrelaçados

Meu corpo protesta, me implorando para voltar para a cama, mas me esforço para descer as escadas. A casa parece ainda mais impressionante agora que não estou distraída pela fome e pelo nervosismo. Ando por cômodos decorados de maneira luxuosa, cada um gritando "design de interiores". Não há como Canon desacelerar o suficiente para comprar móveis e criar este lindo espaço.

— Onde você está? — pergunto, para a sala vazia. Em nenhum lugar deste andar.

Localizando uma porta entreaberta sob as escadas flutuantes, ouço o barulho de vozes. Descendo as escadas na ponta dos pés, espio pela virada do corredor. Um enorme *home theater* ocupa a maior parte deste andar, equipado com quatro fileiras de poltronas de cinema e uma enorme tela dominando uma parede inteira. Canon está afundado em um assento na primeira fila, com um bloco de notas no joelho e os olhos fixos na tela. Seu laptop está a seus pés descalços, aberto e congelado no que reconheço como uma das cenas da Riviera Francesa.

— Parece bom? — pergunto, atravessando o tapete macio para ficar ao lado dele.

Ele larga o bloco e me puxa para me sentar em seu joelho. Aconchego-me em seus braços fortes e peito duro.

— Parece incrível — responde. — Não está perfeito, mas chegaremos lá.

Ele pega minha mão, franzindo a testa para meus dedos e pulsos inchados. Seu olhar desliza para os tornozelos e pés inchados. Fico tensa, não precisando que ele me diga que isso não é bom, mas com certeza ele vai perguntar.

— Você tomou seus remédios?

— Claro. Sei que está um pouco inchado.

— Algum outro sintoma?

Exaustão extrema. Um pouco de náusea e uma dor de cabeça que joga pingue-pongue atrás dos meus olhos.

— Estou bem — garanto a ele.

— Quando você verá a doutora Okafor novamente?

— Tenho um *check-up* na segunda-feira.

— E você ligou para sua irmã sobre fazer o teste para ver se ela é compatível?

— Ainda não. Farei isso hoje.

— Neevah — diz ele, balançando a cabeça em desaprovação. — Não me importo com qualquer merda que esteja acontecendo entre você e Terry. Ela tem a maior probabilidade de ser compatível. Você tem que perguntar a ela.

— Esse lugar também tem pipoca? — Afasto-me da conversa. Já decidi que vou ligar para Terry. Não quero ser incomodada com isso. Pareço uma criança mimada, mas, entre o trabalho e o que meu corpo está me fazendo passar, só quero desligar por um segundo.

— Você está com fome? — pergunta. — Eu posso cozinhar alguma coisa.

Na verdade, estou com náuseas e não consigo imaginar comida agora, mas aceno com a cabeça para que possamos deixar de lado a desagradável tarefa de implorar à minha irmã por um órgão vital. Ele pega o controle remoto para desligar o vídeo, mas faz uma pausa, olhando para a tela.

— Espere. — Ele me puxa para ficar na frente dele e passa os braços em volta da minha cintura, colocando a cabeça na curva do meu ombro. — Veja isto.

A imagem na tela é exibida em um arquivo diferente. Digital, não filme. É um dos números musicais do Savoy que gravamos no início. Dias, semanas de produção, horas incansáveis de trabalho duro, e a cena vai e vem em questão de minutos. A atenção meticulosa de Lucia aos detalhes e as suas exigências são evidentes em cada passo. A dança é executada com precisão, mas há uma alegria selvagem em meu rosto, no abandono de meus membros quando sou arremessada e quando deslizo, chuto e balanço. O espírito do Savoy habita cada centímetro da tela. A excelência, o orgulho e a criatividade que varreram o Harlem e reverberaram pelo mundo — estão todos lá. Mesmo agora, aqui no círculo dos braços de Canon, sou um eco desses artistas — o seu talento e persistência face ao preconceito, à guerra, à pobreza ou a quaisquer dardos flamejantes que o mundo lhes tenha atirado. Em vez de queimá-los até a morte, a adversidade acendeu um fogo sob eles para fazer algo que o mundo nunca tinha visto. Inovando com seus corpos, mentes e vozes. O caos e a necessidade da imaginação. E este é o seu legado. Eu sou o legado deles.

Lágrimas obscurecem a beleza na tela e agarro os antebraços de Canon, afundando na dureza do seu peito.

— É fantástico — sussurro, quase sem palavras com o privilégio de estar neste filme. — Você fez algo… Canon, isso é tão magnífico.

— É — ele concorda, a excitação entrelaçada na trama sombria de sua voz. — Você é. Todo mundo que assistir a esse filme verá o que eu vi em

Entrelaçados

373

você. — Ele me vira para encará-lo, suas grandes mãos descansando na curva dos meus quadris.

— Que foi o quê? — pergunto, colocando as palmas das mãos contra seu peito.

— Luz. — Ele segura meu rosto, seus olhos atentos e inabaláveis. — Entendi agora: o fascínio da minha mãe pela luz. Ela a perseguiu durante anos, guardando-a na memória e no filme a cada pôr do sol. Ela me ensinou o que procurar e, quando vi isso em você, reconheci. Não entendi completamente o que isso significaria para mim, quem você seria para mim, mas vi essa luz e a quis. — Ele acena para a tela. — Eu queria isso para *Dessi Blue* e, embora não admitisse, queria isso para mim.

— Foi uma coisa louca de se fazer. — Eu rio, segurando o ângulo rígido de sua mandíbula. — Confiar em alguma garota que ninguém conhece para um filme tão grande.

— Sempre sei o que estou fazendo — afirma, sem modéstia, sorrindo quando reviro os olhos. — Chega de falar sobre o meu brilho. Quero dizer, por enquanto. Podemos revisitá-lo mais tarde. Vamos pegar um pouco de comida para você.

Meu estômago revira e engulo outra onda de náusea, mas sorrio e o sigo escada acima.

Estamos a caminho da cozinha quando ele para e entra em uma sala através de um arco no corredor.

— Deixe-me mostrar-lhe algo.

É uma espécie de estúdio com uma ampla claraboia, convidando a luz a todos os cantos. Um assento almofadado está embutido em um recanto. As paredes estão preenchidas, meros pedaços de espaço separando as fotos e as estantes. Fotografias de pôr do sol, cenas oceânicas, edifícios, Canon em várias idades, autorretratos de Remy Holt — seu trabalho ocupa todo o espaço em duas paredes. As outras duas paredes abrigam prateleiras com mais câmeras do que já vi na vida.

— Uau. — Vou até lá para inspecionar uma Nikon de aparência vintage. — Esta é de colecionador.

— Dela — conta, inspecionando uma seleção de Polaroids que mostram Canon e sua mãe na praia. — Ela era obcecada.

Tenho medo de tocar nas câmeras. É óbvio que estão em excelentes condições. Não estão empoeiradas, mas brilham e estão bem arrumadas.

— Elas ainda funcionam? — pergunto.

Ele pega a Nikon e aponta para mim.

— Vamos ver.

O clique da câmera me assusta.

— Canon! Não.

Uma das minhas mãos voa para meu cabelo, coberto pelo lenço de seda com que dormi na noite passada.

Abaixando a câmera, ele oferece um leve sorriso.

— Não temos fotos juntos.

— Isso é verdade?

— Alguém pode ter fotografado nós dois no set ou algo assim, mas eu não tenho nenhuma. — Ele caminha até uma câmera antiga em um suporte. — Deixe-me tirar algumas.

Eu não quero que ele faça isso. Chame isso de vaidade ou medo, não sei bem o quê, mas algo dentro de mim recua com a ideia de documentar esta época da minha vida. No filme, tenho maquiagem, perucas, fantasias e um personagem atrás do qual me esconder. Mas aqui, na implacável luz do dia, não há onde me esconder. Sou só eu e minhas cicatrizes de batalha e falhas no cabelo. Ele está pedindo para memorizar isso quando eu só quero que acabe.

— Algumas — cedo.

Seu sorriso triunfante me faz arrepender da minha aquiescência imediatamente, porque dê um centímetro a Canon e ele fará uma viagem. Em poucos minutos, ele faz um trabalho rápido de mexer nos botões e acertar o cronômetro.

— Olho para a câmera? — pergunto, nervosa por algum motivo.

— Olhe para mim — orienta, curvando-se, tomando meus lábios entre os dele, sugando suavemente. Eu me perco no beijo.

A câmera desliga e eu me afasto, olhando do rosto dele para a lente.

— Então, apenas uma foto nossa nos beijando?

— Posso tirar mais algumas? — pergunta, caminhando para pegar a câmera Polaroid.

— Okay.

Ele estende o braço para longe de nós, apontando para nossos rostos pressionados um contra o outro. Ele nos captura nos beijando, cruzando os olhos, rindo. A câmera cospe cada foto e Canon as deixa cair no chão, sem se preocupar em parar até que várias se espalham aos nossos pés. Ele as recolhe, abre uma gaveta com prendedores de roupa e pendura nossas fotos em um varal que se estende entre as paredes.

Entrelaçados

— Esta — começa, pegando outra câmera — era uma das favoritas dela. É uma EOS DCS3. Cara na época e um pouco pesada, mas ela usava muito. Na mitologia grega, Eos era a deusa do amanhecer que se levantava todas as manhãs da beira do oceano. O que você diz? — Ele aponta a câmera para mim. — Só algumas?

Um *não* descansa na ponta da minha língua. De alguma forma, parece diferente de quando ele tirou fotos de nós juntos. Eu, sozinha na luz, sem maquiagem ou personagem que possa vestir e tirar, me sinto mais exposta, vulnerável.

Aceno com permissão, mas não lhe dou nada com que trabalhar. Eu estou em um poço de luz e olho para sua câmera. Ele não faz aquela coisa de fotógrafo — me persuadir, me orientar, me encorajar a posar ou "dar" qualquer coisa a ele. Ele apenas clica, muda o ângulo da câmera dela, da cabeça dele, a lente da câmera nunca me deixando.

— Terminou? — pergunto.

— Não, a menos que você queira que eu pare. — Ele abaixa a câmera. — Eu gostaria de tirar mais.

— Por quê?

— Porque quero me lembrar de você exatamente como você é agora.

Dou uma risada zombeteira e lanço um olhar azedo.

— Agora mesmo? Assim?

Ele acena com a cabeça, sua expressão séria.

— Exatamente assim.

Há tanto amor em seus olhos, tanta… não sei… adoração… que, por um momento, não sei como responder. É um olhar, um amor que chega e me preenche. Estou prestes a ceder, porque esse olhar pode dar a esse homem tudo o que ele quiser, quando uma onda de náusea me toma. Saio correndo do estúdio, ziguezagueando de um cômodo desconhecido para outro, até tropeçar no banheiro bem a tempo de vomitar. Não comi nada, então foi uma expulsão violenta e infrutífera, mas abraço a cerâmica com força, minhas lágrimas escorrendo para o vaso sanitário. Tentei ignorar a dor persistente que atinge meu crânio desde que acordei, mas arfar piora a agonia e fecho os olhos contra a luz que, de repente, se tornou insuportável. Caindo nos ladrilhos frios, deixo meu corpo amolecer, rezando pelo esquecimento.

— Droga — Canon xinga, correndo e me levantando do chão.

Quero dizer a ele que posso andar, mas honestamente não sei se posso. Minha cabeça repousa em seu ombro.

— Neevah, meu amor. — Nunca ouvi a voz dele desse jeito. Desesperado, em pânico. Com medo. — Estou levando você para a emergência.

Abro a boca para dizer que isso é desnecessário, mas em vez disso sai um soluço. É um som horrível, e me ressinto do meu corpo por fazer isso. Sinto o gosto das lágrimas e agarro sua camisa com um punho fraco.

— Minha mãe. Eu quero minha mãe.

Na maioria das vezes, quando realmente precisei dela no passado, tive que me virar sozinha. Ao ceder ao cansaço debilitante, não acredito que desta vez possa ser diferente, mas tenho que perguntar.

CAPÍTULO 61

Canon

— Senhora Saint... ah, Mathis, é Canon Holt.

Há uma pausa carregada do outro lado da linha.

— Diretor de Neevah?

— Sim, mas eu também sou... — Eu deveria ter perguntado a Neevah o que ela contou à mãe sobre nós. Foda-se. — Também estamos nos vendo. Não tenho certeza se ela mencionou...

— Ela fez. De certa forma. Ela... ela está bem? Algo está errado?

— Eu sei que ela conversou com você sobre o diagnóstico de lúpus e problemas renais.

— Sim, estou sendo testada, mas eles acham que posso estar velha demais. 60 anos não é velha — diz, com orgulho indignado. — Mas eles querem um rim mais jovem.

— A irmã dela ainda não sabe, certo? — Uma vantagem se insinua em minhas palavras.

— Eu disse a Neevah para perguntar a ela, porque está me matando não poder contar a Terry. Aconteceu alguma coisa?

— Neevah está no hospital. — Olho para o corredor que leva ao quarto dela. — Ela está descansando, mas sua pressão arterial aumentou novamente. Eles querem mantê-la aqui para monitorar por pelo menos alguns dias. Disseram que alguns pacientes com insuficiência renal sofrem derrames ou problemas cardíacos.

Respiro fundo, o que é um trabalho de merda para acalmar minhas emoções violentas.

— Os medicamentos que eles administram para controlar a função renal simplesmente não estão funcionando bem. Ela está tentando evitar a diálise, mas o médico dela acha que a diálise temporária é a melhor coisa até encontrarmos um rim.

— Ai, meu Deus — a Sra. Mathis suspira. — O que... o que posso fazer?

— Ela perguntou por você. Você pode vir?

— Eu... tenho medo de voar — fala, e ouço vergonha e frustração em sua voz. — Eu sei que é bobagem, mas...

— Galaxy, o estúdio que produz o filme de Neevah, tem um avião particular. Você estaria disposta a vir, tentar, se eu pudesse providenciar isso? É mais confortável do que voar comercialmente e pode ser mais fácil para você.

— Posso levar alguém comigo?

— Claro. — Não hesito, porque ela poderia trazer Átila, o rei dos hunos, que eu não me importaria.

— Terry? — Sra. Mathis pergunta, timidamente. — Posso ir com a irmã de Neevah? Acho que poderia voar se ela estivesse comigo.

Já sei que Neevah não ficará feliz, mas não sei como equilibrar tudo o que ela quer com o que precisa. Ela precisa de um rim, mas não quer perguntar à irmã, que é sua melhor opção. Ela quer a mãe, mas não gostaria que a irmã viesse. Eu a amo o suficiente para lidar com as consequências se eu fizer os movimentos errados.

— Apenas venha — peço, com um suspiro pesado. — Você pode vir hoje à noite se eu fizer os preparativos?

Ela concorda e nós encerramos a chamada. Ligo imediatamente para Evan e me preparo para outra conversa que prefiro não ter.

— E aí, como vai? — Evan pergunta. — Viu aquele último lote de filme dos laboratórios? Parece fantástico.

— Sim, eu assisti alguns hoje mais cedo. Eu preciso de...

— Você deve poder começar a editar em breve, certo? Quero dizer, sei que ainda temos algumas cenas com Neevah e a banda, mas Monk diz que devemos encerrar esta semana. Podemos pelo menos chegar perto de voltar aos trilhos.

— Eu não acho que isso vai acontecer, cara. — Sento-me em uma das cadeiras da sala de espera. — Neevah está de volta ao hospital.

— O quê? Ela... o que está acontecendo?

— Basicamente, os remédios que estão dando para ela não estão fazendo um trabalho bom o suficiente. — Passo a mão sobre os olhos e apoio os cotovelos nos joelhos. — A doutora Okafor quer colocá-la em diálise.

— Diálise? Uau. Isso é...

Conheço Evan muito bem para não imaginar quão dividido ele está.

Entrelaçados

379

Ele sente pena de Neevah e, por extensão, de mim, mas suas rodas também estão girando para descobrir como podemos salvar essa produção. Nunca pensei que diria isso, mas *Dessi Blue* é a menor das minhas preocupações no momento.

— Você tem minha permissão — digo a ele, com humor sombrio.

— O que você quer dizer?

— Para colocar seu chapéu de produtor, porque não vou conseguir agora, e acho que alguém precisa fazer isso.

— Galaxy vai seguir nossos passos nisso. Eles não querem ser considerados *os idiotas*, e estão preocupados com a saúde de Neevah, obviamente...

— Obviamente.

— Mas vão querer um cronograma. Trey tem outro projeto que começa a ser filmado no próximo mês. Jill está contratada para outro filme logo depois. Kenneth também. Se encerrarmos esta produção agora, isso poderá comprometer as últimas cenas.

— Não, não vai.

— E como você garante isso?

— Porque ainda estarei envolvido e garantirei que conseguiremos o que precisamos assim que Neevah puder retomar as filmagens.

A tensão se estica na linha entre nós.

— Canon, mas e se ela...

— Não diga isso, Evan.

— Deus, eu não quero, mas temos um filme inacabado com um orçamento enorme em mãos. Foi você quem me disse para ser o produtor aqui, então estou sendo.

— O que você quer que eu faça? — explodo, levantando-me e rondando pela sala de espera. — Não posso pensar nisso com Neevah doente. Eu simplesmente não posso me importar com esse maldito filme até que ela melhore.

A história deve ser protegida a todo custo. Às vezes, com custo pessoal.

Minhas palavras da noite do festival de cinema de Nova Iorque, na noite em que conheci Neevah, voltam para me assombrar. Droga, eu fui arrogante. Era tão fácil dizer que a história devia ser protegida a todo custo, a custo pessoal, quando eu tinha tão pouco a perder. Agora, a única coisa que me importa proteger é Neevah, e não há custo maior do que perdê-la.

— Canon, eu sei — Evan recomeça, com a voz sóbria. — Entendo. Concentre-se nela. Vou ganhar algum tempo com o Galaxy. Eles têm sido compreensivos com o cronograma mais lento para acomodar a doença dela.

— Bem, preciso que eles entendam que é ordem da médica que ela interrompa a produção imediatamente até novo aviso. A doutora Okafor quer que ela comece a diálise esta semana. São quatro horas por dia, três dias por semana.

— Merda.

— Muitas pessoas em diálise podem trabalhar e levar uma vida relativamente normal. Eles fazem a diálise e depois seguem suas rotinas regulares. Alguns até fazem isso em casa, mas leva semanas de prática. A médica espera que encontremos um rim compatível em breve e não tenhamos que seguir esse caminho, o que me leva ao motivo da minha ligação.

— Tem mais? — Evan pergunta, injetando um pouquinho de humor na pergunta.

— Podemos ver se Galaxy poderia trazer a mãe de Neevah aqui? Ela tem medo de voar e acho que a rota privada pode ser melhor para ela, e talvez trazê-la aqui mais rápido.

— Não vejo por que isso seria um problema. Eles provavelmente vão querer fazer qualquer coisa que possa levar isso adiante.

— Certo. Sinceramente, não me importo com a motivação deles. Só quero dar *algo* a Neevah. Eu me sinto muito inútil agora.

— Você está onde deveria estar, e fazendo o que deveria fazer. Agora vou fazer o que devo fazer. Deixe-me falar com o agente de Trey e com o resto da equipe de produção. Atualizá-los e conversar sobre algumas soluções possíveis.

— Obrigado, cara. — Olho para cima e vejo a doutora Okafor se aproximando. — Eu tenho que ir. Mantenha-me informado e eu voltarei.

A habitual expressão impassível da médica está tingida de preocupação.

— Como ela está? — exijo, colocando meu telefone no bolso de trás da calça jeans.

— Ela quer ver você. Estou feliz que você a trouxe aqui neste momento. Isso poderia ter sido muito pior. Ela poderia ter tido um derrame, Canon.

Meu coração palpita. Pula várias batidas e cai no fundo da minha barriga. Agarro minha nuca e tenho que me sentar.

— Você contou a ela sobre a diálise? — pergunto, minha voz trêmula e áspera.

— Sim. — As sobrancelhas da nefrologista se franzem. — Ela não está feliz com isso e tentei tranquilizá-la de que é uma medida temporária, mas… ela não está aceitando nada disso bem, especialmente quando aconselhei que ela parasse a produção por enquanto.

— Bem, obviamente ela não vai voltar a trabalhar até que melhore.

— Ela sente uma pressão excessiva, porque o filme está sobre seus ombros. Honestamente, acho que essa pressão contribuiu para a agressividade deste surto... para a doença dela progredir tão rapidamente. As crises fazem parte desta condição, e a maioria das pessoas tem que aprender a ajustar seu estilo de vida para que isso funcione. Ela não é diferente.

A culpa corrói minhas entranhas ao ouvir a médica expressar o que estou enfrentando. Fazer esse filme desencadeou tudo isso.

— Posso vê-la agora?

— Sim.

— A mãe dela pode estar chegando. — Hesito. — Posso estar falando fora de hora, mas realmente não me importo. Lidarei com Neevah ficando chateada mais tarde. A irmã dela também pode estar vindo. Quantos testes poderíamos fazer se ela ficasse aqui por alguns dias?

Os olhos da médica se iluminam.

— Você sabe que a irmã é nossa melhor chance. Apenas um gêmeo tem maior probabilidade. Além do sangue, há testes extensivos. Não é rápido, e é por isso que Neevah precisa fazer diálise enquanto esperamos.

— De quantos testes estamos falando? Quanto tempo?

— Há um histórico médico geral e um exame físico antes de iniciarmos os mais invasivos, mas exames de sangue e tecidos como os que você fez. Além disso, uma longa lista de exames laboratoriais, eletrocardiograma, exame de tórax para testar os pulmões, uma avaliação psicológica.

— Minha nossa.

— Para mulheres, exames ginecológicos e mamografias e...

— Okay. Testes pra caramba. E quanto tempo leva tudo isso?

— Normalmente semanas. A irmã dela está preparada para pelo menos começar o processo?

— Uh... a irmã dela não sabia que Neevah precisava de um rim há dez minutos, mas a mãe delas está conversando com ela e, com sorte, trazendo-a aqui.

— Neevah nem... — A doutora Okafor interrompe a frase e cerra os lábios. — Você quer vê-la agora?

— Por favor.

Assim que entramos no quarto de hospital de Neevah, sua decepção pesa no ar. Sua pele parece mais escura mesmo nas poucas horas desde que a trouxe. Seu rosto parece um pouco inchado, assim como os tornozelos.

A erupção no nariz e nas bochechas é mais proeminente. Eu deveria ter agarrado o lenço dela quando ele caiu enquanto saíamos correndo de casa. Fiquei tão assustado que simplesmente a coloquei no carro e dirigi como um louco. Agora, porém, ela estende a mão para tocar os pontos onde seu cabelo caiu, e eu gostaria de ter pensado nisso. Não porque me incomoda, mas porque sei que a incomoda. Vou mandar uma mensagem para Takira e pedir que traga alguns.

— Ei. — Eu me sento na beirada da cama e pego a mão dela. — Como você está se sentindo?

Seus lábios tremem, mesmo que ela os pressione com força, como se estivesse lutando pelo controle das emoções que estão transbordando.

— A doutora Okafor contou sobre a diálise?

— Sim, contou. É apenas temporário, amor.

— Eu queria... ela diz que tenho que parar de filmar também. Ela te contou isso?

— Ela contou, e estou totalmente de acordo.

— Canon, qual é. Eu conheço você. Sei que este filme significa tudo para você e estou bagunçando tudo... Desculpe.

— Você está errada. Não é esse filme que significa tudo para mim. — Passo as costas da minha mão em sua bochecha. — *Você* significa.

Não posso dizer que gostaria de nunca tê-la escalado, porque então poderia não tê-la conhecido ou amado, e não consigo imaginar a vida sem ela agora.

— Não pense no filme agora — peço.

— E você não está pensando?

— Eu não estou. Estou deixando Evan e a equipe se preocuparem com isso. — Eu me inclino, beijando sua testa e bochecha. — Só estou preocupado com você.

Tento me afastar, mas ela não deixa, agarrando meu braço e me puxando para cima.

— Você vai me abraçar? — sussurra. Estou tão acostumado com sua confiança, seu destemor, que quase deixo passar despercebido seu medo.

— Sim. Claro. — Provavelmente é uma violação de alguma regra do hospital, mas não dou a mínima, subo na cama, me espremendo no espaço apertado e enfio a cabeça dela na curva do meu pescoço. Depois de alguns segundos, ela começa a fungar baixinho e suas lágrimas molham minha camisa. Meu Deus, ouvi-la chorar está me destruindo por dentro.

Entrelaçados

— Amor… — Acaricio seu braço e costas. — Vai ficar tudo bem. Nós conseguiremos. Vamos lutar contra isso.

— Você pode apenas… — Ela faz uma pausa, sua voz vacilando em um soluço. — Você pode simplesmente me deixar ficar triste? Pode simplesmente me deixar sentir dor? Não preciso que me diga por que não deveria, ou que tudo ficará bem. Só quero *não* lutar por um minuto. Você pode estar aqui para mim, comigo, enquanto eu paro de lutar e me deixo sentir isso? Prometo que vou me levantar, mas, por um minuto, deixe-me cair.

Ela não precisa de palavras minhas agora, e qualquer coisa que eu disser soará apenas como se estivesse tentando melhorar as coisas, então simplesmente aceno e beijo o topo de sua cabeça enquanto minha camisa absorve suas lágrimas. E, durante alguns minutos, não penso em Galaxy, nem na mãe e na irmã de Neevah, nem em nada além deste quarto e de nós dois nesta cama. Por alguns minutos, ela quer cair. Meu único pensamento é segurá-la e estar aqui para quando ela se levantar.

CAPÍTULO 62

Neevah

— Esta deve ser a pior comida que já provei — reclamo, empurrando o repolho e a couve-flor sem gosto no meu prato. Até o salmão, que costumo gostar, tem pouco sabor.

Okafor disse que uma dieta renal evita alimentos com muito sódio, fósforo e potássio. Mirtilos, maçãs, abacaxi, cranberries — todos são meus novos melhores amigos.

— Coma — Canon pede, da pequena mesa que ele montou no canto, sem tirar os olhos do computador.

— Se me dessem comida em vez de papelão, eu comeria.

Ele lança um olhar irônico por cima do laptop.

— Não é tão ruim.

— Ah. — Levanto uma garfada dos pedaços insossos. — Então venha ver por si mesmo.

Ele revira os olhos, mas vem até a cama e se inclina para frente, de boca aberta. Enfio o garfo dentro e observo seu rosto de perto. Ele faz uma careta antes de se recompor e cantarolar em aprovação:

— Delicioso.

— Mentiroso.

Ele sorri e se abaixa para beijar meus lábios de leve. Estendo a mão e agarro seu pescoço, segurando-o, beijando-o mais profundamente. Não estou em condições para mais nada, porém, apenas a proximidade, a intimidade de sua língua explorando minha boca, me dá algo pelo que ansiar.

— Eu te amo — sussurra em nosso beijo.

— Eu te amo também. Você tem sido tão bom para mim, Canon.

— Você pode me agradecer mais tarde. — Ele capta meus olhos, o humor perverso espreitando sob a superfície de seu sorriso. — Acho que uma semana de boquetes deveria ser suficiente.

Entrelaçados 385

— Apenas uma semana?

— Sou fácil de agradar.

— O mundo inteiro, especialmente o elenco e a equipe, discordariam.

— Meeerdaaa. Se eles sabem o que é bom...

Alguém pigarreia na porta, e Canon e eu nos viramos para ver quem está ali.

— Mãe? — Minha voz sai estrangulada, incrédula e esperançosa.

Ela parece exausta e um pouco desgrenhada, o vestido amassado e os olhos cansados, mas ela está aqui. Lágrimas escorrem imediatamente pelo meu rosto, e minha mãe se aproxima de mim na cama para me abraçar. Agarro seu pescoço e passo as mãos sobre seus ombros, sem ter certeza se ela é real. Com nossos rostos pressionados, as lágrimas se misturam em nossas bochechas, e não consigo nem encontrar palavras para perguntar como ela está aqui.

— Mãe... — Toco seu rosto e rio. — Você não anda de avião.

— Finalmente consegui — responde, sorrindo para Canon. — Graças ao senhor Holt aqui.

Novas lágrimas obstruem minha garganta com sua consideração. Tantas vezes eu precisei dela e ela não estava lá, e desta vez está. Canon certificou-se disso.

— Obrigada — digo, em lágrimas, pegando e apertando sua mão.

Ele dá um beijo na minha têmpora.

— Mãe, você realmente pegou um avião por mim. Não posso acreditar.

— Bem, Canon me arrumou um jato particular, então como eu poderia recusar?

— Galaxy — Canon responde, ao meu olhar interrogativo. — Eles a trouxeram. Achei que seria um pouco mais fácil.

— Estou mal-acostumada agora. — Minha mãe ri, mas o riso desaparece e ela olha por cima do ombro para a porta. — Há algo que você deveria saber. Eu não vim sozinha. Eu...

— Estou aqui — fala Terry, da porta.

Toda a alegria que surgiu dentro de mim desaparece ao ver minha irmã. Ela está vestida simplesmente com jeans e uma camiseta, seu cabelo natural envolvendo seu rosto em cachos grossos. Eu deveria falar, mas não consigo encontrar as palavras.

— Precisei ir ao banheiro depois daquela longa viagem — murmura, sua expressão ficando mais rígida e mais incerta quanto mais nos encaramos.

— Sua... sua irmã — mamãe diz, hesitante. — Ela voou comigo. Não acho que poderia ter vindo se ela não estivesse junto.

Baixo o olhar para a rigidez da cama branca do hospital, sem saber como processar tudo isso de bom e estranho ao mesmo tempo.

— Então você simplesmente não ia me dizer que precisava de um rim? — Terry pergunta.

Meu olhar se volta para ela e depois para minha mãe e Canon.

— Você não tinha perguntado a ela — mamãe começa, dando de ombros defensivamente. — E eu precisava chegar aqui. Tinha que contar alguma coisa a ela.

— *Você* deveria ter me contado. — Terry entra mais no quarto, parando no pé da minha cama de hospital. — Eu sou sua melhor chance.

— Ah, você adora dizer isso, não é? — Dou uma risada áspera que coça minha garganta. — E você se pergunta por que eu não te contei.

— Sim, eu me pergunto o porquê — rebate. — Deixar seu orgulho colocar sua vida em perigo.

— Você não faz parte da minha vida há muito tempo, Terry. Por que começar agora?

— Porque você pode não ter uma vida se não tiver um rim.

— Você está mal-informada.

— E você é teimosa, mas eu sabia disso com base na maneira como se comportou por tanto tempo.

— A maneira como me comportei? Você transa com meu noivo, tem uma filha dele, cria uma barreira entre mim e toda a minha família...

— Eu não coloquei essa barreira aí, mana. Você fez isso com seu jeito idiota.

— Idiota? Meu? Que diabos você está falando?

— Indo para Nova Iorque.

— Para fugir de você e Brandon.

— E nunca mais voltar para casa.

— Para evitar você e Brandon. Olha, você fez suas escolhas e eu fiz as minhas. Você tem coragem...

— Vou encerrar essa merda agora mesmo — interrompe Canon, com uma expressão estrondosa. — Terry, se você não está aqui para ajudar, pode embarcar no próximo avião saindo de LAX. Não dou a mínima para você ou seu marido ou essa briga. O estresse foi o gatilho para esse surto, e se você vai piorar as coisas, vá embora. Se quiser ajudar, faça um teste para ver se podemos usar seu rim. Essas são suas opções.

Entrelaçados

— Quem é esse? — Terry zomba, com as mãos nos quadris.

— Este é o Canon Holt — apresenta mamãe, apressada. — Ele providenciou para que voássemos para cá. Ele é o diretor de Neevah e…

— E eu disse o que disse — Canon interrompe, estreitando os olhos. — Você não vai estressar Neevah mais do que ela já está estressada. Acredite em mim, a médica dela vai te expulsar antes que eu tenha a chance se ela entrar e encontrar você gritando com a mulher que está, literalmente, prestes a começar a diálise esperando por um rim.

— Diálise? — Terry pergunta, baixinho, olhando para mim e franzindo a testa.

— Isto não é um jogo — continua Canon. — É o que estou lhe dizendo. Não temos tempo para discutir. Vocês podem mergulhar em uma terapia familiar séria mais tarde, mas agora, preciso que iniciem o processo de testes, se estiverem dispostas.

— Claro que estou disposta — afirma Terry, engolindo em seco. — Ela é minha irmã.

— Mesmo sendo idiota, arrogante, teimosa? — pergunto, um soluço obstruindo a garganta.

— Exatamente tudo isso. — Parte do fogo reacende no olhar de Terry. — Mas você ainda é minha irmã mais nova. Quando a merda atinge o ventilador, a família deve estar presente uns para os outros. Sei que temos muito que resolver, mas deixe-me pelo menos tentar ajudar.

— Parece uma ótima ideia — comenta a doutora Okafor, da porta aberta do hospital. — Você é a irmã de Neevah, presumo? Eu vejo a semelhança.

Existe semelhança? Estudo o lindo rosto de Terry. Ela sempre foi bonita quando éramos crianças, então nunca tentei nos comparar. Eu sabia que ela venceria a disputa de melhor feição, mas isso realmente não importava. Eu amava minha irmã com um carinho tão profundo que beirava a adoração de uma heroína. Quando ela traiu isso, a única maneira que pude lidar com tudo e com as consequências foi isolá-la completamente. Com nossas palavras estridentes ainda ecoando em meus ouvidos, é evidente que há tanta mágoa e ressentimento neste quarto quanto havia na sala da nossa casa há mais de uma década.

— Fico feliz em saber que você quer ajudar — continua a médica. — Posso perguntar por quanto tempo você ficará aqui?

— Tenho três dias antes de voltar ao trabalho — conta Terry. — E minha filha precisa de mim. O pai dela… — Seus olhos arregalados encontram os meus com a menção de Brandon.

— Podemos conversar sobre os testes. Não podemos fazer tudo em três dias — revela a doutora Okafor. — Podemos coordenar com laboratórios e médicos em seu estado natal também, qual é?

— Carolina do Norte — responde Terry.

— Que bom, então — a Dra. Okafor fala, com um sorriso iluminando seus olhos escuros. — Bem, vamos começar.

CAPÍTULO 63

Neevah

— Tem certeza de que ficará bem enquanto eu estiver fora? — Canon pergunta.

— Tem certeza de que *você* ficará bem enquanto estiver fora? Você mal saiu deste quarto desde que cheguei. Kenneth e Jill precisam de você. O filme precisa de você. Vá logo.

— Estarei aqui — minha mãe o tranquiliza. — Quando você voltar, ela terá terminado.

Terminado com a diálise. Ficar conectada a esta máquina por horas seguidas me motiva ainda mais a encontrar um rim compatível. Sei que é assim que algumas pessoas lidam com doenças renais, mas isso não se encaixa na maneira como vejo minha vida como artista, dançarina, atriz. Não quero ficar acorrentada a esta máquina. Eu não posso estar.

— Okay. — Canon mostra sua hesitação em cada linha de seu rosto. — Não vou demorar.

— Diga a todos que eu mandei um 'oi'. — Eu quero tanto estar no set e odeio como as coisas pararam por causa disso.

Canon beija minha testa e depois meus lábios em um toque que perdura, mas, com minha mãe observando, não se aprofunda. Eu queria que se aprofundasse.

— Eu te amo — sussurra, afastando-se para procurar meus olhos.

— Amo você também. — Dou-lhe um empurrão suave. — Agora vai.

— Eu volto.

— Você mencionou isso. — Eu ri. — Mas primeiro você tem que *ir* para *voltar*.

Balançando a cabeça, ele pega sua bolsa, acena para minha mãe e sai do quarto com a mesma determinação com que vai a todos os lugares.

— Isso, sim, é um homem — mamãe suspira.

— Com certeza ele é.

Sorrio levemente, perdendo um pouco do meu brilho agora que Canon se foi. Na verdade, estou exausta e um pouco infeliz, mas Canon já está pairando por aqui praticamente o tempo todo. Ele pode não estar pensando em *Dessi Blue*, mas eu estou. A pausa é por minha causa. Será um dos maiores filmes do ano. É potencialmente o trabalho mais significativo de Canon. São Evan e Kenneth e Jill e Trey e Monk e Verity e Linh e todo o elenco e equipe que trabalharam, suaram e se sacrificaram para fazer esta importante obra não apenas de entretenimento, mas de história. História perdida e descartada. Temos a chance de restaurar, de amplificar pessoas e eventos que foram esquecidos por muito tempo, e meus malditos rins não vão estragar isso, porque o diretor não pode se concentrar em outra coisa senão em sua namorada doente.

Mas agora que ele se foi, desabo nos travesseiros e observo a máquina limpando meu sangue e enviando-o de volta ao meu corpo, já que meus rins abdicaram de suas funções.

A porta da sala do hospital se abre e Terry entra carregando uma braçada de revistas, que ela passa para minha mãe, e uma sacola cheia de novelos de lã coloridos. Ela se acomoda em uma cadeira perto da porta e tira agulhas e fios.

— Você tricota? — pergunto, com ceticismo. Realmente não combina com a imagem que tenho dela como a sedutora que atraiu meu noivo para um caso escandaloso.

— Sim. — Ela dá de ombros, sem tirar os olhos da linha. — É reconfortante.

— Há um grupo inteiro de nós na igreja que faz isso — mamãe interrompe, pegando na bolsa de Terry outro conjunto de agulhas e um pouco de lã.

— Ah, você também vai à igreja? — indago, com as sobrancelhas erguidas, porque Terry saiu da igreja assim que minha mãe não conseguiu mais obrigá-la a ir. Eu, porém, ainda cantava no coral até ir para a faculdade.

— Terry é diretora do coral — diz mamãe, com orgulho evidente em sua voz.

— Nada comparado à Broadway, obviamente — completa Terry, enfiando rudemente uma agulha na inocente pilha de fios. — Ou um filme importante.

— Pelo menos minha mãe viu você no coral. — Fecho os olhos e me recosto na pilha de travesseiros. — Mais do que eu posso dizer.

Entrelaçados

— Eu fui te ver naquela vez, Neevah — relembra minha mãe.

— Aquela vez em doze anos. — Abro os olhos e rio. — Não que eu tenha participado de tantos shows. Canon me tirou da relativa obscuridade.

— Você só precisa esfregar isso na nossa cara também, né? — Terry rebate, largando as agulhas em seu colo. — Que você está namorando Canon Holt e ele é louco por você. Nós entendemos, Neevah. Sua vida é perfeita.

— Perfeita? — Eu sufoco uma risada incrédula. — Caso você não tenha notado, estou ligada a uma máquina que está limpando meu sangue e tenho que implorar por um rim para a irmã que não me suporta. Além disso, a grande oportunidade que tenho para este filme? As coisas não vão muito bem, já que toda a produção será interrompida até que eu esteja bem o suficiente para voltar ao trabalho. O que há de tão perfeito nisso?

— Você saiu de Clearview, por exemplo.

— Você também poderia ter feito isso, se quisesse.

— Não com um bebê a caminho e sem renda alguma.

— Bem, você transou com Brandon naquela cama, T. Ninguém se deitou nela por você.

— Vadia — Terry rosna, de pé, com os punhos cerrados ao lado do corpo. — Você acha que só porque está doente pode dizer o que quiser para mim e sair impune?

— Não, acho que posso dizer o que quiser para você e sair impune, porque você é uma traidora que não conquistou meu respeito.

— Bem, você respeita esse rim, não é?

— Fique com seu rim! — grito, me sentando na cama. — Você e seu rim podem pegar o próximo voo de volta para Clearview, no que me diz respeito. Vou conseguir um rim de alguém que eu possa suportar.

— Parem com isso! — Mamãe se coloca no espaço que separa Terry de mim como um árbitro em um ringue de boxe. — Estão se ouvindo? Vocês deveriam ser irmãs.

— Irmãs não fazem o que ela fez — declaro, esgotada pela gritaria e caindo mole nos travesseiros.

— Eu te fiz um favor e você sabe disso — diz Terry. — Como se você tivesse durado em Clearview com aquela carta da bolsa de estudos queimando sua gaveta. Você teria terminado com ele de qualquer maneira.

— Talvez isso seja verdade. Quem sabe? Mas você dormiu com ele um ano antes de eu receber a bolsa e andou pra todo lado, esse tempo todo, me deixando acreditar que ele me amava.

— Ele amava você. — A risada amarga de Terry parece doer. — Todo mundo amava.

— Então você decidiu tirar todo mundo de mim? Ou isso foi apenas um bônus adicional?

— Ninguém disse para você não voltar para casa.

— E ver você com ele? Olhar para Quianna, sabendo que ela foi resultado da sua traição? A primeira vez que a vi, tive que me trancar no meu antigo quarto de tanto chorar. Não porque ela fosse um lembrete, mas porque ela era muito linda. — Lágrimas brotam dos meus olhos e mordo o lábio para evitar que ele trema. — Ela se parecia com você, e eu estava com raiva por não poder simplesmente amá-la, apenas ser sua tia sem tudo isso entre nós.

— Você pode — Terry afirma, mais suavemente. — Ela mal conhece você, mas quer ser igual a você. A garota está em todas as peças da escola. Canta com tanta facilidade quanto respira.

— Lembra você a todos nós — acrescenta mamãe, sorrindo e sentando-se novamente para pegar o tricô.

— Ela lembra? — pergunto, fracamente.

— Eu disse a ela que estava vindo aqui por causa do seu rim e ela queria vir, mas tem provas — explica Terry. — Nós, hmm, não temos nos dado bem ultimamente. Não desde que ela descobriu por que você nunca volta para casa.

Lembro-me de sua expressão abalada, de sua raiva na cozinha quando nos ouviu discutindo.

— Lamento que ela tenha descoberto daquela forma — afirmo. — Então ela nunca soube sobre mim e Brandon?

— O que eu deveria dizer? Eu roubei seu pai de outra? Quase me livrei de você porque não queria perder minha irmã... — Ela não termina o pensamento, mas posso ver como dizer apenas parte dele a afeta. Seus lábios tremem e seus dedos apertam as agulhas de tricô.

— Não diga isso, Terry — mamãe repreende.

— Bom, é verdade. — Ela levanta o queixo desafiadoramente. — Graças a Deus, não consegui, mas fiquei com medo. Eu não tinha dinheiro e sabia que era errado o que Brand e eu fizemos. Eu estava com medo de perder Neevah quando ela descobrisse, e foi o que aconteceu.

— Você nem parecia tão arrependida — pontuo. — Parecia que você tinha ganhado alguma coisa e eu nem sabia que estávamos competindo.

Entrelaçados

— Havia uma parte pequena e mesquinha de mim que sentia tipo: "finalmente, eu tenho algo que ela quer. Sou a melhor em alguma coisa desta vez".

— A melhor roubando meu namorado? — questiono, com dura descrença. — Você era a garota mais bonita da nossa escola. De toda a cidade, T. Você poderia ter quem quisesse e escolheu aquele que deveria estar fora dos limites.

— Eu era jovem e burra. E paguei por isso.

— Não é tão ruim, Terry — tenta minha mãe, com a voz baixa e gentil. — Você tem um marido que te ama e uma filha incrível. Um ótimo trabalho. Uma ótima vida que a maioria das pessoas invejaria. Aprenda a ficar contente.

— Eu estou satisfeita. — Terry me lança um olhar sinistro. — Até ela chegar e me fazer pensar em todas as coisas que não tenho. Do que eu desisti.

— Aposto que você ficou feliz por eu não poder voltar para casa para enfrentá-la, não foi?

— Eu realmente não queria machucar você — garante Terry. — Mas, em algum nível, eu queria que você soubesse como era não ter o que queria. Que outra pessoa tivesse, porque parecia que você tinha tudo. Ironicamente, eu guiei você para fora da cidade e para todas as coisas que sempre suspeitei que você teria e eu não.

— O que exatamente você achou que eu tinha? — insisto, intrigada. — Você era a popular. A mais bonita. Aquela que todos queriam.

— Eu não era quem Brand queria — justificou, suavemente. — Tenho vergonha de dizer isso agora, mas fui atrás dele para provar que era capaz. E, assim que nós ficamos juntos, ele me odiou. Você sabe como é ser casada com alguém que está apaixonado por outra pessoa? Que ama sua irmã e se ressente por você ter estragado isso?

— Você está dizendo que ele ainda…

— Não mais. — Terry ri, um sorriso irônico aparecendo nos cantos de sua boca. — Acho que ele finalmente aceitou que estava preso a mim e decidiu que era melhor continuar me amando, já que não tínhamos escolha. No início, porém, sim. Então eu não queria você por perto, não.

— Quianna mencionou alguns problemas entre vocês dois — arrisco. — Vocês…

— Estamos trabalhando nisso. — Seus lábios se contraem e ela mexe no novelo de lã em seu colo. — O casamento é difícil, mas estamos tentando como todo mundo.

— Eu sou… Bem, estou contente.

A doutora Okafor entra, carregando uma prancheta e seu habitual ar de eficiência.

— Terry — chama, com um sorriso brilhante no rosto. — Se você vier comigo, começaremos a primeira bateria de testes.

Terry deixa o tricô de lado e se levanta para seguir a médica. Não posso deixá-la ir assim. Acabamos de passar os últimos dez minutos conversando sobre coisas que deveríamos ter discutido nos últimos doze anos.

— Terry — digo, sem saber o que deveria vir a seguir.

Ela se vira na porta, sua expressão cautelosa novamente — preparada para o ressentimento, a raiva que caracterizou nosso relacionamento.

— Sim? — pergunta, com cautela.

— Apenas… obrigada.

Ela não sorri exatamente, mas o alívio cintila em seus olhos e talvez o primeiro lampejo de esperança. Ela é minha irmã. Costumava ser minha melhor amiga. Tem sido minha inimiga. A desavença existe entre nós há anos — talvez possamos, finalmente, encontrar o caminho para um recomeço. Estou literalmente ligada a uma máquina que pega todo o meu sangue ruim e o limpa. Tornando-o novo. De certo, de alguma forma, ela e eu podemos fazer o mesmo.

Entrelaçados

CAPÍTULO 64

Neevah

— Senti falta disso — comenta Takira, sentando-se com sua pipoca na enorme seção de couro da sala de estar de Canon. — Nossos momentos de garotas.

— Eu também. — Seguro minha tigela de mirtilos e me aconchego ao lado de Takira. — Eu senti falta de você.

— Canon precisa aprender as regras da gangue feminina. Você não enrola e rouba minha melhor amiga em tempos de crise. Ele percebe que você *tem* uma casa aqui em Los Angeles? E uma colega de quarto que é perfeitamente capaz de garantir que você tome seus remédios e siga as ordens da médica?

— Esta é uma das poucas vezes nas últimas três semanas que Canon não ficou colado ao meu lado. Se não tivesse essa reunião com o Galaxy que não pode faltar, ele estaria aqui. Acho que se eu dissesse a ele que queria ir para casa, ele diria: "Claro. Me dê um minuto para que eu possa fazer minha mala".

— Ele caiu com tudo, garota. Esse homem está apaixonado por você.

— Ele está. — Não consigo conter um suspiro. — E é definitivamente uma via de mão dupla. Nunca me senti assim por ninguém antes. Eu simplesmente fui com tudo assim como ele.

— Ah, isso é evidente. — Takira ri quando eu soco seu braço. — Isso é! Eu vi na noite em que o conhecemos.

— Você viu?

— Garota, você mal conseguia tirar os olhos daquele homem. Achei que fosse pular nele por cima da mesa, poxa.

— Eu não fui tão ruim assim! — Fecho os olhos e abro um. — Fui?

— E lembra quando ele ligou pela primeira vez e você quase se mutilou?

— Você está literalmente rindo disso. Não tenho vergonha. Meu grande crush agora é o amor da minha vida, então tudo está perfeito. — Meu sorriso desaparece. — Quero dizer, além da parte em que estive no hospital por aproximadamente um quarto do nosso relacionamento e preciso de um rim se quiser viver para ver nosso primeiro aniversário... as coisas estão perfeitas.

— Ei. — Takira passa o braço em volta dos meus ombros e me puxa para perto. — Vai dar certo. Terry ainda está passando por todos os testes, certo?

— Sim, ela e mamãe tiveram que voltar, mas a doutora Okafor está coordenando o resto do processo com laboratórios lá na Carolina do Norte. Se ela for compatível, há um centro de transplantes não muito longe de Clearview.

— Você voaria para lá?

— Sim. Na verdade, o transplante é muito mais difícil para o doador do que para o receptor. Se Terry for compatível, ela não poderá viajar logo após. Ela ficará sem trabalho por até seis semanas. Será melhor para ela ficar em casa perto da família. E ela tem Quianna para cuidar, então ficar presa aqui não seria muito bom.

— Como foram as coisas entre vocês quando ela estava aqui?

— Foi... indo e vindo. Num minuto eu sentia que estávamos fazendo algum progresso e no minuto seguinte estávamos brigando uma com a outra. Há muita coisa que deveríamos ter resolvido antes. É como uma perna que deveria ter cicatrizado há muito tempo e agora está toda podre, mas você não pode cortá-la, então ainda precisa salvá-la.

— Você me vê tentando comer, certo? — Takira aponta para sua pipoca. — E toda essa conversa sobre perna podre não está ajudando.

— Bem, você entendeu — digo, rindo e pegando um punhado de mirtilos. — Por mais que eu odeie ter que fazer diálise, mesmo que apenas temporariamente, estou feliz que elas vieram me ver no hospital. Precisamos resolver um pouco disso antes que o rim dela esteja dentro de mim.

— Vocês estão pensando em aconselhamento?

— Na verdade, estamos, o que deveríamos ter feito há muito tempo, mas o aconselhamento faz parte do processo de triagem antes de você doar. Normalmente, apenas para ter certeza de que o doador tem certeza sobre desistir de um órgão e entende os riscos, mas, para nós, considerando que estamos afastadas, a doutora Okafor recomenda que tenhamos pelo menos algumas sessões juntas.

— E isso se ela for compatível, certo?

Entrelaçados

— Bem, acho que precisamos fazer o aconselhamento, mesmo que ela não seja. Estou aberta a isso e acho que já deveria ter acontecido. Quero me conectar com minha família novamente sem isso entre nós. Quero dizer, aconteceu. Não podemos desfazer o que eles fizeram, e há uma criança, então não há como esquecer, mas é preciso se lembrar de algo antes de poder perdoar. Perdoar é mais difícil do que deixar para lá. Deixar para lá seria o esquecimento de nunca saber como você me machucou. Perdoar é aceitar que você me machucou e decidir que continuarei te amando de qualquer maneira.

— E confiar que você não fará de novo — murmura Takira. — Você algum dia confiará em sua irmã?

— Espero que eu possa. Éramos tãããão jovens e nós duas tínhamos emoções que não sabíamos como lidar. Você é meio que uma arma carregada nessa idade. Idade suficiente para dirigir, fazer sexo e se envolver em um monte de merda que é legal sem um lobo frontal totalmente desenvolvido.

— Onde entra Brandon nisso tudo?

— Eu não me importo com ele. Sei que isso parece ruim, mas ele era uma paixão adolescente da qual eu provavelmente teria superado de qualquer maneira. Ele foi pego no fogo cruzado, mas isso tem menos a ver com ele do que com restaurar um relacionamento com minha irmã e, espero, estabelecer um com minha sobrinha. Se isso acontecer, será uma coisa boa que resultará deste fiasco.

— Falando em fiasco, eu vim para ver este programa de reencontro de *Housewives*. — Ela aponta o controle remoto para a televisão, franzindo a testa quando nada acontece. — Maldita tecnologia sofisticada. Como vamos saber como operar tudo isso?

Pego o controle remoto e pressiono o botão liga, dando vida à tela.

— Esse é o primeiro passo.

— Te odeio.

— E, ainda assim, aqui está você. Agora, onde encontramos esse desastre para a cultura? — Começo a navegar pelos canais, parando em um comercial de xampu com uma mulher deslumbrante.

Camille Hensley.

Ela olha para a câmera, seus olhos castanhos tímidos e sedutores, e joga uma mecha de cabelo longo, brilhante e com mechas sobre um ombro liso e dourado. Ela parece uma propaganda de xampu que ganhou vida.

— Você sabe que isso é uma enrolação — diz Takira, irritada. — Quer dizer, eu ganho a vida com extensões, então não estou tentando ser *hater*, mas ela anda por aí como se...

— Shhh! Eu quero escutar.

O comercial está quase acabando, então só entendemos o que ela tem a dizer.

— E estou muito honrada em oferecer este produto totalmente natural para *nós* — fala. — Projetado com cabelo preto em mente. Experimente e em pouco tempo... — Ela gira, os longos cabelos se espalhando em um arco brilhante. — Linda.

O comercial muda para outro de detergente para louça, mas não consigo parar de ver aquele cabelo lindo todo. Aquela pele perfeita. Involuntariamente, estendo a mão para tocar o lenço que raramente tenho usado nos últimos tempos. Perdi tanto cabelo que nem quero olhar na maioria dos dias. Já perdi cabelo antes e ele sempre voltou a crescer, mas nunca tanto. E a erupção se espalhou por toda parte. Eu me pego escondendo meu corpo de Canon e odeio isso.

Nunca me considerei vaidosa. Trabalho em uma indústria onde a aparência física e a imagem são importantes. Sempre me cuidei, fiz exercícios porque queria ter saúde, mas também porque meu trabalho exige. Com meu corpo sob ataque — uma insubordinação celular onde meus próprios anticorpos são os inimigos —, minha pele, cabelo e confiança são as vítimas. Em um relacionamento com um dos queridinhos da crítica de Hollywood, não posso deixar de me sentir exposta e, de certa forma... em falta.

Ele teve Camille.

Estava com ela.

Ela o queria o suficiente para ter um surto quando ele se afastou.

Ele alguma vez olha para mim e deseja...

Tenho que parar esse ciclo vicioso de dúvidas. É tão prejudicial quanto a própria doença.

— Me dê esse controle remoto — pede Takira. — Deixe-me encontrar o episódio.

Ela faz uma pausa em um desses canais de entretenimento. Nós duas ofegamos quando meu rosto aparece na tela.

— Aaaah! — Takira grita. — Olhe para você, Neev!

Lembro-me dessa equipe chegando ao set. Há um clipe nosso gravando uma das sequências de dança. A câmera se aproxima de mim em uma filmagem aérea, deslizando pelo chão, fazendo o *lindy hop*.

Entrelaçados

— Ai, meu Deus. — Cubro a boca, atordoada e desorientada por me ver assim. A enormidade desta oportunidade não foi assimilada até agora. Sei que é uma grande chance, é claro, mas estamos trabalhando há meses. Eu não sou famosa. Passei a maior parte do tempo em Los Angeles, no set, trabalhando de dez a doze horas por dia. E o pouco que me aventurei na cidade não foi perturbado por *paparazzi* ou fãs porque... Quem sou eu? Ninguém realmente me conhece ainda. Ver-me assim, na televisão, parece uma experiência extracorpórea.

— Canon Holt encontrou Neevah Saint quando ela era substituta na Broadway — conta o repórter de entretenimento. — Não está claro quando o relacionamento deles se tornou romântico, mas descobrimos isso há algumas semanas, quando Camille Hensley, artista da A-list e ex-namorada de Holt, revelou que lhe foi negada a chance de fazer um teste para *Dessi Blue*, o último filme biográfico de Holt, que levou anos para ser feito. Segundo relatos, a produção foi encerrada indefinidamente devido a uma doença não revelada pela qual a senhorita Saint foi hospitalizada. Desejamos a ela o melhor e esperamos que este filme ainda chegue às telas. Seria uma pena se isso não acontecesse.

— Ainda chegue às telas? — Takira bufa. — É claro que ainda chegará à tela. Restam apenas algumas cenas para filmar. Eles precisam verificar suas fontes. Isso nem está em questão.

— Aposto que os executivos do Galaxy estão fazendo as mesmas perguntas ao Canon neste momento — comento, com tristeza. — Camille disse que eles nunca me quiseram para o papel, o que... claro, eles não queriam. Eles iriam querer um grande nome, não uma desconhecida. E agora parece que Canon escalou sua namorada e tudo deu errado. Argh. Isso é uma bagunça.

— É uma bagunça na sua cabeça, mas a realidade é que temos um filme espetacular quase concluído e, quando todos virem o que você fez como *Dessi Blue*, não haverá dúvida de que Canon tomou a decisão certa ao contratá-la.

Eu consigo dar um sorriso frágil.

— Você acha?

— Eu sei disso. — Ela aponta o controle remoto e continua zapeando. — Mas você está prestes a me fazer perder meu episódio de *Housewives*. Preciso do meu vício, então fique quieta.

Como meus mirtilos, bebo água e, no meio do caminho, levanto-me para tomar minha dose noturna de medicamentos. Este é o resto da minha vida? Comprimidos, exames laboratoriais, crises e internações hospitalares?

Cada dia que termina comigo ainda respirando termina bem.

As palavras de Remy Holt em *A hora mágica* circulam em meus pensamentos mesmo depois que Takira sai e vai para casa. Sozinha na casa grande e vazia de Canon, entro no estúdio. Passando meus dedos cuidadosamente por suas Nikons, Kodaks e Canons, sinto seu espírito tão fortemente que gostaria de poder pedir-lhe conselhos — gostaria de ter apenas alguns minutos de seu tempo.

E então me lembro de que posso.

O documentário completo de Canon já está on-line, então o abro e assisto do começo ao fim, noventa minutos de sabedoria e destemor. Saber que é seu filho quem está segurando a câmera torna a maneira como Remy olha para as lentes — com tanto amor e orgulho — muito mais significativa. Ao longo do documentário, ela passa de ficar sozinha e correr até a beira do píer, para se virar, segurando a câmera com as mãos cada vez mais trêmulas. Mas ela nunca desaparece. O fogo, a luta, o gosto pela vida nunca se dissipam dos olhos escuros que parecem, mesmo anos depois, ver através de mim.

— Amanhã — começa, na tela, de uma cadeira de rodas muito perto da beira de um píer — é a palavra mais presunçosa do mundo, porque quem sabe se você entende isso. Ontem, leite derramado e notícias velhas. Você não pode fazer nada sobre a forma como errou, falhou ou não fez ontem. Mesmo quando você errar e consertar, isso tem que ser feito hoje.

Ela abre um sorriso largo, tão parecido com o de Canon que uma mão invisível aperta meu coração.

— Uhul, criança, hoje podemos trabalhar. É tudo que tenho e essa coisa. — Ela bate no volante da cadeira e depois no peito. — E essa coisa, esse corpo, não vai embora hoje. A única coisa que você pode fazer com o hoje é fazer valer a pena, porque logo será amanhã. E eu já te contei sobre o amanhã. Hojes melhores resultam em amanhãs melhores, e se você não conseguir o amanhã, pelo menos teve o hoje.

Durante todo o documentário, ela foi só sorrisos e pôr do sol, mas está perto do fim. Ela está perto do fim e lágrimas enchem seus olhos.

— Este corpo é uma concha — complementa, com a voz sóbria. — Não importa o quão bonito, o tamanho ou quão saudável seja, cada corpo inevitavelmente retorna ao pó. Não é o seu legado. Não é o que você deixa para trás.

Entrelaçados

Seus olhos se desviam para logo acima da lente, para o homem que a segura, e seu sorriso retorna.

— Eu te amo, Canon — declara, dirigindo-se a ele diretamente pelo nome pela primeira e única vez durante o documentário.

E você pode ver nos olhos dela, o orgulho, a segurança de que ele é o que ela fez. Ele é o que ela deixa para trás. Ele é a melhor parte de seu legado.

— Isso é o suficiente por hoje — avisa, afastando-se da câmera dele e erguendo a sua para o sol desaparecendo no oceano. — Estou ficando cansada.

É o pôr do sol final. Segue-se uma montagem de vídeos e fotos caseiras, revelando sua vida além dos cais. Vemos Canon em festas de aniversário e primeiros dias de aula e formaturas, e sua mãe está presente em todos os quadros. Assistindo ao documentário, vendo sua obsessão pelo pôr do sol e pela busca de horas mágicas, alguém poderia se enganar pensando que sua arte era tudo o que ela tinha. A escolha de Canon de incluir o resto leva a câmera para uma visão mais ampla de sua vida, além de sua arte. A vida dela com ele.

A corrida dela já estava decidida, uma corrida contra o tempo, mas a beleza estava na forma como ela correu. E acho que esse é o ponto. Cada um de nós está nessa corrida, e uma corrida contra o tempo é uma que você nunca vencerá.

Mas como você vai correr?

Não é uma questão existencial de imortalidade, de viver para sempre, mas um desafio de dias contados e do que fazemos com o que temos. Não é uma série de hojes que se transformam em ontem e aspiram ao amanhã, mas sim viver como se não houvesse garantia. Viver com a urgência de dizer o que precisa ser dito, fazer o que precisa ser feito. Não importa o que aconteça, viva com o que você deixará em mente.

Quero estender a mão através da tela e tocá-la na esperança de que seu zelo, sua segurança de vida diante de um futuro cada vez menor, passem para mim. Eu gostaria de poder voltar no tempo, encontrá-los em um de seus cais enquanto o sol mergulhava no oceano para agradecer a ela por tudo que semeou no homem notável que seu filho se tornou.

Alguns dias me sinto como aquela garota poderosa e vibrante, a borboleta pintada que voava pelo Savoy Ballroom, com o vento das trombetas sob suas asas. E alguns dias sou aquela bailarina quebrada da caixa de joias de Dessi, minhas piruetas em giros trôpegos ao som de uma música composta de poeira e arrependimento. De uma coisa tenho certeza.

Em qualquer dia, o olhar de Canon nunca muda. É tão constante quanto o ciclo diário do nascer e do pôr do sol.

Ainda estou sentada no meio do estúdio, olhando para as fotos Polaroid que ele prendeu no varal, quando ele chega em casa.

— Ei. — Inclina-se contra o batente da porta, as mãos enfiados nos bolsos da calça jeans escura. — Como você está se sentindo?

— Melhor. — Sorrio, apontando para meu laptop no chão à minha frente. — Eu estava apenas observando sua mãe.

— Minha mãe? — Ele se aproxima, senta-se no chão ao meu lado e olha para minha tela. — Ah. Uau. Não vejo isso há anos.

Seus olhos suavizam e um sorriso aparece em um canto da linha severa de sua boca.

— Ela era especial — afirmo. — Eu vejo muito dela em você. É engraçado. Quando fui diagnosticada, só pensava no medo de morrer, de viver uma vida que fosse de alguma forma menos do que as outras pessoas viviam. Sua mãe personificou o oposto. Ela parece ficar mais destemida. Quanto mais a doença tenta mudá-la, mais ela se torna completamente ela mesma.

— É exatamente isso. Acho que minha mãe foi um dos primeiros exemplos que tive de olhar além da superfície. Às vezes, quando saíamos, à medida que a doença dela progredia, eu via as pessoas olhando para ela com algo parecido com pena. E eu apenas pensava que eles não tinham ideia de quem ela era. Que ela ficava mais forte a cada dia.

— É por isso que você olha para mim da mesma maneira, não importa como minha aparência mude?

Ele me estuda por longos e silenciosos segundos.

— Não, meu bem. — Ele acaricia minha bochecha com o polegar, sorrindo diante dos meus olhos. — Isso é simplesmente amor.

Suas palavras, ditas com tanta segurança, desatam os últimos nós de ansiedade e dúvidas emaranhados em meus pensamentos. Ele tem razão. Quando você ama alguém, realmente vê quem essa pessoa é além da superfície. E quer eu tenha a aparência que exibi orgulhosamente por toda Nova Iorque quando fiz o teste, ou tenha a aparência que tenho agora, tenho que me ver e me amar além do acabamento brilhante. Esse primeiro gosto de amor incondicional e aceitação — devemos alimentá-lo em nossas próprias almas.

Ergo a mão para puxar o lenço e tiro o moletom que cobre a camisola de seda que uso em vez do sutiã. Por um momento, o ar beija minha pele,

Entrelaçados

403

esfria o plano aquecido da minha autoconsciência, e então, sob o calor de seu olhar — uma mistura igual e inabalável de amor e desejo —, eu fico quente. Apoio-me nas palmas das mãos e estico as pernas à minha frente. Estou abatida. Este corpo é um campo de batalha, e meus membros, antes perfeitos, carregam cicatrizes. Confio, espero que desapareçam com o tempo, mas devo aceitar quem e como sou agora.

Hoje.

— Você disse antes que gostaria de me fotografar — relembro.

— Quando você quiser — responde, com a voz suave e moderada.

Conecto meus olhos aos dele por um único pensamento de *sem voltar atrás* e aceno para as câmeras expostas na parede.

— Que tal agora?

CAPÍTULO 65

Canon

— É compatível.

Olho para cima da mesa do meu escritório em casa. Neevah está parada na porta, com uma expressão de animação cautelosa.

— O que você disse? — Fecho meu laptop e me concentro nela.

— Terry concluiu todos os exames e ela é compatível. — Ela cobre a boca, soltando um pequeno soluço/risada, depois corre e se joga no meu colo. Nós nos abraçamos e absorvo o suspiro de alívio que a faz estremecer. Não sei se é dela ou meu, mas nossos corpos compartilham. Afasto-me para salpicar beijos em suas bochechas, nariz e lábios, descansando minha testa contra a dela por alguns segundos para deixar isso penetrar.

Neevah tem um rim.

Ela sempre terá que controlar esta doença, mas conseguir um novo rim deve melhorar drasticamente as coisas para o seu lado.

Ela segura meu rosto e sorri para mim.

— Posso terminar o filme.

— Ei, ei, ei. Vamos passar pelo transplante primeiro. E então a doutora Okafor dirá quando.

— Mas, Canon, todos seguirão caminhos separados em breve. Trey tem outro projeto, e sei que Jill também.

— Deixe que eu me preocupo com isso. É meu trabalho resolver tudo isso e não quero que você pense nessas coisas.

— É claro que estou pensando nessas coisas. É minha culpa.

— Não é sua culpa. É a sua saúde. É a sua vida, e não dou a mínima para *Dessi Blue* se você não estiver bem.

Dizer isso em voz alta é libertador. Minha mãe ficaria satisfeita. O desejo dela para mim — que eu encontrasse alguém para amar mais do que meu trabalho, do que minha arte — se tornou realidade com força total. Aquilo que ameaçava a vida de Neevah e o nosso futuro juntos mudou as minhas prioridades. Troquei minha lente e coloquei tudo em foco. Não há dúvida do que — *quem* — é mais importante na minha vida.

Neevah.

Dessi Blue pode ser o melhor filme que já fiz — pode ser o melhor que farei. Isso ainda está para ser analisado, mas sei que significa mais para mim do que tudo que fiz além de *A hora mágica*. E ainda permanece tímido e insignificante ao lado do meu amor por Neevah. Eu sei disso, agi assim em todas as reuniões quando o Galaxy exigia um cronograma para o produto final. Quando Neevah estará de volta? Quando podemos começar a editar? Deixei bem claro que ela é a prioridade, não só porque é minha namorada, mas porque isso é agir como um ser humano decente. É assim que devemos abordar isso. Espero que me sinta assim por qualquer ator que confie em mim para uma atuação, mas sei que me sinto assim por Neevah. Qualquer um que a pressione para voltar um dia antes de ela estar pronta terá que passar por cima de mim.

Isso inclui a própria Neevah.

— Falaremos mais sobre o filme depois. Qual é o próximo passo para o transplante?

— A terapeuta ainda precisa conversar com Terry e ter certeza de que ela realmente entende os riscos e o que isso significa. Ela terá apenas um rim pelo resto da vida. — Neevah comprime os lábios e nega com a cabeça. — É pedir muito a alguém, especialmente quando você está em desacordo com essa pessoa há tanto tempo.

— É, mas ela é sua irmã. Algo assim consegue acabar com todas as besteiras que se interpõem entre nós e nos separam. Você faria o mesmo por ela.

— Eu faria. — Sua boca treme e lágrimas brilham em seus olhos escuros. — Ela nem precisaria pedir.

— Se for pensar sobre isso, você também não. Ela voou para cá antes mesmo de você ter a chance de dizer que precisava dela.

— Você tem razão. — A compreensão surge em seu rosto. — Uau, ela veio mesmo. É como Dessi diz quando ela e Cal saem de Paris e voltam para casa, no Alabama. Quando a família precisa de você, você vai, mesmo que eles não liguem.

Sei que ainda é muito para Neevah entender — que sua irmã, com quem ela teve tão pouco relacionamento durante toda a sua vida adulta, está disposta a fazer esse sacrifício —, mas só quero que ela comece a se curar. Quero que saia da diálise e comece do zero. Ela e a irmã podem resolver quaisquer diferenças remanescentes em seu próprio tempo.

Tentei esconder isso de Neevah tanto quanto possível porque não queria aumentar sua ansiedade, mas não tive uma boa-noite de sono desde que descobrimos que ela precisava de um rim. Percebi que a amava pouco antes de perceber que poderia perdê-la, e isso me torturou. Conheço a dor de perder a pessoa que você mais ama no mundo. Esse é o risco do amor, o que o torna um ato radical. Você despeja tudo em outra pessoa que está presa a uma humanidade frágil. Pode perdê-la a qualquer momento, mas não dá para ser raciocinal com o coração.

Todos esses anos, consegui me convencer de que nunca faria algo tão imprudente. Por que você se abriria para essa dor potencial novamente? E então alguém sobe no palco, em direção à luz, e você percebe que quer deixá-lo entrar, só que ele traz consigo não apenas o melhor da vida, mas também o risco de perda.

E em algum momento, seu coração decide que vale a pena.

Às vezes, a atração é a maneira que o corpo encontra de manter um segredo do seu coração até que você esteja pronto para ouvi-lo. Talvez meu coração tenha reconhecido quem Neevah era para mim imediatamente — minha luz, a parte que caberia em mim como se fôssemos criados um para o outro —, mas disfarçou como admiração, luxúria, desejo, necessidade. Emoções que eu poderia aceitar, dando-me tempo para me apaixonar. Inevitavelmente. Irrevogavelmente.

— Então o que vem depois? — pergunto, lembrando a nós dois que precisamos fazer planos. — Quando isso vai acontecer?

— A doutora Okafor está em coordenação com o centro de transplantes — conta Neevah. — Mas pode ser já no final da próxima semana. Vou voar para a Carolina do Norte para a cirurgia. Ficarei na UTI provavelmente por uma semana e depois eles podem me manter um pouco mais, mas depois disso vou para casa.

— Sua casa... sendo onde?

— Depois que tiver alta do hospital, talvez ainda não esteja pronta para voar, então ficarei na casa da minha mãe um pouco, mas depois estarei pronta para voltar para Los Angeles.

— *Nós* voltaremos para Los Angeles. Espero que sua mãe não se importe com um hóspede. Posso ficar em um hotel enquanto você estiver no hospital, mas, quando você sair, não vou te perder de vista.

— Não quero sair da sua vista — ela sussurra, passando os dedos pela barba que vai parecer a de Gandalf se eu seguir minha tradição de não me barbear até o final do filme.

— Como você se sente agora que isso está acontecendo? — pergunto.

— Aliviada. Assustada. Culpada por fazer Terry passar por isso, mas também feliz por isso ter-nos unido novamente para que possamos pelo menos começar a nos tornar irmãs novamente. Há muita coisa acontecendo em meu coração. — Ela se aproxima, seus olhos brilhando com confiança e amor. — Você está acontecendo em meu coração, senhor Holt.

A risada desaparece de sua expressão e ela pressiona seus lábios nos meus, aprofundando o beijo, despertando uma paixão que testemunhei nas últimas semanas. Minhas mãos apertam possessivamente sua cintura e eu me afasto, respirando com dificuldade.

— Você me quer. — Ela estende a mão entre nós para envolver meu pau.

— Merda — eu gemo. — Claro que quero. Você não está ajudando.

— Você não tem… Não sei. — Ela dá de ombros. — Eu não tinha certeza se você tinha perdido o tesão ou…

— Perdido o tesão? Mas que… Achei que já tínhamos passado por isso.

— Eu sei que você me ama, mas não tinha certeza se…

— Linda, amar você e querer te foder o tempo todo estão irremediavelmente conectados.

— Então por que você não…

— Você esteve muito doente, Neevah. Sei que não gosta de reconhecer isso, mas eu tive que fazer isso. Na forma de administrar nossa carga de trabalho e de administrar meus próprios desejos. Eu queria ter cuidado. *Ainda* quero ter cuidado. Sei que você vai pensar que sou louco, mas prefiro esperar.

— Você pode ser o primeiro homem a dizer isso para mim. — Ela ri.

— Se alguma coisa der errado porque nós… Eu não me perdoaria. Apenas deixe-me sofrer até que você esteja completamente curada.

Ela faz beicinho com seus lindos lábios.

— Isso significa que eu também sofro.

— Então estamos nisso juntos. — Beijo seus dedos. — E agora não temos que esperar muito.

CAPÍTULO 66

Dessi Blue

INTERIOR — PARIS — NOITE — 1956
No apartamento deles em Paris, Cal está se vestindo para a noite, amarrando a gravata diante do espelho. Dessi está sentada na cama vestindo apenas camisola e meias, cabelo e maquiagem feitos, um vestido de festa de lantejoulas colocado na cama ao lado dela. Ela está lendo uma carta e uma aliança de diamante brilha em seu dedo anelar. Uma menininha entra correndo na sala e se senta no colo de Dessi.

         DESSI (ACARICIANDO O CABELO DA FILHA)
Ei, gatinha. Você não deveria estar na cama?

         KATHERINE
Eu queria um copo d'água, e Madame Charbonnet disse que eu poderia desejar boa noite antes que você e papai saiam. Onde você vai cantar esta noite, *maman*?

         DESSI
A banda vai tocar no Le Caveau de la Huchette. Vá beber sua água e depois vá para a cama, está me ouvindo, garotinha? Estaremos em casa quando você acordar de manhã.

                    KATHERINE
          Oui, maman.

               DESSI (DÁ UM TAPINHA EM SEU
               BUMBUM)
          Diga boa noite ao papai e vá para a
          cama.

Katherine vai até Cal no espelho e ele a pega no
colo, fazendo cócegas e fazendo-a rir. Uma mulher
gordinha e de cabelos escuros aparece à porta.

               MADAME CHARBONNET (COM PESADO
               SOTAQUE FRANCÊS)
          Katherine, *ma cherie*. Deixe seus pais
          se vestirem. Eles devem partir logo.

Cal beija a cabeça de Katherine e a coloca no chão.

                    KATHERINE
          Bon soir.

Madame Charbonnet e Katherine saem da sala. Dessi
pega a carta novamente e começa a ler.

                    CAL
          Aquela garotinha não sabe se fala em
          francês ou em inglês. Dessi, você pode
          ler essa carta mais tarde. A banda estará
          esperando.

Dessi deixa a carta na cama, mas não se move para
colocar o vestido.

                    DESSI
          Minha mãe está doente, Cal.

Cal faz uma pausa ao passar pomada no cabelo.

                    CAL (OLHANDO DESSI NO ESPELHO)
     Que tipo de doença?

                    DESSI
     A carta é da minha prima Dorothy. É
câncer. Mamãe não ia me contar.

Cal vai se sentar ao lado dela na cama e pega a
carta.

                    CAL
     Ela precisa de ajuda com contas médi-
cas? Podemos enviar mais dinheiro.

                    DESSI (HESITANTEMENTE)
     O que você diria se eu dissesse que
quero ir para casa?

Ele gesticula pelo quarto lindamente decorado.

                    CAL
     Eu diria que *estamos* em casa. Veja onde
moramos. *Como* vivemos, Dess. Multidões e
ingressos esgotados todas as noites. Mais
dinheiro do que podemos contar. Respeito.
Sou tratado como um homem aqui na França.
Lá não. Eles tratam os cães melhor do que
os negros, e essa é a mais pura verdade.

                    DESSI
     Cal, quase não vi minha mãe nos últimos
quinze anos e agora ela está doente. Ela
precisa de mim.

                    CAL
     Não há nada nos Estados Unidos para
nós, Dess. Sidney Bechet está aqui na
França com o mundo a seus pés. Um dos
maiores que já tocou uma trompa, e você
sabe o que ele estava fazendo na

Entrelaçados   411

América antes de vir para cá? Ele era alfaiate. Da última vez que Josephine Baker foi para casa, o Stork Club nem sequer a atendeu. A queridinha de Paris. Uma das mulheres mais famosas do mundo foi recusada a ser servida no seu país de origem. Por que voltaríamos?

                    DESSI
     Porque minha mãe precisa de mim. Ela pode estar morrendo, Cal.

Dessi se levanta e coloca o vestido enquanto continuam a discussão.

                    DESSI
     Poderíamos ir até ela melhorar ou… até ela…

Dessi funga e enxuga uma lágrima. Cal se aproxima e a toma nos braços.

                    CAL
     Não chore, amor. Você sabe que não posso negar nada quando você chora.

               DESSI (SORRINDO COM LÁGRIMAS)
     Estou contando com isso.

                    CAL
     Eu só tenho um mau pressentimento sobre isso. Como se, ao partirmos, nunca mais voltaremos. Vivemos uma boa vida aqui, não é?

                    DESSI
     Claro que nós vivemos. Quando saímos do Harlem, eu não poderia nem ter sonhado com metade das coisas que fizemos. Os lugares onde estivemos. Mas sinto falta da

minha família. Quando seu povo precisa de você, você vai.

Sei que temos nossa música, mas é realmente um lar se você não tem as pessoas que ama?

CAL
Eu amo você e Kitty.

DESSI
Você e Katherine são meu mundo inteiro. Você sabe disso, mas não podemos simplesmente nos esconder aqui quando as pessoas que amamos estão sofrendo. Na última carta, mamãe me contou tudo sobre o boicote aos ônibus de Montgomery, mas nem sequer mencionou que estava doente.

CAL
Só está piorando lá, mas vai piorar ainda mais antes de melhorar, especialmente no Sul. Pelo menos os negros estão se defendendo.

DESSI (SORRINDO IRONICAMENTE)
Ou no caso de Rosa Parks, sentando.

CAL
Eu estava conversando com a equipe editorial do The Defender. Eles adoraram meu artigo de expatriado de Paris. Se formos para casa ver sua mãe no Alabama, talvez eu possa enviar algumas fotos e histórias sobre o boicote.

DESSI
Isso seria tão bom, Cal. Quem sabe como poderíamos ajudar enquanto estivermos lá?

Cal gira e abraça Dessi, beijando sua bochecha.

Entrelaçados

                    CAL
    Quando seu povo precisa de você, você
vai. Talvez você esteja certa, mas podemos conversar sobre isso depois do show
desta noite? Estamos prestes a nos atrasar.

                    DESSI
    Isso é tudo que peço.

                    CAL (RINDO)
    Tudo o que você pede o caramba. Você
sempre está pedindo o mundo, Odessa.

                    DESSI
    E você é o homem que me dá o mundo.

CAPÍTULO 67

Neevah

Passo pelo corredor até o quarto de hospital da minha irmã com o coração dividido. Por um lado, estou exultante. Estou recebendo um novo rim e, potencialmente, um novo sopro de vida. Não consigo nem expressar do jeito adequado minha gratidão a Terry por esse sacrifício, mas há coisas que permanecem não ditas entre nós. Prevejo plenamente que ambas ficaremos bem. Nossas cirurgias são simples, mas não isentas de possíveis complicações e riscos. Fizemos algumas sessões de aconselhamento familiar por vídeo e progressos na reparação do que foi quebrado. As coisas estão melhores entre nós do que estiveram há anos, mas não posso dizer que nos perdoamos. E não vou seguir em frente até pelo menos contar a ela que ela recebeu o meu perdão.

Enfio a cabeça pelo vão da porta, feliz por encontrá-la sozinha no quarto. Em breve todos os preparativos começarão. A cirurgia dela ocorre primeiro, obviamente, para remover o rim, e depois eles vão transplantá-lo para mim. A qualquer momento, as enfermeiras e os médicos chegarão. Também tenho que voltar para meu quarto no corredor para me preparar, mas isso não vai demorar muito.

— Ei. — Fixo um sorriso no rosto, o que não parece natural, porque foram poucos os sorrisos trocados entre nós desde que saí de casa.

Ela olha para cima e eu me vejo nela. No rosto em formato de coração e na pele acobreada. Na inclinação dos nossos olhos. Eu reconheço o medo também. Por mais que seja uma bênção, é assustador para nós duas.

— Ei — ela responde, seu sorriso parecendo tão forçado quanto o meu. — Eles deixaram você sair?

Concordo com a cabeça, entrando, deixando a porta se fechar atrás de mim, e me aproximo da cama.

— Uma das senhoras da igreja ligou — fala. — Então mamãe saiu para atender. Ela voltará logo, se estiver procurando por ela.

— Vim ver você — afirmo, sustentando seu olhar cauteloso. — Eu só tenho alguns minutos. Tenho certeza de que meu guardião virá me procurar em breve.

— Você quer dizer sua enfermeira ou seu homem? Porque acho que é a primeira vez que vejo você sem Canon colado ao seu lado.

Eu rio, meu sorriso forçado se tornando real.

— Ele é intenso e preocupado. Está em uma das salas de espera terminando uma ligação com o estúdio e queria acabar logo com isso antes do início da cirurgia.

— Ele ama você e é óbvio que você também está louca por ele.

— Estou. — Concordo com um aceno, meu interior derretendo ao pensar em como Canon tem sido solidário, protetor e inabalável. — Eu não tinha ideia de que ele seria… quem está sendo. Acho que você nunca sabe aonde seu coração o levará.

— Brand e Quianna desceram correndo para pegar algo para comer — avisa, abruptamente, as linhas suavizadas de seu rosto ficando rígidas. — Se você quiser evitá-lo, deve fazer isso rápido.

— Eu não preciso evitá-lo. Isso tem que ser rápido, mas apenas porque nós duas precisamos nos preparar. — Respiro fundo e vou logo de vez: — Eu não poderia fazer uma cirurgia, deixar você fazer isso sem…

— Deixe-me parar você aí mesmo, Neev. — Ela engole em seco e morde o lábio inferior, olhando para as mãos em seu colo. — Você não precisa me agradecer ou o que quer que seja. Eu deveria ter ido até você. Fiquei pensando nisso a manhã toda, sabendo que você estava mais além no corredor. Eu estive… — Ela fecha os olhos e uma única lágrima escorre por sua bochecha. — Tenho vergonha do que fiz, do que fizemos, desde aquele dia na sala, há tantos anos. Eu era jovem, estúpida, insegura e ciumenta.

Ela solta uma risada áspera, um sorriso irônico aparecendo em sua boca.

— Eu gostei dele, você sabe.

Dou alguns passos para mais perto até meu quadril encostar na cama do hospital.

— Brandon?

— Gostei dele assim que o vi na orientação de calouro, mas ele era o único garoto da nossa turma que não estava atrás de mim. Provavelmente é por isso que eu o queria, porque ele não estava interessado. — Ela olha para cima, com os últimos ressentimentos ali. — E então você veio. Uma caloura, e você era quem ele queria. Eu odiei. Acho que te odiei um pouco. Mais uma coisa que você nem tentou conseguir e conseguiu mesmo assim.

— Você poderia ter me contado que gostava dele, T. Eu não teria dado a mínima para ele se soubesse.

— Fui orgulhosa demais para admitir que o garoto que eu queria não me queria. Quando você me disse que ele queria fazer sexo e que você não estava pronta… bem, eu sei como os meninos são e vi minha oportunidade ali.

Depois de todos esses anos, depois de tudo o que passamos e de quem nos tornamos, sabendo agora o que é o amor verdadeiro, não consigo mais reunir raiva pelo que Terry e Brandon destruíram. O que tive com ele foi apenas um retrato do que é o amor, uma imitação grosseira digna de ser queimada. Se Brandon tivesse me traído com alguém que não fosse a pessoa que eu mais amava, eu teria seguido em frente, sem nunca olhar para trás. Mas foi com Terry. E havia uma criança, a bela e viva prova não do quanto a traição dele doeu, mas a dela.

— Você pode me perdoar? — Terry pergunta, sua voz quebrando o apelo, seus olhos transbordando. — Sei que o que fiz…

— Sim. — Inclino-me para frente e envolvo os braços em volta dela. É o nosso primeiro abraço em quase treze anos, e ela se parece a mesma. Não as dimensões do seu corpo, mas o conforto de seu abraço; o aperto forte de seus braços. — Eu te perdoo, T. E sinto muito por ter demorado tanto. Eu desejo…

Não tenho palavras para todos os desejos, apenas lágrimas, e elas brotam de mim. Lágrimas por cada aniversário e Natal perdidos. Por todas as vezes que tive algo para comemorar e desejei poder compartilhar com ela, mas não consegui esquecer ou perdoar. Por cada risada estrondosa que não tivemos e por todos os momentos difíceis pelos quais não passamos juntos.

Pela minha sobrinha. Por não a conhecer por causa do nosso orgulho e da nossa tolice.

Toda a pedra que envolve meu coração contra Terry se estilhaça, e não sinto ódio, raiva ou amargura. Eu *a* sinto e fico impressionada com a certeza de ter minha irmã em meus braços novamente. Somos ambas pródigas, vagamos longe uma da outra, agora estamos em casa novamente. Todos os testes que os médicos fizeram provaram que somos uma combinação feita por Deus. Osso, tecido, carne, sangue. Fomos feitas para hoje — para um momento em que minha irmã me salvaria. Choramos juntas, uma libertação que está por vir. Uma enxurrada de gritos entrecortados, meias palavras e suspiros de alívio.

— Ah!

O som da porta faz Terry e eu virarmos a cabeça. Minha mãe fica ali, com a mão cobrindo a boca, lágrimas escorrendo pelo rosto também.

— Já era hora — comenta, com uma risada trêmula e emocionada.

Atravessando a sala, ela junta os braços aos nossos, sua risada feliz unindo-se à nossa para encher o quarto estéril do hospital.

— Eu te amo, Neev — Terry sussurra, beijando minha têmpora. — Sinto muito e estou muito feliz por poder fazer isso por você.

Estou emocionada demais para falar, e apenas aceno com a cabeça, apertando meus braços ao redor delas, minha família.

— E eu amo minhas duas garotas. — Minha mãe abre um sorriso entre nós. — Achei que hoje ficaria com medo, mas isso aqui parece tão importante quanto a cirurgia em si.

Um movimento na porta chama nossa atenção. Quianna fica lá, os olhos arregalados passando da mãe para mim. Sem hesitar, estendo um braço, rompendo o círculo do nosso abraço por tempo suficiente para convidá-la a entrar. Ela corre, com um sorriso brilhante no rosto. Enterra a cabeça no meu pescoço e fecha o círculo novamente. Ficamos assim por longos momentos até a enfermeira entrar.

— Sinto muito — diz a enfermeira. — Mas precisamos começar os preparativos para a cirurgia. E, senhorita Mathis, você precisa voltar para o seu quarto para que possam prepará-la também.

Eu me levanto, pronta para seguir ordens, mas minha mãe coloca uma das mãos em meu braço.

— Você pode nos dar apenas um minuto para orar? — ela pergunta à enfermeira, que, após uma rápida hesitação, acena com a cabeça e volta para a parede, dando-nos algum espaço, mas sem sair do quarto. Nós quatro damos as mãos e inclinamos a cabeça, porém, antes que minha mãe comece, olho para cima e vejo Brandon pairando no corredor, seus olhos preocupados em minha irmã.

Ele a ama.

E ela o ama.

Talvez não tenha sido o melhor começo, e sei que eles ainda estão resolvendo algumas coisas, mas eles têm amor e têm Quianna.

E depois de todos estes anos e de toda esta dor, eles têm a minha bênção.

— Você deveria vir orar conosco — sugiro, inclinando a cabeça em direção ao nosso círculo.

A mão de Terry aperta a minha e ela sorri timidamente.

— Entre, Brand.

Certa vez, pensei que ele era o melhor homem que já vi. Agora, seja lá o que uma vez me atraiu para ele, não consigo detectar nenhum sinal, o que é como deveria ser. Ele é o marido da minha irmã e não sinto nada além de esperança de que ele seja bom para ela. Espero sinceramente que ambos sejam mais fiéis um ao outro do que foram comigo. O perdão abriu caminho em meu coração para realmente desejar-lhes apenas o melhor. Brandon se aproxima da filha e da esposa e inclina a cabeça.

— Amém — diz mamãe, no final da oração. — Deus está com minhas duas meninas. Não tenho dúvidas.

— Senhorita Mathis — começa a enfermeira. — Você precisa ir para o seu quarto. Senhora Olson, precisamos começar a preparação.

Terry e eu nos entreolhamos e vejo parte do medo retornar. Eu também sinto, agora que estamos realmente prestes a fazer isso. A recuperação dela será mais difícil, mas minha cirurgia é mais invasiva. Através de cirurgia laparoscópica, eles removerão o rim de uma incisão logo abaixo do umbigo. Durante o minha, que também deve levar cerca de três horas, eles entrarão pela parte inferior do meu abdômen, e meus rins serão deixados no lugar, e os vasos sanguíneos próximos serão usados para conectar o rim dela a um dos meus.

Três horas… e minha vida mudará.

— Pronta? — Terry pergunta, sorrindo trêmula.

Concordo com a cabeça, a realidade do que estamos prestes a fazer cai sobre mim como uma avalanche.

— Obrigada.

— Vejo você do outro lado. — Ela ri, sua voz vacilando.

A enfermeira me manda sair pelo corredor até meu quarto de hospital, onde uma equipe espera, pronta para me preparar para a cirurgia.

— Estou aqui — diz Canon, aproximando-se da porta, parecendo mais confuso do que nunca. — Desculpe por ter chegado só agora. Galaxy tinha um milhão de perguntas e não queria me deixar desligar o telefone.

— Estamos prestes a começar os preparativos — avisa a enfermeira, com severidade. — Você terá que ir embora, senhor Holt.

Entrelaçados

— Por favor — imploro da cama do hospital. — Apenas um minuto.

— Um minuto — cede. — Precisamos pegar seu acesso venoso e prepará-la.

Canon lhe dá um sorriso agradecido e caminha até a cama, sentando-se e pegando minha mão.

— Como foi conversar com sua irmã? — pergunta, sua voz baixa e preocupada.

— Foi bom. — Eu rio, com tristeza. — Odeio ter precisado de um órgão para nos unir novamente e tenho certeza de que ainda temos problemas para resolver, mas eu precisava entrar nisso com o coração limpo. E agora eu posso.

— Estou feliz. — Seus olhos ficam sérios, seus lábios carnudos se comprimindo em uma linha. — Você está assustada?

— Você está? — respondo com um sorriso.

— Sim. Sei que você vai ficar bem, mas eu só... — Uma carranca interrompe o arco suave de suas sobrancelhas. — Você se tornou a parte mais importante da minha vida. Eu quero que isso acabe. Quero que seu corpo aceite o rim. Para sabermos que não haverá rejeição. Para você começar a se curar.

— Você quer muitas coisas.

— Só você. — Seu sorriso é terno e caloroso, e algo que nunca pensei que veria no homem que me intimidou na primeira noite em que nos conhecemos. — Eu...

Antes que ele possa dizer isso, eu digo primeiro desta vez:

— Eu te amo, Canon.

Ele engole em seco, pisca e beija minha testa, demorando-se como se estivesse se arrastando para longe.

— Eu também te amo.

CAPÍTULO 68

Canon

    A risada de Neevah vem do andar de cima até mim quando entro pela porta da frente. Pensamentos sobre tudo o que será necessário para terminar *Dessi Blue* — filmar as últimas cenas, ir para a pós-produção, edição, sem mencionar a divulgação e o trabalho que Monk ainda precisa fazer na trilha sonora — lotam minha mente. Muito tempo se passou desde o dia em que encontrei aquela pequena placa verde fazendo referência à vida de Dessi na Rodovia 31. Houve uma série de atrasos, paradas e recomeços, mas o fogo para contar a história dela, que é a história de tantos negros artistas daquela época, não é menos brilhante do que no dia em que a encontrei. Assim que Neevah estiver autorizada a terminar, e nem um minuto antes, terminaremos. Não encontrei apenas uma mulher incrível quando vi aquela placa. Encontrei duas. A outra está lá em cima, enchendo minha casa, que antes estava tão vazia — inferno, solitária — com o som de sua felicidade. Quero ver aquele som no rosto dela, então deixo de lado todas as tarefas que surgiram do nosso encontro com Galaxy e subo as escadas silenciosamente.

    Paro na porta, observando-a na cama. Ela está deitada de bruços, com as pernas dobradas e balançando para frente e para trás enquanto sorri para a tela do iPad. Sua sobrinha, Quianna, que acho que se parece tanto com Neevah quanto com Terry, ri, exibindo seu novo aparelho.

    — Então você acha que Canon ficará bem se eu for visitar por algumas semanas neste verão? — pergunta Quianna.

    — Acho que ele vai ficar — falo, caminhando mais para dentro do quarto e para o campo de visão da câmera.

    — Ei, Canon! — O lindo rosto da menina se ilumina. — Não vou ficar por muito tempo e não vou quebrar nada.

    — Você tem que perguntar aos seus pais primeiro — avisa Neevah, com o queixo apoiado na palma da mão.

— Ah, você sabe que ela já fez isso — diz Terry, entrando na conversa. — Acha que vou recusar algum momento em que não esteja me preocupando com essa criança? Caramba, eu estarei como? Sossegada.

— Bolaremos um plano — promete Neevah, sorrindo. — Talvez você possa convencer sua avó a voar para Cali novamente.

— Você estragou a minha mãe, Canon. — Terry ri. — Você terá que fretar outro avião particular para ela.

— Vou ver o que podemos fazer — falo.

— Quianna, vamos lá — chama Terry. — Termine a ligação. Você vai se atrasar para o baile.

— Falo com você mais tarde, tia Neevah — diz Quianna —, e bolaremos uns planos.

— Definitivamente. — Neevah acena. — Amo vocês, pessoal. Tchau. Assim que terminam, Neevah vira de costas e olha para o teto.

— Nunca poderia ter visto essa conversa acontecendo há alguns meses. Deito-me ao lado dela, de costas.

— Acho que a recuperação da cirurgia na Carolina do Norte foi inteligente.

— Quero dizer, na época eu não tive escolha.

— Você poderia ter voltado para Cali depois da primeira semana, depois que eles te liberaram para voar, mas você ficou lá para se curar. Não apenas seu corpo, mas seu relacionamento com elas. — Entrelaço nossos dedos na cama. — Adorei você ter feito isso. Valeu a pena.

— Parece que sim. — Ela se vira de lado, olhando para o meu perfil. — A propósito, tenho boas notícias.

Viro a cabeça para olhar para ela e tenho que sorrir. O malar, ou lesão cutânea em forma de borboleta, que abria as asas no nariz e nas bochechas, desapareceu agora que controlamos a crise. Com um rim funcionando, o tom saudável de sua pele acobreada foi restaurado e a maioria das lesões e erupções cutâneas em seus braços e pernas desapareceu. Ela perdeu tanto cabelo que decidiu cortá-lo, deixando uma pequena cobertura de cachos naturais. Ainda há algumas mechas crescendo, mas seu couro cabeludo parece estar se recuperando junto com o resto dela.

— Entãããão — começa, apoiando-se em um cotovelo para olhar para mim. — Tive uma consulta com a doutora Okafor hoje.

— Que bom. Aposto que ela já está cansada de você.

— Não tão cansada quanto estou dela. Nós nos vimos todas as semanas nos últimos dois meses.

Fico tenso, mas mantenho a expressão inalterada. Não venho querendo pressionar Neevah para terminar as últimas cenas de *Dessi Blue*. O surto foi muito intenso e obviamente desencadeado pelo estresse das filmagens. Okafor nem sequer considerou Neevah voltar até que víssemos sinais claros de que as coisas estavam mudando para melhor, além de garantir que seu corpo não rejeitasse o rim e que ela estivesse se recuperando bem da cirurgia. Concordei plenamente e fui a voz mais alta, garantindo que Neevah seguisse todas as instruções da médica.

Minha tensão vem do meu próprio medo de que algo dê errado inesperadamente. Nunca me esquecerei de carregar Neevah para fora do set, com medo do que aconteceria com ela. Na verdade, tenho conversado sobre meus medos com meu terapeuta, em especial desde que já passei por uma doença crônica e, no caso da minha mãe, terminal com um ente querido.

E Neevah é muito amada.

— Então, o que a médica disse?

— Perguntei se posso voltar ao trabalho. — Neevah olha para mim através de longos cílios.

— E?

— E sim!

— Eu preciso falar com ela também.

— Canon! Você não confia em mim?

— Sim, mas quero ouvir quaisquer parâmetros ou restrições da médica com meus próprios ouvidos. Sou responsável pelos atores dos meus filmes. Eu gostaria de algo claramente declarado por escrito para qualquer pessoa, não apenas para você.

— E você perguntaria ao médico se algum de seus outros atores foi liberado para atividade sexual?

— Tenho certeza de que… — Olho para ela, percebendo o brilho travesso em seus olhos e o sorriso de sereia. — Não brinque comigo, Neevah.

— Não estou. — Ela se inclina, alinhando nossos rostos, olhando profundamente nos meus olhos. — Estou pronta para a decolagem.

— Ah, sim? — Não quero atacá-la, que é o que meu pau me diz para fazer, aquela placa dura de aço em minhas calças.

— Sim. — Ela traça o arco da minha boca. — Eu amo seus lábios.

— Hmmm. — Contento-me com um grunhido, porque qualquer outra coisa que saia da minha boca seria a pior merda de todas. Estou tentando não ser aquele cara, cuja namorada passou por uma cirurgia recentemente,

Entrelaçados

423

mas que pode quebrá-la na primeira vez que fizermos sexo se não tiver muito cuidado.

— Vamos fazer amor — sussurra, sua respiração embaçando meus lábios, seus olhos perfurando os meus com uma intensidade que vai direto para meu pau.

— Tem certeza? — pergunto, com voz rouca. — A doutora Okafor...

Arfo com a pergunta quando ela me agarra através da calça jeans.

— O que você não vai fazer — começa Neevah, apertando e puxando — é me foder como se eu fosse quebrar.

Nos últimos meses, parecia que ela *poderia* quebrar, e não confio em minhas mãos sobre ela. Deito-me, deixando-a me despir, me tocar, explorar os músculos do meu peito, meu abdômen, traçar minhas maçãs do rosto e lábios, mas não me movo para retribuir. Ela se inclina, selando seus lábios sobre os meus, deslizando a língua para dentro e indo fundo com lambidas amplas, procurando e encontrando minha fome recíproca. Ela enquadra meu rosto entre as mãos e puxa meu lábio entre os dentes. Morde forte. Ela está me provocando. Eu sei disso, mas minhas mãos se fecham em punhos ao lado do corpo.

— Tem certeza? — Minha respiração sai pesada, atrofiada entre nossos lábios.

Ela fica de pé, puxando os botões até que os lados do vestido de verão caiam, revelando um sutiã e uma calcinha transparentes, enfeitados com flores de renda. Com seus olhos ardentes aprisionando os meus, ela posiciona a mão às costas para desabotoar o sutiã. Minha boca fica seca ao ver seus seios, as aréolas são um halo escuro coroando sua plenitude. Ela passa os dedos pela barriga, brinca com a seda nos quadris e desliza a calcinha pelas pernas de uma dançarina. Ela escorrega pelas panturrilhas e se amontoa em volta dos pés descalços. Ela fica esperando na beira da cama.

— Como você me quer, Canon? — pergunta, suas palavras são um convite aberto à fantasia.

Meus olhos vagam avidamente pela extensão de pele acetinada. Os músculos tensos de sua barriga e a inclinação de seus ombros; a linha elegante de sua clavícula. Seus seios maduros e redondos e com mamilos nas pontas, como amoras.

Reparo em sua cicatriz imediatamente. Já vi várias vezes desde o transplante. Brota do umbigo e vai crescendo até as costas como uma videira. Sento-me e traço-a com dedos reverentes, impressionado que esta faixa suave de pele saliente seja um lembrete de como eu poderia tê-la perdido. Evidência de como ela foi salva.

Houve um tempo em que ela teria evitado meu toque, meus olhos, mas já passamos disso. A verdadeira intimidade, misturada com confiança, envolve-nos como fios de fumaça.

Eu a puxo para a cama e pressiono seus ombros nus contra o nosso edredom, permitindo que meus dedos tracem seus lábios, a delicada construção de seu rosto. Dou beijos atrás de suas orelhas, abrindo minha boca sobre sua garganta, adorando seus seios, puxando seus mamilos entre meus lábios, primeiro um e depois o outro. Meu nome sai de seus lábios, com respirações ofegantes e suspiros irregulares. Ela agarra meu pescoço para me manter contra si, suas mãos e agarre exigentes. Meu apetite por ela é algo mal controlado e sob uma coleira tensa.

Quero fazer amor com ela de um jeito lento, doce e prolongado como um caramelo. Um prato salpicado de beijos que duram a noite toda. Mas não podemos convencer as nossas mãos, os nossos lábios ou a nossa língua de que há tempo. A urgência da paixão acumulada sopra através da chama e somos revestidos de fogo. Pele nua quente ao toque. Nossos corações estão tocando tambores em nossos peitos, dizendo todas as palavras quando o desespero rouba nossas vozes.

Coloco meus joelhos em cada lado de suas coxas, e ela está nua embaixo de mim. Empurro um joelho para cima e depois o outro até que suas pernas estejam abertas e ela fique molhada e exposta. Seios, coxas, boceta — ela é uma mesa posta para mim, e mergulho para lambê-la de cima a baixo. Ela estremece, com a respiração presa e as mãos agarrando os lençóis. Abro seus lábios e chupo seu clitóris como uma cereja, mergulhando a língua dentro até que seu desejo flua e eu me afogue em sua essência.

— Vou gozar — avisa, com as costas arqueadas, os joelhos pressionando minha cabeça. Suas mãos agarram meu cabelo, me empurrando mais fundo na fenda de seu corpo.

É tudo que eu queria, mas tive medo de ter, caso não conseguisse controlar. Ainda há uma parte de mim que quer que ela estabeleça o ritmo, controle-o até termos certeza dos limites do seu corpo.

Deito-me, posicionando-a em cima de mim, com os joelhos abertos sobre os meus.

— Sei por que você está fazendo isso. — Ela sorri, com as pupilas dilatadas e os lábios inchados. — E vou deixar você escapar impune desta primeira vez, mas da próxima não há como se segurar.

Entrelaçados

— Eu prometo que você não terá reclamações.

— Por mais forte que tenha acabado de gozar, já não tenho nada do que reclamar. — Ela me toma em sua mão, o aperto firme subindo e descendo pelo meu pau endurecido. Ver a minha parte mais vulnerável em sua pequena mão me afeta profundamente.

Só que isso não está certo. Minha parte mais vulnerável é meu coração, e está em suas mãos da mesma maneira quanto meu pau. Ela o segura com a mesma força, seus olhos acariciando meu rosto com a mesma certeza com que suas mãos percorrem meu corpo. Os longos segundos em que nossos olhos se encontram, vendo um ao outro, evocam uma intimidade inescapável. Um feitiço que não podemos quebrar e que atrai o corpo dela para o meu. Ela me guia para dentro, a comunhão quente e apertada suspendendo meus batimentos cardíacos.

Ela começa a se mover. No início, é uma ondulação rígida de seus quadris, rolando sobre mim em um movimento comedido. É insuportavelmente erótico o modo como a sinto ao meu redor como um torno. Empurro para cima, precisando assumir algum controle, e mergulho tão fundo que ela fica imóvel, contraindo os músculos ao meu redor, me arrastando do prazer ao delírio. Ela coloca a palma da mão no meu peito para se apoiar, levanta o corpo e o deixa cair, deixa-o balançar, cada vez apertando o laço que me prende a ela. Seus seios saltam e seus olhos ficam vidrados quando ela inclina a cabeça para trás, expondo a garganta e o torso para mim.

Isso é tudo que perdi, e meu corpo se agarra a isso como um vira-lata faminto, sem considerar nem uma gota como garantida. Deslizo meu polegar entre suas pernas, acariciando o cerne de seus nervos toda vez que ela balança e rebola, me levando mais fundo em seu corpo.

Martelamos em um ritmo de *você é minha* e *eu sou seu.*

E minha e minha e minha e minha.

E seu e seu e seu e seu.

Nossos corpos não se soltam, molhados, maravilhosos e soldados pelo suor, pela luxúria e pelo desespero.

— Ai, meu Deus! — grita, entrelaçando as mãos atrás do pescoço e me montando com mais força, seu rosto se contorcendo em êxtase. Não estou muito atrás, derramando-me sobre ela, minha voz trêmula, áspera, rouca, nada além de um som fraco. Gozo com tanta força que meus olhos brilham e estamos incandescentes. Os últimos raios de sol… o último suspiro do dia.

Dourado.

Mágico.

Luz.

Sento-me enquanto ela ainda está montada, enquanto ainda estou lá dentro, e pressiono as palmas das mãos em suas costas. Através da pele lisa e da estrutura de seus ossos, seu coração lateja. De alguma forma, esta união, mais do que o transplante, mais do que os últimos dois meses de cura, confirma que ela está viva — que está segura — e isso me comove. Não tenho certeza se contive de propósito ou se essa reunião de alma e carne arrasa minhas defesas, mas sinto o gosto das lágrimas. Minhas, dela, alívio, alegria, tudo se misturando em nossas bochechas.

— Eu te amo — ela soluça, apertando os joelhos na minha cintura, com os cotovelos dobrados e ao redor do meu pescoço, me segurando com tanta força que não consigo respirar e não me importo.

— E eu... — Minha voz falha. O momento palpita com a irregularidade da minha respiração e desisto de controlar qualquer coisa. Esta é uma queda livre e eu me rendo. — Eu também te amo.

Ficamos assim, a cabeça dela enfiada na curva do meu pescoço. Por alguns momentos, o cheiro e a sensação dela abrangem todo o meu universo. Quando ela finalmente rola e cai de lado na cama, seus dedos encontram os meus imediatamente. Deito-me também, puxando-a para mim, beijando o topo de sua cabeça. Afasto-me um pouco para poder estudar seu rosto, memorizar cada curva e linha. Eu gostaria de ter minha câmera para capturar não apenas seu lindo corpo, que ainda carrega as cicatrizes de sua luta, mas para capturar minha vida moldada em carne e osso — transformada em uma pessoa. Para capturar a imagem do meu contentamento, misturado em suas moléculas e em camadas em sua pele e ossos.

E então me lembro de que *capturamos*.

— Ei — eu digo a ela, segurando sua bochecha. — Eu quero te mostrar algo.

Entrelaçados

CAPÍTULO 69

Neevah

Ainda estou a meio caminho de Marte depois de fazermos amor, e é difícil voltar à Terra, mas eu me limpo, coloco a camiseta *I'm Gonna Git You Sucka* de Canon e o sigo escada abaixo. Ele sorri por cima do ombro e abre a porta do *home theater*.

— Então... tive uma ideia — começa, me conduzindo escada abaixo.

— Sempre perigoso. — Eu rio.

Ele se senta na primeira fila e me puxa para seu colo.

— Agora temos todas essas imagens de sua jornada com lúpus.

— Sim — respondo, sorrindo ao pensar na minha reticência inicial em tirar uma foto enquanto estava no auge da crise.

Canon tirou muitas fotos minhas naquele dia no estúdio, depois que assisti novamente *A hora mágica*. Então ele ligou a câmera de vídeo e eu comecei a falar. Tudo o que estava acontecendo aqui dentro veio à tona, um dilúvio de emoções e reflexões. Não olhamos para trás desde então, capturando todos os meus pensamentos e marcos ao longo do caminho. Tem sido catártico, talvez tanto para ele quanto para mim. Outra coisa com a qual nos unimos.

— Pensei em fazer um documentário — revela, acariciando minha mão.

Viro a cabeça para observá-lo na penumbra da sala de mídia.

— Sério? Uau, isso poderia ser... isso pode ser incrível.

— Estou feliz que você pense assim. — Ele se levanta, me colocando no assento e caminhando até a parte dos fundos da ampla sala. — Porque quero mostrar a você uma coisinha em que estou trabalhando.

— Trabalhando? Em todo o seu tempo livre?

— Não estávamos filmando — explica, encolhendo os ombros. — Tive um tempinho livre. Na verdade, depois que comecei, não consegui parar.

— Não conseguiu parar o quê?

— Isto.

Ele diminui as luzes e a tela ganha vida. Minhas *palavras* ganham vida.

— Eu tenho lúpus. Lúpus não tem a mim.

Eu me vejo — aquela versão de mim mesma de alguns meses atrás — na tela, olhando para a câmera e dizendo as palavras que mudaram minha vida. Essas palavras e essa perspectiva, que fazem parte de mim agora, eram novas para mim naquela época. O medo ainda permanecia em meus olhos naquele dia depois de assistir ao último pôr do sol de Remy. Caramba, às vezes esse medo retorna, rugindo de volta para me provocar, mas, sentada no chão do estúdio de Canon naquele dia, eu o mantive sob controle. Pela primeira vez, segurei a realidade da minha doença numa das mãos e a necessidade da minha vontade de lutar na outra. Não só para combater os seus efeitos no meu corpo, mas também na minha alma. No meu próprio senso de identidade.

Canon volta para o assento ao meu lado. Não tiro os olhos da tela, porque estou fascinada por esse pedaço da minha vida que ele capturou, mas seguro sua mão e aperto.

— O lúpus não vai desaparecer — continua minha versão na tela. — Pelo resto dos meus dias, ele percorrerá meu corpo em busca de fraquezas. Ele vigiará minha vida, esperando por qualquer coisa que possa usar para causar uma explosão… para me fazer mal.

Eu estava na luta da minha vida no dia em que Canon começou a documentar minha epifania e eu parecia estar no meio da batalha. Uma erupção cutânea escamosa percorrendo grande parte da minha pele foi revelada enquanto eu falava para a câmera vestindo apenas minha camiseta e calcinha. Meu cabelo era um jardim de inverno devastado pelos elementos, meu couro cabeludo exposto e careca em grandes áreas. Meu rosto estava mais inchado, estranhamente mais redondo. Nem pareço eu mesma na tela, mas foi nesse momento que me tornei *mais* eu mesma. Tive mais certeza de quem eu era com minha pele danificada do que jamais tive quando ela estava impecável.

— O lúpus vai atrás da minha autoestima — prossigo para a câmera. — Ele quer minha confiança, e houve momentos em que venceu… quando roubou essas coisas simplesmente arrancando meu cabelo e marcando minha pele… mas eu revidei.

Engulo uma emoção abrasadora ao relembrar esta batalha: a fadiga e

Entrelaçados

as dores nas articulações, o aumento da pressão arterial e os perigos que poderiam ter sido fatais. O transplante de rim que me deu mais do que um órgão... devolveu-me a minha irmã.

— Não estou sozinha nesta luta — continuo. — Cerca de cinco milhões de pessoas em todo o mundo vivem com lúpus. Noventa por cento delas, mulheres. A esmagadora maioria delas são mulheres negras.

A filmagem acompanha meus períodos no hospital. Ver-me ligada à máquina de diálise traz a incerteza daqueles dias de volta — quando eu não sabia se ou quando encontraria um rim. Quianna gravou a consulta quando Terry descobriu que era compatível comigo — que poderia me dar seu rim. Não há medo ou relutância em seu rosto. Apenas alívio. Apenas amor. E estou novamente comovida com seu sacrifício — com sua disposição em me dar tanto, mesmo numa época em que havia tão pouco entre nós.

A câmera me segue até a cirurgia até que as portas se fecham e Canon recua, caindo em uma cadeira encostada na parede da sala de espera do hospital. Ele vira a lente para si mesmo.

— Não quero contar o que estou sentindo agora — começa, com uma expressão sombria. — Mas vou tentar, porque Neevah quer que eu tente. Ela quer documentar isso. Há uma parte de mim que resiste porque me lembra...

Um olhar assombrado domina seus olhos. Uma pontada de culpa aperta meu coração porque sei exatamente o que isso traz à mente dele: como ele documentou os últimos dias de sua mãe.

— Não é a mesma coisa — garante, quase como se estivesse tentando convencer a si mesmo e ao público invisível. — Mas é o mesmo sentimento. É como carregar porcelana de valor inestimável que cai de suas mãos e se estilhaça no chão. Algo tão precioso, quebrado, sem possibilidade de reparo. Perdido. Quando você ganha porcelana de novo, algo que nem consegue atribuir um valor de tão precioso, você quer embrulhar, trancar e proteger caso caia. No caso de quebrar.

Ele levanta os olhos das mãos entrelaçadas, permitindo o exame minucioso das lentes.

— Todos os dias, desde que descobri que Neevah tem lúpus, sinto que ela pode quebrar sem possibilidade de reparo. Eles a levaram embora há alguns minutos, e sei que ela vai ficar bem e que esse transplante é exatamente o que precisa acontecer, mas parece que tudo pode dar errado sem avisar, porque já aconteceu antes, e esse é o meu pesadelo.

Canon solta uma risada vazia, acompanhada por um meio sorriso.

— A ironia é que, no meio de toda essa merda, nunca estive tão feliz. — Ele encolhe os ombros, o movimento indefeso em desacordo com os ombros poderosos. — Eu a amo e parece a coisa mais forte que já senti. Ao mesmo tempo, parece a mais frágil.

Suas palavras, tão vulneráveis e cheias de medo, roubam meu fôlego. Por mais abertos que sejamos um com o outro, nunca ouvi isso dele. Não desta forma. Eu estava na cirurgia quando ele disse essas coisas, sem perceber que iria confessar esses momentos privados, a intimidade de suas lutas e dúvidas. É difícil acreditar que o homem enigmático que conheci na noite da minha estreia na Broadway esteja tão aberto, esteja compartilhando tanto. Nosso amor transformou nós dois. Sei que me mudou, aprofundando minha confiança e me dando ainda mais pelo que viver e lutar.

Uma foto aparece na tela e eu suspiro. Literalmente suspiro e cubro a boca, lágrimas imediatamente inundando meus olhos. É uma foto minha e de Terry. Pouco antes de começarem a cirurgia, eles me levaram até o quarto dela. Olhamos para o alto, com os olhos vidrados pelas drogas que nos deram, mas também brilhando com uma alegria tão intensa que eclipsa o nosso medo. Nosso cabelo está enfiado sob as toucas cirúrgicas. Os soros perfuram nossos braços, mas estamos de mãos dadas.

E eu vejo isso.

Talvez seja a primeira vez que realmente vejo a semelhança, a compatibilidade que a natureza gravou em nosso DNA. A compatibilidade que salvou minha vida.

Que salvou nossa irmandade.

Eu nem tento conter as lágrimas enquanto elas deslizam pelo meu rosto e pelos cantos da minha boca. Deito a cabeça no ombro de Canon, virando-me para ele e deixando os soluços silenciosos me sacudirem. Ele coloca uma mão no meu rosto, beija o topo da minha cabeça e acaricia a tatuagem rabiscada em meu polegar, a mensagem de uma peça que me acompanha desde os 18 anos — *Nossa Cidade.*

Algum ser humano já percebeu a vida enquanto a vive? Em cada mísero minuto? Santos e poetas talvez.

E é assim que eu gostaria de chamar este documentário quando estiver pronto. É a lição de agarrar esta existência com as duas mãos; de não deixar nada atrapalhar; de viver com o mínimo de arrependimentos possível. De amar mesmo quando pode doer, porque a perda faz parte da vida tanto quanto o que ganhamos. O belo homem sentado ao meu lado neste *home theater* escuro é prova disso. Esta arte comovente testemunha que ele teve tanto cuidado ao contar minha história quanto ao contar a de Remy. É um trabalho de amor.

— Pensei que talvez, assim que terminássemos — sugere Canon, depois de eu chorar todas as lágrimas —... poderíamos exibi-lo em Cannes no próximo ano.

Levanto a cabeça para olhar para ele, pasma com a ideia. Encantada.

— Ai, meu Deus! — Eu rio, limpando as bochechas molhadas. — Isso seria... sério?

— E poderíamos levar toda a família. Colocar sua mãe no jato particular de alguém. Levar Terry e Quianna. — Ele sorri. — Até Brandon poderia ir.

— Isso seria... uau.

— Eu sei que dissemos que você começaria com Paris, mas talvez possamos ir a Cannes primeiro.

Cannes, com a sua faixa costeira curva, as praias arenosas como grãos de açúcar, as águas azuis e as avenidas pontilhadas de palmeiras, as *villas* palacianas.

Eu quero ver o mundo.

As palavras de Dessi, ditas a Tilda com o destemor da juventude, voltam à minha mente numa brisa quente do Mediterrâneo.

Como aquela vista, a Riviera Francesa, mudou desde que ela esteve ali, contemplando a sua paisagem exuberante, Cal ao seu lado, o seu primeiro amor ficando para trás. Ela alguma vez se arrependeu de ter deixado o Harlem? Pelo que descobrimos, ela nunca mais voltou. Já se perguntou quão diferente sua vida teria sido se ela nunca tivesse saído em busca do estrelato? Ou será que alguma vez se sentou na sua pequena varanda no Alabama, depois de ter voltado para casa para cuidar de sua mãe em seu leito de morte, perguntando-se até que ponto a sua vida e o seu legado poderiam ter crescido se ela tivesse ficado na Europa? Que curvas seu caminho poderia ter tomado se ela tivesse permanecido, esbarrando na grandeza de luminares como Bud Powell, Thelonious Monk, Miles Davis? Todos fugiram do racismo nos Estados Unidos e procuraram a sua fortuna, a sua fama em Paris, num país e dentre um povo que apreciava as genialidades antes de olhar para a cor da pele. Apesar de seu final modesto, não acho que Dessi se lamentou por coisas que poderiam ter acontecido.

Certa vez, Canon perguntou se eu já me arrependi de ter feito o filme, já que o estresse provavelmente causou o surto que me levou a uma fase mais sombria da doença. Entendi sua pergunta e a culpa por trás dela, mas assegurei-lhe de imediato que não. Nunca. Eu não posso viver assim. A vida é temperada de forma indiscriminada, geralmente não há algo doce sem um pouco de amargor. Normalmente não há sol sem chuva. Estou em um grupo de apoio e o lúpus de uma senhora foi desencadeado enquanto ela gerava seu primeiro filho. Ela se arrepende de seu bebê, um milagre que lhe traz alegria porque seu corpo pagou o preço? Ela diz inequivocamente que não. E não posso me ressentir do filme que me deu Canon, o amor da minha vida. Não posso me arrepender do papel que Dessi me deu, porque, mesmo depois que o filme terminar, carregarei sempre uma parte dela.

Por mais louco que pareça, acho que ela me carregou. E Canon, Monk, Verity e todos os contadores de histórias, músicos e artistas que se beneficiam do caminho que ela traçou. Pela maneira como ela e tantos outros fizeram por nós durante circunstâncias insustentáveis, na adversidade e contra probabilidades impossíveis. Ela me carregou, eu a carrego e, de alguma forma, estamos unidas de uma maneira que atravessa gerações, anos, unindo nossos corações.

— Ainda não está nem perto de terminar — diz Canon, com uma rara incerteza na voz do meu homem sempre confiante. — Acabei de começar a juntar algumas coisas, mas podemos dar uma olhada. Você gostou até agora?

— Eu amei até agora.

Sinto seu coração no olhar que ele me dá. O nosso amor é muito mais rico e profundo do que qualquer coisa que eu poderia ter sonhado ou imaginado, cingido de confiança e ardendo de paixão. Esse tipo de amor eterno que não vacila quando os tempos ficam difíceis e as coisas vão mal. O tipo de amor que diz *aconteça o que acontecer* e, toda vez que ele olha para mim, eu vejo isso.

— Adoro quando você me olha assim — sussurro.

— Como eu olho para você? — Ele me puxa para si, encaixando nossos corpos, aprisionando nosso amor.

Esta doença poderia me matar, mas não matou, e farei de tudo, todos os dias, para garantir que seguirei o que Remy fez: viver cada segundo com a urgência do tempo passando e saborear cada momento, fazendo com que esta vida tenha gosto de eternidade. Nem sempre consigo expressar em palavras a profundidade do nosso amor, mas neste momento sei exatamente como descrevê-lo.

— Você olha para mim do jeito que sua mãe olhava para o pôr do sol.

Entrelaçados

Se possível, a emoção em seus olhos se intensifica. Seus braços em volta de mim se apertam, como se ele tivesse encontrado algo precioso que nunca vai abandonar.

— Minha mãe sempre disse que esperar pelo pôr do sol era como esperar por um milagre que você sabia que aconteceria — conta, com a voz rouca devido à emoção em seus olhos. — Como ela deve estar feliz em saber que finalmente encontrei o meu.

EPÍLOGO

Dessi Blue

2004, local de nascimento de Dessi Blue...

A pequena placa verde na beira da estrada é tão despretensiosa quanto sou hoje em dia. Ultrapasse o limite de velocidade e você perderá, mas os cidadãos cumpridores da lei receberão esta homenagem à minha vida que a cidade plantou ao longo da Rodovia 31. E que vida tem sido. Quando minha mãe e meu pai deixaram o Alabama e foram para Nova Iorque, eu não tinha ideia do que estava reservado para mim.

Você não tem bola de cristal, Bama.

A voz de Tilda me provoca, mesmo com os aplausos da multidão reunida em torno da placa. Mesmo com as amáveis palavras do prefeito. Aquela garota era especial. Apesar da maneira como terminamos, sempre sorrio ao pensar nela.

Nunca mais a vi, exceto em papel de jornal em preto e branco. Os recortes do anúncio de casamento e do obituário estão guardados junto com as cartas que ela me enviou anos atrás. Meu segredinho. Ah, nunca de Cal. Ele sempre soube que havia um pedacinho do meu coração que ficou para trás no Harlem. Dei-lhe todo o resto e ele disse que era mais que suficiente. Mais do que ele poderia suportar às vezes, que Deus o abençoe.

Acaricio o anel em meu dedo, aquele que ele colocou ali no dia do nosso casamento em Londres. Parece outra vida. Deixamos para trás o glamour de Paris pelo chamado de casa. Minha mãe perdeu a batalha contra o câncer, mas passamos dois anos juntas e eu cuidei dela como ela cuidou de mim. Boas filhas fazem isso, não é?

Acho que poderíamos ter voltado para a Europa depois que minha mãe faleceu, mas a essa altura já havíamos atendido a outro chamado, Cal e eu. O Alabama, durante o movimento pelos direitos civis, era um lugar perigoso, mas optamos por ficar. *Tivemos* que ficar. Nada de errado com fama e fortuna na Europa. Conseguimos, mas quando vimos esta luta em que o nosso povo estava envolvido, queríamos ser soldados, não civis. Este estado foi, em muitos aspectos, o epicentro da guerra contra a injustiça racial. Boicotes, bombardeios, a marcha de Selma a Montgomery — nós nos encontramos no meio de tudo isso. No exterior, contamos com a elite talentosa do mundo entre nossos amigos — James Baldwin, Josephine Baker, Richard Wright, Sidney Bechet. Todos fugiram deste país para prosperar na França, mas finalmente regressamos para lutar.

Se eu fosse branca, poderia capturar o mundo.

Quando Dorothy Dandridge disse isso, quase chorei, porque sabia exatamente o que ela queria dizer. Senti isso dentro de mim. Vivemos em uma época de limites e barreiras que os jovens hoje nem conseguem compreender. No teto não havia escadas altas o suficiente para serem alcançadas. Ah, ainda há trabalho a fazer e um longo caminho a percorrer, mas o que suportamos? A maneira como eles tentaram nos deter e nos negar, nos embotar e entorpecer? Sempre foi um passo à frente, começar tudo de novo. Você não poderia ir muito longe daqui e, para aqueles que *conseguiram* avançar, nós os seguramos e agradecemos ao Senhor. Rezo apenas para que o que conseguimos tenha limpado o caminho para aqueles que estão atrás de nós.

Nunca me arrependi de ter deixado nosso apartamento no Sexto Distrito, mas, às vezes, me pergunto sobre essa existência alternativa na Cidade Luz. Nós, todos nós, não éramos apenas as estrelas. Éramos a noite — o céu escuro sem o qual nenhuma estrela pode brilhar. Em Paris, dominávamos os céus, mas nunca considerei voltar para casa um retrocesso. Marchamos com Martin. De braços dados com gente como Fred Shuttlesworth. Trabalhamos ao lado de mulheres como Rosa Parks no sul e Dorothy Height no norte. Quando jovem, quando saí do Harlem, queria conhecer o mundo, mas foi quando voltei para casa que *mudei* o mundo.

Katherine se inclina para sussurrar:

— Você está bem, mamãe?

— Estou bem, Kitty. — Sorrio e aperto a mão da minha filha. Ela será o nosso legado, juntamente com todos os estudantes de música de Cal. Ensinei canto e liderei o coral da igreja. Criamos raízes, plantamo-nos nesta comunidade e crescemos como pinheiros de folhas longas. Para tantos aqui, éramos abrigo e éramos sombra.

Quando eu era jovem, me perguntava onde encontraria meu lar. Nos redutos noturnos do Harlem? Londres? Riviera Francesa? Paris? Durante anos, persegui a música, pensando que qualquer lugar onde pudesse cantar poderia ser minha casa, mas me enganei. O lar não é uma música e não é um lugar. São pessoas. É comunidade. É o vínculo de sangue e os amigos que escolhemos. É esse sentimento — saber que você nunca está sozinho. Perdi aqueles que mais amava — meu primeiro e último amor. Meu pai e minha mãe. Os amigos com quem ria e convivi se foram e, ainda assim, não estou sozinha. O amor perdura e sinto todos eles comigo mesmo agora. Quase posso ver Tilda parada ao meu lado, com um sorriso malicioso e seu vestido vermelho alugado. Quase ouço o trompete de Cal, soprando como o anjo Gabriel. Nem a morte pode roubar, nem o tempo pode apagar a paz que encontrei em todas as pessoas que conheci e amei.

A cerimônia termina e, depois de um tempo, a multidão diminui até que Katherine e eu somos as únicas que ficam na beira da estrada.

— Acho que é melhor irmos para casa — sugere, passando o braço pelo meu. — É com certeza um belo sinal.

Brilha e cintila, incendiado pelo sol poente. O texto em relevo esboça apenas os mais breves detalhes. Que eu nasci. Como vivi, e em breve, acho que dirá que morri. Minha memória lê nas entrelinhas, preenche as lacunas, guarda meus segredos e estou contente.

Talvez eu nunca tenha conquistado a fama daquela outra vida, mas esta pequena placa na beira da estrada, em uma pequena cidade do Alabama, diz que estive *aqui* e contará minha história.

NOTA DA AUTORA

Entrelaçados é uma obra de ficção, mas é inspirada na energia e excelência de inúmeros criadores negros do passado e do presente. *Dessi Blue* é uma combinação das mulheres incríveis que encontrei durante minha pesquisa para este livro. Sua receita para a grandeza é uma pitada de Billie Holiday, um pouco de Ella Fitzgerald polvilhada e uma colherada de Ma Rainey e Bessie Smith.

Foi importante para mim que a jornada de Dessi refletisse as realidades da época em que ela viveu. Tanto a escandalosa abundância de talentos como James Baldwin, Louis Armstrong, Sarah Vaughan, Duke Ellington e muitos mais; mas também os desafios que esses artistas brilhantes enfrentaram. Por exemplo, a cena em que Dessi é forçada a atuar com uma maquiagem que escurece a pele. Eu gostaria que isso nascesse da minha imaginação, mas Billie Holiday realmente enfrentou esse dilema em Detroit e teve que subir ao palco, assim como Dessi.

Os fatos inspiraram vários outros detalhes do livro. *The Chicago Defender*, indiscutivelmente o jornal afro-americano mais influente do início e meados do século XX, enviou duas jovens para fora do país, as primas Roberta G. Thomas e Flaurience Sengstacke, que relataram as suas experiências de viagem pela Europa como jovens negras. No livro, isso motivou a reportagem de Cal enquanto a banda atravessava o continente. A produção totalmente negra de *Macbeth* realmente aconteceu como contada em *Dessi Blue*. Considerada a peça que eletrizou o Harlem, parecia o cenário perfeito para o encontro fofo de Tilda e Dessi! O tempo que Dessi e Cal passaram em Londres durante a Segunda Guerra Mundial ganhou vida à medida que aprendi mais sobre Adelaide Hall, uma artista nova-iorquina que se mudou para Londres, onde trabalhou e viveu grande parte do resto de sua vida. Acredita-se que ela detém o recorde mundial de maior número de *bis*, impressionantes 54, enquanto entretinha as tropas durante a Segunda

Guerra Mundial com o som dos nazistas jogando bombas à distância. Ela lançou material ao longo de OITO DÉCADAS e, em 2003, o *Guinness Book* a listou como a artista mais duradoura do mundo. Todos nós deveríamos saber o nome dela.

Entrelaçados é uma história de amor, mas também uma *carta* de amor aos inúmeros criadores negros cujo trabalho e realizações passaram em grande parte despercebidos e não celebrados. Em muitos casos, sacrificaram muito por pouco ganho durante a vida. Mas *nós* ganhamos, aprendendo e sendo inspirados pelo seu exemplo. Eles abriram caminho com seu talento, disciplina e dedicação. Para citar Dessi, eles não eram apenas as estrelas. Eles eram a noite — o céu escuro sem o qual nenhuma estrela pode brilhar. Quão intensamente eles brilharam, deixando-nos um legado iluminado pela coragem e pela graça duradoura.

E eu digo obrigada.

GUIA PARA CLUBES DO LIVRO SOBRE ENTRELAÇADOS

Para um clube do livro expandido, incluindo receitas e dicas de autocuidado, visite:
kennedyryanwrites.com/bookclub.

Playlist completa do Spotify:
https://bit.ly/ReelPlaylist

1. Kennedy Ryan elaborou uma estrutura única para este livro. Como você se sentiu em relação ao entrelaçamento do romance e do roteiro do filme? Passado e presente? Como isso melhorou ou prejudicou a experiência de ler/ouvir?

2. O que você mais gostou no livro? O que você menos gostou?

3. Houve alguma citação (ou passagem) que se destacou para você? Por quê?

4. Qual personagem ou momento provocou a reação emocional mais forte em você? Por quê?

5. Houve momentos em que você discordou das ações de Canon ou Neevah? O que você teria feito de diferente?

6. Houve alguma reviravolta na trama que você adorou? Não gostou?

7. Neevah e sua irmã, Terry, têm um relacionamento complicado. Como você se sentiu sobre sua evolução ao longo do livro?

8. Canon pretende amplificar as vozes negras com seu trabalho. Reserve algum tempo para dar uma olhada em figuras históricas reais cujas realizações foram mal creditadas ou negligenciadas no passado: edition. cnn.com/interactive/2021/02/us/little-known-black-history-figures/

9. Que temas específicos Kennedy Ryan explora ao longo deste romance?

10. Como Neevah Saint cresce e muda ao longo da história? Como sua personalidade e confiança são afetadas à medida que a história evolui?

11. De que forma este livro reflete as questões sociais?

12. Se você fizesse uma pergunta a Kennedy Ryan sobre o livro, qual seria?

13. Embora este livro seja classificado como ficção, há muita coisa baseada na realidade. Alguma coisa te surpreendeu?

AGRADECIMENTOS

Este livro! Oficialmente leva a coroa como o livro mais difícil que escrevi até hoje. E tenho que agradecer a tantas pessoas que ajudaram ao longo do caminho.

Em primeiro lugar, devo agradecer às mulheres que compartilharam sua jornada de convivência com o lúpus e àquelas cujos familiares têm lúpus. Wanda, Bianca, Camille, Ladonna, Sandi e Daisy. Vocês abriram seus corações, contaram suas histórias e me ensinaram muito. Não posso agradecer o suficiente, e suas impressões digitais e batimentos cardíacos estão por toda a jornada de Neevah.

Aos "membros da indústria", que falaram comigo sobre produção de filmes, obrigada. Sua visão foi inestimável.

Para Joanna. Por onde eu começo? Você é o primeiro par de olhos a ver tudo o que escrevo e seu apoio é inestimável. Obrigada MAIS UMA VEZ por não fazer rodeios e por sempre se preocupar com meu trabalho como se fosse o seu. Sua amizade é um dos maiores tesouros que encontrei nesta jornada.

Tia de Honey Magolia PR… não sei por onde começar aqui. Desde o início, você ouviu minha visão para esta série e a seguiu. Você tem ido além no seu apoio. Era uma caixa de ressonância e a primeira a me dizer DE JEITO NENHUM quando precisava ser. HAHA! Obrigada por ser um membro tão valioso da minha equipe, mas também por ser uma boa amiga.

Jenn Watson — quebramos o espelho retrovisor. Seu apoio é inabalável e sua amizade muito preciosa. Você nunca hesita ou cede. Se pau para toda obra fosse uma pessoa… Amo você, Booty.

Aos meus leitores beta, minha equipe de divulgação, aos leitores incríveis do meu grupo no Facebook e além — obrigada por me apoiar, amar meu trabalho e por sempre estarem comigo.

Ao meu marido e ao meu filho, vocês aguentaram muito nesse aqui.

Obrigada por terem paciência comigo quando me perco nesses mundos que crio. Prometo que voltarei sempre! HAHA! E tentarei encurtar minha estadia lá. :-)

Você, Sam, é meu infinito x imensurável.

*NOTA: O palavreado no capítulo 51 foi retirado de cartazes públicos afixados nas estações de metrô de Londres durante a Blitz da Segunda Guerra Mundial.

A The Gift Box é uma editora brasileira, com publicações de autores nacionais e estrangeiros, que surgiu no mercado em janeiro de 2018. Nossos livros estão sempre entre os mais vendidos da Amazon e já receberam diversos destaques em blogs literários e na própria Amazon.

Somos uma empresa jovem, cheia de energia e paixão pela literatura de romance e queremos incentivar cada vez mais a leitura e o crescimento de nossos autores e parceiros.

Acompanhe a The Gift Box nas redes sociais para ficar por dentro de todas as novidades.

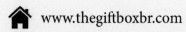
www.thegiftboxbr.com

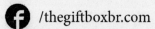
/thegiftboxbr.com

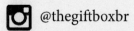
@thegiftboxbr

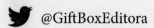
@GiftBoxEditora